疆山

吴静林 著

作家出版社

吴静林　　　汉族，1959年出生于乌鲁木齐，祖籍河北，毕业于中国人民大学新闻系。曾在新疆生产建设兵团的边境团场工作七年，当过连队文教、中学教师、团政治处新闻干事；后任兵团报社编辑、主任、副总编辑、兵团办公厅秘书一处处长、兵团保密局局长。新疆作家协会会员，迄今发表作品近百万字。曾获新疆作家协会"新蕾"奖、首届报纸副刊好作品二等奖、兵团新时期十年文学艺术成果三等奖等奖项。

第一章

尽管满目戈壁并且重复了三天，但卡车上的陆海江却没有丝毫倦意，清澈单纯的眸子里闪着对这个未知世界的美好憧憬。他和同学们是去新疆建设兵团的边境团场插队的，在中苏政治较量终于演变为珍宝岛的军事冲突之后，他们向往边境的战斗生活！

这是一九六九年的九月。戈壁上的一簇簇红柳、梭梭、骆驼刺耗尽了最后一点色彩，完全呈土黄色，仿佛给这里画上了生命的休止符。不过，黑色的柏油路却像一条飘逸的伸向远方的缎带，行驶在上面的车辆像这缎带上的一个个结，给这大戈壁多少带来一些生机。运送知青的解放牌大卡车一辆接着一辆，这批乌鲁木齐的知青要去的是巴尔鲁克山，它已经不远了，第一辆车响起了歌声，后面的车马上响应，歌声此起彼伏，一浪高过一浪，沉寂的亘古戈壁颤动了！他们唱的是流行全国的极有新疆味道的歌曲《毛主席的战士最听党的话》：

> 毛主席的战士，
> 最听党的话，
> 哪里需要哪里去，
> 哪里艰苦哪儿安家。
> 祖国让我守边卡，
> 扛起枪杆我就走。
> ……

陆海江唱得十分投入。他中等个儿，穿了一身黄军装，不过他长得太单薄了，细胳膊细腿尚未完全长开，这个时代的流行装穿在他身上却不怎么好看，那张脸也稚气未脱，皮肤白白净净，人显得文质彬彬的。但他内心却有一团火！他喜欢读《钢铁是怎样炼成的》，他的挎包里就装着这部小说的中译本，如今他不是像小说中的主人公保尔一样奔赴火热的战斗生活了吗？想到这一点他就热血沸腾。当然还因为眼前指挥大家唱歌的姑娘。她叫李雯，瓜子脸，五官很精致，身材苗条，如果长辫垂腰就是标准的曼妙淑女，可她却留一头齐耳短发，穿一身草绿军装，再配合上那有力度的拍子，她的清秀妩媚完全被干练洒脱掩盖了。他望着她，忽然想到保尔的女朋友冬妮娅，而这时她也在看他，他一阵心跳，赶紧把目光投向戈壁。

眼前空荡荡的，一览无余，一望无际，但陆海江却生出那么多遐想，戈壁如海，卡车似舟，颠簸之中如海浪荡漾……这个城市大男孩儿拥抱新生活的热情似乎比其他同学来得更加强烈。当得知他们这批应届毕业生被分配到兵团的边境团场，像这个年纪的男孩子一样，他内心深处涌动着即将奔赴前线的亢奋。他觉得他现在踏上了父亲走过的路，当年父亲大学毕业就是响应祖国的号召来到边疆的，进疆后一直在首府的一家文学杂志社工作，他比父亲走得更远，是去反修最前线！当然他也喜欢文学。他想起出发前的热烈情景。虽然不是应征入伍，但毕竟是去兵团的边境团场，多少有点兵的意思，因此出发仪式显得格外隆重，全校师生和毕业生家长都来了，校园贴满了标语，锣鼓敲得震天响。他代表全体应届毕业生上台发了言，全校几百名初高中毕业生怎么就选上他了？他想大概是因为他的文笔小有名气吧。他还从未经历过这么大的场面，上台时两条腿发软，好像都不是自己的了，但他很快镇定下来，他已经十八岁了，他不能让同学们特别是女同学觉得他不像男子汉！他忽然就来了勇气，台下几千双眼睛仿佛不存在了，他发出的声音铿锵有力，一板一眼，把精心准备的豪言壮语全都发挥出来了，掌声让他陶醉，他感到无上荣光。之后是夹道欢送，在掌声和锣鼓声中他们乘坐的卡车缓缓驶出校园……

陆海江笑了，命运的安排如此有趣，他注定与兵团是有缘的。在新疆，"兵团"是个很响亮的名字，与"沙漠的绿色屏障""边防的坚强卫士""民族团结的柱石"等等美好的词语紧紧地联系在一起，但绝大多数新疆人对她是陌生的，这个群体多少有些神秘的色彩。陆海江对兵团的注意是从上中学开始的，他就读的中学就在兵团司令部大院附近，上学放学从大院门前走过，他常常好奇地望上几眼。大院被高墙围着，大门两旁始终立着两个卫兵，大院的人进进出出，好像也没什么特别的地方，那为什么叫兵团呢？这些人在里面究竟干些什么？

强烈的好奇心驱使他几次想进去看看，都因为门口那两个卫兵的威严而作罢。现在他就要成为兵团的一员了，这不是缘分吗？出发的头一天晚上，他兴冲冲地与父亲聊起了兵团。"爸爸，您了解兵团吗？""兵团是进疆部队演变而来的，兵团下面有师，师下面有团，大多分布在沙漠边缘和边境沿线。""那兵团都干什么？""两大任务，建设边疆和保卫边疆。""边境团场您了解吗？那里是什么样的生存状态？""可以想象，边境团场一定是很艰苦的。"父亲的回答大而化之、枯燥乏味，听得出他对兵团也缺乏了解，这让儿子多少有些失望。

渐渐地，前方出现了起伏的山峦，不过，山峦光秃秃的，一如戈壁的土黄色。但已经可以期待了，它的背后是巍峨、朦胧的群山，那里面一定是不为人知的气象万千的神秘世界！陆海江站了起来，望着远山，他想这就是巴尔鲁克山了。来之前他查了新疆地图，他们要去的地方有两座山，巴尔鲁克山和塔尔巴哈台山，而卡车现在是往巴尔鲁克山方向行驶的。他还知道这一带是哈萨克人的聚居区，"巴尔鲁克"应该是哈萨克语，不过其含意他就不得而知了。他迫切想搞清这一点，于是向去师部接他们的团保卫科科长姚政求教。姚政说"巴尔鲁克"在哈萨克语里的意思是资源丰富，说到巴尔鲁克山，姚科长侃侃而谈："人们都说中国地图像一只雄鸡，当地的哈萨克人说，巴尔鲁克山就是这雄鸡尾巴上的一支最美丽耀眼的羽毛。"接着他讲了巴尔鲁克山的一个特殊的景象，"每到五六月份，巴尔鲁克山开一种野芍药，只开深红色的花，漫山遍野一片连着一片，远远望去，整个山谷都是深红色的。"

"真是太有诗情画意了，我们就是来守护这支美丽耀眼的羽毛的！"李雯显得很兴奋。陆海江也被姚政描绘的深红色山谷深深地吸引着，他想明年野芍药开放的时候，他一定要画一幅深红色的山谷！

李雯把脸转向他："大才子，你见过哪位画家画过深红色山谷吗？"

陆海江能写会画，班里的同学都叫他"大才子"。在陆海江的印象中李雯好像第一次这样称呼他，因此他愣了一下。

董黎明说："他是才子你是佳人嘛，才子佳人。"他身材高挑匀称，有一张棱角分明的脸，是个很帅气的小伙子。

才子和佳人放在一起一下就变味了，李雯不甘示弱："怎么，你这个大班长要在车上开我们两个的批斗会呀？"在班里董黎明是班长，她是副班长，两人经常斗嘴。

董黎明笑了，是那种坏坏的笑。陆海江很窘迫，脸都红了。李雯看了他一眼，心想你怎么那么木讷，让董黎明钻了空子！

"姚科长，到了边境团场我们会得到一杆钢枪吧？"沈东风兴致勃勃地说。

如果换作其他人，这个时候会用一种鼓励的口吻说"大家会得到一杆钢枪的"，可姚政是保卫科科长，说话就很严谨："有的人不一定。"

坐在角落里的王林很敏感，听了他的话脑袋耷拉下来。他的父亲在监狱里服刑，他预感到与钢枪无缘了。他有一张扁平的大脸，眼睛、鼻子和嘴却很小，人显得很憨厚。

董黎明拍了一下陆海江："像你陆海江这样文绉绉的，我看悬。"

"黎明，我不会那么惨吧？"陆海江的表情有点沮丧。

李雯瞪了董黎明一眼："海江，你别听他的！"

卡车一阵颠簸，车上的人摇摇晃晃，路越发难走了。现在他们一直是沿着边境线而行的，最近的地方离边境线大概两三公里，白天是感觉不到的，夜里却是另外一种情形了，苏军哨所的灯光奇亮，点缀在长长的边境线上，远远望去如城市夜晚的路灯。知青们都站了起来，这是他们第一次与边境线如此近距离接触！董黎明从挎包里取出望远镜，朝姚政指的方向望去，他父亲是部队上的领导，走的那天他偷偷把父亲的望远镜装进了包里。他忽然叫道："我看见哨所了，我们的！上面飘着五星红旗！"

望远镜在大家手里快速传递，视野里除了两国边防军的哨塔，再没什么其他新奇了，有人说边境线怎么没有铁丝网啊？又有人说也没看见荷枪实弹的苏军士兵和装甲车。姚政说新疆的边境线五千多公里长呢，边境线主要以河流、群山为界，有的地方只是用拖拉机犁出一条松土带，就算国界了。他开玩笑地说："如果卡车往边境线上开，对面就会出现全副武装的苏军士兵和装甲车。"不知谁说了一句："那我们就往那边开！"姚政说："那我们就有可能制造严重事件，我这个保卫科科长就会被送上军事法庭！"知青们都笑了。

这些天真烂漫的学生哪里知道边境一触即发的严峻局势！此时，他们要去的边境团场正在召开紧急会议，会议内容是严格保密的，参加会议人员限定在连以上干部，偌大的会议室坐满了人，个个表情严肃。

团长关长远在台上讲话，声音洪亮："同志们，我们的苏联老大哥彻底翻脸了，悍然入侵我国领土珍宝岛！我人民解放军迎头痛击，打出了国威，打出了军威啊！最近苏军在西北边境频繁调动，上级分析，珍宝岛一战他们吃了亏，可能要在西北边境动手，从现在起，全团进入一级战备！"

一级战备！在座的人都知道这意味着什么。

会议开得很简短，关长远通报了近期西北边境形势，接着宣布了团党委的决定：今年分配下来的知青下到各连队后立即组建青年班，以最快的速度打造一支召之即来、来之能战、战之能胜的青年突击队！

人们散了，关长远喊住彭大明，他俩朝关长远的办公室走去。彭大明小个儿，精瘦，关长远却高高大大，略显发福。他俩是老战友，一九三八年春山东老家闹饥荒，他俩跑出来加入了八路军的三五九旅，参加过著名的南泥湾大生产，跟随王震将军南征北返，挺进大西北，徒步进新疆，平叛剿匪，帮助少数民族群众土改……五十年代中期，他俩所在的团奉命开进巴尔鲁克山。刚进疆那会儿他俩都是连长，如今关长远已经是一团之长了，彭大明还是连长，但两人一点也不生分，关长远在他面前不摆团长架子，彭大明跟他也没那么多客套。"文革"一开始他俩都受到冲击，在一个"牛棚"同吃同住同劳动，恢复原职还不到一年时间。

进了办公室，关长远给老战友泡了一杯茶，他想跟彭大明谈谈青年班的事。在全团所有连队中，只有牧业连担负着在中苏边境争议地区转场的特殊任务，他更看重牧业连的青年班。刚切入话题，彭大明就拍了胸脯："请团党委放心，我牧业连无论干啥都是走在全团最前面的，我的青年班肯定是全团的排头兵！"

关长远用敬佩的眼光看着这个老战友，觉得给他再做交代有点多余了。他现在更关心的是牧业连的秋季转场，彭大明告诉他昨天早上转场的人就上路了，他分析这次转场不会顺利通过争议地区，关长远也有这种预感。这时电话铃响了，关长远拿起电话，接线员告诉他是中央军委专线。他愣了一下，中央军委的电话都打到团里来了！

军委首长很关心今年的秋季转场，得知转场的人正在路上，他说："当前的国际局势十分复杂，我们的主要敌人是美帝国主义，对苏斗争还是要讲究策略，中央的方针是保持克制，有理有节，你们一定要抓好部队的政治教育，坚决执行中央的既定方针！特别是牧业连的转场，每次都要通过中苏争议地区，中央军委和外交部十分关注啊！小小一次转场，牵一发动全身啊！"

"报告首长，我们已经对全团干部战士进行了全面深入的政治教育，请首长放心！"对方的声音太熟悉了，关长远可以肯定他是老师长罗应军，"首长，如果我没猜错的话，您是罗应军师长吧？"

罗应军笑了，本来他想问完情况后跟关长远叙叙旧的，没想到对方已经听出他的声音了。当年他在王震将军率领的一兵团六军二师当师长时，关长远和彭大明是师警卫班的警卫员，本来罗应军也是要跟随王震将军进疆的，部队从兰州出发前彭德怀点将，把他带到北京去了。关长远和彭大明听到老师长的声音都很激动，抢着跟老师长说话，让他俩感到诧异的是，远在北京的老师长如此了解这里的情况，不但知道关长远是这个团的团长，还知道彭大明是牧业连连长！

"我有耳目啊，哈……"罗应军笑了，"你们在边境上吃了不少苦，不容易呀，特别是牧业连的转场，责任重大啊！"

"老师长，我们这些您带出来的人尽管放心，绝不辜负党中央的重托！欢迎老师长来巴尔鲁克山视察工作。"

"巴尔鲁克山，祖国的一块宝地啊，找时间我一定去看看。"

罗应军把电话挂了，关长远和彭大明意犹未尽，这时外面响起汽车轰轰隆隆的声音，知青们到了，彭大明要去接人，关长远叫住他，告诉他春燕分到牧业连了。春燕是彭大明的女儿，刚从团部中学初中毕业，她是个活泼好动的女孩子，一翻书本脑袋就大，哭哭闹闹说啥不想再上学了，一门心思要当兵团战士，父母也只好依她了。团里有一条规定，连队领导的子女原则上是不能在本连安排工作的，团劳资科把春燕分配到了六连。春燕妈听说后不干了，让彭大明把女儿要回来，彭大明自然不会出这个头，春燕妈便打电话找了关长远。彭大明是老资格，又是五十好几的人了，照顾一下是说得过去的，关长远没怎么犹豫就安排劳资科把春燕调到了牧业连。

"我还没老到要女儿照顾呢，你还是把春燕分到六连去吧。"

关长远的脸板了下来："这事就这么定了，回去不许跟嫂子再纠缠这件事，不然我收拾你！"

彭大明一甩手："走了！"

其实彭大明的内心也挺矛盾的，这把年纪的人了，就春燕这一个孩子，他对女儿的爱是可想而知的。这几年，春燕在团部上中学，跟他们在一起的时间很少，他心里空落落的，如今女儿初中毕业了，他怎么能不希望女儿留在身边呢？但他不想让别人说他倚老卖老搞特殊，这大半辈子他都是堂堂正正的，因为这点儿女情长招来闲言碎语值吗？彭大明还有另一个顾虑，女儿回到连里肯定是要进青年班的，他要打造全团青年班的排头兵，女儿是要吃苦头的，假如她不争气，他怎么放开手脚调教这些知青？可是，坚持不让女儿回来，春燕妈铁定会跟他大闹的，自打结婚起他们的生活就阴云密布磕磕绊绊，搞不好她会跟他彻底摊牌……从关长远办公室出来，彭大明为女儿的事思前想后百感交集，他抬眼望了望湛蓝的天空，长叹了一口气。

团机关的后面是一片开阔地，知青们已经排好队了，姚政在队伍前面扯着嗓子宣布名单。一连知青名单是最先宣布的，当听到李雯的名字，陆海江心跳加快，他期待听到"陆海江"三个字，但让他很失望，一连知青名单中没有他。李雯也挺意外，她侧脸看了陆海江一眼。

站在旁边的彭大明喊了一嗓子："牧业连的人跟我走！上千里马！"

千里马？分配到牧业连的知青面面相觑。陆海江想，是骑马走吗？他还从来没骑过马呢！知青们拿着行李跟在彭大明的后面，来到牧业连的拖拉机前他们才恍然大悟，原来"千里马"是指轮式拖拉机。轮式拖拉机的轮胎大驾驶楼高，很像骏马高昂的头，其性能也如骏马，高高低低的山路根本不在话下，在这山区大大优于汽车，大概这就是连队的人把轮式拖拉机称作"千里马"的缘故了。

李雯找到姚政，想让他把她调到牧业连，她说她一个女生出门在外挺不容易的，想跟班里的几个同学分在一起，相互有个照应。姚政说："你想搞小团体啊？就是要给你们掺沙子！"她不懂"掺沙子"这个政治术语，愣住了。这时，一连的"千里马"上有人在大声喊她的名字，她沮丧地拖着行李朝那儿去了。

陆海江吃力地往"千里马"上爬，拖斗上已经有几个本团的学生，彭春燕看他挺费劲的，伸手拉了他一把。陆海江看了她一眼，姑娘身材娇小，扎两个小辫，圆圆的小脸上有一双会说话的大眼睛。董黎明很利索地上来了，与她握了一下手，笑着说我们以后就是一个战壕里的战友了。陆海江小声问她牧业连离一连队有多远，她说不远，十来公里吧。他想也不近啊！

牧业连的知青全部到齐了，乌鲁木齐加上本团中学的总共十八名。"千里马"开动了，陆海江朝一连的"千里马"望去，李雯也在向他这儿张望，董黎明朝她挥了挥手，大声地说："李雯，我们会去看你的！"

此时，转场的战士赶着羊群进入了中苏边境争议地区！

下雪了，深山里的冬天总是来得很早。没有路，满眼是耸立的高山，雪花在寒风中舞动，战士赶着羊群在崎岖的峡谷中艰难前行……这一切仿佛是造物主有意安排的，考验着从这里经过的每一个人的意志！转场之路是充满艰险的，然而，牧业连的战士一定要从这里通过，年复一年，如期而至，完成一次又一次庄严神圣的证明！

转场是游牧民族特有的生活轨迹，哈萨克人逐水草而居，草木繁盛的季节在夏牧场放牧，入冬前赶着羊群进入冬牧场。冬牧场俗称"冬窝子"，这里地处深山，冬暖夏凉，由于人迹罕至，长了一年的青草可供牲畜啃食，过冬无忧。兵团的牧区连队也遵循着这个千古不变的生活轨迹。这一带自古以来就是我国哈萨克牧民转场的牧道，中苏关系紧张以后这条牧道就具有了象征意义，交给了兵团连队，牧民们转场不从这里走了，这是中央赋予兵团的昭示主权的特殊使命！

雪越下越大了，天色渐渐暗了下来，迷迷蒙蒙的。这不是好兆头，经验告诉副连长康振华，这预示着更大的暴风雪！他们才进入争议地区，前面还有十多公里路呢，而且还要翻越一座山！他大声喊道："同志们！抓紧时间！快速通过！"

几百只羊在战士们的驱赶下吃力地往前走着，这也是对它们的生死考验，健硕的顽强的最终见到它们向往的大草甸子，瘦弱的胆怯的倒在风雪交加的路上……

前方出现了十几个骑着马的苏军士兵，横了一排，他们的意图再明显不过了：阻止中方通过！

双方形成对峙，各站成一排，冷冷地望着对方。风在耳边呼啸，雪打在脸上，谁都没有退让的意思。这样过了一会儿，苏军中一个军官模样的人用俄语叽里哇啦地说了一通，转场的人谁也听不懂他在说什么。康振华义正词严："我们是严格按照中苏两国商定的时间和路线转场的，你们为什么要无理阻拦？请你们遵守协议，让开！"

对话是毫无意义的，于是对峙演变成马上的对抗和较量！苏军士兵冲了过来，羊群四散，牧业连的战士奋勇向前，无论男的女的，毫无畏惧！

赵长山早就按捺不住了，他用双脚猛地夹了一下马肚子，高举着步枪冲了出去！这个五大三粗、出自少林的男人瞬间如下山猛虎左冲右突，手中的枪如少林武僧手中的狼牙棍上下翻飞，几个与他交手的苏军士兵都被打下马，望着这个有一身功夫的中国男人，他们惊呆了！

转场在争议地区受阻是常有的事，苏方以边防士兵阻挠，中方则以转场的兵团战士应对，这叫做"以民对军"。这是中方采取的一种特殊的斗争策略，军民不对等，尽管打架斗殴式的冲突是难免的，但一般不会酿成军事冲突；如果苏方越过中方的底线，训练有素的兵团战士即可投入战斗！

现在形势急转直下，苏军要动手了！一个士兵用枪瞄准了赵长山，离赵长山不远的张红珍看到了，策马向赵长山奔去："赵班长，小心！"

枪响了，张红珍中弹从马上摔了下来。赵长山跳下马，抱起张红珍，鲜血从她的衣服渗出来，滴在雪地上，一片殷红。

"他奶奶的！"赵长山举起枪。

康振华大声喊道："赵长山！不许开枪！"

苏军开始撤了，赵长山说："康副连长，你下命令还击吧！"

另一个战士也急了："康副连长，赶紧下命令吧！"

康振华紧张地观察着，苏军很快从视野中消失。

赵长山气愤地指着康振华，大吼道："康副连长！你为什么不下命令还击？老毛子开了第一枪！张红珍同志牺牲了！"

"赵长山同志，请你冷静！我们的任务是通过争议地区，这是上级的命令！现在没时间跟你解释！赵长山，张红珍就交给你了，一定要把她带回去！"

赵长山骑上马，两个战士把张红珍托给他。战士们看着被冲散的羊群，其中一个说："康副连长，羊群被冲散了，怎么办？"

"顾不了那么多了，有多少算多少，抓紧时间通过争议地区！"

……

"千里马"爬过一座山，牧业连驻地就呈现在知青们面前了。连队被群山环抱，层林尽染，绿的塔松、白的桦林、金的白杨……群山之巅白雪皑皑，闪着银光。山坡上，一排排房子像部队的营房，整齐划一，白杨树齐刷刷地点缀其间，陆海江想，陶渊明笔下的世外桃源也不过如此吧。进了连队，他的心情却沉重起来，所有的房屋都是土坯房，风雨剥蚀，墙上斑斑驳驳的。

连部里面的人迎了出来，其中一个三十四五岁的女人很热情："同志们辛苦了！看这灰头土脸的，大家快进去吃西瓜！"她给陆海江的第一印象是人很瘦削，特别是那张脸，紧绷绷的，没有一点多余的肉，脸皮下面似乎就只剩下骨头了，眼睛细长，一笑就眯成一条缝了，她的声带好像也出了点问题，声音沙哑，但语速却很快，夹着浓重的苏北口音。

彭大明从驾驶楼下来，大声说有转场的消息吗？其实他问得多余，正常情况下此时转场的人正在通过争议地区，怎么会有消息呢？江涛朝他摇了摇头，他理解彭大明的急切心情，他对这次转场的感觉也很不好。江涛看上去四十上下，人很精干，戴一顶黄军帽，眉宇间透着机敏，一看就是当过兵的。陆海江对他的另一个印象是穿着干净整齐，褪了色的黄军装里穿了件白色的确良衬衣，领子雪白，脚上的皮鞋一尘不染，这与连里在场的其他人形成很大反差。

连部一进门是一间稍大的房子，里面摆了一张乒乓球台，也可做会议室之用，这间房子的两边各开了一个门，左边是连部办公室，右边是会计、出纳办业务的地方。大家进了连部，彭大明让罗豪才通知支委下午到连部开会，罗豪才转身要走，那女的喊住他，说吃块瓜再走，说话间便砍开一个西瓜，切下一块递给他，他咬了两口就走了。他与江涛年纪相仿，也是转业军人，但人显得有些松垮，脸上也多了些皱纹，显得有些苍老。

知青们吃着西瓜，都说这瓜真甜，乌鲁木齐可吃不上这么好的西瓜！

那女的挺得意，一边切瓜一边说："我叫齐桂花，菜班班长，这瓜就是我们菜班种的。我们连里的西瓜远近闻名，可就是离城太远，路又难走，卖不出去呀！最贱的时候才五分钱一公斤，夏天连里的人很少喝水，渴了就吃瓜，可还是吃不完，只有喂猪喽……"

知青们都感叹太可惜了。

吃完西瓜，齐桂花领着知青们来到知青宿舍。知青宿舍离连部十几米远，长长的一排，原先七八个门，十五平方米一间，为便于集中管理连里进行了改造，只保留了两个门，女知青人少，占了两间，其他都归男知青了。宿舍里很简陋，墙边各摆了一张褪了色的办公桌，桌上放了一盏马灯，剩下的只有一圈上下床了。

男知青们打量着这个新家，董黎明说："同志们，这就是我们的家了！"

"这家也太寒碜了吧？"马超张着嘴，表情有些夸张。

李涛看了他一眼："你还想怎样？这里可不是乌鲁木齐！"

"大家还愣着干什么？动起来呀！"董黎明俨然又成了班长，协调床铺的分配，他先主动给自己选择了离门口最近、位置最差的下铺，大家自然都听他的了。陆海江心不在焉，似乎事不关己，董黎明喊了他一声，他才反应过来。他喜欢看书，想要个最里面的上铺，那儿清静不被打扰，可那个位置已经属于马超了。董黎明说你怎么早不吭气？但还是要照顾一下老同学的，他让马超下来，马超嘴里嘟嘟囔囔的，虽然不太情愿还是服从了。

大家开始解行李铺床，陆海江又发起呆来，董黎明说："海江，想什么呢？"

"噢，没想什么。"陆海江有些不好意思，赶紧解行李。

"是不是因为李雯没跟我们分在一起？"董黎明的表情有些神秘，他是能够看透陆海江心思的。

"你别乱猜好不好？"陆海江有些不高兴，他不想让大家把他和李雯联系在一起。"别装了，我早就看出你俩不对劲了，老实坦白！"

陆海江直起身子，冲着下面的董黎明说："董黎明，你再说我跟你急啊！"

"瞧你那个认真劲，跟你开个玩笑。"

齐桂花把女知青领进宿舍就走了，眼下姑娘们最关心的是私密性问题：

"这男女宿舍挨得也太近了吧？只隔了一堵墙，都不敢大声说话。"王璐云首先意识到这一点。

　　"就是，在我们学校，住校生男女宿舍都不在一层楼上，这儿也太不讲究了！"李莉萍附和道。

　　王璐云说："哎，我们是不是建议连里调一下？"

　　"得了吧，一来就提条件？"赵丽娜说，"不要忘记我们现在已经是兵团战士了！"

　　"赵丽娜说得对，我们一下来了这么多知青，连里住房肯定很紧张，不然也不会这么安排，大家克服一下吧。"杨红说话的口气像个老大姐，"以后在宿舍里说话、着装、个人卫生等方面多注点儿意，不要太随便了。"

　　姑娘们都不说话了。

　　知青们正在搞卫生，齐桂花又笑呵呵地来了。她先是领着知青们去了连队的小商店，小商店在一座小山包上，挺显眼的，在她的指点下知青们买了毛巾、牙刷、牙膏、香皂之类的生活日用品，她特别交代不要忘了买碗筷，因为是要吃食堂的。吃食堂这一点让知青们很开心，他们知道下乡插队的知青都是自己动手做饭的。王璐云问："去食堂吃饭要掏钱吗？"齐桂花说："你们拿工资啊，等一会儿我领你们去食堂买饭票，没带钱的就先赊账，等发了工资再交上。"齐桂花的话提醒了大家，兵团战士是每月发工资的，这一点又比下乡插队优越！于是有人又多买了几样东西。陆海江买了个小一点的碗，齐桂花让他换个大的，陆海江说自己饭量小，齐桂花说那是在家里，连队可不一样，出力干活饭量大着呢！陆海江就换了个大的。从小商店出来，齐桂花又要领他们去食堂买饭票，董黎明说："不麻烦你了，你指一下地方，我们自己去吧。"齐桂花说："不麻烦，跟大家走走，介绍介绍情况。"一路上她的嘴就没闲着，连队小学在东边，马号在西北角，头疼脑热就去连部旁边的卫生室，想打篮球就去连部前面的球场……其实篮球场根本用不着介绍，知青们在连部下拖拉机时就看到了。初到连队就遇见齐桂花这样的热心人，知青们都觉得很温暖。

　　食堂在连部对面，中间隔着一个篮球场。齐桂花领着知青们进了食堂，同时也把礼堂参观了。食堂与礼堂是连为一体的"T"型建筑，一进大门是饭厅，摆了几张方桌和条凳，右边通向做饭的后堂，左边通向食堂的库房，饭厅再往里面走就是礼堂了。名为礼堂，其实就是一个能容纳一百多号人的大房子，里面空空如也，开大会或看节目看电影什么的，都要自备板凳，不过，边境线上的小小连队有这样一个去处也实属不易了。

食堂的饭票分菜票和粮票，菜票买多少不限，粮票却是定量的，每人每月十五公斤。知青们买完饭票，就快到吃午饭的时间了。头一次去连队食堂吃饭，陆海江有些迫不及待，叫了两个男知青早早来到食堂。买饭的两个窗口还关着，已经有十几个吃食堂的战士排上队了，他们知道，为迎接知青的到来，连里安排食堂上午杀了一头猪，他们早就垂涎欲滴了！窗口旁边的小黑板上写着："青椒炒肉丝两角　豆角炒肉片两角"。黑板的下方特别注明："每人限一份"。食堂改善伙食，菜是限量供应的，不能多吃多占。知青们陆陆续续来了，一下增加这么多吃饭的人，餐厅就显得很拥挤，女知青们打上饭都回宿舍了。

这顿饭陆海江吃得很香。他要的是一份豆角炒肉片，一个白面馒头，连队蒸的馒头比城里大多了，用了他两百克饭票，不知不觉中他竟全部吃下去了，他一顿从没有吃过这么大的馒头！看来齐桂花让他买一个大碗是对的，他想。

彭春燕没有去食堂吃饭，下了拖拉机她就拿着行李回家了。她的家在连部后面的一排平房，转过连部，房头上的那个土黄色木门就映入眼帘了。

连长的家与连队其他家庭没有什么不同，都是一间，十五六平方米，一分为二隔成两间，里面是老两口的卧室；外面是做饭、吃饭的地方，本来已经很拥挤了，墙边还支了一张单人床，这是属于女儿的。每家每户基本上都是这个格局。由于房间太小，无法满足日常生活之需，于是各家都毫无例外地在自家房前盖了一间小房子，用来存放家里的杂物，夏天还可以在里面做饭，孩子多的也作为栖身之所，这些房子也连成了一排，大大小小、高高低低的，虽然碍眼却很实用。

这个家再普通不过了，但却勾起了彭春燕那么多美好温馨的回忆。黑糊糊的灶台、吃饭的小方桌、铺着花格布的小床……望着眼前的一切，彭春燕的眼睛有些湿了，心中涌起一股深深的愧疚。这三年她跟父母在一起的日子屈指可数，欠他们的太多太多了，以后她就可以朝夕相伴在父母身边，尽一份女儿的孝心了！想到这儿，她把行李放到一边，挽起袖子，用抹布把能擦的地方都擦了一遍，然后把床单、枕巾和挂在墙上的衣服泡在盆子里。屋子里光线昏暗，又碍手碍脚，她干脆端到外面来洗。

当她洗得满头大汗的时候，妈妈扛着铁锹过来了。这是个中年模样的妇女，身材健壮，腰板挺直，一头乌发，脸上没什么皱纹，此时如果彭大明跟她走在一起，谁会想到她就是彭大明的女人呢？

"妈！"彭春燕娇滴滴地喊了一声，她甩了甩手上的肥皂泡沫，上前搂住妈妈。妈妈心疼地理了理女儿的刘海，擦去她脑门上的汗珠，女儿回来了，她一直悬着的心终于踏实了："总算回来了。春燕，想吃啥，妈给你做。"

"妈，中午时间挺紧的，随便吃点儿吧。"

春燕妈突然想起什么："上午食堂杀猪了，你没把咱家那份拿回来？"

"我没顾上，我爸会带回来的，我们晚上吃。"

"你爸？他哪有这份儿心！"春燕妈的脸一下由晴转阴了，彭春燕后悔说"我爸爸会带回来的"，她干吗要触动妈妈那根敏感的神经？

春燕妈刚进屋，彭大明就过来了，他笑呵呵地说："我女儿洗了这么多衣服啊！"

彭春燕看见他两只手空着，有些不高兴："爸，你没把咱家的肉带回来？"

"肉？"彭大明很快反应过来，"我一大堆工作，哪还想着杀猪的事儿，这么着急？馋肉啦？"

"就是馋肉了，我刚回来，还不给我做顿好吃的？爸，我这儿腾不出手，你去食堂跑一趟吧，把咱们家那份拿回来。"

春燕妈在屋里听着父女俩的对话，心想这丫头说变就变，怎么又急着吃肉了？

她哪里知道女儿的用心。彭春燕这样说不是为了自己，而是不想让妈妈为这事跟爸爸找茬儿，她知道，如果妈妈看见爸爸没有把肉带回来，她一定会口出讥讽说难听的，爸爸也会以牙还牙毫不相让，彭春燕太了解他们了，她刚回来，不想看到家里出现不和谐的气氛。

"好吧，为了女儿，我跑一趟。"彭大明又原路回去了。

春燕妈炒了两个菜，肉拿回来了，自然是要让女儿见点荤腥的，一家人坐下来，围着方桌吃饭。

"妈，好久没吃你做的饭了，真香！"彭春燕摆动着筷子，快乐得像个小孩子。

妈妈给她夹了一块肉："以后好了，你可以天天吃妈妈做的饭了。"

"妈，从明天起我跟你学做饭，以后让你和我爸吃现成的！"

"瞎激动！"妈妈爱怜地看着女儿，"连里那么多事，一忙起来你就累稀了！家里有我呢，你妈还没老。"

"妈，你还拿我当小姑娘？"彭春燕一本正经地说，"我告诉你们，班上学工学农，哪个女孩子都不敢跟我比，老师都夸我最能吃苦！"

彭大明很认真地看着女儿，目光中透着几分得意。时光如梭，女儿已经长成英姿飒爽的大姑娘了，虽然个子小了点儿，随了他，但她身上散发出的那股精气神儿也像他彭大明！现在她回来了，这个有着他一样性格的孩子不会让他失望。他的目光停在女儿睡的床上："春燕，下午把你的东西收拾收拾，搬到知青宿舍去住。"

妈妈本来笑盈盈的脸一下拉了下来，彭春燕赶紧说："妈，我爸只是随便说说，吃饭吃饭。"她给爸爸夹了一块肉，"老爸，我妈炒的菜多香，你多吃点。"

春燕妈把筷子放在桌子上："老头子，你啥意思？女儿刚回来你就往外撵啊？"

"连里要成立青年班，班里的战士都住集体宿舍，春燕住家里，有个紧急任务怎么来得及？"

"有什么来不及的？咱家又不远！不行，我不同意！"

"爸妈，这事儿以后再说，先吃饭吧。"

"不行，今天要把话挑明了！"春燕妈站了起来，一副要干仗的架势，"春燕，为你分回来的事儿，我让他找一下团里，他不出头，我找了关团长，好不容易把你要回来，现在他又要你住集体宿舍，他这是成心跟我过不去啊！"

彭大明把筷子拍在桌子上："我怎么跟你过不去了？春燕是我女儿，我不想她留在身边吗？可我是连长，哪能像你考虑问题那么简单！"

春燕妈坐下了，一脸愁容："我好不容易把女儿要回来，这跟没回来有啥两样？"

"妈，我不是就在集体宿舍睡个觉嘛。"

"你把春燕要回来，已经搞了一回特殊了，她再不住知青宿舍，我这张老脸往哪儿搁？我这个连长还怎么当？"

"你那张老脸就那么值钱？嫁给你我真是倒了八辈子霉了！"春燕妈扭过身去，这饭她是吃不下去了。

彭春燕知道接下来妈妈又要翻腾那些陈谷子烂芝麻了，妈妈总是这样，先是就事论事，然后引申到她婚姻的不幸。她要赶紧踩刹车，不然又将出现不可收拾的局面了："我一回来你们就吵、吵！还让不让女儿吃饭了！"

女儿的话立即产生了效果，老两口沉默了。彭春燕是在父母无休止的吵闹声中长大的，吵闹往往发生在晚上，这种时候她就站在中间，想尽各种办法加以平息，爸爸妈妈就不吵了，但妈妈总要哭哭啼啼、自言自语到半夜。

彭大明与春燕妈的结合完全是组织的撮合。五十年代初，进疆部队转入开发建设，开赴沙漠荒原、边境沿线，组建了一大批军垦农场，可都是些光棍，没有女人啊！王震司令员决定从山东和湖南招收大批女兵，解决部队干部的婚姻问题。春燕妈从山东老家来连队没几天，组织上就把她介绍给了彭大明，她开始不同意，嫌他年纪大，她问他多大岁数，他说二十九，她不相信，他说戈壁风沙大，人老相。生了春燕以后，他才把真实年龄告诉她，他比她大了整整十六岁！她又哭又闹……

"妈，赶紧吃饭吧，菜都凉了。"

春燕妈转过身来："春燕住集体宿舍，但一天三顿饭要在家吃！"

"妈，那还用你说，我要是不在家吃饭，那还算你们的女儿吗？"彭春燕显然是说给爸爸听的。

彭大明低着头说："饭还是要在家里吃的嘛。"

彭春燕松了一口气，硝烟总算散去了。"爸，妈，这几年，我在团部上学，对你们照顾太少，欠你们的太多了，说起来心里挺内疚的，现在好了，我回来了，好好给你们尽尽孝心！"

女儿的话让彭大明心里宽慰了许多，多亏有这么一个善解人意、知冷知热的女儿，不然他真不知道能不能和春燕妈走到今天！回想起女儿小时候的那些事，他心里就暖暖的。部队刚开进巴尔鲁克山时他整天不着家，从早忙到黑，回到家就想睡觉，女儿好心疼，为了给他解乏，烧一大盆热水给爸爸泡脚，两只大大的眼睛望着他，调皮却又甜甜的，小手还不时地挠他的脚心，那个舒坦劲儿啊，像过电一样麻酥酥通遍全身，一身的困乏全没了。

"还是女儿疼我啊！"彭大明站起身，开会的时间快到了，他走出来，彭春燕从门口探出脑袋："爸，晚上想吃啥？"彭大明转过脸说："只要是你做的，爸爸都想吃！""咯咯咯……"身后响起女儿银铃般的笑声，女儿真是爸爸的小棉袄啊，刚才的不愉快全被他抛在脑后了。

他的思绪很快转到青年班上来，眼下他要尽快为青年班选一个得力的班长。他心里已经有一个人了，但他知道这个人肯定不会顺利通过，他想着如何说服大家。

办公室里烟雾缭绕，支委们都提前到了。正像彭大明预料的那样，大家对青年班班长人选产生了分歧。彭大明是支部书记，不能先入为主，他只是强调要打造一支召之即来、来之能战、战之能胜的青年突击队，必须选一个特别的班长。

"我先提个人。"罗豪才心领神会，第一个发言，"咱们连转业军人占到三分之一吧，这些人政治素质、军事素质都很强，选个带兵之人不在话下，但要说选个特别的，那我看还是赵长山。"罗豪才没有急着往下说，他不紧不慢地点了一支香烟。

彭大明向罗豪才投去赞赏的目光，赵长山正是他心目中的那个人！

罗豪才吸了一口烟，继续说："赵长山虽然没当过兵，但军事上一点也不输给我们这些转业军人，可他那一身功夫，我们却没得比，加上这人要求严格，干事认真，我认为他当青年班班长最合适。"

"赵班长这人怎么说呢，优点很突出，缺点也很突出，主要是工作方法简单，待人过于严厉了，当年他带上海支青就怨声载道，让他当青年班班长，我担心这些城里的知青吃不消。"副连长曲德明提出了不同意见。

"我看赵班长可以，我们就是要选个厉害的，不然怎么能把这些知青带出来？"

"我谈点意见。"江涛清了清嗓子，"选择青年班班长，不能只看某一个方面，而要全面综合加以衡量。我认为，青年班班长必须是又红又专的人，而且红要放在第一位，因为红是管路线、管方向的，赵长山同志恰恰在红的问题上存在不小的差距。我到连里工作也已经三个月了，根据我的观察和了解，此人缺乏政治意识，思想境界不高，还有，这个人性格暴躁，工作方法简单，不善于做思想工作，让他担任青年班班长，他会把青年班带到何处去？"

彭大明看了他一眼，他也想到江涛会反对他用赵长山的，江涛是团里下派的挂职干部，自从来到连队，他俩在很多问题上拧着。彭大明觉得火候到了，他该说话了："选人用人，当然要又红又专，红不是停留在口头上，不是看他说了什么，关键是看他做了什么。每次转场，赵长山都主动请缨，遇到苏军阻拦，他都冲在最前面，这些年，连里没少给他安排急难险重的任务，他从来不含糊，干得都很漂亮，大家说，这是不是红啊？"

"这当然是红了，这是最大的红！"罗豪才说话的声音很大，支委们都用眼睛看他。

"当然，赵长山这个人身上也有毛病，看主流吧，关键时候还得下猛药，用赵长山这样的人！用个四平八稳的，不会出问题，可也成不了大事！"彭大明顿了顿，进一步说，"用赵长山，也主要是让他负责军事训练，至于说青年班的思想教育和管理工作，还要靠党支部。在座的都是支部委员，大家多上点心，特别是江副指导员，你是主抓思想政治工作的，就多操点心吧。怎么样，就定赵长山，好不好？"

连长表态了，大家也就没什么可说的了。

江涛干咳了一声："我保留个人意见。"在他眼里，赵长山绝对不是青年班班长的合适人选，这个人有点另类，即使有再大的本事也不能重用！至于彭大明，江涛也是没有放在眼里的，这类老干部太缺乏政治敏锐性和政治洞察力了，在这个除旧布新、日新月异的时代已经落伍了……

彭大明从连部出来，连队上空已经炊烟袅袅了。中午的不愉快让他没吃好，这阵子他感到饿了，女儿会给他做什么呢？他快步朝家走去。

推开门，屋里静悄悄的，桌上扣着给他留的饭。他忽然觉得房间宽敞了，环顾了一下，女儿的床不见了。他定定地望着那个原先属于女儿的地方，心中生出一丝惆怅。

此时，他的女儿已经躺在女知青宿舍的床上了。彭春燕是个性格外向、开朗活泼的女孩子，她爱唱爱跳，住校时她就是女生宿舍的"活跃分子"——女同学都这么说，本来刚搬进女知青宿舍，她应该制造点欢快气氛的，但现在她静静地躺在床上懒得动一下，两只大眼睛一直愣愣地望着屋顶。回到连队还没在家里住一个晚上呢，爸爸就让她搬到知青宿舍来了！她与父母朝夕相处的愿望不是化为泡影了吗？她在团部上了三年初中，夜深人静的时候她常常想家，她是多么期待跟父母厮守在一起的美好时光啊！妈妈晚上爱唠叨，说那些不如意的事，住在家里，当女儿的还可以给妈妈一些抚慰……能怨爸爸古板吗？他是一连之长，而她是他手下的战士，怪不得爸爸对她回来有顾虑呢，唉，世间之事往往不尽随人意啊！彭春燕很快就从这种情绪中走出来，她属于乐天派，不开心的事情如同阵雨，很快就云开雾散了。她想跟姐妹说说话，见大家都各忙各的，便也开始收拾自己的东西。她没带什么，除了睡觉的铺盖，就拎来一个女孩子必备的小包，她把包里洗漱用的拿出来，就毛巾、牙刷、牙膏、香皂、雪花膏几样小东西，还有一面带支架的圆镜子，女孩子爱美，这也是必不可少的。她望了一眼窗台下的办公桌，各类日用品差不多已经摆满了，心想，一样的东西，谁是谁的都搞不清，她只把镜子放在了桌子上，顺便数了一下，宿舍里的六个人，居然每人放了一把带支架的镜子！她笑着说："这么多镜子搁在这儿多碍事啊，不如我们去小商店买个大的，挂在门背后，出门进门都能照一照，小镜子各自收起来，或找个钉子挂在自己的床头。"大家都说这个提议太好了，尤其那面正衣冠的大镜子真是恰到好处，李莉萍说："大家现在就凑钱，明天上午买回来！"宿舍里的气氛一下就被彭春燕活跃起来了。

隔壁传来男知青的哄笑声，彭春燕有些好奇，说："我们过去看看吧。"她的这个提议女知青们却没有响应，觉得她太唐突冒失了，少了点女孩子的矜持稳重。她见没一个人动，就自己去了。

男知青宿舍的门敞着，她敲了敲门，里面有人喊道："请进！"

杜春生刚洗完上身，赶紧穿上背心。

马超见彭春燕进来了，大声说："连长女儿驾到，欢迎欢迎！"

杜春生笑着说："彭春燕，你再早来一步，我光着身子，那你可占大便宜了！"

大家都笑了，彭春燕脸红了一下："没人想占你这个便宜，你还是留着自己欣赏吧。"

笑声更响了，杜春生攥拳抬臂，做了个健美运动员的标志性造型，胸部和上臂立时隆起健硕的肌肉："彭春燕，我还不够健美吗？"

彭春燕斜了他一眼："四肢发达，头脑简单。"

厉害！杜春生在心里说，这个山里的姑娘嘴巴不饶人啊！

陆海江正在给沈东风画头部素描，他坐在床上，手里拿着画板，沈东风坐在他对面，陆海江画得很认真，刚才的插科打诨他根本没听见。沈东风在学校就知道陆海江画画得好，吃完饭闲极无聊，他让陆海江给他画一张素描，陆海江也想在知青面前展示一下，就答应了。彭春燕走了过来，此时沈东风的头部轮廓已经出来了："画得真像！陆海江，你还有这两下子。"彭春燕看了陆海江一眼，在他旁边坐下，这让陆海江有些紧张，好在他的注意力很快集中在画上了。

马超说："彭春燕，到目前为止，你是第一个到男知青宿舍的异性。"

彭春燕听着挺别扭的："怎么，不欢迎啊？"

"求之不得，我们男知青都希望你们女同胞经常过来坐一坐啊！"

杜春生凑到她跟前："彭春燕，看你两眼放光，你也想让陆海江给你画一张？"

彭春燕笑而不答，她心里是有这个想法的。

沈东风的头部素描完成了，大家都围过来欣赏，对陆海江的画技大加褒奖，陆海江挺得意的。马超说："彭春燕，你坐沈东风那儿，让陆海江也给你画一张。"陆海江赶紧说："我画了快两个小时了，你让我休息一会儿吧，再说现在光线也不好了。"彭春燕本想让陆海江接着给她画一张，听他这样说，便打消了这个念头，从男知青宿舍出来了。

回到女知青宿舍，大家都睁大眼睛看她，王璐云说："你在男知青宿舍待了这么长时间？"彭春燕说："看陆海江给沈东风画素描呢，陆海江画得真棒，不信你们过去看看。"李莉萍说："刚来就进男知青宿舍？彼此又不熟悉，挺不好意思的。"彭春燕说："你也太封建了吧？"

天不早了，女知青们都开始洗漱，彭春燕却坐在那儿想着陆海江。下午马超叫陆海江"大才子"，她一下没有反应过来，刚才算是初步领教了，这个看上去书生气十足的小伙子还真是有才华呢！找时间也让陆海江给自己画一张素描，她想。

夕阳收去了最后一抹余晖，冬牧场便拉上了一道黛色的帷幕，远山黑黢黢的，横在原野上的两幢木屋孤孤零零，旁边的围栏里偶尔发出一两声"咩咩"的颤音……

木屋里光线很暗，炉火忽闪忽闪的，勾勒出战士们的身影，大家默默地坐在炕上，还没有从失去战友的悲痛中解脱出来。

终于有人说话了："康副连长，张红珍怎么办？"

康振华没有反应，他一下也拿不定主意。

"入土为安，明天早上选个地方葬了吧。"

"入土为安？"赵长山猛地吸了一口烟，烟头燃烧的亮光映出他愤愤的表情，"如果把你葬这儿，你安得了吗？"

"红珍已经走了，再让她跟我们在马上颠簸七八十公里路，我心里不落忍啊！还是让她早点安息吧。"

"不去'四排'，张红珍不会安息的，我了解她，一定要把她带回去！"赵长山很坚决。

"四排"指的是牧业连的墓地，在人们心里，那些逝去的战友还是连队的一员，不知从什么时候起，连里的人就把那儿叫"四排"了。

"就按赵班长说的办吧。"康振华站起身，"现在睡觉，明天一大早出发。"

木屋的炕上铺了一层干草，在这里过冬的六个人带了被褥，十几个护送转场的战士只能和衣而卧挨过这一夜了，好在他们都穿了羊皮大衣。大家都躺下了，赵长山却走出了木屋，他蹲在门口，取出烟袋，把烟粒洒在用报纸裁好的小纸条上，卷了一支食指粗细的烟卷，用唾沫粘合好，点燃吸了一大口。这种烟俗称莫合烟，烟粒用烟草秆磨制而成，劲很大，新疆的少数民族男人大多吸这种烟。

围栏里的羊已经睡了，冬牧场出奇的静谧，一轮弯月斜挂天际，繁星网一般罩在上空，赵长山眼前的小草似乎都清晰可辨。他吸完一支烟，心情还是平静不下来，张红珍从马上倒下的画面总是出现在他的眼前，他的眼睛又一次湿润了。

康振华见他半天没进来，披上大衣来到屋外："赵班长，早点睡吧，明天还要赶路。"

赵长山看都没看他一眼，他对康振华还耿耿于怀。

康振华拍了一下他的肩膀，然后进去了。他很能理解赵长山此时的心情，当年赵长山最穷困潦倒的时候，张红珍给他指了一条路，从此改变了他的命运；而上午，在那个生死攸关的时刻，她又奋不顾身地为他挡了子弹，献出了年轻的生命！他怎么能不为之动容呢？

赵长山的人生是坎坷的，他的家乡在河南黄泛区，六岁前父母相继去世，他与比他大两岁的姐姐相依为命，吃百家饭长大。十二岁那年，姐姐也暴病撒手人寰了，懵懂之年的他立志要练就钢筋铁骨，上了嵩山少林寺。老方丈听了他的哭诉动了恻隐之心，将这个孱弱瘦小的孩子收下了。功夫不负有心人，十五年的风雨打磨，赵长山长成铮铮铁汉，练就一身少林功夫。随着年龄一年年大了，一个严峻的现实问题不断地困扰着他：他们赵家这一支到他这里就绝后了？思前想后，最终他下决心告别众僧下山还俗了。时运不济，此时正是六十年代初，自然灾害在中华大地肆虐，他的家乡父老很多都拖儿带女出去讨饭了，他虽然风华正茂，一身力气，却也难以找到生计。他听人说新疆地广人稀，物产丰富，前些年很多河南人都支边了，安了家立了业，他决定去闯一闯！他乘上了西去的列车，到了新疆才知道这里的情形同样艰难，他没有灰心，他不相信自己一身功夫在这么广袤的土地上找不到栖身之地！他一路向西，来到蛮荒的边境，他哪里知道，这里正经历着一场突如其来的变故！在境外势力的煽动和裹挟下，当地大批哈萨克牧民举家外逃，他一会儿遇见一家家赶着牛羊慌不择路的牧民，一会儿遇见一队队巡逻值勤的兵团战士，当他意识到事态的严重性，他已经没有退路了，所有的路口都设了卡子，而此时他已经身无分文了。当地人告诉他巴尔鲁克山盛产贝母，这种草药挺值钱，但那山在边境线上，闯山是要有胆量的。他没有多想便进了山，果然挖到不少贝母。下山时他又饿又渴，浑身乏力，头晕目眩，两条腿再也挪不动了，当时的情景他至今记忆犹新。

他躺在山脚下，大口地喘着气。在附近放羊的张红珍发现了他，骑着马朝他走来。

"你是从哪里来的？在这儿干什么？"她警惕地从身上取下步枪。

"挖贝母。"他从身旁的一个布袋里拿出一个贝母。

"这里是边境禁区，你赶紧走吧！"

"走不动了。"他有气无力地说，"同志，俺是从河南逃荒来的，唉，走了一路，也没找到个落脚的地方，听人说这山上有贝母，就跑来了，俺已经两天没吃饭了。"

张红珍从马上下来："河南闹饥荒听说了，饿死了好多人。你一个人跑来的？家里人呢？"

"俺从小就是孤儿，吃百家饭长大的。"

"唉，你也挺不容易的。"张红珍从挎包拿出馍馍递给他，"吃吧。"

"谢谢！谢谢！"他接过来大口地吃着。

张红珍又把军用水壶递给他。

"妹子，你真是个好心人！"

"现在边境上很乱，你要是让巡逻的人看到了，肯定把你当外逃的抓了，吃完了就赶紧走吧。"

他叹了口气："唉，俺能去哪里？找不到个落脚之地啊！"

她上下打量着他，这个人胡子拉碴的，长相粗糙，但体魄强健，便说："哎，你想不想当兵团战士？"

"俺一个'盲流'，兵团会要俺？"

"我们连队正缺人呢，接了好几批了，我看你身强力壮，说不定会收下你。"

"那俺去试试！"他站了起来，"妹子，俺是个习武之人，不是吹的，一群人上来都不是俺的对手，兵团要是肯收下俺，俺一定会给兵团争光！"

张红珍很惊讶："你有武功？"

刚吃下张红珍的馍馍他便来了精神，就地给她打了一组拳。

张红珍眼睛里闪着光："这个大哥，连里肯定要你！走，我领你去见彭连长！"

走了一路终于遇到好心人了，他心中涌起一阵感激："妹子，真是太谢谢你了，你给俺指了一条路！"

这天夜里陆海江也心潮起伏难以入睡。躺在男知青宿舍的床上他有一种莫名的兴奋，他现在已经是一名兵团战士了，他将开始憧憬已久的火热生活！眼前的一切都是那么新奇和温馨，以前在家里他是一个人睡的，有时不免感到冷清寂寞，现在身边有这么多同学，睡前大家打打闹闹、说说笑笑，好开心啊！杜春生发出的鼾声很有节奏，马超刚才说了几句梦话，沈东风在磨牙……集体生活真是很有趣儿。

他又想到李雯了，她在十公里以外的一连，虽然并不远，但还是让他感到有些遗憾，不过，回忆往昔，有一份惦念，不也是一件很幸福的事情吗？刚上高一，他就注意到班里的这个姑娘了，她人长得清丽娟秀，这类女生往往纤细柔弱，而她呢，性格爽朗外向，谈吐举止透着洒脱干练。一开始他对她是敬而远之的，在他眼里，她就是超凡脱俗的白天鹅。这个年纪的少男少女，情窦初开富于幻想，但他不敢把自己与她放在一起去想，可她毕竟活脱脱地存在于他的眼前！课堂上他总免不了分心，有时不动声色地朝她望几眼。而他却没有进入她的视线，在班里这些男生中他再普通不过了。情况很快发生了微妙的变化，这缘于语文老师的一次作文讲评：

"同学们，刚才我给大家读了陆海江和李雯同学的作文，这两篇作文的共同之点是：立意新颖，感情充沛，用词准确，文笔流畅，特别是陆海江的这篇作文，可以称得上是一篇范文，同学们下课以后，相互传着看看，学习学习。"

下课时，同学们争抢陆海江和李雯的作文本，把他俩的作文本在教室里扔得满天飞，他俩在一旁看着，心里都美滋滋的。

"陆海江，你的文笔真好，一定喜欢文学吧？"这是李雯第一次跟他说话。

"嗯，我喜欢读小说。"李雯的褒奖让他有些受宠若惊。

"那我们可有共同语言了！唉，现在可读的好小说太少了。"

"我们家倒有一些中外名著。"陆海江压低声音说，生怕旁边的同学听见，说完他就后悔了，爸爸曾反复跟他交代过，家里的藏书现时很多都是"毒草"，说出去是会被抄家的，对其他同学他是绝对不会这样说的，可眼前这个人是李雯！

李雯喜出望外："真的？能借我几本看看吗？"

"当然可以，但你可要替我保密。"陆海江的表情挺严肃。

"这你放心，我是不会当叛徒甫志高的。"她咯咯地笑了。

第二天上学，陆海江早早来到学校大门口，见李雯过来了，他从书包里拿出一本用报纸包得严严实实的书递给她："在学校不许打开，拿回家里看。"

李雯将书装进书包，迫不及待地问："什么书？"

"《青春之歌》，读过吗？"

"听说过，总算能读到了！"李雯喜形于色，"怎么才一本？不能多借我几本吗？"

"还一本，借一本。"

"陆海江，你真够谨慎的。"

之后他们就互通有无了。李雯"存货"寥寥少得可怜，主要是陆海江慷慨解囊给她提供，《少年维特之烦恼》《安娜·卡列尼娜》《巴黎圣母院》《家》《春》

《秋》……源源不断，这些中外名著让她大开眼界，如醉如痴。每当读完一本，他俩就要在一起交流心得，这种时候陆海江仿佛变了一个人，这个性格内向、平时少言寡语的人口若悬河、滔滔不绝，而且对作品的理解很有见地，总是胜她一筹。她开始对这个不起眼的男生刮目相看了。

天边刚刚泛起淡淡的鱼肚白，冬窝子的人就起来了。赵长山推开门，一股寒气迎面袭来，昨夜降霜露了。赵长山喊了两个战士跟他进了旁边的小屋，这一晚，张红珍就静静地躺在那个小炕上，赵长山揭开蒙在她身上的床单，定睛看着这张熟悉的年轻面庞，这个坚毅的汉子眼睛又一次湿润了。红珍，我要带你回家了，你要默默忍受漫漫长路的煎熬！这也是无奈啊……对不起了，红珍！他心里在滴血。他拿过来棉被，两个战士和他一起轻轻把张红珍裹了，抬出来，小心翼翼地放到她的马上，一个战士把绳子从马的这边甩过去。"等一等！"赵长山声音很大，把旁边的人吓了一跳。他对旁边的人说："去，找块板子来，长一点的！""干啥？"一个战士问。"还用问？动动脑子！"大家明白了，分头去找，终于有人在围栏旁边的柴火堆里找到一块铺板，赵长山看了看，还算合适，"再拿一块褥子来！"有人从木屋取来褥子，赵长山把褥子打了个对折，放在马背上，然后把铺板放上去，他挥了一下手，几个战士跟他把张红珍送上马背，用绳子固定牢实。赵长山牵着马走了几步，感觉张红珍是安然的，便骑上自己的马，这一路他要与她同行，好生呵护她！护送转场的战士纷纷上马，哒哒哒……急促的马蹄声划破了冬牧场的沉寂，马队很快消失在晨霭中，留守冬窝子的人们望着，望着……

出了冬牧场，便是崎岖的山路了。尽管没有羊群赶了，并且不用走争议地区的风雪之路，但他们行进的速度却快不起来，山沟蜿蜒曲折，乱石羁绊，有的山间缝隙只能容一匹马勉强通过……

正午时分，护送转场的人进了连队。知青们正在宿舍休息，听到外面有人说"出事了！"，知青们都从宿舍出来，看见一队战士牵着马朝连部走去，其中一匹马上分明是躺着一个人！知青们跟了上去，陆海江努力往前凑着，他听到"争议地区""扛膀子""挡子弹"这几个字眼，断断续续的，他很难把它们缀连在一起，但他可以肯定发生了一场战斗！

人们簇拥着队伍缓缓来到连部前，连领导们已经等在那儿了。彭大明望着康振华："出事了？"

"我们行进到争议地区时，遇到苏军的无理阻拦，张红珍同志，牺牲了。"

一瞬间空气仿佛凝固。人群中传来齐桂花的哭声："真是造孽呀！张红珍已经有三个月的身孕，这是走了两个人啊，呜呜……"

彭大明一惊：张红珍怀了孩子？

人群中又传来赵长山的声音："彭连长，老毛子开了第一枪，我们要求向上级请战！为张红珍同志报仇！"

"对，向上级请战，血债要用血来还！"

连部前群情激愤。

彭大明挥着手，竭力地控制人们的情绪："同志们，张红珍同志牺牲了，大家都很悲愤，但我们一定要保持冷静，我们是兵团战士，一切行动要听从组织的决定。眼下我们要做的就是加紧备战，做好一切战斗准备，随时听从祖国召唤！大家都回去吧。"

没有人离开。连领导们进了连部，听完康振华的汇报彭大明要通了关长远的电话，他也有点把持不住自己："关团长，我们在通过争议地区时严格遵守两国商定的行进路线，苏军无理阻拦，而且开了第一枪，我们的一名女战士张红珍同志牺牲了，她身上有三个月的身孕啊！现在全连上下群情激愤哪！"

关长远很镇定："这一事件我国会与苏方严正交涉的。老师长的指示你也听到了，我们一定要严格执行中央确定的方针，保持克制，有理有节，确保西北边境稳定！你们要做好战士们的思想工作啊！"

"这一点请团党委放心，我牧业连绝不会出问题！"

"老彭，你说张红珍同志有三个月的身孕？你们是怎么搞的，怎么能派她参加转场？"

"她有身孕我们也是才知道的，她主动请求护送转场，党支部就批准了。"

"真是一位了不起的女战士啊！我们要为张红珍同志举行一个隆重的葬礼！"

彭大明放下电话："大家出去做工作，千万不能出乱子！"

……

人们总算散去了，只有赵长山没走，他蹲在地上大口地吸着莫合烟。彭大明过去拍了拍他的肩膀，他歪着脑袋看了他一眼，没挪窝，彭大明有点火了，扯了他一把，他也不好再跟连长较劲了，将烟头用脚踩了，跟着他进了办公室。

彭大明用自己的缸子给他倒了开水。赵长山给他这个当连长的甩脸子，他并不计较，他打心眼里喜欢这个班长，他没用错人，这次转场他又发挥了突出作用！不过，赵长山的意气用事和火爆脾气也让他挺头痛的："长山，这次转场，你的表现很出色，好样的！"

赵长山没有任何反应。

"知青们分下来了，党支部决定，由你担任青年班班长。咱们连的上海支青都是你带出来的，相信你这次也能出色完成任务。"

赵长山一甩手："彭连长，你们另请高明吧！"

彭大明没想到他会一口回绝："赵长山，过去连里给你安排任务，你可从来没说个'不'字！"

"心里憋屈！"赵长山把脸扭向一边，喘着粗气。

"我知道，这次转场，张红珍同志因为你牺牲了，你心里很难受，我们大家谁心里不难受？但冷静想一想，虽然我们付出了代价，但我们完成了通过争议地区的任务，这就是胜利！"

"眼睁睁地看着自己的战友倒下，我们却不能还击！毛主席都说了，人不犯我我不犯人！人若犯我我必犯人！现在老毛子犯我们了，我们为什么不以牙还牙！"

"嗬，把毛主席语录都拿出来了！但执行毛主席的指示也不能教条主义，也要因时因地，讲究策略，你们习武之人不是也讲借力打力、以柔克刚？"

"我说不过你，反正心里憋屈！"

"那你更应该化作力量，把青年班带出个样子来！你可倒好，尿了！这可不是你赵长山的性格！"

"带出样子来有啥用？手中的枪还不是个烧火棍！"

"你这个赵长山，想问题怎么老是一根筋？"彭大明知道这个时候跟他没什么理好讲，不然压不住他，"好了，我现在没时间跟你啰嗦！青年班你必须带，而且要带出全团最棒的青年班！否则我拿你是问！去食堂吃饭吧，吃完饭把知青们领过来，举行青年班成立仪式。"

赵长山要走，彭大明又说："知青中有个叫王林的，他爸爸是在押犯人，不能进青年班，连里决定让他去大车班工作，你跟他说一下。"

赵长山没一点食欲，径直回到集体宿舍，他把自己放倒在床上，几个战士见他黑着脸，都不敢跟他说话。他现在满脑子都是转场，他自己也记不清从争议地区走过多少次了，每一次都让他感到很压抑，为什么不能真刀真枪地跟老毛子干一场？他是个习武之人，忍不下这口受窝囊气，该出手时就要出手！现在连里要让他当青年班班长，他真懒得干！可是，彭连长说话了，他能驳他的面子吗？他翻起身，来到知青宿舍前吹响哨子。

知青们都出来了，在宿舍前排好队。大家已经知道赵长山给他们当班长了，刚才还在议论他呢，争议地区他将几个苏军士兵打下马的壮举让知青们感奋，都说给他们选了一个好班长，但眼前这个五官粗糙、不修边幅的男人与他们心目中的班长形象还是有很大差距的，陆海江想，真是人不可貌相啊！

赵长山喊了王林的名字，让他去马号报到，王林低着头进了宿舍。知青们对王林一个人被分到马号都有些意外，陆海江不解地问："赵班长，为什么把王林一个人分到马号？"

"上面有规定，地富反坏右子女不能当民兵，他爸爸是在押犯人，属于专政对象。"赵长山领着知青们朝连部走去，队伍中有人窃窃私语：

"王林他爸爸是犯人啊！"

"怪不得让他去马号呢。"

陆海江虽然跟王林是同班同学，但他一直不知道王林的爸爸是犯人。在陆海江的印象中王林不爱说话，还有点口吃，男同学常常拿他的口吃和他那张扁平的大脸打趣，他从不生气，总是歉意地笑笑，一副自愧不如的样子，现在陆海江知道王林为什么那么谦卑了，他心里挺不是滋味的。

连部外面悬挂了一条横幅："牧业连张红珍班成立仪式"，看到这条横幅陆海江心头一震：以英雄的名字命名就意味着以英雄为榜样，踏着英雄的足迹！

门前摆了两张铺了红色台布的办公桌，两旁的枪架上放着半自动步枪，这些是从正规部队转过来的，看上去七八成新。彭连长环视四周，然后开始了他的讲话：

"欢迎同志们加入兵团行列！既然你们是牧业连的人了，我就得给你们翻翻老家底儿。你们知道吗？我们团的前身是三五九旅，王胡子是旅长，王胡子就是王震。三五九旅可是个响当当、硬邦邦的牌子呀！前一阵子，我在报上看到一篇文章，题目是《三五九旅今何在》，说三五九旅在南疆的一个什么团，扯淡！三五九旅的旗子明明是我们团扛到北疆来的嘛，主脉在我们团，有什么好争的？其实也没啥，老祖宗多几个儿孙也没啥不好，反正都是三五九旅下的崽儿，老爷子都是王胡子！"

知青们都笑了，陆海江想，彭连长以这种方式开始他的讲话真是挺风趣的。

"你们不要笑，老部队不能忘，三五九旅的大旗要一代一代扛下去！部队进疆后，毛主席给我们四个字，叫屯垦戍边！同志们，光荣啊！咱们这个地方确实艰苦，但是，这是共和国的领土，一寸也不能丢！再艰苦也得挺住！献了青春献终身，献了终身献子孙！去年，北京一个记者来团里采访，回去后在报上登了一大版文章，内容我记不清了，我只记住一句话：兵团人是共和国永不挪动的有生命的界碑！说得好啊！界碑是什么？是国门，是旗帜，是尊严！谁也别想撼动！我们就是界碑，界碑！"

知青们都很振奋，报以热烈的掌声，彭连长寥寥数语就把兵团烘托出来了！

终于开始授枪了，知青们一个接一个地走上去，郑重地从彭大明手中接过半自动步枪和子弹袋。陆海江拿到枪时心跳明显加快，是兴奋？是紧张？抑或二者都有？他自己也说不清楚，他感觉那枪沉甸甸的。

此时王林已经站在马号的院子里了。他把行李刚放在地上，头立刻就晕了，院子里散发的马粪的刺鼻气味让他有些透不过气来，长这么大他还是头一次闻到这种味道。同学们现在都拥有一杆钢枪了，而他以后却要与马为伍了，想到这一点，他心里泛起一丝酸楚。他打量起这个院子，院子挺大，院门两边各有一道低矮的土墙，其他三面是棚圈，棚圈上摞着高高的饲草。院子里堆放杂乱，墙边上有一堆马粪，上面爬满了苍蝇，刺鼻的气味主要是从这里飘过来的。这时韩班长推着一车马粪从棚圈里出来了，直接倒在墙边上，王林皱了皱眉，臭烘烘的干吗不运到外面去？大概他们身处鲍鱼之肆久而不觉其臭了。后来他才知道这些马粪隔几天是要运到菜地去的。

韩班长领着他进了棚圈边上的一间小屋，这里是马号值夜的地方，以后就是王林的栖身之所了。放下行李，韩班长又把他带进棚圈，一边走一边给他介绍情况安排工作。大车班的马分两块，一块是拉车干活的，一块是战士们骑的，王林每天要做两件事：打扫马圈和喂马，马不在的时候他要及时把马粪清出来，马回来后要按时喂料。韩班长特别交代："马无夜草不肥，晚上三四点一定要给马喂一次草，不能偷懒！还有，战士们骑的马可是战马，要好生伺候，不敢有一点闪失！"交代完之后，韩班长给他一把铁锹，王林便投入工作了。棚圈里马粪的味道更浓烈，不过这会儿王林感到好受一些了。

张红珍班成立仪式结束后，赵长山把知青们带回宿舍，给他们上了第一课：枪的基本结构、使用要领和日常保养。他特别强调了枪支的日常保养，爱护枪支要像爱惜自己的眼睛一样，他用了一个形象的比喻：眼睛里进了沙子就要揉出来，不然你就难受就看不见，枪也一样，进了脏东西就没有准星，还有可能炸子儿，说不定把你自个儿报销了！他的比喻未免夸张，知青们都瞪大眼睛听着，在接下来的擦枪环节中，大家都照着他的样子，做得极认真……

整个下午连里都在忙张红珍的后事，明天上午要出殡，还要办得隆重，时间就有点紧迫。往常连里的发电机在夜里十二点是准时熄火的，但这天一直工作到后半夜，礼堂里灯火通明，人们出出进进，为出殡做着一应准备。

董黎明看着礼堂里忙忙碌碌的身影，觉得知青们也该做点什么，他和陆海江叫了几个女知青去了礼堂。

礼堂里庄严肃穆，主席台上方，罗豪才书写的"沉痛悼念张红珍同志"九个黑体大字十分醒目，四周摆满了花圈、挽幛。张红珍躺在鲜花簇拥的棺木里，此刻，齐桂花倚靠着棺木，俯身悉心地给张红珍化妆，眼睛里噙着泪。张红珍跟她是一个村的，一九六二年一起进的疆，那年她只有十七岁，是他们那批苏北支边青年中年龄最小的一个，进疆前张红珍的父母就把女儿托付给齐桂花了，她也一直把张红珍当亲妹妹一样待，张红珍的男人还是她做的媒呢。小日子刚红火起来，她突然就走了，她才二十四岁呀！她肚子里的孩子还没有出生呀！齐桂花的心都要碎了！

陆海江听见齐桂花在自言自语："红珍，姐今天给你好好化个妆，让你漂漂亮亮地走。红珍，姐真佩服你，你这个人呀，平日里话不多，不显山不露水的，一个文文弱弱的女子，可是，转场这样危险的事情，你主动报名参加，谁又能想到，你敢为战友挡子弹！姐敬重你，我们大家都敬重你！唉，你有身孕的事，我当时要是跟连里说说就好了，后悔啊！红珍，咱们这批江苏老乡，你是第一个走的，你走得太早了，但你走得风风光光、轰轰烈烈啊！明天你就要去'四排'了，咱们好多战友都在那儿，你不孤单，姐也会经常去看你的，你就放心去吧，啊？"

陆海江听得真切，尽管他对张红珍是陌生的，但现在听到齐桂花向她倾诉衷肠，张红珍在他眼前渐渐鲜活起来了，真是一位既平凡又伟大的女战士啊！他望了望齐桂花，刚进连队那天他就觉得这个班长是个热心人，嘘寒问暖，关心备至，现在，看到她如此痛心的样子，心想她真是个有情有义的人啊！

知青们很晚才离开，虽然没能为张红珍做什么事情，但守候不也是对英灵的最大慰藉吗？

董黎明和陆海江回到男知青宿舍时，灯还亮着，知青们都已经上床了，但却是各种姿势：有的平躺，有的半卧，有的披着被子坐着，大家你一句我一句地谈论着转场，毫无疑问，张红珍的牺牲给他们极大的震动！陆海江是个比较内向的人，不太善于表达，他表面上很平静，心里却翻江倒海。这之前他对边境线的认识一直是模糊的，只知道中苏两军对峙，剑拔弩张，张红珍的牺牲让他真正感受到什么叫反修最前线了！

苍天似乎也怜悯为国捐躯的烈女，清晨，连队上空阴云密布，压在四周的山顶上，让人觉得透不过气来，秋风阵阵，树木沙沙作响，枯叶纷纷落下，有的被卷向空中……为张红珍送行的队伍是从礼堂前出发的，关长远带着团机关的领导来了，各连队和团直属单位的代表来了，连里的大人小孩都来了，队伍很长、很长，赵长山和战士们抬着张红珍的棺木走在最前面……

山坡之上，一座座坟茔格外醒目！那儿就是"四排"，它背靠着山，俯瞰着连队驻地。知青们都被震撼了，一种神圣感油然而生……

葬礼开始了，连队小学的学生在张红珍墓前朗诵团歌：

面对蜿蜒的界河，
背靠亲爱的祖国。
我们种地就是站岗，
我们放牧就是巡逻。
啊，我是哨兵，家是哨所。
祖国是家，家是祖国。
要知兵团战士想的什么？
祖国安宁富强就是我们的欢乐。

肩负祖国的希望，
牢记人民的重托。
我们屯垦就是为家，
我们戍边就是为国。
要知兵团战士想的什么？
祖国安宁富强就是我们的欢乐，
祖国安宁富强就是我们的欢乐。

学生们朗诵团歌是关长远的授意，他在电话上对彭大明说，这首团歌是全团战士的心声和诺言，送别张红珍时把这首团歌献给她，是对她最大的慰藉！

之后赵长山带领全体知青在张红珍墓前宣誓，宣誓词是罗豪才写的，很简短但字字掷地有声！刚宣完誓，站在前排的董黎明突然侧身带头喊起口号，这个环节事先没有安排，完全是情到之处的自我发挥，大家跟着他振臂高呼：

"向张红珍同志学习，向张红珍同志致敬！"

"提高警惕，保卫祖国！"

口号声在山野里回荡，秋风更猛，落叶飘零……

从山坡下来，陆海江几次回望那一座座坟茔，心里一阵阵发热：小小一个连队，竟有那么多战士长眠于此了，"四排"，这个称谓很神圣，让人肃然起敬！

张红珍的丈夫和赵长山没有走，他俩默默地守了一会儿，然后各自摘了一束野花，摆放在张红珍的墓前。赵长山在心里说："红珍，我这个人不会表白，我会用行动证明给你看的，你的血不会白流！"

告别了张红珍，赵长山在山野里漫无目的地走着。天更阴沉了，风儿在呻吟，它经过山谷的加工发出时高时低的哨声，这是苍天的哭泣吗？悲愤的心情难以平静，他时而打一组拳，时而踢几下腿。前面有片林子，他凝神运气，将一棵碗口粗的树拦腰打断！

远处传来一声马的嘶鸣，赵长山望了一眼，看模样他就知道马上的人是马力克。

"没想到在这儿碰上我们的大英雄了！"马力克从马上下来，这是个很壮实的中年哈萨克男人，他穿了厚厚的皮衣皮裤，走起路来显得很笨拙，山里天气变化无常，一年四季哈萨克牧民都把自己裹得很严实，这是他们在野外放牧应对天气变化的最佳选择，天冷时不会感到冷，太阳出来时有皮衣皮裤阻隔又不会感到很热。

离牧业连五六公里远的地方，是二十几户哈萨克牧民的夏牧场，他们属于当地东方红公社的一个生产队，马力克是队长。马力克是这一带最有声望的家族的后裔，在牧民中很受拥戴。牧民们在冬夏两个牧场迁徙，因此生活上很不方便，夏季还好，可以到牧业连的小商店采购些日用品，有个头疼脑热的还可以在连里就诊。马力克和彭大明是两个单位的头儿，自然就交上了朋友，邻里关系走得很近。这几年边境形势紧张，地方也在加紧训练民兵，公社领导想让兵团的同志传帮带，马力克就找到了彭大明，连里把赵长山派去了。赵长山武功高强，人又豪爽仗义，在哈萨克人眼里他是真正的男子汉。刚才马力克去连里的小商店买烧酒，听说了转场途中发生的事情，他对赵长山更加佩服了。

赵长山拍了拍身上的土："张红珍才是英雄，马力克队长，你抬举我了。"

"听说你把几个苏军士兵打下马，你是中国人的这个！"他竖起大拇指，"只是，张同志牺牲了，可惜。"

"你再别提这档事了，一提我心里就憋屈！"

"憋屈？"马力克不懂这个汉语方言。

"用你们的话说，肚子胀！"

"唔，听说这件事的时候，我的肚子也胀得很！好了，不要肚子胀了，"他从马背上取下一个盛酒的塑料壶，"你们连的烧酒佳克斯（好）！"

赵长山这阵儿真想喝点酒！他俩席地而坐，你一口我一口地喝了起来。酒能浇愁，几口下肚，压抑在赵长山心中的不快如开闸的洪水奔涌而出，失去张红珍的悲愤、对康副连长优柔寡断的气恼、对"有理有节，保持克制"的不理解……如连珠炮似的放了出来。马力克本来汉语水平就有限，而赵长山的表达又很激动，有些语无伦次，马力克听得不是很明白，但他很能理解赵长山此时的心情，这是一条多么忠勇仗义的汉子啊！他不时感同身受地点点头，或发出"哇唷！"之类的感叹。

一壶烧酒见底了，这可是两公斤装的塑料壶！一多半是赵长山喝掉的，可他酒兴未尽，使劲地里摇了摇塑料壶，然后看着马力克，马力克耸了一下肩，抬眼望了望天："太阳要落山了，我们也各回各家，赵班长，改天到我的毡房做客。"

"马……力克，"赵长山的舌头有点硬了，"把你的……皮恰克（刀子）……借我用用。"

马力克有些不高兴："唔，借的话不要说，我送给你！"他从腰间把皮恰克取下来，递给赵长山。

这是一把精美的英吉沙小刀。英吉沙是新疆南疆地区的一个县，以生产工艺小刀而闻名，这种小刀完全由维吾尔匠人手工制作，工艺十分考究，最为昂贵的刀柄上镶有宝石。

赵长山将小刀从刀鞘中拔出来，仔细地端详着："一把地道的英吉沙小刀啊，太……贵重了！过几天……我还你！"

"唔，你更有资格拥有它！就算是我赠送给大英雄的礼物吧！"

"马力克……我会对得起……它的！"

马力克骑上马走了。赵长山感到浑身燥热，血往脑袋上涌，他的眼睛直勾勾地望着边境线的方向，有一种难以克制的冲动！此时他还算清醒，找了一块深草地躺下，他要先睡一觉，最好是深夜再醒来！

当他醒来的时候，天黑得已经伸手不见五指了。他感到头很重，不过思维还算清晰。现在几点了？搞清这一点对他很重要！他朝连队驻地望去，那个方向没闪出一点亮光；他又侧耳静静地听了一下，没有听到一点发电机突突突的声响，他判断现在至少是夜里十二点以后了，于是他朝五号地走去。

五号地在两座山之间，紧临着边境线，地势开阔，是进出两国的要冲，牧业连把这里命名为五号地。走了二十多分钟，赵长山进入了五号地，他趴在草丛里观察着。边境线两侧各有一座哨所，苏军的哨所十几米高，哨身是钢筋焊接而成的，上面坐了一个木制的房子，牧业连的人都叫它"老鸹窝"；中方一侧的哨所是砖砌的，也十几米高，不过它不是边防军的，这一带的边防线由牧业连驻守，所以这个哨所是牧业连的。苏军哨所安了两个大大的探照灯，来来回回地扫着，它发出的亮光夜幕下显得格外刺目，把哨所前面的开阔地都照亮了。

赵长山摸了过去。当他接近苏军哨所的时候，探照灯照在他身上，此时他应该是静止的，可是该死的酒让他暴露了！苏军哨所拉响警报，刺耳的警报声在寂静的山野回响。赵长山朝苏军哨所唾了一口，折身返回。没走出多远，他就被连里的巡逻队发现了，十几个战士将他团团围住。这时，他们听到装甲车轰鸣的声音，苏军在向五号地方向集结！巡逻队当即决定，两名战士带赵长山回连里报告这里发生的情况，其他战士准备战斗！

战士们快速朝边境线跑去……

第二章

　　彭大明刚睡下，就听到急促的敲门声。三更半夜有人急慌慌地找他，他的第一反应是边境上有事了！他把衣服穿整齐了才开门，找他的是在哨所上哨的战士，他上气不接下气地说五号地发现异常情况，刚才苏军哨所拉响了警报，苏军装甲车向五号地方位集结！彭大明心头一震，领着他迅速向连部跑去，一路上他都觉得蹊跷，老毛子要动手，怎么还拉响警报？

　　急促的哨声在连队响起，知青们被惊醒，他们听到一个不断重复的声音："全体战士全副武装到连部集合！"宿舍顿时乱了，前天上午才发的枪，今天晚上就要投入战斗，大家的紧张是可想而知的。董黎明比较镇定，他第一个从知青宿舍出来，而陆海江是最后一个出来的，他的一只鞋掉了，进去找了趟鞋。

　　彭大明直接把电话打到关长远家里，关长远接到彭大明的报告后，要求牧业连全体战士迅速向五号地集结，严阵以待，苏军胆敢侵犯我国领土坚决予以回击！

　　彭大明刚放下电话，巡逻队的两个战士回来了，他们带来一个新的情况：在五号地发现了赵长山。彭大明一惊：赵长山怎么会出现在五号地？他让那两个战士出去了，关上门，厉声问赵长山："半夜三更你去五号地干什么？"

　　"端'老鸹窝'，以牙还牙！"赵长山在彭大明面前不想隐瞒。

　　"什么？你去摸苏军哨所？"彭大明猛地拍了一下桌子，"赵长山，你真是胆大包天！你端掉了？"

　　"没得手，被老毛子发现了。"

　　"原来是你制造了突发事件！赵长山，连里一再强调要保持冷静保持冷静，服从命令听指挥，你竟敢擅自行动，摸苏军哨所！"

赵长山梗着脖子说："我咽不下这口气！"

彭大明指着他："你捅大娄子了！这是要掉脑袋的！"

"哪有那么邪乎。"赵长山一副满不在乎的样子。

"你懂什么是政治！感情用事！意气用事！无组织无纪律！你还像个兵团战士吗？"彭大明气呼呼地在办公室里来回走着，赵长山打了个嗝，散发着酒气，彭大明闻到了，"你喝酒了？"

"下午在野外碰到马力克，一块儿喝的。"

"灌了点猫尿，你就什么都敢干？你呀你！"彭大明突然转过身，"你对巡逻的人是怎么说的？"

"我啥也没说。"

"你还算有点脑子！跟谁都不要说你是去端'老鸹窝'，就说你在野外跟马力克喝多了酒，辨不清方向，到了五号地，记住！"

队伍很快集合完毕，康振华和江涛进来了，彭大明要康振华带能跑的战士以最快的速度赶往五号地，后面由他压阵，他又安排江涛在家留守，随时与团部保持联系。

赵长山说："彭连长，我也要参加战斗！"

彭大明扭头甩了一句："没你的份！回来我再找你算账！把赵长山给我关起来！"

夜色中战士们出了连队，行军的速度太快了，康振华带着训练有素的战士跑在最前面，队伍很快拉开了，知青们都是头一次经历这样的急行军，一个个气喘吁吁，陆海江咬着牙拼命追赶着、追赶着……女知青们已经望不见队伍了，彭大明也在其中，他毕竟年纪大了，好在有他，不然女知青们可不知道五号地在什么地方。

赵长山被关进江涛对面的办公室，现在他像个犯人，什么事也做不成了，他感到很懊恼，不停抽着莫合烟。他忽然睁大眼睛，扔掉手中的烟，在身上到处摸索着，马力克给他的那把英吉沙小刀丢了！他双手垂了下来，心里说："马力克，我赵长山无能，对不起你那把精美的英吉沙小刀啊！"

对面的办公室里，江涛的大脑也在高速运转着。他回味着彭大明临走时甩给赵长山的话，敏感地意识到赵长山与五号地的突发事件有某种联系！他让值勤的战士把赵长山带了过来。赵长山对这个下派干部没什么好感，自然是不会跟他如实道来的，他把彭大明刚才教他的话说了。

是赵长山制造了突发事件！江涛作出了判断。他让值勤的战士把赵长山带

034

走，然后拨通了关团长的电话，向他汇报了审问赵长山的情况，最后得出结论：苏军哨所拉响警报，之后苏军装甲车在五号地集结是由赵长山引起的。关长远火冒三丈，要他立即把赵长山押送团部！

江涛马上做了安排，望着被押上"千里马"的赵长山，心想，我真没看错你！

五号地的情况并没有想象的那么严重，当战士们赶到这里的时候，边境线又恢复平静了。最先赶到的康振华进行了布控，安排战士们进入最佳阻击位置。彭大明带着女知青们最后一批赶到，她们几乎都瘫倒了，幸好让她们埋伏在草丛中，可以静静地喘息一下。陆海江也喘得厉害，心跳的咚咚声他自己仿佛都能听到！来连队的第三天他就要投入战斗了！手中的钢枪已经子弹上膛，可他从来还没有放过一枪啊！望着对面苏军哨塔探照灯发出的刺目光柱，他眼前不断闪现电影《英雄儿女》王成跃出战壕拉响爆破筒的画面……他又亢奋了，仿佛浑身每一个毛细血管都在膨胀、涌动，难以自持！他竭力地控制着自己的情绪，战斗随时有可能打响，他必须保持专注！他握紧枪目视前方，但大脑怎么也静不下来，校园里父母看着他站在卡车上的复杂表情，团部前李雯与他分别时站在"千里马"上失望的眼神，都是那么清晰地出现在他的眼前……

很快他们就接到了团部的命令：五号地恢复正常，全体战士撤回。夜幕下，战士们悄悄撤出埋伏区……

回到连部，彭大明让值勤的战士把赵长山带过来，那个战士告诉他，赵长山已经押送团部了。彭大明一愣：这么快？他看了一眼坐在电话机旁的江涛，知道是他把赵长山的事向团里汇报了。彭大明给自己倒了一杯水，一仰脖子喝了下去，然后对江涛说你继续值班吧，折腾了大半夜，他确实感到累了。

走出连部，他抬眼望了望星空，心情很沉重。

经历了刚才的突发事件，回到宿舍的男知青们都没有睡意。董黎明从水桶舀了一盆凉水洗脸，躺在床上的沈东风坐了起来："董黎明，你不打算睡觉了？天还没亮呢。"

"满脸的土，怎么睡？"他一边搓脸一边说，"真没想到，来连队第三天就差点赶上一场战斗！"

"谢天谢地，虚惊一场啊！"马超盘腿坐在床上说。

杜春生睡在马超上面，他伸着脑袋对他说："怎么，你小子怕了？"

"怕做冤死鬼，死也要拉两个垫背的啊！"马超看着他说，"你想，枪才刚发到我们手里，只是讲了一下使用要领，一天训练都没有，真要是打起来，你会使吗？我们这些生瓜蛋子还不都是老毛子的活靶子？"

"是啊，我们还真得感谢老毛子没有动手。"李涛跪在床上伸出双手，"啊，让暴风雨来得迟一些吧！"

董黎明挥了一下手中的毛巾："让暴风雨来得更猛烈一些吧！"

杜春生点了一支香烟，美美地吸了一口，然后说："还有一个没想到，今晚的突发事件是我们赵班长一手制造的！据可靠消息，赵班长现在已经在押往团部的途中了。"

这不啻是一枚重磅炸弹！知青们都吃惊地望着他。

"杜春生，你听谁说的？"

杜春生吐了一口烟圈："刚才在连部解散时，我听在连部值勤的战士说的，据说赵班长喝多了酒，进入了五号地。"

"押送团部？会有这么严重？"陆海江像是在自言自语。

马超嘲笑道："陆海江，你太没有政治头脑了，前天姚科长在车上是怎么说的？"

"赵班长会被送上军事法庭？"陆海江一脸惊讶。

马超接着说："这个赵长山还真是个人物，先是转场英雄，然后醉卧边境线，有点意思。"

杜春生不无惋惜地摇了摇头："可惜啊，我们这位英雄班长刚上任，就成了阶下囚了。"

董黎明对马超和杜春生的品头论足有些反感："你们不要这样议论赵班长，在组织上没有对赵班长作出结论之前，他还是我们的班长。"

一直躺在床上一言不发的程强揭开被子坐了起来："我说你们还睡不睡觉了？都已经三点多了，现在是非常时期，没准后半夜又来任务了，赶紧睡吧！"

大家都躺下了。陆海江怎么也睡不着，张红珍转场途中牺牲、去"四排"为张红珍送行、赵班长醉酒进入五号地、急行军埋伏于苏军哨塔之下……这些画面不断地在他眼前闪现，这一切来得太突然、太猛烈了！他们来连队才三天啊！这就是边境特殊的战斗生活吗？

天刚亮，彭大明就起来了，其实这一夜他压根就没睡，赵长山摸苏军哨所的举动让他揪心！明摆着的，如果照实说，赵长山肯定会被送上军事法庭，而且性命难保，彭大明不能允许发生这样的事情！虽然赵长山这个人头脑简单，有时不按常理出牌，但这个人身上也有其他战士难以比肩的可贵之处，彭大明对他真是又爱又恨！这一夜他都在想如何为赵长山开脱。

他脸都没洗就匆匆出了门，春燕妈在后面说："老头子还没吃饭哪，吃了再走！"

彭大明哪还有心思吃饭！他急匆匆来到连部，让在门口值勤的战士去马号牵匹马过来。江涛正趴在桌子上打盹，听见有人进来了，他揉了揉惺忪的眼睛。彭大明说他要去一趟团部，出了这么大的事情，他这个当连长的怎么能不负荆请罪？还有一层他没有说，就是他很关心赵长山现在的情况，他得去为他做点什么，凭着他和关长远的老战友情分，只要赵长山咬定没有越过国境线，这件事就有回旋的余地。他跟江涛简单交代了一下，便从连部出来，值勤的战士已经把马牵过来了。

门前站着几个战士，他们也很关心赵长山的情况。

"彭连长，你是去团部吗？"

"赵长山会送军事法庭吗？"

"赵长山是好样的！彭连长，你一定要把他领回来！"

彭大明扫了他们一眼，一双双眼睛饱含着渴望和期待。他骑上马，双脚猛地夹了一下马肚子，那马便冲了出去。他想起进疆时听到的西域大宛国天马日行千里的故事，他恨不能自己的坐骑是西极天马！牧业连离团部二十公里，几年前，这段路他还催马扬鞭一路狂奔呢，可现在他明显地感到自己老了，跑了十来公里他就有些体力不支了，好在已经出山，不用走高高低低的山路了，他把速度降下来，让自己和马缓口气。山外呈现出另一番景色：麦田顺山坡而下，一眼望不到边，行驶在麦海中的收割机扬起金灿灿的麦粒，在蓝天的映衬下像一道道彩虹……眼前的景色让他挺放松，走了一阵他又让马跑了起来……

关长远一夜没睡。五号地的动静太大了，沿线边防部队、附近几个团场包括地方上的民兵全部进入了战斗状态，上半夜他办公室的电话响个不停，后半夜他召集有关人员开了一个会，拿出了应急预案，一切安排停当，正打算回家睡一会儿，彭大明进来了。

"关团长，我向你请罪来了。"彭大明喘着大气说。以前他进关长远的办公室都是大大咧咧的，这回却像闯了祸的小战士，蹑手蹑脚的。

关长远很疲惫，看了他一眼："这么快就来了？你倒是挺有自知之明的！"

彭大明又恢复了常态："关团长，我跑了这么远的路，你也不给我倒杯水啊？"

"你来请罪，我还给你倒水？"关长远站了起来，"老彭，你不是给我保证绝不会出问题吗？结果就你那里出了问题！差点酿成两国交战的重大事件！"

"是，是，我这不是来请罪了嘛。"

"怎么请罪？"

彭大明一脸严肃："请求团党委给我处分，撤我的职我也没有二话！"

"撤你的职都不解气！"关团长拿起暖瓶给彭大明倒开水，"老彭，让我怎么说你！前几天转场，你们有理有节，出色完成任务，上面表扬你们，团党委也准备给你嘉奖，转眼之间，你们又演了这么一出！我是嘉奖你还是处分你？"他把水杯递给彭大明。

"功过相抵吧，嘿嘿。"

"你倒会找平衡！"关长远望着窗外，一副忧心忡忡的样子，"唉，说心里话，我也想功过相抵，但这事动静太大了，上面肯定要追究的。"

彭大明凑上去："关团长，你得给我们说话呀！"

关长远把脸转向他："废话！以后别再给我捅娄子！"

"请团长放心，我牧业连绝不会再给团里添乱！"

彭大明心里多少有些踏实了，他把话题转到赵长山身上。一提起赵长山，关长远就火冒三丈："都是这小子惹的事！"今天一早姚政向他报告了审问结果，赵长山一口咬定喝醉了酒进入五号地，没有越过国境线。彭大明试探着说："关团长，那就让我把赵长山领回去吧？"关长远大着嗓门说："他脱不了干系，必须送师部军事法庭！"彭大明急了，去年西边一个团的战士因为喝多了酒跑到那边去了，被遣送回来，师部军事法庭给他判了个里通外国枪毙了，赵长山他一定要保！关长远有些想不明白，赵长山是个什么人，让彭大明这么护犊子？彭大明历数赵长山这些年在转场途中的突出表现，最后说："关团长，你忍心把这样一个战士送上断头台吗？"关长远有些犹豫了，把赵长山送军事法庭于心不忍，可捅了这么大的娄子，不把他送去如何向上面交代？彭大明把昨晚想了一夜的处理方案搬了出来：团党委马上下个通报，对牧业连给予通报批评，如果分量还不够，再给他一个党内警告处分，加在一起向上面报一下。关长远觉得这件事没那么简单，他在屋里来回走着，最终同意彭大明先把赵长山领回去，但要他把赵长山的青年班班长拿掉。彭大明说："我的青年班全靠他带哩！你这个大团长就不要操心我用一个小班长了。"关长远沉着脸说："要不是跟你彭大明有关系，我才懒得管呢！"他在彭大明旁边坐下，"老彭啊，我们这些老干部刚从牛棚里解放出来，干事还是稳当点好，我可不想看到你再回到牛棚去！"彭大明说："我没你那么多顾虑，要让我干事，就得按我的套路来！"关长远无奈地摇了摇头，这个老战友啊，蹲了两年"牛棚"秉性一点儿不改！

关长远详细询问了五号地昨天夜里发生的情况，彭大明绘声绘色地做了描述，正说着姚政进来了："关团长，把赵长山送师部军事法庭吧？"关长远说："这个人过去的表现还是很不错的，这次转场表现又很突出，就不要送军事法庭了，让连里处理吧。"姚政还想说什么，关长说："先这么办吧，放人。"姚政出去了，关长远看了一下手表，快到吃午饭的时间了，他把桌上的文件放进抽屉："走，跟我回家，我那儿还有一瓶茅台呢！"彭大明说："连里一大堆事情，我得抓紧赶回去，哎，茅台你可得给我留着。"

　　关长远笑了，他一直把彭大明送到机关外面。彭大明去树下牵自己的马，关长远睁大眼睛："你骑马来的？你不怕这把老骨头散架子啊？"

　　"马上摔打出来的，没那么娇气。"

　　"不行，让我的车把你送回去！"

　　"那我的马怎么办？"

　　"让赵长山骑回去。"

　　"不如这样，"彭大明笑着说，"让你的车把赵长山送回连里。"

　　关长远用手指着他："你这个人真是得寸进尺！你要这样我……"

　　彭大明赶紧说："好好，我坐你的车，他骑我的马，行了吧？"

　　关长远对这个老战友还是有些不放心："老彭，现在是非常时期，回去后好好抓抓政治教育，一定要控制好战士们的情绪，再不能出这种事情了！"

　　"关团长你放心，再出这种事你就把我送军事法庭！"

　　吃过早饭，罗豪才就把自己关在宿舍里写稿子。十五六平方米的宿舍就他一个人住，在连队真够奢侈的，屋里没什么东西，一张单人床，床边支了一个用来盛衣物的大木箱，引人注目的是挂在床头上方的那把京胡。其实他的宿舍也兼作办公室，窗户下面放了一张办公桌，桌上有一台扩音机，这台扩音机连着连部房顶上的高音喇叭，每天早晚他都要按时转播团广播站的新闻，当然也有自办节目，比如时事政治、好人好事、乐曲欣赏，等等。这两天他一直被张红珍感动着，一个二十几岁的小女子，面对苏军的枪口首先想到的是战友的安危，而把自己的生命置之度外，这是何等的了不起！他要尽快将她的英雄事迹宣传报道出去！

　　罗豪才是一九六〇年从北京军区转业来到连队的，转业前他就有家室了，妻子是北京房山县城关小学的教师，一直与他分居两地。在部队时他就写得一手好文章，分配到牧业连一年后他便接手了文教工作，文教是连队的笔杆子，属于排级干部，主要任务是配合指导员做好宣传教育工作，譬如写稿子，出板报、墙报什么的；此外，每隔三五天到团部的邮电所取一次报纸信件，然后回来挨家挨户分发。本来这是邮电所的分内之事，但邮电所就两个人，团场又这么大，送报纸信件的工作只能让各连队的文教代劳了。

罗豪才正写到动情处，江涛来了。罗豪才心里有些不快，早不来晚不来，偏偏这个时候来了！

昨天夜里江涛守在电话机旁思索了大半夜，他觉得赵长山进入五号地绝非那么简单，连里的巡逻队每天夜里几次经过那里都相安无事，为什么他赵长山一个人去了苏军却如此紧张？他肯定是越过国境线了，醉酒之说只不过是障人眼目，他敢断定赵长山是去摸苏军哨所！通过争议地区时吃了亏，赵长山气不过，要在这边找回来，这一点江涛看得再清楚不过了，这个头脑简单、行事鲁莽的人一定会这么干！现在上面一再强调"保持克制、有理有节"，下面有些人不讲政治不顾大局，赵长山的冲动太典型了，他要抓这个典型，以此纯洁革命队伍！他下来挂职不是镀金的，他不想随波逐流，得过且过，他是要搞出点动静、干出些成绩来的！江涛很得意，在他与彭大明的这次较量中，他大获全胜了，赵长山破坏边境稳定的帽子是戴定了，肯定是会被送上军事法庭的，退一步说，张红珍班班长他也干不了了。他现在要选一个像他一样的转业军人来当这个班长，但他对连里的转业军人还不太了解，他想征求一下罗豪才的意见。这一连的人他跟罗豪才是最熟悉的，他在团宣传科当宣传干事时，罗豪才经常参加他召集的会议，他对罗豪才的文笔很欣赏。

江涛让罗豪才把手头的事先放一放，他看了看四周，也没个凳子，于是坐在床上。

罗豪才放下笔，把身子转向他，点了一支香烟。

"老罗，那天你真不该提名赵长山当张红珍班班长，怎么样，他现在出事了吧？"

罗豪才低着头说："赵长山出没出事现在还不好说。"

"老罗，你怎么这么不敏感？"江涛觉得罗豪才这个人虽然文笔好，但政治上还是很幼稚的，他想开导开导他，"你当文教也好多年了，没想到你看问题这么简单。先不说他出没出事，单说他的个人素质，能胜任张红珍班班长吗？"

"江副指导员，你太较真了，不就是用一个小小的班长嘛。"

"虽然是用一个小小的班长，但却反映出支部的用人导向、政治意识，这可不是个小问题啊！带好队伍取决于综合素质，特别是思想政治素质，他赵长山除了会几套拳脚，其他还有什么值得称道的？连里有那么多综合素质好的转业军人，随便扒拉一个出来，都比他赵长山强！你也是转业军人，这你还看不出来？还有彭连长，居然也器重这样的人！"

"彭连长是用人所长。"罗豪才揶揄道，"江副指导员，你太高屋建瓴了。"

江涛摇了摇头，显得挺无奈的："罗文教，这个时代不高屋建瓴可不行噢……"他不想再跟罗豪才探讨这个问题了，把话题转到连队的转业军人上。

罗豪才马上意识到他是要为张红珍班物色新的班长："江副指导员，赵长山的事还没有结果呢，你是不是急了点儿？"

"还要什么结果？即使他不被送军事法庭，这个班长他还能干吗？"

"江副指导员，你又把问题复杂化了，赵长山不是喝多了酒才进的五号地嘛。"

"你以为他是无意识的？"江涛站了起来，在屋里来回走着，"你也学过唯物辩证法，事物往往不是孤立的、静止的，总是有着某种内在的联系，联想到这次转场的前前后后，赵长山深夜出现在五号地，苏军的反应又如此强烈，其中奥秘，你还看不清楚吗？"

罗豪才显得有些紧张："江副指导员，你可不能主观推测，这关乎一个人的生命！"

"好好，我们可以不这样去想，但保卫科的人怎么想我们左右不了啊……"

江涛在罗豪才这儿坐了很长时间，罗豪才硬着头皮陪着，他倒不是急于赶那篇稿子，而是担心赵长山能否过保卫科这一关。江涛最后要求罗豪才配合支持他的工作，罗豪才说："我只是个业务干部，在你的领导下工作。"江涛说："你是支委，支委会上你也是一票啊！"

江涛起身正准备走，齐桂花进来了，她叫罗豪才过去吃饭。罗豪才来连队的头几年一直吃食堂，食堂的饭菜很单调，一天三顿基本一个模式，早上咸菜馍馍糊糊、中午和下午都是炒菜馍馍，不要说罗豪才这样的中年人了，就是年轻战士也吃烦了。一次齐桂花来罗豪才这里取报纸，随口问他吃了吗，他说没胃口，食堂的饭他已经够够的了。她说："还是小家的饭可口，你不如到我家搭伙吧。"这之前他也动过找一户人家搭伙的念头，两人一拍即合，第二天他就去她家吃饭了，每月给她交伙食费。他和她住一排房子，只隔两个门，比去食堂还方便呢。在食堂吃久了的人就想吃手擀面，她就每天晚上给他做汤面条，罗豪才是北京人，喜欢吃炸酱面，隔三差五她必做炸酱面，在她家吃了一段时间，有人说罗豪才的气色都好了。

齐桂花见江涛也在这儿，让他一块儿过去，江涛说改天一定去尝尝她的手艺，齐桂花笑着走了。江涛看着罗豪才说："连队有食堂，你干吗要在齐桂花家搭伙？"罗豪才说："食堂你才吃了几天？这个年纪就想吃点顺口的。"江涛笑着说："齐桂花可不是一般的女人，在她家搭伙你可不要把人也搭进去了。"

罗豪才怔怔地望着他出门的背影，心想他是不是听到什么闲话了？他又点了一支烟。齐桂花的确是个很特别的女人，她模样虽然一般，少了点女人的丰满，但性格开朗，爱说爱笑，哪儿有她哪儿就充满生气和活力了，因此还是挺招男人喜欢的。她身上还有一个一般女人少有的特点，爱抛头露面，喜欢张罗事儿，干事又很麻利，连里重要的场合都能看到她的身影，红白喜事都是她主持操办，逢年过节，她总要撺掇着罗豪才排一台节目，她也有这方面的特长，打个花鼓扭个秧歌什么的。也因为这一点，罗豪才就跟她走得近了一些。经常能看到她的笑脸，听到她的笑声，有时打个情、骂个俏，对于他这个孤独的中年男人来说自然是一件挺开心的事情。不过他还是能把握分寸的，从未越雷池一步，有时寂寞难耐，他就跟他的马说，发泄一下男人的郁闷。一支香烟抽完了，罗豪才也想不出他有什么出格的地方，是不是有时玩笑开得过头了？看来以后不能过嘴瘾了，江涛这个人爱较真儿，我罗豪才可不能栽在这上头！

当他走进齐桂花家的时候，一家人已经吃上了。齐桂花一家四口，她的男人老方是与她一批从苏北支边的，来连队不久他俩就结婚了，那时老方是个很结实的苏北男人，四年前的冬天，连里的磨面机坏了，那年雪特别大，连里的人出不去，外面的人进不来，家家吃煮麦粒，眼看春节到了，为了春节全家人吃上一顿饺子，老方骑马去团部磨了一袋面粉，回来的路上遇到暴风雪，大病一场，之后身体就彻底垮了，前年办了病退，一直闲在家中。他们膝下有一儿一女，女儿红红刚满六岁，儿子龙龙四岁。

中午又做了炸酱面，罗豪才吃得很香，一碗炸酱面很快就下了肚，齐桂花又给他盛了一碗。

老方身子弱，吃饭细嚼慢咽，特别对炸酱面很排斥："老罗，你就那么喜欢吃炸酱面？"

"人啊，一个地方有一个地方的习惯。"

"这习惯可不咋地，除了酱就是酱，咸不拉叽的，一点营养也没有，哪有我们江苏人的饭精细。"

"你们苏北人的饭也精细不到哪儿去。"

"炸酱面倒挺省事，面一下，拌上酱，一顿饭就结了，"齐桂花挑着碗里的面条说，"老罗喜欢吃炸酱面，我倒容易打发他了。"

龙龙大声说："妈妈，我最喜欢吃炸酱面！"

老方自嘲道："老罗你看，连我儿子的口味都被你改造喽……"

罗豪才挺不自在，他匆匆把最后几口面吃了，掏出这个月的伙食费放在饭桌上。

"叔叔，你吃饭为什么要给钱？"龙龙又提出新的问题。

"因为……"罗豪才一时不知道该怎么回答他，"因为叔叔不是你们家的人啊。"

"不对！"龙龙从凳子上下来了，"你天天在我们家吃饭，就是我们家的人！"

"瞎说！这孩子，快吃饭！"齐桂花站起身，她给罗豪才拿了一袋昨晚做的干粮，边境形势紧张，这两天各家都在做战前准备，干粮是必不可少的。

罗豪才接过干粮袋："是炒面吗？"

"炒面吃起来多麻烦，干粮豆，清油白面，还放了好些鸡蛋，要是打仗了，保管你顶几天！"

罗豪才随手把干粮袋斜挎在肩上，齐桂花笑了："现在背在身上干啥，像个逃荒的！"

齐桂花的语气和表情就仿佛眼前这个男人是她的家里人一样。是的，她对这个男人有一种很特别的感觉，他虽然其貌不扬，但他有才，文章写得好，她常常在地区小报上见到他的名字，他还拉得一手地道的京胡，夜晚它发出的声音常常让她辗转反侧难以入睡。"他要是自己的男人该有多好啊！"她多次在心里发出这样的感叹。如果她现在还生活在苏北农村，终日与那些面朝黄土背朝天的农民为伍，她也许不会生出这样的感叹。她所在的连队虽然在边境线上的大山深处，可这群人不一样啊，农村的、城里的，大学生、转业军人、上海支青……真是各色人等、藏龙卧虎啊！可是，她这个情窦初开、不谙世事的农村妮子来到连队就匆匆忙忙、草草率率结婚了，嫁给了跟她一起支边的老实巴交、地地道道的农民……

彭大明好久没坐关长远的吉普车了，感觉挺好，虽然有点颠，但比坐在马上强多了，不过他还是喜欢马上自由奔放的感觉！很快就进山了，秋天山里的景色是一年中最美的，特别是在这正午时分，天蓝蓝的没有一丝云，阳光直射，雪峰晶莹，山上斑斓的树木、嶙峋的岩石、山坡厚厚的草甸子都沐浴在阳光之中，像一幅浓墨重彩的油画，彭大明才离开了一个上午，却好像久别重逢，左顾右盼，目光中闪着欣喜。

眼前出现连队的轮廓了，彭大明让司机把他放下，他说想在附近转转，其实他是要等赵长山，他想跟赵长山好好谈一谈。吉普车调头走了，彭大明找了个地方坐下，早上没吃饭，这阵子有点心慌，但更让他闹心的是赵长山，刚决定让他当张红珍班班长，这小子就演了这么一出，照着他这张老脸给了重重的一巴掌！他现在真要好好掂量掂量了。当年张红珍把他领来，彭大明看他有一身功夫，一下就喜欢上这个满口河南腔的汉子了，可他是个"盲流"，在边境连队落户几乎是不可能的，彭大明去团部劳资科跑了好几趟都没办成，最后还是找了关长远，总算给赵长山解决了一个正式编制。赵长山是个知恩图报的人，这些年也没辜负他，样样工作都干在人前，特别是每次护送转场都少不了他，其作用是谁也替代不了的。但此人性格狂放不羁，冷不丁干出些让人瞠目结舌的事情来，这也让彭大明挺头痛的。摸苏军哨所，这样的事他都能干得出来！尽管事出有因他喝多了酒。让他当张红珍班班长是不是有点草率了？彭大明越来越觉得用赵长山是一步险棋！这步险棋胜负难料，走对了，出奇制胜；走错了，满盘皆输。大敌当前，彭大明没有退路，患得患失、瞻前顾后如何能带出一支特别的队伍？况且由他把着舵呢，他相信不会翻船！

远远地，赵长山骑着马过来了，彭大明看见那马浑身湿漉漉的，他就知道赵长山没让它歇气儿，彭大明挺心疼的，用手擦了擦它身上的汗珠，牵着马朝连队走去。

"赵长山，你今年三十几了？"

"三十五。"

彭大明突然提高嗓门："三十好几的人了，怎么还这么冲动！摸苏军哨所，你知道你这个举动的严重性吗？"他把邻近团场那个战士醉酒越境被枪毙的例子跟赵长山说了，"我告诉你，你的性质比他还严重！要不是念及你这些年为连队做的贡献，要不是看你有情有义，是个有血性的汉子，我第一个就把你绑了，直接押送师部军事法庭！"

赵长山毫不示弱："我不怕死，我去端'老鸹窝'就没打算回来！"

"得了吧，保卫科审你，你也不敢说真话，也得装孙子！"

"那是怕死在自己人手里，不值！我还没为张红珍报仇呢！倒在敌人的枪口下，我眼皮都不眨！"

"讲义气，忠肝义胆，你们这些习武之人啊！这没什么不好，可你现在是兵团战士，要讲政治，顾大局！赵长山，你来连队也七八年了，怎么这方面没长进呢，你要在这方面用点心，现在怎么也是个排长了。"

"我不看重这个。"

彭大明站住了，指着他："你可以不看重这个，但你要看重你的身份，兵团战士的身份！赵长山，你现在不是农民了，更不是江湖义士，而是兵团战士，兵团战士！"

"我怎么不是兵团战士？要论干工作，连里哪个能跟我比？"

"这还不够！就凭你昨晚的举动，你就不够格！"彭大明声音缓和下来，"长山啊，我真希望你尽快成熟起来，以后干事多动动脑子，别那么意气用事。"

"我有我的处事方式。"

"你可以有你的处事方式，但你要把握大的原则，不许胡来！"

"你放心，彭连长，我不会再干这种事了，暗地里做事也不是大丈夫所为，弄不好还毁了我赵长山的名声。君子报仇十年不晚，咱们战场上见，这口窝囊气，我要在战场上出出来！"

"哎，这就对了，作为一名兵团战士，一定要从大局出发，服从命令听从指挥，不能蛮干。"彭大明的脸上终于露出了笑容，"长山，张红珍班我就交给你了，你抓紧训练，好好调教，军事素质一定要走在全团青年班最前面！"

"彭连长，我啥时候给你丢过脸？"

边走边聊，不知不觉已经进了连队，几个战士看见彭大明把赵长山领回来了，显得很兴奋。彭大明对赵长山说："你现在去食堂吃饭，下午张红珍班就开始训练。"

"过点了，不吃了，我现在就去集合队伍。"

"不急这一会儿，先吃饭！"

"俺从小饿惯了，一顿不吃不打紧。"

彭大明看着他的背影欣慰地笑了，他就喜欢这小子的这个劲头！

此时江涛正站在连部门口，他很惊讶，赵长山怎么回来了？彭大明也看到江涛了，虽然肚子咕咕叫，他想还是应该过去跟他打个招呼，便牵着马过去了。

"彭连长，团里对昨天晚上的事怎么说？"江涛迫不及待地问。

"娄子捅得太大了，关团长把我狠狠训了一顿，全团通报批评是少不了的，还好，我和赵长山都回来了。"

"彭连长，赵长山……"

"江副指导员，"彭大明打断他，"你总得让我回家吃口饭吧！赵长山的事晚一会儿说，天塌得下来吗？"说完牵着马走了。

江涛一时挺尴尬："彭连长，上午老婆来电话说家里有点急事，我下午回去一下。"

"噢，家里有急事你怎么不抓紧走？"彭大明转身朝他走来。

"我不是想等你回来请个假嘛。"

"现在一级战备，你快去快回。"彭大明把缰绳给他，笑着说，"江副指导员，骑马行吗？"

"我可是野战兵出身，啥没见识过？"

"哈哈哈……"彭大明爽朗地笑了，"回家喂脑袋。"

江涛骑上马，望着彭大明的背影，心里说你笑得太早了！他现在要去团部保卫科，他相信姚科长听了他的分析判断，决不会放过这个破坏边境稳定的害群之马！

江涛不歇气地赶到团部，直奔保卫科。姚政热情地招呼他坐下，给他倒了一杯水，江涛在机关工作时他俩经常在一起交流，很能谈得来。马上颠簸了一路，江涛真有些渴了，连着喝了几口水。

"一转眼你下去就三个月了，江干事，连队很苦吧？"姚政关切地说。

"共产党员是块砖，哪里需要哪里搬嘛。"

"张嘴就来，真有你的！"

江涛现在顾不上跟他讲下连队的感受："姚科长，你们怎么把赵长山放了？"

姚政显出一副很无奈的样子。他昨天审赵长山一直到后半夜，赵长山一口咬定喝多了酒，辨不清方向去了五号地，没有越过国境线，关团长让放人，他一个保卫科科长能怎么办？

江涛摇了摇头，一个保卫科科长，一个团长，居然让一个小小的赵长山轻轻松松蒙混过关了！江涛把自己对此事的分析和盘托出，姚政的脸沉了下来，他背着手在办公室来回走着。

"姚科长，你是不是觉得赵长山这次转场表现不错，他去摸苏军哨所是可以原谅的？"

"不能原谅！破坏边境大局稳定，不管什么人，必须严肃追究，绳之以法！江干事，你提供的这个情况非常重要！"

"赵长山还有一个疑点，这个人来历不明。一九六二年，赵长山从河南老家逃荒跑到这里，彭连长看他有一身功夫，收留了他。"

"原来是个'盲流'？我们是边境团场，彭连长怎么能这么草率？"

"姚科长，我建议对赵长山进行隔离审查！"

姚政觉得江涛有很强的政治敏锐性，如果赵长山是去摸苏军哨所，这件事的性质就变了，加上这个人又来历不明，对他进行政治审查是必要的。他给江涛的杯子添满水，然后来到关长远的办公室，向他报告了江涛反映的情况，建议立即对赵长山进行隔离审查！关长远的表情变得很严肃，他想了想，说现在大敌当前都在抓紧备战，我们就不要自己折腾自己了，姚政说大敌当前我们更要保持部队的纯洁性啊！他建议由他带两个人去牧业连先摸摸赵长山的情况，关长远同意了，要他注意方式。

关长远的态度让姚政和江涛有些失望，好在关长远同意保卫科下去摸摸情况。

"姚科长，我们现在就动身吧？"

"你呀，还是部队的作风！哎，你还没回家吧？回家住一晚，跟老婆亲热亲热。"

"一级战备，哪还顾得上想老婆！"

"不会吧？是不是连里有相好的了？"

"岂敢，我可不想让你姚科长隔离审查！"

"哈……"姚政大笑，"说正经的，你难得回来一次，把家里的事安排安排，明天早上我们一起去连里。"

"我得赶回去，彭连长把我盯得紧哪！他这个人不讲政治，赵长山这种人他也要保！现在很多干部战士都很冲动，赵长山太典型了，把他揪出来，深入揭批，这对部队是很有教育意义的。"

"我们不谋而合啊！你先走也好，不要让彭连长说你打小报告，你们还要在一起共事呀。我把手头的工作安排一下，明天赶过去。"

训练场是山前一片平坦开阔的地带，山边竖着一个个靶牌。当赵长山带领张红珍班来到这里，知青们都很兴奋，以为要进行实弹射击训练了，但赵长山的一番话让大家很扫兴。

"下面进行队列训练。从现在开始实行军事化管理，你们就是吃饭，睡觉，训练，除了这三件事，什么也不要想，什么也不要干！谁也不许擅自行动，外出必须向我请假！还有，现在是一级战备，晚上必须穿着衣服睡觉，什么时候可以脱衣服，等上级通知。每个人都必须过军事训练这一关，过不了的就给我卷铺盖回家！谁也别给我耍花架子，咱这儿不要绣花枕头！我把丑话说在前头，到时候不要说我赵长山不给面子！"

赵长山人长得粗，说话也凶巴巴的，知青们一下挺难以接受的，这个班长与他们心目中的英雄形象距离太遥远了！

"陆海江！把腰挺直，没吃午饭啊？"赵长山大声说，他又指着马超，"还有你，松松垮垮的，像个娘儿们！"

陆海江昂起头，用力甩动着胳膊，竭力地让自己显得有精神。

"陆海江！头不要抬得太高！甩手的幅度也不要太大！自然点儿！"

几个女知青笑了，陆海江很不自在。在学校是没人敢嘲笑他的，他品学兼优，才华出众，是老师器重、同学羡慕的好学生，只是不爱运动，体育成绩一向很差，不过体育成绩好往往是与调皮捣蛋画等号的。今非昔比，来到连队他不爱运动的缺陷一下暴露出来了，连女知青都开始嘲笑他了，他是个自尊心很强的人，感受到无形的压力。董黎明走在最前面，他身板挺直，步伐和甩手的动作都很标准，陆海江眼睛瞄着他，照着他的样子调整姿势。陆海江想，董黎明这方面真优秀，他爸爸就是部队上的领导，有其父必有其子啊！

不远处，一小群羊在吃草，畜群都转到冬窝子去了，只有这一小群羊留在了连里。羊群旁边站着一个姑娘，天还没冷，她已经把棉大衣穿上了，头上还裹了围巾。尽管她把自己包得很严实，陆海江一眼就认出她是黄佩佩。第一次见到她时，陆海江眼前一亮，她面庞清秀，身材窈窕，属于江南那种典雅精致的姑娘，长相和气质都挺像李雯。黄佩佩是一九六三年支边的上海支青，原先在连队小学当老师，"文革"开始后，由于出身不好，父亲是跑到香港的大资本家，连队就让她放羊了。看见黄佩佩，陆海江便想到了李雯，他想应该给她去个电话。

黄佩佩找了个地方坐下，从身上取下军用水壶，解开大衣取出馍馍和咸菜，就着壶里的冷水吃了起来……

知青们返回的路上，陆海江看见黄佩佩朝他们这里望着，她站在那儿一动不动，他想起阿尔巴尼亚电影《第八个是铜像》，心中生出些许怜悯和惋惜，在食堂吃饭时他听战士们议论过她，说她如何如何漂亮、舞姿如何如何优美，放羊真是可惜了。

陆海江在食堂吃饭时一直在想跟李雯说些什么，这将是他与李雯的第一次通话，他的心噗噗直跳。董黎明问他今天吃饭怎么这么慢，陆海江说来连队后肠胃不好，要细嚼慢咽。吃饭的人走得差不多了，陆海江的腹稿也打好了。来到连部门口，心脏跳动的频率更快了，本来问候一下老同学是很正常的，可他的心跳怎么也慢不下来，他担心会出现跟王林一样的情况，结结巴巴，甚至语无伦次，那不是太尴尬了吗？最终他还是没有勇气走进连部，他想，也许她会主动打电话过来呢？

黄佩佩回到连队的时候，太阳已经落山了，这个季节羊在野外很难吃饱，她必须增加放牧时间，这是连里要求的。她遇见了江涛，他也刚从团部赶回来。

"佩佩同志，放了一天的羊，很辛苦吧？"

"不辛苦，革命工作嘛。"

"从你的表情里我能看出来，你没有说真话。你一个上海女支青，整天在野外放羊能没有想法？佩佩同志，现在是非常时期，你父亲是大资本家，又有香港这层关系，你可要注意思想改造呀！以后，你每半个月向我汇报一次思想，佩佩同志，有困难吗？"

"江副指导员，看你说的，现在这种时候，我这种人更应该主动向领导汇报思想。"

"嗯，态度端正。佩佩同志，赶紧回去吃饭吧。"

黄佩佩朝连队小学走去，江涛忍不住回头望了她一眼，这是他来到团场后见到过的最漂亮、最有气质的女人了。

走进学校前面的操场，黄佩佩就听到手风琴优美的旋律，每次放羊回来，她几乎都能听到这旋律，这已经成了迎接她的序曲了。以前听到这琴声她就有一种放松的感觉，心情也好起来了，但今天这琴声仿佛不存在似的。过去江涛都是叫她"小黄同志"，刚才叫她"佩佩同志"，怎么突然这么亲昵地称呼她呢？这让她心里有点慌。也许现在熟悉了吧，也许是领导的关心吧，可他说话时的眼神，好像又包含了其他说不清的东西，黄佩佩反复揣摩着。

进了房间她问王长根饭做好了吗？王长根说做好了，他放下琴，站了起来，这是一个身材颀长，略显消瘦的男人，分头梳理得很整齐，高高的鼻梁上架一副深度近视眼镜，举手投足温文而雅，很有艺术家气质。来兵团之前，他是上海一家歌舞团的手风琴师，酷爱新疆音乐歌舞。一九六三年兵团到上海招人，兵团的一个副政委在上海给初高中应届毕业生作了一场报告，黄佩佩也参加了，而且把她的男朋友王长根也带去了。那个副政委把新疆描绘得特美特生动，动情处还唱了一首新疆歌曲，歌词和曲子真是太优美了，他俩被深深地打动了，听完报告就找到兵团的同志报了名。

王长根给她做了阳春面，这是她最喜欢吃的。她在野外放羊，早出晚归，午饭只能是馍馍就咸菜，晚上王长根一定要让她吃好，拣她爱吃的做，每天不重样，好在王长根是上海男人，厨艺蛮好。

黄佩佩先给自己倒了一杯开水，王长根说："佩佩，吃饭前不要喝水，对消化不好。"

"渴得很，喝两口。"黄佩佩喝了几口水，"刚才碰到江副指导员了，他让我半个月向他汇报一次思想。唉，形势一紧张，我这种人又不得安生了。"

"佩佩，没啥大不了的，你按时给他交一份思想汇报就行了。"

"恐怕没这么简单。"

黄佩佩低着头吃饭，再不说话了。王长根觉得她的情绪一天比一天低沉，这让他很不安。刚来连队那段时间她还是挺有激情的，她跟他一样，向往边疆的诗情画意，当然，她也有换一个环境、改变一下命运的想法。但边境严酷的生活环境，特别是"文革"席卷大江南北之后，她的激情慢慢冷却下来，仿佛变了一个人。来之前他们就热恋着，她很崇拜歌舞团的这个手风琴师。刚读高二时，她的一个女同学约她去看了一场晚会，票是王长根给的，女同学跟他是一个弄堂的邻居。晚会最出彩的是王长根的手风琴独奏，那琴在他手上收放自如，琴声时而高亢激越如万马奔腾，时而婉转低回如小桥流水，一连拉了几曲观众都不让他下台，黄佩佩也被深深打动了，琴声如天籁之音，人也风度翩翩啊！一连两个晚上她都没睡好，几天后的一个星期天，她去了那个女同学的家里，女同学领她见了王长根，黄佩佩从小对舞蹈就很有感觉，两人很能谈得来，说到兴奋处，王长根操琴，黄佩佩伴舞，坐在旁边的女同学都有些嫉妒了。之后只要有王长根的晚会、音乐会她必是观众，再之后她跟他就交上朋友，坠入爱河了。由于黄佩佩的家庭背景，王长根的父母一直反对他们发展关系，他选择跟黄佩佩来新疆，一个重要原因就是远走高飞可以不受干扰搭建他们的爱巢。然而，眼看着一起来连队的上海支青一个个都成家了，他和黄佩佩的爱巢还遥遥无期。"佩佩，我们结婚吧。"这句话他也记不清说过多少次了。"你看我现在这个样子，能结婚吗？"她总是这样回答，她表示什么时候不放羊了，她才跟他结婚。放羊确实挺煎熬人的，但这是妨碍结婚的理由吗？这只不过是个借口，其实是边境的艰苦生活让她失去勇气和信心了，这一点王长根看得很清楚，但他又能怎样呢？他是多么想帮她改变命运啊，但他却无能无力，他只能在绝望中期冀，在痛苦中等待了。

饭菜很可口，但却吃不出什么滋味来，两个人各怀心事，默不作声，这种时候是最难堪的，幸好此时彭春燕来了。这两天她刚住进女知青宿舍，挺有新鲜感的，晚上跟姐妹们说说笑笑，就把看两位老师推后了。她上小学时，黄佩佩和王长根都给她当过老师，而且还不是一般的师生情谊。黄佩佩和王长根一到连里就被安排到学校当老师了，那时彭春燕正读二年级，黄佩佩一下就喜欢上这个活泼可爱、有一双会说话的大眼睛的小姑娘了。小春燕爱唱爱跳，很有舞蹈天赋，黄佩佩就用心教她，反正晚上也没什么事，加上心情愈来愈不好，教春燕跳舞倒可以打发时光、排遣烦恼。小春燕也成了王长根的一种寄托，本来他和黄佩佩应该是花前月下的，但都把心思放在春燕身上了，春燕也很争气，小学毕业时她的舞蹈已经具有一定的专业水准了。

"我们的小百灵来了。"彭春燕的到来让黄佩佩心情好了一些。

"春燕，跟我们一块儿吃。"

彭春燕说她已经吃过饭了，王长根站起来，从皮箱里拿出一袋牛奶糖："春燕，那你就吃糖吧，家里刚寄来的。"

"上海糖？到王老师这儿来就是不一样，经常会有意外的惊喜。"彭春燕拿了两块糖，然后把糖袋递给王老师。

"再拿几块。"

"就两块，老规矩。"彭春燕一直记着小时候在王长根宿舍学跳舞的情景，跳得好，他俩就奖励她两块上海糖，每次她都舍不得吃，把糖放在嘴里含一含，再用糖纸包上，那真是一段美好温馨的记忆啊！

"时间过得真快，一晃你都成大姑娘了。"黄佩佩感叹道。

"哎，啥时候吃你们的喜糖？"彭春燕真是哪壶不开提哪壶，王长根和黄佩佩一时挺尴尬。

"春燕，训练挺苦的吧？"黄佩佩赶紧把话题引开。

"训练才开始，不过赵班长这人挺凶的，后面肯定有苦头吃。"

"是啊，上海支青刚来时就被他整惨了。"

"佩佩，你怎么这么说？那是严格要求。"

黄佩佩苦笑了一下。彭春燕兴冲冲而来，想跟两位老师好好聊聊，但感到气氛不对，她就收住了情绪，简单问了一些情况。说话间王长根和黄佩佩吃好了，彭春燕要去洗碗，黄佩佩说："哪能让你洗，坐那儿听王老师给你拉琴吧。"彭春燕又兴奋了，好久没听王老师拉琴了，这正是她期待的！王长根背上手风琴，说："春燕，想听哪首曲子？"彭春燕说："我和黄老师一样，最爱听《我爱那蓝色的海洋》。"王长根就拉了这首曲子。一曲结束，黄佩佩对彭春燕说："让王老师再给你拉几首，我先走了。"彭春燕赶紧站起来："该走的是我，我哪能多占你们的宝贵时光呢！"黄佩佩嗔道："小丫头！"彭春燕对王老师说了声再见，便跟着黄佩佩出来了。

太阳一落山，山里的气温便快速下降，初秋的夜晚已经有几分凉意了。黄佩佩快步朝集体宿舍走去，彭春燕追上她："黄老师，你和王老师之间，出问题了？"

黄佩佩没有回答她，放慢了脚步。

"我觉得你俩不对劲儿，你和王老师都恋爱这么多年了，可至今还没有走到一起。"

"唉，怎么说呢，你看我现在这个样子，能结婚吗？"

"放羊很辛苦，这我知道，但这并不妨碍结婚啊？"黄佩佩和王老师的想法一样，黄佩佩不结婚的理由不合情理，"黄老师，你挺消沉的，你原来是个多么活泼的人啊。"

是的，那时的她活泼可爱，她的舞蹈、她的歌声，包括她的长相都给连队的人带来莫大的快乐，她想，当年的她不就是眼前的春燕吗？现在她变了，连春燕都发出了这样的感叹！

走出操场，路就高高低低的，黄佩佩一不留神，打了个趔趄差点摔倒，多亏彭春燕扶了她一把。眼前是茫茫黑夜，她深一脚浅一脚的，她想自己的人生不是也在这茫茫黑夜艰难前行吗？

黄佩佩已经放了三年羊了，她觉得放羊是这世界上最难以忍受的工作了，风吹日晒、雨淋雪打已经是一种煎熬，更让她感到恐惧的是孤独和寂寞，整天面对的是一群不会说话的羊，满眼的荒野和大山，一天中几乎见不到一个人，有时她真想歇斯底里地大叫几声。特别是在冬窝子越冬，半年里与世隔绝。哈萨克人适应这种世代沿袭的游牧生活，可她是繁华大都市出来的女人啊！泪水从她的眼睛里涌了出来，她站住了，一把拉住彭春燕的手："春燕，我实在是忍受不下去了，我求你跟彭连长说说，让我回学校当老师吧，换个工作也行，干啥我都愿意，不放羊就行！"

彭春燕依稀看见黄佩佩眼睛里满含的泪水，她的眼睛一下也湿润了："黄老师，你放心，我一定跟我爸说！"

彭春燕怎么也没有想到，回到家说起黄佩佩的事情，却引来了父母之间的一场战争！当时彭大明正在看罗豪才刚送来的报纸，听女儿说黄佩佩想回学校当老师，他半天没反应，春燕妈觉得让黄佩佩放羊真是屈才了，春燕小的时候黄佩佩在她身上也没少花心思："哎，老头子，你们不能研究研究，让她再回学校当老师？"

"在这些上海支青中，她最娇气，应该让她好好锻炼锻炼。"

"爸，她已经放了三年羊了，一个资本家的娇小姐，真是挺不容易的，你帮她说个话，让她回学校当老师吧。"

"她家庭这个情况，不太好办，找机会吧。"彭大明放下手中的报纸，"唉，我现在发愁的是赵长山的个人问题，他该有个老婆了。"

春燕妈撇了一下嘴："他呀，我看难！"

"我就想不明白，这么好个男人，怎么就讨不上个老婆？"

"他哪点好？人长得难看点还能将就，他那个坏脾气，哪个女人能受得了？我看啊，只有脑子有毛病的人才会嫁给这样的男人。"

彭大明瞪了她一眼："我看你的脑子才有毛病！赵长山哪点不好？一身的本事，干什么事都像模像样，又有血性，有情有义，我要是女人，非他这样的男人不嫁！"

"你懂什么是女人？"春燕妈又来气了。

彭春燕见势头不对，赶紧说："好了好了，为别人的事生气上火，犯得上嘛。"

"看来我这个当连长的得出面了。"

"你出面？这就不是你当连长管的事！你还想像当年组织上把我们两个往一块儿捏合啊！现在可不是刚进疆那会儿了，有哪个姑娘会听你的？要是搁在现在，组织上就是说破大天我也不会嫁给你！"

"你这个老婆子，怎么又扯到我们身上来了！"

"你跟赵长山是一路货，嫁给你我真是倒了八辈子霉了！"

彭春燕急了："爸，你就少说两句不行吗？"

彭大明这时候也刹不住车了："我知道，当年你嫁给我，心里一百个不愿意，可我们不是照样过来了吗？"

"过来了？可我过的是啥日子？"

"怎么，跟了我你委屈了吗？"

"我当然委屈了！论年纪，你比我大十六岁，在咱山东老家，你都可以当我爹了，可你啥时候把我当小女人了？"

"我是无产阶级，你也不是地主老财家的娇小姐！"

"可我是女人！"春燕妈的眼泪下来了。

"女人，女人，你们这些女人哪！"彭大明出了门，这种时候他都是一走了之。

春燕妈又发作了，一把鼻涕一把泪地给女儿倒她心中的苦水。彭春燕搂着妈妈，静静地听着她絮叨，这种时候任何劝慰都是徒劳的，小的时候春燕总是想尽各种办法劝她，跟她一块流泪，但都无济于事，后来她才知道，妈妈这个劲上来了，必须任由她说，发泄完了她就平静了。

直到连队熄灯，妈妈这个劲才过去，春燕把她扶到床上，给她脱鞋脱衣服，然后拉开被子给她盖好。门响了一声，彭大明回来了，春燕妈发作他便出门，屋里恢复平静他再回家，这是他惯用的策略。

彭春燕从里屋出来："爸，你也赶紧睡吧。"

"今晚你就住家里吧，陪陪你妈妈。"

"床那么小，又挤不下三个人，还是你跟妈妈睡吧。"

"我去办公室睡。"说完他出去了。

彭春燕望着爸爸的背影，心里泛起阵阵酸楚，她已经十七岁了，爸爸妈妈还在无休止地争吵，难道这种生活要永远持续下去吗？

当姚政和保卫科的两个干部出现在连部的时候，彭大明并没有感到怎么意外，他已经意识到赵长山是不会轻松过关的，时下有些人就热衷于残酷斗争、无情打击，以此捞取政治资本！姚政一副踌躇满志的样子，这次下来他仿佛胜券在握了。他说明了来意，彭大明一听就蒙了，大家都在一门心思忙备战，他却让我们搭工夫陪他搞窝里斗！"姚科长，现在边境这么紧张，全连上下都在抓紧备战，对赵长山的调查是不是往后放一放？"

姚政的两只眼睛咄咄逼人："彭连长，你觉得这么大的事可以往后放一放？"

"我担心你们这样兴师动众地查，把人心搞散了。"

"你这个担心是多余的，查明真相，纯洁了队伍，只会凝聚人心啊！"

彭大明心想人已经来了，也只能让他们查了："姚科长，我只有一个要求，调查工作不要影响我的正常备战。"

"彭连长，对赵长山的调查还是要集中时间，知青们刚到连队，也需要集中进行政治教育，这一课不能少。"江涛说，"我看这样，张红珍班的训练停几天，让姚科长他们调查赵长山，我负责组织对知青的政治教育。"

"不行，大敌当前，训练一天都不能停，其他事都要给备战让路！"

"彭连长，你的意思，知青的政治教育可以不搞了？"江涛反问道。

"当然要搞，安排在晚上进行，调查赵长山，包括找其他人都安排在晚上。"

姚政想了想，说："就按彭连长的意见办。"

"姚科长，连里一大堆备战工作要安排，我把江副指导员留给你，调查的事情你找他，我就不陪你了。"

"行，给备战让路嘛，你们备战搞不好，我可不想当替罪羊！哈哈……"

彭大明走了，姚政让江涛通知巡逻队，经过五号地时多留点意，最好能找到赵长山作案的证据和线索，江涛马上去安排了。

彭大明从连部出来就直奔训练场去了，他要早点让赵长山知道姚政来了，有个思想准备，赵长山是个直肠子，彭大明必须给他提前打预防针！

训练场上，知青们正趴在地上练习射击。彭大明把赵长山叫到一边，告诉他保卫科的人又来查他了，赵长山一听就火了："他们不是已经审过我了吗？这帮吃闲饭的，还抓住我不放了！"

"有我哪！关键是你要沉得住气！"

赵长山一甩手："我没你彭连长那耐性！他要再审我，我直说算了，大不了蹲几年监狱！好汉做事好汉当，因为爱国蹲监狱，不丢人！"

"我就知道你会逞英雄！"彭大明指着他，"你呀，一点也沉不住气！做人做事不要总是直不隆通的，有些时候忍一忍，让一让，就过去了，干吗非要伤自己？这件事你必须给我忍着，你可不要让我失望，不要让连里那些关心你爱护你的战士失望！"说完转身走了。

赵长山愣愣地站了一会儿，朝知青这里走过来。知青们刚才听见他和彭连长好像在吵架，都从地上起来了，望着他。赵长山的脸铁青，冲着知青们吼道："谁让你们起来的！都给我趴下！"

马超摇着一只胳膊，苦着脸说："赵班长，让我们起来活动活动吧，趴时间长了挺累的。"

"这点苦都吃不了，你们跑到边境上来干什么？不到休息时间，继续训练！"

大家又都在各自的位置趴下，马超见赵长山走远了，小声说："不近人情！"趴在他旁边的杜春生说："粗人一个！"

彭大明回到连部，心里还是不踏实，姚政气势汹汹地来了，没几天是走不了的，说不定真就折腾出什么事儿来了！望着那部电话机，彭大明思前想后，还是决定给关长远打个电话。

"关团长，姚科长带着人在我这儿调查赵长山你知道不知道？"

"是我批准的，姚科长说有人反映赵长山是去摸苏军哨所，跟你的说法可不一样！"

"我看有些人是唯恐天下不乱！关团长，如果不是现在这个时候，他们怎么查都行，我全力配合，可现在我们在备战啊，陪不起啊！哪头重哪头轻关团长你掂量掂量！你还是让姚科长他们快点撤走吧！"

"我看哪头都重！他赵长山要真是去摸苏军哨所，必须严肃追究！"关团长把电话挂了。

彭大明举着听筒好一会儿才放下。

又到吃晚饭的时间了，食堂的两个窗口排了好长的队。肚子里缺少油水，年轻人吃饭就很积极，虽然食堂刚杀过猪，下次吃肉也要一个月以后了；虽然每天的饭菜总是一个模式，没有什么新花样儿，但走进食堂大家还是挺期待的，也许今天有好吃的呢？

赵长山从不在饭厅吃饭，他买上饭走了。

沈东风注意到这一点："哎，赵班长好像每次都是打回去吃的，他也不跟大家打成一片啊！"

李涛说："人家是班长，摆谱呗。"

马超恨恨地说："古板、刻薄，以后我们可有苦头吃了。"

"赵班长这人怎么说呢，"赵丽娜撇了一下嘴，"反正不是我心目中的班长。"

沈东风说："你心目中是什么样的？英俊潇洒、高大威猛？你找对象啊？"

赵丽娜瞪了沈东风一眼："去你的，没正形儿！"

大家都笑了，马超叹了一口气："唉，连里怎么会让他当我们的班长。"

旁边的一个战士插了进来："你们可别小看赵班长，他的功夫你们还没领教吧？告诉你们，你们所有男知青一起上都不是他的对手！"

杜春生瞥了他一眼："我杜春生可不是被吓大的！"

"就是，你们还不知道杜春生的厉害吧？"马超也来劲了，"要说打架，杜春生在我们全校闻名，那也是威震一方啊！"

马超是最了解杜春生的，他很崇拜他，在学校时他都是称呼他"大哥"的，来连队后才改的口。杜春生上学时是出了名的刺头，他父亲去世早，母亲把他和六个兄弟姐妹拉扯大，这种家境，造就了他乖戾的性格，学习不上心，喜欢行衅滋事，不过人挺侠义，男同学谁被欺负了，他总要出面摆平，因此身边围了一群像马超这样的男生。马超人挺聪颖机灵，可惜没有用在学习上，有些玩世不恭，爱逗个能挑个事儿，但先天不足瘦瘦小小，不像杜春生那么高大威猛有底气，自然是要找杜春生做保护伞的。

这时江涛陪着姚政和两个保卫干部进来了，穿过饭厅，进了食堂里面。

马超望着他们说："上面来人了。"

"团部保卫科的，"旁边的一个战士说，"他们是来调查赵长山的。"

饭桌上的知青都很惊讶，程强说："保卫科不是审过他了吗？"

"保卫科的人来得正是时候啊！"杜春生咬了一大口馍馍，很过瘾的样子。这几天他心里挺窝火，赵长山盛气凌人，把知青都当阿斗了！对其他人你呲五喝六也就罢了，居然把我杜春生也不放在眼里！你不就会几套拳吗？我杜春生可不是软柿子！

"杜春生，说话注意一点儿。"董黎明提醒他。

"你看他对我们知青什么态度！"

"那是严格要求。"

"得了吧！"杜春生放下筷子，"再联系到他醉麻咕咚进入五号地，这个人的成色你们还看不清吗？"

董黎明端着饭碗起身走了，陆海江跟了上去。刚回到宿舍彭春燕就进来了，她想让陆海江给她画张像，这几天她一直惦记着这件事，陆海江说画张像最少需要一个小时，等一会儿就要政治学习了，彭春燕有点不情愿地走了。董黎明说我们出去转转吧，来了几天连队是什么样子还不知道呢，陆海江说上山，登高望远，一览众山小！董黎明说这个主意好，他俩便一路向连队附近那座小山去了。

他俩一口气爬上山顶，放眼望去，整个连队就尽收眼底了，炊烟升腾着，宛如飘动的青纱，淡淡地罩在连队上空，房屋、树木朦朦胧胧的，远山之上，落日把西天映得通红……

"啊，一幅多么美丽的边塞图画！"陆海江被眼前的景色深深感染了。

董黎明也很兴奋："我们将在这里生活和战斗！"

陆海江脱口朗诵了一首古诗："远上寒山石径斜，白云生处有人家。停车坐爱枫林晚，霜叶红于二月花。"

董黎明挖苦道："你酸不酸哪！海江，以后把你那学生腔、文人相改一改，我们现在是兵团战士了！"他拉着陆海江在一块大石头上坐下，"海江，你都看到了，我们才来了两天，连里就发生了这么多事，这就是边境，这就是战场，这就是我们向往的战斗生活！我们来边境团场插队是一个正确的选择，在这里，我们可以实现人生的价值，干一番大事！海江，我们要尽快融入到边境特殊的战斗生活中去！"

"是啊！"陆海江也深有同感，他又想到在食堂吃饭时的话题，"黎明，保卫科的人进驻连队了，又要对赵班长进行调查，你对这件事怎么看？"

"现在是非常时期，出了这样的事，保持高度警惕是对的。赵班长这个人，初步接触，现在还很难作出判断，静观其变吧。"

"黎明，你这个大班长在这方面比我成熟，以后你可要拉兄弟一把呀！"

董黎明看了看他："你这家伙挺幽默的嘛，我们是老同学，我不会让你掉队的。"

陆海江忽然想到王林，说我们去马号看看王林吧，董黎明点了点头。

他俩走进马号的时候，王林正在喂马，他的情绪很低落。聊了几句，董黎明要走，陆海江说去王林住的地方看看，王林带着他俩来到他住的小屋，屋子只有几平方米，支了一张床就没多少下脚的地方了。陆海江挺羡慕，虽然小了点，但是单间啊，有一个看书学习的环境。

王林让他俩坐，董黎明说晚上要开班会，陆海江跟着他出来了。走了几步，陆海江回头望了望站在马号门口的王林："王林情绪挺低落的，黎明，以后我们经常来看看他。"

"海江，我提醒你，王林现在跟我们不一样，他被组织排斥在张红珍班之外，也就是说，他被打入了另类，今后我们要与他保持距离。"

"黎明，看看老同学没有错吧？"

"刚才我们不是说，要尽快融入边境特殊的战斗生活吗？从现在开始。"

陆海江看了董黎明一眼，董黎明对王林的态度让他有些不舒服。

他俩回到男知青宿舍，女知青们也陆陆续续进来了，屋里一下就满当当的，陆海江脱鞋上了床，从枕头下面把书拿出来，他不喜欢闲聊，看书对他来说是最大的享受。

"哎，团保卫科的人来调查赵班长，你们男知青知道不知道？"李莉萍说话的表情有几分神秘，其实这已不是新闻了，她们进来之前男知青正在说这件事情呢。

"你们女知青才知道？现在保卫科的人正在连部跟赵班长谈话呢。"李涛比她掌握的情况更进了一步。

"保卫科的人肯定是为那天晚上的突发事件而来的。"马超站起来，走到宿舍中间，"我们来分析一下，那天晚上赵班长进入五号地，有意识还是无意识？"

"有意识怎样？无意识又怎样？"

马超一挥手："那区别大了！无意识属于人民内部矛盾，有意识就上升到敌我矛盾了！"

王璐云说："我们初来乍到，对赵班长了解不多，很难做出判断。"

"哎，我听老同志说，赵班长这个人来历不明。"马超又透露了他了解的一个新情况。

大家都望着他，杜春生问："怎么个来历不明？"

"据老同志说，我们连的人基本是兵团招来的，历史清楚，也有亲戚朋友介绍来的，知根知底，唯独赵班长一人是自己跑来的，他的过去完全由他自己说了。"

"问题复杂了，复杂了。"沈东风不停地摇着脑袋。

"陆海江，下来，参加大家的讨论。"马超冲陆海江说，"自从来到连队，你就抱着那本书不放。"

"那一定是本好书。"彭春燕笑着说。她朝上铺的陆海江望了一眼，觉得他跟其他知青真是有些不一样。

马超显出一副不以为然的样子："什么呀，一本老掉牙的书，《钢铁是怎样炼成的》，快下来，参加大家的讨论，谈谈你的高见。"

"你们操的心是不是太多了？"陆海江坐了起来，"赵班长的事组织上正在调查，自有公论，你们有时间不如读点书。"

马超用手指着他："整个一书呆子嘛！"

"海江说得对，赵班长自有组织作出结论，我们评头论足，这是自由主义。"董黎明一直不想参与这个讨论，他终于忍不住了。

"又来了个正儿八经的。"杜春生马上反击，"现在赵长山的事全连关注，我们议论议论就成自由主义了？"

"你们再议论下去就出格了。"董黎明的表情很严肃，"这种事情还是不议论的好，大家不要忘记，我们现在已经是兵团战士了！"

"啧啧，"杜春生咂了咂嘴，"不愧是当过班长的人，是我党培养出来的好干部啊！"

杜春生和马超的表演让陆海江很反感，他想江副指导员怎么还不来？赶紧开会吧。大家不谈赵长山了，又转入新的话题，陆海江的心里根本静不下来，他索性下了床，走出宿舍。外面的空气好清新啊，他长长地舒了口气。他忽然想到了李雯，她会主动给他打电话吗？她现在怎么样了？他也想把这些天经历的太多太多的事情说给她听。这时江涛过来了，他赶紧进了宿舍。

头一次正式跟张红珍班见面，江涛事先做了精心准备，首先是备课，整整一个下午他把自己关在宿舍里，翻阅了马列经典和近期的"两报一刊"社论，他要让自己的讲话显得很有水平；其次是穿着，出门前他把转业时留下的只有在重要场合才展示的黄军装穿上了，不过风纪扣没系，露出雪白的衬衣领，黄军帽也没戴，小平头让他显得更加年轻精神。一切准备就绪，他满面春风地来到知青宿舍。

一进门，他的形象就吸引了知青们的目光，他感觉到了，这正是他要的效果。两个男知青站起来给他腾地方，江涛没有坐，沈东风心领神会，把屁股底下宿舍里唯一的一张方凳放在房间中间，江涛落座后环视了一圈，然后开始了学习动员。他的声音也很好听，操一口标准的普通话，很难辨别他是什么地方的人。他强调一名合格的兵团战士要又红又专，不仅军事素质要好政治素质更要过硬。他全面阐述了提高思想政治素质的重要意义，引经据典，滔滔不绝。开始知青们都很专注，很快有些人就坐不住了，白天在野外训练了一天，这阵子都很困乏，杜春生一个劲地打哈欠，江涛也没有收尾的意思。

这个动员报告足足作了两个小时，江涛终于站起身，马超说："江副指导员，你的口才真好！"江涛看了他一眼，得意地走了。杜春生在马超的后脑勺扇了一巴掌："不想睡觉了？"杜春生立在那儿像一座塔，马超几乎矮了他一头，他仰脸望着杜春生，一只手摸着后脑勺，这一巴掌挺重的。

连部这边，姚政与赵长山的谈话还在进行……

赵长山有个习惯，正常情况下，清晨他都要到连队边上的树林里练一会儿功。这几天晚上姚政与他的谈话都折腾到熄灯以后，清晨他照样来这里打几套拳。

远远地，他看见马力克骑着马过来了。

昨天晚上，一个牧民给马力克带来了跟他有关的坏消息，那个牧民告诉他，下午他去牧业连的小商店采购砖茶（一种哈萨克牧民烧奶茶用的特制茯茶）时，听连里的人说赵长山喝醉酒跑到边境线闹出很大的动静，现在上面的人正在连里查他呢。听到这个消息马力克很吃惊，想到那天下午分手时赵长山向他借皮恰克，他似乎明白了。

他很关心这个汉族朋友现在的处境，他知道赵长山每天早晨在树林里练功，一大早就奔这里来了。

马力克下了马，把马拴在树上："赵班长，那天晚上是怎么回事？你到那边找事情去了？我还听说上面的人在查你？"

赵长山拿出莫合烟，笑着说："马力克队长，你也卷一支？"

"烟不抽，酒嘛，可以喝一点。"马力克喜欢喝酒，山里凉，他觉得喝点酒对身体大有益处。

"可惜现在没有酒，过几天吧，我带一大壶烧酒去你的毡房，痛痛快快喝一场！""得了吧，你喝多了，我担心你又跑到边境线上去了。"

"哈……"赵长山笑了。

"查你的人还没走？查什么查嘛！等一会儿我去找彭连长，让他们赶紧走！"

"马力克队长，这个时候你最好不要在连里出现，你去只会添乱。让他们折腾吧，有彭连长呢。"

"赵班长，你是一个有血性的汉子，你这样的人，我佩服！"

"马力克队长，你就不要打我的脸了。"赵长山叹了一口气，"我说过，我要对得起你那把精美的英吉沙小刀，我没能对得起它，还把它弄丢了，找时间我给你买一把。"

马力克有些不高兴："赵班长，你这样说就不是朋友了，我认的是人，不是皮恰克。"他觉得赵长山活得太累、太窝囊了，兵团太爱搞阶级斗争，赵长山这样的人在兵团吃不开。他忽然萌生了一个想法：帮赵长山调到他们公社来，地方没兵团那么复杂，赵长山肯定有用武之地！马力克把这个想法说了，赵长山笑了，觉得马力克跟他一样也是个不懂政治的人，现在到处都在以阶级斗争为纲，他这种人地方也是不会欢迎的，就是能办成他也不会去的，当年在他最穷困潦倒的时候，彭连长收留了他，这些年彭连长一直都很器重他，他不能辜负彭连长！再说，这个时候离开人们会怎么看他？"我赵长山在连里大小也是个人物，我可不想让别人把我赵长山看扁了！"

"这个牛皮不要吹，"马力克挖苦道，"哼，是个人物，三十多岁了房子里连个俄耶勒（女人）都没有！你要是个哈萨克男人，草原上最好的俄耶勒会嫁给你的！"

说到女人让赵长山挺动心，他真有点着急了："马力克队长，你要是想帮我，就帮我找个老婆吧。"

马力克摇了摇头："你不来我们公社，这个事情不好办，我试试吧。"

临走马力克说他还是想去见见彭连长，赵长山让他赶紧回去，马力克不停地摇着头，兵团的事情真让他搞不懂！

他骑上马朝连队的小商店去了，他要带一壶烧酒。

赵长山去食堂吃了早饭，然后把青年班带到训练场。他并没有因为对他的调查而放松青年班的训练，反而变得更加严厉了，对女知青也都不留一点情面，这让知青们很难接受，这些刚出校门的学生哪见过这么严厉的班长？

射击训练进入第五天，杜春生有些不耐烦了，他从地上坐了起来。

赵长山看见了，大声说："杜春生！趴下！"

杜春生坐着没有动："赵班长，可以实弹考核了。"

"你小子口气不小！你们每个人我都监测了，差得远呢！"

"我们还是抓紧转入搏击训练吧，赵班长，听说你的功夫了得？"

"不到时候！"赵长山朝他走了过来，"你说了算还是我说了算？趴下！"

杜春生站了起来："赵班长，你的功夫不会只是个传说吧？"

"杜春生，你说什么？"赵长山朝他摆了一下手，"来，今天让你领教领教。"

杜春生拉开拳击的架势，赵长山三拳两脚就将他打倒在地。杜春生爬起来，冲上去，又被赵长山重重地摔在地上，大家都给赵长山喝彩。

赵长山说："继续训练！"

知青都回到自己的位置趴下，马超对身边的杜春生说："看出来了吧？保卫科每天晚上审他，他拿我们出气。"

杜春生恨恨地说："走着瞧！"

保卫科对赵长山的调查也紧锣密鼓，姚政把这些年干保卫积累的经验全都用上了，但赵长山软硬不吃，其他方向的摸排也没有任何进展，他都有些没脾气了。正当他一筹莫展的时候，江涛满面春风地来连部找他，给他带来了好消息：巡逻的战士经过五号地时捡到一把英吉沙小刀！

"英吉沙小刀？"姚政眼前一亮，他从江涛手里接过它反复看了看，"为什么五号地会出现一把英吉沙小刀？我们来分析一下。"

办公室一时安静下来。

"江副指导员，你们连有谁有英吉沙小刀？"姚政问。

"没听说谁有，就是有，也是作为工艺品放在家中，不像少数民族随时带在身上。"

"你说得对，我们现在可以得出这样的结论，这把刀与哈萨克牧民有关系。"

"可能是牧民丢在那儿的。"一个保卫干部说。

"不会，那里是边境线，除了我们连巡逻的战士，其他人是不敢去那里的，地方上的牧民也都知道。"江涛忽然想起什么，"对了，那个马力克跟赵长山在附近喝过酒！这把刀肯定是马力克的，他们在附近喝酒……"

姚政接着说："赵长山借了马力克的刀，两人分开后，赵长山趁夜色越过国境线，被苏军哨所发现后，赵长山返回时把刀丢在了五号地。"

"完全成立！"江涛的声音透着兴奋。

"现在是会会那个马力克队长的时候了！"

江涛和姚政骑着马翻过两座山，眼前豁然开朗，好大的一片天然草场啊！一条小河蜿蜒着穿过草场伸向远方，偌大的草场只有一座圆形尖顶的白色毡房，显得孤零零的，几天前这里还散落着二十几户哈萨克牧民的毡房，现在他们都迁到了冬牧场，只剩下马力克一家人了。

江涛和姚政在毡房前才下马，他俩没有意识到失礼了，在毡房前下马是对主人的不敬，马力克有些不快，他们连这一点都不懂！江涛向马力克介绍了姚政，马力克炯炯有神的眼睛闪了闪，他马上意识到他们是为赵长山的事而来的："江副指导员，你们是为赵班长的事来找我的吧？"

姚政有些惊讶："赵长山的事这么快你就知道了？"

"连里的人炖羊肉，风一吹，我们都能闻到香味！哈哈……"马力克仰天大笑，江涛和姚政也笑了，觉得马力克挺幽默的。

马力克把他俩领进毡房，阿斯燕见生人来了，惊慌失措地蜷缩着，把怀中的羊羔压在身子底下："狼来了！狼来了！"

巴哈什赶紧安抚女儿，马力克说他们要谈事情，让巴哈什领着女儿出去了。

"不好意思，让两位领导见笑了，"马力克指着自己的脑袋，"我女儿这个地方有点问题。"

"你女儿真漂亮，白白胖胖的，还是羊肉养人啊！哈……"江涛本来想缓和一下刚才尴尬的气氛，可他的话很不得体，哈萨克人是忌讳外人当面赞美自己的孩子的，尤其不能说"胖"，认为这会给孩子带来不幸。马力克心里虽然很不舒服，但走进毡房的就是客人，他不能让牧民们说他怠慢了客人，那会成为笑柄的。他给姚政和江涛倒了奶茶，而且放了奶皮子，哈萨克人有一句谚语："祖先留下的财产，有一部分是留给客人的。"凡是前来拜访的客人，无论是否认识，也不论哪个民族，牧民们都热情款待，手抓肉、包尔沙克、奶疙瘩、奶茶……好吃好喝的让来客大饱口福，如果过客在黄昏时投宿，牧民也是不会拒绝的；倘若被拒，传出去是会受到族群耻笑甚至惩罚的。

江涛和姚政喝着奶茶，他俩第一次走进哈萨克人的毡房，眼神里透着新奇和羡慕。尽管毡房内没什么家当，但收拾得干干净净，井井有条，铺在地上的地毯一尘不染，绣着哈萨克刺绣的被子叠放整齐，挂在墙上的挂毯鲜亮夺目，看得出女主人是很勤快、讲究的。姚政说明来意，让马力克谈谈那天下午他和赵长山在一起喝酒的情况。

"没问题，几天前的事情嘛，还装在我的脑子里。"马力克又用手指了指自己的脑袋。他的语言表达方式和机械动作，让姚政觉得这是个头脑简单的人。哈萨克牧民日出而牧、日落而息，乐哉悠哉，牧区外面的世界他们是很少问津的，但马力克却与一般的哈萨克牧民有很大的不同，年轻时他就有感知外部世界的冲动和渴望，他常常游走于各牧区之间，也喜欢与兵团的同志交往，结交了彭大明、赵长山这样的汉族朋友，因此见多识广，头脑灵活，他在江涛和姚政面前呈现出的憨态，其实是一种伪装，就像把自己包在厚厚的外套里一样，你觉得他是臃肿笨拙的，但你错了，他的身手非常敏捷矫健！马力克讲了他和赵长山在一起喝酒的经过，连说带比画："我们好久没见面了，相互询问对方的情况，后来就是酒话了，酒劲一上来嘛，就喜欢吹牛皮，天南地北，海阔天空，哈……"马力克爽朗地笑了，然后努了一下嘴，"唔，我们喝了一大塑料壶酒，两公斤装的！走的时候嘛，赵班长摇摇晃晃的，方向都搞不清了，我要送他他死活不让，结果跑到边境线去了！"

看着马力克的夸张动作和表情，姚政心想他把马力克想简单了，这个人根本不配合。姚政不想跟他啰嗦了："马力克队长，我听说你有一把精美的英吉沙小刀，能让我看看吗？"

"当然可以！"马力克的手去摸腰间，突然愣住了，"嗯？我的皮恰克呢？坏了，丢掉了！"

姚科长从身上取出那把英吉沙小刀："马力克队长，你看是不是这一把？"

马力克接过小刀，十分惊讶："跟我那把太像了嘛，不过不是我的。好刀啊，看得出来，两把刀都是出自英吉沙同一个工匠之手啊！姚科长，我那把丢了，你这把能给我吗？我用两只羊换，可以吗？"

"你用多少只羊我也不换，这是证据。"

"证据？什么证据？"

"我们在边境线捡到的，跟赵长山有关。马力克队长，谢谢你提供的情况，我们回去了。"

马力克显出很不高兴的样子："唔，你们是贵客，这样走不是打我的脸吗？我现在就去宰羊。"

姚政和江涛倒是想美美地吃一顿手抓肉，但现在顾不上了，他们要尽快拿下赵长山！

从毡房出来，江涛回头望了一眼马力克，他没想到马力克竟然跟赵长山穿一条裤子！姚政在马上却显出一副悠然自得的样子，来的时候他就不指望马力克提供什么有价值的情况，找马力克他只有一个目的：证明那把刀是马力克的，现在这个目的达到了。

马力克见他们走远了，把右手放在心口上："真主保佑赵班长平安无事。"

巴哈什搂着阿斯燕坐在不远处的草地上，这会儿阿斯燕挺平静的，马力克望着女儿，心里很不是滋味。

阿斯燕并不是他和巴哈什的亲生女儿。十二年前的一个夏日，马力克和几个牧民去邻近的牧区参加阿肯弹唱会，动身返回时已是夜晚了。走到牧业连附近时他们发现了火光，那儿是牧业连的牛圈，住着一家人，马力克和牧民们立刻赶过去救火，由于火势太猛，他们只救出了这家人的小女孩，那年她五岁。她的父亲跟彭大明是战友，也是三五九旅老战士，来到巴尔鲁克山后一直在牧业连放牛。老革命的遗孤让马力克很是怜悯，他和巴哈什成亲后又一直没有孩子，便动了收养这个孩子的念头，他把这个想法跟彭大明说了，彭大明了解马力克的为人，觉得这是件好事情，拿到支部会上研究大家也都同意。从此小女孩就成了马力克的女儿，她原先叫金凤，马力克给她取了个哈萨克名字：阿斯燕。阿斯燕在这个新家生活得很幸福，只是那场大火让她精神受到了刺激，平时挺正常，受到外界刺激就犯病。前些天她一个人跑远了，遇到了狼，又犯病了，马力克的转场也推迟了。

赵长山被隔离审查了！下午，赵长山带着知青们正在训练，保卫科的那两个干部来了，给他戴上了手铐。知青们都很惊讶，赵长山却显得很平静，他让董黎明带大家继续训练。知青们哪还有心思训练，大家都为赵班长担着心！

赵长山被隔离审查的消息不胫而走，战士们纷纷来到连部，知青们返回连队时，连部前已经被围得水泄不通了。

马超有些幸灾乐祸："又有好戏看了。"

沈东风说："我看赵长山这回是扛不住了。"

程强说："唉，摸苏军哨所，这罪名可就大了。"

"程强，你高看赵长山了，"杜春生拍了一下他的肩膀，"赵班长要真是去摸苏军哨所，那他还真是条汉子！"

人群中传出一个战士的声音："保卫科的人为什么要把赵班长抓起来？"

另一个战士说："听说巡逻的人在五号地捡到一把英吉沙小刀，保卫科的人说，是那天晚上赵长山丢在那儿的。"

"无中生有！我们连里的人谁会有英吉沙小刀？"齐桂花显得很激动，"张红珍同志牺牲了，大家本来就够窝火的了，他们还要折腾自己人！赵班长多好的一个人，多给咱中国人长志气！走，咱们找他们说理去！"

大家跟着齐桂花进了连部。连里的人这么护着赵长山，这让知青们没想到，陆海江和几个知青也跟着进去了……

得知巡逻的人在五号地捡到一把英吉沙小刀，彭大明也很紧张，他来到关赵长山的小屋，赵长山把那天喝酒时借马力克英吉沙小刀的事跟他说了，彭大明说不要认账，有我呢！

齐桂花与姚政理论了半天没结果，回到家已经晚了，两个孩子嚷嚷着肚子饿了。她简单做了点饭，老方和两个孩子大口吃了起来。

"姚科长这人太不通人情！"齐桂花还在想着刚才的事。

"赵长山的事还没搞清？"老方也挺关心这件事的，"不是说喝多了酒，迷了路去的五号地吗？"

"要真是那样，我还瞧不起他呢！"

"赵长山真是去摸老毛子的哨所？"

"这件事大家都心知肚明，我们敬重他！"

罗豪才进来了，齐桂花给他拿了双筷子："你怎么也这么晚？"

"还不是为赵长山的事。你们这一闹，事情更复杂了，姚科长决定，晚上把赵长山押回团部。"

"什么？"齐桂花瞪大眼睛，"他们这是要把赵长山送军事法庭！不行，我们要阻止他们！"

"齐班长，你千万不要冲动！"

"我们不能眼睁睁看着赵长山去送死！"说完她出了门。

连部前乱糟糟的，齐桂花挤进人群中："同志们，我们绝不能让姚科长他们把赵班长带走！如果把赵班长送军事法庭，那就是一条不归路啊！"她走到连部的台阶上，"大家听着，要是他们硬要把赵班长带走，那就让他们把我们一起带走，我们陪赵班长去团部，去师部的军事法庭！"

"好！"大家齐声附和。这时彭大明过来了，齐桂花说："彭连长，姚科长他们要把赵班长带走，战士们绝不答应！"

彭大明看了她一眼，径直进了连部。姚政、江涛和两个保卫干部在里面坐着，彭大明沉着脸说："姚科长，外面的情况你都看到了吧，你们不能把赵长山带走。"

姚政从椅子上站了起来："彭连长，你怎么跟你的战士一样不讲原则？全团这么多连队，你们这阵势我还是第一次遇到！敢跟组织叫板！你带出来的好兵啊！"

"这是爱国热情。"

"那也要讲原则，不能胡闹！你去外面做工作！"

"姚科长，这个工作不好做啊！"

"把赵长山带过来，我们走！"说完姚政出了办公室。

彭大明抓起电话听筒，要总机接关团长家里。

"关团长，姚科长要把赵长山带走，战士们都不答应，现在跟姚科长他们在外面顶上牛了！"

"赵长山的事情跟战士们有什么关系？"

"当然有关系！如果把赵长山送军事法庭，那肯定是要掉脑袋的！这些年赵长山转场表现多勇敢，为中国人多长志气，战士们不能眼睁睁地看着这样一个好战友倒在自己人的枪下！"

"你们怎么就这么肯定会枪毙他？"

"就是关监狱也不行！"

"彭大明，你老实告诉我，那天晚上赵长山是不是去摸苏军哨所？"

事情闹到现在这个地步，彭大明也不想再瞒下去了："赵长山是去摸苏军哨所，关团长，赵长山这个举动的性质确实很严重，按原则讲，应该严肃追究，但现在的形势你我都看到了，窝里斗，残酷斗争，无情打击，追究赵长山，结局一定很惨！一想到这一点，我就心痛！就无法接受！战士们更无法接受！战士们的爱国热情我们要保护啊！这些年的转场，战士们都窝了一肚子的气，如果赵长山的事处理不好，我们无法备战！关团长，你赶紧让姚科长放人，让他们撤回！"

"这样吧，战士们的工作你去做，让姚科长把赵长山带回团部，我保证不把赵长山送交军事法庭。"

"战士们的工作我做不了，现在群情激愤啊！关团长，你赶紧做决断吧，否则后果不堪设想！"

外面已经乱成一锅粥了！齐桂花和几个战士叉着腰站在"千里马"上。

"你们赶紧从车上下来！"姚政指着"千里马"上的战士说，"你们这是妨碍执行公务，说严重一点，你们是抗拒执法！"

车上的人没有反应。

"你们再不下来，我就把你们一起带走！"

齐桂花说："那就把我们一起带走吧！"

"齐桂花！"姚政转身对江涛说，"你去组织人，把他们给我从车上弄下来！"

"青年班全体集合！"江涛冲着人群大声喊道。

这时彭大明出来了，他让姚政接关长远的电话。关长远的工作总算被彭大明做通了，他在电话里要姚政撤回来，把赵长山交给连里处理。"关团长，我们……"姚政想说明他们发现的赵长山摸苏军哨塔的证据和线索，关长远打断他，"不要说了，现在大敌当前，我们自己可不能乱了阵脚，备战是第一位的，你们马上撤回来！"

姚政坐在办公桌前半天才回过神来，他让那两个保卫干部去把赵长山放了。本以为可以把赵长山拿下，关团长这个时候出面干涉，姚政心里很窝火，他见屋里只有江涛，大发感慨："影响备战，我们不是备战吗？我们是另一条战线的备战，并不矛盾嘛！这些老干部啊！看看刚才那阵势，一个个哪像兵团战士！还有彭连长，感情用事，没有原则！现在边境形势这么复杂，我真担心牧业连再出问题啊！……"

临走前姚政开了一个小会，当然是背着彭大明的，牧业连的人只有江涛在场。姚政对后续工作做出两点安排：一、保卫科的人虽然撤了，但对赵长山的调查不能停，回去以后保卫科立即派人去河南对赵长山进行一次外调；二、安排可靠的人密切注意赵长山的举动，有异常情况立即向保卫科报告。最后他加重语气对江涛说："赵长山这个人你们可要看好了，他要是再干出格的事情，我们就无法向组织交代了！"

送姚政的"千里马"突突突地开走了，它发出的声音在这寂静的夜晚格外刺耳，连里的很多战士都听到了，这一刻人们的心情是畅快的，但马上就生出了迷茫：那刺耳的突突声还会响起吗？说不定在某一个清晨……

"千里马"的突突声也搅动着陆海江的神经。这几天，围绕赵长山发生的这些事让他眼花缭乱，姚科长、江副指导员千方百计地要把赵班长揪出来，彭连长、齐桂花和那么多战士却竭力护着他……两个阵营、两种态度，孰是孰非？似乎各有道理。赵班长究竟是一个怎样的人呢？陆海江一下也琢磨不透，他对知青的严格要求近乎苛刻，陆海江认为出发点是好的，但他的表达和行事方式确实让人难以接受……

第三章

终于迎来了实弹射击！

知青们期待已久，进入各自位置后纷纷子弹出膛，一时间清脆的枪声在山谷中回响。董黎明和杜春生最先完成射击，十发子弹他俩都打了九十九环。陆海江射击的速度有些慢，他平心静气全神贯注，第一次实弹射击他要打出好成绩！第一枪打了个八环，枪响后他就蒙了，两耳嗡嗡直响，接下来一枪不如一枪，十发子弹只打了六十二环。

宣布射击成绩时赵长山很不满意："训练了这么多天，居然没有一个打出十环！特别是陆海江、马超、李莉萍、王璐云，你们才弄了个及格，还没让你们在马上射击呢！"

马超说："赵班长，及格就意味着通过。"

"那是在你学校！在我张红珍班就意味着退出！要当全团青年班的排头兵，你们个个都必须优秀！大家都要再努一把力，特别是你们四个，好好补补课！再不长进，从张红珍班退出！"

终于过了一回枪瘾，知青们很开心，返回的路上大家唱起了《打靶歌》："日落西山红霞飞，战士打靶把营归，把营归……"

正在马号干活的王林听到了歌声，他走到墙角偷偷地望着。知青们去训练场都要经过马号旁边的一条小路，他已经记不清多少次来到这个墙角了。

韩班长正在卸车，他望了一眼王林："小王，你看什么呢？"

"噢，没看什么。"王林赶紧离开墙角，"韩班长，我什么时候能赶车？"

"我说了，你啥也别想，你的工作就是喂马，打扫马圈，特别是张红珍班的那十几匹马，你要多上点心。"

"韩班长，你就放心吧。"

王林又拿起了扫帚，刚才他也听到知青们射击的枪声了，他想自己手中的扫帚什么时候能换成一杆钢枪呢？他必须好好干，得到认可！他用力挥动着扫帚……

知青们回到宿舍都在说打靶的事，陆海江坐在床上发呆，打靶成绩不好，被赵班长点了名，他的情绪很低落。

"海江，还在想实弹考核的事呢？"董黎明调侃道，"你这个要笔杆子的，枪杆子玩不转了吧？"

"唉，我这方面怎么这么差。"陆海江从床上下来，"黎明，你要帮帮我。"

"我说了，我是不会让你掉队的，找时间我给你点拨点拨。"

"黎明，我们现去食堂吃饭，吃完饭你陪我去靶场练练。"

"这么着急啊？现在离政治学习也就一个多小时，再找时间吧。"

"争分夺秒，我可不想从张红珍班退出！"

他俩来到食堂，大家在排队打饭。杜春生把头伸进窗口，还是中午吃的那两样青菜。炊事员不耐烦了："说话呀，要哪个？"杜春生要了一份虎皮辣子。轮到董黎明了，他也要了一份虎皮辣子，陆海江肠胃不好，要了一份菜汤，汤里只有西红柿，红红的。

"都半个月了，连个肉星都没见着！"杜春生发着牢骚。

一个正在大嚼大咽虎皮辣子的战士说："想吃肉？你再等半个月吧！"

马超睁大眼睛："一个月才吃一次肉？"

董黎明从碗里拣了一个完整的辣子，在眼前看着。

"怎么，不敢吃？"那个战士说，"吃吧，没有肉，这玩意儿最过瘾，开胃下饭！"

董黎明吃了一口，赶紧咬了两口馍馍。陆海江见董黎明吃得挺香，便从董黎明碗里拣了一个辣子，鼓足勇气咬了一口，他被辣得一个劲地嘬嘴。董黎明站起来说我还得再来个馍馍，陆海江说给我也带一个！

杜春生说："我们这样吃，每个月的定量能够嘛，我的饭量可大得很。"

"有几个男的能够？你们找女知青嘛，她们的粮票吃不完，让她们匀匀，我们都这么干。"

"哎，不够吃连里不给补吗？"

"谁给你补？只能自己想办法。"

"找女知青匀连里允许吗？"

"死脑筋！你找女知青悄悄办嘛。"

女知青一般都是打回宿舍吃的，大家都坐在床上吃饭，李莉萍却躺着，打回来的饭一口也没动。

杨红问："李莉萍，你怎么不吃饭？"

"浑身酸痛，现在只想睡觉。"

杨红又说："我可饿了，李莉萍，你的饭我吃了啊？"

"不行，我明天早晨吃，明天早晨我就不用打饭了，可以多睡一会儿。"

王璐云说："对，我也留一半，明天早晨不打饭了。"

杨红望了望她俩："你们不至于吧？"

晚上照例是政治学习。杜春生盯上了赵长山，他对江涛说赵班长为什么不参加班里的政治学习，他是班长就可以搞特殊吗？江涛把这个问题忽略了，他让董黎明把赵长山叫过来。

赵长山阴沉着脸走进男知青宿舍，找了个地方坐下。

学习开始前江涛宣布了党支部的一个决定：董黎明任张红珍班副班长。听到这个任命董黎明的内心挺平静，他已经有预感了，他有这个自信，倒是陆海江为之心动了一下，他为老同学感到高兴。

学习结束后，江涛把董黎明领到自己的宿舍谈了话。他听知青说董黎明上高中时当过班长，这些天他对这个精干的小伙子挺留意，在这批知青中董黎明各方面表现最突出，是个苗子，于是在支部会上建议董黎明担任张红珍班的副班长。他主抓张红珍班的思想政治工作，他的这个建议自然是要尊重的。

"小董，让你当张红珍班副班长是我的提议。"江涛特别强调了这一点，"你们这批知青一来我就注意上你了，表现不错！我们这个时代，需要既有知识、又有志向的青年，这样的青年才会大有作为。小董，好好干，前途无量啊！"

"江副指导员，我绝不辜负您的希望！"

这虽然是个程式化的表态，但董黎明把"您"这个字咬得很重，江涛很满意，他知道董黎明是在强调领他这个情的。现在他很想听听董黎明对赵长山事件的看法："小董，前几天团保卫科对赵长山进行了调查，你对这件事怎么看？"

董黎明犹豫了一下："我刚出校门，这种事是头一次经历，说不好。江副指导员，党支部对这件事怎么看？"

江涛看了一眼董黎明，觉得这个小伙子真是挺聪明的："对于赵班长进入五号地，支委们的看法是有分歧的，有的人出于个人感情，想大事化小。小董，现在斗争形势很复杂，既有外部的，又有内部的，我们一定要绷紧阶级斗争这根弦啊！你现在是副班长了，肩上的担子很重啊！我们要把张红珍班打造成一支青年突击队，不光军事素质要强，思想政治素质更要过硬，赵班长这个人没什么文化，不善于做思想政治工作，你们知识青年思想活跃，感情丰富，思想政治工作跟不上怎么行？你在学校当过班长，这方面有优势，一定要充分发挥作用啊！"

江涛循循善诱，跟董黎明谈了很长时间。每天晚上的政治学习董黎明就很专注，现在副指导员亲自给他作指示，他更要认真听了，他的眼睛始终望着江涛，不时地点着头。谈话结束前江涛对他说："组织上要求我们再不能发生五号地那样的事情了，赵班长这个人很鲁莽，他的一举一动你要多留意，有什么异常情况立即向我报告。"

"您的话我都记在心里了，江副指导员，你也早点休息吧。"

从江涛宿舍出来已经夜深人静了，董黎明一点困倦都没有，江副指导员的话让他很开窍，他觉得自己在政治上又多了一分成熟。他很兴奋，没有急着回宿舍，他知道现在躺下也睡不着，不如在外面走走。满天星斗，他发现有一颗特亮，他想，将来他就是那最亮的一颗星！他笑了。

李雯所在的一连就在山的外面，那天彭大明出山时看到的金灿灿的麦田就是一连的。一连以农业为主，这一带纬度高，无霜期短，只能种植小麦、玉米、油菜等几种农作物。收获季节虽然很忙碌，可眼下边境形势紧张，李雯他们一到就组建了青年班，投入到紧张的军事训练之中了。

没能跟老同学分在一起，李雯着实伤感了一阵子，不过很快她就与战士们打成一片了，加上她文笔好，写了几篇反映青年班刻苦训练的新闻稿团，广播站都播出了，让连队领导脸上有光，大小会上被点名表扬，她感到过得挺充实的。当然她也一直在等陆海江的电话。半个月过去了，陆海江的电话也没有打过来，李雯想这个腼腆的大男生啊，她怎么能指望他主动给她打电话呢！还是她打过去吧。

吃过晚饭，她来到连部拨通总机的电话。

陆海江正在宿舍门口洗碗，一个值班的战士站在连部的台阶上朝他喊道："陆海江，你的电话！"

李雯的电话！这是陆海江的第一反应，他心跳得厉害，拿着碗一路小跑地来到连部。会议室与办公室之间的隔墙上掏了一个方孔，那儿放着一部老式手摇电话机，办公室里外的人都可以接打电话。

听到对方的声音俩人都很激动，倒是李雯比较镇静，她埋怨道："把老同学忘了吧？都半个月了，也不来个电话啊？"

"唔……"陆海江支支吾吾，"白天训练，晚上还要政治学习，实在太紧张了。"

"得了吧，我还不了解你啊？"

陆海江在这边脸红了，赶紧说："你那里情况怎么样，都好吧？"

"跟你一样，每天满满的，有点时间就想睡觉。哎，海江，有什么感受？"

"怎么说呢，生活很艰苦，而且一来就经历了不少事，有些眼花缭乱，但感到很充实，你觉得呢？"

"英雄所见略同，很刺激，很新鲜！"

"李雯，我们连转场的事你听说了吧？"

"这么大的事怎么能不知道？张红珍同志真了不起，我们现在正学习她的事迹呢！海江，以后你们也要参加转场？"

"那当然，明年春季转场肯定让我们上！"

"我真羡慕你们，能够执行这么神圣的任务。唉，我要是能跟你们分在一起就好了。董黎明和王林怎么样？"

"董黎明自然是出类拔萃啦，你知道，在学校时他在这方面就很强，跟他比，我可差远了，对了，他现在是我们的副班长了。"

"当副班长了？进步很快嘛。革命尚未成功，同志仍须努力！哎，王林怎么样？"

"不太好，因为他爸爸是犯人，他被分到马号了，最近他的情绪很低落。"

"我已经料到了，但愿他不要消沉下去。"

本来陆海江准备了很多话，他想告诉她来连队后他的见闻他的经历他的感想，特别想向她描述他们在苏军探照灯下埋伏的情景，可李雯马上要开会，电话挂了。尽管言犹未尽但他仍然有一吐为快的舒畅，走出连部，眼前的一切都是那么美好！

刚进宿舍董黎明就问他："海江，刚才谁的电话？李雯的吧？"

"是李雯打来的，"他赶紧补了一句，"她让我转达对同学们的问候。"

"别偷换概念！我们的白雪公主想大才子喽……"

马超也凑了上来："陆海江，李雯一定埋怨你这么长时间没去看她吧？"

"你们有完没完？"陆海江有点急了。

"看你那个认真劲儿！"董黎明说，"我们是该抽空去看看她了，一个娇滴滴的女孩子，肯定很不容易。"

晚上政治学习，陆海江的思想第一次开了小差，他始终是望着江涛的，但眼前总是跳出李雯的生动表情，想起与她一起交流时的情景……学习结束后，他也与董黎明前一天晚上从江涛宿舍出来时心情一样，想在外面走走，他来到外面，一股含着草香味的清风拂面而来，群星闪烁着，夜空那么深邃，他顿觉神清气爽，长长地舒了一口气。不过他没敢在外面多待，转了个小圈就赶紧进了宿舍，他不想让董黎明联想到李雯。

保卫科的人走了，彭大明的心里总算清静了一些。他忽然想起了马力克，昨天他听连里的人说在小商店看见了他，他想马力克怎么还没有转场？一定是发生什么事了，他到小商店买了一壶烧酒和两包阿斯燕喜欢吃的方块糖，骑上马朝马力克的毡房去了。

远远地彭大明就从马上下来了，他在牧区生活这么多年了，深谙哈萨克人的习俗。好像知道彭大明要来似的，马力克走出毡房，看见彭大明他有些喜出望外，这几天他很寂寞，牧民转场走了，巴哈什带阿斯燕去县医院了，草原上只剩下他一个人。

以前彭大明见到他总会说："马力克队长，佳克斯（好）吗？"但今天他只打了个哈哈，他看见马力克的笑容里潜藏着一丝苦涩。走进毡房彭大明问巴哈什和阿斯燕呢？马力克告诉他阿斯燕犯病了，巴哈什领她去县医院了。这次阿斯燕的病犯得厉害，冬牧场太远看病不方便，马力克决定不去冬窝子了。

望着马力克脸上的愁云，彭大明心里也很不是滋味，如果当初知道金凤在那场大火中受到刺激，他是不会同意马力克收养她的。"唉，这些年你和巴哈什也挺不容易的，阿斯燕给你们添麻烦了。"

"彭连长，你怎么这样说？"马力克有些不高兴，"我们自己的女儿嘛，谁给谁添麻烦？"

彭大明歉意地笑了一下，他是有些见外了。他与马力克的交往已经有十几个年头了，当年部队刚开到巴尔鲁克山，他就带着连里的人去看望附近的哈萨克牧民，认识了这个身材魁梧、性格豪爽的哈萨克汉子，之后连队经常到牧区送医送药，每到穆斯林的传统节日，他都要带着东西去慰问。哈萨克人好客，很讲礼尚往来，马力克和牧民们也给连队很多帮助，连队的第一群羊就是牧民们给的，彭大明要付钱，马力克说："这个样子不好嘛，我的脸打了嘛，要做朋友，钱嘛不要给！"那时马力克说汉语很吃力，他连说带比画硬是不收钱！战士们对牧业生产都是门外汉，马力克就带着牧民们传授技术和经验。最让彭大明难忘的是牧业连转场第一次走争议地区，那一带地形复杂，天气多变，他便去找马力克了解情况，没想到马力克自告奋勇给他们带路！因为有了马力克，牧业连第一次走争议地区就少了一些周折，顺利完成任务。

马力克让他坐着喝奶茶，他要去宰羊，毡房外还有几只羊，这是为过冬留的，彭大明拉住他："日子长着呢，你还是留着吧，再说就我们两个人一下也吃不完呀！"马力克说："你忘了我跟你说过，我一个人一顿吃掉过一只羊？"彭大明想起来了，马力克曾经跟他绘声绘色地描述过，他年轻时跟几个牧民喝酒，他一个人一顿吃掉一只六七公斤的羊羔！虽然是从早上吃到傍晚，那也不得了啊！彭大明刚才在外面看到晒着的熏马肠，说："我们就吃马肠子吧。"马力克说："马肠子刚晒上，不到吃的时候。"彭大明无奈地摇了摇头，这顿手抓肉不吃是不行了。

马力克来到毡房外面，牵了一只羊到稍远的地方，杀牲之前他要先默默地在心里祈祷，感谢真主赐予。彭大明坐在毡房里喝着奶茶，这个时候他应该是回避的。很快马力克就把一只羊收拾好扔进毡房旁边的一口大锅里了，彭大明笑着说："你这个哈萨克男人也要亲自做饭了。"马力克说："毡房里的俄耶勒（女人）跑了，只有自己动手了，不过哈萨克人的饭不像汉族人那么麻烦，你房子里的俄耶勒如果罢工，彭连长你就要喝西北风了！"

他俩都开怀地笑了。是的，哈萨克人的饮食很简单，馕是一日三餐的主食，每家无一例外地都在毡房旁边垒一个馕坑，烤一次馕吃十天半月，因为是炉火烤制的，水分极少耐储存，干了以后可泡在奶茶里吃。奶茶是随时都喝的，既可入饭亦可代饮，奶茶的烧制看似容易其实是很有讲究的，茯茶要在水中煮透，呈酱红色后加入牛奶，牛奶要适量，奶的鲜美和茶的醇香要达到巧妙的结合，牛奶放多了茶的味道就出不来了。奶茶既营养丰富又助消化代谢，对摄取牛羊肉较多的哈萨克人来说是一宝。哈萨克人吃肉讲究原汁原味，羊宰杀后不用清水洗直接入锅，不放任何佐料，出锅后在肉上撒盐，味道极鲜美！哈萨克人生活在牧区，吃蔬菜很少，基本是皮牙子（洋葱）、胡萝卜、土豆等几种耐储存的蔬菜，但这几种蔬菜营养价值极高，能够维持哈萨克人的膳食平衡，因此哈萨克人个个满面红光，看上去很结实。

肉煮在锅里了，马力克去牵马，他要去牧业连叫赵长山，彭大明说："别去了，赵长山正带着青年班训练呢。"马力克说："你彭连长下命令放一天假不就行了吗？"彭大明说："现在边境形势紧张，必须争分夺秒啊！"马力克有些沮丧，他拉着彭大明进毡房先喝酒。

马力克倒了一碗酒递给彭大明，他也没有推辞，喝了一口，马力克接过碗喝了一口，酒桌上一碗酒大家轮着喝，这是哈萨克牧民们喝酒的方式。

"马力克队长，冬天这里可比冬窝子冷啊！"彭大明现在担心的是他们的过冬问题。

"麻烦没有，牧民们走的时候，把剩下的牛粪都留给我们了。"

牛粪是很好的燃料，草原上取之不尽，牧民们以牛粪取暖做饭，冬天也不愁没烧的。彭大明还是不太放心，想让他们搬到连里住，也好有个照应。马力克不停地摇着头，在他眼里汉族人城郭式居住太拥挤了，他要视野开阔，出了毡就要看到草原！另外，垒砌的房子他也住不惯。彭大明觉得这里离连队还是远了点，冬天雪大，有个事来去不便，他出了一个主意，在连队驻地旁边找一处开阔的地方，马力克把毡房搬过来，既保持了他们的生活习惯又便于往来照顾，岂不两全其美？马力克说再说吧。

话题转到阿斯燕身上。她今年快满二十了，因为没上过学，单纯得像这无遮无掩、一览无余的草原，整天骑着马四处转悠，马力克很是发愁，如今彭春燕已经是兵团战士了，阿斯燕比她大两岁，可还像个无忧无虑的孩子呢！彭大明说她只要身体好着就行啊，这也是马力克和巴哈什最大的愿望了。

马力克忽然想起锅里炖的肉，出去盛了一盘进来，他吃得很带劲，彭大明牙口不好，嚼着挺费劲。"马力克队长，你太心急了。"马力克说，"酒肉朋友嘛，光有酒，肉不来不行嘛！哈……"彭大明也笑了，马力克很有幽默感，跟他在一起总是很开心："马力克队长，最近你到我那儿去得少喽……"马力克摆了摆手："唔，前几天去了，让赵班长挡回来了嘛。"彭大明瞪着眼睛说："这小子，他为啥不让你见我？""当时保卫科的人不是正在连里调查他嘛，我想让你把保卫科的人撵走，他说我的出现会给他添乱！"彭大明笑了，心想赵长山一个粗人，这事还挺心细的。

不知不觉太阳就偏西了。马力克没劝彭大明喝多少酒，但逼着他吃了好多肉，肚子圆鼓鼓的，走的时候上马都挺费劲的，望着满脸通红的马力克，他真后悔不该来。

当搏击训练开始之后，知青们才真正尝到苦头了。按照赵长山的示范出拳踢脚倒不是难事，进入到一对一实战训练就完全不是那么回事了，既要出招还要接招，承受击打更是痛苦的煎熬！

赵长山在一旁巡视："陆海江，你在绣花哪！出拳要有力度！"他走过来，给陆海江做示范动作。

"赵班长，我提个建议。"在一旁跟李涛对练的马超说，"搏击这个科目练练就行了，现代战争都是真枪实弹，搏击练得再好，人家一枪就把我们撂倒了，你还是让我们多练练射击吧。"

"你懂什么！知道扛膀子吗？"

扛膀子是这一带兵团战士的专用术语，马超自然不懂了："扛膀子？赵班长，啥叫扛膀子？"

"边境斗争可不像你们想的那么简单！很多情况下，手中的武器就是个烧火棍！"赵长山说，"就拿我们转场来说吧，我们通过争议地区，老毛子出来阻挠是常有的事，这时候搏击就派上用场了，你们会几套拳脚，自然是不会吃亏的，懂不懂？"

"看来搏击这个科目很重要。"

"知道重要了？那你们就好好练，谁都别耍花架子！"

……

训练结束后，赵长山让董黎明把队伍带回，他独自朝另外的方向走了。

马超看着赵长山说："我们的赵班长是天马行空，独来独往啊！"

杜春生说："他为什么要单独行动？有什么不可告人的目的吗？"

杨红说："杜春生，别瞎说！"

这是训练结束后赵长山第二次单独行动了，董黎明想起江涛跟他的交代，警觉起来，他也找了个理由走了。

马超说："班长走了，副班长也走了，有点意思。"

男知青们回到宿舍，一个个东倒西歪，马超把自己放倒在床上："哎哟，我的身子要散架了，明天我要泡一天病号！"

李涛斜靠在被子上有气无力地说："唉，我也撑不住了。"

程强说："你们都撑不住了，人家女知青怎么办？"

马超猛地坐起来："赵长山这人真够狠的，简直就是个法西斯！"

杜春生举起拳头："消灭法西斯，自由属于人民！"

陆海江觉得马超和杜春生太过分了，赵班长虽然严厉，但也不至于跟法西斯画等号呀？他想用看书分散注意力，可身上的任何一个部位都不想动了，他把脑袋伸进被子里，马超和杜春生的声音分贝就降低了一些。

董黎明一直远远地跟着赵长山，他时而猫着腰小跑，时而匍匐前进，尽管很隐蔽，可赵长山还是发现他了，钻进一处深草中。董黎明也进去了，当他从另一头出来时，赵长山已经无影无踪了……

毫无疑问赵班长在有意摆脱他，董黎明回到连队立即把这个情况向江涛作了汇报。江涛问他是去边境线吗？董黎明想了一下，应该是边境线的方向，他肯定地点了点头。

董黎明反映的这个情况很重要！江涛马上来到连部，拨通了姚政的电话，姚政问他赵长山去边境线干什么搞清楚了吗？江涛说他安排的人跟丢了，他分析赵长山肯定是冲苏军哨塔去的，应立即对赵长山采取控制措施！姚政说现在不能采取控制措施，他知道现在把赵长山控制了，跟上次一样什么也审不出来，还是拿他没有办法，姚政判断赵长山还在踩点阶段，他要江涛沉住气，千万不能打草惊蛇！他嘱咐多安排几个人，一定要搞清赵长山的意图！

董黎明去食堂吃饭时已经没有菜了，他要了一个馍馍就出来了。他边走边想，赵班长干什么去了呢？为什么要避着人呢？难道真像江副指导员分析的那样，赵班长是冲苏军哨塔去的？他必须保持高度警惕了！

江涛刚回到宿舍，黄佩佩来了，第一次走进江涛宿舍，她有点紧张。

"江副指导员，这是我这半个月的思想汇报。"黄佩佩把一沓稿纸递给他，思想汇报是王长根帮她写的，她只是誊了一遍。

"写了这么多？佩佩同志，不要搞得这么正式，主要是想跟你谈谈心，说说心里话。"江涛很热情地拉她在床铺坐下，然后去拿暖瓶。

"江副指导员，我自己来，你看我的思想汇报吧。"

"佩佩同志，我刚才不是说了嘛，我们是谈心。你的汇报材料，我相信一定很全面、很深刻，但是不是你内心深处的思想活动，那就难说了，佩佩同志，我说的对不对？"

江涛笑容可掬，黄佩佩不那么紧张了："江副指导员真是一针见血。"

"所以要谈心嘛，在这个过程中，摸清你的思想脉络，解开思想疙瘩。佩佩同志，以后不要再写思想汇报了，我们经常谈谈心，你有什么想法都可以跟我说，我来连里的时间不长，你对我这个人还不太了解，我是很能理解人的。"

"江副指导员，一开始我觉得你是个挺严肃的领导，想不到你这么和蔼，那以后我就不怕暴露自己的活思想了！嘻嘻……"

"你暴露得越多，当领导的就越高兴啊，哈……"

黄佩佩看见床底下的脸盆里有一件白衬衣，她端了出来。

"佩佩同志，快放下，我怎么能让你洗衣服！"

"我正发愁没事干呢，一边谈心一边洗衣服，两不误！嘻嘻！男同志最发愁的就是洗衣服了，你江副指导员也不例外！"

"你也很理解人啊！"

黄佩佩往脸盆里倒了一些水，江涛把肥皂递给她，她已经好久没洗过衣服了，她的衣服基本上是王长根洗的。

江涛把凳子搬过来，在她旁边坐下："佩佩同志，在野外放羊有什么感受？"

"那感受可就太多了，我概括为两点：净化了心灵，磨炼了意志！"

"概括得好！这也是组织上让你去放羊的目的啊。"

黄佩佩的手停下了，很认真地看着他说："我已经放了三年羊了，江副指导员，你知道吧？"

"放了三年羊，净化心灵、磨炼意志的目的已经达到了？"江涛看着她的眼睛。

黄佩佩有些不好意思，"我自己哪敢下这个结论，这个结论得组织下。"

江涛站了起来，背着手说："佩佩同志，你可要经得起组织的考验啊！"

"江副指导员，你提醒得很及时，特别是我这种人。"

江涛又坐下了："佩佩同志，你是不是对自己的出身很悲观？不要背包袱。一九六五年，周总理在石河子总场接见上海支青时，说过这样一句话：出身不由己，道路可选择。佩佩同志，你的未来，主要取决于你自己的表现，好好干，今后的前途还是光明的。"

"我会努力的！江副指导员，以后你可要多帮助帮助我！"

"我是分管学校的，你不来我也会找你！佩佩同志，你有什么想法，方方面面，包括生活上的苦恼，随时都可以来找我，我这个门还是很好进的，哈哈……"

第一次谈心是愉快的，黄佩佩觉得开了一个好头，从江副指导员宿舍出来，她兴致勃勃地来找王长根。一进门王长根给了她一张冷脸："佩佩，我不是让你把思想汇报放下就走吗？你怎么跟他谈了这么长时间？"

黄佩佩白了他一眼："那叫汇报思想？亏你还是学校负责人。"

"他都说了些啥？"王长根迫切想知道她与江涛谈话的细节。

"还不是那些大道理，不过江副指导员挺随和的，不像我们想的那样。"

"你跟他提回学校的事了吗？"

"头一次去哪能提这件事，先要感情沟通，拉近距离，时机成熟了，再引出这个话题。"

黄佩佩一脸轻松，王长根甚至从她的眼睛里看到了久违的神采，他心里慌慌的，"佩佩，我们结婚吧。"

"再等等吧。"黄佩佩的神情又冷下来了，她现在很怕提结婚这件事。

王长根在她身旁坐下："我知道，这些年你心里很苦，想改变现状，可你现在的处境，恐怕短时间内是很难改变的，那我们就一直这样拖下去？"

"我觉得这样也挺好，只要彼此心里有对方就行。"

"我觉得，你心里已经没有我的位置了。"

"你怎么这样想？一点也不理解人！你觉得我心里还不够烦吗？"

"佩佩，我们结婚吧，"他一把抓住她的手，"我们共同编织一个爱的小巢，不是可以减少很多烦恼吗？这一点你想过没有？"

"想过，那个爱的小巢，我可能比你编织得更美丽。但现实又让我心灰意冷，那恐怕不是个爱的小巢，我整天在野外放牧，早出晚归，以后我们还会有孩子，唉，真不敢想，长根，你很快会厌倦的。"

"佩佩，不会的，我们在一起这么多年了，你还不了解我吗？你只管在外面放牧，家里的事情不用你操心，我会打理好的，真的，有一个家，你会感到温暖的。"

黄佩佩苦笑了一下，她躺下了，放了一天的羊挺累的，她让他拉一首曲子。王长根背上手风琴，拉了一曲舒缓的，他很投入，拉完一曲他才发现她睡着了，他放下琴，拉开被子给她盖上，在她脸上轻轻地亲了一下。

黄佩佩走后江涛在房间里踱步。虽然只跟她谈了半个多小时，她也没有怎么表露心迹，但他还是看出来了，她想迫切改变现状！像她这般的上海女支青都是很清高的，如果不是有求于他，她能第一次来就主动给他洗衣服吗？她的扭捏作态、她的言不由衷，还有她眼睛深处的忧伤……不都说明一切了吗？他心里忽然涌起一股莫名的兴奋……政治学习的时间到了，他对着镜子整理了一下仪表，然后出了门。

学习刚开始，知青们就发现江涛的精气神比往常更足了，大家意识到今晚的政治学习又是一次马拉松！每天晚上雷打不动的政治学习，对于知青们来说是另一种痛苦的煎熬。训练了一天，回到宿舍知青们就想把身体放平，可是还要坐两个小时不挪窝地听江涛"演说"。说江涛在演说一点也不过分，头两次他还能照本宣科，接下来完全是自由发挥，慷慨激昂抑扬顿挫并常常配合着革命导师列宁一手叉腰、一手挥动的标志性动作。马超认为他是把苏联影片《列宁在1917》看得太多了，私底下叫他"革命演说家"并很快得到部分知青的认同。

屋子里响起了鼾声，是李涛发出的。

杜春生推了他一把："李涛，苏修打过来了！"

李涛猛地睁开眼睛："在哪儿？"

知青们都笑了，正在兴头上的江涛很恼火："都严肃点！希望大家端正学习态度，集中精力！"

赵长山坐在那儿一支接一支地抽莫合烟，江涛被呛得一个劲地咳嗽："赵班长，你能不能少抽点！"

"我全靠这莫合烟提神哩，不然我也和李涛一样打呼噜了。"赵长山说完又继续吞云吐雾了，杜春生朝他凑了过来，"赵班长，你的莫合烟劲大，我也卷一支！"赵长山从口袋取出装莫合烟的袋子在头上扬了扬，"还有谁打瞌睡？我免费供应！"马超和李涛也过去了，江涛的脸色很难看，董黎明望了望他，起身打开窗户和门，冷飕飕的风一股股地涌了进来……

第二天早晨，赵长山来连部找彭大明。

"彭连长，我的训练强度这么大，晚上还要政治学习，知青们哪能吃得消？这会影响到训练的！政治学习已经有一段时间了，你让江副指导员停了吧。"

"江副指导员会掌握的。"

"他会掌握？这个人就喜欢高谈阔论！彭连长，你还是让他停了吧！"

"我可不想让别人给我扣上业务挂帅的帽子！年轻人多吃点苦没啥，我们还不都是这么过来的？"

"我不管他怎么学，反正我的训练强度不能减！"

"当然不能减！你该怎么训练就怎么训练！"

"有你彭连长这句话就行了！"赵长山扭头走了。

罗豪才又要去团部取报纸信件了，吃过早饭他来到马号。

"小黑，你好啊！"他跟自己的马打招呼，小黑是他给自己的爱骑起的名字，它朝他不停地点头，它跟他已经十年了，他的几种习惯用语和动作举止它都能够作出反应，它显得很兴奋，一只蹄子使劲地刨地，他在它脸上亲了一下，"怎么，想我了？"

王林正在打扫马厩，听着他跟马说话，笑了："罗文教，你的马跟别的马不一样。"

"那当然了，小黑可不是一般的马，通人性，连里的人都喜欢它。"临走罗豪才向王林特别交代，"你要对小黑多费点心，平时多加点精料，还有，除了我其他人不能碰它！"

"放心吧，韩班长给我专门交代过。"

出了马号，小黑跑得很欢，清脆的马蹄声敲打着寂静的山谷，掠过之处，惊得林子里的小鸟四处飞窜，小黑高昂起头，打出一连串响鼻，它在发泄，因为它已经七天没离开马厩了，憋得太久了！"小黑，你给我发脾气呢？这几天手头忙，对不住了。喂，悠着点，你以为你还是儿娃子啊？早晨山里凉，你可不能出汗，出了山你再给我跑吧。"罗豪才拉了拉缰绳，它却不肯收性子，继续狂奔。他笑了，心想你还真给我要上了！小黑确是一匹不同凡响的马，罗豪才刚到连队时被分配到大车班，那时小黑是他车上的一匹儿马，见到它的那一刻，他眼睛都直了，此马长得高大健硕，身材线条却不失比例，马号的其他马都是枣红色的，唯独它浑身油黑发亮，奇怪的是，它的四条腿与马蹄的连接处却是白色的，走起路来明晃晃的煞是好看，让罗豪才联想到贵妇手上的白玉镯，而且它很有灵性，听人使唤，罗豪才一下就喜欢上它了。一年后他当上了文教，他请求把小黑带在身边，连里满足了他。

"小黑，我估计这次能收到老婆的信，你觉得呢？"罗豪才说，他又跟小黑聊上了，尽管它不会作出任何反应。十年了，他总是形单影只，白天关在小屋里出板报、墙报、写新闻稿……晚上独守空房，多亏有那把京胡陪伴他，不然他真不知道晚上该如何打发！隔几天，他还要一个人去团部取报纸信件，这条路又是那么漫长！一路上，只有高高低低的山和空旷寂寥的戈壁，这个世界仿佛只有他和小黑的存在。于是他习惯跟小黑说话了，跟小黑说话不需要提防什么，他可以直抒胸臆毫无顾忌地聊女人！小黑是守口如瓶的忠实听众，有时变成他的妻子，有时又变成了齐桂花……

这十年他只回过两次家，政策规定每四年享受一次探亲假。他算了一下，现在离下次探亲还有两年。新婚不久他就支边了，那时他还不满三十呢，正是精力充沛的年龄，他和新婚妻子却天各一方了。头两年真是挺难熬的，夜里他常常难以入睡，竭力地回忆着体味着与妻子如胶似漆的细枝末节直至热血奔涌大汗淋漓……可现在他已经没有激情了，夜里他睡得挺安稳，妻子不在身边的寂寞他已经适应了。他未老先衰吗？他问自己。不！他才刚满四十正当年呢！那探家的愿望为什么不像过去那么强烈？这十年他与妻子在一起的时间加起来还不足一百天，他差不多记不起妻子清晰的模样了，是因为齐桂花吗？他也说不清楚。眼前总是交替出现两个女人，妻子是遥远的，模糊的；齐桂花近在咫尺，她开朗风趣、周到体贴、那么有女人味……唉，可惜不是自己的女人！他又想起在她家吃饭的情景，真羡慕啊！他也是一家四口，他、老婆、两个儿子……想到儿子，他的心情变得好起来，不过，两个儿子也是陌生的，大儿子十岁，上三年级了；小儿子六岁，明年也该上学了。两年没见了，肯定都长高了吧？下次回去肯定不认识了……

罗豪才的预感没错，妻子来信了。他没有急着打开，骑着马出了团部，来到一条小河边，这一带是湿地，这个季节还能望见一点绿色。"小黑，现在就这儿的草还不错，你慢慢吃吧。"他坐在草地上，打开妻子的信。

豪才：

　　最近还好吧？

　　我和孩子们都很惦念你，听你爸爸说，最近西北边境的形势十分紧张，我们很为你担心啊！你去新疆守边已经十年了，当年你爸爸让你转业去边疆磨炼，我也是支持的，但谁能想到一去就是十年啊！掐指算算，这十年我们在一起总共才有多少天？除了思念，更多的是担心。每当到了你们转场的时间，我的心就悬着，夜里常常睡不好，老做噩梦。人们都说，十年磨一剑，你这把剑已经磨出来了，该回家了。本来想找你爸爸的，但他肯定不会张这个口，前几天我去找了你爸爸的老部下李大龙，他现在是北京市人事局的领导，他答应给办，你虽然不符合调回来的条件，他说给你想办法。豪才，这事你千万别告诉老爷子，我是下决心要把你调回来了！

　　家里一切都好，勿念。

　　祝

平安

　　　　　　　　　　　　　　　　　　　　　　　　　　淑兰

　　他躺下了，眼睛望着蔚蓝的天空，"小黑，我老婆来信了，她想把我调回去，你同意吗？我知道，你肯定不想让我走。是啊，我俩在一起的时间，比我跟老婆孩子在一起的时间都多啊！小黑，说心里话，我也想回去，那里毕竟有老婆孩子啊！可现在调回去，我不成逃兵了吗？人们会怎么看我？我怎么面对老爷子？……"他猛地坐了起来，"不行，我得阻止她，就是调回去也不能在这个时候！小黑？"

　　小黑已经走远了，他把两个手指放进嘴中，打了一个口哨，小黑朝他跑来。他骑上它又返回了邮电所，他要马上给老婆回封信，阻止她！他向邮递员要了几张纸，俯在柜台写了起来……

因为给妻子回信，耽搁了一些时间，罗豪才赶回连里已经该吃午饭了。看见罗豪才拿着一大袋报纸信件，齐桂花跟了进来："老罗，过去吃饭吧。"

罗豪才哼了一声："你走吧，我抽支烟就过去。"

"哎，你老婆来信了吗？"她跟进来就是想搞清这一点的。

罗豪才没好气地说："来没来信跟你有啥关系！"

"人家问问嘛。"从罗豪才的态度，她就猜出他老婆来信了，"看你那愁眉苦脸的样儿，是不是要打仗了，你老婆为你担心了？她没说要把你调回去吧？"

罗豪才猛吸了两口烟，瞪着眼睛说："你猜对了，她正在给我办调动呢！"

齐桂花却笑了："这个节骨眼上办调动，你想当逃兵啊？"

罗豪才挥了挥手："你走吧，以后吃饭让孩子来叫我！"

"哟，人还没走呢，说话的口气都变了！你就不能早点过去，非让人叫？"

"我早点过去干啥？坐在那儿挺不自在的。"

"你又没做贼，有啥不自在的？以后不来叫你，爱吃不吃！"

齐桂花转身走了，罗豪才怔怔地坐着，一副心事重重的样子。

赵长山继续把搏击训练引向深入，知青们苦撑着。老天帮忙，下午训练下起了小雨，山里一下雨气温就降了下来，赵长山见几个女知青不停地打冷战，心也软了，提前结束了训练。

回到宿舍雨就停了，董黎明拿起篮球，班里的生活太紧张单调了，赵班长的心思全在训练上，他这个副班长要想法子调剂一下："走，打球去，放松放松。"

马超从床上坐起来："董黎明，我真服你了，训练都把我们折腾成这样了，你还有劲打球？"

董黎明把篮球在地上拍得啪啪响："这你就不懂了，这叫娱乐疗法，是对训练的一种放松，比你们躺在床上效果好多了，不信你们试试？"

杜春生从床上跳下来："我们是要找点乐子了，再这样下去哥们儿要疯了，走，打球去！"

董黎明见陆海江还躺着看书，说："海江，你怎么不下来？光看钢铁是炼不成的！走，跟我们打球去。"

陆海江侧了个身，把背对着他："你饶了我吧，我的两条腿像灌了铅，实在不想动了，我还是看书吧。"

"保尔同志可不像你这么窝囊！"

知青们走进球场，董黎明来了一个远距离投篮，球进了，空心的。

"漂亮！再来一个！"李涛把球传给董黎明，他又来了一个标准的三步上篮。

沈东风说："我们班有一个专业队员啊！"

董黎明得意地活动着手脚："校队的，中锋。"

男知青宿舍里只剩下陆海江一个人，难得有这么清静的时候。

王林来了，陆海江很高兴，这些天太紧张，他都没顾上去看王林，他赶紧从床上下来，拉着王林坐下，然后给他倒了一碗开水。自从搬到马号，王林这是第一次走进男知青宿舍，刚才他去了趟连部，看见男知青们在打球，里面没有陆海江，便走进男知青宿舍。他看着枪架上的枪支，目光中满是羡慕："海江，能让我摸一摸你的枪吗？"

"当然可以。"陆海江从枪架上取下自己的步枪递给他，王林摆弄着枪，"海江，射击是什么感觉？"

"怎么说呢，刚开始挺紧张的，不过，击中目标还是很兴奋的。"

"那天你们实弹射击，我听到枪声了，你打了多少环？"

"惭愧，十发子弹打了六十二环，勉强弄了个及格。"

"谁的成绩最好？"

"董黎明和杜春生，他俩都打了九十九环，离满分只差一环。"

"他俩真优秀。"王林把枪放了回去，"海江，不怕你笑话，昨天夜里我做了一个梦，梦见我加入了张红珍班，得到一杆钢枪。"

"会的，只要你努力，干出成绩，一定会成为张红珍班的一员！"

"我会加倍努力的。"

他俩正说着话，彭春燕进来了，一看她就精心打扮过，陆海江马上意识到她是找他来画像的。彭春燕又向他提出了这个请求。她这张脸的确是画像的好坯子，圆圆的小脸透着灵气，特别是那双会说话的大眼睛，太入画了，陆海江相信他一定能把她画得很像，但他总觉得这双眼睛投向他时挺特别，他还发现一点，她总想找机会跟他说话，这让他有些紧张。是的，彭春燕不仅仅是为画像而来的，近来她对陆海江有一种很特别的感觉，这种感觉她自己也说不清楚，反正很想接近他。陆海江撒了个谎，说董黎明让他给团广播站写一篇班里的稿件，他正准备动笔呢，彭春燕虽然没说什么，但心里挺不舒服的，回到女知青宿舍她反复在想，他为什么总拒绝她呢？

第二天彭春燕一天心情都不好。下午训练结束，她就快快回到家里，她要写一篇表扬稿。妈妈从地里回来，见女儿在里屋写着什么，说："春燕，你早回来了怎么不做饭？"彭春燕说："我在写表扬稿呢，妈你就辛苦一下吧。"妈妈心想，这孩子喜欢唱唱跳跳，学习挺吃力，特别怕写作文，这阵子怎么写上表扬稿了？

妈妈做好了饭，彭春燕匆匆吃完就走了。

董黎明的娱乐疗法挺有效果，男知青们吃过晚饭又去篮球场打球了，彭春燕经过时见里面没有陆海江，心中一喜，她快步朝男知青宿舍走去。

彭春燕的出现让陆海江很懊悔，他真该跟董黎明他们去打球！不过他很快就松弛下来了，这次彭春燕不是来找他画像的。她把表扬稿递给他："我给连里的小广播写了篇表扬稿，想请你这个大才子修改修改。"

"那你应该去找罗文教呀？"

"你先润润色，拿出去也像点样嘛。"

"表扬谁呀？"陆海江很敏感。

"董黎明，他训练最刻苦，成绩也最好。"

他心里踏实了："我赞同，先放这儿吧，我晚上看看。"

"你现在就改，晚上让罗文教播出去。"

陆海江有些不情愿地拿起表扬稿，彭春燕在他身边坐下。

"彭春燕同志，请你坐远一点。"

"陆海江，你这人还挺封建的。"

"你先走吧，改好我给你送过去。"

彭春燕站了起来："我不干扰你，行了吧？"她背着手在宿舍转悠着，"你们男知青宿舍该好好整顿一下内务了。"

当天晚上表扬稿就播出了，稿子很生动，当然主要是陆海江的功劳，他差不多推倒重写了。稿子播出后女知青们在宿舍里大加品评，都说彭春燕不仅舞跳得好文笔也很不错啊！彭春燕心里美滋滋的，本来她想说表扬稿经过了陆海江的修改润色，话到嘴边又咽回去了。

正在打球的男知青们听了表扬稿自然也是要议论一番的，彭春燕的文笔大家没怎么在意，大家在意的是为什么彭春燕特意表扬董黎明？这传达了一个什么讯息？马超直截了当地说彭春燕对董黎明有意思了，董黎明猛地把篮球朝他扔过去，他闪了一下，笑着说要是我就偷着乐了。

董黎明心里当然挺感谢彭春燕的，第二天上午训练休息时，他向她表示感谢："彭春燕，你的文笔真好，不过有点言过其实，我可没你写得那么好。"彭春燕说："我写的可都是事实呀，前一段的训练你表现最突出，你是标杆，我们应该向你看齐呀。"

大家三三两两坐着，气氛很沉闷。董黎明说："大家谁出个节目，活跃活跃气氛！"

王璐云马上说："让彭春燕出个节目，她的新疆舞跳得特棒！"

马超说："彭春燕，来一个！让哥们儿见识见识。"

"没问题！"彭春燕一点也不扭捏，"大家唱个新疆歌曲，给我伴奏。"

王璐云起了个头，大家都跟她唱了起来："我们新疆好地方，天山南北好牧场。戈壁沙滩变良田，积雪融化灌农庄……"

彭春燕随着曲子跳了起来，男知青们的眼睛都直了，他们没有想到她的新疆舞跳得这么好！陆海江独自在一旁坐着，刚才他又挨了赵长山的一顿训，挺自卑的，彭春燕的舞姿一下吸引了他的目光，特别是她扭动脖子时那双水汪汪的大眼睛一眨一眨的，太有味道了！

"彭春燕代表我们女知青出了个节目，现在轮到你们男知青了。"杨红说。

董黎明也很干脆，"好，我给大家唱一段样板戏。"他先来了个《红灯记》中李玉和高举红灯的标志性亮相，然后一板一眼地唱道："临行喝妈一碗酒，浑身是胆雄赳赳……"

彭春燕见陆海江一个人坐着，朝他走来："陆海江，你怎么一个人在这儿坐着？"

她在他身边坐下，陆海江朝旁边挪了挪。

"陆海江，谢谢你。"

"谢我什么？"

"我写的那篇表扬稿播出后，大家都夸我文笔好，他们哪里知道，那篇稿子是你修改的。"

"小意思。你的新疆舞有一定的专业水准。"

第一次听到陆海江的褒奖，彭春燕心里挺美的，可望着他脸上的愁容，她心里一下又挺不是滋味的。

张红珍班在宿舍前解散时，彭春燕跟在赵长山后面说："赵班长，你怎么老盯着陆海江？"

"因为他最差！"

"不管咋说，他总比女知青强吧？"

"他是男人，我当然要用男人的标准要求他！"赵长山转过身来，笑着对她说，"怎么，你心疼了？"

"赵班长你说什么呢！"她瞪了他一眼，"我只是看他挺可怜的。"

"我是为他好！"说完赵长山走了。

晚上的政治学习江涛没来，他交代给了董黎明。学习开始前马超打趣道："革命演说家可比咱们辛苦啊，咱们好歹坐着，他还要讲话发声慷慨激昂指点江山，多累啊，看谁能耗过谁！"

知青们都笑了。

"马超，你严肃一点！"董黎明打开江涛给他的一本学习资料，大声念道，"人的正确思想从哪里来的？是从天上掉下来的吗？不是。是自己头脑里固有的吗？不是。人的正确思想，只能从社会实践中来，只能从社会的生产斗争、阶级斗争和科学实验中来……"

知青们又开始打瞌睡了，赵长山站了起来："小董，今天就到这儿吧。"

"赵班长，江副指导员安排的学习内容还没有完成呢。"

"明天接着学，都散了吧，抓紧时间睡觉。"

女知青们跟着赵长山出去了，马超说："赵班长今天还算有点人性。"

杜春生不以为然："你以为他是为了我们？我看是他自己扛不住了！"

李涛一边脱衣服一边说："不管怎么样，我们要向赵班长表示敬意，他为我们争取了更多的睡觉时间。"

董黎明出去了，杜春生望着门口："看到了吧，我们的董副班长找革命演说家打小报告去了。"

"不会吧？"

"我猜的不会错！赵长山不过是个粗人，今后我们要小心的是董黎明！"

陆海江说："杜春生，你怎么这么说董黎明？"

"噢，对了，你是他的跟屁虫，不过我可不怕你给董黎明打我的小报告！哈哈……"

"无聊！"

董黎明是去向江涛报告的，江涛说明天晚上他过去。

今晚总算没有熬到熄灯，知青们一个个早早上床睡了。大家睡得正香，外面响起了急促的敲门声，接着传来了赵长山的声音："张红珍班全体集合！全副武装！"董黎明睡在门口，伸手去拉灯线，此时发电机已经停止工作了，他赶紧点亮马灯，一阵忙乱后知青们在宿舍前排好队。

赵长山说："刚才接到哨所报告，有两个形迹可疑的人在我边境一侧活动，上级要求我们迅速搜捕，出发！"

月光下，赵长山带着知青们出了连队，秋风瑟瑟，在这深夜更有几分寒意，呼出的气都依稀可见。前方出现一条小河，月色下河水泛着银光，赵长山在前面一挥手："跟我过河！"

队伍中传来一个女知青的声音："赵班长，我不会游泳！"

"淹不死人！"赵长山跳进河里，此处水浅，刚没过小腿，上了岸裤腿都打湿了，赵长山又带着队伍朝一座山包跑去，越跑越快，他要让知青们发汗！

男知青们很快来到山下，女知青们慢慢跟了上来，赵长山要求呈战斗小组散开，在山顶会合。知青们三人一组摸索着来到山顶，董黎明、陆海江和彭春燕一组，他们发现了目标，山下有两个黑影！赵长山下达新的指令：不许开枪，抓活的！知青们又立即下山。

"举起手来，缴枪不杀！"董黎明朝黑影大声喊道，陆海江用俄语重复了一遍，黑影没有任何反应，大家围了上去，原来是两头卧在地上的牛！赵长山走过来说："任务结束，返回！"马超说："赵班长，这就是你说的那两个形迹可疑的人？"赵长山没理他，牵着两头牛在前面走了，知青们跟在后面唉声叹气。

刚到宿舍门口，大家看到食堂的一个炊事员挑着两个冒着热气的大桶过来了，马超兴奋地说："炊事班给我们送夜宵来了。""哪有什么夜宵，赵班长让我熬了一锅姜汤，给你们驱驱寒。"炊事员的回答让大家很失望。

赵长山说："都拿碗来，每人都喝一碗，然后钻被窝！"

炊事员看着知青们打湿的裤腿："过河了是吧？那就更要喝姜汤了。"

大家都把碗拿来，李莉萍先盛了一碗，尝了尝："哎哟，太辣了，怎么喝下去呀！"

赵长山说："再辣也要喝下去，不然我就给你灌！"

杜春生喝了一口吐了，把姜汤泼在地上："什么玩意儿！"他朝宿舍走去，大家都望着他。

"杜春生！你为什么不喝？"赵长山说。杜春生扭头扔了一句，"我这身板儿哪需要灌那玩意儿！"

知青们强忍着把姜汤喝了下去。

"现在马上睡觉，把汗发出来！"说完赵长山要走，炊事员拉住他，"赵班长，今晚到底执行啥任务？"

"拉练。"

"拉练？拉练你还让他们过河？天都这么冷了！"

"让这些知青练练筋骨，我不是让你熬姜汤了嘛。"

"赵长山，你可真够狠的！"炊事员挑着担子走了。

男知青宿舍怨声四起：

"拉练就是拉练嘛，还美其名曰搜捕形迹可疑的人！"

"他还煞有介事地安排了两头牛，把我们当三岁小孩耍呢！"

"赵班长是为了让我们有身临其境的感觉，如果一开始就知道是拉练，我们能紧张起来吗？"陆海江有自己的理解。

杜春生不这么看："那他可以早点嘛，偏偏放在我们睡觉以后！这老小子，他是有意整我们知青，不把我们知青当人嘛！"

"而且又是爬山又是过河，至于嘛！"

"赵长山就是个折腾人的主儿！"马超说，"让他当我们班长，真是倒了八辈子霉了！"

杜春生说："我看这个人就是该审查！他对知青的感情和态度有严重问题！"

"哎，你过了啊？这可是扣帽子。"

董黎明在门口洗脸擦身，一言不发，陆海江一直看着他，心想他这个副班长怎么不站出来说话？董黎明也觉得赵长山今晚的做法有些过了，但听着那些不负责任的话，他觉得他这个副班长还是应该亮明态度："大家少说点牢骚怪话，平时多流汗，战时少流血，这个最基本的道理你们不懂吗？"

马超说："还是我们董副班长站得高，看得远啊！"

……

第二天早晨，赵长山推开女知青宿舍的门，她们还没起床，大家见赵长山闯进来，都用被子蒙住头，赵长山赶紧退了出去："都什么时候了，还没起床哪！"

王璐云说："赵班长这人真是，进女同志宿舍也不敲门！"

赵长山在门外大声说："继续睡！给你们放假半天！"

李莉萍说："今天太阳从西边出来了？"

赵长山进了男知青宿舍，马超问："赵班长，刚才听你说放假半天，包括我们男知青吗？"

"你要把自己当成个女人，你也睡！都到外面集合！"说完赵长山出去了。

马超愤愤地说："我们也是人！"

男知青们在宿舍前排好队，赵长山在队前训话："怎么，第一次拉练你们就受不了啦？现在是非常时期，什么事情都有可能发生，把你们抓紧一点，那是爱护你们，为你们好！懂不懂？我在训练一开始就说了，每个人都必须过这一关，过不了的就卷铺盖回家！有哪个扛不住的，现在可以退出！有没有？……

看来还没有尿包！那就好，出发吧！"

马超从牙缝里挤出三个字："法西斯！"

赵长山的嗓门很大，女知青们都听见了，大家都没了睡意，但谁也没有起来，静静地躺在床上也是一种莫大的享受啊！

"唉，"李莉萍长叹了一声，"总算能休息半天了。"

王璐云说："赵班长这人凶巴巴的，还算有点怜悯之心。"

赵丽娜见彭春燕蒙着被子，伸手拉了一下："彭春燕，别睡了。哎，连里没有星期天啊？"

"我还想睡会儿。"彭春燕说。赵丽娜又扯了扯她的被子，彭春燕不耐烦地说："这又不是你们城里，哪有什么星期天！想过星期天，只有等自然灾害了，比如暴风雪什么的。"

赵丽娜坐了起来："彭春燕，来例假能休息一天吗？"

彭春燕摇了摇头："没听说。"

"惨了惨了，我这两天就要来，也不知道赵班长准不准。"说完赵丽娜重重地躺下了。

王璐云也觉得这是个问题："赵班长连老婆都没有，他知道什么叫例假？你跟他怎么说？"

李莉萍坐了起来："他赵班长不懂，连里不会不懂吧？"

王璐云说："那还真说不定呢！"

"我们应该向连里反映一下，"杨红说，"彭春燕，你代表我们，向你爸爸说明我们女同胞这特殊的一天。"

"我才不出这个头呢。"彭春燕又把被子蒙在头上。

赵丽娜说："彭春燕，你不会也不懂吧？"

李莉萍补了一句："她已经绝经了！"

彭春燕猛地揭开被子："放屁！"

大家都笑了。

"放心吧，"彭春燕坐起来，一板一眼地说，"我会把姐妹们的意见向我爸爸转达的。"

李莉萍说："我们多亏有彭春燕这个内线，否则的话，敌人还没打来，我们先就被赵班长整死了。"

"这话可出格了啊？"杨红说，"赵班长人不坏，昨晚拉练，他还安排炊事班给我们熬姜汤，今天看我们女同胞起不来，又给我们放假半天，赵班长这人还是挺有心的。"

大家都不说话了，宿舍里一时挺安静。

训练场上，杜春生练得很投入，马超好像还没睡醒，有气无力的样子，他用嘲讽的口吻对杜春生说："你很卖力嘛！"杜春生说："你以为我是给他赵长山练的？战场上我可不想给咱中国人丢脸！"

……

上午训练结束后，赵长山又单独行动了！董黎明立即做出安排：程强和沈东风跟他执行任务，其他知青返回。程强和沈东风跟董黎明走了，知青们都望着他们。马超说："有情况！"李涛说："你有什么内部消息吗？"马超说："骑驴看唱本走着瞧吧。"

董黎明带着程强和沈东风追赵长山去了。跟踪赵班长，这让程强和沈东风有些吃惊，董黎明说这是组织的安排，并且宣布了一条纪律：在搞清真相之前，跟踪赵班长的事谁也不许对其他人说。接着他作了分工：他走中路，就是赵班长现在去的方向，程强向东，沈东风向西，包抄会合。

赵长山很快就发现有人跟踪他了，他想也没什么好隐瞒的，便大摇大摆地朝山下去了。董黎明远远地跟着，来到山脚下，见赵长山在寻找什么，他躲在一棵大树后面观察。不一会儿，赵长山从草丛中提着一只野兔子出来了，他点了一堆火，然后把剥好的野兔架在火堆上。这时，程强和沈东风从不同方向来到董黎明身边，他们明白了，赵班长来这里是抓野兔子。他们三个正要走，赵长山大声喊道："董黎明！你们过来！"他们三个面面相觑，董黎明说："我们过去。"

赵长山把野兔举得高高的："看清了？你们去给江副指导员打小报告吧，不过，打野食好像跟政治扯不上吧？"

"赵班长，你太敏感了，"董黎明说，"我们只是有些好奇，跟过来看看。"

"没这么简单吧？"赵长山招了招手，"过来坐下，马上就烤好了，你们也尝尝野味。"

董黎明说你自己吃吧，他们三个走了。进了连队董黎明就去找江涛，程强和沈东风回到宿舍。

大家都看着他俩，李涛迫不及待地问沈东风："哎，你们到底执行什么任务？"

程强马上说："我们去查看了一下地形，连里安排的。"

马超从床上下来："得了吧，你们是去跟踪赵班长。"

杜春生笑着说："哎，赵班长是不是又去摸苏军哨所了？"

"杜春生！"程强的声音有点激动，"你怎么能妄加猜测？说话要负责任！"

"我就这么样说，怎么了？"杜春生点了一支香烟，"我还不知道他赵班长心里那点小九九！"

沈东风急了："不是这么回事！赵班长是去抓野兔子的！"

程强说："沈东风！"

"我们要澄清事实，不能让他们往赵班长头上扣屎盆子！"

李涛说："抓野兔子？你们看见了？"

沈东风说："当然看见了，赵班长套了一只野兔子，放在火上烤。"

"烤野兔？"马超两眼放光，"哎，赵班长没请你们一块儿吃？"

杜春生把烟喷到马超脸上："瞧你那点出息！"

马超揉着眼睛："你还说我呢，你不早就馋肉了嘛！"

杜春生把烟扔在地上，用脚使劲踩了踩："我就是再馋肉，也不会吃他赵长山的肉！"

董黎明向江涛汇报了刚才跟踪赵长山的情况，江涛觉得有点蹊跷，套野兔子为什么还神神秘秘的？也许是赵长山放的烟幕弹？董黎明说可能他担心知青们知道了不好吧，江涛说可不要把问题想简单了，现在斗争形势很复杂，我们的大脑也要多打几个问号啊！他要董黎明继续留意赵长山的一举一动。

江涛要求张红珍班出一期墙报，每个知青写一篇学习体会，以此展示学习成果。

陆海江终于可以表现一下自己了！来连队这些天他过得很压抑，在人们眼里他就是一个扶不起来的阿斗，没有人瞧得起他，谁都可以打趣他，这让他心里很难受，他要利用这次出墙报展示自己的才华，呈现另一个陆海江！

知青们的学习体会都交上来了，董黎明带着几个女知青在宿舍里做出墙报的准备工作，诸如剪花边、打糨糊之类，画报头的任务自然交给了陆海江。他一下笔就立刻引起了彭春燕的注意，她一直在旁边目不转睛地看着。

画面上，两个男女青年肩并着肩，精神抖擞，一身黄军装，肩挎步枪，腰扎武装带，毛主席语录握在胸前，背景是田野、林带，远处的山峦上矗立着连队的瞭望哨。那女知青圆圆的脸，眼睛大大的，彭春燕想，画上的女知青跟自己多像啊，陆海江作画时肯定是想到她了，那双眼睛完全是自己的！陆海江倒没有刻意以她为原型，不过他在画女知青的眼睛时，彭春燕水汪汪的大眼睛的确在他的脑海里闪了一下。

江涛来了，他看了看报头和美术字，脸上露出满意的笑容，这之前他看了知青们写的决心书，陆海江的文笔也让他眼前一亮。临走前他让董黎明抓紧时间，等一会儿连领导们要看墙报。

一切准备就绪，董黎明带着几个知青来到礼堂布置墙报。大家七手八脚地忙着，彭春燕却拿着报头爱不释手，董黎明站在凳子上大声说："还没看够啊，把报头递给我！"

墙报很快布置好了，墙报上方是报头，报头两边是用美术字写的对联："广阔天地大有作为，屯垦戍边奋勇争先"，中间贴着知青们用钢笔写的学习体会。

罗豪才陪着连领导们来看墙报，江涛说："这一段的政治教育很有成效啊，知青们的思想觉悟有了很大的提高，每个人的学习体会都写得很不错。"

"好啊！墙报办得很有水平嘛，到底是知识青年啊！"彭大明说，"报头画得好，美术字也写得漂亮，江副指导员，这是谁的两下子？"

"陆海江，他的文笔也很好。"

"就是那个文绉绉的小伙子？"彭大明转向罗豪才，"老罗，人家这两下子比你怎么样？"

"比我强多了，我是野路子，硬是被你们赶着鸭子上架呀！"

"我看这个小伙子将来可以接你的班。"

"彭连长，我现在就带他吧？"

"不急，这个小伙子有点弱，先让他在张红珍班好好历练历练。老罗，听齐桂花说，你在往北京办调动？"

罗豪才愣了一下，这个快嘴女人！"老婆在活动呢，我没答应，这个时候调动，我不成逃兵了吗？"

"老罗，你看人家江副指导员，跟你一起转业，人家就在团里安家了。"

"有什么办法，老婆不肯来。"

"老罗，听说你父亲是北京的大干部？"康振华说，"跟老爷子说说调回去得了，都分居十年了，老这么下去也不是个事儿！"

"现在这个时候调回去，那老爷子还认我这个儿子吗？"

"要是我，我也不认！"彭大明说完背着手走了。

罗豪才苦笑了一下，彭连长说话的语气、神态跟他的父亲真是太像了，他真是父亲带出来的兵啊！当年他是父亲最喜欢的警卫员，可现在他还蒙在鼓里呢！他真想告诉彭连长他的父亲就是罗应军！几次话到嘴边他却控制住了。父亲戎马一生，对部队有一种特殊的感情，罗豪才二十岁那年，父亲让他去当兵，他去了；转业时正赶上兵团招人，父亲一直为没能跟随王震将军进疆而感到深深遗憾，他给儿子选择了老部队，儿子也去了，父亲按照自己的生命轨迹设计规划着儿子的人生，而在儿子的眼里，父亲就是一座雄伟的山，只能仰视。来新疆之前父亲跟他约法三章，其中一条就是不许向老部队透露他们的父子关系。遵守父亲的这个约定确实挺难的，有些时候他真想说出父亲的名字，但最后还是守住了底线，仅有一次向连里的人说到他父亲是部队的一个大干部，到底是哪一级干部，人们只是猜测，谁也没有把他与罗应军这个名字联系在一起。

墙报在连队引起很大轰动，大家都来观看，贴在上面的学习体会没人在意，人们的目光都集中在报头和对联上，赞不绝口，遇到陆海江，看他的眼神都不一样了。最被打动的当然还是罗豪才，无论他走与不走，陆海江都是当文教的好苗子，当天晚上他就把陆海江找去了，跟这个很有才华的知青聊了很久。

从罗豪才宿舍出来，陆海江有些飘飘然，这些天他灰头土脸，活得太没有色彩、太窝囊了，现在终于鲜鲜亮亮地站在人们面前了！

陆海江没想到赵长山对他的才华却不买账，第二天训练时赵班长还是横横的，他压根儿就瞧不上舞文弄墨之人，你陆海江那两下子战场上用得上吗？你越在这方面表现我就越看你不顺眼！陆海江被浇了盆冷水，他觉得赵班长这个人太没文化、太没素质了，真是秀才遇上兵啊！他很快冷静下来，你能写会画有什么了不起能当饭吃吗？站在训练场上你不是比其他男知青矮一截吗？战场上要的是真功夫，你哪点让赵班长瞧得上？……

训练场上，赵长山对他的训斥更加严厉了："陆海江，你怎么没有一点长进？扛膀子，第一个被打趴下的就是你！"

赵长山的声音很大，知青们都望着陆海江，他真有点无地自容。

杜春生看不过去了："赵班长，你太心急了，陆海江就这个条件。"

"没你的事！好好练你的！"赵长山把目光投向马超，马超赶紧说："赵班长，我比陆海江强一点吧？"

"你小子也强不到哪儿去！"

下午训练结束时，赵长山把陆海江留下了，他让董黎明给他和陆海江带两份饭。知青们都望着陆海江，彭春燕心里挺不是滋味的。

董黎明带着队伍走了，杜春生说："看到了吧，赵班长要跟陆海江单练！这下陆海江可惨喽……"马超落在队伍后面，耷拉着脑袋，心想自己肯定是第二个陆海江了。

李涛说："彭春燕，给大家唱个歌吧。"

彭春燕没吱声，此时她哪有心情唱歌？

偌大的训练场只剩下赵长山和陆海江两个人，赵长山说："小陆，在你们这些男知青中，你这方面素质最差！一个男人嘛，怎么就不会协调身体不会发力？肯定是过去运动太少了！"

"我从小就不爱运动。"

赵长山又给他讲了一遍要领："打出去的拳头一定要有力，然后迅速收回，再打出去！要学会把全身的力气、全身的潜能都调动起来，集中在两个拳头和两条腿上！"

陆海江打了一组拳，赵长山摇了摇头："来，对着我打，全神贯注，发足力！注意拳脚配合！"

陆海江豁出去了！他拳脚并用，身体失去平衡，重重地摔在地上。

"没事吧小陆？"赵长过去扶他，他站不起来了，"你这个小陆呀，太不协调了，可能是拉伤筋了。"

"赵班长，我……真恨自己！"陆海江的眼泪都快下来了。

"我给你揉揉，忍着点。"赵长山在少林寺时学过几招治疗跌打扭伤的应急手段，他给陆海江揉搓了几下，陆海江起来走了几步，感觉好一些了。赵长山本来想给他开小灶，好好点拨点拨他，现在他肌肉拉伤只能作罢。赵长山要背他回去，陆海江说他能走，赵长山不由分说地背着他朝连队走去。进了连队，陆海江从他身上下来了，他不想让人们看到他如此狼狈，赵长山扶着他一瘸一拐地朝宿舍走去。

男知青们刚从食堂回到宿舍，董黎明见陆海江一瘸一拐地进来了，说："海江，你的腿怎么了？"

"扭着筋了。"陆海江就着他的床铺坐下。

"赵长山把你怎么了？"杜春生朝他走过来，"他是不是对你下狠手了？"

陆海江摇了摇头："不是，是我自己无能。"

马超说："陆海江，他把你弄成这样，你还替他说话？你这个人太软弱了！"

"真是我自己摔的。"

李涛说："陆海江，你怕什么？他赵长山能一手遮天？我们大家给你做主！"

"欺人太甚！他赵长山要在我们头上拉屎撒尿呢！"马超在宿舍来回走着，"我们不能再这样忍下去了！今天是陆海江，明天就是其他人，我们一个个都要被他收拾了！"

杜春生说："走，找他老小子去！为陆海江讨个公道！"

陆海江急了："你们不能去！真是我自己摔的！"

董黎明一把拉住杜春生："杜春生，你冷静一点！"

"再冷静我们就无法活了！"杜春生推开他的手，"是哥们儿的，跟我走！"

马超和几个男知青跟他冲出了门。

赵长山正在吃饭，门被猛地推开了。

"赵长山！你为什么要这么对待陆海江？有你这样训练知青的吗？"杜春生质问道。

"兴师问罪啊？"赵长山放下筷子。

马超说："你对陆海江下狠手了吧？为什么要这样对他？"

"不要说我没下狠手，就是下狠手，那也是为他好！"

"你别冠冕堂皇了，打着训练的幌子，行欺压知青之实！"

"嗬，上纲上线了？"

这时董黎明挤了过来："好了，都少说几句，大家都回去吧。"

杜春生推开他："赵长山，你为什么要整知青？你是什么居心？"

"杜春生，你把我赵长山看成什么人了？"赵长站了起来。

"什么人你自己清楚！"杜春生指着他，"我看上面真该好好查查你的动机！"

"杜春生你说什么？抓我的小辫子还轮不到你！我当一天你们的班长，就要履行一天班长的责任！"

"班长有什么了不起的？我们知青也不是好欺负的！我们绝不允许你在我们头上拉屎撒尿！"杜春生挥着拳头。

董黎明搂住杜春生："杜春生，你不要再说了！大家都冷静！这样是解决不了问题的！大家都回去，我跟赵班长谈，好不好？"

马超说："行，你是副班长，你代表我们跟他谈，知青的意见你是知道的。"

李涛说："他必须认错！"

"好了好了，大家都回去吧，我会跟赵班长好好谈谈的。"

知青们出去了，董黎明说："赵班长，消消气，先吃饭吧。"

"吃什么饭？早让他们气饱了！"赵长山卷着莫合烟。

"赵班长，一直想跟你聊聊。"董黎明在他身边坐下，"今天发生这样的事，不是偶然的，我想跟你好好交流一下思想。这一段的训练，赵班长你抓得很紧，要求严格，知青们的军事素质提高得很快，成绩是主要的，训练虽然很苦很累，但大家都憋足了一股劲……"

"打住！你董副班长会这样看，其他知青早把我恨之入骨喽！你看刚才他们那个架势！"

"多数知青这样看，你应该相信大多数。赵班长，我觉得你有一种不好的情绪，你不应该把你和知青们对立起来。"

"这是现实，我训练你们，你们接受我的训练！现在边境形势这么紧张，我必须给你们下猛药！你们都表示要为张红珍同志报仇，光喊口号啊？那需要真本事！我要让你们知道，要想在张红珍班立足，必须扒层皮，不论男女！"

"赵班长，要求严格没有错，但还是应该注意一下方式方法，特别是对知青在态度上……"

赵长山打断他："我是个粗人，喜欢直来直去，没那么多花花肠子，方式方法上，你这个副班长多操点心吧！不是还有江副指导员嘛，他主抓班里的思想政治工作，我有不周到的地方，得罪人的地方，你们补补台，替我擦擦屁股，我唱红脸，你们唱白脸，咱们铁路警察，各管一段！"

……

回到宿舍的几个男知青怨气未消，坐在床上喘着粗气。

"你们太冲动了。"程强说，"刚才我们跟陆海江进一步核实了，赵班长只是让陆海江打他，他根本就没有还手，是陆海江用力过猛，自己摔倒了，扭伤了大腿。"

马超说："陆海江说的？他那么软弱，敢说真话吗？"

沈东风说："马超，你不要把赵班长想得太坏。"

"你们不要为他开脱了！"杜春生说，"今天这件事不能就这么了了，等董黎明谈的结果！"

马超说："他要是不向知青道歉，我们就闹到连里去！"

董黎明跟赵长山谈得不愉快，从赵长山那儿出来，董黎明来到江涛的宿舍，向他汇报了刚才班里发生的事情。江涛最近也听到了一些反映，但他没想到知青们与赵长山的对立情绪这么大！董黎明希望江涛跟赵班长认真谈谈，江涛想了想，说今天晚上不学习了，开个班会，让知青们说说心里话，沟通沟通思想。他要求董黎明认真准备一下，班会上做重点发言。他对董黎明进行了启发：从表面上看赵长山是工作方法问题，但实质上是对知青的感情问题、态度问题，世界上没有无缘无故的爱，也没有无缘无故的恨，要透过现象看本质，深挖其思想根源，以此达到触动灵魂的目的。

江涛提前来到男知青宿舍，他想让知青们对今晚的班会有个思想准备。此时陆海江在董黎明的床上躺着，他想起来，江涛赶紧过来摁住他："躺着吧，小陆，没大问题吧？"陆海江摇了摇头。江涛找了个地方坐下，说："前一段训练，大家一定吃了不少苦吧？"

程强说："是吃了不少苦，但大家都挺过来了。"

沈东风说："吃得苦中苦，方能甜上甜嘛。"

"说得好，年轻人就是要有这种精神啊！不过，我听说不少同志有情绪呀！"

宿舍里一下安静下来。

"怎么都不说话了？我知道，大家都不怕吃苦，只是对赵班长有意见，是不是？有意见是正常的，摆到桌面上来，要不然连里怎么知道？怎么改进工作？如果大家都把意见闷在肚子里，矛盾越积越多，情绪越来越大，那张红珍班就一盘散沙了，谈何召之即来，战之能胜？今天的会我就是代表党支部来听大家提意见的，不要有任何顾虑，等一会儿放开了讲，怎么想的就怎么说，有什么意见都可以提，连里就是想听到大家的真实想法。"

这时赵长山黑着脸进来了，江涛见人都到齐了，说："现在开会。前一阶段训练，大家发扬不怕吃苦、连续作战的精神，取得了很大成绩。成绩摆在那里跑不了，我就不多说了，今天这个会，主要是摆问题，找差距，以便改进下一步的工作，把张红珍班带得更好。希望大家畅所欲言，各抒己见，不要担心说错话，大家都是同志，有则改之，无则加勉嘛，开始吧，想好了就说。"

"我先发个言。"董黎明说，"前一段训练，赵班长抓得很紧，要求严格，而且能够以身作则，应该说，这是这一段训练取得好成绩的重要前提。刚才江副指导员说了，今天这个会主要是摆问题，找差距，我想给赵班长提一条意见。赵班长工作方法简单，缺乏民主，动不动就训人，让知青们难以接受。严格要求知青们没意见，大家不怕吃苦，但气要顺，张红珍班应该是一个既严肃认真、又生动活泼的局面，但我们现在没有看到这种局面。我认为，前一段工作确实需要认真反思，特别是赵班长，应该在工作方法上认真找一找原因。"接着他做了自我批评，他承认自己也有一定责任，平时只埋头训练，与赵班长和大家沟通不够，没有发挥副班长的作用，他表示要认真总结经验教训，配合赵班长共同做好今后的工作。

江涛对董黎明的发言很不满意，刚才跟他说了那么多，他却不痛不痒！

"我也说几句！"杜春生说，"现在大家都有怨气，但敢怒不敢言，这很不正常！连里是该倾听一下知青们的心声了！"

马超说："就是！这个会早就该开了！"

"我不同意大家都有怨气这个说法，如果说都有怨气，我们能取得现在的成绩吗？"程强说，"我也觉得现在严肃有余，活泼不足，整天都是训练，晚上还要政治学习，身体压力、精神压力都很大，加上赵班长工作方法又比较简单，大家有一些看法，我觉得赵班长出发点是好的，但确实需要改进一下工作方法。"

"我认为这不单纯是工作方法问题，这是长官意志、军阀作风在赵班长身上的体现！"李涛说，"我们都是知青，谁都明白事理，完全可以晓之以理，动之以情嘛，为什么要那么武断，那么无情？说严重一点，这是对待知识青年的态度问题！"

"赵班长缺少革命同情心！"马超把话接过来，"陆海江和我训练反应慢，我们就是这个先天条件嘛，他却百般挑剔，横加指责，不顾条件上强度，今天下午他跟陆海江单练，对陆海江下狠手，把陆海江弄了个肌肉拉伤，太过分了！"

彭春燕心里一紧，肌肉拉伤？她望了望坐在董黎明身边的陆海江，心想怪不得她进门时看见他在董黎明的床上躺着呢！

"马超，刚才不是跟你说了嘛，"程强解释道，"我们跟陆海江进一步了解了，确实是陆海江自己不小心摔伤的，不存在赵班长对陆海江下狠手。"

"那是陆海江怯懦，他敢说真话吗？"马超反驳道。

"陆海江，不要有顾虑！"江涛说，"我在这儿坐着呢，说真话。"

"江副指导员，这件事确实不怪赵班长。"陆海江说，"他让我把他当成击打目标，根本就没有还手，更不要说下狠手了，是我自己身体不协调，用力过猛扭伤筋了，我没有必要隐瞒。"

赵长山静静听着，不停地吸着烟。

"我们不单单是为这一件事！"杜春生站了起来，"赵班长粗暴对待知青的事还少吗？对我们这些男知青严厉就不说了，他对女知青也那么凶，这些女知青哪个没哭过鼻子？"

"赵班长是应该注意一下态度和方法。"杨红不紧不慢地说，"我们这些女孩子刚出校门，一来就上这么大的训练强度，真的挺难的，赵班长应该给我们更多的理解。"

陆海江一直在思考，心跳也在加快，他有些激动。赵班长的严厉、不讲方式，从感情上他也是很难接受的，但要怀疑赵班长的动机、指责他有意整知青，陆海江不能同意！赵班长不是恨铁不成钢、想尽快出成绩吗？他有这样那样的不好，也不能无限上纲乱扣帽子啊！

"我也发个言，"他鼓足勇气说，"我认为，摆问题，找差距，我们还是要从实事求是、与人为善的角度出发，过激的情绪和言辞无助于问题的解决。我也认为赵班长工作方法和态度需要改进，但绝不像有些同志说的那样！我不知道别人是怎么想的，反正赵班长的严厉我是很受益的，我这个人军事素质差，这方面反应特迟钝，赵班长对我严格要求，我才能进步，才能尽快成为一名合格的兵团战士！说实在的，我挺感谢赵班长的。"

董黎明看了陆海江一眼，迫于压力感谢赵班长他不感到意外，但敢于指出有些知青的过激情绪和言辞这让他没想到。

"陆海江，现在不是评功摆好的时候！"李涛说，"谁也没有全盘否定赵班长，现在是摆问题，找差距，我认为，问题说得重一点，更能触动思想！"

大家一时沉默了。

江涛看着赵长山："赵班长，知青们说了这么多，你表个态吧，我最后做总结。"

赵长山甩掉烟头，忽地站起来："我没啥可说的！"说完他走出宿舍，大家都愣住了。

第四章

赵长山回到宿舍，拉开被子蒙在头上。宿舍的几个战士相互望了望，其中一个说："谁又在太岁头上动土了？"他们见赵长山没反应，都悄悄的了。赵长山想让自己尽快睡着，可内火上攻，浑身燥热，他掀开被子出了门。一路来到小树林，打了一阵拳，内火全部发泄出来了，回到宿舍便呼呼大睡了。

彭春燕从男知青宿舍回来就上床了，陆海江肌肉拉伤让她心里很难受，李莉萍说："你今天上床比谁都快啊！"她静静地躺着，姐妹们的叽叽喳喳仿佛不存在似的，那双大大的眼睛忽闪忽闪的，陆海江一瘸一拐的样子那么清晰，她心中泛起一阵阵酸楚。她忽然意识到，她爱上他了！这一夜她都沉浸在爱上一个人的幸福甜蜜之中，天快亮时才睡着。

赵长山心中的怨气压了一夜，吃过早饭他就来到连部。彭大明上班早，他正在看挂在墙上的连队地形图。

"彭连长，我这个班长没法儿干了，你换人吧！"赵长山横横地说，其实他并非真打算撂挑子，他只是想到彭大明这里讨个说法。

彭大明转过身："怎么，又炝蹶子了？"

"我不知道他江副指导员想干什么？昨天晚上他开了个班会，说是摆问题，找差距，鼓动着知青全冲我来了，什么长官意志、军阀作风，没有同情心，屎盆子全扣到我头上来了！简直就是一个批判会嘛！关起门来，你们领导怎么批评我都行，我没有二话！可你不能发动群众啊，让我的脸往哪儿搁？我还有什么威严？我这个班长以后还怎么当？干不成了，彭连长你换人吧！"

"赵长山，你耍什么横？"彭大明没给赵长山好脸，他太了解他了，这个人就像马群中的一匹狂放不羁的烈马，时不时要给它几鞭子，让它收收性子，不然可驾驭不了！这几天他从春燕嘴里听到不少知青们的牢骚，正打算敲打敲打他呢！"怎么，有点能耐就批评不得了？老虎屁股摸不得了？训练这么苦，你小子又不讲个方法，知青们发发牢骚，那也是正常的，总得给人家一个撒气说话的地方吧？天塌不下来！你小子一点就炸，怎么跟我年轻时一个尿脾气！你也是奔四十的人了，本事没见长，脾气还越来越大了！想到我这里讨个说法是不是？我告诉你，这个会开得好，就是要煞煞你的霸气，不敲打你，你尾巴翘到天上去了呢！撂挑子，我可不吃你这一套！我告诉你，我还就认上你了，这个班长你干定了！人家提意见，对的接受，过头话正确对待，今后还要放手干，你可别给我打退堂鼓，那人家真就把你看扁了！回去吧，好好反省反省！啥时候怨气消了，再来找我！"

赵长山气呼呼地走了，刚出门，江涛进来了。

彭大明对江涛昨天晚上采取的方式有一些看法，想跟他交换一下意见，江涛也正想跟他说这件事情。

"江副指导员，你这个方式欠妥当。"

"彭连长，你可能不太了解班里的情况，现在赵班长与知青们的对立情绪已经很大了，需要沟通一下思想。"

"这是沟通思想吗？这是在激化矛盾！我怎么不了解情况？我女儿就在班里，班里的情况我了如指掌！大方向没有错，只是个工作方法问题！"

"我看不仅仅是个工作方法问题，彭连长，你知道赵长山怎么对待陆海江吗？昨天下午训练结束，赵长山把陆海江留下单练，陆海江受伤了，陆海江说是他自己摔伤的，但一些知青认为是赵班长看陆海江不顺眼，有意整他。"

"那是个别知青这么认为！赵长山不可能这么干！这么多年了我还不了解他吗？他要是这种人，我彭大明绝不会让他当张红珍班班长！"

"不管怎么说，赵长山这个人太自以为是！知青们的意见再尖锐，但你总要听着呀？会还没开完，他竟然拔腿走了！这算什么？我还在那儿坐着呢，他眼中还有我这个副指导员吗？"

"赵长山跑掉不对，但主要是你采取的方式不恰当。赵长山有毛病，你可以先找他谈，严肃批评他，他要是不买账，我们可以集体找他谈，收拾他！可你发动知青给他提意见，有的知青借此泄私愤，说一些过头话，赵长山怎么受得了？这只会激化矛盾，对工作有利吗？"

"我的方式是有些欠考虑，以后我注意。彭连长，赵长山这个人太缺乏政治头脑、大局意识，人又太粗，跟知青对不上点儿，很难沟通，我的意见还是把他换掉，选个素质全面的转业军人，否则赵长山还会跟知青发生更大的冲突，我们怎么带好张红珍班？怎么向团党委交代？"

"我看不见得，赵长山这个人身上有可贵的东西，以后你就知道了，我相信他能把张红珍班带出个样子来，当然我们要配合他。江副指导员，你跟他多交流交流，我也跟他好好谈谈。"

"我怎么没跟他交流？他这个人政治觉悟太低，难以沟通！"

"你居高临下，板着面孔，当然难以沟通，人与人之间是需要感情交流的。"

"彭连长，我可以断定，赵长山继续当张红珍班长，非搞砸了不行！"

"他赵长山要是搞砸了，就让团党委砸我的饭碗！"

赵长山从连部出来，一肚子的火没处撒，他见知青宿舍前没有一个人，气急败坏地喊道："人呢！都给我出来，集合！"

知青们都出来了，彭春燕看见陆海江还是一瘸一拐的，她好心疼！董黎明说："赵班长，陆海江行动不方便，今天就让他在家休息吧？"

"一点小毛病就不训练了？我看他能走！"

彭春燕瞪了赵长山一眼，心里说："冷血动物！"

杜春生说："赵班长，他能走，能训练吗？"

陆海江赶紧说："赵班长，我可以参加训练。"

杜春生真想给陆海江一巴掌！心里说："陆海江，你能不能有点骨气！"

队伍出发了，赵长山见陆海江跟在后面挺吃力，说："杜春生，你把陆海江背上！"

杜春生犹豫了一下，还是站住了，他等陆海江过来。

"杜春生，我能走。"

"上来！"杜春生背上陆海江朝前走去。

"陆海江去只有观摩喽……"李涛不咸不淡地说。

走了一阵儿，赵长山说："李涛！你去换杜春生！"

"不用！"

李涛来到杜春生身边："杜春生，哥们儿换你。"

杜春生推了他一把："走你的！"

到了训练场，赵长山安排陆海江到一边练习射击，陆海江感激地看了他一眼。知青们散开，两人一组对练搏击，杜春生出拳十分凶猛，将跟他对练的李涛打倒在地，李涛躺在地上不起来，拖着哭腔说："杜春生，你拿我出气啊？我可没在你头上拉屎撒尿！"

"起来！"杜春生把他从地上拉起来，"像个男人样儿！花拳绣腿让人家瞧不起！"

"这小子，行。"赵长山自言自语道，他转身朝陆海江走去。

李涛站起来，看了一眼赵长山："昨天晚上的会对他没起一点作用，他也太狂了！"

"狂，人家有资本啊！"杜春生挥了挥拳头，"我们想跟他平等对话，也要把这个练硬了！"

赵长山在陆海江旁边趴下，把一个火柴盒大小的监测器安在陆海江的枪上，他现在有点喜欢上这个小伙子了。"小陆，昨天开会，你说了个公道话。看不出啊，你这个文绉绉的小伙子，关键时候还敢说话！不过今天我不能让你休息，现在随时都可能打仗，我必须抓紧你，这是为你好，懂吗？"

"赵班长，我知道。"

"你的腿没事吧？"

"没事，赵班长。"

赵长山站了起来："三点一线，好好体会。"

上午训练结束后，赵长山见陆海江的腿已无大碍，领着他走了。路上陆海江问他执行什么任务，赵长山说等一会儿就知道了。

他们来到山下，赵长山走进一处草丛中，他看见一只肥硕的野兔子在他下的套子里挣扎，今天总算没白来。现在这个季节很难抓到它，雪天吃的东西少，它容易上套。

陆海江长这么大第一次见到野兔子，很是惊喜，不停地抚摸着它，赵长山从身上取出匕首，陆海江明白了，赵班长是带他来吃野兔肉的，他挺心疼的。赵长山很利索地剥着野兔的皮，他让陆海江找些干树枝生火。

陆海江捡来一堆干树枝，赵长把剥好的野兔用木棍穿了，放在火堆上烤。野兔身上的油滴在火上，发出嗞嗞啦啦的声响，肉香四溢，坐在旁边的陆海江不停地咽口水，他已经好久没有吃到肉了。

"唉，我是把知青们都得罪下了。"赵长山的情绪有些低沉，"小陆，我真不是有意整大家，我赵长山不是那种人！"

"赵班长，你的出发点是对的，不过还是应该注意一下态度和方法。"

"彭连长也批评我了。"赵长山把脸转向他，"小陆，你这个人可交，以后你也不要拿我当外人，有什么事就跟我说。"

陆海江不知该怎么回答他，朝他笑了笑。赵班长认为他可交，就是认可他了，他心里很感动。

野兔烤好了，赵长山切下来一块递给陆海江，他咀嚼着，真香呀！赵长山从口袋里摸出一小瓶白酒："吃着野味，喝着小酒，那才叫过瘾哪！小陆，你也来两口？"

"我可不会喝酒，还是你自己喝吧。"

"小陆，多吃点，食堂清汤寡水的，想改善改善就跟我出来。"

他俩吃得正香，陆海江看见江涛走过来了，有些紧张："赵班长，江副指导员来了！"

赵长山抬头望了江涛一眼："他来怎么了？吃你的。"

江涛吃过早饭就出来了。他先是去了黄佩佩放羊的地点，这几天他白天没什么事，挺寂寞的，就想到了黄佩佩，那次她给他汇报思想以后他就有些魂不守舍，觉得她半个月给他汇报一次思想挺漫长的。他陪着她坐了很久，与她促膝长谈，她很感动，还没有哪个领导这样关心她呀！不知不觉就时近中午了，他轻轻拍了拍她的肩膀，说他要去训练场看看，走的时候她不停地朝他招手。最近赵长山经常单独行动，董黎明对此的说法江涛有些将信将疑，他来到训练场附近，此时张红珍班的训练刚结束，他看见赵长山领着陆海江走了，便远远地跟了上去……

"你们两个开小灶啊？"江涛笑着说。

赵长山舔了舔手指头："江副指导员，你早来几分钟啊？现在只剩下骨头了。"

江涛不屑地说："我对野味没有兴趣。"

"那你可失去一大乐趣了。"赵长山嘬了一口酒，声音很响。

江涛让陆海江先走，他要跟赵班长谈谈。陆海江走了，赵长山低着头卷莫合烟。江涛在他对面坐下："赵班长，我听知青说，你经常一个人跑出来？"

"是，但我没有占用工作时间。"

"你是没有占用工作时间，可你考虑过影响了吗？"

"什么影响？"

"这还用我说吗？连里生活很苦，大家都能够承受，你却经常跑出来打野味，你像个老同志，老班长吗？"

"老同志、老班长这么干的不是我一个。"

"你不能混同为一个普通群众，你是张红珍班班长，知青们会怎么看你？你会带出什么风气？吃吃喝喝、拉拉扯扯最消磨革命意志，这样下去危险哪！"

"吃吃喝喝，拉拉扯扯，江副指导员，你这帽子扣得可够大的。"

"赵长山同志，把你抓野兔的时间放在学习上，多充充电，现在这个时代，不学习可是要落伍的啊！"

"我现在不是天天晚上在跟知青们学习嘛。"

"可你天天晚上在打瞌睡！"

"有几个知青不打瞌睡？我的训练强度这么大，晚上大家都很困乏，你压缩一下学习时间吧。"

"赵长山同志，你只看重训练，政治挂帅体现在什么地方啊？"

"我怎么没有政治挂帅？大敌当前，苦练杀敌本领，这不是政治吗？"

"不能完全画等号！光有杀敌本领就解决问题了？作为一个兵团战士，还必须具备崇高的思想品格！不加强学习，英勇杀敌的决心从何而来？模范遵守政治纪律的意识从何而来？"

"我跟你说不到一起！"赵长山甩了一句就走了。

江涛看着他："一介武夫！"

江涛回到连里就把陆海江找来了，他觉得陆海江很有才华，如果罗豪才调走了，陆海江是最合适的文教人选，可他跟赵长山搞在一起，一块好材料就糟蹋了！

陆海江走进江涛宿舍时很紧张，他知道这回要挨江副指导员的批评了。

"小陆，坐。"江涛显得挺和蔼，"小陆，你来连队后的表现大家都是看到的，虽然你的身体条件差一些，但你很努力，很上进心，在你们这批知青中，你能写会画，才华出众，是个好苗子啊！"

江副指导员肯定自己了，陆海江心动了一下。

江涛话锋一转："不过，光有才华是远远不够的，关键是思想水平要上去。你看赵班长，本事不小，就因为思想不赶趟儿，所以一直是个班长。我们这个时代，只红不专不行，只专不红更不行，我们需要的是又红又专的人哪！"

"江副指导员，我知道自己思想上还很幼稚，不过我会朝又红又专这个目标努力的。"

"好。小陆，听说你最近与赵长山走得很近？"

陆海江又紧张了："我在训练上反应比较慢，赵班长有时给我开小灶。"

"也包括吃野味？"

陆海江脸红了，有些手足无措。

"小陆，你不要紧张嘛，这也不是什么原则问题。你们在一起都聊些什么？"

"也没聊什么。"陆海江想了想，说，"上次班会以后，赵班长也在反思，这两天他对知青的态度有一些变化。江副指导员，我以后不跟他出去了。"

"嗯，应该严格要求自己，俗话说，近朱者赤，近墨者黑啊！"

陆海江回到宿舍时，宿舍里静静的，只有董黎明在洗衣服，男知青们都打篮球去了。

"海江，赵班长领你干什么去了？"董黎明实际上已经猜到他跟赵长山干什么去了，明知故问。

"没干什么。"陆海江爬上床，他要好好想一想赵班长这个人。他把来连队后赵班长的表现过了一遍电影，护送转场的英勇，摸苏军哨塔的鲁莽，训练知青的严厉，彭连长、战士们和姚科长、江副指导员对赵班长的不同态度……这一切在陆海江脑海里翻腾了一遍，但他还是理不出个头绪，对赵班长这个人他真有些看不懂。

董黎明看着心事重重的陆海江，知道他在为赵长山纠结着，他太了解自己的这个老同学了。董黎明把手里的衣服放下，很认真地看着他："海江，我们来连队的时间不长，很多事情需要观察，作为老同学，我提醒你，不要与赵班长走得太近。"

吃过晚饭罗豪才把陆海江叫去了，罗豪才要赶写一篇稿子，他让陆海江帮他把上午取回来的报纸信件挨家挨户送了。连里那么多知青为什么单让他送？陆海江想，看来罗文教也有让自己接班的意思，他自然很乐意干这件事情。他随手翻了翻报纸，看到诸如《孝感日报》《洛阳日报》《潍坊日报》等内地小报，他很好奇："罗文教，怎么这么多内地小报啊？"罗文教说："都是老同志订的，出来一二十年了，还很关心家乡发生的事情，故土难忘啊！"

陆海江抱着一大摞报纸信件出来，他看到最上面的《人民日报》写着彭连长的名字，于是先去了彭连长家。

陆海江的到来让彭春燕喜出望外，他却有些紧张，放下报纸要走，他怕彭春燕那双眼睛！彭春燕拦在门口说急什么，让他喝口水再走，陆海江说政治学习时间快到了，彭春燕问他腿好些了吗，陆海江慌着走都没有回答她，她追了出来，站在门口看着他远去的身影，一副怅然若失的样子，白天训练晚上学习虽然形影不离，但几乎没有单独相处的机会，刚才他走进她的家里了，她却没能跟他多说几句话，唉！不过，看着他那一路小跑的样子，她心里多少有了些安慰。

杜春生一直等待着报复赵长山的时机，积怨已久，他一定要出这口恶气！

搏击训练这些天了，他觉得可以和赵长山过一下招了，训练休息时，他对几个男知青说："哥儿几个，咱们跟赵班长过过招怎么样？"

李涛马上赞同："对，咱们一起上，教训教训这老小子！"

"他赵长山再能，也架不住我们人多！"马超说，"杜春生，你去跟他下战书！"

杜春生来到赵长山身边："赵班长，知青们想跟你过过招，检验一下训练成果。"

"好啊，你们男知青都来吧。"赵长山不紧不慢地说。

杜春生很兴奋："哥们儿，赵班长要挑战我们全体男知青，大家都过来！"

赵长山脱掉外衣："你们一起上，把我教给你们的招数都使出来！"

"哥们儿，上！"杜春生第一个冲了上去，男知青们跟着他拥向赵长山。尽管训练了很多天，男知青的一招一势也有模有样，但真打起来他们远不是赵长山的对手，一个个被打倒在地。赵长山见杜春生始终躺在地上没起来，心想我出手是不是有点重了？他走过去拉他，杜春生突然飞起一脚，正中赵长山前胸，赵长山猝不及防，仰面倒在地上，杜春生扑过去骑在他身上："哥们儿，上！"

男知青们全都愣住了，站在原地没有动。

杜春生说："赵班长，我们赢了吧？"

赵长山没说话，这一脚让他有些透不过气来。杜春生放开他，站了起来："咱这叫以智取胜！"

"杜春生，你这是偷袭！之前你们已经输了！"彭春燕打抱不平。

"之前我们并没有认输啊？赵班长大意，只能怨他自己了。"他转向赵长山，"对不对，赵班长？武林是这个规矩吧？"

赵长山坐起来，一只手捂着前胸："你小子还有这一手，动作挺利索，没白练。"

回到宿舍，男知青们都觉得挺对不起赵班长的。

"杜春生，你那一脚真是够重的，赵班长在地上坐了半天，他不会有事吧？"李涛挺担心赵班长。

"能有什么事？"杜春生吐着烟圈，"我就是要让他知道，我们知青也不是好惹的！他是个练功之人，扛得住。"

"关键是他没有防备啊，"沈东风说，"练功的人就怕阴招，你这一招够损的。"

"杜春生，你赢得不光彩，"程强说，"你不该这样对赵班长。"

"他是怎么对我们的？我就是要煞一煞他的威风！今天总算出了一口恶气！"

"杜春生，"董黎明走到杜春生跟前说，"对赵班长有意见要摆到桌面上来，不能采取这种方式。"

"董黎明说得对，我们还是要正确看待赵班长。"程强说，"赵班长人不坏，只是方式方法上欠妥当。"

陆海江的眼睛一直盯着杜春生，看着他那得意的样子，觉得这个人简直不可理喻！他本来也想说他几句的，但转念一想，跟这种人有什么好说的呢！

"杜春生，你这一脚踢坏了，以后我们就更惨喽……"马超走过来拍了拍他的肩膀，"你以后可要小心点。"

杜春生扔掉手中的烟头："他敢把我怎样？我可不是陆海江！"

三天以后，赵长山宣布检验搏击实战能力。

"你们跟我打，一对一。"赵长山站在队列前说，"我提醒大家，这不是演练，是实战，现在就是战场！我就是你们的敌人！"

马超看了杜春生一眼："坏了，我们要挨他收拾了。"

"这是早晚的事情。"杜春生却显得很平静。

"我主要是担心你，他不会放过你的。"

"大不了落个残疾，我认了！"

知青们一个接一个上去与赵长山对打。轮到杜春生了，马超说："杜春生，小心点！"

杜春生在赵长山面前站定，恶狠狠地看着他。

"杜春生，出手！"赵长山大声说。

"杀！"杜春生大吼一声，扑了过去。他出拳十分凶猛，赵长山只是防着，几个回合后，赵长山出拳将杜春生打倒在地上。知青们都吃惊地看着仰面朝天的杜春生，他从地上爬起来，拍了拍身上的尘土，然后朝队列走来，知青们这才松了一口气，马超对他说："赵班长放了你一马。"

赵长山的讲评让知青们很意外。

"刚才的实战，杜春生、董黎明、程强、许明亮最上路子，特别是杜春生，拳脚最有力！可以看出啊，训练他是下了功夫的，而且他有一股杀气！前面我说了，现在就是战场！刚才真正把这里当成战场的是杜春生！这才是真正的战士，我喜欢这样的战士！我希望大家都成为杜春生！"

男知青们回到宿舍，马超第一个大发感慨："杜春生，刚才赵班长不仅放了你一马，而且还对你大加称赞扬，想不到，真想不到！"

"赵班长不计前嫌，大度！是条汉子！"李涛竖起大拇指。

"你们几个有点小肚鸡肠了。"程强说，"赵班长绝不是有意整我们，他是真心希望我们出成绩！杜春生那样对他，但杜春生搏击出众，他照样表扬他，你们刚才都听见了吧？他说这才是真正的战士！他喜欢这样的战士！跟赵班长的心胸相比，说实在的，我们汗颜哪！"

陆海江心里也很不平静，他忽然想起法国作家雨果的一句名言："比海洋宽阔的是天空，比天空更宽阔的是人的胸怀！"

杜春生坐在床上一支接一支地吸烟，他的沉默以及他那严肃的表情大家第一次见到。董黎明也一直没有说话，他挺不自在的，从宿舍出来了，陆海江知道这会儿他心里在想什么，跟了出来。董黎明回头看了陆海江一眼，朝附近的那座小山走去，近来他常拉着陆海江去那里，陆海江意识到董黎明又要与他进行思想交锋了。他俩默默地走着，董黎明的表情很严肃，陆海江也在思考。

小山游离群山之外，光秃秃的无遮无掩，站在山上视野很好，晚风袭来，心胸豁然开朗。他俩在一块大石头上坐下，陆海江先说话了："黎明，你同意程强刚才的看法吗？"

董黎明的眼睛望着连队，半天才说："赵班长这个人怎么说呢，挺复杂。"

"赵班长很大度，一般人是做不到的，你不觉得吗？"

"有时他确实不同凡响，这一点我不否认，但他身上也有与我们这个时代不合拍的种种表现，"他把脸转向陆海江，"海江，这一点你也不会否认吧？"

"黎明，每个人身上都是有缺点的。"

"反正他不是我心目中的班长。这个人政治上很幼稚，江副指导员对他是有看法的。"

"但彭连长，还有那么多战士支持他、保护他，这怎么解释？"

"他们都没有从政治的角度看问题，江副指导员是有政治敏锐性的。"董黎明扶着他的肩膀，说，"海江，班里政治学习这么多天了，看来你没什么长进，还是中学生思维，社会是复杂的，我们一定要学会从政治的角度观察事物、思考问题。"

陆海江沉默了。

青年班转入马上训练。当知青们从马厩牵出马，大家都有一种如释重负的感觉，总算从搏击训练中解脱了！

来到训练场，赵长山给知青们做了马上射击表演，他在马的奔跑中做着各种高难度的射击动作，知青们都看傻了，马上训练并不比搏击轻松！

"学会骑马，平地上走走，很容易，那是小儿科，谁要满足于这个，就等于

111

废人一个！"赵长山说，"对于你们，不仅平地上能骑，而且山地也能骑，最主要的是做到在马的奔跑中射击！也就是说，做到人马合一，这才是骑兵的最高境界！我希望你们每个人都能达到这个境界！"

知青们纷纷上马，彭春燕飞快地跑了一圈，大家都望着她，马超说："你是老手啊，骑得这么好！"彭春燕得意地说："牧区长大的，骑马还不是小菜一碟！"说完她看了陆海江一眼，这一次他没有回避她的目光，她那英姿飒爽的样子让他好羡慕啊！

陆海江一直惦记着去看李雯，现在有马骑了，他自然又想到了李雯。训练休息时他对董黎明说："晚上去看看李雯吧。"董黎明笑着说："想她了吧？"陆海江也不那么腼腆了，反唇相讥道："你不是说抽空去看看她吗？"他让董黎明去跟赵班长请个假，他想赵班长会给他这个副班长面子的，董黎明说："在赵班长面前你比我更有面子，我是不会请这个假的，想见李雯你就自己跟他说。"

陆海江犹豫了一会儿，硬着头皮来找赵长山。现在是一级战备，按说是不能批准外出的，赵长山想了想说："你们骑马去，政治学习前一定要赶回来。"没想到赵班长准假了，陆海江连说了几声"谢谢"，赵长山让他不要声张，他讨厌江涛找麻烦！

下午训练一结束，董黎明和陆海江骑马直奔一连去了。

陆海江和董黎明的突然出现让李雯很惊喜，她的眼睛都湿了。董黎明对李雯同宿舍的几个女知青说："我和陆海江是代表牧业连的知青来看望大家的。"一女知青说："得了吧，明明是来看李雯的还把我们也捎上！"董黎明说："那是陆海江的事情，我可是来向你们致敬的！"说完行了个军礼，女知青们都开心地笑了。陆海江一脸窘迫，心想：黎明真会说话，我怎么就不会讨女知青高兴呢？那几个女知青很知趣，与他俩寒暄了几句就出去了。

李雯眼里的陆海江虽然黑了瘦了，但人明显长开了，也长高了一点，他的这个变化恐怕只有她能感觉到。陆海江眼里的李雯没什么变化，她的皮肤还是那么白皙，人还是那么漂亮，他只是在心里这么想，董黎明却表达出来了："李雯，你没什么变化，还是那么漂亮。"

"是吗？你就会说好听的。你也没什么变化，海江明显瘦了。"

"心疼了吧？"

陆海江有些恼了："黎明，你正经一点好不好？"

"你们我都很关心，唉，班里的同学就我分在了一连，要是能跟你们分在一起就好了。"

董黎明说："听你的口气，在一连不顺心？"

"那倒不是，连里挺重视我的。"

李雯拿来两个吃饭的碗倒开水，陆海江指了指碗，笑着说："里面最好有点顶饿的东西。"

"你们还没吃饭啊？"现在已经过了吃饭的点儿，连队食堂肯定关门了，李雯眼前忽然一亮，她从自己床头的墙上取下干粮袋。

"干粮？这可是战备物资。"董黎明说，"算了李雯，我们忍一忍吧。"

"没事，我给你们一人冲一碗。"李雯解开干粮袋，把炒面倒入碗中，"我倒开水，你们用筷子搅，要不然就结疙瘩了。"

"李雯，你挺专业的嘛。"

"这是基本的野外生存常识，没教你们吗？"

"我们目前还没发干粮。"

"那你们连的备战可不彻底！"

两碗面糊糊做好了，陆海江尝了一口："嗯，这面糊糊还挺香的。"

"里面放了清油和盐。"

他们相互询问了对方训练的情况，李雯的射击成绩是九十环，与董黎明相比她挺惭愧的，董黎明说："九十环也是优秀，我们两个在同一水平线上。"

"看来我得加把劲了，"陆海江说，"我怎么也不能落在你李雯的后面呀！"

"射击成绩并不能说明一切。"她看着董黎明，"黎明，我说得对吧？"

"没错，我们才刚到连队，后面的路还长着呢！"

"一级战备已经这么多天了，虽然挺紧张的，好像也没什么事。"李雯说，"哎，你们那儿有什么情况吗？"

"跟你们一样，弦绷得很紧，但一切正常。"董黎明说，"可以预见的是我们明年的春季转场，据老同志说，我们通过争议地区时苏军总要制造一些麻烦，对我和海江来说，真正的考验在后面。"

"黎明你没问题，我担心的是海江。"

"他能不能去还说不准呢。"

陆海江放下手里的碗："董黎明，你也太小看我了吧？不要以为只有你行！"

"看见了吧黎明，人家海江是外弱内强、外柔内刚啊！"

"我已经领教了。"董黎明看着陆海江说，那次激烈交锋的班会，使他对陆海江有了新的认识，这个外表看似文弱的老同学其实是挺有主见、挺有个性的。

时间过得真快，陆海江不时地望一下桌子上的闹钟。李雯注意到了，她问：

"晚上连里还有事吗？"陆海江说他们必须在政治学习开始前赶回去。李雯说："你们还在政治学习啊？我们早就结束了。"陆海江和董黎明对望了一下。

李雯把他俩送出来，一直送到一连的路口。董黎明和陆海江上了马，董黎明说："下次我就不陪海江来了。"李雯朝他俩挥了挥手："找机会我去看你们！"

"再见，李雯，多保重！"陆海江说，这时董黎明已经在前面走了。总算见到了李雯，陆海江真想夹一下马肚子一阵快跑，纵情释放畅快的心情！可他刚学骑马，不敢随心所欲。董黎明却跑起来了，笑着说："你就慢慢走吧，好好体会美妙的时光吧！"天已经暗了下来，想到独自一人行走在山路上，陆海江有些慌了，万一遇到野兽怎么办？黎明是不是嫉妒他了？他忽然想到身上的枪，心里踏实多了。

董黎明在进山处等着他。陆海江笑了，黎明这家伙真够坏的！

连队总算放了一天假。这天早晨知青宿舍出奇的静，男女知青没几个吃早饭的，呼呼大睡！快吃午饭了，几个女知青还赖在床上不肯起来，这是她们来连队后最幸福的一天了。

陆海江也没吃早饭，不过他在男知青中是起得最早的，他又想到李雯了。本来放假一天是最该看李雯的，虽然前几天才去过，可跟她在一起的时间太短暂了！他看了一眼睡得正香的董黎明，心想等一会儿跟他说说？黎明一定会嘲笑他的，虽然他现在脸皮没那么薄了，但再让他找赵长山请假，怎么张得开口？刚打消去看李雯的念头，彭春燕又跳到他眼前来了，过一会儿她一定会找他画素描的，他已经两次拒绝她了，今天有大块的时间，他还有理由不给她画素描吗？看来这一回是躲不过去了。他开始做画前的准备，削了两只用来画素描的碳素铅笔，又从皮箱里拿出一张白纸，这些都是他从家里带来的。准备好之后，他爬上床静静地等待。他打开书本，可注意力怎么也集中不起来……

彭春燕没有来找他画素描。她差不多是与陆海江同时起来的，穿好衣服便回家了。回连队都一个月了，白天训练晚上学习她都没顾上帮妈妈干家务！回到家她就把被褥拆了，泡进盆里，然后开始大扫除。干活的时候，找陆海江画像的念头在她脑海里闪了一下，但她很快就改变了主意，他要是不想画，他还会找理由推辞；即使勉勉强强画了，也挺没趣的。心急吃不了热豆腐，她要让这事儿水到渠成，让他情情愿愿、高高兴兴地给她画像！

赵长山吃过早饭便去看马力克，他自然是要带一壶烧酒的。路上他想，阿斯燕应该回来了吧，她的病好些了吗？他加快了行进的速度。跟她在一起的时候他感到很愉悦，那张圆脸红扑扑的像秋天的苹果，表情像这草原无遮无掩，眼睛如羊羔般清澈见底，小嘴总喜欢努着，那么调皮。而且她很丰满！乳房凸起，走起路来一颤一颤的，每次从毡房回来的夜里，那对颤动的乳房撩得他难以入睡。连里的姑娘对他都是敬而远之的，但阿斯燕对他挺有好感，愿意接近他，她的脑袋要是没有毛病该多好啊！他又想，如果她好好的能看上他吗？他比她大十五岁啊……

　　远远的他就望见她了，她站在毡房前，眼睛望着远方。牧民们都转场走了，她感到挺孤独，有些百无聊赖。她艳丽的穿着在这萧瑟的草原上很显眼，头上那顶红色花帽插了一支长长的白色羽毛，身上穿了件粉色印花的丝绸连衣裙，上身罩了件羊皮马甲，引人注意的是裙摆下面的黑条绒裤子，哈萨克女人穿裙子是不分季节的，即使穿了棉裤也要套上裙子，无论春夏秋冬都要让自己艳丽飘逸！阿斯燕看见赵长山过来了，向他招了招手，他从马上下来，走到她跟前试探着问："我是谁呀？"她没有马上回答他，走过去掀起毡房的门帘："大英雄，请！"显然她恢复了正常，赵长山心里踏实了。

　　他的到来让马力克一家人很高兴，巴哈什给他倒了一碗刚烧好的奶茶，马力克要去宰羊，赵长山一把拉住他："我过来看看你们，坐坐就走，回去晚了江副指导员肚子胀啊！"

　　马力克推开他的手，板着脸说："你刚坐下就说走的事情，我也肚子胀噢！你给我老老实实坐着！"

　　阿斯燕噘着嘴说："就要宰羊，我好长时间没吃手抓肉了！"

　　"看看，我的宝贝女儿馋肉了，没有办法！"马力克说，"女儿的话嘛，就是我们家的最高指示，必须照办，哈……"马力克笑着出去了。

　　赵长山端起小桌上的奶茶，阿斯燕不让他喝，她从另一只碗里舀了一勺酥油，他不习惯酥油的味道，用手挡着："好东西你留着自己吃吧。"她硬是把酥油放进他的碗里："你是大英雄，最尊贵的客人！"奶茶碗里马上泛起了一层黄黄的油花，他皱了皱眉，看着阿斯燕期待的眼神，喝了一口，没敢喘气咽了下去。她抱起羊羔，用手轻轻抚摸着，两只眼睛很专注地看着他："赵班长，跟我说说转场吧。"她从县医院一回来，爸爸就跟她描述了赵长山把几个苏军士兵打下马的壮举，因为爸爸的缘故她也一直很佩服这个男人，现在他在她眼里更是了不起的大英雄。她想让他再给她讲一遍，他没有满足她，那点事不值得炫耀，有谁提起他心里就烦，她说："那你就给我打一套拳吧，我好长时间没看你打拳了。"巴哈什觉得女儿太不懂事了："阿斯燕，外面挺冷的，让赵班长喝奶茶。”阿斯燕的这个要求他是要满足的，他脱了外衣，跟阿斯燕来到毡房外面，卖力地打了几套拳。

阿斯燕在一旁起劲地拍着巴掌，她开心的样子他以前也见到过，今天却怦然心动！

马力克把羊收拾好了，后面的事情交给了巴哈什。回到毡房，他斟了满满一碗酒，说：“今天这个酒嘛，两个意思，一嘛你转场平平安安回来，二嘛保卫科的人滚蛋了，这个酒虽然晚了点，但我马力克的心意要表达！”望着眼前这个满脸真诚的哈萨克汉子，赵长山心头一热，他接过马力克手里的那碗酒，一口气喝了下去。

马力克扭头看了一眼坐在角落里的阿斯燕：“阿斯燕你出去玩吧，肉煮好了再回来。”

阿斯燕不肯走：“我想听你们说话。”

“就让她坐着吧。”

马力克皱了皱眉头，这时外面传来了巴哈什的声音：“阿斯燕，出来一下，给妈妈帮个忙。”

阿斯燕噘着嘴出去了。巴哈什已经把肉炖在锅里了，她提上水桶，让女儿拎上净手的铜壶，领着她朝远处的小溪走去。

这顿酒喝得畅快，赵长山拿来的一塑料壶烧酒喝下去了一半。巴哈什把肉煮好了，阿斯燕端了一大盘热气腾腾的羊肉进了毡房，“吃手抓肉喽……”

盘子里的肉块也很大，上面撒了些生洋葱，红黄两色的胡萝卜块点缀其间，最下面铺了一层那仁（面片）。这顿饭马力克一家人是把肉当作主食的，那仁只是象征性地吃几片，看着他们大快朵颐，赵长山很是羡慕，他也觉得手抓肉很鲜美，但两大块肉下肚他就吃不动了，之后他就只吃盘子里的洋葱、胡萝卜和那仁了。马力克说：“赵班长，你多吃肉嘛，锅里面有的是！”赵长山笑着说：“我可比不了你们，我是食草动物，你们是食肉动物。”“还是食肉动物好，”马力克举起拳头，“力量！哈……”他笑得很开心，赵长山也笑了，他想起有一次跟几个牧民喝酒，马力克醉醺醺地说羊肉是个好东西，女人吃了嘛漂亮！男人吃了嘛力量！男人女人嘛较量！几个喝酒的男人乐得前仰后合。赵长山心想，羊肉的确是个好东西，滋阴补阳，怪不得哈萨克男人女人都长得这么壮实呢！

吃完手抓肉，巴哈什端上来奶茶。这两年赵长山往牧民们这儿跑得多，他对奶茶已经基本适应了，他喝了一口奶茶，说：“奶茶也是个好东西啊，既解渴、暖身子，又帮助消化啊。”

马力克说："奶茶是个好东西，那连里的人怎么不烧奶茶？"

"不一样啊，奶茶刮油，哈萨克人以肉食和乳制品为主，喝奶茶正好，汉族人以面食蔬菜为主，喝奶茶不到点就饿了，扛不住啊！"

"哈哈……"马力克开怀大笑，"赵班长，你对奶茶还挺有研究的。"

饭桌上全是马力克爽朗的笑声，赵长山好久没这么开心了。

……

男知青们吃过午饭去篮球场打球，在董黎明的一再动员下陆海江也去了。大家正打得起劲，食堂后面传来猪的嚎叫声，陆海江第一个作出反应："啊，美妙的旋律，多么动听，多么亲切！"

"陆海江，你发神经了？"杜春生说，"这声音还动听、亲切？"

"妙！妙！"马超说，"调动一下你们的味觉神经，再感觉一下？"

"嗯，精彩！"李涛把篮球扔了出去，"总算有肉吃了！"

刚才知青们还得到一个好消息，晚上的政治学习"告一段落"了，马超立即就把这个消息与杀猪联系在一起，高高跃起："呜啦！这猪杀得太及时了！"

杀猪是个费时费力的工作，五六个男人把猪的四只脚绑了，用杠子压着，那猪还在做最后的挣扎，嚎叫声撕心裂肺，连队任何一个角落都能听到。此时正是中午休息时间，大人小孩都来围观，杀猪就是连队的节日啊！

食堂的人在地上把猪收拾利落了，然后抬到一个临时支起的案板上，其中一个大声喊道："不要挤，都排好队！一家一公斤，谁家都少不了。"

大家都排好了队。几个炊事员做了分工，一个切肉，一个过秤，一个记账。

轮到齐桂花了，她接过自家的一份，说："我家还有一份。"

"齐桂花，你的脸白啊？"记账的炊事员拍了一下自己的脑门，"噢，你家还有一口子，罗文教，我把这个茬儿忘了！"

周围的人都笑了。

齐桂花一点也不恼："咋了？你小子眼馋了？过几天，老娘我给你介绍个老姑娘到你家搭伙，怎么样？"

"别，我可消受不起！"

"你小子净想歪的，当然消受不起了！"

"得得，我甘拜下风。"炊事员扬了扬手，"你快走吧，再不走我的秤都看差了。"

周围的笑声更响了。

赵长山从毡房出来已经是下午了，马力克和阿斯燕骑马把他送出很远，告别

117

时阿斯燕说："赵班长，常来啊，现在草原上只剩下我们一家人了，挺没意思的。"

"我不敢来了，再来你们家的羊就宰完了。"

"没事，我爸爸会请真主给我们送来的，嘻嘻！"

赵长山看着她，觉得她正常的时候真是挺可爱的。

送走了赵长山，阿斯燕抽了马一鞭子在前面跑了，她要在草原上散散心，在毡房里待了大半天闷死了！她就是这个性格，喜欢在草原上撒欢！马力克追了上去，他想陪女儿一起转转，女儿一个人在外面他有些不放心，但阿斯燕不让爸爸陪，她想一个人走走，爸爸嘱咐她不要走远了，早点回毡房。

巴哈什正跪着清扫地毯，见他一个人进来了，问："阿斯燕呢？"

他盘腿坐在小方桌前，端起奶茶喝了一口："她要一个人在外面撒撒欢。"

巴哈什直起腰："你怎么不拦着她？她的病才好一些。"

"女儿你又不是不了解，要不是赵班长在这儿她早跑了。"他又倒了一碗奶茶，吃了肉以后他总是不停地喝奶茶，他已经养成习惯了，"没事，她说就在附近走走，一会儿就回来了。"

"女儿都这么大了，还这么傻玩，以后可怎么办啊！"她也无心扫地毯了，坐在那儿犯愁，"这孩子主要是没上过学呀，唉，我们的心也太软了，当年真应该送她去县里的寄宿学校。"

"你又来了，"马力克不爱听她说这个话，"她要是犯病我们能照顾上吗？有什么比身体更重要？她现在这个样子我已经知足了。"

"你知足，我可发愁着呢！"她走过来，在他对面坐下，"女儿以后怎么办？你想过吗？"

他不吭气了，这真是个严峻的现实问题，女儿大了，心事越来越重，她是该有个自己的家了，这也许对她的病会好一些。

她往他跟前凑了凑："哎，你觉得赵班长怎么样？女儿挺喜欢他的，你看出来没有？"

"我也看出来了，你想让赵班长做我们的女婿？"马力克有些为难的样子，"我和赵班长是朋友，这个嘴不好张，女儿脑子有毛病啊。"

"朋友之间有什么话不好讲，你跟他商量，又不是硬要嫁给他。他都三十多了，还没有女人，说不定他本来就有这个想法呢？"

"他没这个想法，前些天他还托我给他找媳妇，他要是对女儿有想法，会托我吗？"

"你给他找到了吗？"

他摇了摇头。赵长山让他帮着找媳妇他还真当成事办了，前一阵他跑了趟公社，托朋友打听了几个汉族人家，很快都回话了，嫌他的个人条件差了些，又不肯调到公社来。

"这不正好提女儿的事吗？"

"我怎么说？唔，你赵班长托我给你找媳妇，我找不到嘛，你就娶我的女儿吧。"他摆了摆手，"这种话我说不出来！"

"你可以找个人去提嘛，成了是好事，不成就算了，也不会影响你们的朋友关系。"

这倒是个办法，他想，先跟阿斯燕说说，首先得女儿愿意啊。

阿斯燕回来了，巴哈什有些迫不及待，她把女儿拉到身边坐下："阿斯燕，我和你爸爸跟你商量件事儿。"

阿斯燕搂着她，撒娇地说："妈妈，你们想跟我说什么事呀？"

"宝贝女儿，你想不想成个家啊？"

阿斯燕显出很吃惊的样子："你们不想要我了？"

"怎么是不想要你？你都这么大了，总得有个自己的家啊。"

马力克给女儿倒了一碗奶茶："阿斯燕，草原上像你这么大的姑娘，孩子都在毡房外面跑了。"

"我不想嫁人，我永远和你们在一起！"她的嘴又噘起来了。

巴哈什在她身上轻轻拍了一下："傻话！姑娘大了哪有不出嫁的？那会让牧民们笑话的。"

"我的情况你们又不是不知道，谁会要我。"

"我们的阿斯燕还有嫁不出去的？"妈妈在她脸上亲了一下，"只要你愿意，找个好男人还不容易！"

"阿斯燕，因为你的病，你有顾虑，我和你妈也很理解。"马力克说，"从内心讲，我们也想你一直跟着我们，可你想过没有，我们也会老的，将来谁照顾你？你成个家，以后再有孩子，问题就解决了，是不是？"

阿斯燕低下了头沉思起来。

马力克说："阿斯燕，你觉得赵班长这个人怎么样？"

"赵班长？"她一脸惊讶，"你们想让我嫁给他？"

巴哈什说："我们看你挺喜欢他的。"

"我很佩服他，但并不代表我想嫁给他。"

"这就够了，我嫁给你爸爸就是从佩服开始的。"

"阿斯燕，你是不是觉得赵班长形象差了点？"

"他这个人有点粗。"阿斯燕说，在与他的接触中她明显感觉到这一点，尽管她很敬佩他，但并没有产生嫁给他的念头。

"你爸爸还不是一样！男人嘛，人善良、心好就行。"

"阿斯燕，赵班长这个人一身本事，而且仗义，够朋友，外表看上去挺冷，其实是一副热心肠，嫁给这样的男人错不了！"

"他找你们了？"

"没有，这只是我们的想法，先看你是啥态度。"

"你们说的这件事……太突然了，让我想想吧。"

"孩子，想不想嫁人，爸爸和妈妈全听你的。"

晚饭知青们好期待！还不到开饭时间，食堂里已经排了长长的队，空气中弥漫着久违的红烧肉的香味，沁人心脾！窗口的黑板上写着："扣肉　五角（张红珍班男知青可打两份）"。

一个战士不乐意了："这是谁定的？凭什么他们两份，我们一份？"轮到他打饭了，他把碗伸进窗口，"我一份不够，再打一份。"

炊事员瞪了他一眼："你又不是张红珍班的！"

"凭什么他们多吃一份？"

"人家训练了，就凭这个！"

"训练有什么了不起？我们在外面干活就比他们少吃苦？"

"我说你小子有完没完？人家是新来的，年纪比你们小，你争什么！想评理儿，找彭连长去啊？"

"你这样说，咱就没话了，"那个战士拿腔拿调地说，"谁让人家是革命下一代，正在茁壮成长呢！"

"你说话别那么难听！"站在后面的杜春生忍不下去了。

"我说话难听吗？革命下一代，茁壮成长，很好听呀？"

杜春生朝他走了过去，那个战士把碗递给旁边的一个战士，也朝杜春生走来，陆海江拦住他："算了算了，我两份吃不了，给你一份。"那个战士推开他，这时赵长山从后面上来了，大声说："韩长胜！你的肉皮子痒痒了是不是？不想让我修理你就赶快走！"那个战士还想发作，看了看赵长山，脖子一梗走了。

尽管闹了点不愉快，但很快大家就沉浸在享受扣肉的幸福之中了。陆海江竟然也把两份扣肉全部装进肚子里了，他自己都不敢相信！要是在家里，这种肥腻腻的扣肉吃两片他就满足了，可今天他却吃了两份，每份都有六七片！看来这些天身体付出的太多了，肚子里又缺少油水，他想。

陆海江的幸福感持续时间很短，当男知青们在宿舍里体味扣肉给身心带来愉悦的时候，陆海江的肚子却在咕咕叫了，他早早地爬到床上，辗转反侧，忍受着肠胃里的翻江倒海。夜里开始跑肚，几次披上大衣上厕所，厕所离知青宿舍一百多米远，头两次他几乎拉在裤子里了，搞得他好紧张好狼狈。董黎明见他不停地往外跑，说："海江，你怎么了？"陆海江说："拉肚子，我肠胃不好，这一个月清汤寡水，猛然吃这么多扣肉，肠胃提抗议了。"

大家都笑了，董黎明说："你呀……真没口福。"

李雯又来电话了！当时陆海江正在食堂吃晚饭，在连部值勤的战士来叫他，马超说："快，陆海江，李雯在召唤，百米冲刺！"知青们都笑了，陆海江也没那么多顾忌了，出了食堂便一路小跑。

陆海江拿起话筒，李雯开口就说："海江，我们连今天晚上有电影，《英雄儿女》！"她第一时间要把这个消息告诉他，她知道他最喜欢看电影，而现在离开演的时间已经不多了，他来一连要赶十公里路呢！听到这个消息陆海江很兴奋，他从小对电影就很痴迷，上学时他几乎每周都要进一次影剧院——尽管新影片少得可怜有的他都看了几遍，来连队都一个多月了，他一场电影都没看到！但他很快就心灰意冷了，现在是一级战备，连里是不会批准他们去一连看电影的。"算了吧，我估计明天放映队就到我们连来了。"李雯在那头说："不是团里的放映队，这次是我们附近的边防站来连里慰问的。海江，过了这个村，可没了这个店了啊？"心存的一线希望瞬间破灭了，他来了勇气："好吧，我跟同学们商量一下，争取过去！"李雯补了一句："我可等着你们啊！"

回到宿舍，陆海江把这个消息告诉了大家，宿舍里顿时骚动起来。

李涛从床上跳下来："太好了，哥们儿憋了这么多天，总算有电影看了！"

"我以为是咱们连有电影呢，闹了半天是一连。"沈东风有些垂头丧气。

"那也是特大喜讯，一定要看！"马超一挥手，"全体出动，一连的开路！"

李涛说："董副班长，你发个话吧！"

"这么大的事情我一个副班长哪敢做主。"董黎明不冷不热地说，"你们还是去找赵班长请假吧。"

大家都觉得没戏了，找赵班长请假准碰钉子！

"那也要试试！选个代表，向赵班长郑重说明广大知青的热切渴望！"马超伸着脖子望了一圈，"谁自告奋勇？"

没人愿意接他这个茬儿。

"陆海江，"杜春生说，"消息是你传过来的，你可不能让哥们儿望梅止渴啊！这个假你得请！"

"陆海江，你就接受这个任务吧。"马超走到陆海江跟前，"在我们这些知青中，只有你赵班长另眼相待，你去成功的把握最大。"他拍了拍陆海江的肩膀，挤眉弄眼地说，"而且你比我们谁的渴望都来得猛烈，不仅能看电影，而且能见到李雯，是不是？"

"可不是咋地，陆海江责无旁贷！"

陆海江懊恼了："你们……你们……怎么都往我身上推啊，我不去！"

陆海江万般无奈之时，彭春燕进来了："你们吵吵什么呢，隔壁都能听见。"她见陆海江一副难受的样子，说，"你们又在欺负陆海江吧？"

"彭春燕，你来得正好，"马超说，"你代表我们请假最合适！"

"是啊，她肯定马到成功！"

彭春燕丈二和尚摸不着头脑："代表你们请什么假？"

"彭春燕，你们女知青还不知道吧？一连今晚放电影！"

"真的？"彭春燕的喜悦一点也不亚于男知青，"这么大的喜讯怎么不早点通知我们女知青啊？"

"我们这不正在商量请假的事情嘛。"马超说，"我们让陆海江代表大家向赵班长请假，他不干，正好你来了，你代表大家去请假，怎么样？"

"你们都不去，干吗难为人家陆海江？"

"消息是他传过来的，他不去谁去？他总不能让我们望梅止渴吧！"

彭春燕看了陆海江一眼："这任务我领了！"

"痛快，女中豪杰！我代表全体知青向你致敬！"马超上前两步，郑重地给彭春燕行了个军礼。

彭春燕推了他一下："得了吧！"

她转身要走，李涛在后面说："哎，彭春燕，你一定要向赵班长说明我们全体知青对这场电影的热切渴望，把假请下来！"

杜春生紧接着说："明天班里不是放假一天吗？你告诉赵班长，如果批准我们去看电影，明天我们不休息，继续训练！"

大家都同意杜春生这个提议，彭春燕说："放心吧，我不会让大家失望的。"

彭春燕来找赵长山，他正和几个战士在宿舍聊天，她留了个心眼儿，把他叫到外面，说了请假去一连看电影的事。赵长山说这么大老远去看一场电影，不值当！说完转身要走，彭春燕拉住他，说："你不了解知青，得知一连有电影宿舍里都炸了锅！"赵长山满脸不解，不就是一场电影嘛，会有这么大的魔力？彭春燕进一步说，知青们一致表示，如果批准他们去看电影，明天不休息继续训练！态度如此坚决，赵长山没有想到一场电影对知青们这么重要。他有些为难了，现在是一级战备呀，集体外出按说应该向连里报一下的，可报了连里肯定不会批准。他想了想，做出一个大胆的决定：他带张红珍班全体知青骑马去一连，就算是一次夜间拉练吧！

彭春燕好感动啊，她也给赵长山行了个军礼！

当她走进男知青宿舍，一双双期盼的目光投向她。

"我们的请求……"彭春燕故意停了两秒钟，"批准啦！"

知青们欢呼起来，彭春燕得意地望了望陆海江，她为他做了一件事情！要不是因为他，她才不会出这个头呢！陆海江避开那双脉脉含情的大眼睛，但心里还是很感激她的，她的出面成全了他的两个心愿，既看上了电影，又见到了李雯！他心里有点慌，她肯出面不是为了他吗？

彭春燕又说："赵班长不仅批准了，而且把今晚的行动定为一次夜间拉练，他亲自率领我们骑马出征！"

"想不到！真想不到！"

"理解万岁！"

"赵班长万……"马超赶紧捂住嘴。

"行了行了，大家所有的感激之情留在内心抒发吧，"沈东风说，"拿起武器，一连的开路！"

知青们都出来了，董黎明却躺在床上没有动，陆海江跑进来说："黎明，大家都走了，你怎么还躺着？"

"我头有点疼，可能着凉了，我就不去了。"

陆海江愣了一下，他也来不及细想，追知青们去了。马超问他董黎明怎么没来，他说董黎明有点头疼，大家都觉得挺奇怪，刚才还好好的，怎么去看电影就头疼了？杜春生说人家董副班长跟我们就是不一样啊！

赵长山已经等在马号了，马超说："赵班长你真是我们的好班长！"知青们都想表达感激之情，赵长山说："少啰嗦，晚了就赶不上点儿了！"知青们纷纷从马厩牵出马，跟着他朝一连奔去……

这会儿董黎明在宿舍里六神无主，犹豫了一阵儿，最终还是决定向江涛报告。

江涛正在宿舍看报纸，听了董黎明的报告十分恼火，这么大的事情他赵长山竟然擅自做主，胆子也太大了！董黎明说知青们已经走了十几分钟了，江涛想追是追不回来了，他把手里的报纸甩在一边，大声说："董黎明，走了这么长时间你才来报告？"

"江副指导员，我……"董黎明有些歉疚。

江涛的声音缓和下来："看得出来，到我这里来，你有很大的压力，经过了一番思想斗争，可以理解。你还是有觉悟的，毕竟没有跟他们去，而且向连里报告了这个情况。"他拉着董黎明坐下，"黎明同志，从最近你对待几件事情的态度上看，你在政治上还很脆弱啊！今天这件事就不说了，前几天给班里开会，我事先给你打了招呼，可是，你的发言避重就轻，不痛不痒，还不如有的知青敢于正视问题，这些都是政治上不成熟的表现啊！对于错误思想、有害行为，必须立场坚定，旗帜鲜明，与之作坚决的斗争！不能妥协迁就，搞温良恭俭让那一套，这是一个真正的革命战士应该具备的品格。黎明同志，你要在这方面好好锤炼自己啊！"

"江副指导员，你批评得对，我在政治上确实还很不成熟。"董黎明站了起来，望着江涛说，"江副指导员，我会吸取教训，努力克服自身的弱点，尽快成长为一名真正的革命战士、兵团战士！"

"好！"江涛慢慢站起来，把一只手放在他的肩膀上，"有缺点错误不怕，关键是敢于正视，并且下决心克服。我说过，在这批知青中，你的条件是最好的，只要用心，只要努力，前途无量啊！你先回去吧，等他们从一连回来我过去，开个班会。"

李雯一直在焦急地等待，陆海江他们会来吗？她几次从礼堂跑出来，望着那条进一连的大路。终于，她看见他们骑着马过来了！她迎了上去。

老同学相见一阵寒暄，李雯说："怎么没见董黎明？"陆海江告诉她董黎明身体有些不舒服。李雯说："黎明这家伙真有意思！"说着话大家进了礼堂，里面已经坐满了大人小孩，都是自备的凳子，大大小小、高高低低的，加上人声鼎沸，孩子们追逐嬉闹，整个礼堂乱哄哄的，这场面知青们已经适应了，倒是觉得挺亲切的，大家在李雯备好的几个长条凳坐下。李雯紧挨着陆海江，他感受着她的气息，脸上一阵阵发烧，他第一次跟她坐得这么近！

"海江，我当文教了。"

"你当文教了？祝贺祝贺！"他没敢看她，他想她坐在他对面该多好啊！"怎么不早点告诉我？"

"我哪敢在你面前炫耀？"她看着他说，"其实你才是文教的最佳人选。"

"我们连的罗文教正在往北京办调动呢，连里有让我接他的意思。"

"真的？那太好了！"她几乎是喊出来的，周围的知青都看她。当宣布她当文教的那一刻，她就想到陆海江了，他那么有才华，也会当文教的，那时他们就可以比翼双飞了，更重要的是他们可以相约去团部取报纸信件，经常见面！

他却为她有些担心，"李雯，你也是一个人去团部取报纸信件吗？你怕不怕？"

"怕啥？你还把我当成没出校门的小女生啊？我现在是兵团战士了！"

"假如遇到坏人或者狼什么的，你怎么办？"

"我手中有枪啊！"

他不由自主地看了她一眼。李雯的变化真是挺大的，过去他就觉得她很干练，不同于一般的女孩子，现在她更成熟了，说话的口气都不一样了，他冒了一句："向李雯同志学习。"

"你应该说向张红珍同志学习，与她相比，我还差十万八千里呢！"

"远学张红珍，近学李雯。"

"少贫！"李雯嗔道。

他笑了，眼睛看着前方，好像前方有什么可笑的事情。她却脉脉含情地望着他，心想他还是个腼腆的大男孩啊！

这一切彭春燕都看在眼里，她坐在离他俩稍远的地方。刚进一连她就敏感地意识到，李雯与陆海江的关系不一般，她一直是跟在他身边的，现在又坐在一起热烈交谈，特别是她说话的表情，让彭春燕心里很不舒服！她从身边的沈东风口中得知，她叫李雯，是陆海江的同班同学。彭春燕心里像猫抓似的，眼睛始终盯着他俩。她注意到李雯虽然眉飞色舞，但陆海江的反应倒没什么特别，好像傻傻的……

电影开始了，银幕跳出片名"英雄儿女"四个字，陆海江好激动！这是他最喜欢的国产影片之一，而且，他身边坐着李雯！上学时他曾无数次想象跟她坐在影剧院看电影的情景，现在终于变成现实了，还有什么比这更让他感到幸福和满足的呢？闪动的画面伴着李雯温馨的气息，十八岁的陆海江体验着从未有过的感动，胸中如宽阔的海洋，时而汹涌澎湃，时而微波荡漾……

返回连队的路上，知青们意犹未尽。影片中的那几首歌曲知青们太熟悉了，杨红情不自禁地唱了起来："为什么战旗美如画，英雄的鲜血染红了它……"大家跟她唱了起来："为什么大地春常在，英雄的生命开鲜花！"

"今晚的电影太过瘾了，这是多么美好的一个夜晚啊！"陆海江感叹道，话一出口他就后悔了。

马超立刻就把他的话接上了："你比我们更过瘾、更美好，不仅看了电影，而且见到了朝思暮想的白雪公主啊！"

陆海江赶紧说："王成的英雄壮举惊天地、泣鬼神，还有王芳。"

李涛有一个新发现："哎，你们看彭春燕像不像王芳？"

"你别说，还真有点像。"沈东风附和道。

彭春燕的情绪一直挺低沉的，听他们这样说倒有了点安慰，"我像王芳，那我太荣幸了。"

"说你胖，你还喘上了！"杜春生说，"人家王芳冒着敌人飞机的扫射奋不顾身抢救战友，你有这个勇气吗？"

"换了我，我一样会奋不顾身！"她毫不犹豫地就把这句话说出去了，语气中透着坚定！

"我相信！"李涛说，"就说来之前吧，我们谁都不敢找赵班长请假，人家彭春燕二话没说，承担了这个光荣而又艰巨的任务，这一点就像。"

"这是哪儿跟哪儿啊！"

知青们都笑了。马超说："赵班长，今天晚上你为知青做了一件大好事啊！"

"谁说我们赵班长是铁石心肠？"沈东风说，"赵班长还是很能理解我们知青的嘛，是不是？"

李涛说："赵班长，过去我们对你有点那个，你别介意，你是我们的好班长！"

杜春生说："赵班长，今后你指到哪里，我们就打到哪里！"

"抓紧赶回连队！"赵长山抽了马一鞭子，知青们跟着他跑了起来，急促的马蹄声敲打着原野，十几匹马迅速拉成一线如窜动的黑龙……

当男知青们走进宿舍，他们看见江副指导员在里面坐着，大家都很惊讶。江涛让董黎明把女知青和赵长山叫了过来。

"现在开会。"江涛说，"今天晚上张红珍班擅自集体外出，是一起不讲政治、目无组织的严重事件！现在是一级战备，非常时期，如果在你们外出期间边境上发生突发事件，张红珍班不在手上，那会是什么后果？同志们都想过没有？前一段的政治学习都白学了？大家的政治意识都跑到什么地方去了？"

他表扬了董黎明。他说董黎明同样是知青，他却能够战胜欲望，克制自己！他希望大家深入反思，认真查找思想上存在的差距。接着他严肃批评了赵长山，夜间集体外出居然不向连里报告，而且还冠以夜间拉练的名义，动用连里的战马！他要求赵长山作出深刻检查。

"江副指导员，这事主要不怨赵班长，"彭春燕说，"是我找赵班长请的假，还是我来做检查吧。"

"让赵班长做检查太冤了！"杜春生说，"我们大家想看电影，推举彭春燕请的假，板子应该打在我们大家身上！"

"你们每人都写一份检查我不反对，这对你们今后的成长进步有好处，但你们代替不了赵班长，他的检查必须做！"

知青们都看着赵长山，他吸了一大口烟，说："这个检查我做。"

不欢而散。本来挺开心的一件事情，却是这个结局！江涛刚出门，李涛就愤愤地说："江副指导员怎么会知道这件事？谁打的小报告？这也太不够哥们儿了！"

赵长山在门外喊道："陆海江，你出来一下！"

陆海江赶紧出来了，赵长山让他帮他写个检查："我估计明天连里就要开我的会，我这个人没啥文化，就怕动笔，你晚上辛苦一下，帮我整一个。小陆，一定要往深刻里写！"

陆海江应承下来，他望着赵长山的背影，心想这是赵班长吗？

走进宿舍，他听杜春生说："董黎明，是你打的小报告吧？"

"是我。"董黎明坐在床上平静地说。

"怪不得你不去看电影！"杜春生恨恨地说，"我最见不得打小报告的人！"

董黎明站了起来："我光明正大！"

"董黎明，你既然光明正大，为什么要装病？"李涛说，"你当时就应该站出来反对，或者立即向连里报告，阻止我们啊？"

"那你们还能看成电影吗？"董黎明又坐下了，"大家的心情我理解，说实在的，我也特想去看电影，但职责告诉我，不能去，而且必须向连里报告。"

马超说："这么说，我们还要感激你了？"

"董黎明，就你有觉悟，警惕性高？"杜春生指着他说，"我看你是在给赵班长挖坑，踩着别人的肩膀往上爬！"

董黎明忽地站了起来："杜春生！你说话负责任一些！"

"我说了，你把我怎么样？"杜春生撸了一下袖子，一副干仗的架势。

"好了好了，大家不要再说了！"陆海江赶紧息事宁人，"在这件事情上，不管黎明采取什么方式，他是对的，我们有差距。我知道，大家主要是不愿看到赵班长为我们背黑锅、受委屈，其实赵班长对这件事看得很开，刚才他安排我给他写检查，而且要求我往深刻里写，人家赵班长都能拿得起、放得下，我们就不要在纠缠这件事了，团结一致向前看吧！"

杜春生望着陆海江："赵班长真是这个态度？"

"不信你们去问他。"

"你别说，今天赵班长就是有些怪！"李涛说，"刚才他坐在那儿多老实，江副指导员说了那么多，他却一言不发，要是搁在以前，他早就暴跳如雷，直着脖子跟江副指导员干上了！"

沈东风说："只要赵班长能够从容应对，我们心里就踏实了。"

"大家都睡觉吧。"陆海江坐到办公桌前，"从现在开始，谁也不要再说话了，我要集中精力，为我们的赵班长写一个全面深刻的检查！"

"你好好写，我们不干扰你。"杜春生过去拍了拍他的肩膀，"你一定要写出一个让领导满意、大家满意的检查！"

大家都上床睡觉了，陆海江坐在那儿愣神。很长一段时间他都在反省自己，把董黎明与自己作比较。他想，黎明就是比自己理性，他肯定也是很想看这场电影的，可他能控制自己，这反映了他的成熟。而自己却很感性，想看电影、见李雯的愿望来得是那么强烈，他真是应该向黎明好好学习啊……

当他写完赵长山的检查，天已经蒙蒙亮了。

早晨上班，连领导们一般都要先到连部，商量一下当天的工作，然后各忙各的。江涛早早就坐在办公室里了，见连领导们都到了，便把赵长山带张红珍班去一连看电影的事说了。彭大明听着，强压着心里的火，赵长山这小子又不按规矩出牌了！江涛说这不是小事，应该认真对待，他建议召开支委会，研究一下处理意见。彭大明说下午开会吧，他想先摸摸情况。

从连部出来，彭大明直奔训练场。

山脚下，知青们在马的快速奔跑中保持平衡端枪瞄向靶牌，一个冲出去了，又一个冲出去了……晨曦从山顶洒下来，罩着一个个矫健的身影，远远望去真是一道亮丽的风景！彭大明的心情好了一点，赵长山看见他过来了，知道他是为昨天晚上的事而来的。彭大明朝他招了招手，他走了过去。一场电影拉近了他与知青们的距离，今天他心情和知青们一样好，远远地就说："欢迎彭连长前来视察，有何指教？"

明知故问！彭大明心里的火又上来了："昨天晚上为什么不向连里请假？"

"你会批准吗？"赵长山反问道。

"当然不会批准！"

"所以我就做主了。"赵长山掏出莫合烟，不紧不慢地卷着。

"夜间集体外出，你自己就敢擅自做主？"

"这点主都做不了，我算什么班长？你们不能光让我尽班长义务，不给我班长权力吧？"

"要是放在过去也就罢了，可现在是一级战备！你想过没有，如果在你们离开连队期间边境上有事怎么办？"

"一级战备这么多天都没事，偏偏我们看电影的当口就有事了？"

"事情往往就这么巧！你没遇上是万幸！"

"你们批评我工作方法简单，现在我改进工作方法，你们又说我擅自做主，我这个班长还怎么干？"他蹲下了，大口地吸着烟。

"你在改进工作方法？"

"过去我的工作方法是太简单了，主要是对知青们缺乏了解，我真没想到，一场电影对知青们会有这么大的魔力！知青们跟我请假你猜怎么说？"他站了起来，声音有点激动，"他们说只要批准他们去看电影，第二天放假取消，继续训练！回来的路上他们那个兴奋劲就别提了，跟我说了一大堆感激的话，你彭连长没在场，如果你在场，你也会认为我带知青看这场电影，值！"

彭大明心里乐了，这小子总算开了点窍！不过还是没给他好脸："这件事你要作出深刻检查！"

"我检查。"赵长山掏出陆海江写的稿子，递给他。

"这么快？知青帮你写的吧？"

"谁写的都是我赵长山做检查！你看看吧，很深刻。"

"检查是个什么东西，关键是要上心！等候处理吧！"

赵长山要走，彭大明又说："我听说，是春燕代表知青找你请的假？"

"这跟谁请假有什么关系？我可不是看你彭连长的面子，其他知青来我一样批准！"

回连队的路上，彭大明很感慨，这场电影看得是很值啊！张红珍班组建一个多月了，赵长山与知青磕磕碰碰摩擦不断，这是不可避免的，双方需要磨合，但彭大明不希望这个过程太长，现在赵长山和知青们找到了契合点，感情距离拉近了，这正是他期待的啊！可是，这个代价也太大了，他已经预感到江涛会咬住这件事不放的，一定会提出拿掉赵长山的班长……他该怎么办？他忽然感到身上有点冷，抬头看了看天，要下雪了吗？

下午的支委会又是一次激烈的交锋！

江涛首先发言："在我们进入一级战备的情况下，赵长山同志擅自带领张红珍班集体外出，虽然没有酿成后果，但性质也是严重的！如果昨天晚上边境发生突发事件，势必贻误战机，造成不可挽回的后果！这种无组织无纪律的行为必须严肃处理！大家想一想，从擅自进入五号地制造突发事件，到粗暴对待知青引起知青强烈不满，再到擅自带领知青集体外出，他身上有多少我们这个时代的精神气质？他会把张红珍班带往何处去？这种状况再也不能任其发展下去了！"他提出两点建议：一、召开全连大会，赵长山本人在会上作出深刻检查，党支部对其错误行为提出严肃批评，以达到教育广大干部战士、强化组织纪律观念之目的；二、撤销其张红珍班班长的职务，选一个素质更全面的人接任。

曲德明立即表示赞同，赵长山不就是个班长嘛，太自以为是！

康振华认为撤职太重了："毛主席说，惩前毖后，治病救人，我们不能一棍子把赵长山打死！"

"我说几句。"罗豪才说，"赵长山不经连里批准，擅自带领知青外出，这种行为是非常错误的，应该严肃批评。开个大会是必要的，但班长还是继续让他干，前一段的训练大家也都看到了，很有成效，现在训练进入关键阶段，临阵换将乃兵家之大忌，我们还是要发挥赵长山同志的作用。"

"老罗，离开赵长山地球就不转了？"江涛说，"我们手上可不缺能干的班长！"

"我也同意江副指导员的意见，"一个支委说，"我们不能只看重军事素质，方向很重要，张红珍班可不能带歪了！"

"他一个班长就能带歪了？"罗豪才说，"不是还有党支部嘛。"

支委们都看着彭大明，等着他最后拍板。

"我同意江副指导员的两条意见。"

罗豪才和康振华有些惊讶，他们没想到彭大明会这样说。

彭大明有自己的考虑。本来他也同意罗豪才的意见，但江涛得理不让人，如果不把赵长山的班长拿掉，他捅到姚科长那儿麻烦就大了！"赵长山这个人是有点单打一，班长给他拿掉，但有一条，他还留在张红珍班，继续负责训练工作。"

江涛马上说："还是让赵长山从张红珍班出来吧，不让他当班长，我担心他撂挑子，影响训练。"

"你小看赵长山了，我相信他不会撂挑子。"

彭大明已经做了让步，江涛也就不再坚持了："我看班长让董黎明接吧，这个小伙子素质挺全面。"

大家对董黎明的印象都挺好，彭大明说："那就定董黎明吧。"他看了一下手表，"一个小时后召开全连大会，分头通知一下。"

支委们都走了，只剩下彭大明和康振华，康振华脸色很难看："江副指导员这个人太不切实际，就会唱高调！彭连长，你怎么能同意把赵长山的班长拿掉？"

"这事没你想的那么简单。"彭大明眼睛望着窗外，心情有些沉重，"我这也是在保护赵长山啊，如果不把他拿掉，恐怕他在张红珍班都待不下去。"

康振华眨了眨眼睛，似乎明白了："唉，我就是觉得这样对待赵长山，太不公平了！"说完摇着头走了。

大会在礼堂举行，全体干部战士都参加了，连领导们坐在主席台上，其他人按班排顺序依次坐在台下，不过看上去却不怎么统一，有家室的坐着自带的小板凳；单身战士都坐在地上；年轻女战士们稍讲究一点，屁股底下垫了报纸，他们只能因陋就简了。

会议开始前，彭大明让罗豪才指挥大家唱了团歌，开全连大会通常都是要唱团歌的。江涛有些哭笑不得，今天这个会唱什么团歌啊！

连里有一阵儿没开大会了，彭大明首先对前一段的生产和备战工作进行了总结，林林总总，方方面面，江涛看了一下手表，彭大明都讲了一个小时了，还未进入正题！他有些坐不住了，罗豪才在台下看着江涛不耐烦的样子，有点幸灾乐祸，心想江涛锋芒毕露，彭连长却在跟他玩太极啊！彭大明在充分肯定前一段工作成绩之后，指出了存在的问题，最后讲了昨天晚上赵长山擅自带领张红珍班集体外出的事例，并提出了严肃批评，要求大家引以为戒。

接下来赵长山走到台前做检查。他本来就不擅言辞，陆海江给他写的检查又用了很多排比句和形容词，尽管他事先看了两遍，但念着还是挺费劲，磕磕巴巴的，陆海江在下面真为他着急啊，他熬了大半夜用心准备的稿子就这样糟蹋了……

彭大明最后宣布了党支部的决定：为加强张红珍班的思想政治工作，任命董黎明为张红珍班班长，赵长山改任张红珍班军事教练。彭大明回避了"撤销职务"这样敏感的字眼儿，他要尽量降低这件事的影响，给足赵长山面子。

听到这个决定台下一阵骚动，人们窃窃私语。陆海江感受着战士们的情绪，心里五味杂陈，赵班长被撤职不是由他引起的吗？唉，这场电影啊！又想，不过董黎明当班长也挺好……彭春燕此时的想法却很单纯，赵班长这个人凶巴巴的，该撤！要是让他彻底离开张红珍班就好了，海江就再不会受他的气了。

宣布完任命就散会了，本来江涛也做了讲话准备，但彭大明没给他这个机会。

131

赵长山显得挺平静的，散会后就到了吃晚饭的时间，他来到食堂，打上饭正要离开，马超喊了一声："赵班长！"

赵长山过来在知青中坐下，这可是他第一次跟大家在饭厅里吃饭，大家都挺兴奋的。

"赵班长，你刚才的检查既诚恳又深刻，"马超边吃边说，"连里怎么还把你的班长拿掉了！"

杜春生说："小题大做！"

赵长山一副无所谓的样子："这个班长我正不想干呢！"

"好在你还给我们当教练。"沈东风说，"其实教练比班长名头更大，更中听，大家说是不是？"

"没错，"马涛接上说，"班长是天底下最小的官，教练可没大小！"

"赵老哥，你拿得起，放得下，"杜春生拍了一下赵长山的肩膀，"够爷们儿！"

董黎明一直低着头吃饭，听着他们的话很不自在，端着碗走出食堂，陆海江犹豫了一下，也起身走了。

"看到了吧，"杜春生说，"我们让新任班长不高兴了。"

"就是要让他不高兴！"李涛说，"要不是他打小报告，赵班长能被拿掉嘛！"

"董黎明，革命演说家的好学生啊！"马超意味深长地说。

董黎明走得很快，陆海江紧赶慢赶追上他："黎明。"

"什么人嘛，几天前还针尖对麦芒呢，就因为让看了场电影，称兄道弟了！"董黎明扭过脸，"海江，你可不要跟他们搞在一起。"

陆海江咬了一口馒头，他能说什么呢？

这顿饭赵长山吃得挺香，他和知青们说笑着出了食堂，经过连部时正巧彭大明从里面出来，他把赵长山叫住了。

"彭连长，你还有什么指示？"

彭大明见知青们走远了，说："长山，不让你当班长了，你没啥想法吧？"

"巴不得呢，我一个粗人，就怕做人的工作，你们把我解放了。"赵长山仰着脸说，"能让我留在张红珍班就行。"

彭大明笑了："跟张红珍班有感情了？"

"我有用武之地啊，再说，我喜欢上这帮知青了。"

"你这个人呀……唉，就是太委屈你了。"

"不就是个名头嘛，我不看重这个。人活的是一口气，就说你彭连长吧，刚进疆时你就是连长，到现在还是个连长，可连里的人哪个小看你，不服你？"

说完转身走了。

彭大明望着他厚实的背影，心中有一种难以名状的苦楚。时下赵长山这种人就是运动对象，不被"打翻在地再踏上一只脚"就算好的了，这也许是连里的姑娘不愿意嫁给他的一个原因？他想，得赶紧给他讨个老婆，老婆孩子热炕头，也许能让他收收性子、改改脾气。可这小子没有女人缘啊！前些天彭大明听说十连有个老姑娘，比赵长山小两岁，他觉得两人在一起挺合适，便给十连连长打了电话，让他帮着撮合。十连连长挺上心，很快就带着那姑娘来了，彭大明安排两人见了面。第二天十连连长就回话了，人家没看上赵长山。

彭大明走进家门，春燕妈和女儿已经吃上了。以前女儿见他进来都要娇娇地喊一声"爸爸"，可今天她却悄没声的，都没敢看他。这一整天她像丢了魂似的，昨天晚上是她出面找赵长山请的假，爸爸肯定要收拾她！早晨起来她没回家吃饭，中午饭还是跟女知青们凑合着吃的。杨红说："你躲得过初一躲不过十五啊，回家好好给彭连长认个错不就行了？"仅仅是害怕挨爸爸的一顿训吗？不，彭春燕最担心的是因为这件事引来一场家庭风波，她太了解爸爸妈妈了，二老的争吵是最让她伤心的！她想晚上再回去吧，也许爸爸的气就消了。她和姐妹们正吃着，春燕妈找到宿舍来了，问她怎么不回家吃饭。此时妈妈还蒙在鼓里呢，春燕嗯嗯啊啊的，说晚上回去吃。

这一刻，她只顾埋头吃饭，像做了错事的孩子。现在妈妈知道女儿为什么这样了，她不停地给女儿夹菜："屁大点事儿，别往心里去，好好吃饭！"

彭大明本来想吃完饭跟女儿谈谈，听春燕妈这样说，忍不住了："春燕，昨天晚上的事情你起了很不好的作用！"

彭春燕低着头说："爸，我知道错了。"

"这种事你怎么能出头呢？你让爸爸很难堪啊！"

"有啥难堪的，春燕不就是出面请了个假嘛！"

"你懂什么？"彭大明最烦她的不明事理，"别的知青不敢找赵长山请假，她为什么敢？还不是因为她是连长的女儿！"

彭春燕请这个假是为了陆海江，当时她真还没有想到爸爸说的这一层，只是后来才意识到了，她自然是不敢说明的。

"连长的女儿怎么了？"春燕妈也最烦他这一套，"连长的女儿做事情就要瞻前顾后缩手缩脚？那还不把孩子累死了！"

"她当然要比别人要求严格，不然我怎么带队伍？特别是他们张红珍班，引人注目，我就更不能迁就她了。"

彭春燕赶紧说："爸爸，我以后再不给您找麻烦了。"

"唉，"春燕妈叹了口气，眼睛望着女儿，"妈走错了一步棋，当初真不该把你从六连要回来。"

"你是走错了一步棋。春燕要是在六连，人家也许看我彭大明的面子，给她点照顾，但在我牧业连不行。春燕，你理解爸爸吧？"

彭春燕用力点了点头。

"我看张红珍班也太扎眼，太苦！"春燕妈心疼地看着女儿，"这才几天，把女儿都累成什么样子了？老头子，你女儿不是那块材料，你让她从张红珍班出来吧。"

彭春燕好惊讶，嘴里的饭没往下咽，就说："妈，你想让我离开张红珍班？我不同意！"

"你想让她干啥？我听听。"他看着她，一副洗耳恭听的样子。

"让春燕去学校当老师。"她脱口而出，前几天她就有这个想法了。

"她只会唱唱跳跳，当老师那还不误人子弟？"

"当音乐老师不是正合适嘛！"

"人家王老师干得好好的，哪有她的位置？"

春燕妈想了想："那就去我们菜班吧。"

"菜班都是些老弱病残，春燕占哪条？"

"那你说让女儿干啥吧！"

"去放羊。"

"放羊？那还不敌张红珍班呢！"

"春燕要出来，唯一的选择就是放羊，别的我张不开口。"

春燕妈不吃了，起身进了里屋，彭春燕赶紧进去安慰妈妈……

黄佩佩又要去江涛那儿汇报思想了，吃晚饭的时候她显得挺轻松的，王长根还注意到她没有写思想汇报，她说不用搞得那么正式，匆匆吃了几口就走了。

王长根也没胃口了，上次她去江涛那里汇报思想很不情愿，这次态度怎么变得积极了呢？他背上手风琴，轻轻拉了起来……

江涛一直期待着黄佩佩走进他的房间，这半个月他觉得挺漫长的，晚上她总是跳到他的眼前，活脱脱一个尤物啊！上次谈心过去了十四天，他想这个尤物一定会飘然而至的，她果真就来了。

"江副指导员，我来向你汇报这半个月的思想。"一进门黄佩佩就说。

"佩佩同志，你很守时的嘛，"他去提暖水瓶，"说半个月就半个月，一天不差。"

"态度不积极，思想有问题！嘻嘻……"黄佩佩也没了先前的拘束，打量着房间，"江副指导员，你的房间总是收拾得井然有序，一看你就是个严谨认真的人。"

"是吗？你观察得挺仔细。我这个人是挺严谨认真，有时还挺较真，但不古板，哈……"

黄佩佩也笑了，在他的床铺坐下："江副指导员，你先看看我的思想汇报吧。"

"又说思想汇报！是谈心。"江涛把椅子拉过来，坐在她对面，"佩佩同志，问你一个个人问题。你和王老师谈了好多年对象了，怎么到现在还不结婚哪？"

"我现在还不想结婚。"

"你能告诉我这是为什么吗？"

"江副指导员，组织上不让我回学校当老师，说明我的思想还没有改造好，对不对？"

"也不能完全这样说。"

"所以，我要把注意力放在思想改造上，暂时不考虑个人问题。"

"工作和家庭并不是一对矛盾，但你这种情况，晚一点考虑个人问题是对的，如果成了家，再有了孩子，肯定是会拖你的后腿的。"

"我也是这样想的。"

江涛看着她，一时没有说话。关于思想和工作他跟她已经聊了不少了，现在他的全部注意力都在她的身体她的气质她的气息上，他有些晕晕乎乎的，大脑一片空白。他忽然想起连里的人说她歌唱得多么好舞姿多么优美，于是说："佩佩，连里的人都说你能歌善舞，我还没见识过呢，能给我跳个舞吗？"

"在这儿？房间太小了，我给你唱首歌吧。"

"还是跳个新疆舞吧。"他不想搞出太大动静。

"好吧。"她跳起了维吾尔族舞蹈，嘴里打着节拍，"咚哒哒咚哒，咚哒哒咚哒……"

王长根放心不下黄佩佩，鬼使神差地跑到江涛住的地方来了。他听到黄佩佩跳舞打节拍的声音，脸刷地沉了下来。他在附近徘徊……

黄佩佩终于出来了，王长根上前挡住她。

黄佩佩有些惊讶："长根，你怎么在这儿？"

"我来接你。佩佩，你给他跳舞？"

"你听墙根？你真做得出来！"

"他让你跳的？"

"我还能主动跳吗？他听说我新疆舞跳得好，让我给他表演一下，我就跳了，这有什么？"

"这很不正常！"

"怎么不正常？不就是跳个舞吗？"

"我觉得他没安好心！"

"你想多了。长根，这也是拉近距离的一种方式。"

"你现在只想着当老师，头脑已经不清醒了！"

"我怎么不清醒了？我能把握分寸。"

"佩佩，以后你不要再去他那里了！"

"就因为我跳了个舞？你也太狭隘了。"她加快了脚步，"我们谈得很好，我现在离回学校也就只差一步了，长根，你帮不了我，但不能坏我的事！"

"佩佩！"

第五章

　　毡房不远处的那条小河哗哗地流淌着，阿斯燕用手拂弄着清冽的河水，那种冰凉顺着胳膊一下就通遍全身了。她赶紧把手拿出来，抬眼望了望空旷的草原、孤零零的毡房、灰蒙蒙的大山，除了这条小河，眼前的一切都是静止的。她又低下头，静静地听着小河的低吟，目光伴着涟漪伸向远方。这几天，她的心绪也像这小河，不能平静，她还从来没有像现在这样用心地想过一件事情呢。她五岁就进了哈萨克人的毡房，在草原长大，如今她已经是一个地地道道的哈萨克姑娘了，现在让她离开毡房，回到已经陌生的连队，她能适应得了吗？她的哈萨克父母待她像亲生女儿一样，如掌上明珠悉心呵护，她怎么舍得离开他们呢？这些年她无忧无虑，悠闲自在，毡房里里外外妈妈都不让她伸手，现在让她自立门户，她还真不知道该怎么过日子呢！有时她也春心荡漾想象着心中的白马王子，可身体这个样子，哪个男人会要她爱她给她幸福？……

　　阿斯燕看见妈妈提着一只桶从毡房出来，不远处拴着一头奶牛，她是去挤奶的。阿斯燕觉得妈妈明显见老了，体态越发臃肿，走路挺吃力的。她想，刚才自己找了那么多不嫁人的理由，是不是太自私了？爸爸那天说"我们也会老的，将来谁照顾你"。爸爸妈妈都是为她考虑的，可她为他们想过吗？她还要拖累他们到什么时候？想到这一点她脸上就烧烧的，恨不得跳进冰冷的小河让自己清醒清醒！这时她看见妈妈直起身来，一只手扶着腰，另一只手搭在眼前，朝她这里望着。她不再犹豫了，嫁人！她跑着来到妈妈身边，接过盛满牛奶的桶，搀扶着妈妈进了毡房。

　　她跟爸爸妈妈说了她的决定。

　　马力克说："你想好了，真的愿意嫁给赵长山？"

"能嫁给赵班长，我知足了。"

当天下午马力克去牧业连找了彭大明。连部人多说话不方便，他把彭大明叫到外面。听马力克说他想把阿斯燕嫁给赵长山，彭大明愣了一下。为赵长山找老婆的事他也曾想到过阿斯燕，但他很快就排除了这个选项，他觉得赵长山娶阿斯燕太委屈了。现在马力克有这个想法，他要跟他好好合计合计，他拉着他回到家里。

彭大明给他泡了一杯茯茶："我这儿可没有奶茶，你将就一下吧。"

马力克喝了一口："嗯，味道对着呢！"哈萨克人都是用茯茶烧奶茶的，他们已习惯这种味道了："彭连长，你觉得阿斯燕和赵班长在一起怎么样？"

彭大明没有马上回答他这个问题："阿斯燕恢复得怎么样了？"

"从县医院回来就好了。"他知道彭大明在担心什么，"阿斯燕受到刺激嘛就犯病，恢复恢复嘛就好了，过日子没有问题。"

"你们跟阿斯燕说了吗？"

"阿斯燕如果不愿意，我能来找你彭连长吗？"

彭大明端起茶杯，不紧不慢地喝着。对于十几年前那场大火他一直挺内疚的，他很后悔当初把老战友一家安排在牛圈。马力克收养阿斯燕以后，他把对老战友的怀念都寄托在阿斯燕身上了，经常去看她，也正因为这条线，把他和马力克一家人紧紧联系在一起了。他也觉得阿斯燕虽然神经上有点问题，但还能正常过日子。他又想到了赵长山，这小子讨媳妇太难了。如果阿斯燕和赵长山走到一起，既对老战友是个交代，又解决了赵长山的婚姻问题，倒也是件好事。可赵长山会同意吗？找阿斯燕做媳妇，任何一个男人都会仔细掂量掂量。他把脸转向马力克："马力克队长，这事你怎么不直接找赵长山？"

马力克显出挺为难的样子："彭连长，阿斯燕这个情况，我跟赵班长不好提。"

"你们是朋友，有什么话不好说。"

"正因为是朋友才不好张这个口嘛。"马力克深知赵长山这个人讲义气、重感情，如果他跟他提了，赵长山就是心里不愿意可能也会同意的，这样会影响朋友之间的感情，所以，这件事他要让赵长山按照自己的想法拿主意。"彭连长，我和巴哈什想请你做个中间人，跟他提一下，成与不成都不要紧。"

马力克顾及朋友之情让彭大明很感动："这个中间人我当了。"

"谢谢你彭连长，不过你可不要说是我托你的噢。"

"放心吧，我不会让你马力克难堪的。"彭大明想起让马力克一家来连里住的事情，笑着对他说，"马力克队长，你求我办一件事情，我也求你办一件事情。"

马力克不假思索地说："你说，只要我马力克能办到的！"

"搬过来住吧，地方我都给你选好了。"

"什么地方？"

"我们连的一块草场，宽敞、僻静！怎么样？"

马力克同意了，他想，冬天山里雪大，独门独户的有个事情确实不方便，彭连长这个主意不错，虽然离开了老地方，但还是在草场，况且彭连长又是为他着想！"彭连长，等阿斯燕和赵班长的事定下来了，我就归你彭连长领导！"

彭大明笑了："你这个马力克呀！"

他没留马力克吃饭，他是很想跟他在自己家里开怀畅饮的，但马力克是虔诚的穆斯林，在他这里是从不吃饭的。

晚上吃饭他给自己倒了一杯烧酒，春燕妈说："你怎么喝上酒了？"彭大明把马力克让他当中间人的事说了，此时他的心情很复杂，说不上是高兴还是不高兴。春燕妈跟他有同样的担心，她摇着头说阿斯燕身体那个样子，好端端的男人怎么会娶这种女人？她埋怨他不该当这个中间人。女儿也说爸爸不该乱点鸳鸯谱，但她的角度跟妈妈却不一样，她说赵长山人长得丑不说还凶巴巴的哪能配上阿斯燕？而且两人还相差十几岁呢！彭大明不高兴地看了女儿一眼，说："我比你妈大十几岁不是也照样过日子嘛。"春燕妈那根敏感的神经又被刺痛了，说："我过的啥日子？"春燕提醒得对，别让阿斯燕这孩子再受她这份罪！春燕真想抽自己一个嘴巴，说话怎么不把门？彭大明见春燕妈脸色难看，怕她又翻腾那些陈年旧事，一仰脖子把杯中的酒干了，抹了抹嘴悻悻地走了。

赵长山正站在宿舍外面享受着饭后一支烟的惬意，看见彭大明过来了。彭大明远远地说："跟我出去走走。"他们朝赵长山每天早晨练功的林子走去。那片林子离连队驻地不远，清一色的白杨，齐刷刷的，现在虽然只挂着零零星星的枯叶，但也是说话的好去处。以往彭连长跟赵长山谈事都是直截了当有事说事，今天约他去林子，赵长山知道彭连长有重要事情跟他谈了。路上彭大明问了张红珍班最近的情况，赵长山显得挺轻松的，现在他只管训练，班里的其他事情都交给董黎明了，两人的配合还算默契。

彭大明很欣慰，这正是他想看到的局面："长山，你要是再有个家就好了。"

说到家赵长山就很悲观："我也只有打一辈子光棍了。"

"那怎么行？总得有个家啊……"

他俩在小树林找了一块地方坐下，赵长山低着头卷莫合烟，刚才彭连长提到他的个人问题，他想彭连长今晚约他出来大概又是介绍对象了。

"长山，你觉得阿斯燕怎么样？"

赵长山怎么也没想到彭连长会给他介绍阿斯燕！他一下就想到马力克了："彭连长，是不是马力克找你了？"

"没有，马力克要有这个心思早就跟你说了，还用绕这个弯吗？我是为你着急呀。"

此时赵长山的心情很复杂，从内心讲他喜欢阿斯燕，她的单纯善良、天真无邪深深地吸引着他，尤其是她的丰满让他无法抗拒！如果她是个正常的姑娘，她嫁给他那简直就是天上掉馅饼！可她不是正常的姑娘，她犯病的时候爸爸妈妈都形同路人！他是那么想得到儿子，而且最好是一大群，她生出的孩子会不会跟她一样？即使是健康的孩子她能照顾好他们吗？

赵长山一直沉默着，彭大明看出了他的心思："阿斯燕只要不受刺激都挺正常，过日子没啥问题。我知道你一直盼儿子，阿斯燕的病是后天得的，这方面你不用担心。你已经是奔四十的人了，我主要是看你难啊，要不然也不会跟你提阿斯燕。"

这真是个严峻的现实问题，他还要等到什么时候？赵长山不再犹豫了："我的事都是你彭连长安排，听你的。"

"哎，这事可不能听我安排，我只是给你提供个人，行不行你自己拿主意。你现在不要答复我，回去好好考虑考虑，然后给我个话。"

"我这个人你彭连长还不了解，从来不拖泥带水。"

彭大明笑了，这小子真是个爽快之人，找老婆这样的大事都这么干脆。"那好，过两天我就去提亲，也不知道人家愿不愿意，我估计能成。"

第二天吃过晚饭，彭大明要去找马力克，彭春燕说："我去吧，刚好还可以看看阿斯燕，回来这么长时间还没顾上见她呢。"彭大明说："不像话，你早该去看她了。"彭春燕吐了一下舌头。女儿一个人去他有些不放心："回来天就黑了，你叫个男知青一起去，就说我批准的。"这正是她所想的，她给爸爸敬了个军礼："连长同志，保证完成任务！"说完兴高采烈地出了门，她已经想好了，让陆海江陪她去！

此刻，陆海江正在看一本杂志。三天前，连里的一个老战士得了食道癌要做手术，党支部动员献血，战士们纷纷报名，陆海江也在其中，"千里马"拉着十几个战士去了县人民医院。献完血去饭馆吃饭，陆海江看到旁边有家小书店，便进去了，来连队后他没机会出来买书，家里带来的那些书都看乏味了，他想碰碰运气。小书店都是些通俗读物，翻着翻着，他发现了一本一九五八年出版的《解放军文艺》，纸都黄了，他觉得挺有意思，打开浏览，看到一行标题："人的命运"，署名肖霍洛夫，他两眼放光，虽然不是大部头，但在这小小的书店淘到大作家的作品也是个意外的惊喜，他当即就付了钱。坐在"千里马"上他就迫不及待地读了起来，他被深深吸引……

彭春燕背着枪进来了："陆海江，跟我去执行任务。"

陆海江从床上坐了起来，一脸茫然，董黎明却反应很快："执行什么任务？我这个班长怎么不知道？"

彭春燕卖了个关子："连里安排的，暂时保密。"

陆海江拿上枪跟她走了。

马超觉得挺奇怪："什么重要任务还暂时保密？"

"不会是去钻草垛子吧？"李涛挤了挤眼睛。

沈东风生摇了摇头："不像是去钻草垛子，你没看彭春燕背着枪嘛。"

"你被蒙住了眼睛，那也许是个幌子啊……"

"李涛你说什么呢，"马超说话了，"人家陆海江的意中人是李雯！"

"可彭春燕对陆海江有点那个，"李涛说，"你们不觉得彭春燕已经喜欢上陆海江了吗？"

沈东风也有同感："是啊，最近彭春燕对陆海江挺上心的。"

去马号的路上，陆海江问彭春燕到底执行什么任务，她说了事情的原委。陆海江松了一口气，原来是鸿雁传书啊，赵班长总算找到媳妇了。但心里又犯嘀咕：为什么是他和彭春燕去执行这个任务呢？王林见到陆海江很高兴，他们在一起的时间很有限，他想跟陆海江多说几句话，彭春燕却骑着马在前面走了，陆海江拍了拍王林的肩膀，赶紧上马。

彭春燕见陆海江跟了上来，让自己的马放慢了脚步。虽然每天跟他在一起，但那些时光都不属于她，她是多么想跟他独处啊！现在，他们骑着马肩并肩地走在山间小路上，晚风拂面，山林在轻轻摇曳，归巢的鸟儿不时发出咕咕的吟唱，那种感觉真的很特别。以往这种时候她会眉飞色舞甚至唱一曲的，可现在她却默默地走着，享受着二人世界的温馨与甜蜜。尽管她是平静的，但她的感受陆海江却体会到了，他与李雯单独在一起不也常常这样吗？从内心讲他并不排斥她，那张小圆脸很有女人味，水汪汪的大眼睛很迷人，而且，刚来连队时那么多人都在嘲笑他戏弄他，她却很在意他关心他，他能无动于衷吗？可是，李雯已经占据他心里的所有位置了。陆海江希望这种沉默一直保持下去，他很怕她说话，因为她的话常常让他不知所措。

彭春燕是不会沉默太久的："陆海江，今天你和我是第一次单独执行任务，不觉得很特别吗？"

陆海江知道这话的潜台词，他反应很快："是很特别，鸿雁传书，不久我们就可以吃到赵长山的喜糖了。"

"鸿雁传书，你还挺会形容的。"她歪着脑袋看他，"那我们就是一对鸿雁了？"

她总是咄咄逼人，不过他还能从容应对："成人之美，当然是件好事，赵班长总算找到媳妇了，我们应该为他感到高兴。"

"我挺为阿斯燕惋惜的，这一定是她父母的选择。"

"你刚才不是说阿斯燕神经有问题吗？我倒觉得赵班长是迫不得已。"

"我们两个立场不同，我和阿斯燕是好姐妹，你却偏心赵班长。"她又把脸转向他，"我更关心你和李雯，你喜欢她？"

当着一个喜欢他的姑娘说他喜欢另一个姑娘，他有些难以启齿："我们是同班同学。天快黑了，我们抓紧赶路吧。"他加快了行进的速度。

他为什么这样回答？是因为羞涩？还是仅仅对李雯有好感？抑或在意她不想伤害她？他的回答留给她那么多疑问。

彭春燕的到来让阿斯燕很惊喜，姐妹俩抱在一起只顾亲热了，把马力克和巴哈什晾在一边。进了毡房，彭春燕说："马力克叔叔，我们是代表我爸爸，确切地说是代表赵班长给你们传话的。"

"春燕，好消息还是坏消息？"

彭春燕把脸转向阿斯燕："阿斯燕，你猜猜？"

阿斯燕嗔道："讨厌！"

"他同意娶你！"

"好啊好啊，我们的阿斯燕要嫁人了，哈哈！"

阿斯燕也笑了，那笑藏着几丝苦涩，彭春燕注意到了。陆海江却在东张西望，眼睛里充满了好奇，这是他第一次走进哈萨克人的毡房。彭春燕跟马力克和巴哈什说着话，阿斯燕出去了，彭春燕望了她一眼，说："陆海江，你坐一会儿，我去跟阿斯燕说说话。"

阿斯燕牵着马在等她。她俩骑上马漫无目的地走着，马蹄轻轻敲打着昏暗寂静的原野。阿斯燕的眼睛望着远方，她很快就要成为赵长山的女人了，心中有一种说不出的滋味。彭春燕很理解她此时的心境，默默地陪她走着。她跟她有一种特殊的情分，彭春燕小的时候经常跟爸爸来看他们，有时阿斯燕不让她走，爸爸就把她留下住几天，阿斯燕带着她在草原上尽情地撒欢，她的骑术就是那时跟她学的。上学后虽然来得少了，但每到暑假她都要来毡房住几天。现在阿斯燕要嫁给赵长山了，她也有几分伤感。"嫁给赵长山，是你爸爸妈妈的意思吧。"

"我自己也愿意，我不能再拖累我的哈萨克父母了。"阿斯燕垂下了头，"唉，就是舍不得离开啊，他们对我像亲女儿一样，再说我已经习惯哈萨克人的生活了。春燕，你能理解我的心情吗？"

"我要不理解你，就再没有理解你的人了。"她伸出一只手搂住她的脖子，把脸贴在她的脸上，"认真想想，这个选择是对的，赵长山心好，嫁给他你踏实。"

"我也是冲他这一点。"她的心情好了一些，"春燕，不能让赵长山跟我们住吗？"

"你想让赵长山做上门女婿？这恐怕不行，赵长山跟我爸爸说过，他以连队为家，你要让他过来，你们的事恐怕就成不了了。"

"那就算了。"

阿斯燕的表情忽然有些神秘："春燕，毡房里的小伙子是不是你的那个？刚才你看他的眼神都不一样。"

"看来我也逃不过你的眼睛。"彭春燕的情绪低沉下来，"他好像有意中人了。"

"你们班的？"

"一连青年班的，他的同班同学。"

"唉，我们姐妹两个是怎么了？我也就这样了，你可不能轻易放弃。"

"姐姐，你看我像轻易放弃的人吗？"

……

陆海江在返回的路上一直跟彭春燕说着阿斯燕，他原以为阿斯燕是个蓬头垢面、表情呆滞的姑娘，没想到她看上去跟正常人一样，她的水灵她的丰满甚至都不输给彭春燕。现在他理解彭春燕为什么替阿斯燕打抱不平了，而他却在为赵班长感到庆幸。

陆海江走进宿舍的时候，一双双眼睛都望着他。他把枪放在枪架上，说："今天我和彭春燕执行了一项特殊任务。"

李涛马上说："不是执行钻草垛子的任务吧？"

"别打岔！"董黎明说，"什么特殊任务？"

"鸿雁传书。"

"别文绉绉的，"马超说，"鸡毛信还是羊毛信？"

沈东风推了他一把："给谁牵线？"

"赵班长和马力克队长的女儿。"

"赵班长要娶哈萨克姑娘？"杜春生从床上跳下来，"哎，这个哈萨克姑娘长得漂亮吗？"

陆海江把阿斯燕的情况说了，尽管大家都觉得这桩姻缘有些缺憾，但还是为赵长山找上媳妇感到高兴。

陆海江又打开了《人的命运》，他很喜欢苏联卫国战争时期的作品，这篇小说让他耳目一新，没有恢弘的战争场面，也没有元帅将军英雄，写了一个普普通通的小人物在卫国战争中的坎坷命运，却折射了整整一代苏维埃人顽强战斗的精神和不屈不挠生存下去的刚强意志，紧紧抓住了他的心！他忽然想到了李雯，他一定要带给她读一读……

牧业连迎来了入冬后的第一场雪。雪是夜里下的，早晨陆海江去开门，门的半截被雪拥着，他用铁锹把雪清了，来到外面，地上几乎没有雪，都拥到墙边、树下去了，东一堆西一片的，这景象他还是第一次见到，心想山里下雪都跟城里不一样。彭春燕也出来了，她说昨天夜里刮了一夜的风，就变成现在这个样子了，她告诉他这一带有个风口，冬天风特别大，而且很奇怪，一天不停就刮三天，三天不停就刮五天，五天不停就刮七天……没有一次是在双日停的，在她的记忆中最长的一次连续刮了十五天！陆海江说："你在逗我吧？"彭春燕说："逗你是小狗，不信你去问连里的人！"他忽然记起刚来时姚科长在车上描绘的漫山遍野的深红色野芍药，心想这边境线上的大山真是很神奇呢！

下了大雪又刮着刺骨的寒风，女知青们都猜今天会放假一天的，没想到吃过早饭董黎明就吹响了哨子，他要利用这个恶劣的天气搞一次野外拉练。正准备出发，彭大明过来了，对董黎明说今天不训练了，休整一天。知青们都挺开心的，赵长山自然有些不快。彭大明要他去马号赶一辆马车过来。马力克昨天把毡房搬迁到了牧业连的草场，今天就下了大雪，彭大明要去慰问一下，刚才他在连部把这个想法跟连领导们说了，大家都表示同意，当即就确定了慰问品：一只羊、一壶清油、两袋面粉。除了慰问他还有个想法，领赵长山正式见一下马力克和巴哈什，把婚事定下来。

赵长山挺难为情的："彭连长，去慰问……你还是带别人吧。"

"不光是慰问，顺带着正式见一下你的老丈人丈母娘，把你的婚事定下来。"

"彭连长，你都代表了。"

"你的事我代表不了，你不去人家还以为你心里不愿意呢！"

一路上赵长山心里都挺别扭，过去他和马力克称兄道弟无话不说，现在马力克要当他的老丈人了，他一下矮了他一大截儿！今后他该如何与他相处呢？

彭大明和赵长山带着一车东西来到马力克的新家，这让马力克和巴哈什很是感动，对他俩说了很多感谢的话。

彭大明打量着阿斯燕："阿斯燕，你今天好漂亮啊！"

巴哈什说："阿斯燕比过去更爱打扮了。"

阿斯燕脸红了："妈妈！"

"长山，你看阿斯燕多在意你，你是个有福之人哪！"

"唔，是我有福啊，找了一个好女婿。"马力克说，"这个事情嘛，开始我没敢想。我跟赵班长是好朋友，想不到朋友成了一家人了，哈……这是真主的意思啊。"

"真主？"彭大明愣了一下，"对，穆斯林信真主，汉族人讲缘分，你们一家跟赵长山有缘哪！"

马力克去拿酒壶，巴哈什领着女儿出去了。

"今天这个酒要喝！"彭大明说，"赵长山，你先说话。"

"我这个人不会说话，彭连长你代表吧。"

"这我不能代表，是你娶媳妇！"

"好吧，别的我就不说了，就一句话，阿斯燕交给我，你们就放心吧！"他端起碗喝了一大口酒。

马力克把碗接了过来："彭连长，阿斯燕和赵班长能走到一起，是你牵线搭桥，我和巴哈什谢谢你！"他也喝了一大口，然后递给彭大明，"剩下的你全干了！"

"马力克队长，刚才说到缘分，其实，说到底是一个情字。当年你不仅救了金凤，还收养了她，现在又把她嫁回了牧业连，你这个情比我们谁都浓啊！我敬你和巴哈什，愿我们的情谊天长地久，就像这巴尔鲁克山！"彭大明一仰脖子把碗里的酒全喝了。

马力克又要倒酒，彭大明拉住他，说等办婚礼那天再好好喝吧。接着就商量了办婚礼的时间。马力克想放在鲜花盛开的季节，那时牧民们都回来了，他要办一个哈萨克人隆重热烈的婚礼，姑娘追、刁羊、赛马……他就阿斯燕这一个女儿啊！赵长山可等不了这么久，望着阿斯燕红扑扑的脸蛋，他恨不得今天晚上就跟她入了洞房！但他现在的身份又不好说什么，他看了一眼彭大明。彭大明知道他的心思，说："既然定下来了就抓紧办吧，马力克你放心，我在连里也一定会给他俩办一个隆重热烈的婚礼！"马力克摇着头说："你们连队的婚礼我还不知道？晚上叫几个朋友坐在一起，吃吃喜糖、嗑嗑瓜子就入洞房了，连喜酒都不敢喝！"彭大明说："这个婚礼不一样，我一定好好办一下，让你和巴哈什满意！"马力克说："你不怕上面抓你的典型？"彭大明说："不怕，有你这个挡箭牌嘛！哈……"马力克似乎明白了，也跟着笑了，最后敲定半个月后举行婚礼。从毡房出来，赵长山说："我和阿斯燕这种情况还办什么婚礼呀，搬在一块儿住就得了。"彭大明瞪了他一眼，"你懂什么？人家马力克的女儿白给你啊？"还有一层他没有挑明：这些年赵长山太委屈了，他想借婚礼让他风光风光！

回到连队彭大明就给罗豪才做了安排："你好好策划策划，把婚礼给我整得隆重些！"罗豪才心里没底："现在上面提倡移风易俗婚事新办，隆重到什么程度？"彭大明说："整出点花样来，一定要热闹、有气氛！过几天你通知马号，烧一锅酒、磨几板豆腐，再让食堂杀两只羊。"罗豪才说："咱们连提前过年了啊？"彭大明说："我就是要整出点年的气氛！"罗豪才说："不杀一口猪吗？"彭大明说："马力克和巴哈什也要来参加婚礼，饭菜一定要清真，你可不敢给我马虎！"罗豪才心领神会地走了。

中午齐桂花来叫罗豪才吃饭，罗豪才跟她说了操办赵长山婚礼的事，她这方面很有经验。齐桂花来了精神："既然领导发话了，咱们就往隆重里整。先说迎亲吧，到时候让赵长山骑上高头大马，戴上大红花，接亲的队伍就让张红珍班的知青上，再搞上几个吹鼓手，气气派派把阿斯燕接回来！"

"你把老家那一套搬来了？这可是四旧啊！"

"彭连长不是说往隆重里整吗？"

"那也要与时代精神合拍啊！要按你这个路子，婚事办完了，我也被团里抓了典型！算了吧，还是我自己来吧，你到时候出个节目就行。"

"一个人有啥戏？哎，咱俩把当年《回娘家》那出戏搬出来怎么样？我做的那头小毛驴还留着呢。"

"你这人有病是不是？你嫌咱俩的闲话还少啊？以后你再别把我跟你往一块儿扯！"

"你这人咋活得那么累？你越是藏着掖着，别人就越往那方面想！你说咱俩有啥？啥也没有！你怕啥？你看我，别人谁开咱俩的玩笑，我不仅不恼，还给他添油加醋，反而让人家觉得挺正常的。"

"我可没你那么厚的脸皮！"

"这事我不掺和了，你爱整成啥样啥样！"齐桂花转身走了。

赵长山熬了半月，终于到了迎娶阿斯燕的日子。连队人的婚礼都是晚上在新房进行的，为的是不影响正常工作，赵长山成亲，彭大明宣布放假半天，中午在礼堂举行婚礼，这在牧业连可是破天荒！

头天晚上罗豪才就安排张红珍班把礼堂布置出来了，赵长山结婚，知青们自然格外用心，婚礼现场装点得很出彩，罗豪才看了非常满意，认为既喜庆热烈又不失品位，陆海江却觉得缺了点什么，他说画龙还须点睛，舞台两边再有一副对联就更完美了，彭春燕说："那你这个大才子就写一个嘛。"陆海江说："我哪敢在罗文教面前卖弄啊。"罗豪才知道陆海江已经成竹在胸了，说："这个任务就交给你了。"陆海江当即就挥毫在大红纸上书写了一副对联："万里长征欣比翼，百年好合喜同心"，几个男知青把对联贴到舞台两边，罗豪才看着不停地点头，这副对联内容不落俗套，既有时代精神，又对仗工整，肚子里有墨水啊！

就像期待着一场大戏，各班排参加婚礼的代表早早地来到礼堂，围坐了一大圈，人们都显得很兴奋，这一天他们等得太久了！眼前的情景让马力克和巴哈什乐得合不拢嘴，他俩也是刻意打扮过的，崭新的哈萨克传统服饰吸引着众人的目光，远远望去他俩也像一对新人呢。

此时赵长山和阿斯燕坐在舞台旁边的休息室里，齐桂花在给阿斯燕化妆。虽然罗豪才没让她参与策划婚礼，但这种场合她也是要露露脸的。她知道阿斯燕的老家是江苏泰兴，就对这个小老乡多了几分爱怜："金凤，我们是江苏老乡啊！你爸妈走得早，就留下你这棵独苗，以后有啥难处就跟大姐说，大家在外面不容易，相互帮衬。"

"谢谢大姐！"阿斯燕不习惯叫她金凤，提醒道，"大姐，我现在叫阿斯燕。"

"对对，以后叫阿斯燕。"

旁边的赵长山六神无主，他也是个拿得起、放得下的人，可遇到这种场合就发怵，一想到等一会儿任人摆布他浑身不自在，一支接一支地抽莫合烟……

外面传来乐曲声，婚礼开始了。齐桂花让他俩挽着手从台上下来，赵长山走起来板直僵硬，阿斯燕挺自然的，笑着向人们挥了挥手，她的着装好艳丽，脸蛋经齐桂花一画更漂亮了，大家都鼓起掌来。礼堂一角，王长根拉手风琴，其他几个战士吹笛子吹唢呐拉二胡，西洋和民族乐器搅在一起尽管有点不伦不类，但造出的音乐气氛还是让连里的人很享受。本来罗豪才也在其中，他的京胡之声在这个小小乐队里清脆高亢独树一帜韵味十足，可惜他是婚礼主持人，少了他音色就有些单调了。音乐声中夹着罗豪才浓重的京腔："一对新人踩着欢快的乐曲向我们走来，带着爱情，带着甜蜜，掌声响起来，以此表达我们最美好的祝愿！"

人们热烈鼓掌，张红珍班的战士都站了起来，起劲为两位新人喝彩。

罗豪才宣布请彭连长讲话，彭大明走到场地中间，他首先代表连队党支部和全体战士向两位新人表示热烈祝贺！他看了看赵长山和阿斯燕，说："站在这儿的两位新人就不用我多说了，赵长山是个好同志，大家跟他相处多年都很了解，我给他六个字：男子汉大丈夫！阿斯燕大家也都知道，老革命、老军垦的后代，在马力克和巴哈什的精心养育下，如今已经出落成一个漂亮的哈萨克姑娘了！哈哈哈……他俩走到一起，可以说是缘分，小日子一定会过得红红火火！我衷心希望，两位新人恩恩爱爱，和和美美，白头到老，早点生个大胖小子！"

轮到两位新人讲话了，赵长山挺难为情的："罗文教，算了吧，我是个粗人，说不好。"

"不行，娶媳妇了，怎么也得说几句！"

"好吧，我就说三句话，"赵长山突然提高嗓门，"感谢组织培养，感谢组织关怀，感谢彭连长给我找了个媳妇！"

人们都笑了。

罗豪才说："阿斯燕，该你了！"

阿斯燕傻笑着："我……我汉语不好，不说了。"

"少装！赵长山说了三句，你说一句也行！"

"那好吧，我……我一定生个大胖小子！"

笑声更响了。

罗豪才要两位新人介绍恋爱经过，彭大明说这一项就算了，让他往下进行，罗豪才说："那就请两位新人表演个节目吧。"

"阿斯燕，跳个哈萨克舞！"有人大声喊道。

"没问题。"阿斯燕望着乐队，"有音乐吗？"

王长根奏响了哈萨克民歌《半个月亮爬上来》，阿斯燕随着琴声翩翩起舞，马力克和巴哈什也坐不住了，跳着舞进了场子，哈萨克人能歌善舞，这种时候无论男女老幼都是要参与的。阿斯燕向大家做了个手势，示意都上来跳，彭春燕、齐桂花、罗豪才马上响应，他们都是连里的文艺骨干，曾向牧民们请教过，动作娴熟有模有样。阿斯燕见彭大明坐着不动，就跑过来邀请他，他站起来向大家一挥手，十几个男女战士跟着他兴冲冲进了场子，他们的动作虽然生疏笨拙，但婚礼的气氛一下就起来了。

跳完舞，罗豪才说："阿斯燕，再给大家唱个哈萨克民歌吧。"

阿斯燕想了想，说："今天回到连队，心情特别激动，我想起小时候我爸爸教我的《南泥湾》，我给大家唱唱好不好？"

众人齐声叫好。这首歌乐队的人再熟悉不过了，王长根起了个头，大家跟着他演奏起来。

阿斯燕唱道：

> 花篮的花儿香，听我来唱一唱，唱一呀唱。
> 如今的南泥湾，和往年不一样，不一呀样。
> 又战斗来嘛又生产，三五九旅是模范，
> 我们走上前，献花送模范啊……

唱到这儿，她从桌子上的花瓶里抽了一枝干花，然后快步来到彭大明面前，把花献给他，最后唱道："鲜花送模范……"

彭大明说："阿斯燕，你应该把花献给赵长山呀？"

"这首歌是唱给三五九旅的，我当然要献给您啊！"

彭大明轻轻点了一下她的鼻子："真有你的！"

接下来张红珍班表演现代芭蕾舞剧《红色娘子军》片段。因为是芭蕾舞，表演难度很大，彭春燕小时候跟王长根和黄佩佩学过，因此表演就由她一人完成，其他女知青站成一排合唱《红色娘子军》插曲。音乐响起，彭春燕舞着枪走进场子，女知青们齐声唱道：

> 向前进，向前进，
> 战士责任重，妇女冤仇深。
> 共产主义真，党是领路人。
> 妇女要翻身，妇女要翻身！
> ……

陆海江的眼睛始终盯着彭春燕，她的维吾尔舞蹈很专业，想不到芭蕾舞也很有感觉，尽管缺乏基本功，脚尖只是象征性地踮着，但举手投足间把红军女战士的英姿飒爽活脱脱地呈现出来了。他觉得彭春燕挺有意思的，跳舞时她是那么婀娜，马背上她又是那么狂放，他怎么也把两者联系不到一起来，这个连队姑娘真是很特别呢。

江涛一直在冷眼旁观，一开始他就对这个由彭大明授意、罗豪才策划的婚礼十分反感。望着眼前的彭春燕，他忽然想到黄佩佩，他想如果她在上面一定比彭春燕更抢眼。

罗豪才正要宣布婚礼仪式结束，齐桂花上来了："等一等，这就结束了？太便宜他俩了，再加个节目！"罗豪才正色道："齐桂花，你可别来俗的！""不俗，让两位新人吹蜡烛，把桌子搬上来！"一个战士把办公桌放在场子中间，齐桂花点燃两支蜡烛，然后用黑布给赵长山和阿斯燕蒙上眼睛，领着他俩在桌子两头站好，她迅速将一盆面粉放在桌子中间，又将两支蜡烛拿走，"我数三下，你们使劲吹，一、二、三！"赵长山和阿斯燕照着做了，面粉扬起，两人顿时成了白人，引来哄堂大笑。齐桂花说："这叫白头偕老！"大家都为她叫好，罗豪才小声说："我真怕你把乌七八糟的东西搬上来，为什么不早点告诉我？""你不是不让我掺和嘛，就你革命！我怕你嘴不严漏底，那还有啥意思。"

婚礼仪式结束便是酒席。彭大明陪着马力克和巴哈什刚落座，江涛过来了："彭连长，刚才家里来电话有急事，我先走一步。"

彭大明说："江副指导员，不急这一会儿，吃了再走。"

马力克有些不高兴，"江副指导员，面子不给吗？喝两杯喜酒走嘛！"

江涛说了句"抱歉"就走了。

彭大明见大家都入座了，站起来大声说："大家静一静！我先说明一下。现在上面倡导移风易俗，婚事新办，连里的同志结婚是不摆桌子的，但今天这个婚礼很特殊啊，赵长山和阿斯燕的结合体现了民族团结，马力克和巴哈什也来参加婚礼了，所以我破了一回例，但其他同志结婚可不能这么干，谁摆桌子我抓谁的典型！来，大家都端起酒杯，为赵长山和阿斯燕的结合，为民族团结，干杯！"

大家将杯中的酒一饮而尽，陆海江从来没喝过白酒，只是象征性地抿了一下。

彭大明给马力克和巴哈什各夹了一块肉，"你们放心吃，这桌子上的饭菜海麦斯（全部）清真！"

马力克尝了尝："嗯，佳克斯（好）！徒弟把师傅的秘方偷跑了嘛，哈哈……"

桌上的人都跟着他笑了。

赵长山和阿斯燕挨着桌子敬酒，战士们都拿赵长山打趣，一个说："赵长山，你小子行啊，以前你老往马力克那儿跑，我还有点纳闷，原来是把人家的女儿惦记上了！哈……"另一个说："老赵，阿斯燕这朵鲜花插在你这堆牛粪上了，你可要好好护着，你要是欺负人家，我们可要摘花啊！"赵长山说："少啰嗦，喝酒！"

他俩最后给张红珍班这一桌敬酒，知青们都站了起来，赵长山说："今天我娶媳妇，女的我不强求，男的每人三杯，一杯都不能少！"男知青们一个接一个喝了，到陆海江这里进行不下去了："赵班长，你饶了我吧，我从小到大从来没喝过白酒，我……就喝一杯吧。""不行，要想成为男子汉，这一关必须过！"几个男知青撺掇着，陆海江望着赵长山期待的眼神，憋着气喝了三杯。喝完脸就红得跟猪肝似的，脑袋晕晕乎乎，坐在那儿不能动弹了，后面的热闹全然不知。酒席结束时是董黎明和李涛架着他走的，出门吸了两口凉风就吐了……

晚上知青们嚷嚷着要去闹洞房，躺在董黎明床上的陆海江这时神智已经清醒了，他也想跟着去，可脑袋和两条腿很重，想起却起不来。这天晚上他在董黎明床上睡了一夜。

罗豪才也喝多了，回到宿舍就倒在床上。酒刺激着他的大脑和各个器官，激情如潮水汹涌澎湃。赵长山终于娶上媳妇了，媳妇虽然有点毛病，但毕竟是媳妇啊，比自己强！自己那老婆远隔万里，四年亲热一回，跟没有差不多……外面传来了脚步声，他想会是齐桂花吗？这会儿她在跟前该多好，听着她说话，看着她的笑脸，也是一种莫大的满足。以前喝多了酒，他在她面前就很放肆，平时不敢说的话借着酒劲说了，甚至还敢跟她勾肩搭背的，可是这种时候她就冷冷的，一点都不开心，唉，这个女人真让他琢磨不透……又是一串脚步声，轻轻的，像女人的，可是又走过去了。他嘲笑自己：你别自作多情了，人家这会儿正在跟那帮年轻人闹洞房呢，哪会想到你？他忽然有点紧张，心突突地跳，如果她进来怎么办？尽管你的大脑是清醒的，但一浪高过一浪的激情你能控制得了吗？万一……他从床上下来，把门栓拉上，然后蒙着被子睡了。

罗豪才是了解齐桂花的，这会儿她正在和一群战士闹洞房呢。赵长山是个不苟言笑的人，阿斯燕好像兴致也不高，因此闹洞房就早早收场了。齐桂花从新房出来就想到了罗豪才，酒席上他喝多了，现在怎么样了？她先来到他的门上，轻轻敲了敲："老罗。"罗豪才醒了，猛地掀开被子，大声说："睡了！""没事就好。"齐桂花心里踏实了，轻手轻脚地走了。

第二天一早罗豪才来到马厩，他又要去团部取报纸信件了。他从口袋掏出一块水果糖，剥开糖纸放到小黑嘴里，小黑咀嚼着。他抚摸着它："小黑，这是赵长山的喜糖，我给你拿了几块。赵长山结婚了，床头有说话的了，我只能跟你说说话。"他又剥了一块糖给小黑喂了，"小黑，有的时候我挺羡慕你啊，活得那么简单，什么也不想，像你这样活着也挺好的。小黑，你能理解我的心情吗？你好像点头了，这就够了，我还能要求你什么呢？"

江涛回到家住了一夜，这一夜他很不满足，都说小别胜新婚，他怎么没有这种感觉？自从黄佩佩给他汇报思想，他就很少想起自己屋里的女人了，夜里想到的都是黄佩佩，那种欲望来得愈来愈强烈。这次回来跟老婆和家事毫无关系，他是来向团里反映赵长山结婚大办问题的。吃过早饭他就出了门，路上他想该找谁反映呢？姚政跟他最能谈得来，但这事不归他管，想来想去他还是决定找关团长，这个"三八式"老干部在团里很有威望，团里的事都是他拍板。

见了关团长，江涛把彭连长为赵长山结婚大操大办的事添油加醋地说了，关长远听他说又是杀羊又是烧酒又是磨豆腐，摆了四大桌，脸沉了下来，你彭大明喜欢赵长山，但怎么能不顾及影响？江涛说赵长山就是一个普通战士，他那点工资摆不了这么大的谱，他分析连里给他补贴了，建议团里查一查此事，关长远说："我先了解了解情况吧。"

江涛走后，关长远要通了彭大明的电话："老彭，赵长山结婚你给他大操大办了？"

彭大明一愣："关团长，我们连的事怎么总是这么快就传到你那儿去了？"

"你就说有没有大操大办！"

"我是搞得动静大了些，这么办也是有特殊原因的，关团长，你大概还不了解吧，赵长山找的是我们附近牧区的哈萨克姑娘。"

"他找了个哈萨克姑娘？赵长山这小子，还就是跟别人不一样！"

"姑娘的父亲在当地德高望重，他和牧民们跟牧业连的关系一向很好，人家就这一个孩子，提出要好好办一下，我不好驳人家的面子啊！我也是从增进民族团结、兵团和地方的团结考虑的，关团长你原谅一下吧。"

"这个情况是有些特殊。我问你，你搞了这么大排场，花公家的钱没有？"

"赵长山的婚礼没花公家一分钱！我这里有所有开支的账单，关团长，要不要给你送去？"彭大明预料到会有人打小报告，他是不会留下口实的，办婚礼的用度开支他事先跟赵长山和马力克说了，赵长山二话没说把这些年的积蓄都拿了出来，马力克要让女儿体体面面嫁出去自然慷慨解囊，赵长山结婚娶的又是老战友的女儿，彭大明无论如何也是要表达心意的，他出了一部分钱，不过赵长山和马力克并不知情。

"这个我信，"关长远是很了解老战友的，但觉得这个做法还是有点过了，"不管怎么说，你大操大办都是跟上面的精神相抵触的！考虑到民汉结合这个因素，给你们口头批评一次，下不为例！"

"接受批评，下不为例！"

关长远放下电话："这个小江啊！"

军营式的连排房子也有了属于赵长山的一间，他也像其他家庭一样隔成了两间。阿斯燕对这个家很陌生，哈萨克人的毡房虽然不大感觉上却宽敞一些，地上铺满地毯，除了被褥再没有其他家什，她可以在上面尽情地打滚，加上毡房四周全是挂毯，走进去仿佛置身色彩斑斓的民族工艺展示厅，让人赏心悦目。马力克很理解女儿，特意在外间放饭桌的那面墙上挂了一块鲜艳的挂毯，看上去虽然不太协调，但多少让阿斯燕找到一点毡房的感觉。另外让阿斯燕感到宽慰的是，她的小白马和她心爱的羊羔也跟过来了，如果没有这些哈萨克人的生活元素，她真不知道今后的日子该怎么打发呢！

连里给赵长山放了三天婚假，这三天赵长山雄姿勃发，阿斯燕小鸟依人，新婚生活甜甜蜜蜜。好景不长，赵长山很快就回到现实中来，他感受到了与阿斯燕的巨大差异。回到家那只羊羔就在他眼前晃来晃去，还时常发出咩咩的叫声，这也倒罢了，最让他头痛的是阿斯燕的饮食习惯。哈萨克人日常以牛羊肉、乳制品、馕、奶茶为主，蔬菜很少，可赵长山每天要吃炒菜，早上要喝面糊糊，晚上要吃面条，阿斯燕在毡房过惯了衣来伸手饭来张口的日子，不要说汉族人的饭食了，就是哈萨克人的饭食她也上不了手呀！一日三餐基本上是奶茶、馕，烧奶茶容易，茶水滚一阵把牛奶倒进去；打馕就费事了，要发面，还要放到馕坑里烤，这几天吃的馕她都是隔几天从毡房取来的。

下午赵长山训练回来，看着桌上的奶茶和馕，来气了："阿斯燕，你一天三顿都给我吃这个啊！"

阿斯燕抚摸着怀里的羊羔，说："我在毡房就吃这些呀？"

"我吃不惯，我要吃炒菜！"赵长山掏出莫合烟，一边卷一边说，"以后早上别烧奶茶，打面糊糊，晚上给我擀面条！"

"我不会。"阿斯燕放下羊羔，"你想吃菜，我拌个胡萝卜和皮牙子（洋葱）吧。"

赵长山猛地吸了口烟："阿斯燕，你就会这些？"

"我还会做手抓肉，要是有肉就好了。"

153

"这儿可不是毡房，一个月能吃上一次肉就不错了。"

阿斯燕睁大眼睛："一个月？连里不是有那么多羊吗？"

"那是集体的，上交国家！"

阿斯燕去拿灶台下的胡萝卜和洋葱，赵长山瞥了她一眼："你少费点劲吧，生着我吃不惯。"

阿斯燕只顾剥着洋葱皮："长山，时间长了你就习惯了。"

"不行，你得随我！汉族人的饭菜你得学！"

阿斯燕不高兴了，把洋葱放在一边："长山，在毡房我可是不做饭的噢！"

"这儿不是毡房，你是我老婆！"说完他拿了块馕进了里屋，躺在床上大口嚼着，哈萨克人的这道主食他还是能接受的，吃着比馒头香。

赵长山话里带刺，阿斯燕心里不痛快，她抱起羊羔骑上小白马出去溜达。路过齐桂花家，正赶上她出来泼水："阿斯燕，你这是去哪儿啊？"

"不去哪儿，大姐，在连里转转。"

"那还用骑马啊？"

"习惯了。"

齐桂花笑了："这个阿斯燕，真有意思。"

阿斯燕见连部门口挺热闹，便过去了。两个战士蹲在连部的台阶上下象棋，旁边围了几个人。其中一个说："阿斯燕，你穿得好漂亮啊！"

她的哈萨克服饰确实很耀眼，阿斯燕得意地笑了笑。

"阿斯燕，这几天跟赵长山过得怎么样？"

"不如毡房。"

"不习惯啊？慢慢就好了。"

这时江涛从连部走出来，笑着说："阿斯燕，你的马也跟你嫁过来啦？"

"是啊，我离不它，"阿斯燕举起羊羔，"还有它，嘻嘻。"

"阿斯燕，这可是资本主义的尾巴啊？"

阿斯燕茫然地看着江涛，显然不理解这话的意思："啥叫资本主义尾巴？"

"回去问赵长山吧。"说完江涛背着手走了。

江涛的话让战士们很反感，正在下棋的一个战士望着江涛，跟他下棋的那个战士大声说："快走啊！你家就几只鸡，不是资本主义的尾巴！"周围的人都笑了。

晚上召开了支委会，会上江涛把阿斯燕的马和羊羔问题提了出来："团里明确规定职工个人是不能养自留畜的，家禽也只能控制在五只以内，超过的就是资本主义的尾巴，可阿斯燕回到连队以后，把她的马也带过来了，还有一只羊羔，整天在连里招摇过市，对大家会产生什么影响？我的意见，限她三日之内把马和羊羔送回去，否则就没收充公。"

"江副指导员，阿斯燕的情况有些特殊，她从小是在马背上长大的，离不开马，"罗豪才说，"那个羊羔她也是当宠物养着，我想大家能理解，不会跟她攀比，我们就不要管了。"

江涛说："我们是兵团连队，一定要保持思想的纯洁性，阿斯燕也不能搞特殊！"

彭大明见其他支委都不表态，说："江副指导员和罗文教的意见各有各的角度，江副指导员是从部队的纯洁性考虑的，罗文教考虑了阿斯燕的特殊情况，都有道理。阿斯燕刚回到连队，有一个适应过程，我看这样吧，先观察观察，如果群众有反映，我们再采取措施，大家看好不好？"

支委们都表示同意。

连队生活让阿斯燕觉得很无趣，白天她就跑回毡房，跟妈妈厮守在一起，反正她做的饭赵长山也不爱吃，那他就去食堂好了。晚上她是要回来的，虽然睡在那个小黑屋子很不习惯，但赵长山的雄姿勃发让她很满足，这是这个新家带给她的唯一快乐了。女儿守在身边巴哈什自然很开心，对于女儿的出嫁她一下还挺不适应的；马力克却不高兴，都这么大了还是个嗷嗷待哺的羔羊，哪像个嫁出去的人啊！女儿一回来，他总是提醒她该回家了，说多了阿斯燕不愿意了，说："爸爸你烦我了？"马力克说："你已经出嫁了，要学着做女人。"

回毡房爸爸不高兴，小土屋子又待不住，阿斯燕就骑着马在连里转悠。一天傍晚她忽然想到彭春燕，在女知青宿舍前下马，抱着羊羔进去了。

女知青们刚吃完饭，见到她都很欢喜。李莉萍说："阿斯燕你出来还抱着羊羔啊？"阿斯燕说："没人跟我玩它是我的好伙伴呀。"大家看着它萌萌的样子好心疼，李莉萍抢先抱在怀里。赵丽娜对阿斯燕头上那顶插着白色羽毛的哈萨克花帽羡慕不已，说："让我戴戴行吗？"阿斯燕便把帽子摘下来戴在她头上，大家都说赵丽娜戴上这帽子也像个哈萨克姑娘了。这时外面转来赵长山的喊声："阿斯燕！阿斯燕！"彭春燕笑着说："他可是一会儿都离不开你啊！"阿斯燕的情绪一下变得很坏："说什么呀，他是跟我要饭吃呢！"她一屁股坐在床上，整个人像泄了气的皮球，一想到做饭她就头疼！彭春燕让她赶快回去做饭，她还以为阿斯燕吃过饭来玩的呢。阿斯燕说："馕和奶茶是现成的，他非要吃炒菜还让我擀什么面条！"彭春燕说："你可不能把他当成哈萨克人啊！"阿斯燕叹了口气，她抱起羊羔走了。

回到家见赵长山吞云吐雾，满屋子烟气，她皱了皱眉，他的烟瘾也让她很反感！赵长山瞪了她一眼："你又跑哪儿去了？"

"在外面转转。"

"啥时候了还转！不吃饭了啊？"

"我脑子不好。饿了不是有馕和奶茶嘛，你先吃着，我给你炒个菜。"

"我不喝奶茶，你给我打一碗面糊糊。"

"糊糊有啥好喝的，奶茶多有营养。"

"那东西饿得快！"

"我怎么没觉得？"

"你是肉食动物，我是草食动物。"

"那你也改肉食动物吧。"

赵长山恶狠狠地看着地上的那只羊羔："那就把它炖了吧！"

阿斯燕正要给他打面糊糊，听他这样说慌了，赶紧抱起羊羔："不许你打它的主意！"

"我可没兴趣吃它，只是觉得碍眼！"赵长山拿了块馕，塞进嘴里嚼着，"阿斯燕，以后少骑马往外跑，一个女人，游手好闲的，让人家笑话。"

"这个你也管？我连人身自由都没有了？"

"连里哪个女人像你？在外面骑着个马，回到家抱着羊。"

"我为什么要像别人？我过去就是这么生活的！"她故意在它脸上亲了一下。

"你现在是在连里！我告诉你，在我们这儿，你的马和这只羊都是资本主义的尾巴，都得割掉！因为你沾了点哈萨克，给你留着面子呢，你就注意点影响吧！"

"什么资本主义尾巴！"阿斯燕赌气地说，"我回家住几天！"

"怎么，说你几句不爱听了？"

"本来这个小土屋子我就住不惯！"

阿斯燕抱着羊羔出去了。赵长山愣了好一会儿，以前他去毡房她总是笑盈盈的，天真而又随和，没想到这丫头片子脾气还挺大！看来对她太缺乏了解了，他想。

马力克的新家离连队驻地不到两公里路，阿斯燕骑马一溜烟就到了。夕阳西下，阿斯燕这个时候回来，马力克觉得女儿太不懂事了："阿斯燕，你怎么晚上跑回来了？"

巴哈什也觉得不对劲："阿斯燕，你是不是跟赵长山闹矛盾了？"

"那个小土屋子我睡不着。"

"睡不着你就往回跑？那是你的家！"

马力克嗓门很大，阿斯燕吃惊地望着他，在她的印象中爸爸好像从来没有用这种口吻跟她说话。

"换个新地方睡不着很正常，适应适应就好了。"巴哈什赶紧打圆场，拉着女儿坐下。阿斯燕这些天心里不舒服，一直没明着跟爸爸妈妈说，此时再也忍不住了："赵长山这个人难伺候！他吃不惯奶茶和馕，非要让我给他炒菜，擀什么面条！我哪会？"

马力克也一直忍着，既然把话摊开了，他想教训教训女儿："还是你不好！你老给他吃这些，他怎么受得了？"

巴哈什拍了拍女儿的手："炒菜擀面条有啥难的，做几次就会了。"

"汉族人的饭太麻烦了！"

"你就是懒！过去我们太惯着你了，啥也不让你干，现在你是家庭主妇了，啥也不会怎么过日子？你以后就在连里生活了，该学的要学！"

"我也没说不学！还有，他脾气大得不行，说话就像训人，我受不了！"

"那是以前没人说你，我们太迁就你了！长山我了解，他脾气是大，但他不会无缘无故发火，主要是你的问题！"

"爸，我骑马出去转转没错吧？这他也管，他管得也太宽了吧？"

"你骑着马在外面闲转，以前我和你妈妈也看不惯，只是不说你罢了。你看草原上有哪个女人骑着马闲转？你现在是有家的人了，有时间多干些家务，把赵长山照顾好，这才是本分。"

"阿斯燕，你爸说得对，再不能像过去由着性子。"

"阿斯燕，你现在就回去，晚上跑回来长山肯定不高兴。"

"爸爸，我回来跟他说的。"

"已经回来了，就让女儿住一夜吧。"

"不行，她不懂事，但不能让长山说我们不懂事！"说完马力克出了毡房。

"哼！"阿斯燕生气地把羊羔扔在地上。

黄佩佩找江涛谈心愈来愈频繁，隔三差五她就要去他那里，她想加快回学校的步伐。他们之间已经无拘无束、无话不说了，她引出的话题他都很有兴致，唯独对"学校""老师"这样的字眼很敏感，她几次试着把话题引上去，他都环顾左右而言他，巧妙回避了。

她已经没有了耐心："江副指导员，我想向您暴露一下我的活思想。"

"佩佩，有什么想法，都可以跟我说。"

"江副指导员，我回学校当老师的事，组织上是怎么考虑的？"

"想回学校啊……"江涛端起茶杯，轻轻吹着上面的浮沫。

"我知道这个想法不对，这是组织上考虑的，我不应该去想。"

"这么想很正常，俗话说，人往高处走，水往低处流嘛。组织上对你还在考察之中，我是分管学校的，主要是我的意见。"他把一只手放在她手上，"佩佩同志，你可要沉得住气噢！"

黄佩佩赶紧把手抽出来："江副指导员，我会努力的。时间不早了，江副指导员你早点休息。"

江涛什么也没说，看着她慌慌地走了。

出了门眼前一片漆黑。她走得急，没留神脚下有块薄冰，滑倒了。这一跤摔得挺重，她坐在地上半天没起来，心想谁这么缺德，水也不泼远点儿！

回到宿舍她就上床了，同宿舍的几个女战士都觉得挺奇怪，过去她是最讲究的，即使生病睡前她都要认真洗漱一番的，今天怎么直接钻进被窝了？见她脸色不好，大家猜她一定又跟王长根闹别扭了。

黄佩佩失眠了。江涛那只汗津津的手挥之不去，让她恶心！屋子里炉火正旺，可她却感到身上一阵阵发紧，从头凉到脚心。江涛对她的垂涎她早就感觉到了，起初她觉得，这种男人的垂涎只会停留在心里，他毕竟是有身份的人，不敢撕破脸皮对她造次，她又想也许人家对她只是欣赏，只想享受跟她在一起的感觉……然而刚才他竟然摸了她的手！现在她才意识到她太天真了，昏了头了！这个男人从内到外都是猥琐的，如果她再去他那里，他的手会越伸越长！她有些后怕，她以后不能再去他那里了！可是他要求她每半个月向他汇报一次思想，她能不面对他吗？……

接下来的几天黄佩佩的情绪跌到了谷底，来王长根这里吃饭没胃口，饭量愈来愈小，王长根察觉到这种变化："佩佩，你这几天情绪不对，是不是你跟江副指导员提回学校的事了，他不同意？"

她看了他一眼，觉得镜片后面的目光还是挺犀利的："你就别问那么多了，冰天雪地的，冻着了。"

王长根放下筷子："佩佩，我去找江副指导员谈谈吧。"

黄佩佩有些紧张："你找他谈什么？"

"我告诉他，我去放羊，让你回来当老师。"

黄佩佩苦笑了一下："长根，你怎么跟我一样幼稚，你能替代得了我吗？"

"佩佩，你非要当老师吗？"王长根情绪有点激动，"有些话，我已经在心里压了很久了，但不得不说。佩佩，咱们这些上海支青，好多不是都在放羊吗？他们都能够从容面对，你为什么不能呢？"

"你不要教育我，我在江涛那儿听腻了。你坐在办公室里，自然会讲大道理。"

"如果让我放羊，我不会有怨言，一样会过得很充实。佩佩，当年，我们向往边疆火热的战斗生活，心里有那么多美好的憧憬，我们都表示不怕艰苦，献身边疆的建设事业，这些你都忘了吗？"

"你还是那么天真烂漫，现实太残酷了。"

"所以你变了，这是我最担心的，对于一个人来说，精神的颓废是最可怕的。"

"我跟你不一样，你根红苗正，连里重视你，前途一片光明，我呢，再怎么努力都没有意义，前途一片暗淡。如果你是我，你不会有这么多感叹。"

"佩佩，你不能因为自己的出身，就对一切都心灰意冷啊！不管怎么样，你还有我啊！难道你心里已经没有我了吗？"

"这是两码事。"

"怎么是两码事？如果你心里有我，就不应该对生活失去信心。佩佩，我知道你现在心里很苦，我又何尝不是？如果能让你解脱，我愿意承受一切！可是我又无能无力。佩佩，我们结婚吧，我们有一个小家，你会感到温暖的。"

"长根，你不要说了，我现在脑子乱得很，我走了。"

"佩佩！"

第六章

春天到了。山里的春天来得迟，已经是春分时节了，地上还没有一点开化的迹象，满眼白雪皑皑银装素裹。

陆海江吃过早饭在宿舍门前洗碗，他望着远处的山，心想深红色的野芍药什么时候开满山野呢？他期待那血染的壮丽景象！半年前奔赴巴尔鲁克山的途中，姚科长描绘的漫山遍野的深红色野芍药让他和李雯兴奋，他想李雯在山外，肯定是看不到这景象了，到时候他一定要画下来送给她！

一辆吉普车开了过来，在连部前停下了，关团长和几个干部模样的人从车上下来。陆海江一下就想到了春季转场，关团长是来检查张红珍班训练成果的吧？想到这一点他心里就沉了一下，这几个月他很努力，赵长山也经常给他开小灶，可他比董黎明他们还是差一大截呢！

彭大明听说关团长来了，从家里小跑着来到连部，远远地说："关团长你来检查怎么事先也不打个招呼啊？"关长远笑着说："我这个人就喜欢搞突然袭击。"他和几个团干部还没吃早饭，彭大明陪着他们去食堂了。

知青宿舍这边，董黎明已经集合好队伍，赵长山说："大家苦了半年，露脸的时候到了，谁也不许掉链子！"

训练场有个土台子，上面放了两张桌子，算作检阅台。董黎明跑了过来，向检阅台行军礼："团长同志，牧业连张红珍班请您检阅！"

"开始演练！"

演练的第一个项目是搏击，战士们先是在赵长山带领下集体演练，搏击动作伴着有节奏的吼声很有气势，关长远看着彭大明说："不会是花架子吧？"彭大明说："你接着往下看嘛。"集体演练之后是一对一格斗，这可是真拳真脚动真格的，关长远眼睛都直了，最近他一直在检查各连队的青年班，牧业连是最后一站，他只在这里看到了擒拿格斗："老彭，从哪儿请来的武术教练？"

"不用请，就是我跟你要回来的那个人，赵长山。"

"老彭，这就是你用他的理由？"

"我的青年班跟其他青年班不一样，我的青年班要参加转场，没点功夫怎么跟老毛子周旋？"

战士们开始表演马上射击，打头的是董黎明，他在马的快速奔跑中射击，枪枪命中目标！战士们一个接一个冲了出去，关长远一眼就认出了彭春燕，看着她在马上娴熟自如地举枪射击，关长远乐了："春燕行啊，像你彭大明！"彭大明接了一句："假小子！"赵长山最后一个出场，他在马背上左右腾挪，做出各种姿势射击，大家不断为他喝彩。

表演结束时，关长远的一番话让张红珍班的战士激动不已！

"同志们，刚才看了你们的汇报演练，很令人振奋哪！我们已经看了全团各连青年班的演练，每个青年班的表现都很不错，但我要说，牧业连张红珍班是最出色的！从你们的表现可以看出，你们是出了大力、吃了大苦的！我代表团党委向你们表示亲切的慰问，并致以崇高的敬礼！同志们，这只是一个良好的开端，万里长征你们才迈出了第一步，希望你们戒骄戒躁，再接再厉，百尺竿头，更进一步！我相信，在即将来到的春季转场中，你们一定能够发扬'一不怕苦，二不怕死'的革命精神，向祖国和人民交出一份出色的答卷！"

战士们热烈鼓掌，几个女战士眼睛里浸着泪。这半年赵长山带着他们摸爬滚打，吃了太多的苦，现在，他们在全团所有青年班中是最出色的！这个评价是出自团长之口啊，他们怎能不激动不振奋呢？

返回连队的路上，大家七嘴八舌地议论着刚才的表现，陆海江自然成了焦点，马超说他跟陆海江对打时真担心他又大腿拉伤爬不起来了，大家都笑了，李涛说陆海江骑射时子弹大部分脱靶了，杜春生说陆海江没从马上掉下来就阿弥陀佛了，队伍里又响起一阵笑声。陆海江一直沉默着，他对自己的表现是满意的，尽管他不能给班里加分，但他没有在大庭广众之下出丑让战友们难堪啊！赵长山跟在队伍后面，一边走一边卷莫合烟，大家的欢声笑语他没在意，他在想，眼看就要转场了，连里还会派他参加吗？他心里有点打鼓。

射击场传来了枪声，大家都朝那儿望去，看见关团长和彭连长举着手枪射击。团领导来检查自然也是要放几枪的，彭大明对关长远说："我俩比比吧。"关长远说："打仗那会儿你的枪法不如我。"彭大明说："好汉不提当年勇。"他俩各打了十发，关长远九十二环，彭大明九十八环，彭大明笑着说："咱们再打十发？"关长远说："算了算了，我不如你了。"彭大明说："你枪打得少了啊。"关长远说"接受批评"。

回到连队彭大明要留关长远吃午饭，关长远说："给你们省一顿吧。"刚把关长远送上车，赵长山过来了。

"彭连长，刚才在团领导面前，张红珍班没给你丢脸吧？"

赵长山这个人是从来不会表功的，他这样说肯定有潜台词，彭大明看了他一眼。

"这几天该定护送转场的人了吧？彭连长，支委会上你可要为我说话。"

彭大明没有马上表态。最近他也在想这个问题，以前护送转场赵长山都是第一人选，可是他摸苏军哨所的举动让他有些举棋不定："长山，这次你就不要参加了。"

"彭连长，你不信任我了？"

"其他事情我都可以交给你，唯独这件事情不行。"

"彭连长，哪次转场我不是按命令行事？上次转场，苏军开了第一枪，张红珍同志就倒在我的面前，我要是由着性子，早就还击了，但我不是服从命令忍下了？"

"可是你回来以后就去摸苏军的哨所！"

赵长山低下了头，回想起来他也觉得那个举动太鲁莽了："经历了这些事，我也悟出了一些道道，彭连长，你就放心吧。"

彭大明也注意到他最近的变化，他与知青们的融合，说明他干事情开始动脑子了。彭大明没再说什么，拍了一下他的肩膀走了，这一拍让赵长山觉得分量挺重，挺费琢磨的。

春季转场的日子越来越近了，战士们摩拳擦掌跃跃欲试，陆海江也兴奋着，那条风雪之路总是在夜深人静时跳到他的眼前，向往与紧张交织在一起，让他难以入睡，那毕竟是一条充满艰险的路！心里有很多感慨，自然就想到李雯，他想给她去个电话，但觉得电话上难以表达，给她写封信又觉得唐突，挺难为情的。他忽然想到那本杂志，让罗文教取报纸信件时带给她，以此为由头不是顺理成章自自然然吗？他想罗文教去团部会路过一连，会帮他这个忙的。他拿出纸笔爬上床……

三天后李雯拿到了杂志，罗豪才刚走她便迫不及待打开。

李雯：

　　你好！

　　淘了一本老杂志，里面有肖洛霍夫的小说《人的命运》，很值得一读。

　　再过几天我们就要踏上转场之路了！老战士说，那是一条神圣的路，代表祖国行使主权，神圣和自豪感油然而生！战士们还说，那是一条艰险的路，千回百转风雪交加，还有可能遇到苏军的阻挠，张红珍就血洒疆场！我们都喜欢苏联卫国战争时期的小说，被苏维埃人不畏德国法西斯铁蹄的顽强精神感动着、激励着，谁能想到，现在我们将面对苏修帝国主义的威胁，拿起武器捍卫祖国！我问自己准备好了吗？这半年我发奋努力刻苦训练，黑了壮了再不是你眼中的大男孩了，我曾一顿饭吃下两碗扣肉、三个两百克的馒头！射术精进打十环不在话下，三拳两脚击倒一条汉子你信吗？尽管我不是最好的，但我也是七尺男儿，位卑未敢忘忧国，我相信能做到最好的自己！

　　几天来心潮起伏难以平静。我们生长在这个"全国山河一片红"的火热年代，如"早晨八九点钟的太阳"，满怀理想和梦想。我们曾走上街头，振臂高呼"把无产阶级'文化大革命'进行到底"；我们读励志小说在一起交流心得，常怀"为有牺牲多壮志，敢叫日月换新天"的豪情；我们向往边境的战斗生活，打起背包奔赴巴尔鲁克山，为守护"雄鸡尾巴上最美丽的羽毛"感到无上荣光……我们纯真我们浪漫，现在即将面对严酷的现实——转场！我问自己：我们能走出来吗？我今年才十八岁……当我们凯旋，正是深红色野芍药开满山野之时，我们一定能见到！李雯，为我和我的战友们祝福吧！

　　此致
革命敬礼！

　　　　　　　　　　　　　　　　　　　　　　　　陆海江

　　这是写给她的信吗？不，这是一个年轻战士即将走上战场的内心独白和宣泄，李雯仿佛看到了陆海江那颗澎湃激荡的心，她的眼睛湿润了……

　　通常春季转场都是三月下旬，眼看就到清明了，可转场还没有一点消息！转场成了连队茶余饭后的主要话题，讨论最热烈的当属知青宿舍了。

　　"哎，你们说护送转场会选什么样的人？"

"那还用问，肯定是身体条件好、军事素质高的人呗。"

马超望着坐在门口的几个女知青说："你们女同胞肯定没戏了。"

彭春燕不屑一顾："这你就错了，以前每次转场都有女同志参加。"

杜春生站了起来："为什么要让女同志去？这应该是我们男人的事情！"

"这你又不懂了，我们是转场，又不是去打仗。"彭春燕一副得意的样子，"哈萨克牧民转场都是拖家带口，转场就要像转场的样子嘛！"

董黎明若有所思："这里面有政治。"

"董黎明，我们不能坐在这儿干等啊！"程强从床上下来，"我们写请战书，要求护送转场！"

"这个主意好，写请战书！"董黎明朝躺在床上的陆海江喊道，"海江快下来，现在就写！"

陆海江不敢怠慢，在办公桌前正襟危坐。

"请战书不要长，集中表达我们要求转场的坚强决心！"董黎明走到宿舍中间，"我先起个头，大家集思广益。敬爱的党支部：春季转场即将来临，张红珍班十八名战士请求护送转场！"

大家慷慨激昂你一言我一语，陆海江很快就整理好了，他给大家念了一遍，董黎明很满意，拿着请战书找江涛去了。大家又兴致勃勃地说起转场，陆海江却情绪不高，他十分清楚自己在男知青中所处的位置。

他从宿舍出来，一回头，怎么彭春燕跟在后面？

"陆海江，你也想参加转场呀！"

"每一个战士都有这个愿望。"

彭春燕笑了："你恐怕没份。"

陆海江侧脸扫了她一眼，他最不能接受的是女同志也瞧不起他！

彭春燕又说："不去也好。"

"为什么这样说？"

"路上什么事情都有可能发生。"

"我有思想准备。"他忽然想到她可以帮到他，"彭春燕，你可以帮我跟彭连长说说吗？"

"我爸这个人向来铁面无私公事公办，不过我会为你添油加醋的，嘻嘻……"

"谢谢。"

"我现在就回去跟我爸爸说。"

彭春燕总是对他的事情很上心，这让他很感动，不过他是很怕求她的。他听到京胡悠扬的旋律，心想罗豪才有没有报纸信件需要分送？他进了罗豪才的宿舍。

罗豪才放下京胡，说这两天没去团部，陆海江要走，罗豪才说："干吗老跟执行任务一样？到我这儿你别那么拘束，我们有共同语言啊。"罗豪才这样说陆海江很高兴，他是很想接近他的。他坐下了，想到了转场："罗文教，你参加过转场吗？"

"当然参加过，好几次哪！不从争议地区走一遭，那可就枉做牧业连的人了。"

"罗文教，你看今年春季转场我能被选上吗？"

"你想参加转场？你的长项可不在这上面啊……"

"你是支委，党支部研究的时候，你能不能帮我争取一下？"

这让罗豪才有点为难了，他点了一支香烟："每次挑选护送转场的人，那可都是硬碰硬啊，从硬的方面讲，你肯定碰不过那些男知青，你想参加，得找个理由啊……"

俄语！陆海江忽然来了灵感，上学时他的俄语一直很好，来连队之前学校进行了一场俄语会话比赛，他拿了个第二名，他想争议地区与苏军士兵周旋肯定要用上俄语，他的一般会话是没有问题的。他把这个想法说了，罗豪才望着他，眼珠子都快蹦出来了！以前转场遇到苏军士兵阻挠，双方各说各话对牛弹琴嘛，连里一直苦于没有翻译啊！他一拍大腿："成了，这是很硬的一条理由！"

各班推选的护送转场人员名单迟迟没有研究，彭大明在等一纸命令，他不想研究太早搞得沸沸扬扬的。张红珍班的人选是由江涛和正副班长董黎明、程强内定的，班里其他人毫不知情。马超耐不住寂寞上蹿下跳，终于掌握了班里上报的护送转场人员名单，虽然那里面没有他的名字，有点丧气，但他还是要制造点轰动效应的。大家正在宿舍休息，听他说已经掌握了班里上报的护送转场人员名单，都围了过来。

杜春生躺在床上吐着烟圈："马超，白搭功夫，名单上肯定没有你。"

马超冲杜春生说："你也别幸灾乐祸，你杜春生的名字也不在上面！"

"不可能，咱这身体，咱这军事素质，怎么可能我不在上面！"

"不信？你问问我们的正副班长吧。"

杜春生站了起来，瞪着眼睛看了看董黎明和程强："董黎明，程强，他说的是真的？"

董黎明和程强没有反应，杜春生把烟头踩了："哎，你们是怎么回事？我的军事素质在全班是最棒的！你们居然把我排斥在外？"

"杜春生，这不完全取决于军事素质，"董黎明说，"护送转场是一项特殊的政治任务。"

"怎么？我政治上靠不住？你们也太小看我了，我杜春生再浑，也不会拿国家利益当儿戏！这半年我练得这么苦，就等这一天！不行，我去找彭连长！"说完杜春生气呼呼地出了宿舍。

……

终于接到春季转场的命令，转场通过中苏争议地区的时间定为四月八日。牧业连的转场非同一般意义的转场，已经演变为中苏两国宣示各自主权的政治较量，转场前夕，两国代表都要在中方一侧一个叫巴克图的边境管理站举行会晤，商定转场通过争议地区的时间和路线。今年又不是晚春，时间怎么推后了？彭大明想，这大概又是两国在斗法吧！

彭大明立即召开了支委会，研究确定护送转场人员。大家对老战士人选没提出什么意见，这些人都是参加过护送转场的，但对张红珍班人选产生了分歧。

"张红珍班怎么没有杜春生？"康振华说，"这个小伙子成绩很突出，他应该上啊！"

彭大明也觉得杜春生应该上，前几天晚上杜春生跑到他家里请战，拳拳报国之心溢于言表，让他很感动。

"康副连长，怎么能光看军事素质？"江涛说，"这个人太愣，爱冲动，不适合执行这么特殊的政治任务。"

"年轻人嘛，血气方刚，有时耍个愣、斗个狠，我看没什么可大惊小怪的，转场这么大的事情，我相信他能把握自己。"

罗豪才也有同感："我们应该相信这些知青的觉悟，转场前好好教育教育，不会有问题。"

多数支委同意杜春生上，于是定下来了。

"张红珍班我再提个人，陆海江。这个小伙子……"

"老罗，打住，"彭大明不想让他往下说了，"小陆舞文弄墨没说的，要说转场，他与上面这些男知青可没得比，是不是你喜欢这个小伙子，就为他说话呀？"

"彭连长，你听我把话说完嘛。"罗豪才把陆海江俄语好的情况说了。

"小陆有这两下子？"彭大明喜出望外，"以前转场，老毛子叽里呱啦的，说的啥咱们一点都听不懂，现在好了，有翻译了！"他拍了一下桌子，"陆海江算一个！"

罗豪才又说："女战士里彭春燕就算了，换个其他人，彭连长就这一个女儿。"

支委们都看着彭大明。几天前彭大明看到张红珍班上报的名单中赫然写着女儿的名字，他的心情就很复杂，一方面为女儿得到班里的认可感到脸上有光，另一方面正如刚才罗豪才指出的，他就这一个女儿啊！这会儿大家都望着他等他表态呢，他端起杯子喝了口水，不紧不慢地说："罗文教，彭春燕上与不上，这跟她是不是我的女儿有什么关系？"

"彭连长……"

"老罗你不要说了，张红珍班推荐彭春燕，说明她表现好，够格，她就应该上。"彭大明环视了一圈，"大家对其他人选还有什么意见？"

"赵长山也应该上。"罗豪才是最了解彭大明心思的。

"我坚决反对！"江涛嗓门很大，大家都看着他，"这个人政治上太不成熟！擅自进入五号地制造严重事件，未经组织批准擅自带领张红珍班夜间集体外出，等等。赵长山缺乏组织纪律观念的种种表现我就不一一列举了，让他执行护送转场这样特殊的政治任务是不合适的，甚至是危险的！"

一时间大家沉默了。

"五号地的事情是一个偶然，要不是在野外遇到马力克，一起喝多了酒，他也不会跑到五号地去。"罗豪才说，"至于擅自带领知青班集体外出，也是事出有因。"

"让赵长山上没有问题。"康振华说，"这些年，他每次都参加转场，路上经历了不少事，虽然他有时也很冲动，但还是听招呼的。就说上次转场吧，张红珍同志为掩护他牺牲，当时他的情绪差不多已经失控，在这种情况下，他还是服从了我的命令，我们应该信任他。"

"江副指导员的考虑稳当一些，"曲德明说，"我也觉得派赵长山去是有一定风险的。"

"怕担风险，那还能干成啥事情！"康振华把脸转向彭大明，"彭连长，你就拍板吧！"

彭大明又端起茶杯，还没有什么事情让他如此犹豫不决！以往转场都少不了赵长山，走得多了，自然对转场路线、地形、天气了如指掌，而他那一身功夫，更是在与苏军士兵的周旋中发挥了震慑作用！可这个人的倔强任性、冒失鲁莽也让彭大明着实领教了，尽管这半年他也看到他身上的变化，为之欣慰，但转场非同小可、事关重大，他冒得起这个险吗？这些天他的大脑常常在这两个点上徘徊，现在他必须下决心了！

"前几天赵长山找过我，请求参加转场，态度很诚恳。"他的语气很平缓，

"在我们这一连人中，赵长山护送转场的经历是最多的，他所发挥的作用大家心里都有一本账，就不用我多说了，我想强调的是，赵长山也在改变自己，经历了那些事，他比过去成熟了，大家也都看到了，我同意赵长山同志参加护送转场。"

江涛不想让彭大明就这样轻意拍板了，"彭连长，还是表决一下吧。"

"好，同意赵长山同志参加护送转场的请举手。"

七个支委五人赞成，通过了。

彭大明说："最后确定一名支委带队，老规矩。"

"我去吧。"罗豪才说，"不瞒你们说，我老婆坚持把我往回调，万一调令来了我就再没有机会了。"

他这样说，支委们也就不跟他争了，彭大明望着他一时挺动情的。

散会后罗豪才就去找了陆海江。如愿以偿的陆海江很兴奋，对罗豪才说了很多感谢的话。赵长山得到彭大明给他的消息脸上却没有什么表情，只是说了声"谢你了彭连长"，彭大明说："你要感谢大家，支委会上多数支委同意你去，你可不要辜负大家的一片心哪！"赵长山说："我要辜负大家还算个人吗？"彭大明说："我就给你一句话，遇事一定要冷静，千万不要感情用事啊！"赵长山说："这话你嘱咐我多少遍了，我已经刻在脑子里了。"走的时候彭大明扭头扔了一句："反正我的脑袋是攥在你赵长山手里了！"

下午江涛到张红珍班宣布了护送转场人员名单，点到名的兴高采烈，落选的都很沮丧。

"我对这个名单有意见！"李涛大声说，"陆海江凭哪一条？别人我不敢比，但我比陆海江强！"

马超看着陆海江，目光里满是狐疑："陆海江，你走罗文教的后门了吧？"

此时陆海江挺得意的："我还需要走后门吗？我俄语好，转场路上如果遇到苏军，我可以当翻译！"

李涛还是很不服气："就你在学校学过，我们没学过啊？我们这些知青哪个不能来几句？"

"来几句可不够用，"董黎明给老同学帮腔，"海江在我们学校的俄语会话比赛中拿过第二名，基本对话不成问题，你们行吗？"

那几个愤愤不平的男知青不吭气了。

女战士里有彭春燕的名字，她乐得合不拢嘴，队伍解散后她兴冲冲地跑回家，一进门就说："妈我入选啦！"

春燕妈正在灶台盛面条，一愣，这几天她的神经也绷着呢，女儿的话立马让她反应过来："老头子，女儿说的是真的？"

"刚研究的，四个护送转场的女战士里有她一个。"彭大明说，他给自己斟了杯酒，今晚他想喝几口。

春燕妈把一碗面条往女儿面前一推："她凭哪一条？"

彭春燕当头被浇了盆凉水："妈，听你的口气，你不高兴我参加转场啊？"

"吃饭！"春燕妈往女儿的碗里夹菜，"女孩子家家的，转什么场，那是男人的事情。"

彭大明扫了她一眼："当年你不是也参加过转场吗？"

"那是当年，现在这些女孩子，能跟我们这一辈人比吗？"

"妈，你别小看人，我不见得比你当年差！"

"你没转过场，路上的苦你哪里知道，光骑几天马就够你受的！"

"妈，我骑马是全班最棒的！"

"瞎逞能！骑着玩玩还可以，七八十公里跑个来回你试试？"

彭春燕把筷子放下了："妈，你怎么净说泄气的话？也不鼓励鼓励女儿！"

春燕妈不说话了，低着头往嘴里扒拉面条，彭大明没动筷子，只是喝酒，眼睛看着女儿，这张脸是多么单纯可爱啊！"春燕，你妈刚才的话有道理，转场不那么简单，路上可能会遇到想不到的困难和意外情况，你要有充分的思想准备。"

彭春燕一本正经地坐直身子："连长同志，我已经做好了一切准备！"

春燕妈嗔道："傻丫头！快吃你的饭吧。"

这天夜里彭春燕和陆海江各怀心事。彭春燕想着陆海江，她在爸爸那儿没给他帮上忙，想不到他俄语这么好，凭自己的本事争取到了！一想到她将跟他并肩走在转场的路上，她身上就热热的，不管发生什么事情，她都跟他在一起……睡在隔壁的陆海江却想着另外一个人，李雯会想到他成为转场的一员吗？她一定会羡慕他的，明天给她去个电话。三天之后他将踏上那条不寻常的路，崎岖坎坷，风雪交加，还有可能遇到苏军，投入战斗！也许……走之前应该见她一面，他的眼睛湿了。很快他就从这种情绪中摆脱出来：你不是要当翻译吗？你必须抓紧时间把掌握的俄语全部调动起来！大家都睡了，陆海江把被子蒙在头上，想着与苏军交涉可能会用到的俄语词组，嘴里默默地念着。夜很静，他的思维变得异常清晰敏锐……

第二天早晨彭大明刚走进连部，关团长的电话就来了，他一上来就说："老彭你干事情能不能稳当点儿？"彭大明马上就想到他要说赵长山的事儿。关长远口气很生硬，要求他把赵长山从护送转场人员中换下来，彭大明说这是经过党支部慎重研究的，团党委尽管放心，关长远说："还是稳当点吧，你老彭为什么非要冒这个险，把自己置于风口浪尖之上？"彭大明有些激动，说："为了国家尊严！当领导的瞻前顾后谨小慎微还当什么领导？赵长山要是出了问题，你关团长把我送师部军事法庭！"说完放下了电话，从牙缝里蹦出四个字，"这个江涛！"

转场出发的头天晚上，连里在食堂摆了两桌酒，为参加护送转场的人壮行。这也是老规矩，可齐桂花却鬼使神差，下午早早回家做了一桌菜，还到小商店买了瓶烧酒。她来叫罗豪才，他说："我去食堂会餐。"齐桂花拍了下脑门，她怎么把这个茬儿忘了？还傻忙活呢！她嘱咐他少喝点酒，他不耐烦地说："你操那么多心干啥？走吧走吧！"齐桂花叹了口气，说："我真是自作多情！"

罗豪才刚进食堂，清炖羊肉散发的清香就扑鼻而来，他也一直等着这顿大餐呢！彭大明招呼他在身边坐下，会餐便开始了，彭大明说："食堂专门杀了一只羊，我特批的，大家放开肚子吃！"杜春生想彭连长也太抠了，就一只羊，还不够眼前这群狼塞牙缝的呢！平日里彭连长挺严肃，战士们都很敬畏他，今晚他仿佛变了一个人，笑声朗朗，频频举杯，战士们也就放开了，吆五喝六的。

赵长山见陆海江坐在那儿默不作声，走到他跟前说："小陆，你怎么不喝？"

"我已经喝过一杯了。"

旁边的彭春燕听见了，心想你怎么这么老实啊！

"上次我娶媳妇你喝了三杯，今天你不能低于这个量！"赵长山给他斟满酒，"要想成为真正的男人，酒也必须练出来！"

"赵班长，你就别难为他了，"彭春燕端起陆海江的酒杯，"我替他喝！"

赵长山看着她："春燕，你这是什么意思？"

陆海江有点窘，赶紧说："我自己喝。"他从彭春燕手里把酒杯抢过来，一仰脖子干了，他最怕别人拿他俩说事儿，也不想老欠彭春燕的情。

杜春生走了过来："还是赵班长有面子，刚才我怎么劝他他都不喝。陆海江，你是我们的翻译官，佩服！怎么着我也要跟你碰一杯！"

陆海江本想推辞，但他怕彭春燕又端起他的酒杯，于是硬着头皮喝了。沈东风也过来给陆海江敬酒，赵长山拦住了："他就喝三杯，我批准的。"

三杯酒下肚，陆海江就觉得头重脚轻，不过反应好像没有在赵长山婚礼上那么强烈。看来吃螃蟹并不可怕，他想。

罗豪才也喝多了，回到宿舍四仰八叉地躺在床上。酒在肚子里翻滚，心潮澎湃逐浪高，他很想说话很想跟人聊聊！齐桂花，齐桂花……他默默地念叨着。门吱呀响了一声，罗豪睁开眼睛，齐桂花进来了！

"干吗把自己灌得跟死猪一样，找罪受！"

"痛快！"他几乎是喊出来的，一只手搓着胸口。

看着他那难受的样子，她就知道他这会儿想喝水，她去提暖瓶，这时他吐了，前胸和床边全是饭食，她赶紧取来毛巾擦拭："啧啧，这么大的酒气，熏死人！"

罗豪才一下抓住她的手："桂花……"

"老实点！我给你擦擦，看这一身弄的！"

"明天转场……我带队！"

"是，你英雄！"

"桂花，如果……我回不来，把我……埋在'四排'。"

"出门的人，不许说不吉利的话！你一定要回来，我还等着你呢！"

"每年清明……给我……上上坟。"

"你要真光荣了，不用你说，每年清明，我一定去看你！"

罗豪才紧紧攥着她的手："桂花，你是……好女人。"

"得了，我讨厌你现在这个样子！哼，好女人，给你你敢要吗？借着喝点酒，耍酒疯！"她从水桶里倒了盆凉水，把毛巾在里面摆了摆，想让他清醒清醒，他却安静下来了，她俯下身子轻轻唤一声，"豪才？"

他没有反应，睡着了。泪水在她的眼眶里打转，这样地望了一会儿，她拉开被子给他披好，又搬来一张凳子，倒了碗开水搁在上面，然后离开了。

会餐结束后董黎明就被江涛叫去了，刚才董黎明也放开了，喝了不少酒，面红耳赤，话也多了，以往都是他听江涛说，毕恭毕敬的，这会儿他滔滔不绝信誓旦旦，江涛看着他只是笑。董黎明忽然意识到失态了，就有些不好意思："我喝多了，江副指导员您别见怪啊！"

"你说得那么好，我为什么要怪你呀？"江涛拉着他坐下，"黎明同志，叫你来是想给你交代一下。"

董黎明忽地站了起来："江副指导员您尽管吩咐！"

"这次转场我是不主张赵长山去的，党支部最终还是决定派他去，但我对他很不放心哪！黎明同志，转场的斗争原则和组织纪律我已经对你们进行了教育，赵长山这个人爱冲动，对他不一定管用，你要多留点心。记住，如果他有出轨行为，你要及时制止，必要时可以采取非常手段！"

171

董黎明先是愣了一下，马上说："是！"

"明天还要转场，早点回去休息吧。"

从江涛宿舍出来，董黎明都能听到自己的心跳声。他很清楚"采取非常手段"的含意，是的！破坏转场纪律危害国家利益，什么样的手段不可以上？此刻他的脚步很坚定，仿佛已经走在转场的路上……

天蒙蒙亮，人们还在熟睡之中，十五人护送转场小分队已经踏上行程。赵长山走在最前面，这条路他再熟悉不过了，哪儿地势相对平坦、哪条山沟积雪较少都装在他的脑海里，今天他们要多走三十公里路，绕过争议地区，天黑前赶到冬窝子，他必须选择最佳路线！战士们呈"一"字形紧随其后，罗豪才在最后面压阵，每个人都穿着军绿色大衣，女战士一眼就能分辨出来，她们头上裹了厚厚的围巾。

天大亮了，一片银色世界。陆海江看清了，大红色围巾里的圆脸是彭春燕的，那一抹红在雪的映衬下好耀眼！放眼望去，陆海江顿生感叹，银色的山包起起伏伏一座连着一座如"惊涛拍岸卷起千堆雪"，不久野芍药将绽放，那又是花的海洋一浪连着一浪……陆海江的兴致转瞬即逝，赵长山带着他们一会儿爬上山包一会儿下到沟里，一会儿扬鞭疾驰一会儿碎步慢行，坐在马上好不安稳，尽管训练时这种路也没少走，但陆海江还是觉得很吃力，随着马的跃动调整姿势，努力做到赵长山所说的人马合一，前面的路还长着呢，他必须保持专注保持体力！

艳阳高照，地上的雪晶晶莹莹的，反射的光让人不敢直视。罗豪才看了一下手表，已经是中午两点，他决定休息一下，让大家吃点东西。大家纷纷下马，来到山脚下避风的地方，张红珍班的战士都显得很疲惫，两条腿麻酥酥的，屁股也有点疼。大家聚在一起，各自拿出食堂准备的馍馍和咸菜，就着行军壶里的水吃起来，水凉冰冰的，杜春生干脆抓了把雪塞进嘴里。彭春燕从挎包里拿出一袋菜盒子，妈妈心疼女儿，昨天晚上给她烙的。

沈东风很是羡慕："彭春燕，你的待遇高啊！"

"我妈烙的，来，大家都尝尝。"彭春燕很大方，"自己拿，还要我一个一个给呀？"

"那我就不客气了。"杜春生起身拿了一个，咬了一口，"鸡蛋粉条萝卜馅的，好香啊！"

他这样说几个男战士就坐不住了，也过去拿了。袋子里只剩下三个，彭春

172

燕把其中两个分给杨红和另一个女战士，最后一个递给陆海江，他没接，"你都分完了，自己吃啥？留着自己吃吧。"

"拿着，我一个就够了。"

"陆海江，你就笑纳吧，"董黎明说话的表情有些酸溜溜的："我想吃还没有了呢。"

陆海江怕他嚼舌，赶紧从彭春燕手里接过来。菜盒子金黄，油煎过的，还没吃他就觉得香了。

"罗文教，转场的路这么难走啊？"沈东风感叹道。

"明天争议地区的路更难走，要翻过一座大山，而且那里天气无常说变就变，但愿不要赶上暴风雪。"

午饭匆匆结束，大家又上路了。走了一阵儿陆海江就出状况了，他一只手捂着肚子，不时地揉着，表情挺痛苦。大家都没在意，彭春燕却看在眼里，她放慢速度等他过来，问他怎么了，陆海江说肚子抽着疼，他肠胃不好，刚才吃了她给的菜盒子，又喝了凉水，闹肚子了。他下了马，这时罗豪才过来了，陆海江说要解个大手，一路小跑地下到旁边的沟里去了。罗豪才让彭春燕先走，他等陆海江，彭春燕赶了上去，心里好懊恼，她干吗给他菜盒子呀！

没走多远，陆海江又从马上下来，慌不择路地躲到一块巨石后面。罗豪才大声喊杨红，医药包在她身上背着，她调转马头跑了过来，把治拉肚子的药片给陆海江吃了，罗豪才说："你可不能出问题！"看着他严肃的表情，陆海江很内疚，自己的身体太不争气了！

吃下去的药片好像没起什么作用，肚子还是抽着疼，他强忍着，头上一个劲地冒虚汗，棉帽都湿了，小风袭来，感觉好冷啊！

……

当他们走出那条长长的峡谷，茫茫雪原便呈现在战士们的眼前。陆海江的第一反应是：冬窝子到了！他深深吸了口气，如释重负。夕阳下的冬牧场恬静而安详，木屋和围栏被染上余晖，轮廓清晰可辨，羊群散落着，拱食着雪下的枯草，远处的雪山像涂了大块的墨绿，那是簇拥在一起的傲立挺拔的塔松！终于到家了，战士们都显得很兴奋，在马上相互击掌。

冬窝子的人远远地就迎过来，半年的孤寂生活，他们终于等来这一天！陈排长几天前就安排人把几间木屋打扫得干干净净、烧得暖暖和和，还杀了两只看上去走不出冬窝子的羊。杜春生听他说晚上吃手抓肉，咧着大嘴笑了："昨天晚上才解的馋，今天晚上又有羊肉吃，护送转场真不赖！"

陆海江下了马就直奔厕所去了，这一路他也记不清跑了几次肚。回来他就在大通铺躺下了，彭春燕问他好些了吗，陆海江没有回答她，只是苦笑了一下。明天就要走争议地区了，他能扛得住吗？彭春燕真为他担心。

她从木屋出来，望着远处的山。眼前忽然一亮，她想到了野大蒜！小的时候，她拉肚子吃药不管用，妈妈就上山给她挖来野大蒜吃，特灵！她牵上自己的马走了，杨红看见了，问她去哪儿，她说屋里挺闷的在外面走走，杨红说可别走远啊。

罗豪才跟陈排长聊了一阵儿便来看陆海江，嘱咐他按时吃药多喝开水。他挨着几间木屋看了看，好像没见彭春燕。他想起出发前彭大明的交代："这孩子胆子贼大，你可要把她看好了。"罗豪才赶紧又挨着屋子找，杨红说她骑马在外面转悠呢。罗豪才到外面望了一圈儿，根本没见彭春燕的影子。眼看就要天黑了，他有点紧张，立即让战士们分头去找。

此时彭春燕已经在山脚下了，妈妈带她挖野蒜、野葱、野芹菜什么的，都是来山下的坡地。白天雪已经开始融化，各种草的茎叶露出来，她仔细辨认着。一连用刺刀在冻土里挖了几株，根下什么都没有。天渐渐黑了，想到陆海江痛苦的表情，她不愿放弃！

终于挖到了一窝野大蒜！她跪在雪地上，双手捧着封冻的蒜头，开心地笑了。这时她隐约听到战士们呼喊她的声音，她来到高处，双手作喇叭状，"哎——我在这儿呢！"

董黎明最先做出反应："我听到彭春燕的回答了！在山下！"

罗豪才和战士们策马向山脚下奔去。黑暗中彭春燕骑着马过来了，罗豪才气不打一处来："彭春燕，你干什么去了？"

"我去挖野大蒜，陆海江不是闹肚子嘛，我担心他扛不住。小时候我拉肚子，我妈就给我吃野大蒜，特灵！"

"那你怎么不多叫几个人去？胡闹！这深山老林，出事咋办？"

彭春燕歉意地吐了一下舌头。

"我现在宣布一条纪律！"罗豪才对大家说，"从现在开始，谁也不准离开木屋！除了拉屎撒尿！"说完调转马头走了，大家都跟了上去。

"彭春燕，你胆子真够大的，"程强说，"万一碰上狗熊、雪豹怎么办？"

"哪会那么巧，就是碰上了，我手里的枪可不是烧火棍！"她把脸转向赵长山，"是不是赵班长？"

战士们都笑了，赵长山笑得最开心。

沈东风说："山里长大的姑娘就是不一样啊，佩服！"

"关键是陆海江的力量，"杜春生说，"彭春燕，我说的没错吧？"

彭春燕笑而不答，杜春生撺上她："哎，彭春燕，如果是我闹肚子，你会上山给我挖野大蒜吗？"

"我也一样会去！"

"哎哟，我的眼泪都要下来了……"杜春生做了个擦眼泪的动作，大家又笑了。

木屋点亮的油灯像夜空上的几颗星，似有似无若隐若现，这会儿大家都饥肠辘辘，远远地就闻到清炖羊肉的鲜味了。下了马大家走进吃饭的木屋，彭春燕想这会儿陆海江肯定在大通铺躺着呢，便进了他住的木屋。她从口袋掏出野大蒜，小孩子似的在他眼前晃了晃，陆海江刚才也听说彭春燕不见了，他怎么也想不到彭春燕是去为他挖野大蒜！心里一热，眼睛就湿了，但他不想让她察觉他的感动，努力让自己显得很平静："你不应该一个人跑出去。"

"我不是好好的吗？还找到了我想要的东西。"她把野大蒜一层层剥开，递给他。

"管用吗？"

"土方子，特管用！不过，冻了的野大蒜不知道效力怎么样，死马就当活马医吧。"她的这个比喻让陆海江哭笑不得。他把蒜拿在眼前，想着该如何吃它。

"野大蒜特别辣，你忍着点儿。"

陆海江伸手从挎包里拿出馍馍，她阻止了："必须干吃，我妈说干吃效果才好。"

陆海江强忍着把几颗野大蒜吃了下去，辣得脑门上沁出汗珠。彭春燕默默地望着他，在陆海江最需要帮助的时候，她做了自己最应该做的事情，还有什么比这更让她感到欣慰和满足的呢？

董黎明进来了："你们怎么不过去吃饭？"

"刚给他吃了野大蒜，不能马上就吃饭。"

"我现在什么都吃不下，彭春燕，你赶快过去吃饭吧。"

"海江，那你好好休息。"彭春燕出去了。

她第一次叫他"海江"，他心里咯噔了一下，董黎明也是第一次从她嘴里听到这个昵称，他说了句"这山里的姑娘真可爱"就走了，这话陆海江琢磨了好一阵子。

旁边的木屋里，两大盆清炖羊肉冒着热气，肉块很大筷子夹不住，战士们只能上手了。沈东风说："少数民族同志管这叫手抓肉，我现在才找到出处了。"

女知青们对肉不是很钟情，杨红说："要是有点青菜就好了。"陈排长说："家里带来的几样冬菜早就吃完了，我们基本上成哈萨克牧民了，哈哈……"杜春生说："哈萨克牧民好啊，有肉吃有奶喝啊，我们在连里个把月都见不到一星肉！"罗豪才看了他一眼："你只看到肉了奶了，可没体会到这里的艰苦啊！"杜春生不以为然："能比连里艰苦到哪儿去？明年我报名到冬窝子！"沈东风马上说："我也报名！"……

大家说得热闹，彭春燕却一直想着陆海江，他总该吃点什么啊！她起身来到厨房，锅里的肉汤还在滚着，眼睛扫了一圈，看见架子上有几把挂面，于是下了一碗给陆海江端去了。

"海江，我用肉汤给你下了碗挂面，可有营养了！"

"不敢吃，我想让肚子空一空。"

"不吃饭怎么行？不恢复体力，明天争议地区的路你怎么走？"

彭春燕点到了要害，这碗面是不能不吃的，陆海江接过彭春燕手里的碗和筷子。她定定地望着他，那表情就像老师在监督淘气的小学生写作业，他挺难为情的："彭春燕，你过去吃饭吧。"

"我要监督你吃完。"

"你这样看着，我就吃不下去了。"

"好好，我走，你可要吃完噢，等一会儿我来检查！"

"一定完成任务。"

她走后陆海江有些自责，她只身一人去山下给他挖野大蒜，还想着给他做病号饭，他怎么连一句感谢的话都没有？他是不是太冷漠了？想到这儿他大口吃了起来，尽管没什么食欲，但无论如何他都要把它吃下去，不然就太对不起她了……

夜，冬窝子出奇的静。上半夜陆海江睡得还算安稳，没有再跑肚；下半夜他就觉得身上发热，摸了摸脑门，估计在三十八度以上。昨天他硬扛过来，出了很多汗，着风了，陆海江想他怎么这么倒霉啊！

天还没亮战士们就爬起来，去围栏里赶羊。陆海江感到头很沉，四肢酸软，上马都挺吃力的。彭春燕来到他身边："海江，不拉了吧？"他摇了摇头："彭春燕，谢谢你。"夜里他就想好了，今天见到她一定要说这句话。彭春燕嘱咐他再吃几瓣蒜，巩固一下，这提醒了陆海江，蒜他是不打算吃了，他得赶紧吃退烧药！他去找杨红要退烧药，她睁大眼睛说："你发烧了？"陆海江说："备着吧。"

上路了，春季转场正式拉开了大幕！

踏雪前行，羊子显得局促而茫然，咩咩的叫声此起彼伏不绝于耳，仿佛它们也知道踏上了漫漫长路！

战士们的表情都很凝重，等待他们的不仅仅是崎岖坎坷，更有争议地区的诡谲凶险！

雪原如盖。地上的雪白天融化夜里结冻，走在上面踩出大大小小的洞，很是吃力，战士们赶着羊群奋力前行……陆海江感到身上烫烫的，他加快驱赶的速度，左奔右突，他想用这种方式让自己发汗，可汗就是发不出来！彭春燕不知其中奥秘，跟着他不离左右……

出了冬窝子便是羊肠小道，行进的速度慢了下来。以往这个时候太阳就从山头冒出来，一派明媚了，可此时天空暗暗的，一如出发时的光景。罗豪才在马上啐了一口，难道天气总要跟他们作对吗？

……

时近中午，争议地区出现在眼前，一座高山横亘着，大家看得很清楚，山上在下雪！这是中苏两国商定的转场路线，他们必须从山上通过！罗豪才面临选择：他们可以等待，天气转晴了再上山，如果雪下个不停呢？还有，翻过山就是风区，如果起风了怎么办？转场通过争议地区的最后时限是夜里十二点，如果这之前走不出争议地区就是违约！他的大脑在高速运转，这时赵长山过来了，让他赶紧拿主意，罗豪才不再犹豫，上山！

山路盘旋而上，雪簌簌地下着，眼前一片迷茫，路很狭窄，踩踏后又很湿滑，稍有不慎就会坠落山下！头一次置身此种险境，张红珍班的战士都显得很紧张，陆海江现在才真正体会到什么叫如临深渊、如履薄冰了。现在他的命运多半系于马身了，但他马上就意识到不能恐惧！他要放松，保持平衡，做到人马合一！人有时是很奇怪的，身处险境让人恐惧，求生本能又让人克服恐惧，此时的陆海江就走出了恐惧的阴影，而一直折磨着他的高烧早就甩到爪哇国去了。

终于下山了，情况如罗豪才料想的那样，起风了！狂风裹着雪花漫天飞舞，峡谷里一片混沌。刚进峡谷羊群就乱了，东跑西窜，战士们迅速散开，挥动鞭子奋力聚拢羊群。一小群羊像是着了魔，任陆海江怎样阻拦也不肯随大队走，彭春燕看见了，赶了过来。一阵狂风袭来，天昏地暗，那群羊疯了似的朝山下跑去，陆海江和彭春燕紧追不舍……

他俩被羊群带到山脚下，二十几只羊挤在一起，总算老实了。陆海江和彭春燕下了马，彭春燕这时才发现他的脸通红，而且看见他在打哆嗦，彭春燕伸手摸了摸他的额头，他在发烧！她拉着他来到一处避风的地方，脱下大衣铺在地上，让他躺下。"你这是干什么？赶快穿上，天这么冷！"陆海江去拿大衣，她一把拉住他："我没事，你在打摆子，快躺下！"他索性躺在雪地上了，她把大衣盖在他的身上，他使劲挣脱，她压着他大声说："你现在需要恢复体力，不然怎么走出争议地区？"这话产生了效果，他便依从她了。

风雪还在弥漫着，同时发出尖厉的哨声。羊挤在一块巨石下面，颤抖着。躺在旁边的陆海江感到好孤独好无助啊，大片大片的雪花抽打在脸上，眼前迷迷蒙蒙，路在何方？而他不争气的身体还发着高烧，蜷曲着如倒在雪地上的丧家之犬……"海江，罗文教会派人来找我们的！"彭春燕的语气很坚定。眼前这个脱掉大衣的姑娘更显娇小，可她身上却透着这个年龄少有的果敢、冷静和坚韧！陆海江好惭愧，觉得自己在她面前是那么渺小。他从地上坐了起来，"这里是争议地区，我们不能在这里等！"彭春燕按住他，"不行，你现在烧得这么厉害！再说往哪儿走？我们不知道路啊！最好的办法是在这儿等，罗文教一定会派人来找我们的！"

……

风渐渐小了，罗豪才和战士们赶着羊群艰难前行。赵长山朝他跑了过来，神色有些紧张："罗文教，陆海江和彭春燕没有跟上来，有人看见他俩追赶一小群羊去了。"罗豪才一下就蒙了，他很快镇定下来，对陈排长说："这里交给你了，不要停下！我带两个人去找陆海江和彭春燕！""罗文教，你是主心骨，这里不能没有你！"赵长山说，"我带两个人去，我们一定把他俩找回来！"罗豪才想了想，觉得他这个提议更周全："好吧，我们出了争议地区等你们，你一定要把他俩带出来！"赵长山朝董黎明和杜春生喊道："董黎明，杜春生，跟我来！"董黎明和杜春生跟着他消失在风雪之中……

茫茫峡谷，陆海江和彭春燕会在什么地方呢？董黎明和杜春生很茫然，赵长山却心中有数，以前转场他也遇到过这种情况，羊为了避风都是往山边跑的，他决定沿山边寻找，先去峡谷的一边，如果找不到再调头去另一边！

疾驰中他们大声喊着陆海江和彭春燕的名字，风把他们的声音传得很远、很远……

他们终于听到了彭春燕的回答，飞速向山边奔去！

看见赵长山、董黎明和杜春生的身影，彭春燕雀跃着，眼睛里闪着激动的泪花，陆海江兴奋地从地上站了起来，他仿佛觉得自己好了一大半了！

五个人热烈相拥！赵长山说时间不多了，赶紧上马！彭春燕告诉他陆海江在发高烧，赵长山当胸给了陆海江一拳，他试探陆海江的方式很特别，陆海江打了个趔趄，马上挺直腰："放心吧，我一定能跟你们走出去！"

　　路上赵长山说："你们不该追这群羊，我们的任务是通过争议地区，羊损失就损失了。"陆海江说二十几只羊呢，损失了太可惜了。

　　争议地区的天气变幻莫测，风雪说来就来说走就走，这阵子峡谷里又恢复平静了。紧绷的神经刚有些松弛，他们就看见十几个骑着马的苏军士兵横在前面！董黎明、杜春生、陆海江和彭春燕都下意识地去看赵长山，赵长山继续赶着羊朝前走，一副若无其事的样子，这种场面他见得多了！

　　前方传来苏军士兵的声音，陆海江听明白了，大意是："中苏双方协议，转场一批通过，为什么有第二批？你们马上退回去！"陆海江给赵长山翻译了，赵长山说："你告诉他们，我们跟前面是一批的，刚才遇到了暴风雪，走散了。"陆海江心跳加快，他稳定了一下情绪，大声用俄语翻译了一遍。苏军中一个军官模样的人举着手枪吼了两句，陆海江说："他说我们违背协议，是挑衅！"杜春生耐不住了："赵班长，别跟他们啰嗦，我们冲过去！"赵长山耳边响起彭大明的声音："长山，遇事一定要冷静，千万不要感情用事啊！"他对陆海江说："再次向他们说明原因，我们严格遵守协议，刚才确实遇到了暴风雪。"陆海江用俄语重复了一遍，他听见一个士兵对那个军官说，刚才这里确实有一场暴风雪。那个军官和士兵们嘀咕了几句，把路让开了，赵长山甩了一个响鞭，羊又跑了起来……

　　他们走出了争议地区，看见了等候他们的同志们！陆海江眼前一黑，从马上栽了下来。"海江！"彭春燕大声喊道，赵长山跳下马，抱起陆海江，他在抽搐，缩成一团……

　　转场站已经不远了，大家轮换背着陆海江朝转场站走去。

　　终于望见了几间石屋，那儿就是牧业连的转场站，从冬窝子出来都要在这里住一夜。石屋里空空荡荡的，只有一地干草。赵长山和董黎明把陆海江放在草地上，战士们都围了过来。彭春燕端来一盆凉水，把浸了凉水的毛巾搭在陆海江的额头上。

　　陆海江的嘴抽动了几下："我们遇到了暴风雪！你们无理阻拦！这是我国领土！"

　　他烧得太厉害了，神志不清，罗豪才取下他头上的毛巾，在水盆里摆了摆，又给他搭上。陆海江终于醒了，他用异样的目光看着周围的人。

"小陆，你总算醒了！"罗豪才转过身，"杨红，退烧药！"

杨红赶紧把药片和一碗水递过来，罗豪才给他喂了。

"罗文教，我拖大家后腿了。"

"什么话！你是好样的！"罗豪才很激动，"护送转场让你来对了，要不是你会俄语，你们在回来的路上还不知道会发生什么事情呢！"

陆海江脸上露出欣慰的笑容。罗豪才让大家都散了，把陆海江交给彭春燕和杨红照顾；又安排董黎明带几个战士烧热水，给大家好好烫烫脚。

屋里只剩下陆海江、彭春燕和杨红，彭春燕说："海江，晚上想吃啥，我和杨红给你做。"

"我现在啥也不想吃，有水喝就行了。"

"不吃饭怎么行，我也不能老给你吃药吧！"杨红说，"罗文教把你交给我们了，我们就要对你负责！"

"这里是转场站，啥也没有，大家吃啥我吃啥。"

"要是夏天就好了，"彭春燕说，"我们可以上山挖野大葱、野芹菜、野蘑菇，再掏一窝鸟蛋，给你做一顿香喷喷的病号饭！"

"你又来了！"陆海江脸沉了下来，"彭春燕同志，你要遵守转场纪律，再不能擅自行动！"

彭春燕做了个鬼脸，陆海江笑了。几缕阳光从石屋的门缝钻进来，亮亮的有些晃眼，陆海江忽然产生出去看看的强烈愿望！彭春燕和杨红扶着他来到门口，他又一阵晕眩，雪后初晴，夕阳下的原野、山峦晶晶莹莹好纯净啊，他不是也经历了一场人生的洗礼吗？

转场平安归来，尽管没有硝烟，但这不啻是一场重大战役的胜利！第二天上午连里就召开了总结庆功会，陆海江自然是最风光的，鉴于他在争议地区中苏双方对峙时所发挥的关键作用，党支部决定报请团党委给他记三等功！彭大明宣布这个决定后台下响起热烈的掌声，陆海江的眼睛湿润了，这半年他活得好累好苦啊，现在总算得到了党支部和战士们的认可！

彭大明对赵长山也提出了特别表扬，战士们给赵长山的掌声似乎更热烈更持久，大家都觉得也应该给他报三等功！暴风雪中能把陆海江和彭春燕捞出来，凭的是他的经验啊，更难能可贵的是，面对苏军的阻拦他没有冲动，从容镇定据理力争，这次安然无恙地走出争议地区，他也功不可没！赵长山坐在那儿悠然地吸着莫合烟，战士们的掌声已经让他知足了，至于那个三等功他压根儿就没往心里去！

散会后，彭大明见赵长山独自站在门口，他一下就想到"三等功"这个问题了："长山，连里给陆海江报三等功，你没啥想法吧？"

赵长山的脸刷地变了："你怕我跟陆海江争？嘁，你彭连长也太小看我赵长山了！"

彭大明笑了，拍了拍他的肩膀："长山，这次你没让我失望。"

"彭连长，你的脑袋攥在我手里了，我的脑袋不值钱，可以不要，你的脑袋可金贵啊，说啥我也要安安全全带回来！"

赵长山也学会幽默了，这让彭大明很欣慰。他问赵长山在这儿等他想说什么事，赵长山说这次转场春燕对小陆很上心哪！彭大明笑了，心想他一个粗人还留心儿女情长？赵长山把春燕给陆海江挖野大蒜的事说了，彭大明的表情不轻松了，罗豪才给他汇报时可没提这件事！女儿不会爱上小陆了吧？彭大明敏感地意识到这一点。

党支部给陆海江报三等功，这是战士们没有想到的，回到宿舍马超就抒发感慨："陆海江，这次转场你把董黎明和杜春生都盖了，不得了不得了！"

马超的话好像又让董黎明吃了颗酸葡萄，在会场上他心里就挺不是滋味。陆海江偷偷看了他一眼，淡淡地说："我不过发挥了一点特长而已。"

"陆海江，我服你！"杜春生说，"要不是你这点特长，我们几个可能就撂在争议地区了。"

董黎明想他应该说点什么，不然就显得太没有气量了："海江，你不必谦虚，这个三等功你受之无愧。"

"陆海江还有一大收获。"杜春生不紧不慢地点燃一支香烟。

马超有些迫不及待："杜春生，你把话说全乎了好不好？"

杜春生吐了一个大大的烟圈，眼睛望着它由浓变淡直至消失，然后说："彭春燕爱上陆海江喽……"

陆海江像霜打的茄子，蔫了。他还有什么可辩驳的？如果不是因为爱，一个女孩子会如此为他奋不顾身吗？

马超挺扫兴："我当是什么收获呢，这不是秃子头上的虱子明摆着嘛！"

"马超，你没参加转场看得不真啊，"杜春生说，"我算是亲眼见识了，这次彭春燕可是为陆海江上刀山下火海啊！"

马超走到陆海江身边："陆海江，李雯那头怎么办？"

陆海江低下头，这确实是一个很现实的问题，今后他该如何面对彭春燕呢？

181

女知青这边的话题也围绕着"三等功"，不过姑娘们把矛头对准了彭春燕。

王璐云显出愤愤不平的样子："陆海江立三等功我没意见，但彭春燕的表现也很突出啊，彭连长也应该在会上表扬表扬啊！"

"是啊！"杨红走到宿舍中间，说，"你们可不知道，一路上彭春燕对陆海江真是关怀备至啊，这才成就了陆海江，这个三等功有彭春燕的一半啊！大家说对不对？"

"没错，彭连长不能因为是自己的女儿，就对彭春燕只字不提啊！"李莉萍朝彭春燕挤了挤眼睛，"彭春燕，大家的意见向彭连长反映反映。"

彭春燕坐在那儿只是笑，王璐云说："彭春燕根本不在乎，你们看她那美滋滋的样儿！"

"我们也是瞎操心，"杨红说，"陆海江立三等功就等于她立三等功，彭春燕，是不是？"

彭春燕站了起来："就是，怎么了？"

姑娘们都望着她，挺不能理解的，她脸上怎么没有一点羞涩？

下午转场的人放半天假，彭春燕把陆海江从宿舍叫出来，她觉得现在让陆海江给她画素描水到渠成了。陆海江顺口就答应了，说过一会儿他去女知青宿舍，彭春燕说宿舍里不安静，还是去她家吧，陆海江说也好，让她先回家，他准备准备就过去。

彭春燕心花怒放！她几乎是一阵风似的飘回家里的。一进门她就安排妈妈杀只鸡，说晚上家里要来人吃饭。春燕妈以为是关团长来了，听女儿说陆海江等一会儿来家里给她画像，妈妈说："画个像就杀鸡啊？家里就那几只老母鸡，还指望它们下蛋呢！"春燕上去搂住妈妈，说："女儿求你了好不好？"看着女儿恳切的样子，妈妈依她了。她让妈妈先把房间收拾一下，妈妈说："你自己没长手？"她一边解辫子一边说："我这不是要洗头嘛。"当妈的好像看出点眉目了，说："小陆来画像你又是杀鸡又是收拾屋子又是洗头……"春燕噘起小嘴，说："妈你烦不烦哪，不理你了！"妈妈笑了，心想女儿真是长大了。

春燕洗完头进了里屋，从箱子里翻出平时舍不得穿的大红色毛衣，套在身上，然后去镜子前臭美。一天中她都要照几次镜子，这次特专注特仔细，镜子里的那张小圆脸水灵灵的，泛着红晕；头发蓬松着，没了小辫是另一种风情，更显妩媚……

陆海江来了，眼前一亮，心里便生出"清水出芙蓉，天然去雕饰"的感叹，可惜他没有带颜料，只是来给她画素描。彭春燕把他领进里屋，让他坐在椅子上，她自己在对面的床铺坐下："海江，你看我的发型搞成什么样好看？"

他没有回答她，低着头削铅笔，其实他刚才在宿舍已经削好了。

"我想就这样披散着，你觉得呢？如果不好看，我还是扎成辫子。"

"就像现在这样吧，挺自然。"

陆海江开始作画。上学时也有同学请他画肖像，但哪一次他都没有像现在这样用心和投入，他是带着感激画这幅素描的，转场路上她为他做了那么多事情，他要使出浑身解数报答她满足她！很快他就有些分心，如此近距离地观察她，而且细致到脸上的任何一个部位，他还是第一次！以前他对她并没有太多感觉，此时，这双大眼睛太有神了，如一汪甘泉清澈见底，又是那样脉脉含情……他的心突突地跳，手中的笔有点儿不听使唤了，忽然李雯就跳到眼前，他平静下来。

他足足画了两个小时，彭春燕的头部素描终于完成了，她从他手中接过画，"你把我画美了，我哪有这么漂亮。"

"这就是你呀，画像讲究抓神韵、抓特点，你的特点就在眼睛。"

"那就是说，我的眼睛很漂亮？"

她总是那么直接，陆海江笑了一下："任务完成，我回去了。"

"别走，今晚在我家吃饭。"

"不……不用……"陆海江支支吾吾有点慌，这时彭大明回来了，看见陆海江他的目光有些异样，他想到赵长山给他的提醒。陆海江赶紧解释："彭连长，彭春燕让我给她来画像。"彭大明"哦"了一声："我闻到鸡肉的香味了，改善伙食了？"春燕妈说："春燕让我杀了只鸡。""应该。春燕，你去把罗文教和赵长山也叫来，这几个都是护送转场的有功之人，一块儿庆贺庆贺。"春燕挺不情愿地走了，换个时间叫这两个人来家里吃饭她很乐意，但今天她希望只有陆海江！

陆海江真想跟彭春燕走，可彭连长明明是留他吃饭的。他对彭连长一直有一种敬畏，以前给彭连长送报纸他都是放下就走，今天却要坐在连长家吃饭！他索性坐下了，春燕妈给他倒了杯开水，然后盯着他看，而此时彭连长在默默地看报纸，屋子里静得掉根针都能听到，陆海江好不自在。

春燕妈终于说话了："小陆，听说你路上又是拉肚子又是发烧？"

"我肠胃不好，阿姨，多亏……"陆海江又支支吾吾的。

"你俄语好啊……"彭大明冒了一句，眼睛却没离开报纸。

"小陆画也画得好！老头子，小陆给春燕画的像你还没看吧？"

彭大明放下报纸："我瞧瞧。"

陆海江赶紧站起来，把搁在旁边的素描拿给他。

"小陆，你拿枪像你拿笔就好了。"

陆海江没想到他会这样说，领导这是在指出他的不足啊！彭连长一进门陆海江就觉得他跟往常不一样，是因为彭春燕把他领到家里来了吗？转场路上她为你做了那么多事情，回来你就跑到她家里为她画像，还要留在她家里吃红烧鸡，哪个做父母的不敏感？你感激她报答她没有错，哪儿不能画非要跑到她家里？你真没有脑子啊……陆海江很懊悔，心里越发忐忑了，好在这时彭春燕领着罗豪才和赵长山进来了。

彭大明从柜子里拿出一瓶茅台，罗豪才接过来，在眼前来回晃着："彭连长你家里有国酒啊？从哪儿弄来的？"

"上次关团长来检查工作带给我的。"

"算了吧，这么好的酒你自己留着慢慢喝吧。"

"自己喝太可惜了，大家都尝尝。"

罗豪才也就不客气了，给大家斟酒，到陆海江这里，彭春燕用手挡着："罗文教，陆海江不会喝酒你又不是不知道？他下午给我画了两个小时的像，辛苦了，让他多吃点菜。"

"小陆，喝一点，"彭大明说，"你看那些战士，一口气能吹掉一瓶！男人嘛，有时要有这种气魄！"

陆海江把酒杯递给罗豪才，有了前两次喝酒的经历，他也不那么惧了。

彭大明端起酒杯："来，我这个当连长的先给你们几个参加转场的敬个酒。"

几个男人把酒干了，春燕妈让大家吃菜，尝尝她做的红烧鸡块。彭春燕见陆海江被酒刺激着没动筷子，便给他夹了块鸡肉："海江是第一次在我们家吃饭，可别客气啊。"

彭大明看了女儿一眼："这次转场，小陆发挥了突出作用，来，我们大家给小陆敬个酒！"

"爸，小陆不会喝酒！你还是跟罗文教和赵班长喝吧，让小陆多吃点可口的。"

彭大明有些不高兴了："怎么，你的意思连里的食堂没办好？比我们刚来的时候强多啦！那时候吃的啥？没冷没热，饱一顿饥一顿的，经常是麦粒在锅里煮煮就吃了，苞谷棒子往火里一捅，拿出来就啃了！他一个大小伙子，喝几杯酒不碍事！"

陆海江赶紧站起来："彭连长，我哪敢让您给我敬酒，这杯酒我敬大家，感谢各位领导对我的信任和鼓励！"他把杯中的酒喝了。

"这才像我彭大明的战士嘛。"接着又补了一句,"这次转场,知青们的表现都很好啊!"

"是啊,有那么一股子精神,很提气啊!"罗豪才说,"这些知青一点也不比我们当年差!我也不瞒你们,我第一次参加转场,经过争议地区腿肚子还打颤呢。"

大家都笑了。

几杯酒下肚,罗豪才就很兴奋,本来他是不想把彭春燕挖野大蒜的事告诉彭大明的,这会儿说话也不把门了:"彭连长,这次转场春燕也不敢小看啊!路上小陆吃坏肚子,吃药不顶事,第二天就要过争议地区了,我都没了主意,人家春燕有道道,挖来野大蒜救了小陆的急!不过当时可真把我吓坏了,她招呼也不打,一个人跑到山下去了,大家赶紧四处去找,你说她胆子大不大?这一点像你彭连长!"

"哈哈……"彭大明朗声大笑,"春燕这个泼辣劲,像我!"

春燕妈的脸变了,她还不知道女儿演了这么一出呢:"我可不想让女儿像你!冒冒失失的,哪像个女孩子!"

彭大明也变得很严肃:"执行任务还是要有高度的组织纪律性,这孩子刚出校门,缺这个。"

"彭连长,你这也是在敲打我吧。"一直保持沉默的赵长山终于开腔了。

"你进步不小!在当时那种情况下,稍不冷静双方就可能发生冲突,你们只有五个人,老毛子可是十几个啊。"

"我一个就把他们收拾了,你信不信?"

"我信!"彭大明又端起酒杯,"长山,我敬你一个!"

赵长山一扬脖子把酒干了,然后又给彭连长和自己加满,他要给彭连长回敬一个。陆海江好羡慕,他喝酒怎么像喝水一样啊,自己喝了两杯就腾云驾雾了。忽然他觉得这种感觉挺不错,最初的苦涩、晕眩过去了,身上的细胞兴奋起来,眼前的一切都是那么美妙……这是他第三次喝酒,也许对酒精已经适应了?他想怪不得那么多战士都好这一口呢!他望着对面的彭春燕,她也在望着他,此时他多想让她来到自己身边,跟她说说话啊!她却定定地坐在那儿,偶尔起身给他夹菜。喝了酒他就麻木了,没有了吃的概念,她给他夹的菜一直搁着。眼前的气氛让彭春燕很不开心,看着他那傻傻的样子,她又好气又好笑,爸爸真是的,好好的一顿饭让酒给搅了!

……

当陆海江满面通红地回到宿舍，大家都好奇地望着他，董黎明说："海江，你去哪儿了？晚上吃饭也没见你。"

陆海江这阵儿酒劲还没过去，回答就很实在："我去给彭春燕画素描，在她家吃的。"

"你喝酒了？"

"我也不能白辛苦吧？"陆海江很想炫耀一下，"彭连长给我和罗文教、赵班长喝茅台酒！"

"彭连长给你们喝茅台？"杜春生先是惊讶，之后不无惋惜，"唉，给你喝茅台真是糟蹋了，稀世珍酒应该让懂酒之人品尝啊……"

马超也有些酸溜溜的："是啊，谁让我们不是陆海江呢！"

此时董黎明心里五味杂陈，好不平衡啊！他与陆海江上中学时就是同班同学，两人很要好视对方为知己，因为董黎明的才干和班干部身份，陆海江是崇拜他依从于他的，他在陆海江面前也一直有一种优越感，而现在陆海江却抢了他的风头！在张红珍班他是排头兵无人出其右，可谁能想到，陆海江凭几句俄语要立三等功了，现在又成了彭连长家的座上宾！论长相论身材陆海江站在他面前相形见绌，李雯对他却没有感觉恋上陆海江了，如今彭春燕又黏上他了，爱得如此神魂颠倒奋不顾身！董黎明在心里叹道：上天真会捉弄人啊……

陆海江爬到床上去了，马超可不想放过他，伸着脖子冲他说："陆海江，想不想做彭连长的乘龙快婿？"陆海江没理他，他又说："我看李雯那头就算了，娶了彭春燕前程似锦啊！"

大家又都跟着起哄，你一言我一语的，陆海江实在躺不住了，下床出了宿舍。董黎明跟了出来。

晚风习习，陆海江清醒了许多。没有月亮，脚下黑黢黢的，不小心踩到一块薄冰，咔嚓一声脚就陷进去了，棉鞋浸了水，好凉！他站住了，茫然不知所措，他想他的情感不是也掉进旋涡了吗？

董黎明很能体会老同学现在的心境："海江，彭春燕爱上你了，你要面对这个现实。"

陆海江仰望夜空，长长地叹了一口气。

"海江，你到底爱李雯还是彭春燕？"

陆海江把脸转向他："黎明，这还用问吗？"

"那你就要给彭春燕发出明确的信号。"

"其实……我对她挺冷淡的。"

"仅仅冷淡是不够的，你要明确告诉她。"

陆海江打了个冷战！明确告诉她？面对着一个愿意为他付出一切的姑娘，他怎么能说得出口？她能否承受这种突如其来的打击？他低着头说："还是让时间告诉她吧。黎明，我想自己待一会儿，你回去吧。"

董黎明无奈地摇了摇头，这个优柔寡断的大男生啊，如果他处在陆海江的位置，他一定会权衡利弊做出选择的。他想这个时候需要给陆海江一点外力，推他一把。他去了连部，拨通了李雯的电话。她很惊喜，说："你们转场回来了？陆海江怎么不来电话？"董黎明说陆海江现在已经陷入巨大的感情旋涡之中了。他的话让她有些摸不着头脑，让他快快道来，董黎明便把转场途中发生在彭春燕和陆海江身上的故事十分生动地描述了一遍，接着又说了下午陆海江给彭春燕画素描、在她家吃饭的细节，李雯问他："海江是啥态度？"董黎明说优柔寡断、模棱两可，他正想对陆海江的心理做进一步的分析，她却把电话挂了。

回宿舍的路上李雯心如乱麻。那个叫彭春燕的姑娘毫无疑问深深爱上海江了，她爱得有多深并不重要，关键是海江采取什么态度啊！董黎明不是说他已经陷入巨大的感情旋涡之中了吗？董黎明未免夸大其词，但有一点是明确的，转场回来已经两天了，陆海江没有给她来电话！李雯来连队后第一次失眠了。

接到陆海江的电话是两天以后了。

这几天陆海江像丢了魂似的，心情平复了他才打这个电话。寒暄了几句，他便讲到他们与苏军士兵对峙的情形，他认为这是李雯最想知道的，李雯却马上打断他："你应该从头说起啊，头一天你吃彭春燕的菜盒子闹肚子，傍晚她只身一人上山给你挖野大蒜，第二天在争议地区遇到暴风雪，她跟着你追赶一小群羊迷失方向……"陆海江被她的话噎得半天没说出话来。"她一定打动你了吧？回来之后你不是去给她画像，还在她家吃饭了吗？""战友的帮助，的确，挺让人感动的。李雯，是这样……""海江，你不必解释了，安安全全回来就好。晚上我要赶一篇广播稿，再见。"

陆海江站在电话机前，半天没回过神来，他想董黎明干吗这么多事？

陆海江的三等功团党委很快就批下来了，连里开了表彰大会，在战士们的掌声中陆海江走上台，从彭大明手中接过奖状……

回到宿舍，陆海江把奖状塞到枕头底下，马超走过去把奖状抽了出来："你怎么能这样对待组织给你的崇高荣誉？"他展开奖状大声念道，"'陆海江同志在护送转场工作中表现突出，荣立三等功，特颁此状，以资鼓励。'这评语太程序化了，没劲！应该把陆海江的英雄事迹概括进去啊！"

"马超，把奖状贴到墙上，"沈东风说，"彭连长号召大家向陆海江同志学习，这个奖状我们要随时看到，以此激发革命斗志！"

"那我得找个最显眼的位置。"马超拿着奖状在宿舍到处比画，"董班长，贴在哪儿你发个话呀？"

董黎明从办公桌的抽屉里拿出一瓶胶水，然后从马超手里取过奖状，上了陆海江的床，把奖状贴在床上方的墙上。

"鼓掌！"李涛大声说，大家都跟着他鼓起掌来。

对于马超等人的调侃和恶作剧，陆海江已经习以为常了，并不介意；他在意的是董黎明刚才的举动。马超要把奖状贴在宿舍最显眼的位置，大家也都赞同，他却不声不响地把奖状贴在了属于自己的狭小范围，这透露出一种怎样的讯息？是不是认为这个三等功有点牵强，名不副实？是的，陆海江自己也觉得这个三等功立得不那么理直气壮，你不就是发挥了一点特长吗？尽管这点特长起到关键作用，但毕竟不是刺刀见红啊！平心而论，黎明哪点不比你强？你不过是无心插柳、歪打正着，黎明才称得上过硬的战士啊，只不过还没遇到施展的机会……这样想，陆海江就很释怀。他又想到李雯了，是不是把立三等功的消息告诉她？借此解释一下彭春燕的事情？……罢了，解释恐怕是没有意义的，还是冷处理，让时间告诉她吧。

第七章

五月，巴尔鲁克山从沉睡中苏醒，褪去了厚厚的银装。山上的白杨、白桦吐出嫩叶，似水洗一般青翠欲滴，山泉夹着雪水顺势淙淙而下，汇入塔斯提河奔向远方。山坡展开绿毯，大大小小的野花竞相绽放，争奇斗艳，那如白云浮动的是归来的羊群……

又是一个赏心悦目的清晨！

陆海江在宿舍前望着远山，他期待已久的野芍药应该开放了……正想着，他听到一声响鞭，王林赶着马车过来了，旁边坐着大车班的韩班长。陆海江马上意识到王林上车了！这是王林追求的第一目标，如今实现了，陆海江当然为老同学感到高兴。为了这个目标，这半年王林付出了太多太多，白天喂马、打扫马圈，夜里还要爬起来给马添草加料，总算得到连里的认可，同意他赶大车。今天是他上车的第一天，他跟韩班长往菜地送马粪，本来去菜地是无需经过这里的，王林想让张红珍班的人知道他当车把式了，韩班长满足他这个愿望。

董黎明和战士们从宿舍出来，陆海江说："黎明，王林赶大车了！"

"这有什么好大惊小怪的。"

陆海江看了他一眼，董黎明的冷漠让陆海江心里很不舒服。

马车走远了，一路上韩班长都在给王林传授经验："这赶大车的道道多着呢！好的车把式，马调教得好，吆喝拿捏得好，鞭子用得是时候，就没有过不去的坎儿，下不去的坡。这拉车的三匹马，关键在辕马，车把式下达的所有指令，首先要让辕马明白，辕马正确执行了你的指令，驾车就容易多了。如果你只把它当成牲口，只用鞭子说话，肯定赶不好大车，你要把它当成朋友，平时好生伺候，时间长了，你的一招一式它都能明白，而且不偷懒，肯出力。"

"韩班长，我记下了。"

董黎明带着队伍朝羊圈走去，他们今天要学习剪羊毛，天气暖和了，羊也要脱去身上厚厚的冬装。路上大家看到五颜六色的野花，姚科长描绘的漫山遍野的深红色芍药却无影无踪。陆海江很是纳闷，也许当时姚科长在吊他们这些知青的胃口，这只不过是个美好的传说？他忍不住问赵长山。赵长山说漫山遍野的红色野芍药一点不假，他亲眼所见，只是那花很娇贵，只在一定纬度、适合的气候条件下开放，而那些地方都在人迹罕至的深山，加之盛花期只有二十来天，所以很难觅见一饱眼福啊！听他这样说大家都挺扫兴，陆海江更心向往之……

到了羊圈，赵长山和几个老战士先给知青们做示范，把羊从群里拉出来，两个人按着，另一个人操起剪子剪羊毛。剪子快速在羊身上游走，要尽量多剪下羊毛，还不能伤及身子，凭的全是经验。赵长山动作娴熟，不一会儿就剪完了一只，那羊站起来慌慌张张跑了，姑娘们都笑了，它那光秃秃的样子煞是让人爱怜。赵长山把剪子递给身边的陆海江，剪子在陆海江手里就完全是另一回事了，他小心翼翼，生怕剪刀戳到羊的身子，赵长山也不急，手把手教他，这毕竟是需要反复练习的。女知青们上手要快一些，不过羊身上留下的毛显然多了，赵长山马上纠正，"你们可不能剪下留情啊，夏天羊也喜欢凉快，穿厚了它不上膘，另外，我们也要为国家多上交羊毛呀！"

晌午彭大明和江涛来了，此时知青们三五成群，按羊的、剪毛的都大汗淋漓，彭大明卷着袖子说，牧业连的人都要掌握这个基本功啊！他上去摁倒一只羊，剪子在他手上也很自如，知青们没想到彭连长也剪得这么好。

彭大明和江涛临走前，赵长山说："彭连长，马上要生春羔了，是不是把知青们分到各个羊群学习牧业生产？"彭大明说："现在可不是刀枪入库马放南山的时候，张红珍班不能放单儿，有情况要随时拉得出！眼下要着眼于军事准备，偶尔让他们参加一下突击性劳动，他们的军事素质还要打磨，你不能卸担子，继续调教！哎，你跟阿斯燕过得怎么样？"

"别提了，她哪像个老婆！"现在谁提起这事赵长山就冒火，"不会做饭不说，还整天不着家，骑个马乱跑！"

江涛低着头笑了，这两个人搞在一起，他等着看好戏呢！

"她刚回到连队，总要有一个适应的过程嘛，你多担待点吧！"说完彭大明背着手走了。

自打那天晚上从江涛宿舍失魂落魄地跑出来，黄佩佩就一直在惴惴不安中度日。她已经一个月没去江涛那儿汇报思想了，以前去那儿她满怀渴望和憧憬，希望由此改变自己的命运，然而江涛那只手打碎了她的梦，她是不会再去那儿任他摆布的！日子依旧，她每天赶着羊群早出晚归，思绪又回到现实中来，这种与羊为伍的漫漫长日什么时候是个头呢？她越想越感到恐惧，江涛会这么轻易放过她吗？领导只不过摸了一下你的手，你就可以不汇报思想了？他完全可以给你扣上"思想消极"的帽子，再把你派到冬窝子去！想到这一点她心里就一阵阵发紧。她觉得避而不见真是太愚蠢了，不管怎样她都是要面对他的，再者说，江涛这种人尽管内心龌龊但还是要脸面的，只要她不屈从，他是不敢跟她撕破脸皮的，她要学会与这种男人周旋……

　　她选择一个中午走进江涛宿舍，她不想给他太多的时间。进去时她都没敢正眼看他，他却没一点尴尬，好像他们之间什么事情也没有发生过。他知道黄佩佩是会主动来找他的，他已经把这种女人的心理摸得透透的，因此这些天他无动于衷，耐心等待，她果真就来了。"我还以为你再不进我这个门了呢。"

　　"江副指导员，最近……身体不太舒服。"来之前她就想好了这个理由。她把写好的思想汇报递给他，前几次来她省略了这个程式，这一次她要发出明确信号：跟过去划清界线。本来她想放下材料就走，江涛顺手把椅子拉来："佩佩同志，请坐。"她只好坐下了。

　　江涛把汇报材料放在一边："佩佩同志，我看你身体没什么问题，主要是思想负担太重啊！这方面你应该向王林学习，他跟你的情况一样，但他不背思想包袱，总是那么精神饱满，埋头工作。他一个人干两个人的工作你知道吧？他白天打扫马圈、喂马，晚上还要起来给马添夜草，也正是因为他表现好，前几天连里批准他上车了。可你呢，怕吃苦，厌倦放羊，满脑子想的都是回学校当老师，与他相比，你的差距很大啊！"

　　她显出一副洗耳恭听的样子，尽管心里很恶心。这次谈话持续了一个小时，直到他该去连部上班。出门时她长长地舒了一口气，江涛没有再对她非礼，这让她感到庆幸，但今后的日子怎么打发？她感到茫然和悲哀。

　　她的情绪又跌入谷底。白天她跟着羊群在山野漫无目的地走着，偶尔挥动一下鞭子，晚上在王长根那儿吃饭也懒得说话。看着她的样子王长根很心痛，现在他唯一能做的就是给她拉琴了。吃完饭她都要听王长根拉琴到很晚，琴声让她的大脑暂时休眠，抛去忧伤和烦恼，这也是她唯一的精神寄托了。

　　琴声也吸引了彭春燕。转场回来她的情感世界走出了严冬，春光明媚，一天晚上路过学校，她听到王老师的琴声，她忽然想到应该学新舞了，总给知青们表演少数民族舞蹈太单调了，这肯定也是海江期待的！于是她进去了。

小百灵来了，黄佩佩脸上露出了几丝笑容。聊了几句，彭春燕说想跟她学新舞，黄佩佩此时哪有心情，说还是听王老师拉琴吧。彭春燕上前搂着她，说特喜欢她演的喜儿，小的时候她就很着迷呢。上海支青来连队后的第一个春节，连里搞了一台晚会，其中有黄佩佩和王长根排演的《白毛女》片段，黄佩佩扮演喜儿，王长根扮演杨白劳，戏虽然很短，黄佩佩却把喜儿演活了，过目难忘，从此连队逢年过节搞晚会，这个节目是必演的。黄佩佩听她说想演喜儿，便愿意教她了，以后连里再让演《白毛女》，春燕就可以接替她了，她现在已经没有上台的兴致了。

房间虽小，黄佩佩的动作却一丝不苟，再配合上那丰富的表情，她又是生动鲜活的了。坐在旁边的王长根心里在流泪！久违了，这才是他心目中的黄佩佩啊！

不知不觉就到熄灯的时候了。王长根把彭春燕送到门口，嘱咐道："春燕，明天再来啊！"

张红珍班接受新的任务：夜间巡逻和上哨。

董黎明和程强对人员进行了分配，十二人组成巡逻队夜间巡逻，余下六人两人一组轮换去哨所上哨。彭春燕期待她和陆海江分在一组，可陆海江被安排去巡逻队了，跟她上哨的是董黎明，这让她很失望。这是董黎明的刻意安排，他强烈意识到眼前的局势不能任其发展下去了，他要主动出击！彭春燕也让他心动了吗？对于这一点董黎明自己也说不太清楚。风姿绰约的姑娘对他这般年纪的大男孩都是有诱惑力的，上高中时他对李雯也曾心生爱慕，现在彭春燕又楚楚来到他的眼前，但他不是陆海江，一个男人被感情左右就太不理智了，他觉得现在坠入爱河卿卿我我为时过早，他现在正处于事业的上升期，海阔凭鱼跃，天高任鸟飞，他岂能被情羁绊被爱所累？天涯何处无芳草？但彭春燕却不仅仅是一个姑娘，她的背后是彭连长……

他和彭春燕上哨是在清晨，脚下的青草还挂着露珠。他放慢脚步与她并行，她无精打采，总是慢他几步。

董黎明转过脸看着她："彭春燕，你情绪不高啊，是不是不愿意跟我一组？"

"哪敢啊，跟班长一组是我的荣幸。"她低着头轻轻踢脚下的青草。

"言不由衷，我的眼睛可是雪亮的。"董黎明停顿了一下，"你想跟陆海江一组，是不是？"

彭春燕脸上闪出几丝埋怨："那你为什么不成人之美？"

"我也是为你好啊……海江已经有意中人了，你不会不知道吧？"

"是不是一连的李雯？"

"没错，他俩从小一起长大，可以说青梅竹马，跟李雯竞争，你胜算不大。"

彭春燕沉默了。

连队的瞭望哨在离五号地不远的山上，土坯砌的，七八米高，踩着楼梯来到顶层，上面赫然架着一台高倍望远镜。他俩跟夜里上哨的沈东风和王璐云交接班，董黎明问有什么情况，沈东风说一切正常。他俩走了，董黎明站在望远镜前观察。上哨很单纯，就是观察对方的情况并记录下来。彭春燕无事可做，在一旁挺无趣的。董黎明想让她开心，一边观察一边跟她聊天，她却打不起精神。

八小时后他俩下哨，眼看到山下了，彭春燕却摔了一跤，打了两个滚儿，董黎明赶紧过去扶她，好在没大碍，只是崴了左脚。董黎明要背她走，她挺难为情的，董黎明说："我总不能找担架把你抬回去吧？"彭春燕只好让他背了。走了一阵儿，彭春燕让他歇歇，董黎明说："没事，我一米七八的个儿，你那么娇小，在我身上也就是一袋面，我一口气能把你背回宿舍，你信不信？"

"那又何必呢？后面又没有追兵。"

"算是演练吧，时刻准备着。"

趴在他身上彭春燕很不自在，哨所离连队将近两公里路呢，干吗非要一口气背回去？她坚持要下来，董黎明却不肯放手，彭春燕苦着脸说："董黎明，你真要把我一口气背回宿舍啊？"董黎明很坚决："我董黎明说到做到，绝不食言！"

董黎明硬是一口气把彭春燕背进女知青宿舍，虽然彭春燕分量轻，但毕竟将近两公里路啊，此时的董黎明已是气喘吁吁、大汗淋漓了。他给彭春燕脱了鞋，见左脚腕肿了，便起身要去卫生室，彭春燕说："你歇一会儿再去……"话音未落他已经出门了，彭春燕怔怔地望着门，心里很感动。

第二天彭春燕的脚还肿着，董黎明说："你休养两天吧，我一个人上哨就行。"接着又补了一句，"如果你不嫌弃，我还背你去？"彭春燕不好意思地笑了："我思想觉悟可没你高，还是泡病号吧。"

回家休息了两天，彭春燕能走路了，又继续跟董黎明上哨。路上董黎明问她："春燕，你在家里跟彭连长说班里的事吗？"

"说呀，我爸爸经常问起班里的情况。"

"哎，彭连长对张红珍班有什么看法？"

193

"我爸光听我说，从不表态。"她忽然来了精神，"噢，前两天我说了你一口气把我背到宿舍的事儿，他听了以后笑了好一阵儿，说战场上抢救伤员要有这么一股劲，不过那天就大可不必了，完全可以歇一歇。"

"当时我也是想考验考验自己。春燕，以后多跟你爸聊聊班里的事，没别的意思，就是想改进工作，如果能及时了解领导的意图，我们不是能干得更好吗？你说是不是？"

"没问题，当好班长的耳目！"

"用词不当，应该说支持班长的工作。"

陆海江参加夜间巡逻很辛苦。每天傍晚，赵长山带领巡逻队出发，在牧业连控制范围内巡逻，跋山涉水，往返数次，天大亮才收队。走了一夜的路，知青们都很困乏，回来吃完早饭倒头便睡，一觉睡到下午，吃了晚饭又上路巡逻了。彭春燕的作息时间正好反着，她上哨时陆海江在睡觉，只有吃晚饭那会儿能照个面。这样半个月下来，彭春燕心里就慌慌的，她好不容易把陆海江拉近了一点，现在却各奔东西，连个单独说话的机会都没有！他与她刚刚开始的升温会不会很快冷却？李雯虽然远在一连，可他俩可以电话交流啊，这半个月他俩一定通过话吧？她必须趁热打铁，尽快走进陆海江的心里！一天晚上她对爸爸说："我们班巡逻上哨都半个月了，什么时候结束啊？""怎么也得一个月吧。"他从女儿的口气中好像嗅到点什么，"怎么，你耐不住了？"女儿自然不会向爸爸表露心迹："那倒没有，我只是觉得巡逻的人太辛苦了。爸爸，上哨的男知青太闲了，应该跟巡逻的男知青换换。"她内心的小九九爸爸是不知道的："嗯，半个月了是该换换，我跟董黎明说。"彭春燕心里高兴却不动声色。

第二天彭大明找了董黎明，董黎明也正打算调一下呢。彭春燕如愿以偿，董黎明让陆海江替换了自己。这么安排他也是不得已，彭春燕不是说他不成人之美吗？彭连长来找他，说不定也是她的主意，如果他再不成全她，那他真就把她得罪了。陆海江对董黎明这个安排很是不解，你董黎明不是让我疏远她吗？怎么就把我们两个放在一组了呢？他心里这样想却没说出口。

第一次跟陆海江去上哨，彭春燕掩饰不住内心的喜悦，步伐轻盈而矫健，在接下来的时光里，她将和陆海江在那个小小的哨所里独处，没有旁人打扰，这不是她一直期待的吗？陆海江也很期待，矗立在山上的哨所挺有神秘感，巡逻时从它下面走过他总要投去好奇的目光。

登上哨所，映入陆海江眼帘的是那台高倍望远镜，三角支架上面长长的镜筒伸出去，他一下就联想到日本鬼子炮楼里的机关枪。他迫不及待地过去观察，眼前是一片开阔的地带，苏军哨塔很清晰，钢架结构撑着一个木房子，他想连里的人叫它"老鸹窝"真形象啊！看着他那专注的样子，彭春燕笑了："歇一会儿吧，以后有你看的。"

几天以后陆海江就觉得乏味了，眼前的一切都是静止的，一天之中除了偶尔看到苏军士兵换班从"老鸹窝"爬上爬下，再没什么可以记载的。彭春燕自然是要寻找话题的，以前她总是咄咄逼人让他窘迫，现在他发现她比以前含蓄了，觉得跟她在一起轻松了许多。

彭春燕说个不停，而陆海江是喜欢安静的，闲的时候他都在看书，但他不想扫她的兴，强打精神附和着，她也看出来了："海江，明天你带一本书来吧。"

陆海江也想带本书来，但他马上就打消了这个念头："工作时间，那怎么行？"

"怎么不行？我来观察，你在旁边看书，工作读书两不误。"

"工作都你一个人干了，把我当摆设啊？"

彭春燕灵机一动计上心来："我们可以合理安排嘛，我观察一小时，你看书；然后你来观察一小时，我在旁边休息，这样来回倒不是解决了吗？"

这个主意不错，体现了她说的"两不误"，陆海江心安理得了。

"海江，你就那么喜欢看书？"

"书中自有黄金屋啊！"陆海江对她的业余生活也关心起来，"彭春燕，你平时喜欢看什么书？"

"我这个人好动，一看书头就大。"彭春燕不假思索地说。

"哦，你是喜欢唱歌跳舞的。"

彭春燕一下就觉得她和他距离远了："海江，你箱子里那么多书，借我看看吧。"

"好啊，"陆海江来了兴致，"哎，你看过《钢铁是怎样炼成的》吗？"

彭春燕摇了摇头。

"那你总听说过保尔·柯察金吧？"

"听说过，他是苏联革命战争时期的英雄。"

她的回答没有让他太失望："保尔就是这部小说的主人公，你先读这本书吧。"

下哨后彭春燕跟着陆海江去男知青宿舍把书拿走了。回家吃过晚饭，她进了里屋……

再上哨陆海江就好过多了，他可以静下心来看书。彭春燕也不叽叽喳喳了，轮到陆海江在望远镜前观察情况，她就捧起《钢铁是怎样炼成的》……

几天后彭春燕读完了，陆海江让她谈谈读后感。她显出很为难的样子，

"嗯……上半部读着挺有意思的，特别是保尔与冬妮娅感情的描写很动人；但下半部挺沉闷的，那些关于肃反委员会的描写，还有布尔什维克与托洛茨基的斗争，大段大段的内心独白，读着挺费劲的。"

"那是保尔成长的心路历程，表现了主人公对美好理想的执着追求，这部分是很重要的，构成这部书的思想和精神大厦。你对这部书的文学价值怎么看？"

"文学价值？这我可说不上来了，上中学的时候，每次老师让我们给课文概括中心思想、写作特点什么的，我都挺困难的。"

陆海江沉默了，他这才意识到自己搞错了对象，她毕竟不是李雯啊……

一天下哨回来的路上，他俩遇见了阿斯燕。牧民们转场回来后，马力克和巴哈什就把毡房搬到草场上去了，阿斯燕感到很孤独，常常骑马在野外转悠，往毡房跑勤了爸爸又不高兴。

彭春燕让陆海江先走了，她上阿斯燕的马，紧紧搂着她的腰："阿斯燕，你怎么一个人跑到外面来了？"

"习惯了，连里太闷，在野外跑跑挺开心。"

"你的心什么时候才能收回来啊！"彭春燕在她腰上捏了一把，"哎，跟赵长山过得怎么样？"

"一点都不好。"阿斯燕叹了口气，"嫁给他我真后悔。"

"你以前不是挺崇拜他的嘛。"

"那是过去！"

"老赵就是那样一个人，刚开始知青们也不习惯，对立情绪特别大，现在大家都接受他了。"

"唉，现在除了你和桂花大姐，我再没有朋友了，连里人看我的眼神都怪怪的，好像我是从另一个星球上来的。"

"那是你自己的问题，大家都挺喜欢你的呀？"

"不说这些烦心事了，"她转过脸来说，"你跟小陆现在怎么样？"

"比过去好多了。不过，他和那个李雯是青梅竹马。"

"啥叫青梅竹马？"

"简单地说，就是从小一起长大的。"

"不是说功夫不负有心人吗？春燕，只要你对小陆好，就能赢得他的心！"

彭春燕也是这样想的，现在陆海江对她的态度不是有了很大变化吗？

边走边聊，不知不觉太阳就偏西了，彭春燕说该回家吃饭了，阿斯燕有点慌，赵长山晚上要巡逻，她还没给他做饭呢！她调转马头，双脚猛地夹了一下马肚子……

她骑着马从齐桂花家门前走过，齐桂花喊住她："阿斯燕，又忘做饭了吧？

"嘿嘿，一出来就忘了。"

"阿斯燕，你现在是媳妇了，可不要整天乱跑了，眼里有点活，不说别的，你总得让老赵吃个热乎饭吧？以后早点回家，啊？"

像往常一样，罗豪才从邮电员手中接过牧业连的信件后快速地翻了一遍，他总是期待着家信——妻子的或者父亲的，他看到了用毛笔书写的信封，那笔体再熟悉不过了，他心里咯噔了一下。转场一回来他就给父亲写信汇报了转场的情况，一周前他刚收到父亲的回信，怎么这么快又来信了呢？他没有急于打开，骑上小黑出了团部。他有个习惯，每当收到家里的信，他都要来到团部附近的那条小河边，躺在草地上静静地读，这样也可以让小黑吃点草，补充体力。

> 豪才：
>
> 　　近好。
>
> 　　你大概想不到爸爸这么快又给你去信吧！有一件事要尽快告诉你，让你有个思想准备。前几天市人事局的李副局长来家里看我，说到淑兰托他把你调回北京的事情，他是我的老部下，很了解我这个人的脾气秉性，不征求我的意见他是不敢办这件事情的。这件事情我思考再三，按照政策，你不符合调回来的条件；而且，现在西北边境形势这么紧张，这个时候你调回北京，别人会怎么看我这个军委办公厅副主任？豪才，你去边疆已经十年了，长期分居，爸爸十分理解你和淑兰，她不愿过去，不能强求，但你不能动摇啊！这些年你在边境上过得很艰苦很不易，转场你经历了那么多考验，但从你来信的字里行间看得出，为国守边你和战士们都有一种神圣感荣誉感，生活得很充实，爸爸甚感欣慰！豪才，既然选择了这条路，就要坚定地走下去，爸爸就是从雪山草地一步一步走过来的，你的人生之路还很漫长，边疆的锤炼会让你受益终身的，你能理解爸爸吗？
>
> 　　……

罗豪才没再往下看，眼睛望着蓝天。自从妻子说为他办调动，他心里一直很纠结。回家的愿望来得很强烈，有哪个离家十年的中年男人不想尽快与父母、妻子、儿子团聚呢？可是父亲怎么想？他会同意他在这个时候从巴尔鲁克山抽身吗？还有那个风情万种让他爱恨不能的齐桂花……这半年他总是在这三个点上游移摇摆，现在父亲表态了，他还要沿着父亲指引的路继续前行，他仿佛一下解脱了。他坐起来打了个口哨，小黑朝他跑了过来……

刚进山天就暗了，头上罩了乌云，接着雨点夹着豆粒大的冰雹噼噼啪啪砸下来，几分钟后又雨过天晴了。罗豪才躲在树下没怎么淋雨，但在山外一路疾驰出了汗，身子被突如其来的极端天气激着了，回到连里就发烧了，晚饭也没吃，喝了一碗齐桂花烧的姜汤就睡了。

第二天又躺了大半天。下午他接到通知，明天去团广播站开评比会。罗豪才把陆海江找来了，陆海江听罗豪才说代他去开会，有点不好意思："这个会都是各连文教参加，我去合适吗？"

"怎么不合适？你早晚要接我的班。"罗豪才说，"上半年广播站的采用率我们连数一数二，稿件质量也没的说，肯定拿奖，这也有你小陆的功劳啊，咱们总得有人上台把奖领回来吧。"

"恭敬不如从命，那我就冒名顶替了。"陆海江说，其实他是很想参加这个会的，因为可以见到李雯。

在食堂吃饭时他想，给她先打个电话还是给她一个意外？思前想后他觉得还是打个电话比较好，董黎明的那个电话让他俩都挺别扭的，已经有一段时间没联系了，如果猛然相见会很尴尬，提前告诉她，约她一路同行，还可以多说说话，来连队后他们见面的机会太少了……

他拿着碗走进连部，要通了李雯。

"终于接到你的电话了！"

李雯的声音很尖，陆海江感到有点陌生："最近挺累的，转场回来后就参加夜间巡逻，白天觉都不够睡……"

"得了吧，大才子！"

陆海江赶紧导入正题："李雯，明天团广播站开会我也去。"

"海江，你当上文教了？"

"罗文教病了，让我代他去参加。"

"太好了，我们一块儿走！"

"我骑马去，你呢？"

"我也骑马。"

"你行吗？"

"你明天看嘛！海江，明天早上八点我在一连路口等你！"

陆海江仿佛又看见了从前的李雯，他还想跟她多聊几句，她却放下电话了。陆海江从连部出来，看见彭春燕在宿舍前站着，他想她是在等他的。

"彭春燕，我明天代罗文教去团部开会，黎明跟你说了吧？"

"说了，明天上哨他让马超临时顶你一下。"彭春燕上前走了两步，"海江，你能帮我办一件事吗？"

"什么事？"

"帮我买两瓶雪花膏。"

"雪花膏？连里的小商店不是有卖的吗？"

"我喜欢用白雀灵牌的，小商店卖完了。"

"好吧。"

这天夜里陆海江醒了几次，生怕睡过了。看见光线从窗户透进来，他蹑手蹑脚下床，轻轻打开皮箱，拿出刚洗过的白衬衣和蓝裤子，正要往身上穿，旁边的马超翻了个身："你真是精心准备啊！"陆海江没理他，穿好裤子，上身却光着，他要洗漱一下。刷牙，洗脸，洗头，这些步骤完成后，他穿上白衬衣，从床底下拿出很少穿的"回力"牌球鞋，虽然他不爱运动，但他也像其他男孩子一样追求时尚。正要出门，睡在门口的董黎明说："海江，马到成功。"

陆海江去马号牵出自己的马，一路疾驰！晨露中骑马的感觉真好，两旁掠过的树木、花草乃至山石都如水洗一般，花草的气息直入心脾，他也嗅到了羊粪牛粪马粪的气味，刚来时他觉得这种混杂的气味怪怪的，现在倒觉得很自然很亲切呢。望着山坡上的野花，他心里忽然有点失落，花期马上就过了，今年是见不到芍药花开了……

当他赶到一连路口，李雯已经等在那儿了。她眼里的陆海江确实黑了壮了，像个男子汉了，不过他在她面前的腼腆劲却没什么改变。她见他脑门上沁着汗珠，掏出手绢递给他："喏，擦擦汗。"

陆海江没好意思接："算了，我怕把这么漂亮的手绢糟蹋了。"

"跟我还客气啊？"她把手绢塞到他手里，他轻轻擦了两下，然后把手绢递给她。

"送你了。"

他有些犹豫，但还是把手绢装进口袋。李雯骑上马在前面跑了，他昨天不是说"你行吗？"，她要在他面前表现一下！

陆海江追上她："飒爽英姿，巾帼不让须眉啊！"

"比彭春燕呢？"

陆海江一时不知该如何回答她，他想她以前可不是这样的，难道女孩子都这么敏感吗？

"怎么不说话？"李雯歪着脑袋看他。

"有谁能比得上'白雪公主'。"说完他脸上有点烧，他第一次在她面前这么直接，鼓了极大的勇气。

他的回答让她感到些许安慰："海江，知道我在想什么吗？"

"我想，你一定很想了解我参加转场的感受吧！"他迫切地想跟她说转场。

"本来很想听，但转场发生的事情好像都是与彭春燕联系在一起的。"

他的激情几乎降到了冰点。转场的经历一直让他感奋，回来后他就给父母写了信，第二个最想与之倾诉的人就是李雯了。

"海江，我在想，你要是当上文教就好了，我们可以经常走这条路。"

"能当文教当然好，不过，你不能跟我们走转场路挺遗憾的，这不是你向往的吗？"

"是啊。"沉默了一会儿，她说，"以后会有机会的。"

"李雯，我们抓紧赶路吧，要不然就赶不上团里的会了。"

他俩跑了起来，眼前是茫茫旷野，没有尽头，身后的巴尔鲁克山愈显朦胧……

当他俩走进团机关会议室评比会已经开始了，广播站站长正在作上半年工作总结。之后给优胜单位颁奖，会场响起了乐曲声，李雯推了陆海江一下，他这才意识到牧业连拿了一等奖要先上台的，他赶紧起身，李雯和其他获奖的跟着他走上台，一一从领导手中接过锦旗。陆海江很激动，这半年他既当战士又当通讯员，一篇篇广播稿从他手中发出，这面锦旗也浸透着他的心血和汗水啊！李雯手中的锦旗是二等奖，虽然略逊一筹她也挺高兴的。

从会议室出来，陆海江和李雯遇见了关团长。李雯叫了声"关团长"就跑了过去，两人一见如故谈笑风生，这让陆海江没想到。关团长走后，陆海江满脸惊讶地看着李雯，"李雯，你跟关团长都能说上话？""关团长经常去我们连检查工作，我不是文教嘛，给他倒个水什么的，就熟悉了。"

他俩牵着马出了团机关，马路对面，门市部、理发店、照相馆、银行、邮电所……一字排开，这里就是团部的商业区了。李雯说："我们去照相馆照张相吧，来了半年多还没给家里寄张相片呢。"陆海江说："这个主意好，让家里看看我们兵团战士的形象！"

他俩在照相馆各照了两张，一张半身的，一张全身的。从照相馆出来，陆海江想起彭春燕要的雪花膏，便进了门市部。李雯站在旁边，他就有些难为情，当着她的面买雪花膏她一定会敏感的，转念又想，彭春燕为你做了那么多事情，你连为她买雪花膏的勇气都没有吗？他不再犹豫："服务员，给我拿两瓶雪花膏，白雀灵牌的。"李雯很惊讶："海江，你也用雪花膏？"陆海江不动声色："女知青让带的。"李雯撇了一下嘴："给谁带的呀？用这么低档的，我都是用天鹅牌的。服务员，给我拿两瓶天鹅牌的。"她的表现让陆海江很不舒服！

最后去了邮电所，各自取了一连和牧业连的报纸信件，陆海江是新面孔，邮电员有点不放心，说："小伙子你可要负责任啊！"陆海江说："我一定完好无损地交到罗文教手里。"

出了团部，他俩就看到那条蜿蜒的小河，阳光下波光粼粼的，两旁绿草茵茵，湿地上各种鸟儿行走其间，很是诱人。开春了李雯路过这里就触景生情，好想去河边走走又觉得形单影只，现在陆海江不就在身边吗？她说："我们去河边走走吧。"陆海江点了点头，他与她有同样的感受，每当在山里见到美妙的景致，他就情不自禁地想到李雯。

他俩牵着马在河边漫步。一群大雁正在湿地觅食，成双成对的，它们伸长脖子望着这两个不速之客，随时都准备振翅起飞，他俩可不想把它们惊飞了，默默前行，可它们还是飞走了，在空中排成一行渐渐远去……

李雯有点惆怅，美好的情愫却在陆海江的心中荡漾："李雯，你还记得我们奔赴巴尔鲁克山时姚科长描绘的情景吗？"

"漫山遍野的深红色野芍药，太令人神往了。"李雯回过神儿来，"海江，你在山里见到这景致了吗？"

陆海江不无遗憾地摇了摇头："没有，连里的人说它开在人迹罕至的深山，不过我会见到的。李雯，到时候我一定画下来带给你。"

"难得你还有这份心，谢谢。"李雯的情绪又有些低落，"与你一样，我也要亲眼见到。"

陆海江忽然想到给她推荐的小说："李雯，《人的命运》你读了吗？"

"我是一口气读完的。"

"有什么感受，说来听听。"

"考我呀？"她看了他一眼，"别开生面，虽然只是写了一个小人物在卫国战争时期的生活片段，但借一斑窥全豹，以一目传精神，折射出苏联人民骁勇刚韧的英雄主义精神和道德上的坚定性，不愧是写出《静静的顿河》《被开垦的处女地》的大家。海江，我的这个评价行吗？"

"很准确。我很喜欢苏联卫国战争时期的作品，这一时期的作品可以说开拓了战争题材的新境界，你觉得呢？"

"是的，这些作品往往深入人的灵魂深处，挖掘人性美、人情美，虽然不是直接描写战争场面，但同样具有强烈的震撼力。"

真是心有灵犀啊！陆海江在心里感叹，他忽然想到了彭春燕，她可不会像李雯这样与他交流……

"海江，最近读到好作品了吗？"

"以后再读到好作品，一定与你分享。"

"我会感到很幸福的。"

……

赵长山一直为婚后生活而苦恼，除了夜里那点短暂的快乐，阿斯燕在他眼里再没有可取之处了。碍于马力克和彭大明的面子，他一直忍着，可阿斯燕依旧信马由缰我行我素，每到吃饭时间总是不见她的影子。他再也耐不住性子了，他要教训教训她，不然她永远不长记性！

这天她刚进家门，赵长山就给了她一记耳光。她捂着脸惊恐万状，转身便走，赵长山跟了出来："阿斯燕，你给我回来！"

阿斯燕边跑边喊："打人啦！打人啦！"

赵长山没想到她会来这一手，追了上去。阿斯燕腿脚麻利，过了两排房子他才追上她，拖着她往回走："回家，别在外面给我丢人现眼！"

阿斯燕竭力挣脱："我不回，就不回！回家你要打我！"

齐桂花闻声赶过来，一把拉住赵长山："长山，你这是干什么？有什么事好好说嘛！"

"闪开！我教训老婆关你什么事！"

"赵长山，你要是敢打阿斯燕，我可不依你！"

赵长山抱起阿斯燕就走，一路上都是邻里的目光，家丑外扬，丢人丢大了，回到家他把阿斯燕摁在床上，照着她肥硕的屁股就是一顿扁，打这儿解气不会出毛病。

晚上，阿斯燕哭着来到彭大明家。听阿斯燕说回家晚了挨了赵长山的打，彭春燕气不打一处来："就因为这个他打你？这也太大男子主义了！"

"彭叔叔，你是连长，你可要为我做主啊，呜呜呜……"阿斯燕哭得更伤心了。

"这个浑小子，看我怎么收拾他！"

阿斯燕平静了一些，春燕妈在阿斯燕身边坐下："孩子，赵长山打你不对，但阿姨也要说你几句。你整天骑个马在外面转悠，该做饭了也不回家，这可不行啊，媳妇就要有个媳妇样儿，不能脑子里不装事儿。"

"我也不是故意的，我脑子不好用，一出去就忘了。"

"那你以后就少往外面跑，在家待着，到时间就做饭。"

"阿姨，我在家待不住，不在草原上跑我就闷得慌。"

大家一时都不说话了。

"他要是再打我，我就回毡房，不跟他过了！"

"阿斯燕，可别这么想！为你成个家，马力克和巴哈什操了多少心，闹点小矛盾就不过了？你可不能伤他们的心啊！"彭大明语重心长地说，"叔叔很理解你，你从小在哈萨克人的毡房长大，喜欢骑马在外面跑，长山要慢慢适应你，你呢，也要学着改变，刚成家总有一个磨合的过程，谁家没有个矛盾？你问问阿姨，我们刚结婚的时候……"

春燕妈转过脸来瞪了他一眼。

"两口子过日子，不能以自己为中心，要相互体谅，相互理解，这才能组成一个和谐的家庭，阿斯燕，你说对不对？"

阿斯燕点了点头。

"春燕，送姐姐回家。"彭大明拍了拍她的头，"长山那边，回头我批评他，他要是再敢动手，我就狠狠收拾他！"

彭春燕扶着阿斯燕走了。

第二天一早彭大明就找了赵长山。

"长山，阿斯燕再怎么不好，你也不能动手打她啊！你想过没有，她犯病了怎么办？"

"我已经够迁就她了，再不让她长点记性，我这日子还怎么过！"

"用巴掌长记性？扯淡！一巴掌就可能把感情打跑了！当年春燕妈那样跟我闹，我都没动她一个指头，由她去闹，闹够了就好了，对待老婆也要讲点策略。"

"跟她有什么策略可讲，简直就是个猪脑子！当年春燕妈没有骑着马乱跑吧？没让你整天喝奶茶吃馕吧？"

"阿斯燕刚回来，总有个适应的过程。既然你说她不管用，你就学我，由她去，慢慢来，大家再做做工作，她会改变的。"

"那是你的办法，我有我的套路，还没有谁敢跟我赵长山叫板！"

"赵长山，我刚表扬过你有进步，你小子又犯浑了！无论干啥事，都要讲究个策略，就像打仗，正面强攻不行，就迂回包抄，调教老婆也一样。"

"我赵长山从来都是正面强攻，没有攻不下的碉堡！"

"那你会碰得头破血流！赵长山，我警告你，阿斯燕情况特殊，你要多担待点！再说马力克也看着呢，你怎么也要给他点面子嘛。"

"要不是看他马力克的面子，我的巴掌早就上去了，还能忍到今天？马力克挺明白的一个人，怎么把女儿带成这样！"

"人家马力克比你明事理，收养的一个汉族孩子，身体又是这个情况，自然是要捧在手心里的。"

"唉，我怎么摊上这么个老婆，真他妈窝囊！"

"长山，你也不用太上火，等有了孩子就好了，我当年也是有了春燕以后，生活才步入了正轨。"

"还是你的迂回包抄？"

"这是经验之谈，你就听我的吧。"

彭大明的话根本没起作用，赵长山还是按他的套路出牌，正面强攻！阿斯燕是在马力克和巴哈什百般呵护下长大的，哪吃他这一套？接下来的日子就更是风风雨雨磕磕绊绊了。阿斯燕想回毡房，彭大明的话又让她打消了念头，是的，她不能再让她的哈萨克父母为她操心、伤心了，她已经是二十岁的大姑娘了，她要学会处理自己的事情。她开始躲避，有时跟女知青混饭吃，夜里跟彭春燕挤在一张床上睡。赵长山也当没这个老婆，没饭的时候他就去连队食堂。阿斯燕在外面游荡的时间更长了，表情呆滞而忧伤，总是泪迹未干的样子，行人见了都心生怜悯，挺可人的一个姑娘，本该是捧在手里的，赵长山怎么能如此蹂躏？也有人挺同情赵长山的，哪个男人能忍受这样的老婆？但多数人还是觉得赵长山太粗鲁太霸道了，有好事者借题发挥引申开来，说河南人有本事，打老婆也很能耐啊！

连里河南籍战士是最多的，有几个沉不住气了，约着来到赵长山家。这些远在边疆的人都有很重的家乡情结，是很在意本省人形象的。

"长山啊，你可是咱连的一杆旗，啥旗？有本事，能干，能吃苦。别的不说，就说这转场吧，哪一回少得了你？就凭这一条，哪个敢不服你？因为你这杆旗，我们河南人脸上有光啊！可现在，有人拿你打老婆说事了。"

"其实，谁家没个矛盾，两口子打架是常有的事，可金凤不一样啊，她可是老革命的后代啊！她爸爸妈妈走得早，连里的人都很疼她，捧着她，她就是再不好，你也不能动手打她。再者，金凤现在是马力克的女儿，这里面还有个民族团结的问题，可不是打老婆那么简单，你可要注意影响啊！"

"长山，江副指导员这个人你可得防着，我们都看出来了，他老找你的茬子，你可不能再让他给你上纲上线。"

……

赵长山一言不发，苦水只能往肚子里咽，摊上这样的老婆他能说什么？

阿斯燕的日子过得恓惶，她想到了齐桂花，她不是说有什么难处就找她吗？阿斯燕来找她诉苦。眼见自己的小老乡整天哭哭啼啼的，她想不能再袖手旁观了！她领着阿斯燕回家，一进门就说："赵长山，今天我要跟你好好理论理论！"

"你还是跟她理论吧！"赵长山一筹莫展，"齐班长，你要有本事不让她乱跑，你狠狠打我一顿都行！"

齐桂花拉着阿斯燕在身边坐下："我看阿斯燕还是挺通情达理的，长山，以后多开导开导她，不要总是要你们男人的威风。"

"她那个脑子，对牛弹琴嘛！"

"那你用拳头就管用？"

"你齐班长本事大，给我开个方子吧！"

齐桂花是很佩服赵长山的，但又觉得这类男人性格太硬，缺了女人依赖的温存和柔情，她今天来就是要点他这个穴的。"长山，阿斯燕为什么老往外跑？你好好想过没有？我看呀，是你这个家缺少温暖！你要不就不在家，在家就拉着个驴脸，有话也不会好好说，这哪里是个家？整个一个冰窖嘛，阿斯燕能不往外跑吗？她也是女人啊，女人是需要体贴的，你别看她脑子不够用，可人憨厚，重情！以后不要像个猛张飞，动不动就又吼又叫、舞枪弄棒的，多给她点家的温暖，多跟她说说话，多体贴体贴。这个法子你试试，我保管你受用！我们女人是最了解女人的。"

"我哪会这个呀。"

"不会学！你们这些大男人，咋就不会哄哄老婆呢！"齐桂花也没忘了教育阿斯燕，"阿斯燕，大姐也要说你两句。你现在是媳妇了，整天骑个马在外面转悠，像啥话？男人在外面忙，你要让他吃个热乎饭啊！听大姐的，以后不要乱跑了。"

阿斯燕点了点头。

"长山，你看人家阿斯燕多通情达理。"

"她哪回都答应得好好的，可过后就忘了！"

"反正以后你不能再打她！"

"我管老婆，跟外人有啥关系！"

"怎么没关系？阿斯燕是我的小老乡，别人可以不管，我不能不管！赵长山，我告诉你，你要是再打阿斯燕，就是跟我们江苏人过不去，我把话撂这儿了！"

齐桂花的话赵长山也当耳旁风，阿斯燕想，难道就没人能治住赵长山吗？她忽然想到江涛，她听连里的人说江涛老跟赵长山过不去，他一定能帮到她！她走进江涛宿舍，一把鼻涕一把泪的，江涛好言相劝，让她放心，这件事他一定要管！当天他就把赵长山叫到连部。

"赵长山同志，你怎么能动手打阿斯燕？"

"她找你了？"

"你欺负人家，还要让人家当哑巴呀？我早就听到反映了，很多战士都在议论你啊，赵长山同志，连里哪个同志像你这样处理家庭矛盾？"

"他们没有摊上这样的老婆！"

"你还是在自己身上找找原因吧。赵长山同志，你可要注意影响啊！"

"什么影响？"

"阿斯燕是马力克的女儿，你这样对待她，马力克怎么想？牧民们怎么想？这是会影响民族团结的！"

"她是我老婆，跟民族团结扯不上！"

"你把问题想得太简单了。赵长山同志，我今天是正式跟你谈话，你要看到问题的严重性，不管阿斯燕怎么不好，你都要从大局出发，从维护民族团结出发，善待阿斯燕，你要是再欺负她，我抓你这个典型！"

"江副指导员，工作上的事你怎么管都行，我的家庭私事你管不着！"说完他出了连部。

回到家他就打了阿斯燕，她找谁告状、诉苦都可以，唯独找江涛他不能接受！阿斯燕再也忍不下去了，抱起羊羔骑上马奔毡房而去……

赵长山又回到了单身生活，每天张红珍班结束训练后，他就跟着男知青们去食堂，回到家清清静静，这倒让他觉得轻松了。

一天他从食堂出来遇到彭大明。

"你怎么在食堂吃上了？"

"老婆跑了！"

"你又打她了吧？"

"就那么点事儿，她跟这个说跟那个说，好像受了天大的委屈，竟然还跑去找江涛！"

"走几天了？"

"五天。"

"都五天了你还不去领人？"

"我赵长山没跟谁服过软，让她自己回来！"

"你还嘴硬？她是你老婆，逞什么英雄好汉！"彭大明想了想，"按说马力克应该把人送回来的，肯定是人家挑理了，这样吧，下午你跟我去领人，给你老丈人赔不是。"

"我不去，要去你去，是你给我包办的！"

"嗬，你小子还把我赖上了！我给你找老婆，还管你过日子啊？你必须去，很明显人家是等你去领人呢，你不去，这个台阶怎么下？"

下午，彭大明和赵长山来到马力克的毡房，按照彭大明的吩咐，赵长山带了一塑料壶烧酒和一网兜水果罐头。彭大明一进毡房就说："马力克队长，我和长山给你赔罪来了。"

"唔，我可不敢当。"马力克有些不冷不热，"坐吧。"

毡房里只有马力克，显得挺冷清的，彭大明说："巴哈什和阿斯燕呢？"

"让我骂跑了！"马力克粗声粗气地说，他提来盛奶茶的铜壶，给他俩往碗里倒奶茶，用劲过猛，奶茶溢了出来。

彭大明心里一沉："骂跑了？"

"那天阿斯燕回来，我把她狠狠训了一顿，母女俩不高兴，回巴哈什娘家去了。"

"马力克队长，你怎么是非不分？是赵长山的错啊！"

"我这个女儿嘛，也惯得没有个样子！"马力克把赵长山带的烧酒提了过来，"这几天心里憋得很，正想喝酒呢！"

"酒就算了，我们说说话。"

"彭连长，汉族同志不是讲借酒浇愁吗？"马力克摆上熏马肠和奶疙瘩，又拿来三只碗，"今天改改规矩，一人一个碗！"

"马力克队长，你是要把我们灌醉啊！"

"汉族同志不是还有一个成语嘛，一醉方休！"

彭大明把两个碗收到一边："你这个喝法我可不行，咱们还是按牧民的规矩吧。"

"你彭连长就一碗，慢慢喝，长山你要陪我！"

"没问题!"赵长山也想好好释放一下。

马力克倒了三碗酒,彭大明端起碗:"长山,我们先给马力克队长敬个赔罪酒。"

"彭连长,赔罪的话不要说,你何罪之有?"

"我没管好手下的人,当然有责任了。"彭大明看了赵长山一眼,"长山,说话!"

"对不起了!"赵长山一扬脖子把碗里的酒喝了。

马力克也一饮而尽,他抹了一把嘴:"唉,事情变成这个样子……没有想到。"

"是啊,本来想办一件好事。"

赵长山又要端酒,彭大明按住他的手:"长山,悠着点。"

"你就让他放开喝吧,他的酒量我知道。"马力克端起碗跟赵长山碰了一下,"长山,你现在是我的女婿,但我还是把你当作最好的朋友,这碗酒算是朋友敬的!"

"我也没有只把你当成老丈人。"

他俩又干了,很明显这两个人在较劲斗气!彭大明想得赶紧缓和气氛:"马力克队长,佩服!我敬你!"他把碗里的酒全喝了。

"够朋友!"马力克又给他倒了一碗酒。

"今天就把话说开吧。"彭大明说,"长山,你托马力克队长给你找媳妇,他找不到合适的,就想到阿斯燕,又怕你为难,让我跟你提,你看人家多重朋友情啊!长山……"

"彭连长你别说了。"赵长山抓了块熏马肠,放在嘴里大口嚼着。

"这几天,心里嘛,难受得很。"马力克动了感情,"阿斯燕再怎么不好,可她是我女儿啊!虽然是收养的,但就像亲的一样。她再怎么任性、不听话,我从来没动她一个指头,可是长山你却打她!"

"她像个老婆吗?说说不得,打打不得,我把她当祖宗供起来算了!"

彭大明扯了扯他的衣角。

"那也不能动拳头!长山啊,我佩服你的,是你在转场路上的英雄气概!你一个人可以放倒几个老毛子,给我们中国人争气啊!但你的拳头不能对准自己人啊,打老婆,太掉价了!"

"你还说我呢,你在草原上不是德高望重吗?可你带出个什么女儿?"

"长山,你喝多了,不要说了!"

"这酒没法喝了！"赵长山起身朝外走。

彭大明站了起来："长山，你给我回来！"

"你让他走，他要是走出这个毡房，以后就不要再进来！"

赵长山站住了，彭大明把他拉回来坐下。

马力克的眼睛有些湿了："长山，不管怎么样，以后你不能再打她，你打她，是在打我和巴哈什的心啊！"

"长山，你听见了？"

"你们放心，我以后再不会打她，由她去。我只盼她给我生个儿子，有了儿子，她怎么着都行！"说完，赵长山又把一碗酒喝了。

……

这顿酒一直喝到太阳落山，一开始闹了点不愉快，不过很快马力克和赵长山就勾肩搭背有说有笑了。从毡房里出来时他俩摇摇晃晃的，彭大明不让马力克送了，他却执意要陪他们走走，赵长山上前搂住他："你……喝多了，回……毡房睡觉！"

"长山，你也喝多了。"彭大明说，"这样吧，你陪老丈人住一夜，他一个人在毡房我不放心，明天你和他一起去把阿斯燕接回来。"

"哈……"马力克开心地笑了，竖起大拇指，"彭连长，你这个主意……佳克斯（好)！"

赵长山一甩手："我跑到这里……接，再跑到那里……接，那我不是太……太没面子了嘛！"

"她是你老婆，讲什么臭面子！你不去，她还不一定回来呢！就这么定了！"彭大明骑上马，"长山，我等着你把阿斯燕领回来！"

马力克和赵长山回到毡房就倒在地毯上，一觉睡到大天亮。马力克急着见巴哈什和女儿，奶茶也没顾上烧，往褡裢里装了几块干馕，就和赵长山骑上马奔巴哈什娘家去了。过了两条河，翻过一座山，就看见巴哈什娘家所在的群落了。

巴哈什领着女儿在娘家住了几天，心里的气已经消了大半，现在马力克和赵长山来接她们，自然顺坡下驴，收拾行囊跟两个男人打道回府。看见自家的毡房，马力克没让女儿女婿下马，阿斯燕也没坚持，看了赵长山一眼便朝连队的方向走了，赵长山赶紧撵了上去，这个硬气的男人此时也说软话了："阿斯燕，对不起。"

阿斯燕很惊讶，这是婚后第一次听他亲口说"对不起"，回道："长山，我已经不生气了。"

"以后我再也不打你了。"

"我才不信你呢！你现在想要我，才说这个话！"

赵长山已经七天没碰她了，听她这样说就有些按捺不住，把身子探了过去，"让我亲一下，都好几天了。"

"讨厌！"阿斯燕嗔道，她还是把脸伸过来，让他亲了一下。

"好老婆。"虽然只是亲了一口，他还是感到挺满足的，"阿斯燕，你的肚子，有动静吗？"

"啥动静？"

"就是怀上孩子没有。"

"我哪知道。"

"你不会是碱包吧？"

"啥叫碱包？"

"这个你都不懂？有碱包的地方不长庄稼，我们把不生孩子的女人叫碱包。"

"你们这些男人真坏！"

阿斯燕给了他一鞭子，赵长山大笑着在前面跑了，这情景就像哈萨克人的"姑娘追"：小伙子骑着马在前面奔跑，姑娘扬着鞭子在后面追赶，那鞭子不时打在小伙子身上，中意的鞭子轻轻，不中意的鞭子重重。落在赵长山身上的鞭子是轻是重？这只有他自己清楚了，他不想去仔细体会，横竖她已经是自己屋里的女人了！

赵长山的激情持续时间很短，他又回到了现实，阿斯燕白天还是往外跑，做饭还是有上顿没下顿。他也懒得理她了，他现在只想着抱儿子，每天晚上都要伸手摸她的肚子。

其实阿斯燕多少也有了一些改变，她开始学着给他做汉族人的饭食了。一天她拉着齐桂花来到自己家，齐桂花以为又让她来调解家庭矛盾呢，没想到阿斯燕让她教擀面条。齐桂花一边挽着袖子一边说："擀面条有什么难的，大姐教你！"面很快和好了，齐桂花让阿斯燕使劲揉，说："这做面条的面一定要硬，擀出来的面条才有劲。"她又手把手教她擀面、切面条……整个儿下来阿斯燕的脑门子直掉汗珠子。

第八章

　　"七一"前夕，团党委酝酿搞一次大会战——在一连修建一座扬水站，把河水引上来浇灌农田，以实际行动向建党三十九周年献礼。团里的大会战司空见惯，诸如春播大会战、夏收大会战……农忙时节和重要的时间节点都要组织大的生产战役造出声势，但这次的大会战不同寻常，地点在边境线中方一侧，引的又是中苏两国界河的河水。这些年牧业连的转场经常被苏军无理阻拦，张红珍同志为此献出年轻的生命，全团上下义愤填膺都憋着一口气呢，团党委要以此举回击苏修的挑衅，宣示全团干部战士捍卫祖国领土完整的坚强意志和决心！由于这是在敏感地区的动作，非同小可，团党委向师党委做了报告，师党委又请示兵团党委，兵团党委又上报中央军委。中央军委很快作出指示：动议很好，有理有节，同意实施，上报实施方案。团党委立即上报了大会战实施方案，并作出决定：大会战定在七月一日，由全团各连队青年班参战，一天之内完成任务，速战速决！

　　会战前的晚上彭大明给张红珍班做了动员，他的话火药味很浓，要求战士们刺刀见红打出牧业连的精神牧业连的威风！陆海江怎么听也不像是去修建扬水站，倒像是去参加一场战斗！他想，这次大会战也许会酿成一场武装冲突？这一夜陆海江又思绪万千，久久不能入眠。不能入眠还有一个原因，就是会战地点在一连的地盘上，也许能见到李雯呢？如果发生战斗，他和她在一起！当初他不是那么向往和她一同奔向战场吗？……

　　天蒙蒙亮，"千里马"载着张红珍班的战士向会战地点进发，写着"张红珍班"字样的红旗在晨风中猎猎作响……

　　会战工地是一片开阔的原野，十几台推土机先期到达，正在紧张作业，马达轰鸣，尘土飞扬，它们从两面推起的松土像一条长龙。这阵势让边境线另一侧的苏军紧绷神经高度戒备，他们很快做出判断：中方在修建工事作军事防御准备！

工地两边彩旗招展，十分耀眼，各连青年班的武器支放成一堆，刺刀在晨曦里闪闪发光。十几个青年班的三百多号战士拿着铁锨在工地旁待命，排了长长一溜儿。工地中心位置是会战指挥部，搭建了一个彩门，关团长在里面踱步，彩门上方的高音喇叭传出铿锵有力的《中国人民解放军军歌》……

推土机作业结束了，年轻的战士们拿着铁锨上了工地，各班都领了任务，他们要在上面修出一条十米宽的大渠来，一时间人头攒动，铁锨飞舞……

彭春燕的手不小心被杜春生的铁锨划了一条口子，鲜血直流，杨红拿出手帕给她包扎，董黎明见她的手伤得挺厉害，让她下去休息，彭春燕说她能坚持，多一个人就多一份力量！说完她又挥动起铁锨。这一幕陆海江看在眼里，他以最快的速度写了一篇表扬稿，然后朝会战指挥部跑去。

高音喇叭里很快传出女播音员的声音："下面播送牧业连张红珍班的表扬稿，题目是《轻伤不下火线》。'我连彭春燕同志在紧张的劳动中，左手不慎被铁锨碰伤，鲜血直流，疼痛难忍。班长劝她休息，可她简单包扎后又继续投入到大会战的洪流……'"

此时李雯正坐在大渠上写稿子呢，她马上意识到这篇表扬稿是陆海江写的，她无心写下去了，站起来向会战指挥部望去。

陆海江远远地过来了，她向他招了招手："海江！"

大渠之上的李雯亭亭玉立！陆海江很兴奋，她果然来了！

李雯又向他招了招手，示意他上来，他也很想上去跟她说说话，但众目睽睽之下，是不是太扎眼了？他犹豫了一下，说："李雯，现在任务在身分秒必争！会战结束时再见！"说完便朝张红珍班工地跑去，李雯望着他的身影心里好失落。

到了吃午饭的时间，各连青年班几乎都是自带的咸菜馒头。陆海江边吃边想，叫上董黎明去看看李雯？正想着，李雯走过来了。

董黎明站了起来："欢迎一连文教前来视察！"

"董黎明你说什么呢！"李雯瞪了他一眼，"还别说，你们班的进度就是比别人快，怪不得陆海江送表扬稿撒丫子跑呢！"

她一上来就把陆海江和彭春燕联系在一起，这让陆海江很窘迫，一时不知该跟她说什么。

"哎，哪个是轻伤不下火线的人？"李雯步步紧逼，董黎明在电话上告诉她那次看电影彭春燕也去了，可当时她只顾跟陆海江说话了，对彭春燕没有一点印象。

杜春生指了指彭春燕："她就是陆海江表扬的人。"

李雯很认真地打量她：一双清澈的大眼睛，小圆脸挺可人的。"彭春燕，我代表一连青年班全体战士向你致敬！"她有模有样地给彭春燕行了个军礼。

"我可承受不起啊！"彭春燕想了想，又说，"李雯，你这个礼不白敬，刚才你不是说我们班的进度比别人快吗？"

马超乐了："棋逢对手了。"

"李雯，她不光嘴厉害，舞也比你跳得好！"李涛说，"彭春燕，跳个维族舞让她看看，也让我们放松放松。"

李雯瞥了她一眼："那我倒要见识见识。"

本来彭春燕是不想跳的，可见李雯那盛气凌人的样子，便放下馒头走到大渠中间："李雯，你会唱新疆歌吗？你唱了我才好跳啊？"

"行，我起个头，大家一起唱。'我们新疆好地方，天山南北好牧场……'"

大家跟着她唱了起来，彭春燕翩翩起舞，跳得十分投入，她要把最美的一面呈现给李雯！附近其他青年班的战士都过来围观，这个女战士的维族舞蹈真标准真有韵味呀！

李雯的目光也被深深吸引了，心想这个连队姑娘真是不同凡响呢，模样可人，舞又跳得这么好，还有一点，危急时刻她敢为陆海江挺身而出、奋不顾身！他怎么能不被她打动呢？

……

下午七点扬水站胜利竣工。团基建科的人进行了全面验收，牧业连、三连和十二连青年班施工进度快、质量好，被评为本次大会战优胜单位。关团长在彩门前给优胜单位颁发了锦旗，他在总结讲话中高度赞扬了全体会战人员面对苏修表现出的战斗风采！最后他宣布放水！

河边传来突突的马达声，战士们都跑上大渠，看见河水从几条粗粗的塑料管中喷涌而出，雀跃欢呼之声响彻原野！

各连青年班要返回了，李雯没来跟张红珍班告别，陆海江看见她正在彩门里跟关团长交谈。"千里马"起动了，陆海江看见李雯朝这里望着，忽然就觉得他跟她的距离是那么遥远！仅仅是因为彭春燕吗？不，她变了，像董黎明一样成熟、理性，已经不是那个喜欢跟他谈文学作品的纯情少女了……

吃过晚饭罗豪才把陆海江叫去了，给他泡了一杯茶，让他详细说说大会战的经过，陆海江认真作了描述，罗豪才边听边记。末了他说这次大会战可以写成一篇很有分量的通讯，由他来执笔，陆海江说："如果让我写就把这么好的材料糟蹋了。"

半个月以后，署名罗豪才、陆海江的通讯《边陲新歌——扬水站大会战纪实》在兵团的《军垦战报》刊登出来，陆海江拿到报纸先是激动，他的名字第一次见诸报端，之后是惊讶，罗文教把大会战的壮观场面和热烈气氛写得如此生动，就仿佛他身临其境。

他拿着报纸来到罗豪才宿舍，一进门就说："罗文教你真是大手笔啊！"他挺惭愧的，他只字未写却也署了名，罗豪才说提供素材当然是作者之一了，还有一层他没说，他没有参加大会战，不拉上陆海江别人还不说他投机取巧？陆海江也给报社投了不少稿，但都石沉大海杳无音信，他向罗豪才求教。罗豪才颇有心得，侃侃而谈，其中讲了一条重要经验：平时要关注中央召开的重要会议和"两报一刊"社论，第一时间发现上面的新精神新提法，而且出手要快，据此写新闻，总能胜人一筹。他把过去发表的新闻稿拿出来，大大小小粘贴了一本子，陆海江如获至宝，带回宿舍学习去了。

进入八月，巴尔鲁克山的麦田一片金黄，夏收大会战正如火如荼，团里的五台收割机转战一连，穿行于千顷麦浪之中。李雯头顶烈日站在高高的收割机上，眼前却总是闪现转场的风雪之路，她推算，再过半个来月陆海江他们又要转场了。尽管大会战的场面不能说不紧张热烈，收割机吼叫着扬起金灿灿的麦粒，战士们站在"千里马"上用麻袋接着收割机吐出的麦粒，忙忙碌碌，极目远眺，收割机走不到的边边角角战士们挥镰收割……然而，这一切与陆海江他们的转场比起来还是太平淡了。她和陆海江一样充满理想富于幻想，向往边境火热的战斗生活，风尘仆仆奔巴尔鲁克山而来，现在她和陆海江却是两种情形：陆海江走在了转场路上，那么快就立了三等功，还有董黎明，也是踌躇满志前程似锦啊！而她呢，安于一隅，默默无闻，虽然代理文教工作了，只不过是温室里的花朵，难免昙花一现黯然失色……她太羡慕陆海江和董黎明了，那条转场之路将成就他们的事业，甚至爱情！陆海江不是在那条路上被彭春燕打动了吗？她能像彭春燕那样面对那条路吗？她一次又一次地问自己，那条路太有诱惑力了，但也变幻莫测前途未卜啊！然而，不经风雨怎么见彩虹？她在事业上才刚刚起步，要想与陆海江比翼齐飞，打开成功之门，她必须走一次转场之路！下定了这个决心，找一个参加转场的理由对她来说就不是难事了。

几天后她出现在关团长的办公室。她一个小文教冒冒失失来找团长，多少有点局促，关团长把她按在沙发上，然后俯下身拿暖水瓶，她赶紧把手伸过去："关团长我自己来吧。"

关团长推开她的手："你这个小李，我去一连不都是你给我倒水吗？"

"哪敢让团长给我倒水。"

"团长怎么了？团长也是人民的勤务员嘛。"

关团长很平易近人，李雯觉得她没什么不好开口的了："关团长，我到您这儿来，是提合理化建议的。"

"噢？我听听合理不合理。"

"关团长，牧业连的秋季转场很快就要开始了，我觉得，护送转场不应该只是牧业连的事情，其他连队也应该参与。转场是一项崇高的使命，是对革命战士的一次洗礼和考验，最能磨炼人的意志品质，我建议，从这次秋季转场开始，每次护送转场从其他连的青年班抽调若干名战士参加，通过这种方式，使各连青年班都得到锻炼。"

"看不出啊小李，你这个小姑娘还是很有想法的嘛！是个合理化建议，我们研究研究。"

"关团长，如果团里同意的话，就先从我们一连开始。"

"为什么？"

"因为这个建议是我提出来的，一连当然应该优先啦！再说从排序上讲，我们一连也是排在最前面嘛。而且，我一定要参加，关团长，到时候您一定要给我说话！"

"有志向！如果团党委采纳你的建议，我跟你们连长说。"

李雯的建议得到采纳，团党委决定，为使年轻战士得到锻炼，今后牧业连的转场均挑选其他连队青年班五名优秀战士参加，今年的秋季转场先从一连选派。关团长给一连打了招呼，李雯自然占了一个名额。

牧业连护送转场人员减少，党支部在研究人选时精挑细选。春季转场陆海江、赵长山、彭春燕表现突出，董黎明、杜春生也得到大家认可，这次又入选了。带队的定了江涛，他第一次参加转场，彭大明对他有些不放心，建议成立转场临时党小组，遇到突发情况临时开会，集中大家的智慧，他强调以后这要形成一个制度。罗豪才说彭连长这个主意好，三个臭皮匠顶个诸葛亮嘛，江涛心里却很不舒服，这明明是不信任他嘛！大家都同意成立临时党小组，会议决定江涛担任转场临时党小组组长，陈排长担任副组长。研究去冬窝子过冬的人选时，江涛提了黄佩佩的名，他说黄佩佩这个人怕吃苦，满脑子想的都是回学校当老师，她的现实表现说明她的思想改造还有很长的路要走啊！他这样说大家也不好反对了。

黄佩佩接到让她去冬窝子的通知心里很悲哀，她一直坚持每半个月给江涛汇报一次思想，在他面前毕恭毕敬的，可江涛还是没有放过她！晚上她去王长根那儿吃饭，她把去冬窝子的事说了，王长根很意外，佩佩无论工作还是思想已经很努力了，怎么还让她去冬窝子？他不想让她太伤心，安慰她说这大概是组织上对她最后的考验，从冬窝子回来也许她就可以当老师了。黄佩佩无言以对，她能跟他道出江涛的丑恶嘴脸吗？她躺到他的床上，让他拉几首曲子，去冬窝子她就听不到他的琴声了。他背上手风琴，精神抖擞，他要把平时她最喜欢的曲子都拉给她听！

她闭着眼睛，泪水往肚子里流……

转场出发的那个清晨，一连青年班的五名战士骑着马朝牧业连疾驰而来，此时天还没亮，陆海江一眼就看出跑在最前面的是李雯！她的到来让董黎明和彭春燕也挺意外的。

李雯下马后给连领导们行了个军礼："报告，一连参加护送转场的五名战士前来报到！"

"欢迎你们加入转场行列！"彭大明说，他让江涛给他们讲讲转场纪律，然后来找陈排长，不知怎么搞的，他对江涛带队总有一种不好的预感，"陈排长，江副指导员第一次参加转场，我有些不放心，你是老人，路上遇到事情你要给他多出主意，必要时就召开党小组会，集体表决。"

"我知道了。"

彭大明又不放心女儿了，他向赵长山招了招手，赵长山牵着马过来了。

"长山，我把春燕交给你了，这孩子胆子贼大，你可要把她给我看好了。"

"彭连长，有我在你就放心吧。"

彭大明用力拍了拍他的肩膀，他现在越来越信任他了。

十六名男女战士上了马，跟着江涛和陈排长出了连队，这时天已经亮了。行至高处，李雯回首凝望，她曾多次想象陆海江所在的牧业连的模样儿，如今见了，山坳里的牧业连还真有几分神秘感呢。

陆海江来到李雯身边："想不到你也来参加转场了。"

"我自己争取的。"李雯挺得意，"你们还不知道吧，让其他连队青年班的战士参加转场是我的建议。"

"你的建议？"董黎明在后面说，"李雯，你在逗我们吧？"

"我为什么要逗你们？我向关团长提出这个建议，团党委采纳了。"

"你跟关团长都能说上话？厉害！"

董黎明声音很大，明显反应过度，陆海江却很平静，上次去团部参加广播站评比会，他已经领教了李雯与关团长的无拘无束。

董黎明又说："李雯，你越来越出息了。"

"黎明，你啥意思？"

"我是说你这个建议真的很好。"

"那当然，这么好的锻炼机会你们也不能独享啊！"

"李雯，我们可不是去看风景的。"

这是彭春燕的声音，李雯听出来了，她反应很快："要是看风景我还不来呢！"

"李雯，你骑马行吗？"彭春燕不依不饶。

"彭春燕，我每隔几天骑马去团部取一次报纸，陆海江没跟你说过吗？"

"那是小菜儿，转场来回可是要走一百五六十公里山路啊！"

"我不一定输给你。"

"你肯定输给她，"杜春生插了进来，"人家彭春燕是在马背上长大的呀……"

刚上路李雯与彭春燕就针尖对麦芒，董黎明暗暗发笑，陆海江心里却七上八下，他想接下来的几天还不知会发生什么事情呢！当初他是那么期待和她同走转场路，在心里编织了那么多让他激动不已的画面，现在她就伴在身边，怎么就找不到那种感觉了呢？这一刻他想李雯不来该多好。

羊圈到了，去冬窝子过冬的人把羊群赶出来，大家一起上路。羊一边走一边啃食地上的枯草，因为要赶路，人们不停地挥动着鞭子。黄佩佩跟在后面，一副有气无力的样子，彭春燕来到她身边，默默地陪着她走，此时她又能说什么呢？

李雯第一次进山很有新鲜感，眼睛东张西望，那绵延的山包、高耸的雪峰、挺拔的塔松、蜿蜒的溪流……这些在一连是见不到的，山里的景色真是很美呢。很快她的表情就不轻松了，山路高高低低，崎岖难行，她忽然想起出发时与彭春燕的斗嘴，她不是来欣赏风景而是来转场的！

日头高了，江涛宣布吃午饭，战士们纷纷下马，聚在一起。牧业连的人午饭自然是食堂准备的馍馍咸菜了，一连的战士从身上解下干粮袋，他们是想冲一碗炒面的，可是没法烧开水，只能就着行军壶的凉水一口一口吃了，董黎明笑着说："李雯，你们也太不从实际出发了。"

彭春燕坐在黄佩佩身边，黄佩佩渴了，不停地喝行军壶里的水，彭春燕拿出妈妈烙的葱花饼，递给她一块，黄佩佩摆了摆手，从包里取出吃的，也是葱花饼，王长根昨晚给她烙的，两人都笑了。彭春燕又想到陆海江，妈妈烙的葱花饼放了清油鸡蛋，既香又有营养，她真想拿过去给他吃，可春季转场发生的事情让她心有余悸。她把目光投向李雯，她吃得挺费劲，从细长的布袋里抓一把面放在嘴里，然后喝一口行军壶里的水，样子很滑稽，彭春燕笑了，拿着葱花饼朝她走了过去："李雯，你在演滑稽戏呢，喏，我妈做的葱花饼。"

"你自己吃吧，我跟大家打成一片。"

"得了吧，拿着！"彭春燕把葱花饼塞到她手里。

李雯也不好拒绝了："谢谢关照。"

杜春生说："彭春燕，你怎么不给陆海江一个？"

陆海江马上回了一句："想吃你就自己要，别拐弯抹角！"

"陆海江，这次不是菜盒子，不会拉稀！"

杜春生的话把牧业连的人逗笑了。李雯想起董黎明在电话上给她描绘的那一幕，也笑了。陆海江很平静，他现在已经不在乎别人开他和彭春燕的玩笑了。

"哎，董黎明，都说你们张红珍班是全团最棒的，我们想见识见识。"腾力说，"给我们一连的战士来两手？"

"你是说搏击吧？没问题，吃完了给你们表演一下。"董黎明忽然意识到，他还没请示领导怎么就表态了？于是赶紧说，"江副指导员，你看可以吗？"

"当然可以，给一连的战士们展示一下张红珍班的风采！"

吃完饭，董黎明召集牧业连的战士，杜春生说："表演太虚太没劲，他们会说我们花拳绣腿。这样吧，腾力，我们出四个人，你们一连的四个男知青当陪练，怎么样？"

"行，但你和董黎明不能上。"

"依你，张红珍班的男知青你随便挑。"

腾力挑了陆海江和另外三个看上去弱一点的。尽管如此，一连的四个战士还是经不住陆海江他们的拳脚，一个个被打倒在地上。陆海江动作之干脆利落让李雯不敢相信自己的眼睛！这是一年前的那个陆海江吗？她想起陆海江在信上说他三拳两脚能击倒一条汉子，当时还以为他夸海口呢，现在这一幕真实地出现在她眼前，她在心里感叹，他已经不是当初那个大男孩了。

"行，有两下子。"腾力的表情有点酸溜溜的，"不过，如果比射击，你们肯定不是对手，我们四个平均射击成绩在九十九环以上！"

"你是说卧射吧？"董黎明说，"那是小儿科，你们骑射行吗？"

"骑射？"

"不用哥们儿上，女战士就把你们盖了。"杜春生说，"彭春燕，给他们表演一个！"

"好。"彭春燕上马，她在马的奔跑中举枪做射击动作，好不威武！忽然她看见一只狼从草丛中逃窜，迅速拉动枪栓，枪响的一刹那，大家都惊呆了。

彭春燕骑着马回来，兴奋地说："我击中了一只狼！"

"彭春燕，你怎么擅自开枪？"江涛怒气冲冲。

"江副指导员，那只狼大概是盯上我们的羊群了，如果……"

"无组织无纪律！你不知道这是边境线吗？引来苏军怎么办？要是在争议地区，你这一枪就可能制造严重事件！"

赵长山不屑一顾："神经过敏哪！"

"彭春燕，回去以后你要写出深刻检查！"

彭春燕低下头，像泄了气的皮球。

这时腾力骑马跑了过来："江副指导员，我过去看了，她确实击毙了一只狼！"

江涛没理他，大声说："出发！"

大家赶着羊群继续上路。李雯有些心不在焉，满脑子都是彭春燕，一会儿是她大会战时的优美舞姿，一会儿是她骑射时的飒爽英姿，眼前这个连队姑娘真是不敢小觑呢！

到达转场站时已经是黄昏了。大家忙碌起来，山里狼多，赵长山带着男战士加固圈羊的围栏，女战士们烧水做饭，黄佩佩显得很疲惫，进石屋休息去了。水烧开了彭春燕先给她端去一碗，黄佩佩只是笑了一下，她好像连说话的力气都没有了。

大家简单吃了点饭便睡了，明天将面对争议地区，他们要抓紧时间养精蓄锐。寂静的山野偶尔传来狼的叫声，苍凉而凄婉，一种莫名的惶恐袭上黄佩佩的心头，以后的夜晚她将伴着这声音入眠，想到这一点她把身边的彭春燕搂得更紧了。李雯也没睡着，其实她也很困乏，可争议地区牵动着她的神经，她在心里一遍遍地祈祷：但愿明天顺利通过，但愿……

当人们还在睡梦中，陈排长已经把羊肉煮在锅里了。昨晚要抓紧睡觉没煮羊肉，但今天早晨他要让战士们吃好，羊肉性热，如果在争议地区遇到风雪，一顿手抓肉可以给战士们提供足够的热量。

山里深秋的早晨寒气逼人，门前的那口大锅冒着热气，战士们围着大锅像哈萨克牧民一样大块吃肉，再喝一碗热腾腾的羊肉汤，身上就暖暖的，赶着羊群上路精神头十足。

中午时分，战士们眼前出现了一片开阔的峡谷，争议地区到了。天色阴沉，江涛要求战士们加快行进速度。

哒哒哒哒……

突然传来冲锋枪的射击声！江涛拔出手枪："准备战斗！"

"这是在向空中鸣枪！"陈排长大声喊道，"大家保持镇定，继续前进！"

正如陈排长的判断，苏军鸣枪只不过是恫吓，峡谷又了恢复平静。

出了峡谷便是高山。起风了，天上飘着雪花，战士们迅速赶着羊群上山。行至山腰，路被嶙峋的乱石堆阻隔，绵羊不像山羊，死活不肯前行。

"从哪儿来的这么多石头？"江涛抬头看了看山顶，"这不像是塌方啊？"

"这还看不出来？"赵长山说，"这是老毛子设的路障，不让我们通过！"

江涛问陈排长："我们现在在争议地区什么位置？"

"翻过这座山就出争议地区了。"

江涛又转向赵长山，"你估计清除这些石头需要多长时间？"

"最少一个小时吧。"

"时间太长了！有没有其他路线可以去冬牧场？"

"有是有，"陈排长指着山下，"那儿有条小道可以绕出去，但要从那儿走，我们就不能完成穿过争议地区的任务。"

江涛抬眼看了看天："暴风雪就要来了，我们不能耽搁太长时间！走到这儿我们已经基本完成通过争议地区的任务，由于特殊情况，我决定，绕道去冬天牧场，现在下山！"

"不能绕道！这正是老毛子想看到的！"赵长山说，"我们不能屈服，一定要从这里通过！江副指导员，我负责组织清除路障！"

"赵长山，风雪越来越大，我们有可能被困在山上！"

"这天气我们经历得多了，大不了多损失几只羊！"

"还有可能是战士们的生命！"

赵长山搬起一块大石头扔下山崖："为了祖国的尊严，值！"

"赵长山，执行命令！"

赵长山没理江涛，继续往山下扔石头，几个战士也跟着他干了起来。陈排长想起出发前彭连长的交代，说："江副指导员，开个党小组会决定吧。"

"是共产党员的都过来！"

党员们都围到江涛身边，几个正在搬石头的战士停了手，赵长山却毫不理会，发了疯似的往山下扔石头。

临时党小组表决结果：三人同意绕道五人反对。少数服从多数，陈排长立即组织战士们清除路障。

雪越下越大了，陈排长大声喊道："我们要与暴风雪抢时间！同志们，加把劲啊！"

……

四十分钟后路抢通了。俗话说"上山容易下山难"，风雪中羊们慌不择路，拥挤中不时有羊坠下山崖。

天黑之前，战士们终于见到了冬牧场！大家相互拥抱，喜极而泣。

几个战士把羊赶进木屋旁边的围栏，陈排长在门口清点，总共少了三十五只。外面七零八散地卧着十来只，它们连进围栏的力气都没有了，也熬不过几天。陈排长叹道："唉，损失太大了，但毕竟从争议地区走过来了！"他安排几个战士把两只最弱的羊杀了。

晚饭又是手抓肉，还上了酒。江涛不让陈排长上酒，说："你们留着慢慢喝吧。"陈排长说："又闯过了一回鬼门关，怎么能不喝酒？"冬窝子没酒杯，带来的碗也少，陈排长说："我们就学哈萨克牧民吧。"他提起塑料壶咕嘟嘟地倒了一大碗酒，战士们一人一口传下去，一时间人声鼎沸，气氛热烈。一进木屋李雯就坐在了陆海江身边，她的举动让彭春燕很反感，本来她是想挨着陆海江坐的，转念又想，这样也好，她可以仔细观察一下他俩的表现呢！她在他俩对面坐下，董黎明马上坐到她身边。

李雯一直在跟陆海江说话，一副娇媚的样子，陆海江却显得很矜持，偶尔笑一下或是点点头，既不想扫李雯的兴，又不能让对面的彭春燕太敏感，他觉得好难。彭春燕很想知道李雯在说什么，可屋子里太吵，一句也听不清，她就有些沉不住气了，坐在那儿不说话也不动筷子。董黎明自然注意到彭春燕的情绪变化，不停地劝她多吃点，还往她的碗里夹肉，彭春燕瞪着眼睛对他大声说："你烦不烦哪！"

冷不丁冒出不和谐的声音，大家都看着她和董黎明，董黎明的脸就有些发烧，好在刚才喝了酒。赵长山看着他，心想他把春燕怎么了？

李雯不喜欢这种气氛，她让陆海江陪她出去走走，陆海江犹豫着，看了一眼彭春燕，李雯拉着他出去了。

脚下是厚厚的草甸子，踩上去柔柔的，似无着落。这一天对李雯来说是全新的，走过的路、经历的事让她久久不能平静。刚才她动情地跟陆海江说了那么多，并不是有意做给彭春燕看的，而是经历生死体验后的自然宣泄！现在，激荡的心如大潮退去，走在柔软的草地上，望着夜幕下童话般的冬牧场，心中柔情似水……彭春燕那张小圆脸一下跳到眼前，如一枚石子落入微波荡漾的湖中，那柔情便如零乱的涟漪……

陆海江默默地陪着她走："李雯，你今天的表现真的很不错。"

"言不由衷。"李雯还在想着彭春燕，"彭春燕是很不一般，我应该向她表示敬意。"

"李雯，我们不谈她好吗？"

"上午她骑射时的样子，给我的印象太深刻了，在那样快速奔跑的状态下，她能够射杀一只夺路而逃的狼，我做不到。"

"她是在马背上长大的。"

"还有，她很率真。她就像这里的山，这里的一草一木，天然长成，没有一点人工雕琢的痕迹。也许正是这一点把你感动了吧？"

"李雯，我们回去吧，外面挺冷的，明天还要赶路。"

"不，我想让你陪我走走。"

陆海江和李雯离开后，彭春燕心里像猫抓似的，她再也坐不住了，出了木屋。董黎明跟了出来："春燕，你去哪里？"

"不用你管！"

赵长山不放心彭春燕，也从石屋出来，跟在他俩后面。

"春燕，我真不忍心看到你这样。想帮你，可又无能为力。"董黎明说，"你也看到了，陆海江爱的是李雯，春燕，为什么要折磨自己呢？"

"你不要说了！"

"春燕，回去吧，走远了不安全。"

"有什么不安全的，大惊小怪！你别跟着我！"

"彭春燕，我现在以班长的身份命令你跟我回去！"

董黎明去拉她，她甩开他的手，他抱住了她。

彭春燕挣扎着："董黎明，你干什么嘛！"

赵长山冲了过来，将董黎明打倒在地："董黎明，你小子耍什么流氓！"

"老赵，你把我当成什么人了？春燕心里不痛快，我担心她走远了不安全，劝她回去，你以为我要干什么？"

"有你这么劝的？搂搂抱抱的，想占便宜怎么着？"

"你！"

"算了算了，都是我不好！"

"回去我再找你算账！春燕，跟我回去。"

彭春燕跟他走了。

"春燕，你已经是大姑娘了，别整天傻呵呵的，让你爸省点心！"

"赵班长，你误会了，不是那么回事。"

"你别为董黎明开脱了，彭连长把你交给我，我就要对你负责！"

黄佩佩早早回到自己的木屋，刚坐下，江涛就进来了。黄佩佩对这个人深恶痛绝，但还要强装笑脸，她用自己的碗给他倒了一碗开水："江副指导员，这里也没个杯子，你就用我的碗将就一下吧。"

"用碗好，我会觉得这水更甜哪，哈哈……佩佩同志，我看你没吃多少啊？"

"我不吃羊肉。"

"来新疆这么多年了，还不吃羊肉啊？那你在冬窝子可苦了。"

江涛打量着房间："佩佩同志，你一个人住一间？"

"留在冬窝子的就我一个女同志。"

"很温馨哪，这么快就收拾好了，到底是上海支青啊。"

"江副指导员，你是不是批评我有小资产阶级情调？"

"不，这是革命乐观主义的体现啊！"

他的表演让她心里一阵阵泛恶心，她真希望他快点离开！

吃饭的木屋灯还亮着，喧闹声此起彼伏，战士们尽情释放着走出争议地区的兴奋。董黎明也无心加入了，回到睡觉的木屋。不一会儿陆海江回来了，董黎明站了起来："海江，跟我出去一下！"

陆海江见他的脸色很难看，不知发生了什么事情，跟着他来到外面，董黎明边走边说："海江，你跟李雯干什么去了？"

"我们没干什么呀？只是在外面走走。"

"海江，你不能这样对待彭春燕！"

"我怎么对待彭春燕了？"

"你和李雯当着她的面卿卿我我，让她怎么想？你刚才没看到她有多痛苦！海江，你太过分了！"

"黎明，我真不是有意的。"

223

"海江，你不能脚踩两只船！"

"我没有脚踩两只船。"

"那你就向彭春燕说明！"

"说明什么？"

"你不爱她，爱的是李雯！"

"黎明，你是不是爱上彭春燕了？"

"我爱没爱上她不用你管，你只要向她说明！"

"没用的，感情这东西，是一个说明就能解决问题的吗？"

"你这么不明不白，不是使问题更复杂吗？"

陆海江无言以对。回到宿舍他就躺下了，可怎么也睡不着，脑子里乱乱的。他觉得黎明是对的，他不能这么不明不白，他要作出选择了。那么他究竟爱谁呢？他自己也说不清楚。彭春燕爱他爱得那么深、那么热烈，尽管他与她保持距离，她也义无反顾。他对她真的找不到感觉无动于衷吗？不，她不计代价不顾后果为他做了那么多事情，他怎么能不为之感动？况且那张有着一双大眼睛的小圆脸又那么生动……李雯呢？毫无疑问他在她心中是有位置的，她是在意他的，但她爱他吗？也许仅仅是爱好相同有共同语言吧，也许仅仅是少女的春心萌动吧，而彭春燕的爱却来得如此浓烈醇厚！还有，在彭春燕面前他无拘无束很放松，她是崇拜他仰视他的；而李雯却很清高很有优越感，跟她在一起他就有些自卑觉得挺累的，但她的清丽她的气质让他无法抗拒！而且这是他的初恋啊！……

一觉醒来，陆海江是那么迫切地想见到彭春燕！他走出木屋，不时地望一眼女战士住的木屋，终于，彭春燕出来了，她一脸憔悴，显然昨夜没睡好，陆海江心里挺内疚，忽然就觉得他挺在意她的！彭春燕似乎把他忘了，她过去与黄佩佩告别，然后骑上自己的马，黄佩佩说："春燕你怎么了？还没吃早饭呢！"彭春燕有些不好意思，从马上下来，她这才注意到陆海江，低着头从他身边走过，进木屋吃早饭去了。

返回的路上战士们欢声笑语，她却悄没声的，仿佛这个队伍里她不存在似的。

护送转场的战士回到连队，人们都沉浸在胜利的喜悦之中。转场过程一波三折，关键时刻赵长山挺身而出，大家交口称赞，赵长山洋洋自得，压抑太久了，现在终于堂堂正正、风风光光地站在人们面前了！他找到彭连长，不是去邀功，只是想跟他说说彭春燕的事。

彭大明自然是要夸奖一下他的："长山，你这个头出得是时候！如果不是你及时站出来，这次转场恐怕就不圆满了啊！"

赵长山想到江涛就来气："江副指导员这个人，掉价！"

"他也是考虑大家的安危，当时做出那样的决定可以理解。"

"我看他就是怕死！"

"你怎么能这样看江副指导员？"

"不是我小瞧他，路上有点风吹草动他就神经紧张，苏军向空中鸣枪，他如临大敌；春燕射杀一只狼，他也大惊小怪，还是当过兵的人呢，我看连知青都不如！"

"你不要戴有色眼镜！"

"我没戴有色眼镜，不信你可以问其他人嘛！"

"好了！这话说到这儿就算了，你可不要在下面犯自由主义！"

"我也是跟你彭连长说说，给你提个醒儿。"

赵长山关心的是彭春燕，于是把她在冬窝子的反常表现说了。彭大明听完默默地朝家里走去。赵长山想他也该回家了，一想到阿斯燕他就有些迫不及待！

进了门他就抱起阿斯燕，她大声说："我肚子里有孩子了！"

赵长山本来想抱她进里屋的，他放下她："真的？"

"你走这两天一个劲泛恶心，我跟桂花大姐说了，她说这是怀上了。"

赵长山在她脸上疯狂地亲了一口："哈哈，我要抱儿子了！"

"你再不骂我碱包了吧？"

"不是碱包，是一块上好的庄稼地啊！阿斯燕，你以后不要再乱跑了，老老实实给我在家待着，你要是把肚子里的儿子跑掉了，我可饶不了你！"

从冬窝子回来最失意的要算彭春燕了，晚上回家见到父母她也没打起精神来。女儿平平安安回来，妈妈喜上眉梢，爸爸却给她一张冷脸："春燕，这次转场，你又给我惹事了！"

妈妈的脸由晴转阴："春燕，你又惹什么事了？"

"我没惹事！"本来心情就不好，一进门爸爸就要批评她，她爆发了，"妈，你来评评这个理！路上遇到一只尾随羊群的狼，你说该打不该打？"

"该打，为民除害嘛！"

"我一枪就把它撂倒了！"

"我女儿枪法真准！"

"谁给你的这个权利？为什么不经过批准？"

"要是经过批准，狼早就逃之夭夭了！"

"那也不能擅自开枪！作为一个兵团战士，这是最起码的组织纪律性，更何况是在转场的路上！"

"老头子，你不要小题大做。"

"这叫严格要求！这丫头胆子太大，不管严一点，以后还不知惹出什么事来呢！"

"她一个姑娘家，会惹什么事。"

"你可别小看你女儿，她主意大了！春燕，你要写个检查，交到连里！"

"不写，我没错！"

彭春燕一甩手进了里屋。老两口对望着，春燕妈想，以前女儿从来不跟她爸爸耍横，今天这是咋了？彭大明想起赵长山说春燕情绪反常的事，他已经察觉到女儿喜欢上陆海江了，董黎明掺和进来是怎么回事？难道……

春燕妈进了里屋："春燕，心里有啥不痛快的事，跟妈说说？"

"妈你烦不烦啊？"春燕把妈妈推了出来，"我没事。"

"唉，女儿大了，不让当妈的管了。"

彭春燕坐在桌前，怔怔地看着陆海江给她画的素描。

陆海江一直被这次转场的经历感奋着，吃过晚饭他就坐在桌前，铺开稿纸，忽然就觉得手中的钢笔好重，他问自己，他该怎么写呢？转场经历很曲折很感人，无疑能写成一篇好通讯，彭春燕骑射精湛，以百步穿杨之功击毙一只夺路而逃的狼，彰显兵团女战士的风采，可江副指导员却批评她违反转场纪律；争议地区风雪交加又遇苏军设置的路障，战士们毫不畏惧以命相搏，再次宣示主权维护了祖国尊严，可江副指导员却下命令绕道……最曲折最感人的细节都是与江副指导员联系在一起，如果不写，这篇通讯就索然无味了，如果写了，江副指导员会怎么想？

他起身去找罗豪才，想让他出出主意。罗豪才也觉得这篇通讯挺难写的，陆海江说："罗文教，你比较超脱，你来执笔吧。"罗豪才笑了："你这个小陆，让我做恶人呀？"又说："如果不写实在可惜，让我想想吧。"

第二天一早赵长山和阿斯燕就去看马力克和巴哈什，他第一次和她骑一匹马，她带来的小白马已经长得壮实了。阿斯燕一上去就紧紧地搂着他，把脸贴他的背上，她第一次觉得他的背如此宽大厚实！昨天连里的人都在谈论她的男人，没有不佩服的，就像牧民们佩服他的父亲一样，这让她感到骄傲，当初她下决心嫁给他，也是因为他身上特有的英雄豪气。更让她开心的是，他不再打她了，尽管还是对她粗声大嗓黑着脸，但多少有了一些改变呢。想到肚子里的孩子，她对今后的日子就有一种特别的憧憬，心里暖暖的，依偎他更紧了。

绿毯似的草原已经枯黄，远远地他们就看到那孤孤零零的白色毡房，阿斯燕一下就想到离群的孤雁。她有些伤感，过几天爸爸妈妈也要踏上转场之路了，一走就是半年，她还从没有离开他们这么长时间呢！她趴在赵长山的背上唉声叹气，赵长山说："肚子里的孩子！你给我坐稳了！"

女婿平安归来，又带来女儿怀孕的喜讯，没说几句话马力克就从羊群里拽出一只羊。肉煮了半个来小时马力克就端进毡房，他给女儿挑了一块上好的羊腿肉，说："你现在是两个人，多吃点！"又给赵长山挑了一块，赵长山早上吃的东西还没消化呢，他看着阿斯燕大嚼大咽好是羡慕。马力克的酒喝完了，他埋怨女婿怎么不带酒来，女儿有喜，本该好好庆贺庆贺的，对于这个疏漏赵长山有些不好意思，说："你们走之前，我给你多多地带上！"马力克以奶茶代酒："长山，祝你早日抱上儿子！"巴哈什说："你怎么知道是儿子？也许是个女儿呢。"马力克说："长山家几代单传，真主会保佑他的。"

阿斯燕不吃了，情绪忽然低落下来，巴哈什问她哪儿不舒服吗，阿斯燕摇了摇头："舍不得你们走。"马力克笑着说："半年快得很，一晃就过去了。"阿斯燕想了想，说："过古尔邦节的时候，我和长山去冬窝子看你们。"马力克说："那可不行，大雪封山了你们怎么进去？"赵长山说："可以进去，坐爬犁子。每年春节前连里去冬窝子慰问，同时也看望牧民，到时候让阿斯燕跟着去。"马力克觉得这倒行，巴哈什不同意："不行！到时候她肚子都大了，出远门不是开玩笑嘛，老实在家待着！"阿斯燕噘起小嘴说："我就要去！又不用我走路。"马力克反应过来："那也不行！长山，你把阿斯燕给我看好了，出了事我找你！"赵长山一副挺无奈的样子，从口袋里掏出莫合烟："她听我的吗？"去冬窝子让马力克和巴哈什最放心不下的就是阿斯燕了，巴哈什不停地嘱咐女儿，马力克插了进来："冰天雪地的少出去跑，以后不要再骑马了！"阿斯燕睁大眼睛："不让我骑马怎么行？我会疯的！"

赵长山狠狠地吸了一口烟。

李雯给陆海江打来电话，一上来就说："这次转场你这个大才子没写篇通讯吗？"陆海江说了他的难处，李雯说："我就知道你会作难！这个任务我来完成吧，江副指导员不高兴，他也只有干瞪眼！"陆海江正求之不得呢，秋季转场的感人事迹终于可以宣传出去了，他相信李雯一样能写好："李雯，那就拜托了！""海江，除了感谢你就没有别的话了？"陆海江一时不知该怎样回答她，"代问彭春燕好！"说完李雯把电话挂了。

半个月后，李雯的长篇通讯《风雪转场路》上了兵团的《军垦战报》，她从邮电所拿到报纸后，第一时间走进关团长办公室。

李雯的到来让关团长很高兴，他正想跟她聊聊这次转场的详细情况呢，李雯得意地把报纸递给他："关团长，我写转场的通讯见报了！"

"这么快？"关长远展开报纸，登了整整一大版，还加了短评，过去团里也写过不少转场的报道，但像这么有分量的还是头一回，"小李，不简单哪，你完成了两项任务，不仅亲身体验了转场的艰难，而且你让更多的人认识了这项神圣的使命！让你参加转场算是选对了人啊！"

李雯参加转场的初衷关团长道出来了，可她还想表白一下："关团长您真理解我，我请求参加转场就是奔这两点去的，一是经受锻炼考验，二是真实全面记录转场，让更多的人认识兵团战士热爱祖国，不畏艰难的精神风貌！"

关团长夸她很有才，有培养前途，表示以后多给她一些学习深造的机会。李雯笑得很开心，这正是她走进关团长办公室想听到的："谢谢团长的关心和信任，如果有学习深造的机会，我一定珍惜，绝不辜负组织的希望！"她很知趣，站起身来，"关团长，您很忙，就不浪费您的宝贵时间了，您想了解转场的详细情况，都在通讯里了，再见！"

关团长把她送出门："抽时间我认真看看。"

李雯骑上马出了团部，秋风吹乱了她的头发，满地的枯叶随风而去哗哗作响，她的心情却从来没有像现在这么好！

她没有把通讯见报的消息告诉陆海江，他看到报纸已经是三天以后了。躺在床上认真读完这篇通讯，他心里有些酸溜溜的，本来这篇通讯的作者应该是他，他失去了一次表现自己的机会。不过李雯写得也挺好，转场的曲折艰难、战士们的一腔热血都传达出来了。他把报纸盖在脸上，原以为李雯不会写彭春燕射杀那只狼的，可她却写了，而且描写生动，一个英姿飒爽、身手不凡的女战士形象活脱脱地呈现在读者面前！这让他很感动，李雯明明是嫉妒彭春燕的，可在通讯里却那么用心地写她，一般的女孩子是做不到的，她完全可以轻描淡写、几笔带过……在这一点上李雯跟董黎明就很像，那次去一连看电影董黎明就能克制欲望保持理智；李雯呢，为了写一篇好通讯，她可以不计前嫌浓墨重彩地烘托自己的情敌，这显示了他俩的成熟，令人敬佩。可陆海江总觉得这成熟的背后隐含着什么东西，让他心里有些不舒服。

第九章

山里的秋天很短暂，天总是阴沉沉的，下雪只是早一天晚一天的事情了。

师长来团里检查工作，想起了在巴尔鲁克山吃的鲤鱼。有一年春天，他来到牧业连，中午吃饭上了从河里打上来的鲤鱼，味道极鲜，师长赞不绝口。关长远安排司机到牧业连搞几条鱼。

司机开着吉普车来到牧业连，彭大明有点犯愁，现在想吃鱼？不是季节啊！连队附近的那条河是流向境外的，苏方一侧拦了个铁丝网，平时大点的鱼是过不来的，只有到了春天，鱼逆流而上产卵，借洪水冲过来，这边才有大鱼，因此，春天以外的季节连里的人很少去河里捕鱼。彭大明想到了赵长山，他点子多，说不定可以搞几条。

赵长山被找来了，听彭连长说让他到河里搞几条鱼，面有难色，但还是应承下来，坐着吉普车来到河边。

赵长山整理好渔网，然后用力撒出去，渔网撒得很远，全部张开了，一看便知他是捕鱼老手。换了几个地方，撒出去的网都是空的，赵长山开始脱衣服，司机说你下水摸啊？赵长山说去对面试试吧。司机抬眼望了望，对面有棵歪脖子树，树下的水面有个很大的漩涡，赵长山说鱼儿喜欢在那儿。司机说天这么冷算了吧，赵长山说："要不是因为彭连长我才不受这个罪哩！"

赵长山举着渔网和衣服小心翼翼地走到河对岸，河水冰凉刺骨，他赶紧穿上衣服。缓了缓，他往漩涡处撒了几网，总算小有收获，打到的几条鲤鱼虽然不太大，但也能交差了。他举着渔网和衣服从河里上来，司机不停地夸他有本事。赵长山坐在车上还一个劲地打哆嗦。

天一见冷，齐桂花男人的气管炎就犯得厉害，白天晚上咳嗽，吃饭这会儿工夫也不消停。

齐桂花放下筷子："唉，真让人发愁，这个冬天他怎么过啊……"

罗豪才看了老方一眼："气管炎就是怕凉风。"

"光气管炎也就罢了，去年又查出个肺气肿，人倒霉了，放屁都砸脚后跟！"

"天冷了，以后老方就别出门了。"

"哪还敢出门啊，开个门他都要到里屋躲着，简直就是个纸糊的人嘛！明天我带他到团部卫生队去住住，要不他这一冬怎么过。"

"对对，"罗豪才马上附和，"住住院，好好给老方调理调理。"

老方埋头吃饭一声不吭，他是这个家的男人，却像外人似的，话都让齐桂花和罗豪才说了。

"老罗，求你件事。"齐桂花对罗豪才说，"下午我想用一下连里的'千里马'送老方，坐马车太慢，天又这么冷，他哪能受得了？你跟彭连长说说。"

"我试试吧。"

"你得办成！白在我这儿搭伙啊？"齐桂花白了他一眼，"这一去，少不了住个十天半月，两个孩子就交给你了，你也不会做个饭，就在食堂买着吃吧。"

"这好办，你和老方就放心去吧。"

老方终于开口了："唉，我这不争气的身体，又要给你们添麻烦了。"

"什么你们你们的，我们是谁？好话到你嘴里也变味了！"

罗豪才赶紧起身："我吃好了，现在就去找彭连长，你们准备准备。"

罗豪才找到彭大明，说了用"千里马"送齐桂花男人去团部住院的事。

"老方的病也不是啥急症，能不能缓几天，等'千里马'去团部拉货，顺便把他捎上。"

"老方这两天喘得厉害，还是早点送医院吧，彭连长，你特批一下。"

听罗豪才这样说，彭大明就动了恻隐之心，老方的病也是长年在野外放牧落下的，应该照顾，再说他也要给罗豪才一个面子嘛，他同意了。

罗豪才总算松了口气，这事如果办不成，还不知道齐桂花会怎么奚落他呢！他去叫"千里马"，特别嘱咐司机把车开到齐桂花的家门口，然后又回来通知齐桂花。等了一会儿，听到"千里马"的突突声，罗豪才从齐桂花家出来，见"千里马"停在了连部门口。他让齐桂花扶老方过去，齐桂花把手里的包塞到他手里，他愣怔着，她说："送我们一下呀？"说完扶着老方走了，罗豪才提着包跟在后面，心里好别扭，一抬眼，看见江涛站在连部的台阶上，真是怕啥来啥!

他跟江涛打了个哈哈,然后扶老方上了拖拉机的驾驶楼,副驾驶只能坐一个人,齐桂花爬上拖斗,罗豪才把包递给她,"千里马"开走了。

这一幕江涛一直看着,"千里马"走远了他才转身进连部。

晚上罗豪才去食堂打饭,没想到又被好事的战士调侃,一个说:"罗文教,你怎么跑到食堂吃饭来了?齐桂花罢工了?"另一个说:"你也是咸吃萝卜淡操心,人家齐桂花怎么会罢工呢,领老方到团部住院去了。"……罗豪才头皮发紧,打上饭菜赶紧离开,出了食堂的门他真想骂娘!今天怎么这么晦气?

饭菜端上桌,罗豪才招呼两个孩子吃饭,没想到龙龙也跟他打蹩!他噘着小嘴说晚上不想吃炒菜馍馍,要吃妈妈做的面条。罗豪才说"叔叔明天给你做面条",龙龙还是不肯吃饭。罗豪才气不打一处来,怎么毛头孩子也跟他较劲?本想发作,忽然记起齐桂花的嘱咐,他得照顾好这两个小祖宗啊!他压了压心头的火,放下筷子去做面条。这些年他就没做过饭,擀面条又费工费力,一锅面条做出来他已是满头大汗了。

两个孩子眼巴巴地等着,面条终于端上来,红红尝了一口:"叔叔,面条没放盐。"罗豪才这才意识到少了一道工序,赶紧把盐拿来。龙龙吃了几口就放下筷子:"叔叔,你做的面条不好吃。"罗豪才已经没有耐心了:"叔叔给你们做出来就不错了,将就着吃吧!"

齐桂花的男人每年都要住一两回医院,病退后"吃劳保",工资只拿正常退休的一半,因此家里就很拮据。远在边疆的人老乡观念比较重,谁家有个事很快就能在同籍战士中传开,家庭闹矛盾的老乡出面调解调解,有困难的相互帮衬帮衬,这几年江苏籍战士没少接济齐桂花家。听说老方又住院了,大家凑了点钱,交给大车班的韩班长,他也是江苏人,过两天要去团部拉货,大家托他去探望老方。

韩班长的到来让齐桂花和他的男人很感动,齐桂花攥着钱眼睛湿了,钱虽不多,可这是同乡们的一片心啊!韩班长临走时她说了一句话:"老韩,你回去替我谢谢大家,我齐桂花记下了。"

一场大雪覆盖了巴尔鲁克山,山峰、树木、房屋……裸露、凸起的一切都披上了厚厚的银装,从此雪就经常光顾。还有风,冬天风也成了这里的常客,来来去去飘忽不定,风夹雪常常把牧业连搅得一片混沌,出门都挺困难的。连里的人本可以像东北人那样猫冬的,但兵团连队还有一项任务:冬训,连队正好可以利用大把时间和冰天雪地让战士们摸爬滚打提高军事素质。当然，政治教育这一手也是不能软的，党支部决定两手抓：上午军事训练，下午政治学习。

张红珍班的军事训练还是由赵长山主抓，政治学习由江涛负责。以前知青们都害怕政治学习，现在却是另一种心情，都很享受下午的美妙时光。冬训太苦了，风夹雪打在脸上如刀子割，而训练就那几个科目，翻来覆去好乏味。虽然政治学习也是老调重弹，比起顶风冒雪还是好过多了，坐在暖暖和和的宿舍里，渴了还有热水润嗓子，尽管江涛喋喋不休让人烦，但可以充耳不闻闭目养神想入非非……这种时候彭春燕却显得很专注，她的目光总是集中在陆海江身上。她对他的爱太热烈太执着了，望着他，她就觉得身上的每一个毛细血管都是畅通的、每一个细胞都是活跃的，眼前的一切都是那么温馨那么美好，体内充盈着愉悦和幸福，她也想用这目光滋润、融化那颗心。坐在对面的陆海江比过去从容多了，不时地望她一眼，他现在已经无法回避和抗拒她的存在了……

阿斯燕的肚子明显鼓了起来。她现在不骑马了，但还是喜欢往外跑，赵长山求子心切，真担心她把孩子跑掉了。一天早晨起来，他找了几块木板，把前后两个窗户封上了，只留了透光的缝隙。

阿斯燕在做饭，忽然就觉得房间暗了，"你把窗户钉上干啥？"

"外面冰天雪地的，你把儿子给我跑掉了咋办？我以后不打你，你啥时候生了，我啥时候放你出去。"

"不行，你会把我憋死的！"

赵长山不再理她，吃饱饭把门反锁走了，阿斯燕在里面把门拍得啪啪响。

中午赵长山回来，刚打开门，阿斯燕就出去了，赵长山说："就在门口，别走远！"

阿斯燕憋了一肚子气，心想我就要跑得远远的！

经过齐桂花家门口，齐桂花看见她："阿斯燕，这是去哪儿，给长山做饭了吗？"

"我才不给他做饭呢！他把我锁在家里，不让我出来！"

"他把你锁在家里？这也太过分了！"

这时传来赵长山的喊声："阿斯燕！阿斯燕！"

齐桂花说："阿斯燕，先回家。"

"闷了一个上午，我才不回去呢！"说完阿斯燕走了。

望着阿斯燕背影，齐桂花叹了口气。一个下午她都想着阿斯燕。她这个小老乡真够可怜的，一场大火父母走了，还落下这么个病，好不容易嫁了个男人，又遇上赵长山这个没心没肺的！他怎么能想出把老婆关起来这个损招儿？对赵长山她是又敬又恨，她敬佩他的本事他的豪气，转场路上没有哪个男人能出其右！可这个人性格也太硬，对他的粗鲁霸道我行我素她也看不上眼！特别是采取这种方式对待一个可怜的小女人，她怎么也不能接受！她有一种不好的预感：赵长山来狠的，阿斯燕又不是个乖巧听话的主儿，时间一长会出事的！

晚上，她把几个江苏籍战士叫到家里，大家都觉得这事得管一管了。

"我们再不能袖手旁观了，再咋说阿斯燕也是我们的小老乡，不然就显得我们江苏人太窝囊了！"

"我看跟连里说说吧，好好批评批评他。"

"没用，为打老婆的事，连领导也没少批评他，这种事，连里也就是批评批评，拿他没别的办法。"

"阿斯燕现在是马力克的女儿，我们告他破坏民族团结，连里肯定重视！"

"瞎扯！这是落井下石！"齐桂花说，"赵长山我们都了解，是咱连的能人，也是个好人，就是有点粗，管老婆欠妥当，咱们的目的是让他善待阿斯燕，千万不能给他上纲上线。"

"他赵长山动粗，我们也跟他动粗！他虽然有两下子，但架不住我们人多！"

"不能动粗，动粗就显得我们江苏人太无能了。"齐桂花说，"这事的解决还要靠连里，一般找找不解决问题，得弄出点动静，让连里当回事儿。我看你们这些大男人也没什么好主意，这样吧……"

她想了个主意：明天下午政治学习结束后，大家来她家里集合，如果赵长山再追阿斯燕，他们就把他绑了，送到连部理论！一个战士说要是阿斯燕不出来呢，齐桂花说那就再等。她料定她肯定出来，赵长山也一定会追。于是就这样定下来了。

果然，第二天下午政治学习没一会儿，就听见阿斯燕大呼小叫的，齐桂花和那几个战士赶了过去，看见赵长山正拖着阿斯燕往回走，他们围了上去，齐桂花指着赵长山说："把他给我绑了！"赵长山还没回过神来，几个战士就用绳子把他捆了个结实。

赵长山这会儿倒挺冷静："齐班长，你们这是干什么？"

齐桂花一挥手："走，去连部再说！"

他们把赵长山带到连部，消息不胫而走，听说赵长山被绑了，战士们不知道他又惹什么事了，纷纷来到连部。因为关老婆江苏籍战士就把赵长山绑到连部来，河南籍战士不干了，双方争吵起来。此时彭连长去团部开会还没回来，只有江涛一个连领导在场，他竭力控制着战士们的情绪："大家不要吵，不要吵，有话好好说！"

"他赵长山欺人太甚！"齐桂花说，"自从他把阿斯燕娶进门，经常殴打她，最近还把她像犯人一样锁在家里，这是侵犯人身自由！"

"这点破事儿你们就把他绑到连部？"一个河南籍战士说，"你们才是侵犯人身自由！"

"我们制止他的行为，哪点不对？"

"你们采取这种极端方式就不对！我们河南人也不是好欺负的！"

江涛听不下去了："你们河南人江苏人抱团啊？听听你刚才说的话，还有多少兵团战士的味道？简直就是农村老百姓！大家都来自五湖四海，为了一个共同的目标走到一起来了，都是兵团大家庭的一员，都是革命同志！以省划线，这是封建残余，是拉山头，搞宗派！我们是兵团连队，绝不允许这种陈腐的风气滋生蔓延！有什么问题说什么问题，赵长山的事就是赵长山的事，跟哪个省的人有什么关系？好了，大家都不要说了，鉴于赵长山侵犯人身自由的严重问题，先把赵长山关起来，等彭连长从团部开会回来，党支部再做研究处理！"

"我们拥护江副指导员的决定！"

"我们反对！赵班长又没有犯法，凭什么关起来？"

双方又争吵起来，情绪都很激动。

"你们想干什么？"江涛看见董黎明，喊道，"董黎明！张红珍班全体集合，全副武装赶到连部！"

"是！"董黎明转身走了。

康副连长挤了过来："江副指导员，不能动用张红珍班！"

"家里我主持工作，出了问题我负责！"

董黎明很快带着全副武装的张红珍班战士来到连部，他给江涛行了个军礼："江副指导员，张红珍班整装待命，请指示！"

"把赵长山带走，有阻拦者，一起带走！"

河南籍战士堵在门口，董黎明说："请你们让开，我们在执行任务！"

"来吧，有本事你们就从我们身上过去！"

这时外面有人喊："彭连长回来了！"

彭大明见里面聚了这么多战士，说："江副指导员，发生什么事情了？"

"彭连长，赵长山侵犯阿斯燕的人身自由，河南籍战士和江苏籍战士发生

234

争执。"

彭大明扫了一眼张红珍班:"你动用张红珍班了?"

"他们借此闹事,为防止事态扩大……"

彭大明打断他:"董黎明,立即把张红珍班带回!"

董黎明把张红珍班带走了,彭大明说:"同志们,今天这件事,连里一定会给大家一个交代!现在都回去吧。"

人们散去,彭大明让康副连长通知支委,晚上召开了支委会,然后回家吃饭去了。

晚上的支委会上,由于江涛动用张红珍班的举动,赵长山关老婆的事情淡化了,大家都批评江涛不够冷静,方式方法简单,江涛不动声色,不紧不慢地喝着茶。

支委们都发了言,这个时候该江涛说话了,可他还在那儿品茶,彭大明知道江涛想听他怎么说。"刚才大家都谈了对今天这件事的认识,我同意大家的看法,江副指导员采取的应对措施是非常错误的,当时的事态如果继续发展下去,后果不堪设想!处理这类问题,当领导的一定要头脑冷静,首先要搞清问题的性质。大家都说了,这件事是人民内部矛盾,人民内部矛盾就应该采取处理人民内部矛盾的方式,当众宣布把赵长山关起来,这不是火上浇油吗?当事态难以控制,你又调来张红珍班,这更是错上加错!张红珍班是干什么的?是用来对敌人的,怎么能对自己的同志呢?"他看了江涛一眼,"江副指导员,大家说了这么多,你应该有个态度啊!"

"我当然要有一个态度。"江涛清了清嗓子,"刚才听了大家的发言,我有一个感受,我们这个小小的连队太遥远了,好像这场席卷全国的无产阶级'文化大革命'与我们没有什么关系,我们好像身处世外,大家对当前的政治形势麻木不仁,无动于衷,这很危险啊!来连队以后,我一直有这种感受,通过今天这件事情,我的这种感受更加强烈了。大家的脑子里有阶级斗争、路线斗争这根弦吗?今天这件事情,大家只是就事论事,只见树木,不见森林,大家看到这件事情暴露出来的深层次问题了吗?我对赵长山这个人一直是有看法的,打老婆,现在又发展到把老婆锁在家里,限制他人的人身自由!更为严重的是,他的行为严重破坏了民族团结!他娶了马力克的女儿,本应该倍加珍惜,他却对阿斯燕大施淫威!"

"江副指导员,你言重了。"罗豪才说,"阿斯燕的情况我们都知道,有些客观情况,而且据我了解,赵长山还是很克制的,马力克也是很理解的,谈不上破坏民族团结。"

"这只是表面现象，我们可不能把问题简单化了。你说马力克理解，我看未必，他内心是怎么想的我们知道吗？哪个做父亲的不心疼自己的女儿？如果任其发展下去，马力克和牧民们肯定会找上门来，那影响可就大了！兵团要求我们要倍加珍惜民族团结，赵长山这么干，实质上就是在破坏民族团结！"他停顿了一下，喝了口茶，"我刚才只讲了问题的一个方面，今天这件事情还暴露出另一个严重问题。刚才大家都看到了，江苏人河南人抱团，老乡观念在连队滋生蔓延！这哪还像个兵团连队？完全是封建社会的残渣余孽！刚才发生的事情你们说这是人民内部矛盾，我看快转化成敌我矛盾了！赵长山为什么会有恃无恐、为所欲为？连里的人为什么会抱团、以省划线？根子就在于长期以来我们不讲阶级斗争、路线斗争，在大是大非问题上态度暧昧！如果任其发展下去，我们的连队必将一盘散沙，谈何召之即来、来之能战、战之能胜？"

"刚才江副指导员说到老乡观念的问题，认为老乡观念是封建社会的残渣余孽，未免有点武断了。"彭大明说，"我们还是应该辩证地看待这个问题，这是个现实存在，想回避也回避不了的问题，关键在于正确引导，让它朝积极的方面发展。我认为咱们连的老乡观念总体上是健康积极的，大家有一种朴素的老乡情感，特别是我们这些远在边疆、身处他乡的人，家乡情结、老乡观念就更重一些。老乡走得近一些，相互说说心里话，两口子闹矛盾，老乡调解调解，家里有困难，相互帮衬帮衬，有什么不好？有些我们解决不了的问题，人家自己就解决了。前一阵，老方到团部住院，江苏籍战士给他捐钱治病，而且我听说已经好几次了，其他省的同志也有这种相互帮助的情况。这是什么？这是人间真情啊，应当鼓励！当然，发现问题也要及时疏导，今天这件事情就是一个不好的苗头，它的危害性我们要向大家讲清楚。"

"纯洁部队思想刻不容缓！"江涛说，"我建议，在全连上下深入开展一次思想整顿！如果我们处理今天这件事轻描淡写，不痛不痒，等团里的专案组下来，那我们可就被动了。"

彭大明心里咯噔了一下。本来他是想通过这件事情好好教育一下江涛的，没想到这个人一点都不反省，还抬出了专案组！现在，他不得不顺着江涛的思路走了："江副指导员的话给我们大家提了个醒，我同意开展一次思想整顿，强化一下五湖四海教育。"

康振华吃惊地望着彭大明："现在工作这么忙，我看召开一个全连大会，教育教育就能解决问题。"

"康副连长，抓革命促生产，抓革命可是第一位的！"江涛说，"冰冻三尺非一日之寒，思想问题岂能是开一次大会就能解决的？"

"我看可以拿出几天时间进行思想教育，江副指导员，你拿个方案，支部再研究。"彭大明说，"有一点，今天动用张红珍班是错误的，党支部要给群众一个说法。"

"江副指导员对这件事要有个态度，大家都在看着呢。"康振华说，"我建议，明天开个思想整顿动员大会，彭连长做思想动员，让赵长山在会上做检查，江副指导员也做个自我批评。"

江涛眼皮子都没抬，泰然自若地喝着茶。

彭大明不想在这个问题上再僵持，如果把江涛惹恼了，恐怕他真的就把专案组搬来了："我看这样吧，还是由我代表党支部表个态，给战士们一个交代。"

散会了，大家走出连部，康振华追上彭大明："彭连长，我对你有意见，江副指导员犯了这么大的错，为什么不让他在大会上检讨？"

"我代表支部讲不是也一样嘛。"

"你太迁就他了！还有，你怎么能同意他搞什么整顿？你还要集中几天时间，让他做方案！"

"我这也是没有办法的办法。刚才江副指导员已经暗示大家了，如果不按他说的办，团里的专案组就下来了，我可不想让专案组介入这件事情！上次保卫科来查赵长山就把我们折腾得不轻，专案组那帮人比姚科长还能折腾，我们还怎么工作？我更担心的是，赵长山，还有齐桂花被他们抓了典型，我们还要损兵折将啊！"

"我看你让江涛折腾，他一样会弄出点事来的！"

"有我掌握着呢，他能折腾出什么事？放心吧。"

快到家了，彭大明忽然想到赵长山，这小子太不让人省心了！他现在就要找他谈个话！他来到赵长山的宿舍，把他喊出来。

"长山，让我怎么说你！"彭大明一边往前走一边说，"你在连队也摔打这么多年了，按说身上的农民习气也该磨得差不多了，你可倒好，毛病还越来越大了，竟然发展到把阿斯燕锁在家里！"

这会儿赵长山的气也没消呢："我锁老婆，又没有锁别人！齐桂花他们真是吃饱了撑的！"

彭大明转过身："锁老婆也是侵犯人身自由！有人要在这上面做文章，你吃不了兜着走！"他望了一眼夜空，"当初我真不该做这个中间人，你这种人就该

237

打一辈子光棍！我告诉你，你以后再欺负阿斯燕，我就把你一撸到底，把你赶到冬窝子去，夏天也不让你回来，让你一个人看场子，永远别回来！"

"你以为我怕去冬窝子啊？我什么苦没吃过？"赵长山的声音缓和下来，"彭连长，这些年你对我不薄，可我没给你干多少长脸的事，还净给你添乱，让你作难。这样吧，等阿斯燕把孩子生下来，我们一家三口去冬窝子，再不回来，过哈萨克人逍遥自在的生活。"

"你想老婆孩子热炕头？美的你！我就让你一个人去！"彭大明叹了口气，"唉，阿斯燕肚子都那么大了还待不住，外面又这么滑，摊上这么个老婆有什么办法？长山，想开点，由她去吧。"

"我已经彻底想开了，以后再不会管她。彭连长，你放心，我以后再不会因为家里的事给你找麻烦。"

"你以为给我个保证就结了？没那么容易！明天上午召开全连大会，你要作出深刻检查！"

"彭连长，你不是说检查是个什么东西吗？"

"那该做也要做！你去找陆海江，今晚就写出来！"

当晚陆海江挑灯夜战。这是他第二次给赵长山写检查了，他一时静不下来，心潮起伏，感慨不已。转场路上，赵长山多英雄多威武！可怎么老是在这些小事上栽跟头？这个人真是太复杂太多面了，不，是他活得太简单太真实了，与当今这个时代格格不入啊！……

熄灯了，陆海江还没动地方，他想结尾也要像江涛那样拔拔高，增强效果！他点亮马灯。

大家都上床了，马超光着身子凑了过来："陆海江，你好用心啊，给李雯写情书刹不住车了吧？"

"可以公开的情书，拿去看吧！"陆海江把稿子递给马超，然后上床睡觉去了。

马超扫了几眼："检查？你又给赵班长写检查？"

李涛叹了一声："唉，赵班长都快成检查专业户了。"

沈东风坐了起来："我觉得老赵有点冤。"

"冤什么？"董黎明说话了，以前他是很少参与大家的议论的，"阿斯燕再怎么不好，他都不应该把她像犯人一样锁在家里，这是侵犯人身自由！"

陆海江望了望董黎明，他觉得老同学说话越来越冲了，那口气和神态怎么像江涛？

杜春生掀开被子："董黎明，你是站着说话不腰疼，你要是有这样的老婆试试？"

……

按照江涛制订的方案，思想整顿整整进行了五天，冬训停了，全连上下闭门讲五湖四海讲民族团结，大会学习小会讨论，人人过关人人发言。思想整顿结束的那个下午召开了全连大会，江涛唱独角戏，慷慨激昂地讲了一个下午，最后他用三个"空前"结束讲话："通过这次思想整顿，坏事变成了好事，同志与同志之间、班排与班排之间达到了空前团结；爱护民族团结像爱护自己的眼睛的意识空前增强；部队的凝聚力和战斗力得到空前提高，思想整顿取得了丰硕成果！"话音未落，董黎明带头鼓掌，台下掌声稀稀拉拉，陆海江想起为张红珍送行时董黎明带头呼喊口号的举动，当时他是那么激动，血液沸腾振臂高呼，此时他却怎么也兴奋不起来。

当天下午江涛亲自动笔，将思想整顿情况形成材料，第二天一早他骑上马去了团部，他要向团党委汇报这次思想整顿取得的丰硕成果。

关团长看了江涛的总结材料后，认为这件事抓得很及时，当前部队确实存在老乡观念庸俗化的问题，抓一抓这方面的教育是很有必要的，他当即就安排党办予以转发，要求各连队借鉴牧业连的做法。江涛下去挂职后第一次得到团党委的肯定，很是得意，他没有急着回连队，晚上跟老婆实实在在亲热了一回，呢喃中他吐出"佩佩……"两个字，好在他老婆已陶醉了。

黄佩佩在冬窝子过得很艰难。其实工作上她并没有怎么受累，不用到野外放牧，每天给大家做三顿饭，外加给战士们洗衣服——这是来冬窝子之前彭连长专门给陈排长交代的，但她心里苦啊！在连队的日子虽然也不称心如意，可不管怎样还有王长根陪伴在身边，他的嘘寒问暖、他的可口饭菜……特别是他优美的琴声为她排遣了多少内心的忧愁苦闷……每当夜深人静的时候，王长根就清晰地出现在她的眼前，逆来顺受的样子、忧伤的眼神……在她面前像个仆人，谨小慎微，忍气吞声，他爱她爱得那么深，无怨无悔地承受着她的折磨。想到这些她就落泪，心里就流血，这是个你曾经深深爱着的男人啊！有时她想，认命吧，你的美好愿景是虚幻的，你的一切努力是徒劳的，你不能再伤这个男人的心了，回去以后就嫁给他！长夜漫漫，度日如年，每天早晨起来，她做的第一件事是翻一页墙上的日历……

一天她正洗衣服，听到外面有响动。外出放牧的人还不到回来的时间啊？

黄佩佩警觉起来，刚出木屋，一个五大三粗的男人就冲了过来，抱住她。"救命啊！救命啊！"她声嘶力竭地喊着，那男人将她抱进木屋。山野寂静，一点声音都能传很远，正在放牧的陈排长隐约听到黄佩佩的呼喊声，他意识到什么，骑马飞速向木屋奔来。那男人听到了马蹄声，放开黄佩佩骑上马跑了。

陈排长冲进木屋："小黄，你没事吧？"

黄佩佩的外衣已经被扯开，她没有任何反应，只是低着头哭泣。陈排长蹲在地上，卷了一根粗粗的莫合烟，点燃狠狠地吸了一大口。大家回来吃饭时他做出一个决定：黄佩佩参加放牧，大家轮流做饭。

黄佩佩变得更加脆弱了，以前吃过晚饭她还能跟战士们聊聊天，经历那件事情后她就闭门不出了，天一黑，她就用一根粗粗的柱子把门顶得结结实实。

罗豪才的妻子来信了，她要来连里过年。罗豪才调动的事情办得不顺利，妻子已经没多少信心了，打算来连队看看。从邮电所出来，罗豪才心里挺复杂，骑上马他才意识到头上冷飕飕的，他把棉帽落在柜台上了。回去取帽子时邮电员打趣说："老婆要来你魂都没了，光着脑袋就出门啊？"罗豪才苦笑了一下。

路上他又跟小黑聊上了："小黑，我调回北京看来没戏了，老婆要来连里看看，她打算搬过来了。我要把你介绍给她，我们是老搭档嘛。小黑，你说我们这里咋样？我觉得挺好，虽然过得挺不易，但还是满有滋味的。彭连长是个好领导，我跟你说起过，他曾经是我父亲手下的兵，行事方式跟老爷子一样，爱兵爱才，在这样的人手下工作，你说我还往哪里跑？还有齐桂花，她对我真好，可越这样，我心里就越难受！唉，没有缘分哪，下辈子吧……"

小黑跑得很欢，只要罗豪才在路上跟它说话，它就来了精神，好像有使不完的力气。罗豪才想，小黑也怕寂寞啊！

罗豪才前脚进宿舍，齐桂花后脚就进来了。

"老罗，你老婆来信了吧？调动的事有进展吗？"

"没进展，今年过年，她打算过来看看。"

"真的？过来看看，这就是说，她有调到咱这儿的意思？"

"也许吧。"

"那可不能怠慢了嫂子！眼看就要过年了，老罗，你把屋子好好拾掇拾掇，屋子刷刷，被褥晒晒，整得像个家，不要让嫂子进门就觉着心寒，还没焐热就想走，不枉往新疆跑一趟。"

"我知道。"

"到时候，你和嫂子就在我那儿吃，咱们两家子好好过个年！"

"哎，你有完没完？她来你热乎个啥劲？你就别给我添乱了。"

"哪会给你添乱，你就把心放在肚子里吧。"

齐桂花乐呵呵地走了。

再过一月就是春节，罗豪才接到团里的通知：春节举行全团文艺汇演。往年冬天连队都要排一台节目，欢欢喜喜过大年，罗豪才是性情中人，对排节目最上心，但去年冬天一级战备，排演节目的事无人再提。现在边境形势有所缓和，团里要组织文艺汇演，罗豪才得到消息后心里痒痒的，每次排节目都是他和齐桂花最放松最快乐的日子，大庭广众之下他和她不必过于戒备，他可以心安理得地欣赏、感受这个风情万种的女人！还有一点，牧业连有全团拔尖的文艺人才，每次文艺汇演都是他这个文教最风光的时候！饭桌上他忍不住把文艺汇演的事跟齐桂花说了，她轻轻"哦"了一声，看他的眼睛却是放光的。

晚上，罗豪才把王长根、齐桂花和彭春燕召到宿舍，听说连里要排一台节目，还要参加团里组织的汇演，彭春燕乐得直拍巴掌，王长根却没什么表情。罗豪才给每个人分了工："王老师，这台节目还是你来导演，你下点功夫，在总体设计上出点新，争取在气势上就压倒其他连队；我负责串台词，写个快板、三句半什么的；齐桂花和彭春燕负责舞蹈编排。唉，要是黄佩佩在就好了，少了个台柱子呀！"

齐桂花不高兴了："小瞧人啊？你就看我们的吧！"

彭春燕说："不是还有王老师这个大导演嘛。"

接着商量节目，彭春燕马上说："《白毛女》算一个。"

"这是咱连的保留节目，要上。"罗豪才说，"黄佩佩不在，喜儿谁来演啊？"

"我来演。"彭春燕自告奋勇。

"春燕，你行吗？"

王长根说："没问题，黄佩佩已经教会她了。"

"那就好。"

齐桂花说："秧歌舞也算一个。"

"行，这是你的拿手戏。不过，别总是老一套，今年得扭出点花样来。"

"我心里有数。"

连里成立了业余文艺宣传队，成员以张红珍班知青为主，人是罗豪才选的，陆海江也在里面。他从未上过舞台，忐忑与兴奋交织，舞台对这般年纪的男女是很有诱惑力的，尽管不一定是那块材料，但内心都压不住表现自我的欲望！排练的第一个晚上江涛来到礼堂，他作了排练前的动员，要求全体人员发扬转场精神，排一台有浓郁时代精神的高质量的节目。

讲完话江涛就走了，王长根来到大家中间："我先讲一下这台晚会的总体设计，先给大家一个概念。一台晚会，不是节目的简单拼凑，虽然节目的内容、表现形式各不相同，但要把它们有机地组合起来，表达一种思想，一种审美情趣。"

罗豪才嫌他太啰嗦了："王老师，你简单通俗一点。"

"罗文教，一定要给大家一个整体概念。从导演的角度讲，一台好的晚会首先要有一个好的开场，可以这样说，开场如何直接决定着整台晚会的成功与否。我们这台晚会的开场一定要欢快、热烈、有气势，洋溢出一种喜庆气氛，把观众的情绪一下子调动起来。当然，晚会也要有张有弛，整台晚会应该是起伏迭宕，波浪式递进的。以上是我们这台晚会要遵循的基本原则。开场的名字我已经想好了，叫《庆丰收》，主题曲以陕北民歌为主基调，表现的内容是劳动和丰收场面，展现兵团人战天斗地的火热生活和豪迈情怀。好，现在我们就排开场。"

齐桂花走上舞台，大声说："大家都上来！"

女知青们都上去了，男知青相互推搡着，倒像大姑娘似的。

"动作快点！有什么不好意思的！"罗豪才说，"前两年我还在舞台上蹦跶呢，你们年轻轻的，总比我强吧！"

男知青们都上去了。齐桂花和彭春燕给大家教动作，女知青们很快就掌握了，男知青们都没上过舞台，笨手笨脚的，董黎明挺能放得开，动作认真，几个女知青在一旁发笑。

"别笑！你们笑他们就更不敢做动作了！"彭春燕说，"不要怕难看，大胆做动作，你们要像董黎明学习，这样才能练出来。"

陆海江受到了激励，想当文教，这一关必须过！他也豁出去了，大胆做着动作，彭春燕看着他的样子也忍俊不禁，她过来给他纠正动作，不厌其烦，把其他人都忘在脑后了。

马超看不下去了："彭春燕，你给陆海江开小灶，把我们晾在一边啊？"

彭春燕说："别着急，我一个一个来。"

董黎明心里也很不舒服，他想试一下彭春燕："彭春燕，你看我做得到位吗？"随即做了个雄鹰展翅的姿势。

"你比海江强多了。"彭春燕朝他走过去，"头昂起来，右胳膊再抬高点，两只胳膊要平衡，对，就这样。记住我刚才讲的要领，多练几遍就好了。"

董黎明又做了几个动作，彭春燕手把手给他指导。董黎明的用意再明白不过了，陆海江想，他真的爱上彭春燕了？

排练都在晚上进行，偌大一个礼堂，只有舞台边上架了一个火炉，数九寒天，大家排练一阵儿就要围着火炉暖暖身子。尽管如此大家都兴致不减，在这个人迹罕至的大山里，还有什么能比置身于歌舞音乐之中更让这些男女知青快乐开心的？

陆海江进步很快，半个月下来就上路子了，大家都对他刮目相看，彭春燕很是得意，她在他身上下的功夫没白费啊！一次陆海江对她表示感谢，说"多亏你帮我"，嘴上这样说，心里却不完全这么想，军事上咱先天不足，反应迟钝，可文艺表演就另说了，咱身上有艺术细胞啊！咱的文笔、咱的绘画跟文艺表演可是相通的，能进步不快吗？

王长根的导演工作进入尾声，一天晚上他对彭春说："春燕，我们两个把《白毛女》练一下吧。"

"王老师，让陆海江演杨白劳吧。"

王长根愣住了，他没想到她会这样说。《白毛女》这场戏一直是王长根和黄佩佩对戏的，他扮杨白劳，黄佩佩扮喜儿，因此他对这个保留节目有一种特殊的情感。"他没有基础，演不好，还是我来吧。"

彭春燕很理解老师的心情，但她很想跟陆海江演这场戏，她早就想好了，又不好直说，便找了一个理由："王老师，我是这样想的，这出戏音乐挺重要的，咱们的乐队主要靠你的手风琴，如果没有手风琴，效果可就出不来了。你不用担心陆海江，他进步挺快的，有你这个好老师，我相信他一定能演好！"

她的理由听上去很在理儿，王长根当然懂她的心思，她教陆海江那么用心还不能说明问题吗？他也不好再坚持了："那好吧。"

王老师把主要精力都放在对陆海江的指导上了，陆海江在表演上虽然找到一些感觉，但让他演好一个六七十岁的老农民，还是有很大难度的，教了两个晚上，陆海江的表现都不能让王长根满意，他有些不耐烦了："小陆，你挺聪明的一个小伙子，对舞蹈语言的理解怎么这么迟钝！"

陆海江也泄气了："王老师，这个节目难度太大了，还是你来演吧。"

"海江，别泄气！"一直站在旁边的彭春燕说，"王老师，杨白劳我已经看会了，我来教他，你抓紧时间跟乐队合一合曲子吧。"

"春燕，这是我和黄佩佩的保留节目，你们可不能演砸了。"

"王老师，你就放心吧。"

王长根进了舞台边上的休息室，罗豪才正带着几个战士拉曲子，他拉京胡，两个人拉二胡，还有一个吹笛子，旁边摆着唢呐、锣鼓备用。王长根背上手风琴，情绪很低落。合练了一首曲子，齐桂花进来了，她半天不走，罗豪才就有些不自然了："齐桂花，出去排练去。"

"听你们拉拉曲子，放松放松。"

吹笛子的那个战士说："罗文教，人家齐桂花是来找你放松的。"

大家都笑了，罗豪才板着脸说："别屁话蛋话！好好吹你的！"

齐桂花一转身走了。

彭春燕接手教陆海江演杨白劳，她就不管其他人了，好在还有齐桂花。彭春燕承受着很大的压力，王长根说不能演砸了，她必须把陆海江教出来！其实杨白劳的动作很简单，主要在于把握一个老父亲疼爱女儿的情，情到了，也就成功一大半了，彭春燕深谙此道，她没有只教杨白劳如何如何，而是以剧情带表演，让喜儿与杨白劳互动，彭春燕完全进入了角色，就仿佛在正式演出，动情处陆海江看见她眼里闪动的泪花！他被打动了感染了，也很快入戏，之前排到杨白劳给喜儿扎红头绳，他不敢碰彭春燕的那条长辫子，只是象征性地比画一下，此时他深情地托起了她那乌黑、温热的长辫子，深情地把红头绳扎在上面……整个表演入情入景，传达出大年三十农家小屋里的父女情深，站在周围的人都看傻了，结束时给他俩鼓掌，罗豪才说："好啊，黄佩佩和王老师有接班人了。"王长根站在那儿却没有任何反应。

这天晚上结束排练已经是凌晨一点了，陆海江回到宿舍还兴奋着，怎么也睡不着。一闭眼就浮现彭春燕那条长辫子，当时他进入角色没多少感觉，只是觉得它乌黑温热，现在体味让他心跳加快浑身燥热……

罗豪才回到宿舍，像往常一样刷牙、洗脸、洗脚，然后上床，刚合上眼睛就听见有人敲门，声音很轻。他问："谁呀？"

齐桂花小声说："是我，开门。"

"有事明天说，我已经睡了。"

"给你下了碗面条。"

罗豪才穿好衣服打开门，齐桂花端着一碗热气腾腾的面条进来了。

"今天节目排得晚，赶紧趁热吃了。"

"谢了，这么晚了，你赶紧回去睡吧。"

齐桂花走了。罗豪才用筷子在碗里扒拉了一下，面条下面有两只荷包蛋，眼睛一下就湿了……

这些天李雯也带着一连的人赶排节目，她想陆海江会上舞台吗？便给他打了个电话。听陆海江说他也在排节目，李雯笑着说："你都要上台了，我想象不出你跳舞会是个什么样子。"

"别小瞧人，我不仅跳舞，还说快板相声呢！"

李雯很惊讶："你连相声都敢说？真是锻炼出来了！"她马上就把话题转向彭春燕，"哎，彭春燕是你们的台柱子吧？"

"当然。"陆海江也不闪烁其词了。

"一花独放不是春，万紫千红春满园，我们不一定输给你们。"

"你怎么知道我们不是万紫千红？"

"你越来越自信了。我不跟你抬扛，汇演时见。"

李雯放下电话。彭春燕一定会和陆海江表演双人舞的，这样想，眼前立刻就浮现这样的画面：舞台上，彭春燕和陆海江飘然而至，形影相随，眉目传情……她心里好失落啊！

汇演的日子越来越近了，罗豪才开始为一件事犯愁，今年这台节目是最丰富多彩的，可缺少演出服装啊！排练节目的空儿，他把王长根、齐桂花和彭春燕叫到一起，商量演出服装的事儿。

彭春燕想到一个办法："罗文教，我们出去借吧。"

"上哪儿借？团里要文艺汇演，哪个连队不排节目？"

齐桂花表情很轻松："没什么难的，咱们自己做，土法上马！"

"齐桂花，这可不是给你的孩子做衣服。"

"没吃过猪肉，还没见过猪走路啊？八九不离十。"

"我看可行。"王长根说，"大家共同设计，应该看得过去的。"

专家表态了，罗豪就拍了板："好吧，自己动手丰衣足食！"

第二天晚上齐桂花就把自家的缝纫机抬到礼堂来了，她和彭春燕又从各家各户搜罗来一些五颜六色的布头，齐桂花踩缝纫机，王长根、彭春燕给她参谋，演出前服装全部赶制出来，大家试穿，还真有模有样儿。

一台节目终于大功告成，江涛代表党支部来审查节目。看完节目他提出一个问题："《白毛女》这场戏是个老掉牙的节目，与我们的时代精神很不合拍啊！大过年的，搞得悲悲切切的，让大家心里很不舒服，这个节目就拿下来吧。"

罗豪才还想争取一下："江副指导员，这是我们连的保留节目，连里的人都很喜欢看。"

"还是拿下来吧，无论干什么事情，我们都要从政治的角度考虑问题，文艺演出也是一样。"

彭春燕心里很不服气，这场戏她和陆海江花了那么多心血，说拿掉就拿掉了？江涛走后大家都挺泄气的，这是连里的保留节目，彭春燕和陆海江表演得又那么好，拿掉真是可惜了。大家继续排练，彭春燕还是气不顺！她一路跑回家，爸爸妈妈已经上床躺下了。

"爸爸，连里审查节目你怎么不去呀！刚才江副指导员把《白毛女》这个节目枪毙了！"

春燕妈坐了起来，望着女儿："枪毙了？为什么？"

彭春燕一屁股坐在床沿上："他说这个节目与时代精神不合拍，说什么悲悲切切的，大过年的让人心里不舒服。这个节目演了这么多年了，连里的人谁也没说不好呀？爸，你得给我们说话！"

彭大明躺着没有动，笑着说："看你急的，这事不能明天跟爸爸说？"

"今晚不跟你说我睡不着！"

彭大明也坐起来，说："江副指导员的观点我也不同意，演节目就是要丰富多彩嘛，《白毛女》只是个把节目，谈不上与时代精神不合拍，大家喜欢的，就是好东西。"

"爸，《白毛女》继续上吧！"

"上，明天我跟江副指导员说。"

"你真是我的好老爸！"

彭春燕在他脸上亲了一口，转身跑了。

《白毛女》这场戏最终还是上了。罗豪才郑重宣布这个消息时，知青们欢呼雀跃，彭春燕却显得很平静，那双大眼睛深情地望着陆海江，此时陆海江也望着她，内心充满了感动。

白雪茫茫的山野上，两辆马拉爬犁飘然而去，在这巴尔鲁克山的隆冬，最便捷最舒服的交通工具就是马拉爬犁了。这一天是腊月二十三，小年，彭大明带着演出队的骨干去冬窝子慰问，头一辆爬犁坐着去慰问的人，后面的满载面粉清油土豆萝卜之类的慰问品也是生活必需品，这个时候冬窝子的人也该补给了。此时王长根的心已经飞向冬窝子，黄佩佩在那儿生活三个月了，走的时候她的状态很不好，现在会是什么样子？王长根真为她担心。知青们是体会不到他的心情的，坐马拉爬犁让大家很开心，以前外出都是骑马，马上很颠簸，马拉爬犁却很平稳，随山野忽上忽下，陆海江就觉得那么美妙畅快，山地滑雪、海里冲浪就是这种感觉吧，他想。

傍晚时分，慰问的人赶到冬窝子。经历三个多月的孤寂生活，终于见到一群生龙活虎的战友，冬窝子的人格外激动。心情最复杂的要算黄佩佩了，她百感交集，当着大家的面还算克制，眼圈红红的，领着王长根跟进了自己的木屋，她一下就扑进他的怀里，泣不成声，王长根紧紧搂着她……

当晚就表演了节目。木屋太小，演出队只表演了独唱、独舞、独奏、快板、相声这种小型节目，虽然有点单调，可对冬窝子的战士来说已经是莫大的享受了。王长根的手风琴独奏与其说在给大家演奏倒不如说是献给黄佩佩的，他拉的曲目是黄佩佩和彭春燕最喜欢听的《我爱那蓝色的海洋》，黄佩佩已经很久没有听到属于自己的动人旋律了，泪水在她眼眶里打转，压抑不住，她发出一声抽泣，彭大明听到了，望了她一眼，坐在旁边的陈排长小声说："小黄差点出事。"彭大明一惊，脱口而出："怎么回事？"陈排长拉着他来到外面，讲了事情的原委，彭大明的心情很沉重。陈排长叹了一声："彭连长，这里就她一个女同志，又是上海支青，不容易啊，你把她带回去吧。"彭大明沉思片刻，说："坚持坚持吧，半途而废对她不好。"

第二天一大早，彭大明和演出队的战士就坐上爬犁，他们要去慰问牧民们，这已经成惯例了。马力克所在的群落也在这一带过冬，马拉爬犁走了半个来小时，雪原上就出现了牧民们的毡房，几条牧羊犬狂叫着朝他们跑来。马力克和巴哈什正在毡房里喝奶茶，马力克说一定是彭连长带着牧业连的人来了，他俩放下茶碗出了毡房，果真就看到了熟悉的身影！

老朋友相见分外亲热，寒暄之后马力克望着人群："我女儿没有来吧？"彭大明笑着说："想女儿了？她要不是大肚子，我肯定会把她带来的。"马力克做了个挺古怪的表情："想女儿，可是又怕她跟着你们来了。"

战士们在毡房前卸下慰问品，彭大明说："给牧民们带了点吃的，不成敬意啊！"马力克说："连里总是这么客气。哎，烧酒有没有？"彭大明说："我要不带连里的烧酒你肚子还不胀啊？"马力克开心地笑了。

附近毡房的牧民们闻讯来到马力克的毡房，大家围坐成一圈。马力克倒了满满一碗酒递给彭大明，彭大明也不客气，喝了一大口，然后给了身边的罗豪才，大家一人一口地传下去，最后到了马力克手里，他把剩下的酒全部喝完。彭大明说："马力克队长，牧民们的情况都好吧？"马力克说："好，好，共产党好，社会主义好！"马力克幽默的回答引来一片笑声。马力克心里惦着女儿：

"彭连长，阿斯燕现在跟赵长山过得怎么样？"彭大明说："挺好，小矛盾都解决了，你就把心放在肚子里吧。马力克队长，我带来了几个节目……"马力克摆了摆手："不急不急，我已经安排宰羊了，肚子装满了再演节目。"彭大明说："先演节目后吃肉，下午我们还要回去。"马力克的脸变了："彭连长，你也打我的脸吗？牧民的毡房不够战士们住吗？今天晚上住下，跟牧民们好好热闹热闹！"彭大明笑了，此时他还能说什么呢？

……

这顿饭持续时间很长，酒肉相伴，太阳就偏西了。附近的牧民都骑着马赶来看演出，虽然马力克的毡房在这一带是最大的，但也容纳不下这么多人。于是决定演出在毡房外进行，彭大明要求战士们一点都不能敷衍，要像正式演出一样，罗豪才说天冷油彩涂在脸上不好受，彭大明说不化妆可以演出服装必须穿！原则定了，但外面零下二十几度实在太冷，上场时演员们就把毛衣毛裤穿在服装里面，看上去鼓鼓囊囊的不利索，但好歹也有个演员的模样。演完一个节目，上场的人就跑进马力克的毡房，围着火炉烤一烤，喝几口巴哈什烧的热气腾腾的奶茶，男知青们还偷偷灌两口酒，是壮胆是驱寒他们自己也说不清楚。陆海江没敢喝酒，他怕酒精刺激影响正常发挥，他很看重这次亮相，这可是汇演前难得的热身啊，尽管观众都是哈萨克牧民，他说什么唱什么他们不一定听得懂，但他也要把最好的一面呈现在人们面前！乐队的几个人一直坚守岗位，他们都戴着棉帽穿着大衣，身上不怎么冷但十个手指头不好解决，彭春燕灵机一动，她让女知青们把毛线手套贡献出来，给乐队的人戴上，可戴手套吹拉弹奏就不是那回事了，老跑调儿，罗豪才也心有灵犀，找来剪子将毛线手套五个手指的上半截剪了，女知青们看着挺心疼的，乐队的人试了试，基本不影响吹拉弹奏且相对保暖。尽管如此，演出进行到一半他们的手指还是冻木了……

晚上，马力克的毡房里载歌载舞欢声笑语，这又是一个不眠之夜。

罗豪才的妻子徐老师从北京乘火车四天三夜再换长途汽车颠簸三天，于腊月二十六抵达团部，路途遥远又天寒地冻，她不想让两个孩子受罪，独自一人来了。罗豪才接到电话后找彭大明请假，彭大明咧着嘴笑了，让他带"千里马"去团部接人，罗豪才说路还没通只有爬犁能走，彭大明说他娘的这天真不争气！他嘱咐罗豪才给徐老师带件皮大衣，别把老婆冻着。

罗豪才走后彭大明回了趟家，迈进门槛就嚷嚷："老婆子，晚上多炒几个菜，拣最好的做！"

春燕妈正在发面，她停了手中的活儿："又请什么人啊？"

"北京来人了，罗文教的媳妇，晚上到。罗文教那儿冷锅冷灶的，头顿饭在咱家吃。"

"我当是北京的什么长来了呢！"春燕妈甩了甩手上的面，"人家罗文教媳妇来了，你慌得跟火上房似的，哎，罗文教不是在齐桂花家搭伙吗？"

"你懂个屁！"

春燕妈正想发作，彭大明已经没影儿了。

罗豪才前脚走，齐桂花后脚就带着两个小媳妇给他收拾宿舍。一个小媳妇看出点问题："哎，屋里怎么支了两张单人床？"

另一个小媳妇说："可能是嫌这屋子小，大床挡道。"

"挡道怕啥？还是拼在一起吧。"

齐桂花白了她一眼，"就你多事儿，老夫老妻的，又不是小青年。"

"饱汉子不知饿汉子饥，人家可是好几年没在一起了，还是往一块儿靠靠，有个家的感觉，亲切。"

"也是，"齐桂花说，"那就合了吧。"

罗豪才坐着马拉爬犁赶到团部已是下午四点了。今年山里山外雪大，路被风搅得高高低低凹凸不平，有些地方绕道才能通过，二十来公里路足足走了两个小时。接上妻子罗豪才没敢耽搁，他怕起风。

出了团部，徐老师眼前又是一路所见的茫茫雪原。她觉得这里的一切都被冰雪凝固了，头上有只鹰在盘旋，翅膀一动不动，它也被冻僵了吗？她蜷曲成一团，虽然穿了罗豪才带来的皮大衣，但她还是感觉冷，身上好像没有一点体温了："老罗，还有多远？"

"快了。"罗豪才给她掖了掖大衣，"本来是让拖拉机来接你的，可今年雪大，路不通。淑兰，冷得厉害？"

"我的脚都冻木了。"

"要不下来走走？活动活动就好了。"

罗豪才让赶车的拉住马，他和妻子下来，跟在爬犁后面走。道路被车轮反复辗轧后很滑，走起来挺困难的，徐老师脚下一滑，罗豪才一把拉住她。

"你就在这里生活了十年？"

"你来的季节不对，夏天山里还是很美的。"

"你也别再哄我了，这地方我不会来第二次的。"

罗豪才看了她一眼，心里凉了半截儿。

终于望见了连队，马拉爬犁把他们送到了宿舍门口。齐桂花和两个小媳妇迎着，齐桂花接过徐老师手里的包："冻着了吧？快进屋烤烤！"

徐老师看了她一眼："是啊，北京可没这么冷。"

进了屋，齐桂花说："来，让我仔细瞧瞧。嗯，老罗的媳妇模样还挺周正的！"

一个小媳妇接上说："我早就说了，老罗的媳妇错不了！"

齐桂花又问："徐老师，你今年多大了？"

"跟老罗同岁。"

"看不出来，到底是城里人，细皮嫩肉的，我比你小五岁，可看上去像你姐。"

徐老师很认真地看着她："我没猜错的话，你是齐桂花吧？"

齐桂花一副大大咧咧的样子："没错。"

"老罗跟我提起过你。桂花妹子，谢谢了啊！"

"有啥谢的，不就是在我家搭个伙嘛。"

这时彭大明进来了："老罗，徐老师接回来了？"

罗豪才赶紧介绍："淑兰，这是彭连长。"

徐老师向彭大明点了一下头："彭连长，您好。"

"对不住了，徐老师，拖拉机上不了路，让你遭罪了。"

"没事，你们天天在这里生活，我受这点罪算啥。"

"那不一样，我们习惯了，你可是头一次来呀。"

齐桂花插了进来："徐老师，洗把脸过去吃饭，我已经准备好了。"

"齐桂花，头一顿去我那儿吃，后面你安排。"彭大明又对罗豪才说，"老罗，洗一洗就把徐老师领过去。"

齐桂花自然不好再说什么了。大家走了，徐老师赶紧坐到火炉旁边，冻了一路，这阵儿她还没缓过来呢。烤了半个小时，她才觉得身子暖和了，简单洗了洗，跟着罗豪才来到彭大明家。徐老师来巴尔鲁克山这一路心里都冰凉凉、恓惶惶的，刚到就在彭连长家吃饭，望着一桌子饭菜，徐老师觉得暖心！

"今晚算是给徐老师接风洗尘，欢迎北京的同志光临本连！"

彭连长说得郑重，徐老师就有点不好意思："彭连长，我只是个小老百姓，来探亲罢了。"

"不一样，见到北京的同志，亲哪！你的到来不仅让老罗高兴，也让我们这个小山沟的人感到温暖啊！"

"彭连长，刚到就在你家里吃饭，我才感到温暖呢，兵团大家庭的温暖。"

"淑兰，你算说对了。"罗豪才说，"彭连长是老革命，可没一点架子，我经常在他这里混吃混喝。"

徐老师站了起来："彭连长，还有嫂子，我谢谢你们了。"

"徐老师，你这就见外了，"春燕妈说，"大家在外面都挺不容易，都是一家人！"

"再过几天就过年了，徐老师，你就在连里安安生生过个年。"彭大明一边给徐老师夹菜一边说，"这儿比不上北京热闹，巴掌大块地方，几百来号人，不过也能往热闹里折腾，连里排了一台节目，到时候看老罗上台给你露两手。"

"他那两下子我还不知道？就会拉两下胡琴。"

"徐老师，罗文教的文笔也好呀！"彭春燕说，"他发表的文章我在陆海江那儿都看见了，粘了厚厚一大本呢！"

春燕妈端上来一碗清炖羊肉，彭大明给徐老师夹了一块："徐老师，尝尝巴尔鲁克山的羊肉。"

徐老师是不吃羊肉的，她看着只是笑，彭大明说："你尝尝，跟老家的不一样。"

徐老师吃了一口，表情很惊讶："这是羊肉？吃不出来，没一点膻味，肉还很嫩，比老家的羊肉好吃多了。"

"我们这儿草好水好，所以羊肉特别鲜嫩。"说起巴尔鲁克山的羊彭大明就津津乐道，"关于巴尔鲁克山的羊，有不少赞美和笑谈，我说一个，不太雅，徐老师见笑。说：'走的是金光道，吃的是中草药，喝的是矿泉水，拉的是六味地黄丸，尿的是安神口服液。'"

徐老师笑得前仰后合："很形象，也很风趣。"

"徐老师，你来的这个季节可不好啊，怎么不夏天来？"

徐老师看了罗豪才一眼："还不是想跟他过个团圆年。"

"下回你夏天来，我们这儿的西瓜又甜又沙，在北京可没这个口福。夏天来还可以让老罗带你到山里走走，山里的景色可真美啊！有年春天我去深山，你说怪不怪，也不知从哪儿飘来那么多芍药种子，满山遍野清一色的红芍药，远远望去，整个山谷都是深红色的，一片连着一片，那个美哟！"

徐老师第一次听说深红色的山野，她被深深感染了，不仅仅是彭连长描述的景色，更多的是他流露出的情感，罗豪才也有这种情感，说起巴尔鲁克山他就眉飞色舞，滔滔不绝，有时她觉得挺奇怪的，这些远离家乡的人对这片土地怎么会有这么深的感情？

……

这一夜徐老师睡得很踏实。

早晨醒来，徐老师就盘算着要干的事儿，再过三天就是年三十了，她要把罗豪才这个小窝整得像个家，跟他敞敞亮亮欢欢喜喜过个年。要紧的是拆洗，她看了看被子和床单，好像都是才洗过的，心想他一个人过还算勤快，又想，闲着也是闲着，再洗洗吧。正要拆被子，罗豪才说才换上的，她让他把脏衣服拿出来，他说也都洗了。

徐老师一下就敏感了："你什么时候变得这么勤快了？是不是齐桂花帮你洗的？"

"昨天你见的那几个小媳妇洗的。"罗豪才说完就后悔了。

"那几个小媳妇整天围着你吧？"

"不着调！"他冒出一句北京话，"我罗豪才在连里红着呢，围我的人多了去了。"

徐老师忽然就想起齐桂花昨天见到她时的样子，心里好不自在！"老罗，平时齐桂花是不是连内衣内裤都给你洗了？"

"无聊透顶！"罗豪才瞪着眼睛朝她吼道，"我的衣服从来都是我自己洗的！"

见罗豪才恼了，徐老师不再火上浇油。有时她也觉得自己太敏感了，唉，男人长期不在身边，她的神经怎么能不脆弱呢？沉默了一会儿，她说："豪才，早上想吃什么，我给你做。"

"我这儿什么都没有，到齐桂花家去吃，已经说好了，走吧。"

他的话又触动了徐老师那根敏感的神经："我不去！"

"淑兰，别耍小孩子脾气。"

"老罗，你明明知道我要来，为啥不把锅碗瓢勺置齐了？我看你是成心不让我过个消停年！"

"我不是不想让你受累嘛。"罗豪才想他的心真粗，老婆要来他干吗不想仔细了！"这事是我考虑得不周到，等会儿我就去置办，自己做饭，今天的早饭还是得过去吃，走吧，不然人家来叫了。"

刚才徐老师说的是气话，其实她是想去齐桂花家里看看的。她跟着罗豪才出来，几步就进了齐桂花家，这又让她很意外。

"徐老师，快坐！"齐桂花热情招呼，"正准备让孩子过去叫你们呢，想着昨天徐老师一路上累了，睡个懒觉。徐老师，昨晚睡得还踏实吧？"

"山里真安静，空气也好，睡了个安稳觉。"

早饭是大米粥、鸡蛋饼，清炒大白菜，凉拌红心萝卜，还有一碟腌咸菜，虽然简单却是用心的，齐桂花却说："早饭简单，徐老师，你就将就着吃吧。"

"这可不简单啊！桂花，别这么客气，客气就见外了。"

"对对，不客气。"

两个孩子已经上桌了，徐老师想怎么不见齐桂花的男人？正想问，老方从里屋出来，在饭桌前坐定才朝她笑了笑。她想，这个男人怎么这么蔫头蔫脑？"桂花，吃完这顿饭，我和老罗就自己起伙了。"

"不是说好了在我这儿吃吗？"

"不麻烦你们了，反正我闲着也没事。再说，也该尽尽做妻子的责任了，桂花，你说是不是？"说完她看着齐桂花。

"也是，也是。"齐桂花点着头说。

连队的演出放在了年三十晚上。对于生活在边境连队的人来说，一台晚会无疑比年夜饭更有诱惑力，人们搬着凳子早早来到礼堂，大人们说话聊天，孩子们嬉闹穿梭，这氛围让人觉得更有年味儿！

此时演出的人正在舞台旁边的休息室化妆。在冬窝子的两次演出只能算作热身，而今晚是正式的，大家都显得很亢奋。齐桂花是舞台上的老手，彭春燕上学时也经常演出，化妆的任务自然就落在她俩身上了。彭春燕给陆海江化妆用的时间最长，两人脸对着脸，彭春燕先把底粉抹在陆海江脸上，然后在脸蛋上擦上红油彩，用手一点点擀开，再描眉，画鼻梁，勾眼线、唇线……他脸上的任何一个部位都被她触摸了，他任她摆布，表情平静内心却微波荡漾，享受着被她抚摸的快感……

晚会开始了，彭春燕和董黎明走到舞台中央，朗诵道：

> 东风吹，战鼓擂，
> 军垦战士迎春晖。
> 既屯垦来又戍边，
> 神圣使命代代传！

一时间音乐锣鼓齐鸣，演员们挥动红绸子跑上舞台……

团里的文艺汇演从初一排到了初五，每晚三个连队。以往汇演牧业连的节目都挺出彩，组织者自然把牧业连安排在初一晚上，同台演出的是一连和五连。得到这个消息陆海江心情挺复杂，到时候李雯会看到他和彭春燕演杨白劳和喜

253

儿；还有，同台表演一连肯定相形见绌，这对李雯的打击是不是太大了？

三路人马中午就赶到了团部礼堂，陆海江和李雯匆匆照了个面就各自准备去了。

正如陆海江预料的那样，牧业连表演的节目大受欢迎，观众掌声热烈，特别是他和彭春燕表演的《白毛女》片段在大年之夜勾起人们遥远的回忆，当时李雯站在幕后目不转睛地看着他俩的表演，心里真不是滋味啊！

李雯与陆海江告别时，陆海江看到她的脸上写着无奈、失落和迷茫，他头一次看到这个自信的姑娘脸上露出如此复杂的表情。

"海江，过年了，挺想家的，明天你和董黎明来一连好吗？"李雯说，声音弱弱的像是在哀求。

陆海江没有犹豫："好，明天我们过去。"

第二天吃过早饭，陆海江就想动身去看李雯，董黎明说这些天晚上忙着排节目攒了一堆要洗的，洗完再去也不迟。陆海江想说担心彭春燕来找他，没好意思说出口。他俩正洗衣服，彭春燕进来了，她把陆海江从宿舍叫出来："海江，中午去我家吃饭。"

陆海江担心的事情还是发生了，他心里好懊恼："春燕，洗完衣服我和董黎明去一连看同学，昨天就约好了，明天去你家吧。"

彭春燕把脸拉下来："那你去跟我爸爸说吧，他现在可是在等你包饺子呢！"

陆海江犹豫了一下："那……好吧，洗完衣服我就过去。"

回到宿舍陆海江很难向董黎明启齿，董黎明已经猜到了，他用劲抖了抖洗好的上衣："彭春燕叫你到她家吃饭吧！"

陆海江坐在脸盆前发呆，董黎明看着他："你已经跟李雯约好了，就不能推掉吗？"

"彭连长让我过去。"陆海江不想让李雯太敏感，"黎明，你跟李雯解释一下。"

正在打牌的几个知青把脸转向他，杜春生说："连长有请？"

李涛猛地甩了一张牌："陆海江，你小子真有福气！"

马超看着他说："你认为这是福气？"

沈东风说："你们操的哪门子心哪，出牌！"

陆海江先去了连部，他想还是要亲自跟李雯说一下，不然就太伤她了，等了半天一连那边没人接电话。去彭春燕家的路上他心里有点慌，大年初二彭春燕一家人请他吃饭，这意味着什么？还有其他人吗？进了门他看见王长根和罗豪才两口子，紧张的心情有些松弛了。大家正在包饺子，彭大明说："小陆，过来包饺子。"

早晨彭大明说起请罗豪才两口子吃饭的事，彭春燕说把陆海江也叫来，春燕妈问她为什么要叫小陆，女儿自然不能跟爸爸妈妈明说，她说本来想把参加演出的知青都叫到家里坐坐，但人太多就叫陆海江代表吧，这次演出他的表现最突出！妈妈笑着说那就把小陆叫来吧，爸爸说把王老师也叫来。

"今天我请罗文教和徐老师，小陆和王老师作陪。"彭大明补了一句。

罗豪才听出了彭连长的话外之音，王长根却要问个究竟："彭连长，为什么让我和小陆作陪？"

彭大明没有思想准备，一时不知该如何回答他，罗豪才反应很快："这还不好理解，你、小陆跟我都有点小才，我们能说到一起嘛。"

"噢，噢。"王长根看了看彭春燕，彭春燕笑了，随即递给陆海江一个面皮，"海江，会包饺子吗？"

春燕妈一边擀皮一边说："小陆手那么巧，怎么能不会包饺子？"

陆海江不置可否。他父母是北方人，爱吃饺子，他经常给妈妈打下手。他用心包了一个，放在桌子上，王老师也包好了一个，放在旁边，自嘲道："我这个上海人甘拜下风啊。"

饺子很快包好了。春燕妈切了年前卤的猪头猪蹄猪肝，彭春燕端上桌。

彭大明举起酒杯："今天是大年初二，把大家叫过来过个团圆年，祝大家新年快乐！"

彭大明、罗豪才、陆海江把酒干了，王长根喝了口茶，罗豪才说："王老师，今天在彭连长家过年，喝点酒。"

"彭连长知道我是滴酒不沾的。"

"王老师不喝酒，就不要勉强他了。"

话题就转到了汇演上，罗豪才说："彭连长，这次团里汇演，我们连又露了一回脸。"

"春燕跟我说了，咱们连的节目巴掌最响。"

"汇演结束后团里要评奖，《白毛女》肯定能获头等奖！"

"《白毛女》能演到现在这个水平，我没有想到。"王长根看了陆海江一眼，"看来功夫不负有心人呀！"

"这次我能把杨白劳演下来，主要是有您的指导。"陆海江站起来，"王老师，我给你敬杯酒。"

"小陆，这杯酒你应该敬春燕的，本来你演杨白劳我是很不看好的，主要是

255

春燕有耐心，你首先应该感谢她。"

彭春燕也站了起来："王老师，我们都是跟你学的，我和海江一起敬你！"

王长根不紧不慢地喝了口茶。

罗豪才端起酒杯："淑兰，我们给彭连长和嫂子敬个酒，你说话。"

"那我就说两句。来连里这些天，真是百感交集，彭连长和嫂子对我这么好，还有连里的其他同志，这家请，那家叫的，简直就像一家人，我会记住大家的。祝彭连长和嫂子新年快乐，身体健康！欢迎大家去北京，我一定尽地主之谊，陪大家在北京好好玩玩。"

外面飘起了雪花，陆海江的眼睛老是望着窗外。彭春燕理解他的心情，此时陆海江能坐在自己家里，她已经很感动了。

女儿对陆海江有心，春燕妈就把注意力放在眼前这个小伙子身上："小陆，怎么没见你好好吃啊？是不是想家了？"

"阿姨，我吃着呢。"陆海江有些不好意思，夹了个饺子。

董黎明出门时已经下雪了，天阴沉沉的，看样子雪一时半会儿停不下来，但他还是决定去看李雯。一路上他的心情也如这天气，晦暗、阴冷、压抑，涌起一种"既生瑜何生亮"的感慨。上高中时他和陆海江都被李雯深深吸引，李雯钟情于陆海江对他却视而不见，来到巴尔鲁克山彭春燕如山花绽放，他被打动之时陆海江却移情别恋赢得芳心！自己哪点都不比陆海江差为什么他成了好姑娘的宠儿？现在已经明朗了，陆海江还在左右摇摆，但情感的天平已经偏向彭春燕了，李雯渐行渐远。想到这儿他心跳加快，潜藏于内心深处的情愫在涌动，仿佛茫茫黑夜看到一丝光亮。出山了，雪原上一连的轮廓朦朦胧胧若隐若现，他用力夹了一下马肚子，快速朝那儿奔去……

李雯一直在等陆海江，心里七上八下，她想他会来看她吗？她看了一下手表，已经两点半了，她估计陆海江不会来了。正想着，就听到了敲门的声音，她赶紧去开门，董黎明一个人进来了。

"黎明，海江呢？"

"同学们新年好！"董黎明先跟宿舍里的知青打招呼，他伸着脖子看着一桌菜，"哇，好丰盛啊！还有水果罐头！"

一个女知青问："董黎明，陆海江怎么没来？"

"看来你们只关心陆海江，我是个不受欢迎的人啊！"

"我可没这个意思，我是为李雯惋惜。"

"临来前彭春燕把陆海江叫走了，到他家团圆去了。"

李雯看着他面无表情，他又添油加醋："据说彭连长有请，如果我是海江，我也肯定去。"

"黎明，坐吧。"李雯平静地说，"你冒雪而来，我已经很感动了。"

陆海江从彭春燕家出来雪还下着，喝了酒身上很热，他仰着脸任雪花抚摸、融化。他不想回宿舍，此时他想要这种冰凉的感觉。如果换任何一天，他都会高高兴兴去彭春燕家的，可是他已经答应李雯了，他却没有赴约，而且是去了彭春燕家！而且是在大年初二！你不是太伤害她了吗？你不是向她发出明确信号了吗？……心里很乱，不知不觉就到了出连队的路口。

风雪中，他看见了董黎明的身影。他迎了过去："黎明，你回来了。"

"差点回不来了。"董黎明下了马，"海江，这么大的雪你怎么在外面？酒喝多了吧？"

"你向李雯解释了吧。"

"她好像不太原谅你。"董黎明一下就很恼火，你去了彭春燕家，心里还放不下李雯，好姑娘都让你一个人占了？他一直以为陆海江是个文弱之人，无论哪方面都不足以与他竞争，现在他越来越觉得这个老同学看似不起眼心却大得很呢！"海江，我还是那句话，你不能脚踩两只船。"

陆海江低着头往前走，心中有一种深深的悲哀，他和黎明是最要好的同学，上高中时他被李雯深深吸引，黎明也喜欢上李雯，尽管在他面前竭力掩饰，但这个年纪的男孩子都很敏感，他心里明镜似的。来到连队，彭春燕不知不觉走进他的情感世界，黎明又喜欢上了她，去年秋季转场，他不是明白无误地表露出来了吗？他在心里问自己：这究竟是谁的错？能怨黎明吗？你不是也在李雯和彭春燕之间摇摇摆摆吗？现在，黎明又提到了脚踩两只船，他该如何回答他呢？"黎明，你说我应该上哪只船？"

董黎明没想到陆海江会反问他，心想这个天真单纯的大男孩也长心眼了。李雯的失意又点燃他心中的希冀，但他是不会向他表明心迹的："海江，你眼前的这两条船，其实是不一样的，一条是小帆板，只能在近海游弋；一条是大油轮，可以乘风破浪，历览五大洲之风光，你能看着油轮从你身边开走吗？"

"深海也变幻莫测啊……"

此话耐人寻味，董黎明一下就洞察了老同学的心境，他与李雯渐行渐远，是因为他的自卑，是啊，李雯高傲得像个公主，他怎么能没有压力呢？董黎明又想到了自己，无论从哪个方面讲，他都是可以和李雯比肩的，他有这个自信。

雪越下越大了，董黎明骑上马朝马号走去。

罗豪才和妻子很晚才离开彭大明家，路上他问她："淑兰，刚才听你的意思，你是不想过来了？"

这几天徐老师心里一直很矛盾，连里的人朴实、热情，像一家人一样，让她心里热乎乎的，但这地方实在太边远了，她看了地图，这个边境连队是离北京最远的地方了，清朝被流放的人都是遣到这些地方，把家安在这里她心里不踏实："豪才，你在边境上生活了十年，问心无愧。"

大年初三，总算轮到齐桂花请罗豪才两口子，七碟八碗摆了一桌。

徐老师望着一桌菜说："桂花，你做了这么大一桌菜呀。"

"没啥好吃的，农家饭，瞎凑数，都一个味儿。"

齐桂花的男人从里屋出来，在饭桌坐定才朝徐老师笑了一下。徐老师心里挺别扭，表情就有些不自然。

罗豪才注意到了，赶紧说："淑兰，你尝尝这个，粉蒸肉。"他给她夹了一块，"你别看挺肥，其实一点也不腻。"

"老罗说好吃，那就一定好吃。"

"什么呀，他在我这儿吃顺口了。"

齐桂花的话让徐老师更不舒服了，她看了一眼齐桂花的男人："老方，你也吃呀？"

"吃吃。"

老方的样子像个受气的小媳妇，徐老师心里堵得慌，但觉得礼数还是要到的："桂花，我和老罗给你和老方敬个酒。这么多年，老罗一人在外，多亏你和老方照顾，谢谢你们了。"

齐桂花把酒喝了，他的男人只是做了个样子。

徐老师看着他："老方，你怎么一点没喝？"

"喝不成。"

"嫂子，他喘气都困难，哪还敢沾酒？别管他，我们喝我们的。"齐桂花又把徐老师刚才的话续上了，"嫂子，你刚才的话见外了，没有我们，其他人也会这么做的，我们这一连人啊，就像一家人一样，住久了你就知道了。"

"那可不一定。这人哪，还得讲缘分，对脾气，如果没缘分，不对脾气，在一块时间短了还行，像老罗这样，长年累月跟你们在一个锅里搅勺子，难！"徐老师看着齐桂花的男人，问道，"老方，你说是不是？"

齐桂花的男人点了点头。

"哎，桂花，你家老方怎么不说话？"

"他呀，老实疙瘩，三棒子打不出个屁来！吃菜，吃菜。"齐桂花给她夹菜，"嫂子，这次来得住一段时间吧？"

"过完正月十五就走。"

"好不容易来一次，怎么不多住些日子？"

"我也想跟老罗多住些日子，可过完春节就要开学了啊……"

"徐老师，在这儿住着还习惯吧？"

"怎么说呢，要说人吧，真挺好，我才来了几天，东家喊西家叫的，真叫热情，要说条件，还是差，不如北京。"

"那你决定来，还是老罗走？"

"桂花，你说呢？"

"嫂子，看你这话问的，我怎么知道你是咋想的。"

"老罗是不想走，希望我调过来。"

"我想走，那也得走得了呀？我总不能什么也不要，回家游手好闲，让你养活吧！"

"你看桂花，一说这个，他就是这种口气！"

"要我说呢，你来也好，他走也罢，总得快点拿主意，老这么着也不是个办法，年纪也都不小了，总不能让老罗熬到退休再回去吧。"

"桂花，你的意思，好像只有我过来了？"

"你们这些城里人，怎么总喜欢把别人往里绕啊，不说这个了，那是你们家里的事，吃菜吃菜。"

……

从齐桂花家出来，徐老师越想越觉得这顿饭吃得不对劲，回到宿舍就跟罗豪才吵上了，他也窝了一肚子火，说："还不是你搅的，说话也不分个地方！"

徐老师在床上躺了一会儿，还是气不打一处来："我看你俩就是不对劲！"

"无聊！"罗豪才点了一支香烟，猛吸了两口。

徐老师坐了起来："我就不信，这么多年你跟她没有别的事！你没听她一个劲地让我调过来？"

"人家是为我们好，好心当成驴肝肺！"

徐老师从铺上溜下来："还有，她那个男人一声不吭，很压抑的样子。"

"你乱联系什么？老方是老病号，就那个样子，你再别胡思乱想了！"

徐老师过去拉住他的胳膊："不行，你得给我说清楚！"

罗豪才推开她的手："你现在这副样子，我没法跟你说！"

"你以后不要在她家吃饭了！"

"那你过来给我做饭！"

"我过来给你做饭！"

沉默了一会儿，她从后面搂住他："唉，女人在这方面是很脆弱的。豪才，原谅我。"

正月十六早晨，罗豪才的妻子要走了，送行的人围了一圈。齐桂花把一件羊皮背心塞到徐老师手里，说："嫂子，也没啥好送你的，赶了一件羊皮背心，冷了就套在里面，别嫌难看啊？"徐老师一个劲推辞，说啥也不肯收，齐桂花就把羊皮背心给了罗豪才，让他装进包里。彭大明握着徐老师的手说："徐老师，你就放心走吧，老罗有我们呢。最后给你一句话，你要过来，我们双手欢迎，如果老罗调回去，我们也热烈欢送！"徐老师哭了，上了"千里马"还在抹眼泪。

罗豪才从团部回来，正准备去齐桂花家吃饭她却来了。

"老罗，徐老师到底是个啥态度？"

"嫌这里离家太远，还是打算把我往回调。"

"唉，连里的人再热乎，也还是暖不了她的心哪。"

罗豪才忽然就来了气："齐桂花，你以后能不能少往我这儿跑？注意点影响。"

"哟，这下决心调回去，态度马上就变了啊？"

"我给你说了多少次了，吃饭让孩子来叫我，你怎么不听！"

"以后再不叫你！"说完她转身走了。

过完年了，连里召开大会，要战士们收收心。彭大明在讲话中没忘记对参加汇演的战士给予表扬，最后提到了王林，说他这一年多来的表现连里很满意，既赶大车晚上还起来给马喂夜草，一人兼顾两项工作不容易。坐在台下的陆海江很为老同学高兴，他环视了一圈没见王林，心想此时老同学坐在这儿该多好！散了会他就奔马号去了，他要在第一时间把彭连长的表扬告诉他。

王林正在打扫院子，见陆海江来了满心欢喜。他太寂寞了，内心的自卑感愈来愈重，去知青宿舍的次数也少了。陆海江把彭连长刚才的话对他说了，他先是两眼放光，之后眼圈就红了。望着王林日渐消瘦的身体，陆海江心里泛起几丝酸楚，这样下去王林可怎么受得了啊！他劝王林不要干得太猛，让他跟连里说说，喂夜草的工作交给别人干，要是不好张口他去找彭连长。王林急了，不让陆海江找彭连长，他这样也是为了早日加入张红珍班。陆海江觉得时机已经成熟，听老同学这样说，王林便把申请书从口袋掏了出来，这个申请书他已经装了很多天了。他让陆海江帮他修改修改，润润色，陆海江拿着申请书走了。

　　当天晚上陆海江就把申请书修改好了，第二天上午王林揣着申请书来连部找彭连长。望着王林企盼的眼神，彭大明真不知道该说什么好，多好的一个孩子，可是他这种情况上面有明文规定啊！他叹道："唉，谁让你摊上这么个爸爸啊……"

　　"他是他，我是我啊！"王林恳求道，"彭连长，连里不能研究研究吗？"

　　"我可以提到会上，不过你要有思想准备。"彭大明安慰道，"小王啊，无论干什么，都是革命工作，只是分工不同，在什么岗位上都能为党和人民的事业发光发热，你说是不是？"

　　"请彭连长放心，即使不被批准，我照样会好好干的！"

　　从连部出来，王林就看到巍峨的雪峰，心里一阵阵悲哀，他美好的愿景被雪峰阻隔了，他能逾越吗？

第十章

巴尔鲁克山的春天步履蹒跚，山野终于冒出星星点点的新绿，春季转场的大幕缓缓拉开。哈萨克牧民最先走出冬牧场，崎岖的山路上，一家挨着一家，大人小孩骑在马上，家当也由马承载，跟着羊群走出山谷……

逐水草且走且住，牧民们陆陆续续回到熟悉的夏牧场。第一件事是搭建毡房，这是一件挺费事的细活，先要用大大小小、长长短短的木棍围圆搭顶，然后在外面裹上厚厚的毛毡，家里人口少的就需要他人帮忙，马力克德高望重，自然不缺帮手。巴哈什惦记着女儿，可天已经不早了，毡房还没搭好，马力克说明天去看女儿，巴哈什等不及，她要自己骑马去，马力克不放心，他把后续工作交代给了哈斯木和两个牧民，骑上马和巴哈什走了。

见到爸爸妈妈，阿斯燕兴奋得像个孩子，抱着妈妈一个劲地摇，巴哈什说："你慢着点，小心肚子里的孩子！"她摸着女儿隆起的肚子，乐得合不拢嘴。这阵子马力克又想喝奶茶了，女儿赶紧倒了两碗奶茶，马力克一气喝了，看着他的狼狈相母女俩都笑了。听女儿说长山跟护送转场的人上午才走，巴哈什就想让女儿跟他们回毡房住几天，阿斯燕说："长山一走我心里就慌慌的，还是等他回来吧。"马力克看着她很是欣慰，女儿真是懂事了。阿斯燕要给爸爸妈妈做饭，想做点好吃的可又没有肉，马力克说有馕和奶茶就行了，他惦记着回去收拾毡房。阿斯燕说："今晚就住在女儿这儿吧。"巴哈什说："你这个小窝怎么住？"阿斯燕叹了口气，"唉，还是毡房好，多少人都能睡下。"

副连长曲德明带领护送转场的战士赶到冬窝子，已是黄昏。陆海江下了马就坐在木屋前的一块石头上，虽然已经是连续三次参加护送转场，他还是觉得挺吃力的。董黎明过来拍了拍他的肩膀，他觉得让陆海江每次参加转场，真是挺难为他的，可他的作用又有谁能替代呢？董黎明心想这个老同学真是挺有意思的。

黄佩佩见到彭春燕，激动得说不出话来，她拉着彭春燕进了自己的木屋，彭春燕见她伤心的样子，安慰她说："黄老师，明天你就可以跟我们回去了。"

黄佩佩哭了，彭春燕怎么也劝不住："黄老师，你怎么了？你说话呀！"

"不堪回首。"黄佩佩平静了一些，擦了擦眼泪，"不说这些了，长根怎么样？"

"王老师好着呢，只是，他很挂念你。你也很想他吧？"

黄佩佩点了点头，在冬窝子很想他，可回去她又不知道该怎么面对他。她又低头不语了，彭春燕说："会好起来的，黄老师，你不是又一次坚持下来了吗？"

"春燕，不瞒你说，我都快要崩溃了。"

……

晚上自然是大盆的手抓肉。尽管冬窝子的烧酒已经喝完了，战士们也要尽情释放，他们心里都清楚明天通过争议地区意味着什么。黄佩佩受不了木屋的喧闹，加上又不吃羊肉，吃了几口饭就出来了。彭春燕跟了出来："黄老师，你去哪儿？"

"春燕，陪我在外面走走。"

"回去休息吧，明天还要走争议地区呢。"

"唉，在冬窝子我都过傻了。"

黄佩佩朝自己住的木屋走去。看着她失魂的样子，彭春燕忽然想起去年秋季转场的一幕，也是在这里，早晨她从木屋出来，没去吃饭就要上马，此时的黄佩佩不是跟她一样吗？她觉得黄佩佩真可怜，也不想回去再吃了，朝黄佩佩的木屋走去。

转场总是牵动着连里人的心。战士们从冬窝子出发的第二天下午是连领导们最紧张的时刻，他们都在连部静静等待。彭大明看了一下手表，已经是下午七点半了，他估摸转场的人该回来了，便从连部出来，其他连领导也都来到门口。

最焦急的人要算王长根了，他早早来到通往马号的路口，转场的人都是从那儿过来的。他的心跳加快，大脑却一片空白。终于，他看见了那个熟悉的身影！

黄佩佩和彭春燕过来了，黄佩佩背着行李，彭春燕帮她拎着包。黄佩佩显得很疲惫，低着头走路，没有注意到王长根。彭春燕推了她一下，她望着这个瘦高的男人，却不怎么兴奋。彭春燕又推了她一下："过去呀！把行李给我，我拿回宿舍，王老师一定给你做好吃的了。"

黄佩佩把行李从身上取下来，正要给彭春燕，董黎明过来了，他把行李背在身上，然后看了陆海江一眼。陆海江也觉得自己的反应有点迟钝了，他把彭春燕手里的包拿了过来。

杜春生叹道："唉，我们可没这个福气啊……"

这是指黄佩佩还是陆海江？战士们都觉得这一幕挺有趣的。

来到连部，连领导们迎了过去，曲副连长远远地就说："彭连长，这次转场老毛子没挑事儿，也没遇到暴风雪，羊损失不大！"连领导们心里总算踏实了，彭大明让大家抓紧回去洗一洗，然后去食堂吃饭。江涛没看见黄佩佩，心里酸溜溜的，他见董黎明背着行李，问道："董黎明，你背的谁的行李？"董黎明说："黄佩佩的，她跟王老师走了，我帮她把行李拿回宿舍。"江涛说："她就这么迫不及待呀？"彭春燕说："江副指导员，他们可是半年没在一起了！"江涛说："我看是思想改造得不彻底呀！"杜春生反感地看了他一眼，小声说："就会唱高调！"

赵长山想着阿斯燕肚子里的孩子，急慌慌地回到家，看见阿斯燕安然无恙，在她脸上亲了一口。阿斯燕撒起娇来，搂着他不肯松手，赵长山让她赶紧做饭，这会儿他的肚子咕咕直叫。阿斯燕早把面条擀好了，就等他回来下锅呢。赵长山心里一热，以前他是吃了上顿没下顿，现在她都知道提前准备了，像个屋里的女人了！

赵长山听阿斯燕说她爸爸妈妈已经回来三天了，他觉得她太不懂事，分开半年了，怎么不回去住几天？他哪里知道，他走后阿斯燕一直为他担着心！

阿斯燕很快就把面条下好了，赵长山端着碗狼吞虎咽地吃了起来。阿斯燕说："你慢点吃，小心烫着！"赵长山说："你这面条是越擀越有劲了！"阿斯燕笑了："长山，你就那么喜欢吃面条？"赵长山说："跟你喜欢馕一样。"

黄佩佩回来休息了两天，又去野外放牧了。羊啃食着地上的青草，边吃边走，不时发出咩咩的叫声，远处，群山朦胧……眼前的一切与冬窝子有什么区别？她感到很悲哀，她一个上海女支青跟几个大男人在冬窝子住了半年，不容易啊，为什么连领导不找她谈谈呢？她是大资本家的女儿，矮人一截，可她也是有七情六欲的人啊！……她很快就明白了，江涛分管学校，他在等她去汇报思想，一想到这个人她头皮就发麻！她想不能主动去找他，再等等吧。

五天过去了，没有领导来找她。她有些慌了，觉得自己真是愚蠢：你心里的小九九江涛还看不清楚吗？你还要在这里生活呀，怎么能不面对他呢？

吃过晚饭，她来到江涛宿舍，一进门江涛就说："佩佩同志，我可等你几天了呀！"他给她泡了一杯茶，黄佩佩知道这又是一次长谈了，来的时候她就想到了。她赶紧解释："江副指导员，回来这几天，我一直在对这半年来的工作、学习、生活和思想状况进行全面认真的总结和反思，所以到你这儿来晚了。"

"是吗？佩佩同志，你总算坚持下来了，不容易啊！你的表现陈排长给我汇报了。"

黄佩佩看着他，想听他下面怎么说，他却不说话了，不紧不慢地喝着茶。

"我知道，比起其他同志，我还有很大的差距。"

"佩佩同志，你还是挺有自知之明的嘛，哈……"

黄佩佩头皮发麻，她真想马上从这里跑了。"感谢组织给我这次改造思想的难得机会。"

"真是这样想的？"江涛看着她的眼睛，仿佛要把她看穿似的，"佩佩同志，你还是没有说心里话，从你的眼睛里我能看出来。"

黄佩佩哭了，江涛掏出手绢递给她，她擦着眼泪。

……

走出江涛的宿舍已是满天星斗。黄佩佩心里平静了一些，虽然江涛未提及当老师的话题，但也没有给她讲大道理，都是体恤关心的话，这让她心里又燃起了一丝希望。

赵长山担心的事情还是发生了，阿斯燕早产，提前了两个月！由于胎位不正，孩子生得很困难，胡医生最后也没招了，他让赵长山去找两个有接生经验的妇女，还让他把彭连长也叫来。赵长山跑去找齐桂花，齐桂花拉了个妇女就奔赵长山家去了。

赵长山和彭连长刚进屋，胡医生就从里屋出来了："彭连长，孩子可能是保不住了，你给个话，实在不行……"

"大人孩子都得给我保住！"彭大明指着他，"你要是不给我尽力，我处分你！"

赵长山在外屋直转圈，彭大明拉他坐下，没一会儿他又起来，这个硬朗的汉子此时也沉不住气了。

里屋传来孩子的哭声，齐桂花在里面说："老赵，孩子生下来了！"

赵长山大声说："男孩女孩？"

"带把的！"

赵长山和彭大明都笑了。

当晚赵长山就去毡房报了喜。第二天一大早，马力克从羊群里抓了一只羊，骑上马和巴哈什来看女儿。看到女儿和孩子都平平安安，马力克高高兴兴到外面杀羊去了。巴哈什守在阿斯燕身边，女儿身子虚弱，说话有气无力，她想让她和孩子回毡房，有她照料，女儿能恢复得快一些。阿斯燕却没有回去的打算，长山知道疼她了，她才感受到家的温暖呢。巴哈什担心她吃不好，阿斯燕说过两天我自己就可以做饭了，巴哈什说你会做啥？阿斯燕说我现在会做多好汉族人的饭呢！巴哈什觉得女儿真是长大了，像个毡房里的女人了。

马力克宰好羊，巴哈什早早就煮上了，肉煮得很烂，女儿却没吃几口，喝了碗肉汤。当妈的很心疼，过了一回鬼门关，女儿跟过去判若两人啊！她还是想把女儿接走。

回去的路上，她把这个想法跟马力克说了，马力克有些不高兴，他最烦巴哈什像老母鸡一样把女儿护着："你总是这样！哈斯木的女人难产，谁照顾她了，几天后她还不是跟牛一样？"

巴哈什瞪了他一眼："你们男人的心真硬！"

马力克有自己的想法，女儿现在遇到坎了，这个坎要让她自己迈过去，迈过去了，她和长山才算真正走到一起了。

巴哈什又想起女儿出嫁前说过的话："马力克，你还记得女儿出嫁前说的话吗？她说要把第一个孩子还给我们。"马力克说："孩子刚出生，现在考虑这个事太早了。"巴哈什心里打鼓，长山家几代单传，他肯定把儿子看得很重；如果她和马力克还有孩子，赵长山不给也就罢了，可他们就一个女儿啊！马力克提醒她："这件事不要跟长山提，也不要跟女儿提。"

巴哈什反问道："那要是他们主动领孩子领过来呢？"

"那我当然高兴了。"马力克抽了马一鞭子，在前面跑了。

"你呀！"她追了上去。

阿斯燕好不容易把孩子生下来，却没有奶水，这让赵长山很恼火，长了那么一对大奶子，怎么就没有奶水呢！每天天蒙蒙亮，他就爬起来，提上行军壶去牛圈打牛奶。一天被齐桂花看见了，问道："长山，这么早干啥去？"赵长山向她摇了摇行军壶，齐桂花马上就反应过来了，"阿斯燕没奶水？"赵长山摇着头："提不成。"齐桂花自言自语道："这赵长山也太不顺了。"

赵长山一直没顾上给儿子取名，眼看快满月了，他想到了陆海江，晚上领着他到家里吃饭。他事先跟阿斯燕说了，阿斯燕也正想跟陆海江说说他和春燕的事情呢。进屋时阿斯燕正在炒菜，屋子里有股焦煳味，烟雾弥漫。

阿斯燕把菜端上桌："小陆，先吃菜，我这就去下面条。"

"她炒菜实在不咋地，就是面条擀得有劲！"赵长山说，"小陆，我家也没什么好吃的，想吃面条就到家里来。"

"那可不行，你家挺困难的。"

"你来也就是多添一瓢水、多抓一把面，我赵长山还管得起！"

吃着聊着，赵长山说起给儿子起名的事，想让陆海江帮着起一个。陆海江很为难，他哪会起名字呀？可赵班长叫他来家里吃饭，不起个名字怕是说不过去的，他想随便起个名也容易，但起个好名就要好好琢磨琢磨了。赵长山说他是个粗人，对名字没什么讲究，儿子早产身子弱，他只盼儿子强壮，顺顺利利长成个人，有这个意思在里面他就满足了。陆海江想，起个文气的名字赵班长也不一定喜欢，顺着他的想法，陆海江说："赵班长，你看叫永强好不好？永远的永，强壮的强，坚强的强。"

赵长山对这个名字很满意："就这么定了，叫赵永强！等儿子过满月，我把班里的人叫来，好好热闹热闹！"

阿斯燕把面条端了上来，陆海江吃得很香，阿斯燕一直盯着他看，陆海江就有些不好意思。阿斯燕觉得春燕和陆海江发展得这么好，要是哈萨克牧民早就谈婚论嫁了，她要帮他俩捅破那层窗户纸："小陆，你觉得春燕怎么样？"

阿斯燕问得突然，陆海江没一点思想准备："阿斯燕，你怎么忽然提起她？"

"我跟她是姐妹，我们之间没有秘密。"

"这我知道。当年赵班长同意娶你，是我和她给你送的信，你们两个把我扔在毡房里，跑到外面说悄悄话去了。"

"小陆，你对春燕印象到底咋样？"

陆海江知道不回答她这个问题是过不去的："春燕绝对优秀，在我们青年班，不，应该说在全团的姑娘中她也是出类拔萃的！赵班长，我没有夸张吧？"

"不夸张，春燕绝对是数一数二的好姑娘！"

"小陆，那你还不娶她？"

陆海江一时很难堪："阿斯燕，你提问题的方式……我真不知道该如何回答你。"

"阿斯燕，没有你这么直接的，"赵长山说，"人家是知青，哪像我们两个，点个头就搬到一起过日子了，人家要小火慢煮，就像你熬奶茶，要熬到一定时候，烧开了就喝，奶茶有味道吗？"

"可奶茶熬得太久，也不好喝了。"

陆海江吃了碗面条赶紧离开，阿斯燕的直率真是让他领教了！

永强过满月这天，赵长山把彭大明和张红珍班的男知青叫到家里，小小的屋子挤得满满当当。彭大明一进门就觉得不对劲，满屋子怎么没一个女知青？赵长山也不知听谁说的，弱子过满月当聚青壮男人，壮阳辟邪，彭大明说："你这个赵长山，满脑子的封建残余！"大家都笑了。

阿斯燕做了一桌菜，知青们都夸她手艺不错，实际上更期待锅里的手抓肉。牧民们炖羊肉只往锅里撒一把盐，其他什么也不放，连里的人还放葱姜等调料，做出来的羊肉却不及牧民的清香可口，大家都很不解，赵长山道出其中原委。牧民炖肉要的是天然味道，放各种调料就把羊肉的清香压了；还有一点，牧民讲究肉质新鲜，一般都是现吃现宰，放了血就扔进锅里，自然不用调味了。彭大明说："你这个哈萨克人的女婿没白当啊！"

说话间，阿斯燕把手抓肉端上桌，知青们急不可待纷纷动手，味道的确不一样！听着大家赞不绝口，阿斯燕说："你们加油吃，我炖了一大锅呢！"马超说："谢谢嫂子，你真是我们的好嫂子！"彭大明在他脑袋上拍了一巴掌："你小子！就这一盆，大家尝尝鲜就行了，锅里的给阿斯燕留着。"阿斯燕不高兴了："彭连长，你这是在打我的脸啊？进了毡房的人就是哈萨克人的朋友，就要真心相待，更何况他们是长山的兵呢！"彭大明说："这里不是毡房。"阿斯燕说："怎么不是？我在就是！"彭大明摇了摇头："你这个阿斯燕啊……"

罗豪才的妻子走了以后，齐桂花往他这儿跑得更勤了，总免不了问一句："老罗，你老婆来信了没有？""没有。"他也总是这样回答，再没有多余的话了。他知道齐桂花想打听他调动的事，老婆回去后一直在活动，到目前也没什么进展，即使有进展他也不想告诉她。罗豪才越是避而不谈她就越想打听，罗豪才来气了："你烦不烦哪，真是咸吃萝卜淡操心！"

"我关心一下你不行啊？"

"有什么话，吃饭的时候说！"

"有些话吃饭的时候能说吗？"

"那就别说！"

"你！"

看着她走时气呼呼的样子，罗豪才有点怕了，她老来黏他不是个事啊！他点了一支烟，想事的时候他就要吸烟，烟能开启思路。他很快就找到了应对之法：让陆海江搬过来住，省得齐桂花老往这儿跑！他找了彭连长，说想让陆海江跟他一起住，彭大明说："你一个人寂寞了想找个说话的？"罗豪才说主要是想传帮带，陆海江还可以帮帮他。彭连长挺理解他的，文教工作头绪多压力大，看着风光其实很不容易，他同意了，但强调了一点：不能影响陆海江在班里的工作。

陆海江喜出望外。班里那帮知青太能闹了，除了睡觉宿舍里就没有安静的时候，他想看书、写点什么根本就静不下心，罗豪才那里对他来说简直就是世外桃源啊！

当晚他就搬了过来，正在铺床，齐桂花进来了，她很敏感："老罗，你的调令来了？"

"我倒希望来了。"罗豪才说，"小陆搬过来住，跟我学习方便些。"

"你让他搬过来的？"

"我哪有那么大的主张，连里的决定。"

齐桂花看着陆海江铺床，欲言又止的样子，罗豪才不想让她节外生枝："饭好了？"

"好了。"齐桂花还不想走，"小陆，你搬过来住，班里那边就不方便了啊？"

"没什么不方便，就几步路。"

"这不是你操心的事，走吧。"说完罗豪才出去了。

宿舍里只剩下陆海江一个人了，他平躺在床上，头枕双手，体味着这个小天地的宁静与温馨。他忽然想到彭春燕，以后他不是可以更多享受与她在一起的美妙时光吗？想到这一点他好兴奋，他现在越来想跟她独处了，她的笑脸她的气息、她的歌声她的舞姿已经让他无法抗拒了。

之后彭春燕就经常光顾了。"罗文教，有我爸爸的报纸吗？"她常常以此为借口，以前她是从来不取报纸的。不管有没有报纸，她都要坐下来说说话，罗文教也很知趣，这种时候他就赶紧离开。他不喜欢去集体宿舍跟战士们侃大山，只能以散步来打发时光，有时在连部门口看战士下象棋，真有些百无聊赖。他总是很晚才回去，他是过来人，尝过恋爱的滋味，尽管如此，他几次进门彭春燕还在里面坐着呢。这种时候陆海江就有点不好意思，想着下次提醒彭春燕早点走，可每一次跟彭春燕在一起，他都嫌时间过得太快了啊！

罗豪才感到孤独和失落。他很羡慕陆海江，以前齐桂花老往他这儿跑让他有些怕，可也帮他赶走了寂寞带来了快乐，有一得必有一失啊，他想，让陆海江搬过来是不是一个错误？

罗豪才听江涛说，团里近期要对这两年上任的文教进行一次集中培训，他

269

觉得这对陆海江是个难得的学习机会，便给他争取了一个名额。陆海江这段时间被彭春燕搞得晕晕乎乎，差不多把李雯忘了，接到通知他如梦方醒，他该如何面对李雯呢？

报到那天，李雯见到陆海江很意外，埋怨他事先怎么不打个电话，陆海江搪塞说反正要见面嘛，李雯一下就想到一年前的情景，陆海江代罗文教参加团广播站的评比会，头天晚上他兴奋地给她打来电话，第二天他俩结伴而行……这次他却无声无息，李雯在心里感叹，他与她的距离真是越来越远了。

三天的培训紧紧张张，只有晚上有点自由时间，李雯前两个晚上都来约陆海江出去走走，陆海江借口整理笔记没去，培训结束的那个晚上李雯又来找他，他也不好再推辞了。

招待所后面有片林子，枝繁叶茂，小径通幽，李雯领着陆海江来到这里，两人谁也没说话，默默地朝前走。

"三天的培训过得真快，明天大家就各奔东西了。"李雯先打破沉默，听得出她有些伤感。

"是啊。"陆海江想把话题引到培训上来，"这次培训让我茅塞顿开，回去以后更有方向了。李雯，你有近两年的文教经历，收获肯定比我大。"

"但愿你尽快接班。"此时李雯可不想跟他交流学习心得，"海江，说说彭春燕吧。"

"我们不说她好吗？"

"黎明说你们进展神速。"

陆海江很清楚董黎明的用意："李雯，你知道黎明为什么会这么说？"

"为什么？"

"上高中时他心里就有你。"

"这还用你说吗？黎明很优秀，但我比你有定力。"李雯站住了，折断横在眼前的一根藤蔓，"海江，你这么快就爱上一个山里的姑娘，我真的没有想到。"

李雯的清高陆海江是知道的，但她说出这种话他没有想到："李雯，你话里有一种不健康的味道。"

"你认为我蔑视她了？"

"起码是居高临下。"

李雯沉默了，陆海江刚才的反应告诉她，他已经陷得很深了，她还探究什么呢？她内心有一种深深的悲哀，海江还是那个大男孩，太单纯太简单了，他本是个有理想有追求的人，可一个女孩却让他混沌迷失了。她又想到自己，海江在她心里是有重要位置的，但她会像海江那样很快就陷那么深吗？她想她不会。陆海江在前面走了，她加快了脚步："海江，你对自己的未来不会没有设计吧？"

陆海江仰起脸看着天："大敌当前，为国守边，目前还没想那么远。"

"怎么能不想？"李雯来到他身边，"海江，我们应该设计自己的人生，确定目标，为之奋斗，锲而不舍。"

陆海江看着她："李雯，你对自己的人生是怎么设计的？"

李雯显得很自信："我的第一目标是上大学，至于终极目标，我还在设计之中。海江，你不会连上大学这样的念头都没有吧？"

"我当然想上大学，但恐怕很难实现，听说团里每年就一两个名额。"

"那就去争取呀！海江，凭我们的条件，只要争取，肯定会如愿以偿的。"

"但愿吧。"

回到招待所陆海江都在想他与李雯刚才的交谈，他觉得李雯变化挺大的，也许是过去对她的了解太少了。

第二天王林来接陆海江，他起了个大早，陆海江吃早饭时他已经把马车停在招待所门口了。吃饭时陆海江没见李雯，他想去跟她告个别，找了一圈也没见她，六连的文教说刚才看到她进团机关了。不远处就是团机关所在地，陆海江朝那儿望了望，心想她一定是去关团长那里了。王林说还等吗？陆海江说不等了。

边境局势就像巴尔鲁克山的天气，阴晴难料变幻无常，人们的工作和生活也随之变化调整时紧时松，牧业连的人已经习以为常了。最近边境局势有缓和的迹象，备战级别降为日常备战状态，大家总算可以松一口气了。张红珍班转入了日常巡逻，人员减了下来，白天两人一组、夜里五人一组沿边境线巡逻。此项任务并不繁重，陆海江挺放松的，可他怎么也没想到差点丢了性命！

那天早晨轮到陆海江和董黎明巡逻，头天晚上董黎明也不知吃什么了，上吐下泻，第二天爬不起来了，赵长山临时顶他，跟陆海江去边境线巡逻。他俩骑着马来到山上，路过一片林子，陆海江的马突然站住了，反应有些异常。他和赵长山下了马，分头搜寻。没走几步，陆海江看见一头棕熊朝他走来，"赵班长，熊！"说完举起枪，"小陆，别开枪！"赵长山话音未落，陆海江的枪响了，熊被激怒朝他扑了过来，赵长山举枪射击，熊调转头朝他扑来，距离太近了，他仰卧在地上，对着腾空而起的熊开了一枪，熊应声倒在地上，离他不到两米！赵长山慢慢坐起来，大口喘着气，他真有些后怕，他差点就被熊放倒了。陆海江惊魂未定地走了过来，看见熊的胸口淌着血，用枪捅了捅，赵长山说："此处是熊的要害，一枪致命，打其他地方它更凶。"又说："你那一枪太急了，以后遇到熊千万不能慌，只要不惹它，它一般是不伤人的。"赵长山从枪上取下刺刀，将四个熊掌割下来，连里的人都知道这东西大补。

返回的路上，陆海江眼前反复出现遭遇棕熊的画面，这画面他曾在小说中读到在电影中看到，刚才却真真实实地发生在自己身上！他庆幸死里逃生，对赵班长有一种深深的敬佩和感激。以前他读到过许多英雄的故事，赵班长是不是英雄他不敢说，但他射杀熊的一刹那绝对是壮举，不管人们对赵班长有什么非议，他都是要铭刻于心的！

巡逻回来已是吃午饭的时候，赵长山提着熊掌先去了彭大明家，说了遭遇棕熊的事，彭大明用力拍了拍他的肩膀："多亏有你赵长山在啊！"他取来几张报纸，把四只熊掌包了三份，包了两只的让赵长山拿回家，给阿斯燕补身子；另一份让他给齐桂花家的老方送去，最后说："晚上过来，我这儿还有一瓶好酒呢。"赵长山提着熊掌乐呵呵地走了。剩下的那只熊掌彭大明要给关团长送过去，老关总给他带好酒，他怎么能忘了老战友？

春燕妈的脸变了："咱家一只不留？"

"我这个当连长的能留？再说自己吃也可惜了。"

"你这是什么逻辑？"

"好东西自己吃，那叫填坑，填坑是不用好土的，给别人吃，那叫壮脸。"

"你就知道壮脸！壮来壮去，你不还是个连长？"

"我跟你尿不到一个壶里！"说完彭大明提着熊掌出了门，"老婆子，晚上多炒几个菜！"

"美的你！"春燕妈很丧气，"唉，熊掌没吃上，还得搭上几个菜。"

赵长山射杀棕熊的事马上就在连里传开了，战士们都说赵长山沉着镇定有大将风度，陆海江有些灰溜溜的，去食堂时他打上饭要走，马超拉着他在饭桌前坐下，大家对着他大发感慨："陆海江，你是熊口逃生啊！""如果不是老赵挺身而出，你就去见马克思了。"

"今天多亏董班长病倒了啊！"杜春生把话题引申开来，"董班长，如果是你和陆海江巡逻，你当时会做出什么反应？"

董黎明知道他说这话的意思，一点也没含糊："我也会像老赵一样。"

"不见得。"杜春生摇了摇头，"只有经历过大风大浪的人，才会在那样一种危急关头做出这种反应。"

"你错了，"董黎明不甘示弱，"这是人的本能反应，我们之中的任何一个人都会做出这种反应的。"

马超立即反击："就算你的理论成立，你能一枪放倒那头熊吗？"

"哎，我们董班长射击训练可是发发命中十环的。"

"那是训练！"马超说，"董黎明，面对一头穷凶极恶的熊，你还能保持稳定的心理状态吗？"

"我想我能。"

杜春生感叹道："我们董班长的心理素质就是好啊！"

"你们都扯远了，"李涛说，"我现在最关心的是熊的出现，这可是个最现实的问题啊！"

"不是说我们这一带已经见不到熊了吗？"

"以后我们不仅要警惕老毛子，还要防着熊瞎子啊！"

"瞧你们的心理素质，还没遇上熊，心里就这么毛！"杜春生拖着长腔说，"我们真该向董班长学习啊！"

陆海江刚回到宿舍，彭春燕就来了。她才听说陆海江遇到熊的事，虽然心爱的人毫发无损，她还是迫切想见到他！她让陆海江给她描述一下当时的情景，陆海江说当时他真是慌了，不知道自己在干什么。彭春燕则不以为然，说换了其他知青也会跟他一样。见陆海江情绪不好，她安慰了他几句便离开了。

晚上，彭大明请赵长山喝酒。彭春燕回来晚了些，看见赵长山在家里坐着，一下就很兴奋："赵班长，你真厉害！现在全连的人都在说你打熊的事，没有不佩服的！"

"这有啥，不就是打了个熊嘛。"

"不一样啊……"彭大明说，连队刚开到巴尔鲁克山时他也打死过一头熊，当时熊瞎子没发现他，他躲在暗处稳稳射击，而赵长山是不期而遇，猝不及防，倘若没有过硬的心理素质，恐怕就是另一种情形了：陆海江得救了他自己却送命了，"在当时那种情况下，能做到既救他人又保全自己的，没几个。"

彭春燕给赵长山的酒杯斟满酒："赵班长，你是临危不惧，舍己救人！"

"春燕，我可不敢当。"赵长山见酒倒得太满，低下头呷了一口，"我当时就是觉得小陆太危险了，换了别人一样。"

彭春燕看着爸爸："老爸，如果是现在，你还能做到吗？"

"春燕，你爸爸身经百战，今天要是他，肯定比我还利索！"

273

彭大明笑了："你小子，眼里还有我这个老家伙。"

"彭连长，我就服你！"

"赵班长，我给你敬杯酒。"彭春燕站起来，"这杯酒呢，是我代陆海江敬你的，感谢你给陆海江第二次生命！"

"春燕，这我更不敢当了。"

"春燕说得没错，是这个理儿！"

彭春燕和赵长山把酒喝了，春燕妈说："春燕，为啥要给小陆代酒？"

"妈，人家想代嘛，有啥为啥的。"

……

赵长山心满意足地从彭连长家出来，这才想起没跟老婆打声招呼。进了门见阿斯燕吊着脸，赶紧解释，阿斯燕便不生气了，下午她抱着儿子在外面转悠，听到的都是对赵长山的溢美之词，晚上又被彭连长请去喝酒，哪个男人有她的男人风光？晚上阿斯燕特意做了她刚学的拉条子，菜里还放了她舍不得吃的羊肉，赵长山不能辜负她的一片心意，硬撑着吃下去一碗，不停地夸赞她的手艺，阿斯燕的脸上终于露出了笑容。

睡觉的时候她紧紧地依偎着他，觉得她是天下最幸福的女人了。见赵长山今晚的心情特别好，她把永强给爸爸妈妈的事说了，此事在她心里已经埋藏很久了，担心长山不愿意，一直没说出口，马力克和巴哈什一直想要个儿子，因为阿斯燕身体不好，心思都放在她身上了，她要报这个恩！赵长山一时没有反应，他知道哈萨克人的这个习俗，也曾想到过这件事。当年马力克把阿斯燕从大火里救出来，不离不弃，他是很敬重这个哈萨克男人的，这也是他跟马力克成为好朋友的一个重要原因。他想，如果他不把永强给他们，他赵长山的心胸不是太狭小了嘛！他没怎么犹豫就同意了，这让阿斯燕没想到，她一下坐了起来，大声说："长山，我再给你生，生一大群！"

赵长山翻了个身："得了吧，生一个都把你折腾成这样，我不能因为要孩子没有老婆啊！"

阿斯燕很惊讶："长山，你不想再要孩子了？"

"过几年再说吧，如果你身体行就再生一个。"

"要是生个女儿呢？"

"那我也只有认了。"

阿斯燕俯在他身上："永强过去以后会起个哈萨克名字，长大以后还可能娶个哈萨克姑娘。"

"娶个哈萨克姑娘好啊，哈萨克人善良、淳朴，心胸宽广，像大草原像巴尔鲁克山。"他转过身望着阿斯燕，"哎，你从小在毡房里长大，怎么不像哈萨克人？"

阿斯燕伸手打了他一下："我怎么不像？"

赵长山笑了："逗你呢。不管怎么样，永强都是我赵长山的血脉，这就够了。"

"长山，我们什么时候把永强送过去？"

"永强还小，身子又弱，现在送过去会给他们添麻烦，等他大一点再送过去吧。"阿斯燕紧紧搂着他，喃喃地说："长山，你真好。"

夏天山里比山外的大戈壁要好过得多，连里的人晚上可以盖着被子睡觉，可三伏天还是觉得闷热，集体宿舍夜里都敞着门。就因为这一点，陆海江差点把罗豪才害了。

那天夜里陆海江怎么也睡不着，晚上彭春燕在他这儿坐了很久才离开，想着彭春燕他就难以入眠了。此时，齐桂花也辗转反侧，前几天她的男人又去团部住院了，她一个人躺在空荡荡的床上，即使这个男人睡在她身边也很少碰她一下，而几米之外的屋里却睡着让她心仪已久的另一个男人！她有些恍惚，穿上衣服，几步就来到罗豪宿舍前，轻轻掀起竹帘闪进去了，山里蚊子多，罗豪才和陆海江的床都挂了蚊帐，她静静地站在门口。此时陆海江正望着门，看见闪进一个人来，大喊了一声："谁？"那人转身跑了，陆海江见罗豪才没反应，说："罗文教，小偷进来了！""哪有什么小偷啊。"罗豪才翻了个身又睡了。

早晨在食堂吃饭，陆海江跟大家说了昨天夜里发生的事情，知青们没什么反应，战士们却显得很有兴致，一个战士问他是男是女看清了吗？陆海江说夜里哪能看得清，他判断敢进来偷东西肯定是个男的。另一个战士说连里哪有什么小偷啊，那人可不是去偷东西的，是去偷人的！说完哈哈大笑，陆海江一下没反应过来，那战士又说："你真是个生瓜蛋子，罗文教的一桩好事让你给搅了！"

陆海江忽然想到齐桂花，他以前也听到人们开罗豪才和齐桂花的玩笑，他觉得那只不过是插科打诨罢了，搬进罗豪才宿舍后，他感到罗豪才与齐桂花的关系是有些不一般。他现在意识到问题的严重性了，这不是让罗豪才难堪吗？甚至有可能……他不敢往下想了，后悔提及这件事情。

此事很快成为笑谈，罗豪才这才醒悟过来。下午齐桂花来叫他吃饭，他质问道："齐桂花，前天夜里，是你钻到我屋里来的？"

"是我。"

"你疯了？你想把我们两个都毁了？"

275

"你紧张啥，小陆不是说小偷进来了嘛。"

"可别人不这么想！现在连里的人都在议论，说那个人就是你，你想钻我的被窝！"

"让他们说去，反正又没有真凭实据，怕啥！"

"你不要脸我还要脸呢！齐桂花，我看你真是昏了头了！"

"我就是昏了头了，那天夜里我就是睡不着，就是想跟你在一起！"

"要是没有小陆，你还真敢钻我的被窝？齐桂花，真没看出你有这么大的胆子！"

"那还不是因为小陆，他搬过来，你为啥不拦着？他搬过来了，我们连个单独说话的机会都没有，我受不了！"

"我告诉你，让小陆搬过来是我的主意，你这个人太黏人了！我不是跟你说清楚了吗？你是你，我是我，我们两个不能扯到一起去！"

"豪才，我最近心里慌慌的，总觉得你的调令就要来了，你一走，我们就再也见不到面了。"

"桂花，收收心吧，跟老方和孩子好好过日子。"

齐桂花哭了。

"桂花，你别哭啊，让别人看到了这算怎么回事嘛！"罗豪才把毛巾递给她，"桂花，说实在的，我心里也很难受，我也常常在心里设计我们的未来，可是不行啊，你我都是有家室的人，我们还应该有一份责任感，你说是不是？"

齐桂花点了点头。

"把脸擦擦，赶紧过去吧。我以后不去你家吃饭了。"

齐桂花把毛巾递给他："你自己看着办吧。"

这时陆海江进来了，齐桂花赶紧走出宿舍。

"小陆，刚才齐桂花来向我解释，那天夜里不是她。"

"我知道。唉，我也是多嘴，真不该提什么小偷的事，罗文教，对不起。"

"小陆，这事不能怪你。"

"罗文教，你放心，谁问我我都会说是小偷，我不会乱说的。"

"小陆，谢谢你。"

当晚江涛把陆海江叫去了，他也想搞清钻进罗豪才宿舍那个人是男是女。陆海江一口咬定是个男的，江涛很不高兴，自然要教育他一番："社会是复杂的，什么样的人都有，以后你要有点警惕性，你懂我的意思吧？"

江副指导员的话陆海江心知肚明，这不是要他监视罗豪才和齐桂花吗？一面是江副指导员，连队的领导；一面是罗豪才，他敬佩的人，陆海江后悔搬过来住了。

晚上罗豪才挨家挨户送报纸，到了彭大明家，彭大明一脸严肃，跟着他出来了，走到一处僻静的地方，彭大明问起那天夜里的事："老罗，听说前天晚上有个人钻到你的宿舍去了？"

"是，小偷。"

"你这话糊弄小孩子还行，咱们连啥时候听说过偷东西的事？你给我说老实话！"

"那人在门口站了几秒钟，小陆喊了一嗓子，那人就吓跑了，我知道是谁？"

"连里的人都在议论，说那人是齐桂花！"

"彭连长，你可不能听人家嚼舌头，没凭没据，凭啥说那人是齐桂花？"

"那要怪你自己！谁让你跟她走得那么近？"

"我不就是到她家吃个饭嘛。"

"仅仅是吃个饭？没这么简单吧？没影儿的事，人家也不会给你编派。"

"我们之间确实没什么，彭连长，你要给我主持公道！"

"要我主持公道，你得给我说实话，要不然你连我也装进去了。"

"彭连长，装谁我也不能装你。"

"你们发展到哪一步了？"

"彭连长，我也不瞒你，我喜欢她。"

"喜欢？这词太虚，你就直截了当说干过那事没有吧！"

"没干过。"

"真没干过？"

"彭连长，我可以向天发誓！要说想没想，我确实想过。"

"废话，老婆不在身边，你不想还叫男人吗？"

"彭连长，我知道，喜欢她也是不对的，最近我一直在反省自己，而且，在这方面我特别注意，与她保持一定的距离，我让小陆搬过来，主要是不想让她来黏糊我。"

"你现在知道怕了？想刹车了？她齐桂花可不一定能刹得住！你还不了解她？她可不是一般的女人，黏劲大，你黏上了，想甩都甩不掉！"

"彭连长，你说我该怎么办？"

"我跟她谈谈吧，这事也只有组织出面管用。"

"彭连长，还是你最关心我。"

"这也不一定能除根！感情这东西，太复杂。"

"我以后不到她家吃饭了，跟她两清！"

"愚蠢！你在这个节骨眼上跑到食堂去吃饭，好像你与齐桂花两清了，清得了吗？人家会认为你俩心虚了，肯定有事！有的人会借此大做文章的，说不定你们两个就真的被揪出来了！你呀，这方面太不成熟！"

"彭连长，你这样一说，我真的有些怕了，你说，连里真有人会抓住那天夜里的事不放吗？"

"不用怕，毕竟没有抓住人嘛，就是有人抓住不放，我也能按住。不过，以后你可要检点一点，你要是整出什么乱七八糟的事来，不要说别人，我首先就要收拾你！"

"彭连长，这一点请您放心。"

"哎，北京那边进展怎么样？"

"还没消息。"

"让你老婆抓紧活动，赶紧调回去！如果办不成，就把老婆调过来，再不能这么拖着了，再拖会出事的！"

"是，是。"

第二天，罗豪才来齐桂花家吃饭，她正在炒菜，扭头看了他一眼，说："你不是不来了吗？我可没做你的饭！"搞得罗豪才很尴尬，硬着头皮坐下了。他又来她家吃饭了，这让她很兴奋，但女儿已经懂事了，当着女儿的面她不好说什么。

罗豪才一走，她就跟过来了："你不是不来我这儿吃饭了吗？怎么又来了？我就知道你耐不住！"

"哎，齐桂花，你可别自作多情！我本来是想不去你家吃饭了，但这样就会更让人家觉得我们有事了，我们还得保持正常。"

"这就对了，你不藏着掖着，大大方方的，谁会说你的闲话？"

"得，你再别把我往你的道上引了。齐桂花，以后我还去你家吃饭，但其他方面，咱们两清！"

"冷血动物！"齐桂花扭头走了。

齐桂花的男人在医院住了半个月就回来了，一天他在门口晒太阳，有个好事的人把那天夜里齐桂花钻到罗豪才宿舍的事跟他说了。当时他的脑袋轰地炸了，尽管这是他早就预料到的，如果此时齐桂花在家，他会冲进去狠狠教训她一顿！他很快平静下来，他已经是个废人了，在这个年纪不能满足自己的女人，他有什么资格迁怒于她？并且这个家全靠她撑着，两个孩子都是她拉扯大……

夜里，他很平静地跟她说："桂花，我们离了吧。"

"你别听外面瞎嚼舌头。"

"我一个废人，这些年挺难为你的。"

"我也没嫌弃你，睡吧。"

"我也是个男人！还是离了吧。"

"要是搁在前些年，你身体好好的，我会跟你离，现在你这个样子……"

"我一个人一样能过。再不行，还有连里嘛。"

"你越说越离谱了，我齐桂花成什么人了？"

"我是认真的，我已经想了很久了。"

"你就别胡思乱想了，睡觉！"

罗豪才往团部邮电所跑得更勤了，希望收到妻子的信，但都让他很失望。他骑着马从团部出来，又跟小黑聊上了。

"小黑，我老婆好长时间没来信了，看来调回去是没戏了。如果调动的事没着落，我就做她的工作，让她调到咱们这边来。可是，难哪，她一直很坚决，不肯到边境上来啊！你说，这个工作我怎么做？怎么才能说服她呢？小黑，你给我出出主意。她要是不肯调过来，我就提出跟她离婚！对，拿离婚来威胁她！小黑，她要是同意跟我离婚怎么办？那我不是鸡飞蛋打吗？她跟我离了，齐桂花我又娶不成，那我可就惨了。不行，这一招不能使。对了，用齐桂花来吓唬她！我告诉她，你不是觉得我跟齐桂花不对劲吗？我俩就是不对劲，我一直喜欢她，我现在扛不住了，你要是再不来，我可能就对不住你了！就这样说，激她，不怕她不过来！不行，就算她过来了，她会放过我吗？女人最在乎这个，她要是整天跟我闹，那我的日子可苦了，她还有可能跟齐桂花闹，我罗豪才的名声就全毁了，我还怎么做人？不行，这一招使不得。小黑，你说我该怎么办？"

黄佩佩的日子过得越发艰难。刚从冬窝子回来时，她眼前还有一丝曙光，可几个月过去了，她每次去江涛那儿汇报思想，江涛从不提她当老师的事，她差不多已经绝望了。秋季转场的日子越来越近，这几天她睡不踏实，一想到冬窝子她身上就阵阵发紧，那个地方她是再不会去的，她现在只有这一个乞求……

这几天江涛内心有一种抑制不住的兴奋，心中的欲火燃烧了太久，现在只等黄佩佩走进他的房间。他就像藏在草丛中的一头饥饿的狮子，眼睛紧盯着一只落单的小鹿，不贸然出击，步步逼近，现在时机终于到了，只须纵身一跃，便可将猎物擒于身下！

又到汇报思想的时间了。每一次与江涛的交谈，对黄佩佩来说都是一种折磨，说是谈心，其实江涛是把她当成了消遣的对象，实在拖不过去了，黄佩佩才硬着头皮走进那个炼狱般的房间。这一次她没怎么犹豫，眼看就要确定去冬窝子过冬的人了啊！

一进门黄佩佩就觉得气氛不对，江涛没有像往常那样先给她泡茶，只是把凳子拉过来让她坐下，脸上的表情也冷冷的，说出来的话更让她心里发慌。

"佩佩同志，思想汇报只能解决认识问题，关键在于实际表现，可你的表现让我很失望啊！"

黄佩佩打了个激灵："江指导员，我……"

江涛背着手在房间里转圈："马上就要转场了，看来，你还需要去冬窝子磨炼啊！"

"江副指导员，我不去冬窝子，那地方我实在忍受不了，我求你了！"黄佩佩声泪俱下。

江涛在她身边坐下，掏出手绢给她擦眼泪，她没有拒绝，整个身体都僵硬了，江涛猛地抱住她一阵狂吻，然后把她按在床上……

她是怎么回去的她自己也不知道，这一夜她都恍恍惚惚……

三天后江涛通知王长根：黄佩佩回学校代课。当时王长根激动得眼圈都红了，就好像天大的好事降临在自己头上，是的，为了这一天他和心爱的人忍受了太多的煎熬！晚上他做了丰盛的饭菜，他要和黄佩佩好好庆贺一下。

黄佩佩拖着疲惫的身子进了门，王长根说："佩佩，你回学校了！"黄佩佩面无表情，王长根又说："这是真的，下午江副指导员亲自跟我说的！"黄佩佩哭了，王长根也以为她听到这个消息太激动了，他哪里知道她为此失去了贞操！这时彭春燕进来了，她刚才听爸爸说黄佩佩回学校了，没顾上吃饭就跑了过来。黄佩佩平静下来，王长根破天荒地拿出来一瓶葡萄酒，每人斟了一杯，黄佩佩强作笑容，喝下去的酒却是那么苦涩……

当上老师后黄佩佩的心思都放在教学上了，不敢有一点懈怠，她和王长根的婚事只字不提。几天后王长根沉不住气了："佩佩，你看我们什么时候办婚事？"

黄佩佩沉默着。自从失身她就不打算嫁给王长根了，她觉得自己脏，对不起这个深深爱着她的男人："我配不上你。"

王长根很吃惊："佩佩，你怎么这样说？我什么时候嫌弃过你？"

"我自己嫌弃自己。长根，我们分手吧，我不想拖累你，影响你的前途。"

"我不在乎这些，我只要跟你在一起！"

"这事我想了很久了，就这样吧。"说完她走了。

"佩佩！"

这之后黄佩佩就不来王长根这儿吃饭了。分手的打击来得太突然，王长根本来以为她当上老师之后他们就可以结婚了，他怎么也没有想到她会拒绝他！尽管这些年他们在一起没有多少开心的时候，但她每天在他这儿吃饭，晚上常常陪他到很晚，他还是感受到了家的温暖，现在这个小屋没了她的身影她的声音，王长根感到从未有过的孤独！当年他跟她踏上西去的列车，一个很重要的原因就是他父母反对他俩好，来新疆就是为了永远跟她在一起，熬了这么多年她却提出分手，他无法接受！仅仅是因为不想拖累他吗？他觉得蹊跷，想跟她好好谈谈，可她总是躲着他。他来找彭春燕，想让学生帮帮他，他让彭春燕告诉黄佩佩，他是不会放弃的，他会一直等着她！

彭春燕也觉得黄佩佩的想法不可理解，放了几年羊，黄佩佩的性格都扭曲了！王长根找她的当晚，她就把黄佩佩从宿舍叫了出来。

"黄老师，这些年你心里很苦，我能理解，可现在你当上老师了，情况不是好转了吗？你怎么更消沉了？"

"春燕，你还年轻，社会太复杂了，很多事情你不懂。"

"社会是很复杂，可这跟你嫁人有关系吗？我只能得出一个结论，你不爱王老师了。"

"我爱长根，我配不上他，不想连累他。"

"可王老师从来也没有嫌弃你呀？他说了，他宁可放弃一切，但绝不放弃你，他会一直等你。"

"可我不能不为他想。"

"唉，王老师是多好的一个人啊，有才华，心又很细，这些年对你多好！黄老师，你上哪儿能找到这么好的男人啊！"

"春燕，你别说了！我这个人不值得他爱，你再说也没用，我们分手了！"

黄佩佩快速朝自己的宿舍走去，彭春燕愣在那里。

缓和了几个月的边境局势急转直下，巴尔鲁克山又进入了一级战备！出了什么事人们不得而知，后来中央文件层层传达下来了，一九七一年九月十三日，林彪乘飞机仓皇外逃，摔死在蒙古国温都尔汗！

牧业连的转场变得更加严峻了，护送转场的战士增加到四十名，而且不派

281

女战士参加；边防部队还配了两名报务员，遇到突发情况可立即向上级报告，沿线部队随时增援！

出发的日子定在了九月二十五日。此次转场不同寻常，出发的那个拂晓彭大明在连部前做了动员："同志们，你们就要踏上转场的路了，这条路我们走过无数次，无论何种艰难险阻，战士们都义无反顾，奋勇向前，一次又一次出色完成任务！党支部相信，这一次你们也一定会不辱使命，为维护祖国领土完整、捍卫国家尊严再立新功！……"

晨霭中，战士们在康振华的带领下出了连队。陆海江表情显得很凝重，他有一种预感，明天，争议地区肯定是一次艰难的跋涉！

当晚住进了转场站，这又是一个难熬的漫漫长夜。

第二天中午时分，战士们赶着羊群进入争议地区的峡谷地带，天色阴沉，飘起了雪花。峡谷里，骑在马上的战士一目了然，赵长山忽然想起前年发生的"铁列克提事件"，我边防部队的一个班在巡逻途中遭到苏军的伏击，十几名战士瞬间全部牺牲！他想，如果此时苏军有埋伏，发动突然袭击，我们的损失一定很大，应该拉长队伍，让战士们保持距离。他把这个想法跟康振华说了，康振华立即和他分头通知，战士们迅速散开……

峡谷顺利通过。刚上山，他们就看见苏军的四辆卡车把前方的路堵住了！卡车罩了帆布，最后一辆下面站着几个荷枪实弹的苏军士兵。赵长山抬眼看了看山上，发现几处埋伏着苏军士兵，康振华也看到了，他让战士们做好战斗准备，又安排报务员立即向上级报告这里的情况。此时陆海江已经来到最前面，他用俄语大声说："你们的卡车为什么停在这里？"一个苏军士兵说："我们是运送军用物资的，前面一辆车发生了故障，你们绕道走吧！"显然这是在阻止中方通过，康振华说："我们不能绕道，必须从这里通过！陆海江，让他们抓紧抢修！"陆海江用俄语重复了一遍。很快接到上级指示：暂时等待，后续情况再报！

时间一分一秒过去，雪也越下越大，风卷着雪花，眼前一片迷蒙，羊挤在一起瑟瑟发抖。康振华十分焦急，等待是无望的，不绕道苏军的卡车就一直会停在这里！董黎明提出了一个建议：假装绕道。现在又是风又是雪，苏军肯定也很着急，时间长了他们的卡车就真的误在山上了，我们做出绕道的举动，苏军一定会撤，我们再调头上山！康振华有些担心，如果他们不撤呢？董黎明断定苏军肯定会撤，他们绝没有我们的意志！退一步说，如果他们不撤，我们先退出争议地区，夜里从这里通过！康振华立即召开了临时党小组会，大家都认为可以一试，康振华终于下了决心！经过讨论作出以下布置：赵长山、董黎明、陆海江带二十只健硕的羊在山下隐蔽，一旦苏军撤走，赵长山和董黎明迅速赶羊群上山，以最快的速度通过，陆海江立即通知绕道的队伍，即使大队人马上山时再次受到苏军阻拦，只要赵长山和董黎明赶着羊群翻过这座山，也算完成了通过争议地区的任务！

正像董黎明预料的那样，当战士们赶着羊群下山，消失在羊肠小道之后，埋伏在山上的苏军士兵便纷纷爬上卡车，卡车小心翼翼地退到山下，一个军官用望远镜望了望，不见转场的踪影，他挥了挥手，四辆卡车扬长而去。赵长山和董黎明毫不迟疑，迅速赶着羊群上山，陆海江沿着小路追赶前行的队伍。很快，战士们赶着羊群再次踏上那条风雨交加的山路……

到达冬窝子的这个晚上，战士们把带来的烧酒喝了个精光，很多战士都醉了，其中包括董黎明和陆海江。董黎明醉于他的急中生智，因为他的一个建议避免了可能与苏军发生的冲突，保证了通过争议地区的圆满；还有一个兴奋之点，他这个张红珍班班长终于在转场途中发挥了重要作用，回去以后他一定会受到连队的特别表扬，说不定还会像陆海江一样立三等功，想到这些他怎么能不开怀畅饮呢！陆海江的醉倒跟董黎明一样，没有人劝他多喝，他主动给自己倒酒，想到有惊无险地走出争议地区，想到他的俄语再一次派上用场，想到即将与彭春燕的重逢……不知不觉就腾云驾雾了。

第二天傍晚护送转场的战士回到连队，全连振奋！最喜形于色的是彭春燕了，她心爱的人终于安安全全回来了！她已经知道这次转场的曲折，但她迫切想了解具体细节特别是陆海江的感受，当晚她就泡在陆海江那儿，听他娓娓道来。故事本身就一波三折，陆海江的描述又文采飞扬调动了全部的激情，两人很快进入情景，置身那条风雪之路，一同紧张激动感叹，躺在床上的罗豪才仿佛不存在了，直到熄灯彭春燕才离开。

董黎明的三等功团党委很快批下来了，像陆海江立三等功一样，连队召开大会给董黎明颁了奖。

回到宿舍男知青们反应不一，程强为董黎明感到高兴："我们班又有一个立三等功的，其他班可是望尘莫及啊！"

"团党委太抠门了，"马超显出愤愤不平的样子，"怎么也应该立个二等功啊？要不是董班长急中生智，通过争议地区就可能半途而废了啊！"

杜春生很不服气："要我看，三等功都绰绰有余，包括陆海江的那个三等功。"

沈东风说："杜春生，你是吃不到葡萄就说葡萄酸啊！"

"一个靠嘴巴，一个靠点子，"杜春生摇了摇头，"不硬气，真刀真枪，刺刀见红方显英雄本色。"

董黎明反感地看了他一眼，战场上真刀真枪我也不会输给你！心里这样想但没有说出口，他现在已经懒得与杜春生这种人争长论短了。想了想，又觉得杜春生的微词不无道理，他和陆海江立三等功毕竟不是靠过硬本领啊……他又想到了李雯，身上就有一种亢奋，她对他立三等功会怎么看？是不是给她去个电话？他马上就觉得这个冲动是幼稚可笑的，你怎么能像陆海江那么简单？你要显得沉稳持重有内涵，这样的男人才会让姑娘的爱慕更理性更持久！至于他立三等功李雯早晚是会知道的，那时再观察体会她的反应不是更真切吗？

陆海江很为老同学高兴，中午在食堂吃饭时他又提起这个话题，董黎明不想再招来讥讽，端起饭碗走出食堂，陆海江不明其中原因，跟了出来："黎明，立了三等功你怎么不高兴？"董黎明说："没什么可沾沾自喜的，我们还差得远呢！"

晚上江涛把董黎明叫去了，向他表示祝贺："这是组织给你的荣誉，是对你这次转场表现的充分肯定啊！"

董黎明很谦虚："我只是出了个点子，上午杜春生还说呢，真刀真枪，刺刀见红方显英雄本色。"

"他想得简单了，你的一个点子保证了一项重大任务的完成，岂是战场上多杀几个敌人能比的？"江涛拉着他坐下，"小董，把你找来，是想跟你交流交流思想。现在的形势你也看到了，全国上下都在开展批林批孔运动，林彪过去是我们的副统帅，谁能想到他竟然是睡在毛主席身边的赫鲁晓夫？我们的脑子里也要有阶级斗争这根弦，时刻警惕睡在身边的阶级敌人呀！我们这个小小的边境连队其实一点都不平静，你注意到没有？"

董黎明看着他，一时不知道该如何回答。

江涛继续循循善诱："现在连里的很多同志都缺乏这种政治敏感，大家的眼睛里只有转场，好像转场不出问题就万事大吉了，转场掩盖了很多东西，正所谓一俊遮百丑啊！这是典型的只埋头拉车，不抬头看路，长此下去，是会犯方向性路线错误的。小董，政治头脑不清醒，在我们这个时代是很难大有作为的……"

回到宿舍，董黎明回味着刚才的谈话，他觉得脚下的路变得更清晰了。

黄佩佩当上老师后就再没有去江涛那儿汇报思想了，江涛也没有主动找她。他本以为黄佩佩当上老师后会很快跟王长根结婚，没想到他俩却疏远了，她不再去他那儿吃饭了，后来又传出她跟他分手了。黄佩佩为什么改变初衷？江涛想，肯定是因为她的失身，她心灰意冷了，这种女人一般都会自暴自弃、破罐子破摔的。这段时间江涛一直关注着黄佩佩，现在明朗了，他可以一直占有这个女人！

连续两天，放学时江涛都去学校附近晃一圈，终于有一次黄佩佩独自从学校出来了。黄佩佩远远地看见他，绕开他走，江涛喊了她一声，她犹豫了一下，还是朝他走了过去。

"佩佩同志，当上老师，就不给我汇报思想了？"

"刚接手，挺忙的。"

"我等着你。"

黄佩佩的心抽了一下，一路上她脑子都乱乱的。午饭她没吃什么，下午的课她也不知道怎么上下来的，连着两天她的神情都有些恍惚。她原以为江涛这种身份的男人也就是偷个腥，不敢过于造次，现在她知道自己想错了，她过去的一切想法都是错的！她太简单太侥幸太愚蠢太怯懦了，这样下去江涛是永远不会放过她的！可是她现在这个处境又能对他怎么样呢？她回学校来之不易啊！……

几天后的一个中午，她走进江涛宿舍："江指导员，这是我的思想汇报。"

"坐吧。"江涛给她倒茶。

"思想汇报给你放这儿了。"说完转身要走。

"佩佩同志，吃水可不能忘了挖井人啊！"

黄佩佩站住了，江涛从后面抱住她。

"你放开我！"她竭力地挣脱他。

"佩佩……"

她猛地推开他，扇了他一记耳光："江涛！我现在还把你看作指导员，也请你尊重我！过去的事情我已经忘了，如果你再纠缠我，我们就法庭上见！"

她跑出房间，江涛愣愣地站在那儿，这个柔弱的女人居然打了他一记耳光！

第十一章

　　春天是巴尔鲁克山青黄不接的季节，牲畜从冬窝子出来都很瘦弱，此时夏牧场草才刚刚露头，长膘还需时日，这个季节人们是不轻易宰杀牲畜的。阿斯燕好久没吃肉了，跟爸爸不好张口，就缠着赵长山要肉吃，他挺心疼的。一天晚上他说去山下看看下的套子，阿斯燕说她想吃羊肉，赵长山说没准儿能打到黄羊呢。

　　他背着枪来到山下，看了看下的套子，什么也没有。他有些不甘心，希望能打点什么。他朝远处的一片枯草丛走去，忽然看见里面有个东西闪了一下，他取下枪观察，草丛里又动了一下，天已经擦黑看不清晰，他揉了揉眼睛，好像是一只黄羊，心里说阿斯燕你有肉吃了！他没怎么迟疑就扣动了扳机。走进草丛他愣住了，是一只绵羊！闯祸了，他感到很懊恼，把羊拖进更深的草丛里，草地上留下一道血迹。他迅速离开，没走多远就遇到了董黎明和另外四个正在巡逻的知青，他们刚才听到一声枪响便赶过来了。他们都知道赵长山经常出来套野兔，所以并不在意，跟他聊了几句又继续巡逻了。

　　赵长山垂头丧气地回到家，阿斯燕见他两手空空，说："没打到黄羊吧？"赵长山冲着她吼道："黄羊！黄羊！你就知道吃肉！"阿斯燕吓了一跳，她没想到他会发这么大的火。赵长山早早就上床睡了。

　　尽管赵长山把那只羊藏得很隐蔽，但他忽略了草地上留下的血迹，第二天那只羊还是被牧民们找到了。昨天傍晚哈斯木放牧回来清点羊只，发现少了一只，第二天一早他叫了两个牧民出去寻找，在牧业连的草场找到了那只羊，羊身上有枪眼，他们立刻就想到这是牧业连的人所为，于是驮着羊来到马力克的毡房，牧民们有事都要找他拿主意。哈斯木问他要不要向牧业连反映一下，马力克觉得这也不是件小事，他让哈斯木跟他去牧业连，另外两个牧民也想一起去，马力克说兴师动众不好，哈斯木要把那只羊带上，马力克也没让带。

他和哈斯木骑着马来到连部，办公室里只有彭大明。马力克让哈斯木讲了情况，然后补充道："打死的羊我见了，身上确实有个枪眼。彭连长，我们只是来反映一下这个情况，你们开会的时候嘛，强调强调就行了。"

彭大明的脸色很难看："一定要查！如果是牧业连的人干的，一定严肃处理！"

"彭连长，不要查了，我们只是想让你在会上讲一讲，以后不要发生这样的事情就行了。"

"后面的事情你们就不要管了，连里一定会给牧民们一个交代。"

马力克说想去看看阿斯燕和孙子，便领着哈斯木出来了。他俩刚走江涛就回到连部，彭大明把马力克和哈斯木反映的情况说了，江涛一听就炸了："真是胆大妄为！一定要查！"

"你马上安排，全面排查，一定要把这个人给我找出来！"

排查工作很快就有了线索，董黎明提供了昨晚巡逻时遇到赵长山的情况，江涛很兴奋，毫无疑问赵长山有重大嫌疑！他领着董黎明来到连部，彭大明听了董黎明讲的情况很是吃惊，他让董黎明立即把赵长山叫来。董黎明走后彭大明神经紧绷，赵长山会干这种事情吗？他为什么要这么干？没缘由啊！可董黎明提供的情况表明，不是他又能是谁呢！

赵长山走进连部时显得很平静，连里正在排查射杀那只羊的人，现在董黎明又带他到连部核实，他已经有思想准备了。

彭大明跟他讲了哈斯木和董黎明反映的情况，然后一板一眼地说："赵长山，你如实回答我，那只羊是不是你开枪打死的？"

赵长山没有任何犹豫："是我。"

"为什么要这么干？"

"我以为是只黄羊，放牧的早就收工了，谁会想到是牧民的羊。"

"黄羊和绵羊你分不清楚？"

"当时天已经暗了，距离又远。"

"没看清你就开枪？我看你满脑子都是肉！为什么不马上向连里报告？"

赵长山没有反应。

"把赵长山关起来，听候处理！"

董黎明领着赵长山走了，江涛说："彭连长，这件事要马上向团里报告。"

“连里处理吧，不就是一只羊嘛。”

“彭连长，这可是牧民的羊啊，马力克和哈斯木都找上门来了！”

彭大明知道他想拦也拦不住了：“你看着办吧。”说完出去了。

江涛拨通了保卫科的电话。姚政听完江涛的报告立即向团党委做了汇报，团党委作出决定，成立由姚政任组长的专案组进驻牧业连，彻查此事。

战士们怎么也没想到射杀牧民羊的人竟然是赵长山！陆海江听说后也很吃惊，他来到男知青宿舍，迫切想知道赵长山现在的情况。宿舍里坐满了男女知青，大家议论纷纷，都说这次赵班长恐怕是躲不过去了。陆海江觉得大家太悲观了，不就是误杀了一只羊嘛！马超认为没这么简单，他分析了事情的性质：打死集体的羊，这是破坏牧业生产；羊又是哈萨克牧民的，这是破坏民族团结，这两顶大帽子就能把赵长山压趴下！杜春生推了他一把，说：“你这是上纲上线！”马超说：“你还看不出来吗？有人肯定会这么上纲上线！”他的话让大家更悲观了。

这时董黎明回来了，陆海江问赵班长现在什么情况，董黎明说团里的专案组明天下来，大家都感到问题的严重性了。杜春生说：“我们去看看赵班长吧，说不定明天专案组的人就把他押到团部去了。”董黎明说：“这个时候你们最好不要去看他。”陆海江想到阿斯燕，他让女知青们赶紧去看看她，这提醒了彭春燕，这会儿阿斯燕肯定很伤心，说不定又犯病了！

彭春燕和几个女知青来到阿斯燕家，见她披头散发，目光呆滞，彭春燕的眼泪一下就涌出来了……

彭大明去了关押赵长山的地方，一进门就气呼呼地说：“赵长山，真想不到你竟为了一张嘴！”

赵长山不敢看他，低着头吸莫合烟：“我不是为了我这张嘴，阿斯燕整天闹着要吃肉。”

彭大明无奈地摇了摇头，这个阿斯燕啊！他告诉赵长山，明天团里的专案组就下来，他估计五号地的事情还会被提出来，新账老账一起算，让赵长山有个思想准备。赵长山已经想到这个结局了，他咋样都能扛，只是放心不下阿斯燕和儿子：“彭连长，要是我进去了，阿斯燕和强子就拜托您了。”

“他们你就放心吧。”

从屋里出来，彭大明的心情很沉重。这些年他在赵长山身上费了不少心，他就像个驾驶教练，不断地给赵长山校正方向，最终他还是冲下了路基！这次他真的救不了他了。彭大明忽然想到阿斯燕，他加快了脚步。

阿斯燕刚发作完，这一阵睡了，旁边坐着彭春燕和几个女知青。彭大明安排她们轮流照看阿斯燕，彭春燕要去通知马力克和巴哈什，彭大明拉住女儿，说明天他去毡房。

第二天上午关长远带着姚科长来到牧业连，他向连领导们宣布了团党委的一个决定：任命江涛为牧业连党支部书记、指导员。宣布完决定关长远就离开了，彭大明和江涛把他送出连部，关长远让江涛先进去，他要跟彭大明单独说几句话。

"老彭，我先给你打个招呼，赵长山事件的性质非常严重，根据你们报上来的情况，团党委已经给他定性了。"

"怎么定的性？"

"现行反革命。老彭，赵长山可是你重用的人。"

"关团长……"

"得，我现在没时间跟你讨论用人上的是非得失，作为老战友，我只想提醒你，在这件事情上，少说话。"说完关长远上了吉普车。

会议继续进行。姚政首先说了团党委对赵长山的定性，康振华很惊讶："赵长山是反革命？他只是杀了一只羊啊！"

"康副连长，这是你一个人的想法，还是支部一班人的认识？这个认识可有很大差距啊！赵长山这个人，护送转场时有过一些好的表现，但这只代表他的过去！而且他的过去也不全是光彩的，上次他擅闯五号地，就有很大的疑点，还有，非常时期擅自带领知青夜间集体外出，虐待老婆，等等，这是一个兵团战士的所作所为吗？可是，我们不少同志特别是一些领导对这种人却很欣赏，百般袒护。本来五号地事件就该把他揪出来的，但连里设置障碍横加阻挠，导致调查半途而废。请问，大家还有没有阶级斗争、路线斗争意识？同志们，在全国上下正在深入开展批林批孔运动的时候，赵长山事件的发生绝不是偶然的，这是我团阶级斗争的新动向！赵长山的行为是破坏牧业生产、破坏当前的大好形势！还有，他杀的是什么样的一只羊？是哈萨克牧民的羊！他这是在破坏汉族与少数民族的团结，损害兵团形象，给兵团人脸上抹黑！事件的性质还不严重吗？在对待赵长山的问题上，你们支部一班人一定要统一思想，提高认识，透过现象看本质，把思想真正统一到团党委对赵长山事件的认识上来！这次专案组进驻，就是要利用赵长山这个活教材，在全团上下深入开展一次阶级斗争再教育，帮助广大干部群众明辨是非，擦亮眼睛！"

"我代表党支部表个态。"江涛说，"首先，坚决拥护团党委对赵长山的定性！我们牧业连坚决执行团党委的决定，配合专案组，把这场阶级斗争再教育引向深入！"

姚政看着彭大明："支部书记表态了，彭连长，你也表个态吧？"

"坚决拥护团党委的决定。"

办公室外面传来女人的哭喊声，姚政和连领导们从里面出来。阿斯燕坐在连部门口的地上，披头散发，衣服也扯破了，旁边围了很多大人小孩。

"还我的男人，还我的男人！你们这些王八蛋，为什么抓好人？抓错了，抓错了！"阿斯燕指着旁边一个小孩说，"羊是他杀的，他杀的！"

那个小孩吓跑了。

"你敢杀牧民的羊，胆大包天！我代表人民枪毙了你！"阿斯燕做了一个射击的姿势，"啪！啪啪……"

姚政说："这是谁家的媳妇，疯疯癫癫的！"

江涛说："她是赵长山的老婆，马力克的女儿，你见过的。"

阿斯燕凑到姚政跟前，表情显得很神秘："告诉你，赵长山已经跑了，他有武功，能飞檐走壁！不信你到关他的地方去看看，他早就逃跑啦！"

"大家散了，都散了！"彭大明对彭春燕和几个女知青说，"你们怎么让她跑出来了？快把她弄回家去！"

彭春燕去拉她："阿斯燕，我们回家吧。"

阿斯燕突然平静下来，小声说："回家，回家。"

彭春燕扶着她走了。

会后江涛把董黎明找到连部，明天连里要召开赵长山批判大会，他要求张红珍班在会上做重点发言。面授机宜后他让董黎明把黄佩佩叫来，他要利用这个机会敲山震虎，给她点颜色，他怎么甘心身下的猎物就这样跑了？

黄佩佩在来连部的路上心里很忐忑，自从她扇江涛那一耳光后，江涛这是第一次找她。听江涛说让她在批判赵长山的大会上发言，她一下就看清了江涛的用意。临走时江涛说："你可不能应景噢？"路上她想一定要发好这个言，不能给江涛留下口实，可她不擅长文字，以前的思想汇报都是王长根帮她写的，现在她都很少跟他说话，完全是一种工作关系，她还好意思张口吗？可是不找他又能找谁呢！

晚上她硬着头皮走进王长根的宿舍，说了想请他写发言稿的事，没想到他一口应承下来了。黄佩佩说明天早上她来取发言稿，王长根说明天早上太迟了，她必须熟读稿子，这样临场才能发挥好，让大家感到她是发自内心的。他让她先在床上睡一会儿，稿子写好了就叫她，她心里一热，眼圈就红了，赶紧躺到床上。她已经很久没躺他的床了，王长根看着她蜷曲的身子，一时百感交集，心里涌上很多话，可现在他不能分心，必须倾全部精力写好这篇发言稿！伏案写了一会儿，他见黄佩佩没动静，以为她睡着了，起身过去拉开被子轻轻给她盖好。她并没有睡着，泪水已经把枕巾打湿了。

董黎明也在酝酿张红珍班的发言稿，观点有了，炮弹也备足了，但要准确有力地打出去，他想还要靠陆海江这个笔杆子。吃过晚饭他把陆海江约了出来，他有一种临战前的亢奋，劲头十足，陆海江的情绪却很低落，突如其来的变故让他有些措手不及。

"黎明，赵长山不就是误杀了一只羊吗？"

"绝非这么简单！海江，当前的阶级斗争形势十分复杂，有时甚至是很激烈的，我们想问题、作判断都要上升到阶级斗争的高度！赵长山进入五号地的事情，擅自带领知青外出，虐待阿斯燕，等等，我们都就事论事，没有引起足够的重视。我很佩服江指导员，他有很强的政治敏锐性，对赵长山一直保持高度的警惕，但过去却没有得到理解。"

"赵长山在转场路上的表现又该怎么解释？"

"那也只是一时之勇、匹夫之勇，恰恰是这些表象蒙住了我们的眼睛。海江，我们还都年轻，涉世不深，有些问题我们一时很难看清，既然团党委已经给他定性，作为一名兵团战士，我们就要无条件服从！明天连里要召开赵长山批判大会，江指导员要求我们班作重点发言，你来写发言稿，正好清理一下思想，触动触动灵魂。"

"黎明，这个发言稿我写不好，你还是自己写吧。"

"我出观点，你来执笔。"

陆海江不好再推辞了，当即董黎明就领着他回到男知青宿舍，董黎明又把女知青叫了过来，他希望大家献计献策，共同打造一篇高质量的批判稿。听他这样说知青们都沉默不语，马超冒了一句："董班长，你把大才子都请来了，有他的生花妙笔，我们就可以放心睡觉喽……"说完躺到床上去了。杜春生点了一支香烟："董班长，陆才子，让你们受累了。"说完走出宿舍。陆海江站了起来，董黎明按住他的肩膀："这是政治任务，大家怎么能采取这种态度？"董黎明的话很有分量，想走的又都坐下了。"大家好好考虑一下，我先谈谈观点。"此时董黎明思路清晰，他已经想好了，只须表达出来稍加整理，就是一篇铿锵有力的批判稿。陆海江把他的话都记录下来，只是个别字句做了调整，交给董黎明就走了，出了门董黎明的激烈言辞还在耳边萦绕。董黎明看完发言稿很不满意，他的很多关键性的话陆海江都漏掉了，上半夜他没睡，仔细推敲，努力上升新的高度……

批判大会在第二天上午举行，会场气氛森严。江涛宣布："把现行反革命分子赵长山押上来！"两名全副武装的战士将五花大绑的赵长山押到台下，江涛历数赵长山的诸项罪状后，董黎明第一个上台发言，接着各班代表发言。黄佩佩是最后一个上台的，她毕竟当过几年老师，语速、声调的拿捏一点都不逊于董黎明，加之王长根给她做了认真准备，她对赵长山的批判以及对自己的反省都很有深度，产生的反响在所有发言中是最好的。

批判大会一结束，彭大明就骑马奔马力克的毡房去了。

马力克听彭大明说射杀那只羊的人是他的女婿，心里好懊悔，真想扇自己一个嘴巴！他真是昏了头了，为什么要和哈斯木去找彭连长？不就是小小的一只羊吗？是他害了长山害了女儿啊！他问彭大明不能挽回了吗？彭大明说现行反革命的帽子已经戴上了，肯定要进监狱。巴哈什在旁边抹眼泪，他让马力克把阿斯燕和永强接回来，她的话提醒了马力克，他走出毡房去套马车……

哈斯木也很后悔，晚上来到马力克的毡房。他很关心连里怎么处理赵长山，听马力克说进监狱，哈斯木很吃惊，杀了一只羊就进监狱？马力克说这是阶级斗争！哈斯木觉得赵长山太笨了，既然已经打了，索性背回家里吃了，也不会落得这个下场。马力克很了解女婿，他知道长山是不会做出这种事情的。哈斯木说他要是主动跟连里说一下就好了，可能会处理得轻一些。马力克说长山也不会这么做，他这个人很要面子，把名声看得很重。哈斯木说："我不计较这只羊！"他让马力克带他去团里，请求对赵长山宽大处理。马力克觉得这也许能帮到长山，于是定了下来，明天一早出发。

关长远在办公室接待了马力克和哈斯木。马力克说明来意，关长远面有难色，审判权在师部，团里也无能为力。马力克问师部在什么地方，关长远说离这儿一百多公里路呢，马力克和哈斯木要去师部，关长远说："已经定性了，你们去也无法改变。"他把保卫科的一个干部叫了过来，让他听一听牧民的意见，整理后写进上报材料，师里在量刑上会予以考虑。马力克很是感动，走的时候邀请关长远去毡房做客，关长远把他俩送出来，望着这两个在马上向他招手的哈萨克男人，心里说多么朴实善良的牧民啊！

赵长山的批判会一个接着一个，每天换一个连队，批判完了就关进连队库房旁边的一间小屋，关在这里一举两得，既看守了赵长山又兼顾了库房的保卫工作。董黎明把夜间看守的任务交给了陆海江，陆海江想为什么单单安排他夜间看守？是在考验他吗？他有些想不明白。

第一个晚上就下起了小雨，春雨淅淅沥沥，虽然不大但却挺瘆人的，陆海江的心情也如这天气，难以言状。几天来声讨之声不绝于耳，私底下也有不少人为赵长山叫屈鸣不平，赵长山到底是怎样一个人呢？陆海江从窗户向小屋里望了望，赵长山在吸莫合烟，愁眉不展一脸苦涩，陆海江还是第一次在他脸上见到这种表情。这几天人们议论最多的是赵长山杀羊的动机，起初陆海江同意误杀的说法，可江指导员和姚科长把此事上升到阶级斗争的高度，他也有些看不懂了，真如董黎明所说，他被一些表象蒙住了眼睛？

他想问个究竟，打开门锁进了小屋："赵长山，你杀羊究竟是什么动机？"

"小陆，你就别再往我的心口捅刀子了！"赵长山很激动，"别人可以怀疑我，但你不能怀疑我！"

陆海江从屋里出来，久久地凝望着夜空，雨水打在脸上他没有感觉……

天亮了，陆海江押着赵长山去食堂吃饭，跟董黎明交接班，赵长山被抓后一天三顿饭就在食堂吃了。陆海江听董黎明说上午押赵长山去一连开批判会，他想跟董黎明去见李雯，董黎明说："你不睡觉了啊？"陆海江说下午回来再睡，董黎明心中不悦，也只能同意了。

吃完饭，董黎明和陆海江押着赵长山上了王林的马车。山里的早春天还很凉，三个知青都穿了大衣，赵长山身上却很单薄，陆海江看着他心里很难受，他现在是阶级敌人，有谁会关心他的冷暖？

一连的批判大会李雯是第一个上台发言的，她的声音让陆海江感到很陌生，在他的印象中她的声音是很温柔的，他怎么也想不到她能发出这么有力度的声音！更让他吃惊的是她言辞的尖锐犀利绝不逊于董黎明！眼前这个姑娘是李雯吗？

批判会结束后，李雯领他们去食堂吃饭，几个老同学聚在一张桌子前，赵长山找了个角落去吃了。董黎明和李雯在聊刚才的批判会，陆海江在一旁默不作声，董黎明很希望他能加入进来："海江，刚才李雯的发言多深刻，多有见地！"

"哪来的深刻，我只不过表明了一个兵团战士应该有的态度。"李雯看了陆海江一眼，"海江，老同学难得聚在一起，怎么连个话都没有？"

陆海江本来想跟她好好聊聊的，毕竟好久没见了，可董黎明和李雯的兴趣全在批判会上，他就没有情绪了。

董黎明说："在赵长山的问题上，他思想上还没有转过弯来。"

李雯用一种奇怪的眼神看着陆海江："不会吧，海江？"

"海江，亮一亮你的观点。"

陆海江抬起头望着他俩："你们两个累不累？"

"吃饭不说这么沉重的话题，影响食欲。"李雯想到了彭春燕，话到嘴边却收住了，心想他俩已经那么好了，你还在这里纠结有意思吗？她转向王林，"王林，你现在怎么样？"

王林一副憨憨的样子："我好着呢，赶大车单纯。"

"不背包袱就好。"

从食堂出来，李雯把他们送到路口，路上她又在和董黎明说刚才的批判会，李雯发言时的样子浮现在陆海江眼前，他感到与她的距离真是愈来愈远了。董黎明却觉得他与李雯愈来愈有共同语言了。

阿斯燕回到毡房后很快就稳定下来，她常常坐在毡房外，眼睛朝着牧业连的方向，这让巴哈什感到安慰，还是毡房好啊，不然女儿哪能恢复这么快？阿斯燕放心不下长山，闹着要回去，巴哈什担心女儿再受刺激，让她好好在毡房里养着，马力克同意女儿回去，他也觉得长山现在最需要她，巴哈什拗不过父女俩，说："你自己回去，把永强给我留下。"

"永强我也带回去，长山能看到儿子，心情会好一些。"

"你自己都照顾不了自己，还是放在我这儿吧，反正你也没有奶水，以后永强就跟着我们了。"

"现在不行，妈，你就理解女儿吧。"

马力克说："巴哈什，阿斯燕长大了，她知道应该怎么做，你就不要婆婆妈妈的了。"

马力克赶着马车把阿斯燕和永强送回连队，安顿好便来连部找彭大明。他得到一个让他感到宽慰的消息，赵长山的判决书下来了，刑期一年，监外执行，彭大明说上面要求继续看管一段时间，如果表现好就可以住在家里了。能过正常日子，这是马力克最想要的结果了。

宣判后赵长山还留在张红珍班，白天跟着知青们参加生产劳动，晚上关进库房边上的那间小屋。阿斯燕和永强回来后，早晨起来陆海江先押着赵长山去牛圈打牛奶送回家。

第一天打牛奶就好像一出戏。天蒙蒙亮，陆海江押着赵长山朝牛圈走去，他跟在他后边，始终保持几米的距离。走了一阵赵长山站住了，他说要拉泡屎，陆海江让他去了。赵长山从草丛中出来时手里竟拿了一根棍子！陆海江迅速从

294

身上取下枪："赵长山，你要干什么？"赵长山说："小陆你别紧张，牛圈有几只狗，凶得很，我在这里藏了根棍子，每次取牛奶都带上。"陆海江将信将疑，端着枪跟他往前走，果然，走近牛圈几只狗便朝他俩扑来，陆海江有点慌，赵长山把他揽在身后，挥动着棍子且战且走，好不容易进了牛圈。

回到赵长山家，阿斯燕抱住赵长山哭了起来，赵长山推开她进了里屋，陆海江知道他是去看儿子。赵长山很快就从里屋出来了，阿斯燕给他拿了个馕，赵长山说："我去食堂吃，给你省了。"阿斯燕泪汪汪地看着陆海江："小陆，长山就拜托你了。"陆海江没有反应，赵长山现在是犯人，此时他能说什么呢？

连队又恢复了往日的平静。江涛有些寂寞，他把董黎明找来了解赵长山的情况。董黎明说没发现什么新动向，赵长山还是挺老实的，江涛说要举一反三善于发现问题，树欲静而风不止啊，风平浪静往往预示着暴风骤雨。江涛的话让董黎明感到了压力。

四月底，巴尔鲁克山骤然升温，洪水下来了，江涛要赵长山去河里打鱼，为食堂改善伙食。陆海江前一段时间夜里看守很辛苦，董黎明给他调了一下，让他白天带赵长山去打鱼，这个安排让陆海江很高兴，春天里他都吃到了鲜美的鱼，可打鱼的过程他还没见识过呢。彭春燕对董黎明这个安排很生气，他总是让海江放单，她总是见不到海江！聊以自慰的是，晚上可以去他那里了。

这天吃过早饭，他跟着赵长山来到河边。这条河叫塔斯提河，河面挺宽，不过今年洪水不盛，河的下游没上来什么鱼。赵长山连撒了几网都是空的，陆海江很失望。赵长山说对岸有个漩涡，那儿有鱼，一边说一边脱衣服。陆海江想到董黎明让他提高警惕："我也跟你过去。"

"小陆，你就别受这个罪了，现在水可凉啊！"赵长山笑着说，"你是不是怕我逃跑？我跑得再快也跑不过你的枪子儿啊！"

陆海江看了一眼手里的枪，心里踏实了，又想，永强手里还有个绳子牵着他呢，他能往哪儿跑？

赵长山举着衣服和渔网过河，上岸后他赶紧穿好衣服。撒了几网，终于打到了鱼，陆江海笑了。

大半天下来，总共才打了七条不大的鱼，赵长山挺惭愧："就这么几条鱼，只能给你们炖汤喝了。"

"有鱼汤喝也不错啊。"陆海江本来想接着说鱼汤可以催奶，但他把话收住了，一路上他都在想给不给阿斯燕留一条鱼。永强身体很弱，他需要母乳。赵长山是犯人，阿斯燕是犯人家属，犯人家属与犯人是不能画等号的。他们毕竟是一家人啊，同情犯人的家属就是同情犯人。赵长山救过他的命……他心里做着激烈的思想斗争。进了连队，陆海江做出了选择："赵长山，先去你家一趟。"

"干啥？"

"让你去你就去。"

进了赵长山家，陆海江关好门，他从袋子里拿出一条最大的鱼："给阿斯燕留一条，让她炖鱼汤，我听说喝鱼汤下奶。"

赵长山有点慌："小陆，你这是干啥？这连里要是知道了……"

"快收起来吧。"

"小陆，谢谢你了。"赵长山把鱼扣进锅里，"阿斯燕，做鱼的时候把门关紧！"

阿斯燕使劲点了点头。

知青们晚上去食堂吃饭，一进门鱼香味就扑鼻而来，马超很兴奋："同志们，今天有鱼吃了！"早已守在窗口的李涛给大家泼了盆凉水，"你们高兴得太早了，没有鱼，只有汤。"得知赵长山打的几条鱼食堂熬成汤了，知青们都很扫兴。

江涛来食堂排队打饭，炊事员把他叫到里面，给他端上来一盘红烧鱼。江涛有些不高兴："你们这不是让我搞特殊嘛。"炊事员说："您是连队的当家人，操心多，再说，你家又不在这儿，应该照顾。"江涛说："已经做了我就吃吧，下不为例啊！"

知青们围着桌子吃饭，赵长山蹲在角落里独自一人吃着。

马超问陆海江："怎么才打这么几条鱼？"

"今年洪水小，能打这几条就不错了。"

"赵长山是不是偷懒了？"一个战士插了进来，"陆海江，你调动调动他的积极性，让哥们儿也解解馋嘛！"

"赵长山，你立功的时候到了，"另一个战士说，"想不想减刑？多打几条鱼，我们去给你申请！"

大家都笑了，杜春生很反感："没出息！"

"杜春生，你说谁呢？"

"说谁谁知道！"

"你想打架是怎么着？"

"我怕你吗？"

董黎明赶紧圆场："算了算了，大家都消消气，犯不上。"

"替犯人打抱不平，嗐！"

"犯人也是人，也有人格！"

杜春生这句话让在场的人都沉默了。

第二天陆海江如法炮制，来到赵长山家又拿出一条鱼，正想走，阿斯燕从锅里端出昨天那条鱼："小陆，鱼汤我喝了，鱼留给你吃。"

陆海江很意外："阿斯燕，你这是干什么？这是专门给你留的，你怎么没吃啊？"

"我喝鱼汤就行，长山，你陪小陆一块儿吃。"

"我怕鱼刺，小陆，你就坐下吃吧。"

"阿斯燕，你要是这样，以后就不给你留了！走！"

陆海江赶紧出了门，一路上他都在想刚才那一幕，心里热热的。赵长山跟在他后面不停地咳嗽，连着两天过河，他着凉了，陆海江要领他去卫生室拿药，赵长山说他身子硬，扛一扛就过去了。

第二天陆海江不忍心让他再下水，赵长山说："我们总不能空手而归吧？"

"今天你休息，我来打鱼。"

"打鱼可不是一时半会儿能学会的。"

"那有什么难的，不就是撒网嘛。"

陆海江撒了几网，不仅没有撒开，而且离岸很近。赵长山给他传授经验：首先要知道鱼的习性，它喜欢在什么地方，在哪儿能打到鱼；其次要尽量把渔网撒开，而且要撒到你想撒到的地方。他给陆海江做了示范，陆海江终于能把网撒开了，他要去河对岸，赵长山说："水太凉，你身子单薄，可不比我。"陆海江说："你敢过河我为什么不行？"

他举着枪、渔网和衣服来到河对岸，河水冰凉刺骨，他穿上衣服暖了好一阵才缓过来。也不知撒了多少网，他终于打到一条鱼，非常兴奋，拿着鱼朝赵长山挥动着，赵长山向他竖起大拇指。

赵长山打鱼每况愈下，董黎明想起江涛要他举一反三发现问题，赵长山是不是磨洋工对抗改造？他把陆海江找来了解情况，陆海江说赵长山还是很卖力的，为了多打鱼每次光着身子去河对岸，前几天生病了还照常坚持打鱼。从陆海江说话的态度上董黎明看出来，陆海江在同情赵长山，他真担心陆海江被赵长山争取过去了！他要把陆海江换下来，陆海江说："前一阵夜里看守我身体还没调整过来呢，你好人做到底吧！"其实他是想每天给阿斯燕留一条鱼。董黎明不好驳老同学的面子："那你可要提高警惕，小心阶级敌人狗急跳墙！"董黎明把赵长山当作阶级敌人，陆海江却不以为然，赵长山哪点像阶级敌人？

赵长山出事后，马力克一直没有见过他，听说他在河里打鱼，马力克骑着马来了。陆海江想老丈人跟女婿说说话也没什么大不了的，于是提着渔网走了。马力克和赵长山席地而坐，马力克把盛了烧酒的行军壶放在两人中间，赵长山自从被抓就再没喝过酒，他真想大醉一场！他俩说着话，你一口我一口地喝酒。陆海江开始以为他们在喝水，很快他就明白了，本来他想过去制止他们，犹豫了一会儿，他想还是让赵长山尽一次兴吧。

阿斯燕做鱼还是没瞒过邻居，好事的邻居把这一情况报告了江涛。江涛让董黎明立即去查，董黎明气呼呼地来找陆海江，陆海江心里很恼火，谁这么长的舌头！董黎明问是赵长山提出要吃鱼的吧，陆海江说是他主动提出来的，董黎明很吃惊，这种事他一个小战士竟敢做主？陆海江觉得这是小事一桩，董黎明指着他说："你太没有政治头脑了！换了别人也许是个损公肥私、假公济私，可这事发生在赵长山身上性质就变了，他可是现行反革命啊！"陆海江说他老婆孩子不是阶级敌人，需要帮助，董黎明说问题就在这里！陆海江被一些表象蒙住了眼睛，久而久之，他会被赵长山拉下水，与他同流合污的！陆海江不同意他的观点，董黎明现在不想跟他讨论这个问题，他要拉着他去找江指导员承认错误，陆海江不肯去，他认为自己没有错，董黎明说你真是个书呆子！

董黎明向江涛汇报了解的情况，江涛说他调查不彻底，赵长山也是当事人，怎么能不问他？董黎明说他很了解老同学，陆海江不会说假话，江涛说："人的思想是会发展变化的，你了解现在的陆海江吗？"他分析这件事恐怕不会这么简单，赵长山这个人本性难移，给他家留鱼应该是他主动提出来的。董黎明要去找赵长山，江涛让他把赵长山带过来。

赵长山很快被沈东风带到连部。他不想连累陆海江，承认是他主动提出每天给自己家留一条鱼，而且求了陆海江。赵长山被带走后，江涛的表情很严肃："小董你都听到了吧，明明是赵长山主动提出来的，陆海江却揽过去了，这说明什么问题？他在同情、袒护赵长山，阶级敌人在跟我们争夺接班人啊！"董黎明没想到他的老同学、最要好的同学没有跟他讲实话！江涛接着说："幸亏发现得早，不然陆海江今后还不知会陷多深呢！这是阶级斗争新动向，过两天开个全连大会，陆海江要作重点发言，他的工作由你来做。"

吃过晚饭，董黎明把陆海江从宿舍叫出来。

"海江，真没想到，你跟我也不说实话。"

"我说的是实话，确实是我先提出来的。"

"可赵长山却是另一种说法，怎么解释？"

"他是在保护我。"

"我看你是在保护他！行了，我们不要在这个问题上纠缠了，无论是你保护他，还是他保护你，反正你们是搞到一起去了！说你跟他穿一条裤子，可能严重了，但你的感情和立场确实出现了偏差，这要是发展下去，危险啊海江！过两天连里要就这件事召开大会，你要在会上作重点发言！"

"我不能发这个言，事情是由我引起的，现在要我反过来批赵长山如何如何，我还有良心吗？"

"海江，你这叫政治上的幼稚病！你看人家李雯那天的发言，批赵长山多深刻！"

"她是局外人。"

"你难道就不能置身事外？"

"你这样认为？"

"你现在的主要问题是就事论事，没有上升到阶级斗争的高度！海江，你很善良，这一点我也很感动，但你想过没有，社会是复杂的，你的善良往往会被阶级敌人利用啊！"

"黎明，我确实张不开这个口，在这件事情上，我能不能保持沉默？"

"不行，你首当其冲，必须发言！"董黎明态度坚决，没有任何回旋的余地。

不欢而散。陆海江回到宿舍，彭春燕正在和罗豪才说让他发言的事。这件事明眼人都能看得出，赵长山是个很要强的人，他肯定不会主动提出给家里留一条鱼，而陆海江又是个有爱心的人，彭春燕觉得让陆海江批判赵长山真是可笑，他无论如何不能发这个言！陆海江望着她很感动，如果眼前是李雯，她肯定让他发这个言的。但现实的问题是，江指导员这一关怎么过？他很苦恼，彭春燕想帮他，自然就想到了爸爸。

彭大明也觉得江涛小题大做，但他无能为力，江涛已经表态了，这是阶级斗争新动向，是阶级敌人腐蚀革命接班人，这个时候他能站出来为赵长山说话吗？彭大明让女儿很失望，以前爸爸那么敢说话，仗义执言嫉恶如仇，现在怎么谨小慎微了呢？彭大明对女儿说："你想让爸爸跟赵长山站在一起挨批啊？"春燕妈说："老头子，哪会有那么严重！"彭大明说："政治上的事你们不懂啊……"这些年他也悟出来了，做人不能太较真，有些时候说一些违心话、做一些违心事无伤大雅。"春燕，小陆是个非常正直、非常好的知青，这件事大家

299

都心知肚明，你去告诉他，不要硬扛，硬扛对他没有好处，影响他的前途，而且他也扛不住，与其这样，不如认了。我想，谁也不会因为这件事就把他看扁了，身正不怕影子歪，大家会理解他的，不管别人怎么想，我理解他！"

爸爸这样说，彭春燕心里多少有些踏实了，她又来找陆海江，原原本本地把爸爸刚才的话说了。陆海江没想到彭连长会这样说，是的，他陆海江几斤几两战士们心里自有一杆秤，迫于压力说点违心话大家是会理解的，他干吗还要如此较真呢？

批判大会上，陆海江第一个上台发言，他的表达很不顺畅，这毕竟是在说违心话啊，而且面对的是赵长山！从台上下来时他脸上一阵阵发烧，看着站在台下的赵长山，心中有一种深深的愧疚。江涛很后悔让陆海江第一个发言，他的发言避重就轻，像个自我检讨！好在第二个发言的董黎明气宇轩昂句句中的，及时把沉闷的会场气氛扭转过来了。

散会后齐桂花当着众人说陆海江没骨气，好人没有做到底。回到家她才从罗豪才那里得知陆海江是迫于江涛的压力，觉得这个小伙子还算正直，他对阿斯燕的关心甚至超过她这个自称阿斯燕老乡的人，阿斯燕现在处境这么艰难，她又为她做了什么呢？

晚上她端了碗鸡蛋来到阿斯燕家。看着永强细胳膊细腿的，齐桂花心里酸楚楚的，第二天她把几个江苏老乡叫到家里，商量给阿斯燕捐款的事。几个老乡都觉得齐桂花脑子有问题，这事要是搁在过去他们二话不说，可刚开过赵长山的批判会就给他家捐款，这不是哪壶不开提哪壶嘛！

"这事不能干，别给自己找事。"

"这是两回事，我们这叫帮助困难户，具体说，是我们江苏人帮助阿斯燕这个小老乡！"

"再怎么说，阿斯燕和赵长山也是一家人，咱们还得背个同情阶级敌人的罪名。"

"要背也是大家背，俗话说法不治众，怕个鸟儿！"齐桂花说，"再说，咱们私下里办这事，谁能知道？"

"没有不透风的墙，人心隔肚皮啊！桂花，我告诉你，有的人前脚捐款，后脚就给连里打小报告，你信不信？"

"那我就一个人背着！"齐桂花不耐烦了，"你们这些大老爷们儿怎么这么前怕狼后怕虎的？有啥大不了的，不就是在会上做个检查吗？我去！你们几个分头到各家各户收钱，收完了交到我这儿。"

"收多少要不要定个标准？"

"标准就不定了，大家也都挺困难的，能出多少算多少，不愿出的也别强求，完全凭自愿，就这样吧。"

齐桂花在老乡中说话是有分量的，她拍了板，大家就听她的了。

钱很快收了上来，交到齐桂花手里。她让几个老乡跟她一起把钱给阿斯燕送过去，他们都推托有事走了。她攥着钱沉思起来，这个时候她心里也犯嘀咕了。思前想后，她觉得这事还是要办在明处，于是来到连部。很巧，连领导们正在开会："领导们开会哪，正好，有件事向各位领导汇报一下，请领导们给拍个板。"

江涛反感地看了她一眼，领导开会她也敢横插一杠子！

"各位领导，阿斯燕家太困难了，我们江苏老乡实在看不过去，给她捐了款，喏，都在这儿，总共五十块。这钱是捐给阿斯燕的，但不管咋说，她和赵长山也是一家子，所以请连里发个话，如果同意，我就把钱送去，不同意，我就把钱退给各家。不打搅领导开会了。"说完齐桂花出去了。

江涛的脸色很难看："齐桂花给我们出了个题目，这题目还挺有来头的啊！大家发表发表意见吧。"

曲德明也很生气："这个齐桂花，赵长山的会才开了几天，他们怎么还这么干？我们的会不是白开了嘛！"

"话不能这么说，这是两回事。齐桂花他们是出于老乡观念，想帮帮阿斯燕，而且人家是很明事理的，考虑到赵长山这层关系，事先来向连里汇报。"彭大明看着江涛说，"这事光明正大地做，我看没什么不好，江指导员，你说是不是？"

"彭连长的话有道理。"江涛想了想，"这件事我看是不是这么办，大家也都挺困难的，就不要自发捐款了，连里给阿斯燕增加一些补贴，问题就解决了，彭连长，你看呢？"

彭大明显出很为难的样子，补助标准上面是有明文规定的，他这个连长不敢随便开口子，再说连里的困难户也不只阿斯燕一家，给她家增加补助会产生连锁反应，其他家也要求补助怎么办？"我看这事这么办，回避一下赵长山，淡化一下老乡观念，开个大会，动员全连的职工给几个困难户捐款，把少数人的主张变成大家的行动不是更好吗？"

康振华说："彭连长这个主意好，完全赞成！"

大家都表示同意，江涛也不好反对了。

晚上，罗豪才打开小广播，播出了给困难户捐款的通知。他和陆海江分了

301

工，他收钱陆海江记账。通知刚播出齐桂花就进来了："老罗，我是第一个吧？"

罗豪才没给她好脸："第一第一，你风光了？我说你怎么啥事都想第一？"

"老罗，你啥意思？为困难户捐款，你怎么这个态度？"

"为困难户捐款我没意见，可你不该押这个头！"

"你这是啥逻辑？我不押这个头，谁给困难户捐款？"

"你可是提出给赵长山家捐款的啊？多亏彭连长给你打了个圆场，要不然你这个台阶还不知怎么下呢！"

陆海江看着罗豪才，他很快就理解他了，罗豪才在为齐桂花担心。

前来捐款的人越来越多，把宿舍挤得满满的，彭大明也早早来了，临走时对齐桂花说："真不敢小看你！"

这个晚上罗豪才和陆海江都没有睡意，刚才捐款的场面让他俩感动，除了几个困难户，各家各户和知青都捐款了。感动之后他俩都想到了齐桂花，但心境却不一样，陆海江很佩服这个女人，罗豪才却为她的举动烦心，这个女人太要强太张扬了！

陆海江忽然想跟罗豪才聊聊齐桂花，他跟他已经无话不说了："齐桂花这人真不简单。"

罗豪才气哼哼地说："你再别提她！"

"你挺在意她的。"

"那是自然，我在她家搭伙嘛。"

陆海江从床上坐起来，笑着说："没这么简单吧？"

"小陆，你想说啥？"

"罗文教，你对她有点那个。"

"那个？"罗豪才也从床上坐了起来，点了一支烟，"不瞒你说，我还就是喜欢她！小陆，你觉得这女人咋样？"

"没说的，百里挑一。"

"你说这女人要脸蛋有脸蛋，要身段有身段，而且还做得一手好饭，更重要的，这女人心好，知道心疼人。"

"我看出来了，她很心疼你。"

"是啊，这女人对我特上心，我要是哪儿不舒服，或者心情不好，她立马就能看出来，那种周到、细心，老婆也不过如此啊！唉，多好的一个女人，可惜不属于我啊……"罗豪才忽然觉得自己在陆海江面前有些放肆了，"小陆，你这人心好，可交，我喜欢她的话你可不敢给我出去说啊！"

"怎么会呢。"

"有些话，憋在心里难受，过去只能跟小黑说，可它毕竟是牲口啊，你能理解吗？"

"我非常理解。罗文教，我觉得这样下去不太好，你还是抓紧调回去吧。"

"我也是这样想，可调令迟迟不来啊，唉！"

……

他俩一直聊到深夜。早晨陆海江去食堂吃饭，罗豪才还懒在床上不起来。

齐桂花过来叫他吃饭，见他在床上躺着："老罗，生病了？"

罗豪才没好气地说："还不是因为你？你算是把江指导员给得罪了。"

"我哪里得罪他了？"

"你这个人啊，活得太简单了，一点政治都不懂！江指导员在那条鱼上大做文章，这会才开了几天，你就挑头给赵长山家捐款，你这不是在跟他对着干嘛，明眼人哪个看不出来？"

"我没想那么多，我就是觉得阿斯燕太可怜了，想帮帮她。"

"那你也挑个时候啊？以后干事情好好动动脑子！"

"我没那么多弯弯肠子，干吗活得那么累！"

"那你就会吃亏！江涛这个人我了解，他是不会善罢甘休的。"

"我不犯事，他能把我怎么样？"

"你那天晚上就差点犯事！"

"豪才，你现在胆子怎么这么小啊？以前真没看出来！"

"你让我怕了。"

"有什么好怕的，他江涛能一手遮天？不是还有彭连长嘛。"

"彭连长也不一定能救你。你以后少往我这儿跑，说你怎么不听？走吧！"

"你以为我愿意来啊？谁让你在我那儿吃饭呢，冤家！"

这几天江涛满脑子都是齐桂花，以前他的注意力都在赵长山身上，顾不上理会这个女人，现在她居然跟他叫上板了！他想，现在赵长山已经被打趴下了，下一步是该收拾齐桂花这个女人了。

他找来董黎明，简单问了张红珍班最近的情况，便把话题转到罗豪才和齐桂花身上："最近我听到一些反映，说罗文教和齐桂花关系很不正常，你听到没有？"

"我也听战士们议论过，不过都是些玩笑话。"

"玩笑话里有线索呀！你想想，他们为什么会开这种玩笑？无风不起浪啊！

现在需要的是证据，以后你多留点心。"江涛又想到陆海江，"小陆最近怎么样？"

"他最近话比较少，看得出他也在反思。"

"多帮助帮助你这个老同学，一帮一、一对红嘛，让他尽快跟上来。"

"我一定做好陆海江的思想转化工作。江指导员，你看罗文教和齐桂花的事，我要不要问问陆海江？他跟罗文教住在一起，肯定掌握他俩的一些情况。"

"这要看陆海江思想转变的程度，你自己掌握吧，不要打草惊蛇。"

王林收到姐姐发来的电报："母病危　速归"。

他向连里请了假，乘长途客车赶回乌鲁木齐。妈妈心脏病突发，医院抢救及时，王林回到家里时妈妈的病情已经平稳了。他在家里住了三天，临走的前一天去监狱探视了父亲。

大墙里的父亲更显苍老了，王林望着父亲心里五味杂陈。他对父亲一直有一种埋怨，上学时因为父亲是犯人他矮人一头，来到连队同学都编入了张红珍班，只有他远离这个群体与马为伍，他心里的那种苦一般人是无法体会的，可眼前这个人毕竟是生他养他的父亲啊！

父亲的心里也有一种深深的愧疚："小林，爸爸影响了你，很对不起你。"

"爸爸，你能帮我。"王林一直有一个想法，从内心讲尽管很不情愿，可他没有别的选择，"我们解除父子关系。"

父亲没有犹豫："我愿意。"

王林拿出协议书，连同钢笔一起递给他，父亲在上面签了字。

"爸爸，请你理解我。"

"小林，爸爸能为你做点事，心里很高兴，真的。"

"谢谢您。这件事不要对姐姐和我妈说，我妈身体不好。"

"我知道，你放心吧。"

走出监狱，王林再也控制不住自己，泪水从眼里夺眶而出。

返回巴尔鲁克山的路途漫长而颠簸，车上的王林身心放松甚至有几分愉悦，来连队近三年他倍感寂寞倍感煎熬啊，这种状况即将改变，现在他已经不是劳改犯的儿子了，党支部是会批准他加入张红珍班的！想到与同学们朝夕相伴欢声笑语、一起训练一起劳动的情景，激动的心情如潮水般在体内奔涌……

回到连队他就找江涛递交了加入张红珍班的申请书。江涛看完他与父亲解除父子关系的手续，说："小王啊，你想得太简单了，形式上你与父亲解除了关系，但血缘上是一纸公证就能切断的吗？"

王林仿佛挨了一闷棍！"江指导员……"

"我可以明确告诉你，这个手续对你加入张红珍班没有任何帮助。"

王林不甘心，又去找彭连长。

"小王，你怎么能这么干？你父亲把你拉扯这么大容易吗？谁都有儿女，人心都是肉长的，你考虑过当父亲的感受吗？他在监狱里已经很难熬了，你与他断绝父子关系，这不是在他伤口上撒盐吗？他再怎么不好，也是你父亲啊！"

"彭连长，这样做，我心里也很难受，可我真是想加入张红珍班啊！"

"你事先为什么不跟我说？"

"我担心您不让我这么干。"

"可你知道不知道，你这样干也没有用啊！"

……

王林的努力失败了，陆海江心里也很沉重，他把这件事跟董黎明说了，董黎明说："他怎么还要求加入张红珍班？这根本就是不可能的！"

"黎明，你以前可是支持王林加入张红珍班的。"

"我承认，过去我也很天真，现在想来真是幼稚可笑，他是连里的控制对象，什么叫控制对象？控制对象就是介于好人与坏人之间的人，这种左右摇摆的人怎么可能进张红珍班？关键时刻，这种人是有可能调转枪口的！"

"我不相信王林会调转枪口。"

"海江，你怎么还在感情用事？难道赵长山的教训还不深刻吗？海江，上次发言，你对自己的思想认识做了一些反思，但在我看来，并不是发自内心的，我真心希望你能对自己的思想认识做一次彻底清理，老同学，我不希望你掉队！"

"谢谢老同学的关心。"

"海江，以后不要老往王林那儿跑，俗话说，近朱者赤，近墨者黑，我不是说王林就是墨，但跟他还是要保持一定距离。"

"看看老同学没有什么错吧？"

"唉，感情用事会害了你的。海江，一直想找时间跟你认真谈一谈，去山包上吧。"

陆海江跟着他上了山包，他俩坐在那块大石头上，秋风在耳边打着呼哨，拂乱了两人的头发，两双眼睛凝望着暮色中的连队。

"海江，我们之间话越来越少了，你不觉得吗？"

"我承认。黎明，我们在一些问题的看法上存在很大距离。"

"海江，我们来到连队以后，你在工作上的表现大家都是公认的，而且，你还干了很多分外的工作，帮了罗文教很多忙，这些都是大家有目共睹的，但是我们可不能只埋头拉车，不抬头看路啊！比如，在赵长山的问题上，你的认识至今还没有真正上升到阶级斗争的高度，还有，对罗文教和王林，也是感情多于理智。"

"黎明，我总觉得，人是要有点同情心的。"

"你这是政治上的不成熟、不坚定！同情心人人都应该有，但要看对什么样的人、什么样的事。什么叫爱憎分明？难道这种起码的道理你都不懂吗？海江，你这种朴素的同情心是很危险的，久而久之，你会被蒙住双眼，辨不清方向，在大是大非问题上栽跟头的！"

"你说的这些道理我都知道，可是……"

"可是一遇到具体事情就犯糊涂，是不是？海江，以后多关心关心政治，少看些小说，什么情啊爱啊，难免消磨革命意志。就说《钢铁是怎样炼成的》吧，前半部大段大段描写保尔对冬妮娅的情感，我觉得就不是很健康，幸亏保尔及时摆脱了，最终成为坚定的无产阶级革命战士。"

"黎明，我不同意你对保尔追求爱情的看法。"

"好了，我们不讨论这个问题，我的意思是你以后少读点儿女情长，多读点政治书籍，这对你的成长是大有益处的。"

"读小说跟读政治书籍并不矛盾。"

"对你来说就是矛盾，你小说读多了，情感自然就脆弱了。海江，我真心希望你在政治上尽快成熟起来，我们携手并进，干一番事业！"

"我会努力的。"

……

这次谈话很不愉快。陆海江想，是他思想认识有偏差，还是董黎明太偏激？

入秋后巴尔鲁克山的雨水就多起来，时下时停，罗豪才去团部取报纸信件常常被雨淋，一次遇到了暴雨，回来后病倒了，一个星期都没缓过来。陆海江见他无精打采的样子，说："我帮你跑一趟吧。"他也想顺便去看看李雯，很久没有她的消息了，他还是挺挂念的。

从团部返回时陆海江拐进了一连。李雯正在自己的宿舍里出黑板报，看见陆海江很是惊喜，这可是他第一次单独来看她的！陆海江赶紧说他帮罗文教取报纸信件，顺便来看看她，这也让李雯很感动了，不管怎样他心中还有她。

她马上就想到他是饿着肚子的："吃午饭了吗？"

"回连队吃晚饭吧。"

"怎么能饿一顿？你稍等一会儿，我给你下一碗挂面。"

马上颠簸消化快，这会儿陆海江真有点饿了，也就不再客气。李雯拿起暖瓶先是给陆海江倒了一碗开水，然后把暖瓶里的水都倒进钢精锅，点燃石油炉子。

陆海江没想到她这儿家什还挺全的，李雯说食堂的饭不顺口，有时自己做一点。

"海江，我给你做一碗阳春面，喜欢吗？"

"当然喜欢，现在能吃上一碗阳春面，已经是莫大的享受了，更何况出自你李雯之手。"

李雯看着他说："你也会俏皮了，有进步。"

陆海江不敢直视她的眼睛，没话找话："哎，最近在看什么书？"

"你是说小说？文教工作你又不是不知道，出墙报、黑板报，写稿子，还要经常参加劳动，哪还有那个闲情逸致啊！就是有点时间，读的也都是政治方面的，现在这个年头，不学政治可要掉队呀！海江，我建议你也把小说放一放，多读点政治方面的书籍，这对你的未来大有益处。"

"我怎么听着这话像是董黎明说的。"

"他也给你这个建议？董黎明就是有政治头脑，在这一点上比你我强，你呀，还是那么单纯。"

陆海江进门时的好兴致一扫而光，低着头喝开水。李雯忙着做阳春面，没注意到他的情绪变化。一碗阳春面很快做好了，李雯端到他面前："吃吧。"

"谢谢。"

"还跟我客气？好吃吗？"

"本来应该是很好吃的。"

"为什么是'本来应该'？"

"阳春面本来是很清淡的，有一种特殊的纯香，可你加了太多的佐料。"

李雯一下没有反应过来："我只放了葱花、猪油，没放佐料呀？"

"政治佐料。"

"你呀！海江，我真心希望你在政治上尽快成熟起来。"

"黎明也这样对我说。"

"你怎么又提他！海江，我希望你比他更出色。"

"那我可能让你失望了。"

"海江，除了思想单纯这一点外，你在其他方面都比他强。"

"真的？你抬举我了。"

"海江，你现在主要是认识问题，其实，凭你的聪明和勤奋……"

陆海江放下碗筷："我吃好了。"

"我再给你下一碗。"

"不用，一碗就够了。李雯，你一次给我灌太多，以后你的阳春面就没有滋味了。"陆海江站了起来，"走了。"

"你到我这儿来就吃一碗阳春面啊？"

"我们不是聊了很多吗？"

"海江，我们到外面走走吧。"

"不行，回去晚了不好交代，到你这儿来，用政治术语说，已经是假公济私了。"

李雯跟着陆海江出来，她想把他送到路口，陆海江却想快快离开，走了几步他就骑上马："李雯，多保重。"

刚才那碗阳春面吃得太急，这阵儿陆海江感到胸口有些堵。他从马上下来，把自己放平在大戈壁上，仰望着天空。午后的阳光依然很足，身下的戈壁暖暖的，天很蓝，没有一丝云，这种融入自然的感觉让陆海江觉得很美好。然而李雯却不再是那个单纯可爱的白雪公主了，刚才他离她很近，但感觉却是那么遥远，就像他与董黎明……

第十二章

黄佩佩要去香港了，这个消息来得很突然。她父亲在香港去世，父亲把在香港的全部产业留给了女儿。按说她是不能去香港继承遗产的，但她父亲是香港的著名企业家，此事就变得很棘手，后来有关部门上报中央，某领导点了头，黄佩佩总算可以去香港了。

整个过程黄佩佩一直蒙在鼓里，当接到去香港继承遗产的通知她哭了，命运为什么要这样捉弄她啊！她差点喊了出来。走是必然的，她没怎么犹豫就做出了决定。

听到这个消息王长根几乎崩溃了："佩佩，我们就这样结束了？"

"对不起。"

"对不起，就这一句话？佩佩，你真的不爱我了吗？这究竟是为什么？"

"长根，你不要说了！"她哭着跑出他的房间。

黄佩佩走的头一个晚上，连里的上海支青在学校给她开了欢送会。对于她去香港，大家都很理解，这些年她一直在努力改造自己，但并没有真正被连队接纳。欢送会上同学们说了很多安慰和祝福的话，黄佩佩一直静静地听着，主持人让她说几句，她本来是不想说的，推辞再三，最后还是从座位上站起来了："今天晚上同学们为我送行，我很感动，还是同学最真诚，我谢谢大家。明天就要离开了，真要走了，心里还是有很多眷恋。我的青春时光，生命中最宝贵的时光是在这里度过的，这里的山山水水，一草一木都有我的足迹，凝结着我的汗水和泪水，我也奋斗过，努力过，我爱这片土地，但也有太多的苦涩……唉，不说了，最后我想说，我会记住大家的！"她哽咽了。

"我们大家也会记住你的！"主持人说，"佩佩很激动，要走了，心情可以理解，不过，今晚是给你开欢送会，可不要变成忆苦思甜噢！同学们，大家谁先出个节目？"

"让佩佩先跳个舞吧，她一走，我们就再也看不到她优美的舞姿了。"

黄佩佩把目光投向王长根。坐在教室一角的王长根一直沉默着，为黄佩佩送行他不能不来，但坐在这儿实在是一种痛苦的煎熬，现在大家都望着他，他还要强作笑脸为大家拉琴！他知道大家都想看黄佩佩跳新疆舞，拉了电影《军垦战歌》的插曲《边疆处处赛江南》，当年他就是和支青们唱着这首歌曲坐火车进新疆的。黄佩佩跳起了维吾尔族舞蹈，这是她最后一次给同学们表演了，她跳得很投入，眼睛里含着泪花。大家情不自禁地跟着唱了起来，彭春燕的声音最响亮，她也来参加支青们的欢送会了，这种场合她是耐不住的，她跳着进了场子，支青们纷纷加入，压抑的气氛一下欢快起来。这气氛却让王长根更感伤了，一曲结束，他放下琴回到自己的宿舍。

他拿出一瓶烧酒，内心苦闷，他这个从不沾酒的人也开始喝酒了，他把剩下的酒全喝了。他感到一阵阵晕眩，浑身燥热，摇摇晃晃走出宿舍，朝那座山包走去，眼前不断闪现当年他和黄佩佩刚到连队时的情景：他俩手拉着手爬上那座山包，坐在一块石头上，紧紧依偎着……

黄佩佩半天没见王长根，心里有点慌，她问彭春燕知道他干什么去了吗，彭春燕说肯定是回宿舍了。黄佩佩拉着她来到王长根的宿舍，一进门就闻到烧酒浓烈的气味，桌上的酒瓶是空的，两人赶紧出去找他。彭春燕说："他会去哪儿呢？"黄佩佩一下就想到那座山包，拉着她朝山包跑去。

躺在山包上的王长根已经烂醉如泥了，他坐在地上，背靠那块大石头，耷拉着脑袋。黄佩佩看到他这副样子眼泪一下涌了出来，走过去紧紧搂着他。她和彭春燕折腾了好一阵才将他扶起，三人一路上跟跟跄跄，好不容易进了学校，此时教室很静，支青们不知发生了什么事情，早早散了。

彭春燕去医务室叫胡医生，黄佩佩守在王长根身边，不停地给他擦洗，沾了凉水的毛巾接触他的身体很快就热了，可以想见他烧得多么厉害！此时他神志不清："佩佩，山太高，你不能上去！抓住我的手，抓紧！你的手好冰啊……"黄佩佩潸然泪下，紧紧地攥着他的手。

彭春燕领着胡医生来了，黄佩佩神情紧张地对胡医生说王长根是不是得了什么急症，胡医生说他这是酒后着了风，加上内火攻心，不要紧的。他给王长根量了体温，打了退烧针，交代黄佩佩用凉水给王老师擦身，等他清醒一些时把药喂了，安排停当后他提着药箱走了。

黄佩佩和彭春燕轮着给王长根擦上身。天已经很晚了，黄佩佩让彭春燕回去休息，彭春燕说她怎么也得等王老师醒来啊，他太可怜了，黄佩佩痛苦地摇了摇头。

后半夜王长根清醒了，两眼无神，仿佛她俩不存在似的。沉默了半天他终于开口："你们回去休息吧。"

"你现在这个样子，我们怎么走？"

"明天你还要赶路。"

"等你好了我再走。"

"这又何必。"王长根把身子侧过去，"你们走吧，我要睡了。"

黄佩佩还想守一会儿，彭春燕拉着她出去了。

第二天早晨上海支青都来送黄佩佩，里面没有王长根的身影。彭大明和彭春燕也来了，黄佩佩哭得像个泪人，上车前紧紧地搂着彭春燕不松手："春燕，长根就拜托你了。"

"放心吧，有我们大家呢。"

"千里马"载着黄佩佩开走了，它发出的突突声很有力度，躺在宿舍里的王长根听得清晰，他双眼望着报纸糊的顶棚，脑子里一片空白……

三天后的晚上彭春燕来看王长根，他正专心地看着乐谱拉琴，明天他要给学生教一首新歌，他让彭春燕先坐一会儿，很认真地把这首歌拉完。

彭春燕没想到他这么快就解脱出来，心里总算踏实了："这首歌真好听。"

"是啊，音乐能让人忘掉一切。"王长根放下琴，"我有时想，师生情谊是最纯洁、最珍贵的，这几天，每到晚上一些学生来看我，陪我到很晚，有的还把家里做的好吃的给我拿来，让我很感动，这些孩子喜欢我的音乐，喜欢我的琴声，我不能辜负他们，不能倒下，我要开始新的生活。"

"王老师，我真为你高兴。"

"春燕，我首先不能辜负你这个学生啊。想听我拉琴吗？"

"当然想，好久没听你拉琴了。"

王长根拉得很投入，完全进入一种忘我的状态。他是不是把她当成黄佩佩了？想到这一层，彭春燕心里酸酸的，很为王老师难过。

黄佩佩去香港在张红珍班引起不小的震动，紧接着知青们又从陆海江那儿听到一条重磅新闻：李雯要去天津上大学了！今年团里分到一个工农兵大学生指标，仅有的一个指标落在李雯头上，大家都觉得她真够幸运的！李雯打电话告诉陆海江这个消息时他并不感到惊讶，他已经料到会有这一天的，她曾经向他表白过她的志向，她有才华有能力又能在团领导那儿说上话，她被保送上大学还不是顺理成章的吗？他在电话里向她表示了祝贺，放下电话他忽然有一种如释重负的感觉。他是个涉世未深的很单纯的大男孩，而李雯却透着这个年龄段少有的成熟与世故，他有时感到她近在咫尺，有时又觉得她遥不可及，她真的让他感到累了。而彭春燕却单纯得像一汪泉水，清澈见底，跟她在一起他觉得很轻松，而且她对他的爱来得又是那么炽热！现在李雯要走了，对他来说不是一种解脱吗？

董黎明听到李雯上大学的消息显得很惊讶，他的第一反应是："这么快？她才来了三年啊！"这种反应多少有点嫉妒的成分，他这三年的表现也不比李雯差啊！但更多的是一种惋惜，心中的白雪公主与他彻底无缘了。他心里一直是有李雯的，陆海江与李雯渐行渐远，他刚刚看到一丝曙光，可她却飘然而去了……

彭春燕在宿舍听到这个消息高兴得差点跳起来，她的竞争对手终于走了，以后陆海江就完全属于她了！她一直兴奋着，晚上回家吃饭也没有从这种情绪中摆脱出来。

当妈的最留意女儿的喜怒哀乐，女儿一进门她就看出来了，尽管此刻她正在灶台忙着炒菜："春燕，今天有什么好事？跟妈妈说说。"

彭春燕不假思索地说："李雯上大学了！"

"李雯？"妈妈愣了一下，她第一次听到这个名字，"李雯是谁？"

"一连的文教。"

彭大明坐在饭桌旁边看报纸，说："就是小陆那个女同学。"

彭春燕把脸转向爸爸，等他的下文他却不说了。

妈妈把炒好的一盘菜端上桌："你这孩子，人家上大学，你有啥可高兴的。"

彭春燕笑而不答，彭大明看了女儿一眼："春燕，小陆什么反应？"

"不知道。"

春燕妈看着父女俩，"你们说什么呢，我怎么听不明白？"

"不明白就不明白吧，吃饭。"彭春燕在饭桌前坐下。

春燕妈想刨根问底："老头子，那个文教是怎么回事？"

"年轻人的事，别跟着瞎掺和。"

吃饭时彭春燕想着爸爸刚才提出的问题，她只顾高兴了，海江对李雯上大学是什么反应她还不得而知呢！吃完饭她去找陆海江。

罗豪才见彭春燕来了，便出门去送报纸信件。

"海江，听说李雯上大学了？"

"嗯。这次团里就一个名额，她真够幸运的。"

"不光是幸运吧？她肯定很优秀。"

"优秀的人很多，可名额只有一个。"

陆海江对李雯上大学的反应很平淡，彭春燕没看出他有什么不对劲的地方，她相信自己的直觉，如果海江心情不好他就不怎么说话或让她早早离开，可今晚海江跟她聊了很长时间，语气和神态一如往常。离开时她身轻如燕，心中有一种说不出的畅快……

李雯临走前陆海江和董黎明去一连送她，三个人的心情都挺复杂的，李雯有些伤感，她拿出两个精致的笔记本，给他俩一人一个，董黎明也送给她一个笔记本，陆海江给她的是一支英雄牌钢笔，这支笔是来连队前爸爸送给他的，他一直没舍得用。

李雯取下笔帽："笔尖还是金的，那我可舍不得了。"

董黎明说："我的笔记本你就舍得用啊？"

"礼轻情谊重，我同样会珍藏的。"

上车时李雯哭了，不停地向前来送行的人招手，陆海江望着她，竭力控制着自己的情绪，让自己显得很平静……

回到宿舍陆海江打开李雯送给他的笔记本，他发现里面夹着一张她的照片，是他俩一起在团部照相馆照的那张半身像，他久久地凝望着。

一个月后陆海江收到李雯的来信，如果放在刚来连队那会儿，陆海江会很兴奋，现在却时过境迁了。李雯简单讲了大学的情况，字里行间更多的是对连队的留恋和思念，她说来大学已经二十多天了，但仿佛还身在连队，常常想起边境的战斗生活，想起和同学们在一起的情景。信的结尾意味深长："海江，你可能看到我留给你的照片了，你能给我寄一张照片吗？"

这天夜里罗豪才躺下以后，陆海江坐下来给李雯写信。他静静地坐着，不知该写些什么，刚来连队时他是那么地想给她写信，几次拿起笔最后都放下了。其实他在心里给她写过很多信，现在他庆幸没有变成文字没有发出，可那毕竟是他的初恋啊！他很快恢复了平静，开始给她写信。信的内容简单而刻板，让她尽快适应环境、努力学习、保重身体，等等。最后他拿出一张跟她一起照的半身像，装进信封，他又犹豫了，还有这个必要吗？他把照片取出来，然后用胶水把信粘好。

赵长山服刑后生活没什么变化，白天跟菜班下地劳动，晚上被关进库房的那间小屋，一天三顿饭在食堂吃。菜班都是些老弱病残，有了赵长山这个壮劳力，齐桂花就省了很多心，重活儿累活儿都派给他，他很卖力，什么活儿都干得有模有样，齐桂花很是满意。连里找她了解赵长山的情况，齐桂花自然添油加醋美言一番。连里把赵长山的表现给团保卫科报了，上面解除了对赵长山的看管，但要求他每天晚上向连里汇报一天的工作。下午收工时齐桂花向赵长山宣布了这个决定，赵长山大步流星朝回走，把其他人甩得远远的，将近半年没跟老婆亲热了，他急切想回到自己那个小窝！

回到家他就抱起阿斯燕进了里屋，坐在床上的儿子望着这个陌生的男人，赵长山抱起儿子亲了一口，然后把阿斯燕按在床上……

夜里，赵长山在床上逗儿子玩，儿子睡了一觉，这阵醒了，格格地笑着，记忆已被唤醒，眼前这个胡子拉碴的男人不再陌生。赵长山尽情地享受着做父亲的快乐，这半年他很少与儿子亲近，有时阿斯燕抱着儿子在食堂门口等他，这样的时光却很短暂，现在他终于可以和儿子厮守在一起了。

"长山，过几天我爸爸妈妈就要去冬窝子了，我想让他们把强子带走。"阿斯燕在一旁说，"现在家里这么困难，强子身体又弱，不如早点送过去。"

阿斯燕的话把赵长山又拉回到现实中来。他已经不是过去那个赵长山了，儿子跟着他这个犯人爹，一辈子都会抬不起头来，黄佩佩、王林的情形他都看到了，过得那么不易，他能让儿子像他们吗？不！他要让儿子永远跟着马力克，给他起个哈萨克名字，将来娶个哈萨克女人，成为名副其实的哈萨克人！他吐出一个字："行。"

"明天就送过去吧，我担心强子一下不适应。"

赵长山躺下了："他们走的头天晚上送过去吧。"

阿斯燕心里挺歉疚的，轻轻抚摸着他："长山，我再给你生。"

赵长山把身体侧了过去："不要了！"

作出把儿子现在送给父母的决定是理智的，真到那一刻阿斯燕和赵长山又很惆怅，转场的头一个晚上他俩在毡房坐了很久。两个男人在喝酒，赵长山向马力克表明了心迹，马力克很理解，但觉得这事办得急了，他刚回家里住儿子就走了，赵长山说长痛不如短痛。阿斯燕在跟妈妈说话，她说以后强子就是爸爸妈妈的儿子了，强子就管她叫姐姐了，等爸爸妈妈从冬窝子回来强子就不认识他们了。巴哈什显得挺开心，自从阿斯燕嫁出去后她一直很孤单，强子是她今后的寄托，她一定会照顾好他的，让女儿放宽心。强子晃晃悠悠地来回在地毯上走，尽管妈妈时常领他来看爷爷奶奶，但他对毡房还是很好奇。该离开了，阿斯燕把强子抱过来，哄他跟爷爷奶奶玩两天，然后来接他，强子点了点小脑袋，可当阿斯燕和赵长山骑上马，他又哇哇大哭，竭力从马力克怀里挣脱。阿斯燕也哭了，对赵长山说："要不你走，我陪强子住一个晚上吧。"

"走！明天强子一闹你更受不了！"

阿斯燕立在马上扭头望着儿子，赵长山用鞭子狠狠抽了一下她的马，那马便蹿了出去……

儿子跟马力克走了，连里护送秋季转场的战士两天后也上路了，赵长山心里好失落啊，他怎么也没想到自己混到这个地步。上面规定他晚上不许外出，心里憋屈，忍了几天他又去山下套野兔了。

套到第一只野兔他就想到陆海江，他想让陆海江来家里品尝，也想借此跟他说说话，现在除了齐桂花，已经没有人愿意来他家里坐坐了。这天晚上阿斯燕刚把野兔做好，赶巧陆海江帮罗豪才送报纸信件从门前经过，赵长山把他叫了进来。

陆海江问赵长山："有事吗？"

阿斯燕把做好的野兔肉端上桌："小陆，长山套了一只野兔子，坐下吃。"

"谢谢，我吃过饭了。"

陆海江要走，阿斯燕挡在门口："不行，你不吃我就不让你走！"

陆海江面有难色，野兔肉散发的香味的确诱人："那好吧，我尝尝。"

阿斯燕笑了："小陆，味道怎么样？"

"好吃，你做的？"

"那当然。"

话音未落，彭大明推门进来了，陆海江一时很窘。

彭大明伸脖子看着碗里的肉："烧野兔，我没猜错吧？小陆，你接着吃啊，这里没有人会打你的小报告，哈……"

"彭连长，我去送报了。"陆海江拿起报纸信件走了。

赵长山对阿斯燕说："给彭连长拿双筷子。"

"不用了，还是留给阿斯燕吧。永强呢？"

"跟我爸爸妈妈去冬窝子了，我和长山把强子给他们了。"

"给他们了？对，哈萨克人有这个讲究。这样也好，你们现在太困难了，以后家里有困难就说话。"

"过得去，不给组织添麻烦。"

彭大明从口袋掏出一沓钱，放在桌子上。

"彭连长，你这是干什么？"赵长山拿起钱往他口袋里塞，"我怎么能要你的钱！"

"不是给你的！"彭大明把钱递给阿斯燕，"收起来。"

彭大明出了门，赵长山和阿斯燕把他送出来，彭大明转身望着赵长山，"以后别活得那么窝囊！"

巴尔鲁克山的草黄了，树叶落了，齐桂花的心情也如这凋零的晚秋变得凄凉。她有一种预感：罗豪才的调令就要到了。这让她心里慌慌的，连着几个晚上没睡好。这个男人跟她共同生活宛若夫妻，除了没有同床共枕，他哪点不像自己的男人？她喜欢他关心他照顾他，倾注了对这个男人深深的爱，如果他走了，再不相见，她怎么甘心？

又是一个月朗星疏的晚上，齐桂花春心躁动。她约罗豪才去离连队不远的那片白杨林，她先走了，罗豪才看她的表情好像有事跟他说，便去了。

齐桂花坐在树下等他，他来了，在她身边坐下。齐桂花把身子靠上去，罗豪才往旁边一闪："你约我到这里，到底想跟我说什么？"

"你还不明白啊？人家就是想跟你单独在一起嘛。"

"你就不怕被别人看见？"

"晚上谁能来这里？"齐桂花把头搭在他肩膀上，"豪才，今天晚上夜色多美啊，你看那月亮多亮，它也懂人的心思啊，它知道我们今晚来相会，就把眼睛睁得大大的。"

"你真会夸张。"

"你不觉得啊？还是文化人呢，一点想象力都没有！"

"我现在不敢想象啊……"

罗豪才点燃一支香烟，此时董黎明和陆海江下哨路过这里，陆海江眼尖，捕捉到了划火柴的亮光，董黎明说过去看看，他俩悄悄朝那片林子摸了过去。

"豪才，一想到你要走，我心里就不是滋味。"

"我心里也不好受啊。"

林子里传来的声音陆海江太熟悉了，他像是被针刺了一下，身子一震，董黎明一把按住他的肩膀，他也猜到这两个人是谁了。

"豪才，我想跟你做一回夫妻。"

"下辈子吧，我们彼此心里有对方，这就足够了。"

"豪才……"

罗豪才扔掉烟头："桂花，我们回去吧。"

"豪才，再坐一会儿好吗，我不提这事还不行吗？"

罗豪才站了起来："走吧！"

董黎明了冲了过去："罗豪才！齐桂花！"

这声音突如其来，罗豪才有些不知所措，齐桂花倒挺镇静："你们两个下岗了？这么巧，我和老罗在这儿聊聊，最近……工作上不太顺心……"

"齐桂花，你不必解释，你们的话我和陆海江都听见了，跟我们回连部说吧！"董黎明说完扭头走了。

罗豪才追了上去："小董，我们就是谈谈心，真……没什么，求你们放了我们吧。"

陆海江看着董黎明："黎明……"

董黎明推了他一把："你不要说话！让他们回连里说！"

路上董黎明抑制不住内心的兴奋，最近他一直在找罗豪才和齐桂花的把柄，从陆海江嘴里也没套出话来，正一筹莫展，这两个人就自己送上门来，他总算可以给江指导员一个交代了！回到连队董黎明径直去江涛宿舍，陆海江把罗豪才和齐桂花带进连部。

罗豪才如坐针毡心乱如麻，他知道这次是翻船了，望着站在门口的陆海江，仿佛找到了救命的稻草："小陆，刚才是个什么情况，你听见了，也看到了，你可要给我们作证啊！"

齐桂花瞪了他一眼："我们什么也没干，有什么可怕的！"

陆海江站在那儿没有任何反应，他真恨自己！一年前齐桂花夜里钻进宿舍他口无遮拦让罗豪才难堪，这一次又节外生枝把罗豪才置于险境……他怎么总是跟罗豪才过不去？

当晚江涛就突击审讯了罗豪才和齐桂花。审讯地点放在过去关赵长山的小屋，江涛这样安排是想在心理上给这两个人以震慑。董黎明把罗豪才先带进来，江涛端坐在一张破旧的办公桌前，陆海江在他旁边做记录。沉默了一会儿，江涛说话了，声音和表情显得挺沉重的："老罗，你与齐桂花的关系，我不是没有提醒过你，看到你走到今天这一步，我很痛心。"

"江指导员，齐桂花只是约我出去聊聊，我们没怎么样。"

"什么事不能大大方方聊，非要选择这个时间、这个地点？"

罗豪才点了一支香烟，连着吸了几口："江指导员，我和齐桂花之间，要说一点啥也没有，你也不会相信，坦白地说，这些年，我一直在她家搭伙，我们之间有了一些感情，走得近了一些。我知道，作为革命队伍里的一员，特别是作为一个党员、一个干部，这是很不应该的，但是，我们之间并没有超出同志的范围，这一点我还是可以把握住的，我可以以一个党员的名义向组织作出保证！"

"老罗，你和齐桂花的事情早已经纷纷扬扬了，今天晚上又出了这样的事情，你还要欺骗组织？"江涛走到罗豪才身边，"把事情说清楚吧，这样你主动一些，处理的时候，我也好为你说话。"

罗豪才把烟头用脚踩了："该说的我都说了，你看着办吧。"

"看来我想帮你也帮不上了。老罗，晚上好好想一想吧，还有机会，如果拖到明天，那我只有公事公办了。回去吧。"

罗豪才走了，董黎明又把齐桂花带进来。

江涛扭头看了一眼墙上"坦白从宽　抗拒从严"八个大字："齐桂花，看到我身后的字了吧？"

"江指导员，你别吓我，我胆小。"

江涛突然提高嗓门："你和罗豪才黑夜里跑到野外乱搞男女关系，胆子还小啊？说吧，你和罗豪才是从什么时候开始的？"

"江指导员，我们的关系没有不正常呀？"

"齐桂花！我没时间跟你兜圈子，你跟罗豪才说，你想和他再做一回夫妻，你还好意思说正常吗？"

陆海江有些惊讶，董黎明也看了江涛一眼。

"江指导员，你可不能篡改我的话啊！"齐桂花急了，"我当时说想跟他做夫妻，我的意思是他离婚，我也离婚，我们组成新的家庭，我知道，这是资产阶级思想，但我确实喜欢他啊！"

"齐桂花，你不要避重就轻，老实交代，你们到底发生了几次关系！"

"我们一次也没有，哪有什么几次？江指导员，你不能把我们往火坑里推啊！"

"齐桂花，你不是一个敢作敢当的女人吗？现在你也知道怕了？"

"我怕别人往我头上扣屎盆子。"

"齐桂花，我已经把话说得很明确了，到现在你还执迷不悟！我告诉你，任何狡辩都是没有用的，坦白交代是你唯一的出路！"

"我什么也没干，你让我交代什么？"

"齐桂花，我告诉你，你不承认我照样能定你的性！"

"你定我什么？你敢定我乱搞男女关系，我到团里告你！不行我就上师里、上兵团，再不行我就上北京！我就不信没有说理的地方！"

"齐桂花！你想翻天啊？"

……

唇枪舌剑，齐桂花一点都不怵江涛。她走后江涛在屋子里转圈，情绪坏到了极点。

"明天连里研究齐桂花和罗豪才的问题，你们两个出来作证！"

陆海江一直想着刚才江涛那句话，他觉得有必要说明一下："江指导员，你刚才审讯齐桂花说，齐桂花说她想和罗文教再做一次夫妻，当时她不是这样说的，她说她想和罗文教做一回夫妻。"

"这是阶级斗争的需要，换句话说，这是斗争的策略，毛主席教导我们，政策和策略是党的生命，为了达到维护革命队伍纯洁性的目的，现在就要采取必要的策略。我这样说，好像与事实有出入，其实这两个人早就不干不净了，所以这不能看作说假话，这是善意的谎言，你不要有什么顾虑。"

"江指导员……"

江涛走到他身边："小陆啊，你在政治上就是不如你们班长敏感。你很有才华，其他方面的表现也是不错的，组织上一直有意培养你，想让你接罗豪才的班，你现在唯一的不足就是政治上太单纯、太脆弱了，这怎么能胜任文教工作呢？在赵长山的事情上，你就表现得很被动，组织上是不满意的，这次你不能再消极了，小陆，组织上考验你的时候到了！"

陆海江沉默不语。

"小陆，是不是觉得跟罗豪才关系不错，你不忍心这样做？你很善良，这一点很可贵，但革命不是请客吃饭，革命斗争有时是很残酷的，战争年代，许多革命志士为了人民的解放事业大义灭亲，义无反顾，你看你的同学王林，为了加入张红珍班，他都能够断绝父子关系，与劳改犯的父亲划清界线，他这一点还是很值得称道的，你为什么就不能从感情的纠葛中摆脱出来呢？"

董黎明觉得他这个老同学真是木讷："海江，江指导员苦口婆心，跟你讲了这么多道理，你怎么还无动于衷？"

"小陆，你要是觉得为难，到时候你不要说话，让董黎明说，问到你，你表示同意就行了，这总可以吧？"

"江指导员，我现在脑子很乱，你让我再想一想，行吗？"

"还有时间，好好想一想。我先走了。"江涛出门前对董黎明说，"小董，你做做老同学的工作，让他打消顾虑，轻松上阵。"

董黎明朝他点了点头。屋子里一下变得很静，陆海江身心疲惫，躺到那张小床上，董黎明在他身边坐下。

"黎明，我们会把两个人害了。"

"我的心情也很沉重，但这是阶级斗争的需要。阶级斗争有时是很残酷的，我们应该变得坚强些！"

"唉，江指导员为什么要这么极端？"

"开始我也有些不理解，经他点拨，我懂了，不如此就不能达到教育群众、纯洁革命队伍之目的。"董黎明俯下身望着他，"海江，我们在政治上还很幼稚，江指导员从事政治工作多年，具有丰富的政治斗争经验，难道我们还不相信他吗？"

"可我这个人就是不会说假话。"

"你怎么还在这个问题上绕不出来？"董黎明站了起来，"江指导员不是说了嘛，这是善意的谎言，你干吗要跟自己过不去？大道理不说了，从你个人的角度想想问题，刚才江指导员说得很明确，你各方面条件都不错，就是政治上弱一些，现在考验你的时候到了，难道你不想当文教了？"

"如果让我拿罗文教和齐桂花的政治生命作代价，这个文教我宁可不当。"

"你呀，真是糊涂得可以！这样吧，就按刚才江指导员说的，由我来说，你表示同意，点个头就行。"

"这跟把你的话重复一遍有什么区别？"

董黎明把他从床上拉起来："那你想怎样？你想跟江指导员对着干吗？江指导员以后会怎么对待你我不知道，反正我们的同学情分是结束了。"

陆海江想了想："黎明，这样吧，到时候我就说，我离得远了点，没听清，行吗？"

"这样也行，既照顾了你的怯懦，又无碍大局。唉，你呀！"

齐桂花回到家，她的男人老方黑着脸问她干什么去了，齐桂花想今晚的事他迟早会知道，反正她和罗豪才也没怎么着，就照直说了，老方重重地给了她一巴掌。

"你敢打我？"齐桂花朝他扑过去，"你打，你打，你打死我吧！反正我活得没意思透了！"

老方高高举起的手又收了回来："我、我活得真他妈窝囊啊！"

齐桂花哭了，哭得很伤心。

"我知道，你心高，看不上我，你喜欢他，可你们这算怎么回事？我好歹也是个男人啊！"

"我没有对不起你。"

"是，你心好，这我承认。这些年，我身体不好，多亏有你照顾，屋里屋外都是你操持，两个孩子也都是你拉扯大，要不是你，这个家可能早就撑不下去了，可是……"

齐桂花平静下来："我们在一起是个错误。唉，现在说这些已经没有意义了。"

"我们离了吧。"

"我没想离。"

"那我们这算什么？"

"我跟老罗没怎么样，以后也不会有了。"

陆海江回到宿舍时罗豪才已经睡了，没有往常熟悉的呼噜声，他知道罗豪才没睡着。他望过去，罗豪才蜷曲着，被子将头蒙得严严实实，陆海江心里涌起一股酸楚，眼睛一下湿了，他轻轻脱衣服上床，想赶快入睡，他怕罗豪才跟他说话！可是他没一点睡意，脑子乱极了。他开始为刚才的承诺后悔了，"我离得远了点，没听清"，这样说，董黎明的说法不是成为唯一的证词了吗？这等于他把罗豪才和齐桂花推向深渊！可是不这样说，江指导员今后会怎么对待他？他今后的路怎么走？……这一夜陆海江心里都很矛盾，不知不觉中天已经大亮了。

吃早饭时董黎明把陆海江的态度跟江涛说了，江涛无奈地摇了摇头，也只能这样了，陆海江不反着说就行。

上午召开了支委会，江涛说了昨天晚上发生的事，支委们都很惊讶。董黎明和陆海江被叫了进来。

"你们说一下昨天晚上捉奸的经过。"江涛看着他俩，"你们两个谁说？"

"我来说。"董黎明昨天夜里已经打好腹稿了，"昨天晚上，我和陆海江下哨回连队，陆海江发现林子里有划火柴的亮光，我们就摸了过去。我们听到齐桂花和罗豪才的对话，齐桂花说，'一想到你要调走，我心里就不是滋味。'罗豪才说，'我心里也不好受啊！'齐桂花又说，'豪才，我想再跟你再做一回夫妻。'这时我和陆海江冲了过去，及时制止了他们的下流行为。整个经过就是这样。"

江涛看着陆海江："小陆，董黎明讲的是否属实？"

这一刻陆海江不再犹豫了，他鼓足勇气："不完全属实。齐桂花当时说的是

321

想跟罗文教做一回夫妻，而不是再做一回夫妻，罗文教接着还说了一句话，'下辈子吧，我们彼此心里有对方，这就足够了'。之后罗文教站了起来，齐桂花说，'再坐一会儿，我不提这事还不行吗？'罗文教说，'我们回去吧'。他们正准备走，我和董黎明过去了。"

陆海江和董黎明的说法大相径庭，支委们都感到很意外。大家都说此事了解清楚以后才好下结论，江涛只能把此事先搁下了。

从连部出来董黎明脸色很难看："海江，你怎么回事？我们不是说好了吗？你为什么变卦？"

"我的良心告诉我，必须说实话。"

"海江，我们的同学情分到此结束了，今后我们各走各的路吧！"

董黎明大步朝知青宿舍走去，陆海江仿佛卸下了千斤重担，一身轻松，他终于解脱了！他刚回到宿舍彭大明就来了。

"小陆，这到底是怎么回事？你和董黎明一起看到的，听到的，怎么会是两种说法？"

"彭连长，我说的是实话。"

"你我了解，我相信你不会说假话，可董黎明为什么要那样说？"

"彭连长，你还是去问他吧。"

"他这样说，事先跟你通气了吧？"

"我们事先沟通了。本来我准备说当时离得远，没听清，搪塞过去，但真到了作证的时候，我觉得还是不能说假话。"

彭大明紧紧握住他的手："小陆，你很正直，你救了两个人啊！"

陆海江打乱了江涛的计划，本来江涛想速战速决，抓一个阶级斗争的新成果再往团里报，现在他需要团里提前介入了，他给姚科长打了电话。

第二天上午姚科长就带着专案组的人进驻牧业连。会上彭大明与姚科长发生争执，彭大明说专案组来得太匆忙了，连里已经查明，前天晚上罗豪才和齐桂花没有发生男女关系，姚科长说即使没有事实上的男女关系，但这两个人长期关系暧昧，难道这是能够容忍的吗？感情上的乱七八糟对革命队伍的侵蚀和危害同样很大同样可恶！彭大明感到事态的严重性，散会后他拿起电话，然后又放下了，他想还是要向关团长面陈！

当彭大明走进关团长办公室，关团长的第一反应是："老彭，你怎么来的？"

"坐'千里马'。"

"没骑马就好。"关团长起身给他泡茶，"老彭，尝尝今年的新茶。"

"我可没心思喝你的新茶。关团长，你怎么又让专案组进驻我牧业连了？"

"团党委的决定，乱搞男女关系，这可不是小事啊。"

"这两个人没有乱搞男女关系，我带的兵我最了解！"

"护犊子！"关团长把茶端到彭大明手上，"我知道，你那个文教很有才，你很喜欢他，但你不能感情用事啊！"

"我没有感情用事，他真要乱搞，不要说专案组，我就要收拾他！"

"两个有家室的人，长期搞在一起，外面的人议论纷纷，这也很不正常啊！"

"你说不正常，我没有意见，我们可以批评教育嘛，可姚科长揪住不放，非要给团里弄个什么典型，这让人家以后还怎么活人啊！关团长，你让专案组撤回来，后面的事情交给连里，我们会好好抓一抓部队的思想教育的。"

"我说撤就能撤啊？老彭，现在的形势你我能左右得了？在这种事情上还是少说话的好。"

"你这是革命意志衰退！有些事情可以睁一只眼闭一只眼，但这件事关系到两个人的政治生命，我们必须站出来！你不了解我的文教，所以你没有切身感受，我给你说说这个人吧。"彭大明喝了口茶，"他叫罗豪才，北京军区转业战士，一九五九年来的，跟你我一样，都是响应党的号召，不过跟你我不同，我们是老婆孩子热炕头，人家是抛下老婆孩子！他老婆在北京，是房山县城关小学的老师，她嫌这里苦，不肯过来，十几年了，一个二十几岁的小伙子，如今已经熬到四十岁了，容易嘛！我们也都年轻过，都是过来人，这里面的酸甜苦辣你比我更清楚！他孤独寂寞啊，一个大男人，心里有话没地方说，经常跟自己的马说，有一次让我碰见了，他的马在山坡上吃草，他躺在旁边跟马说话，说她老婆，说他的孩子，我站在旁边，他都没有反应！不停地絮叨，就把那马当人了，我差点都掉泪！"

"老彭，你不要说了！"

"我要说！"彭大明喝了口茶，继续说，"罗豪才肠胃不好，食堂的饭不顺口，他就到一户人家搭伙，时间长了，就和那家女的有了感情，其实也没啥，也就是人们瞎议论！他俩虽然走得近一些，可并没有超出同志的范围，我了解过，没啥大不了的，这一点我还是敢拍胸脯的。你说我喜欢他，为啥？人家有能耐，是我牧业连的顶梁柱！他这个人写写画画，吹拉弹唱样样在行，这些年给我抱回来多少奖状，我们连在团里、师里为啥有名气？一方面是我们干得好，他的笔杆子也功不可没！你说，这样的人我能不喜欢吗？我能不为他说话吗？关团长，别的事我不麻烦你，但这件事你一定要站出来说话！"

"老彭，你的脾气禀性一点不改啊！"

……

专案组撤走了，罗豪才和齐桂花的日子却并不好过，连里搞作风整顿，罗豪才和齐桂花在大小会上做检查，灰头土脸狼狈不堪，三天下来人都脱形了。罗豪才的支部委员和连队文教都被拿掉了，让他去大车班赶大车，齐桂花的菜班班长自然也干不成了。

文教空缺，非陆海江莫属，江涛却想把这个排级干部的职位给董黎明。支委会研究时产生分歧，江涛力推董黎明，说他思想成熟政治坚强素质全面；彭大明举荐陆海江，说他不仅才华出众而且历次转场表现突出。如果放在以前，支部书记的意见是会得到尊重的，可这次董黎明对罗豪才和齐桂花落井下石，支委们对他就有看法了，加之他舞文弄墨又不及陆海江，大家最后还是选择了陆海江。

陆海江对文教工作一直很期待，想着有朝一日罗豪才调回北京，他就可以接班了，他怎么也没想到自己是踩着罗豪才上去的，接到任命他一点都不兴奋，想到罗豪才去赶大车，心里很自责，吃午饭时没一点食欲。回到宿舍，罗豪才正在打行李，陆海江心里更难受了："罗文教，我对不起你。"罗豪才说："哪里话，你顶住压力说真话，我感激你还来不及呢！小陆，我说的是真心话，你千万不要自责。"他这样说陆海江就宽慰了一些，帮他收拾东西，收拾好了送他去马号。

罗豪才的到来让王林很兴奋，他终于有伴了！小屋支了两张床，一下就显得很拥挤，陆海江帮罗豪才铺好床，罗豪才说："小陆，以后常来坐坐，需要我的地方尽管说。"陆海江说："我会经常来的，既看了你，又向你讨了教，还兼顾了我的老同学王林，一举三得啊！"三个人都笑了。

陆海江回到宿舍彭春燕就满面春风地进来了，她也一直期待着心上人早点接手文教工作，现在这个愿望终于实现了，她怎么能不心花怒放心满意足呢！看到屋里少了一张床，她问："罗文教搬走了？"陆海江说："去马号住了。"彭春燕两眼放光，两人世界无人打扰，这也不正是她一直向往的吗？陆海江看了她一眼，这也是他所期待的，此时他却没有心情。

下午罗豪才向韩班长报到，韩班长摇着头说："唉，多好的一块材料，糟蹋了。"罗豪才好多年没赶大车了，他让罗豪才想干啥就干点啥，这也是彭连长的意思。罗豪才可不想让他小瞧，说："老韩，当年你我可是一起上车的。"韩班长说："你就别逞英雄了，你守家，喂马，打扫马圈。"罗豪才抚摸着自己的马，

"小黑歇了我就歇了。"韩班长说:"小黑不能歇,它得拉车,现在正是用马的时候。"罗豪才说:"那我就上车,小黑老了,交给别人我担心使唤坏了。"韩班长说:"你对小黑这么上心?再怎么着它也是个牲口啊!"罗豪才说:"不一样,它是我身上的一块肉。"韩班长急着出车,不想跟他啰嗦了:"随你吧。"

罗豪才拉着小黑套车,韩班长给他牵来两匹马,嘱咐道:"小黑好多年没拉车了,给你配的这两匹马也才上车,你可要小心一点啊!"罗豪才很自信:"有我的小黑驾辕,你就把心放在肚子里吧!"

这时,齐桂花扛着铁锨路过马号,她惦记着罗豪才,放慢了脚步朝马号里面望着。罗豪才也看见了她,手中的活慢下来,韩班长说:"老罗你看什么呢,抓紧出车啊!"罗豪才赶紧低下头:"噢噢。"

套好车,罗豪才吆喝一声上了路,王林的马车跟在后面。看着他的一招一式,王林笑了:"老罗,想不到你赶大车也有模有样啊!"罗豪才挥了一下手中的鞭子:"想当年我也是个车把式呀!"王林知道小黑是匹老马,有些担心:"小黑驾辕行吗?"罗豪才说:"我赶车那阵儿,小黑就是辕马。""连里的人都说小黑特有灵性。""那当然!我告诉你王林,我的一招一式小黑都明白。""老罗,你还吹上了。"罗豪才扭过脸:"不信?那我让你瞧瞧。你看好了,我的外衣掉在地上,不用我拉缰绳,他立马就把车给我停下。"罗豪才把披在身上的外衣抖落在地,小黑马上站住了,罗豪才跳下车拾起衣服,坐上车不用吆喝,小黑又继续向前走了。王林很是惊讶:"这么灵啊?我的马要有小黑的悟性就好了。"罗豪才扬着脸说:"那要看你的造化了。"

一天,罗豪才独自赶着马车去菜地送马粪,回来的路上他看见坐在路边的齐桂花。好多天了,这是他第一次面对齐桂花,心里有些紧张:"齐桂花,你这是?"

"收工了,捎我回去。"说着齐桂花就要上车。

罗豪才赶紧说:"你还是走路吧,别人看见了不好。"

"光天化日之下,你怕啥?"

"我怕别人说闲话。"

"都收工了,不会碰见人,进连队前我就下来。"齐桂花爬上车,往他跟前靠了靠。

"你坐远点。"

"人家想离你近点嘛,总见不上面。"

"你要是这样我就让你下去了啊!"

"好吧好吧。"齐桂花往远处挪了挪，"豪才，你躲瘟疫啊？"

"差不多。"

"我就不信大白天我们在一起说说话，你就能被别人吃掉！"

"你以后别再提我们两个的事情好不好？"

"你能放得下，我放不下！豪才，自从你不在我那儿吃饭了，心里没着没落的，其实，我也没想咋样，就是想能经常看到你，跟你说说话。"

罗豪才甩了一个响鞭："学我，有话就自己跟自己说！"

"你们男人就是比女人心硬！豪才，在哪儿吃饭？"

"食堂。"

"那你的胃受得了？"

"受不了也要受着。"

"你就不能自己做点？"

"没时间。"

"晚上总有时间吧，别那么懒，晚上给自己弄点可口的。"

"谢谢了。"快进连队了，罗豪才说，"你就在这儿下车吧。"

"还有一截路呢。"

罗豪才把马车停下："下车吧，桂花，我求你了。"

齐桂花从马车下来，站在那儿看着罗豪才赶着马车走远了，此时她好想哭。

第十三章

陆海江独自拥有那间宿舍后，几乎每个晚上彭春燕都如约而至，这真是陆海江最快乐幸福的时光。以前他跟她在这间小屋里也常常独处，他跟她坐得很近，他能感受到她的气息和白雀灵牌雪花膏的浓郁香气，他蠢蠢欲动，多次想拥抱她亲吻她，她呢，脉脉含情那么期待！可他都缺乏勇气，未敢越雷池一步，他生怕罗豪才突然推门进来。现在这个小屋完全属于他了！那天他终于吻了她。这个吻期待得太久太久，她哭了，哭得很伤心，他有点不知所措，她破涕为笑，之后是长时间的热吻……

也不知多少个夜晚，两人如漆似胶，似乎要把亏欠的亲昵补回来，亲昵之后喃喃细语，有说不完的悄悄话……

一天夜里彭春燕离开时，陆海江对她说以后多读点书。彭春燕从他脸上读出了什么，她从窗台上随手拿了几本书走了。

以后彭春燕就不天天晚上去陆海江那里了，经常把自己关在家里看书，跟陆海江在一起时都是他说她听，她也觉得自己像个白痴！

女儿爱看书了，当妈的就觉得稀奇："春燕，怎么喜欢看书了？"

"小陆让我读书。"春燕叹了口气，"跟他在一起聊天我就像个傻子。"

"小陆让你看书你就上心了？"妈妈过来搂住女儿，"告诉妈，是不是喜欢上小陆了？"

"妈！你问那么多干啥？"春燕推开妈妈，"出去吧，我要看书了。"

"妈关心你嘛，给妈个准信儿。"

"喜欢！行了吧！还不走呀！"

"走，妈走，女儿大了，妈成了多余的人喽……"

以前隔一阵儿彭春燕就要去王长根那儿学唱歌跳舞，现在啃上书本了，就把自己的爱好抛在一边了。王长根觉得有点蹊跷，一天晚上来彭春燕家探个究竟，不巧彭春燕没在家，春燕妈问他找春燕有什么事，王长根支支吾吾说也没什么事，他去一个学生家家访，顺便过来看看。他问这些天春燕都在忙什么呢，春燕妈说前些天从小陆那儿借了几本书，每天吃过晚饭就钻进里屋里不出来，今天晚上不知跑到哪儿去了。王长根"噢"了一声走了。

彭春燕是个爱唱爱跳的女孩子，看书学习对她来说真是件难事，坚持了一段时间她浑身上下就不自在，又去找王长根。

王长根喜出望外，赶紧拿出家里刚寄来的上海糖，彭春燕也不见外，剥了一块放进嘴里："王老师，好久没来看你了，你最近还好吗？"

"好着呢，就是你好久没来了，总觉得缺少点什么，春燕，你不要见笑啊！"

"我也一样啊！王老师，这些天关在屋里看书，也觉得缺少点什么。"

王长根马上问："缺少点什么？"

"你的琴声啊，也不完全确切，就是一种音乐氛围吧，如果我的生活中没有音乐，没有唱唱跳跳，我真不知该怎么活呢！"

"春燕，你刚才的话也是老师的心声啊，如果没有音乐，没有像你这样喜欢音乐的学生，我可能撑不到今天。"

"王老师，我们开始吧。"

"春燕，我先问你个问题，最近怎么喜欢读书了？"

"哪里是喜欢啊，我这个人最不喜欢看书，一看书就头大，我可是硬着头皮在啃啊！"

"干吗要为难自己？"

"还不是因为陆海江，每次跟他在一起，他就谈文学，谈小说中的人物，我跟个白痴似的，挺没劲的。"

王长根听人说起过她和陆海江的事情，但没想到发展得这么快："这就是说，你喜欢上陆海江了？"

"王老师，你看出来了？"

"什么事能瞒过老师的眼睛。"

"暂时保密，打枪的不要！"

王长根扭过脸，背起手风琴。这一晚他都显得心事重重的。

几天以后陆海江走进王长根的宿舍，他是来给他送音乐杂志的。

"小陆，在我这儿坐一会儿，我给你冲一杯茶。"

"不用了，王老师，我还要送报呢。"

"不着急，尝尝我的茶，这可是龙井茶哎，很清香的。"

陆海江坐下了："王老师，茶就算了，我不懂茶，龙井茶挺贵的，你自己留着喝吧。"

"小陆，我们上海人没那么小气吧？"王长根一边泡茶一边说，"小陆，听说你最近给春燕推荐了几本书？"

陆海江很认真地看着王长根，他知道春燕是王长根最喜欢的学生，两人一直走得很近。

"人啊，谁都想有个知音。"王长根端起自己的茶，吹了吹上面的浮沫，"春燕对文学一窍不通，她很难成为你的知音，我比你更了解她。她是伴着我的琴声长大的，她喜欢音乐，骨子里都是音乐细胞，音乐已经成了她生活中的一个重要部分了，到现在她还隔三差五到我这儿学唱歌跳舞，她在这方面是很有天赋的，她这个条件是很有希望进歌舞团的，我有意在这方面培养培养她。小陆，我不希望她受到干扰。"

"那要看她自己了。王老师，谢谢你的龙井茶。"陆海江起身走了。

罗豪才的日子过得很艰难，以前当文教大小也是个人物，现在成了车把式，落差太大难以适应。人倒霉了晦气就一个接着一个，赶大车才一个多月，小黑死了。

入冬前连里就要组织人力去山里打片石，用来盖房子、修缮羊圈。今年打片石的任务交给了张红珍班。打片石这活挺险的，先由两三个人打炮眼，其他人在安全的地方候着，打好炮眼引爆，然后大家来到采石场，女知青扶钢钎，男知青抡起铁锤……

罗豪才赶着马车来采石场运片石，男知青们停下手中的活，往马车上装片石，装好车，四个男知青跟着马车下山。走着走着，冷不丁路边草丛里突然飞出一只小鸟，拉车的一匹马受惊，马车飞速向山下冲去。

李涛慌了："老罗，马惊了！怎么办？"

罗豪才很镇定："不要慌，大家坐稳！吁！吁！"

马超说："老罗，我们跳车吧？"

"不行！太危险！小黑，往后坐！坐住！"

小黑使劲往后坐，用力压住车，无奈前面的两匹马继续狂奔。前方有一块凸起的石头，小黑用力踏在上面，地上划出了两道深深的沟，马车终于停住了。

小黑跪下了，浑身颤抖，毛发散乱，罗豪才跳下车去看小黑，它已经站不起来了，罗豪才抚摸着它，心如刀割！

小黑被拉回马号，静静地躺在草地上，四周围了很多人，彭大明也来了，大家静静地守候着，守候着小黑走完最后的时光。

人群里有人说："彭连长，趁它还有一口气，杀了吧。"

罗豪才身上像被捅了一刀："你他妈说得出口！谁吃小黑的肉，天打五雷轰！"

人们都用狠狠的目光看着那个战士，韩班长说："老桑，你就缺这口肉？"

罗豪才说："彭连长，小黑立了功，救了一车的人，我请求把小黑埋在'四排'！"

大家都说小黑应该埋在四排，彭大明说："按大家的意思办吧，给它立块牌子。"

当天下午罗豪才就带着大车班的几个人把小黑埋在了"四排"，罗豪才找了一块上好的木板，在上面刻了两个字：小黑，然后用黑油漆把字涂了，插在小黑坟前。

大家都走了，罗豪才还想跟小黑单独待一会儿，他在小黑坟前坐下。

"小黑，想不到你就这样走了。唉，是我把你害了，我不够朋友，一头连着你，一头还连着齐桂花，如果没有我和齐桂花的事，你也不会拉车，也就不会出这种事。小黑，我心里真的很难受，你跟我十几年了，已经是一匹老马了，本来是应该歇下来的，可是，我却把你推上了不归路，小黑，我对不起你啊！话又说回来，你走得很值，救了一车的人，想到这一点，我心里总算有点安慰，你小黑没有白跟我。小黑，我把你埋在'四排'了，还给你立了牌，别的马没有这个待遇，你应该知足了。小黑，你踏踏实实睡吧，我会经常来看你的。"

这天夜里罗豪才梦见小黑，从床上猛地坐了起来，大声喊道："小黑！小黑！"

王林被惊醒："老罗，你做梦了？"

"我看到小黑了，刚才就在眼前。"罗豪才躺下，用被子蒙住头。

几天以后他给父亲写了一封简短的信。

爸爸：

您好！

犹豫了很长时间，我还是决定给你写这封信。我现在情况很不好，连里把我的支部委员和文教撤了，让我在大车班赶大车。主要是儿子不争气。记得我跟你说起过，因为肠胃不好，这些年我一直在一个战士家搭伙。时间长了，我和这家女的产生了感情，这事让连里知道了，其实就是互有好感，儿子可以向您保证，我绝没有做出对不起组织、对不起家庭的事情！爸爸，儿子辜负您了！现在我见人抬不起头，心里很苦，度日如年啊！前途就不要说了，再这样下去淑兰也会离我而去的！爸爸，把我调回去吧，儿子求您了！

……

时间一天天过去，山里的大雪一场接着一场，罗豪才却没有盼来父亲的回信。他在心里埋怨道，调动办与不办，老爷子您给个话啊！让罗豪才没有想到的是，父亲没有给他片言只字，他的调令却来了！彭大明接到团组织科的电话便来马号通知罗豪才，罗豪才抱住他放声大哭，彭大明的眼睛也湿了，没有哪个人比他更理解这个男人内心的苦楚。他约罗豪才晚上去家里吃饭，庆贺庆贺。

齐桂花也很快得到消息，彭大明前脚走她后脚就来了，她是第一次走进这间小屋。担心的事情终于发生了，她倒显得很平静："总算等到这一天。你这一走，就再不回头了。"

"走了好，我们都解脱了。"

"你心里，真的结束了吗？豪才，你看着我的眼睛。"

"桂花，不要再说这些了，再说这些已经没有意义了。"

"你回答我。"

罗豪才点了一支香烟："桂花，你是我遇到的最好的女人，如果有来世，我一定和你在一起。"

"有你这一句话就够了，我还能要求你什么呢。老罗，你能再到我家吃顿饭吗？"

"桂花，这又何必呢？"

"你都是要走了人了，还怕什么？"

"我倒是没什么怕的，只是，你家老方……"

"反正你要走了，他能咋样，他会听我的。"

"还是算了吧，干吗图那个形式。"

"这不是形式，你太不理解人了！"

"那好吧。"

"哪天走？"

"过几天吧。"

331

"你走的头天晚上我给你送行。"

"到时候我叫几个朋友。"

"不行，就你一个！"

"依你。"

晚上请罗豪才吃饭，彭大明想多叫几个人，彭春燕说罗豪才这种情况动静大了不好，就叫陆海江和王长根作陪吧，春燕妈说还是女儿想得周到，彭大明看了女儿一眼，没再说什么。

吃饭时彭大明拿出一瓶茅台酒，罗豪才抢过去收了起来，说："茅台我回北京喝，今晚喝连里的烧酒！"

"行，今晚喝劲大的！"

"以后就是想喝也喝不上连里的烧酒了，今天一醉方休！"

彭大明有些后悔了，他真该多叫几个人来："我这把年纪可陪不了你，王老师不喝酒，小陆，今天你要陪老罗喝好。"

陆海江面有难色，他的酒量虽然有长进，但让他撑场面还差得远呢。

彭春燕说："罗文教你要走了，大家多说说话，酒喝高兴了就行。"

春燕妈马上附和："就是，酒喝多了菜就没味道了，我这一下午不是白忙活了。"

尽管这样说，席间还是频频举杯。罗豪才喝了不少酒，情绪却提不起来："唉，调令不来，心里惦着，真来了，心里又挺窝火，它怎么就来了呢！"

"这叫两地情结。"王长根说，"北京是你的故乡，你在那里出生、长大，那里是根，故乡的记忆是永远也挥之不去的。边疆呢，是你生活战斗过的地方，而且，你的青春年华是贡献给这里的，这一段的记忆也是挥之不去的。就说我吧，几年不回去，就想着上海，心里常常想，该回去看看了；回到上海，住了一段时间，又想，该回连队了，我们都有这种两地情结啊！"

"理解万岁！"罗豪才站了起来，"来，我们为两地情干一杯！"

彭大明忽然想到一个问题，以前他也向罗豪才提起过，罗豪才没有正面回答他："老罗，都说你父亲是老革命，以前问你你也不说，他到底是哪一级干部？"

"要走了，我也不用瞒你彭连长了，我父亲现在是中央军委办公厅副主任，你的老师长罗应军。"

"罗师长？"彭大明很惊讶，"罗豪才，这么多年你把我和关团长蒙在鼓里？你的嘴巴也太严实了！"

"转业来新疆之前，父亲跟我约法三章，其中一条就是不让我公开他的身份和职务。要走了，现在公开，老爷子不会骂我的。"

"老师长真是太让人敬佩了，还有你老罗，也是守口如瓶！"彭大明举起酒杯，"老罗，我再给你敬个酒！回去后转达我对老师长的问候，给你一个任务，帮我代表老战士邀请老师长来巴尔鲁克山视察，我们都很想念他啊！"

"没问题，我一定向老爷子转达！"

陆海江望着罗豪才，敬佩之情油然而生。他跟他在一起住了那么久，两人无话不说没有秘密，罗豪才却从未提及自己的父亲，即使失意落魄，他也没抬出当大领导的父亲！陆海江站了起来："罗文教，我也再给你敬个酒！感谢你对我的培养，我一定接好你传下来的接力棒！"

"我相信你！"罗豪才把酒喝了，他望着陆海江，又看了看彭春燕，他真心希望他俩走到一起，但彭连长和春燕妈怎么想他不得而知，想说这个话题又觉得有些冒昧，"小陆，你还没给春燕敬酒呢。"

陆海江有些紧张，"罗文教，春燕不喝酒。"

"春燕以茶代酒。"罗豪才说，"彭连长请我吃饭，春燕让你和王老师作陪，你不该给她敬个酒啊？"

"好吧。"陆海江端起酒杯跟彭春燕碰了一下，然后把酒喝了。

彭大明低着头吃菜，春燕妈却笑得合不拢嘴，老两口反应不一，罗豪才想，彭连长不想让陆海江给他做女婿？

这天晚上罗豪才酩酊大醉，陆海江和王长根颇费周折才把他弄回马号。醉酒之人一般有两种形态，一种是呼呼睡去，一种是谈兴甚浓，罗豪才属于第二种。回到马号王长根就走了，陆海江不想扫罗豪才的兴，留了下来。罗豪才一只手拉着陆海江，另一只手拉着王林，车轱辘话说个不停，他说齐桂花说小黑，一会儿哭一会儿笑，陆海江想让他早点休息，扶他上床，罗豪才狠狠抽了他一个嘴巴："都是你小子把我害、害的！"王林上前抱住他："老罗，你疯了！"陆海江拉开王林："让他发泄吧，这样他心里会舒服一些。"罗豪才抱住他，在他脸上亲了一口："小陆，你是个好小伙子，敢说真话！"……直到后半夜罗豪才消停。

第二天早晨，韩班长通知罗豪才不用出车了。罗豪才感到很失落，他已经不是连队的一员了。他当文教十余载，隔三差五他就要在连里兜一圈，走家串户送报纸信件，他就像个报童和信使，连里的人跟他很亲，他想他不能就这么悄没声地走了，怎么也得跟各家各户告个别啊！他去马厩牵了陆海江的马，然后来找他。

"小陆，我去团部取报纸信件，然后我来分送，跟各家各户告个别。"

"还是我去取吧，回来让你送。"

"干了十多年了，我想再完完整整体验一回。"

"好吧，注意安全。"

"放心吧。"

罗豪才骑上马出了连队。山路积了厚厚的雪，经过风吹和碾压像冰棱，马蹄踩在上面发出清脆的声响。每年冬天他都这样走，他心里很有数，让他略感异样的是，身下的马不是他的爱骑小黑。

罗豪才走后陆海江一直心神不宁，不时看一下手表。时近中午罗豪才还没有回来，他有些慌了，穿上大衣来到出连队的路口。雪还在簌簌地下着，陆海江的心扑扑地跳着。冬天去团部取报纸信件的确是一种煎熬，路上全是碾压的冰棱，出了山他就走路边上的雪原——这是罗豪才给他传授的，马走在雪原上稳当踏实。陆海江又下意识地看了一下表，四点了还不见罗豪才的踪影，他越发紧张，在心里一遍又一遍地祈祷……

罗豪才从团部返回时天上飘起了雪花，他担心又赶上暴风雪，一路疾驰。进山时马失前蹄，他被摔了出去……

他终于苏醒过来，脑袋很重，昏昏沉沉的，坚持着四下里望了一下，心想，"小黑呢？你……怎么会……犯这样的错误啊，你真是……老了。小黑，你在哪里？"他把两个手指放进嘴里，想打口哨，可已经无力吹响了。"小黑，你是不是……也受伤了？你很坚强，我知道……你不会……扔下我的，会来……找我的！"他静静地躺了一会儿，感到好多了，艰难地向前爬着，可两条腿却是那么沉重！"我就这样死了？不行，我不能死，我要回家！"……

陆海江终于看见自己的马从风雪中蹿了出来，可马上没有人！他马上意识到罗豪才出事了，他冲过去抓住缰绳，飞身上马来到连部。彭大明听他说罗豪才去团部取报纸信件，火冒三丈："真是糊涂透顶！快！你带张红珍班的全体战士去找！一定要把老罗给我找回来！"

当张红珍班的战士们在雪地里找到罗豪才，他已经冻僵了。陆海江紧紧抱着他，他嘴巴嚅动了几下，陆海江知道他想跟他说什么，把耳朵凑近他的嘴巴，陆海江听到两个字："四排"！

……

罗豪才走了，全连的人都沉浸在悲痛之中，这个连队最有才的人命运多舛坎坎坷坷，好不容易可以回家了，临走还想着为大家最后服务一次，以这种方式结束令人扼腕叹息，而他把自己埋在"四排"的遗愿更让战士们唏嘘！最伤心的是齐桂花了，她不希望他走，调令来了她也为他高兴，她怎么也没想到这竟成了他俩的永别！她也没什么好顾忌的了，哭成了个泪人，就好像自己的男人走了。陆海江难以从悔恨的情绪中摆脱出来，本来应该是自己去的，为什么要让他去？自己失职啊！

当天连队就委托邮电所给罗豪才的妻子徐老师发了加急电报，好在数九寒天人能多放几天。也是在当天，齐桂花给罗豪才赶了一套寿衣，晚上她找到彭连长，说："我想亲手给他穿上。"彭大明说："先给他洗洗身子，这事……就交给你吧，我再给你找两个人。"齐桂花说："不用了，就我一个人。"

彭大明让陆海江挑了担水，三个人去了安放罗豪才的小屋。进了屋，齐桂花看了彭大明和陆海江一眼，彭大明拉了陆海江一下，两人出来了。

齐桂花轻轻掀开蒙在罗豪才身上的白布，给他擦脸，一边机械地重复着这个动作，一边喃喃自语："豪才，你就这样走了……你答应过我，临走前，到我那儿吃顿饭，可你为什么就这样走了呢？……你爱吃炸酱面，你说你打小就爱吃。"

门外的彭大明和陆海江听到了她的话，彭大明敲了敲门："桂花，抓紧点。"

"自从你不在我那儿吃饭以后，我们就不吃炸酱面了，家里没有酱了，为了让你临走前吃一碗炸酱面，我到处找酱，总算在你的战友老毕家找到了酱，可还是没让你吃上啊！豪才，你就这样走了，走得真不值啊！……这些年，我们活得不容易，我们心里都有对方，但却不能走到一起……这些年，我们没有多少快乐的日子，总是疙疙瘩瘩的。想起来，最幸福、最快乐的时候要算排节目了，我们又唱又跳，常常排到深夜，只有这个时候，你才放得开……还记得我们演《回娘家》吗？我们是那么投入，你背着我，你的两只大手是那么有力，依偎在你宽阔的背上，我好幸福啊，只有这个时候你才是最真实的，我才能看到一个活脱脱的你啊！……你说，来世我们做夫妻，你相信来世，我也相信，你早早走了，我知道，你是奔来世去了……听小陆说，你临走前只说了两个字，'四排'，我当时就哭了，你舍不得走，不想离开连队啊！我知道，这里有你太多的牵挂。"

彭大明老泪纵横，陆海江的眼睛也湿了，心里在流泪！

"豪才，记得那年转场，你对我说，如果你光荣了，就把你埋在'四排'，每年清明让我去看你。我说，如果你走了，每年清明我一定去看你。现在你真要去'四排'了，豪才，你安心去吧，每年清明，我一定在你身边，你先去吧，将来的一天，我会到'四排'找你的，那时，我们就永远在一起了，永不分离，呜呜呜……"

五天后，罗豪才的父亲罗应军和徐老师领着两个孩子到达到团部，又换乘关团长的吉普车赶到牧业连。得知老师长从北京来了，全连的人都出来迎接。彭大明见老师长、徐老师和两个男孩从车上下来，马上迎了上去，紧紧握着老师长的手，他和关团长一直期待着老师长来巴尔鲁克山视察，怎么也没料到在这种情形下相见！"老师长，我……对不起您，没照顾好豪才。"罗应军什么也没说，只是用劲拍了拍他的肩膀，淡淡地说："去看豪才吧。"

罗应军和徐老师领着两个孩子进了安放罗豪才的小屋，屋里顿时传出大人小孩撕心裂肺的哭声。过了一会儿，他们从屋里出来了，罗应军掏出手绢擦了擦眼睛，说："大明子，豪才临走时没留下什么话吗？"

"找到他的时候，他只说了两个字：'四排'。'四排'就是……"

罗应军打断他："不用说了，我知道'四排'，豪才跟我说起过。"

"这是豪才本人的心愿，"关长远说，"老师长，我们尊重你和徐老师的意见。"

罗应军看了一眼儿媳："让淑兰定吧。"

"本来我是准备把豪才的骨灰带回去的。"徐老师抽泣了一下，说，"我知道，他对这片土地有很深的感情，还是尊重豪才的遗愿吧，那是他最后想去的地方。"

当天举行了追悼会，全连的人都去"四排"为罗豪才送行，陆海江和张红珍班的男知青抬着罗豪才的棺木走在最前面，山野被大雪覆盖，队伍缓缓前行……

按照彭大明的安排，罗豪才被安葬在了小黑的坟旁。像以往一样，连队的小学生献花、朗诵团歌，之后关团长代表团党委讲话，他高度评价了罗豪才为保卫边疆、建设边疆所做的贡献。他本来想给罗豪才报革命烈士的，党委会研究时有人提出了罗豪才的作风问题，未能通过，他现在只能以口头形式对罗豪才给予褒奖，也算给老师长一个交代。仪式结束后，罗应军走到儿子坟前，深深地给儿子鞠了一躬："豪才，你是爸爸的好儿子，爸爸为有你这样的儿子感到骄傲和自豪！安息吧。"他看了一眼小黑的坟堆，他对小黑并不陌生，儿子曾几次跟他说起这匹不同寻常的马。他见插在小黑坟上的碑牌上挂了雪，于是过去用衣袖擦了擦，然后也给小黑鞠了一躬。徐老师悲痛欲绝，齐桂花一直伴在她身边。这十几年徐老师和丈夫在一起的日子屈指可数，独守空房的寂寞、拉扯两个孩子的艰辛几乎把这个文弱的女教师摧垮了，好不容易拿到了调令，他却抛下她和孩子而去，这个现实她怎么也不能接受！为罗豪才送行的人都走了，她却不忍离去，她这一走就再难来了，她要多陪他一会儿。"豪才，全连的大人小孩都来为你送行了，我知足了。两个孩子也都见到你了。明天我们就走了，你安息吧。桂花，"她抓住齐桂花的手，"我求你件事，你得先答应我。"

"我答应你，嫂子。"

"北京离这儿太远，我们来一趟不容易，我知道，豪才跟你关系一直很好，也能算是亲人吧。"

"嫂子，我们……"

"桂花，你不用解释，我没别的意思，每年清明，你代我们给豪才上上坟，行吗？"

"我会的，你放心吧。"

太阳快落山的时候，赵长山来到罗豪才坟前，他默默地站了很久，临走时说："老罗，我为你送过行了。"

连队又恢复了平静。陆海江的心思全在文教工作上，他知道只有做到最好才是对罗豪才最大的慰藉。他忽然意识到好久没去张红珍班了，他主要惦记着董黎明，最近他的情绪有些低沉，看得出罗豪才的死对他打击挺大的，董黎明总是回避他，去食堂打上饭就回宿舍，有时碰上了只是点个头，没有一句话。陆海江觉得这个时候应该跟他交流一下思想。

陆海江一走进男知青宿舍马超就调侃上了："哟，陆文教驾到，欢迎陆文教来班里视察！"

陆海江没兴趣理他，他注意到董黎明面朝墙躺着，身子没动一下。

李涛说："陆海江，你总算跳出苦海了。"

"李涛，你怎么还叫陆海江？大为不敬！"沈东风说，"人家现在是业务干部了，你们都放尊重点！"他把凳子拉过来，"陆文教，请坐。我得跟你提点意见，你好久没来男知青宿舍了吧？可不要脱离群众噢！"

陆海江坐下了，他已经习惯了这种调侃讥讽："刚接手挺忙的。"

"得了吧。"马超凑了上来，"哎，当文教感觉是不是特别好？"

"有什么好的，不如班里，在班里咱不用操心啊！当文教可就没这么自在了，什么事都要自己动脑子、想点子，压力大啊！你们也看到了，整天出墙报、黑板报，写表扬稿、新闻稿，还要到团部取报纸信件，然后给各家各户分送，从白天忙到晚上，连业余时间都搭进去了，哪像你们还能在这里侃大山，说实在的，我现在挺羡慕你们的。"

马超拍了拍陆海江的肩膀："那咱俩换换？"

李涛推了他一把："恬不知耻，你那两把刷子干得了吗？古人云：劳心者治人，劳力者治于人，你就认命吧！"

董黎明从床上坐了起来："你们怎么这么多废话！"他看了陆海江一眼，径直出了门。

陆海江跟了出来："黎明，你最近好像心情挺沉重的。"

"能不沉重吗？所有的人都用异样的目光看我，大家都在疏远我，特别是那些老同志，就像躲瘟疫一样。海江，我真的错了吗？"

"黎明，你确实该好好反思一下了，人们为什么会这样对你，你认真想过吗？"

"最近我也在想这个问题。说实在的，我觉得挺冤枉的，就说罗文教的事情吧，我不是按照组织的要求那么做的吗？"

"江指导员一个人不能代表组织。黎明，在一些问题上，你为什么不考虑彭连长和其他人的态度呢？赵长山就不说了，在罗文教的事情上，你做得太过了，罗文教是多好的一个人啊，你怎么能那样对他呢？"

"罗文教这样走了，我心里也挺不好受的，但你说他是多好的一个人，我不能苟同。不管怎么说，他跟齐桂花不明不白的。"

"人无完人，更何况罗文教这种情况。"

天已经黑透了，他俩边走边聊，在雪地里深一脚浅一脚的。此时董黎明的心绪也如这茫茫黑夜，今后的路该怎么走？

陆海江收到李雯的来信。她在信上说昨天她收到董黎明的信，得知他当文教了，向他表示祝贺。她埋怨他为什么不把这个消息直接告诉她，让她跟他一起分享呢？也许在他心里她已经不重要了，但她还是为他感到由衷的高兴，她相信他比她干得更出色，最后说："请接受一个老同学遥远的祝福吧！"

看完信陆海江如鲠在喉。

眼看就到春节了，连里谁也没提排节目的事，彭春燕耐不住了，对陆海江说赶紧动起来呀！陆海江去连部请示，江指导员说今年不排节目了。这段时间他的情绪也很不好。关团长知道罗豪才是罗师长的儿子后，对江涛在罗豪才的问题上大做文章严加训斥，表现出极度的反感。江涛本来想用这件事情给自己加分，没想到弄巧成拙。他变得谨慎了，罗豪才才走了一个多月，这个时候同意排演节目关团长会怎么想？他不想再碰关团长那根神经，自己的前程要紧哪！不让排节目彭春燕很不爽，她又做爸爸的工作，爸爸说不排节目照样过年，他也变得谨慎了，现在江涛主持连队的工作，他不想在无关紧要的事情上跟他拧着。不过，他这个当连长的也不能让连里的人太失望，怎么也要活跃一下年前的气氛，他通过关团长把团放映队调来，腊月二十八这天连队放了一整天电

338

影，上午是《地雷战》《地道战》，下午是《三进山城》《小兵张嘎》，让全连的大人小孩过了一回电影瘾！

腊月二十八吃过早饭，人们就拿着板凳早早来到礼堂抢占有利位置。陆海江到得早，彭春燕进来时他左右两边已经有人了，彭春燕皱了皱眉，想了想，在他身后坐下了。陆海江想你怎么不早点来？他也很期待跟她挨着看电影，那种感觉是很难用享受二字来形容的。不过坐在身后也挺好，他能够感受到她的气息她的存在。

电影开始了，"地雷战"三个苍劲有力的大字跃上银幕，地雷轰响，日寇尸体横飞……彭春燕一激动，就把手放在了陆海江的肩膀上了，此时大家的注意力全都集中银幕上，谁也没有在意彭春燕的这个举动，陆海江开始心里有点慌，看到周围的人并没有什么反应，便心安了。影片出现下面的画面：民兵队长挠着头，为改进地雷的引爆装置而苦恼，他豁然开朗，心生一计。他来找跟他相好的姑娘，见她正对着镜子梳一头长发，他悄悄走近她，揪了她的一根头发跑了。人们看到这儿都笑了，彭春燕笑得最响，而且在陆海江的肩上温情地抓了一下，这一抓好似电流，通遍陆海江全身……

大年初一天还没亮，连队就响起噼噼啪啪的鞭炮声，除了孩子们放炮，连队就再没有其他过年的气息了。过年看一台节目是连队人最期待的，今年也落空了，于是人们就相互约着请客吃饭喝酒猜拳，今天你家明天他家，也有滋有味的。

早晨起来，彭春燕就想着这个大年初一怎么过，她打算把陆海江和王老师叫到家里吃顿饭，爸爸说他和江指导员要去团部参加一个紧急会议，回来就晚了，彭春燕说那就放在初二下午吧，爸爸同意了。

赵长山这个年不好过，他现在还是犯人身份，没人敢约他，连老乡们也疏远了。看着人们从门前走过相互拜年，听着邻里的喝酒猜拳声，赵长山在心里说活得真他妈的窝囊！他忽然想到陆海江，他请他来家里吃饭，也许他会给他面子？他去找了陆海江，约他初二下午来家里吃饭，陆海江一口答应了。赵长山刚走彭春燕就来了，说了初二下午去她家过年的事，陆海江说刚才赵长山已经跟他约好了，彭春燕让他推到初三，陆海江觉得这样不好，彭春燕扭头走了。

第二天下午陆海江如约来到赵长山家，菜已经备齐了，手抓肉、凉拌牛肉、熏马肠，虽然简单了点，但却是很下酒解酒的。这几道菜除了熏马肠是马力克和巴哈什走时给女儿留下的，其他都是阿斯燕自己做的。

赵长山取来两只碗，一边倒酒一边说："用酒杯太麻烦，还是哈萨克人用碗痛快！"

"老赵，你今天要把我灌醉啊？"陆海江这样说，却并没有阻止他。

"小陆，今天咱俩痛痛快快喝个酒！如今敢在我家喝酒的，也只有你了。大过年的，家家挨着请客，就我家冷清，没人敢围我的边，生怕沾了晦气。唉，怨不着别人，谁让我不争气呢！还是你小陆有血性，来，这碗酒我先敬你！"

他端起碗一饮而尽，陆海江喝下去半碗。陆海江的酒量虽然大有长进，但也扛不住赵长山这个喝法，但他一定要陪他！陆海江眼里的这个男人真有点说不清道不明，他一腔热血正直果敢嫉恶如仇且武艺高强，但却不拘小节，不管别人怎么看他，陆海江佩服他！而且这个男人对他有救命之恩，他感激他！他能不陪他喝酒吗？能不往醉里喝吗？当然，他不想一下就喝醉，他想陪他说说话，他知道这个男人这一年来心里很苦，他能帮到他的，也就是给他点安慰和鼓励了。尽管陆海江努力控制速度，他还是很快就喝多了。

阿斯燕让陆海江多吃手抓肉："我爸爸说，多吃一大块羊肉就能多喝一碗酒！"

赵长山帮腔："没错，有手抓肉垫底，今天你放开喝！"

"放……放开喝，我……我陪你……赵班长！"陆海江舌头有点硬了。

"你叫我什么？你喝多了。"

"我没……没喝多！在我心里……你一直是……我的班长！"

"很久没有人这样叫我了。"赵长山的表情很痛苦，"小陆，你知道我的日子是怎么过的吗？度日如年啊！"

"我……理解。"

"人活的是个名分啊！算了，大过年的，不说这个了，喝酒！"

"赵班长，你……你快熬……熬出来了。"

"熬出来？熬出来还不是个新生人员？"

"赵……班长，你可不能……从此一蹶不振啊！"

"小陆你放心，我赵长山会活出个样子来的！"

……

陆海江从赵长山家出来天已经黑了，赵长山要送他，他说酒劲已经过去了，他自己能回去，赵长山想，去送小陆让人看到了对他不好，反正也没几步路。陆海江摇摇晃晃走了，没走多远他就吐了，身上燥热，他解开棉衣，在树上靠了一会儿，又继续朝前走，迎面碰到一个战士，那战士见他醉醺醺的样子，说：

340

"小陆，谁灌你这么多酒呀？"陆海江说："我到赵长山家喝酒去了！"那战士吃惊地望着他，陆海江又说："你们不敢去，我敢！"那战士要扶他回去，陆海江推开他："我没醉，我自己能走！"离宿舍不远了，他栽倒在雪地里，脸上凉冰冰的挺惬意，他想睡一会儿……

彭春燕担心陆海江在赵长山家喝多了，来宿舍看他，路上见陆海江躺在雪地里，赶紧抱起他："海江，你怎么躺在这儿！"陆海江朝她傻傻地笑着："痛快！"彭春燕扶着他进了宿舍，帮他脱了外衣，拉开被子让他躺下。

"赵长山怎么让你喝这么多酒？他想把你往死里灌吗？"

"我乐意，我高兴！"

"这个劳改犯，他想害死你吗？我找他算账去！"说完转身要走。

陆海江猛地从床上坐了起来："你给我站住！不许你诬蔑他！你凭什么管我的事情！滚！滚出去！"

彭春燕惊呆了，她哭了，哭得很伤心，陆海江把被子蒙在头上。

彭春燕一时气昏了头，她很后悔刚才说出那样的话："海江，我错了。"

"春燕，刚才我不该对你发那么大的火，我确实喝多了。"

彭春燕把脸贴在他的胸上，又呜呜地哭了起来，陆海江紧紧地搂着她……

第二天一大早彭春燕就来了，陆海江还在床上睡着，她摸了摸他的脑门，烧得这么厉害！她要去卫生室，陆海江说胡医生回团部过年了。彭春燕把暖水瓶提到床边，嘱咐他多喝水，然后离开了。

她去马号牵出自己的马，她要去附近的一连请医生，王林不放心，要跟她一起去，彭春燕让他坚守岗位，她可不想给他找麻烦。

王林来看陆海江，告诉他彭春燕去一连请医生了，陆海江很生王林的气，天这么冷路又难走，出事怎么办？王林也感到了问题的严重性，坐在那儿一个劲地懊悔，陆海江赶紧说对不起，这事他怎么能埋怨王林呢？不一会儿董黎明也来了，陆海江高烧不退，两个老同学守着他，不停地给他脑门上换凉毛巾，他俩只想到这个最简单的办法了。

彭春燕请来了一连的孙医生，早年孙医生在牧业连工作过，非常敬佩彭连长，因为这一点彭春燕才请得动他。看着被冻得满脸通红的彭春燕，陆海江眼泪都快下来了，只是淡淡地说了句："你真不该一个人去。"董黎明笑着说："爱情的力量。"

孙医生给陆海江打上吊针，彭春燕说："大过年的麻烦你孙医生跑一趟，真过意不去，现在去我家吃饭，我爸还等着你呢。"说到这儿她看了陆海江一眼，表情有点沮丧，让陆海江来家里吃饭推到了今天，也都准备了，他现在这个样子显然是去不了了。孙医生说："好久没见彭连长了，正好去给他拜个年。"董黎明说："彭春燕你就放心去吧，这里有我和王林呢。"

彭春燕领着孙医生回到家，彭大明见跟在女儿身后的不是陆海江而是孙医生，眼睛睁得老大，听女儿说了事情的经过，便拉着孙医生入了席，说了一番感谢的话。孙医生给彭连长、春燕妈和在座的王老师拜了年，春燕妈的表情有些不自然，她最想请的人没来啊！

孙医生给大家敬过酒，吃了几口饭就去看陆海江了，彭春燕也跟着走了，临走时她对爸爸说董黎明和王林守着陆海江还没吃饭呢，爸爸说让他们过来吃吧，彭春燕又嘱咐妈妈等一会儿给陆海江下碗挂面。两人一走屋里就变得很冷清，王长根不喝酒话也少，筷子半天才动一下，春燕妈知道他的心事。

"王老师，怎么老不见你动筷子啊？你们上海人口轻，我们山东人口重，我做的菜是不是咸了？"

"不咸不咸，"王老师赶紧夹菜，"我的口味已经被北方人改造了。"

"你们这些上海支青，现在一个个都挺泼辣的，唉，就是黄老师不行，走了。"

彭大明瞪了她一眼："你提这个干什么！"

春燕妈前面的话是过渡，现在转入正题："王老师，你今年过三十了吧？"

"整三十。"

"年纪不小喽，也该成个家了，你看连里的上海支青，一个一个都成家了，有的孩子都几岁了。"

"不急，不急。"

"王老师，春燕妈这话说得在理，三十一过，日子过得快着呢，你得抓紧点。"

"王老师，连里这么多姑娘，你看上哪个没有？要是有中意的，告诉我，老嫂子给你保媒！"

"人家王老师还用保媒啊？他身后排队的姑娘，少说也有一个班吧。"

"彭连长，你也开我的玩笑。"

"王老师，你不是挑花眼了吧？也别太挑剔了，差不多就行。"

"我现在的心思都在孩子身上，整天跟那些天真活泼的孩子们在一起，我过得挺开心、挺充实的。"

……

彭春燕和孙医生回到陆海江宿舍，彭春燕说："现在换班，你们两个去我家吃饭，陪我爸爸喝几杯。"董黎明笑着说："是茅台酒吗？"彭春燕说："我不懂酒，没在意。"去彭连长家吃饭王林有点紧张，说："我就不去了。"彭春燕说："都得去，我爸正等着你们呢！"

董黎明和王林走了。孙医生又给陆海江挂了一瓶药液，天不早了，他给彭春燕教了拔针的方法，然后骑上马回一连了。输了液陆海江感觉好多了，彭春燕在他身边坐下，静静地看着他。此时陆海江的内心充满了感激，仅仅是感激吗？不，还有深深的爱，有哪个姑娘会像她一样这么执着、热烈地爱一个男人？生命中有这样一个伴侣，他还有什么不满足的呢！"你就一直这样看着我呀？"他说。

"我能做什么呀，又不会妙手回春。海江，你是不是饿了？来的时候我让妈妈给你下碗面条，我现在去端。"她站了起来，陆海江拉住她的手，"我什么都不想吃，春燕，我想听你唱歌。"

"你说吧，想听哪首歌？"

《上甘岭》的插曲，记得第一次参加转场，路上你唱了这首歌，特有感觉。"

"那我唱给你听。"她深情地唱了起来：

> 一条大河，波浪宽，
> 风吹稻花香两岸。
> 我家就在岸上住，
> 听惯了艄公的号子，
> 看惯了船上的白帆。
> ……

清明节到了。早晨齐桂花做了炸酱面，老方心里明镜似的，她要去给罗豪才上坟，他又能说什么呢？一家人吃完饭，齐桂花拿了个包，扛着铁锹一路朝"四排"走去，上坟的人不少，齐桂花一点都不怯，罗豪才是为大家而走的，她去给他扫墓告慰他的在天之灵，人们只会感动记她齐桂花的好念她齐桂花的义，谁会在背后指指点点说三道四？再说还有徐老师委托她看罗豪才这一层呢！

初春的山里才有开化的迹象，那些坟堆还似一个个雪丘。齐桂花来到罗豪才的坟前，泪水就哗哗地下来了，眼前都是罗豪才鲜活的影儿，一幕连着一幕。默默地站了一会儿，齐桂花用铁锹把罗豪才坟上的积雪清了，然后从包里取出一碗炸酱面和其他祭品，摆放在坟前："豪才，今天是清明，我看你来了，也代表徐老师和你的孩子。豪才，我给你做了一碗炸酱面，你最爱吃的，我给小黑也带吃的了，小黑就在你身边，每次来看你，我也把小黑看了，你就放心吧。"

清明一过就是春季转场。董黎明在想，他要不要留在冬窝子看场子？罗豪才已经走了这么长时间了，战士们还是对他另眼相待，不肯原谅他，来自方方面面的压力太沉重，他想到了逃避，去冬窝子看场子，不遭人白眼，听不到非议，也可以静下心来读书学习，深入思考理清思想。可是要在那儿生活半年啊，他能忍受得了那里的孤独寂寞吗？思前想后，最终他还是下了决心：去冬窝子！吃过晚饭他去找江指导员，出了宿舍的门他又改变了主意，江指导员不同意怎么办？于是他去了彭连长家。

　　"看场子？"彭大明一愣，"你班长干得好好的，为什么要去看场子？"

　　"我想到更艰苦的地方锤炼自己。"

　　彭大明给他倒了一杯水："我知道，大家对你有一些看法，你很有压力。小董，你也不要想太多，连里并没有否定你，你这个班长总体上干得是不错的，人嘛，谁能不犯错？只要及时改正，就是好同志。你还年轻，要经得起摔打啊！看场子就算了，在哪里跌倒，在哪里爬起来！"

　　"彭连长，我想离开一段时间，看场子可以磨炼意志，另外，找一个安静的环境，我可以清理一下思想，你就让我去吧。"

　　"看来你的思想包袱还挺重。"彭大明想了想，"你现在这种状态，班长也干不好，去看场子，如你所说，倒也是件好事，你的请求可以考虑，再给你配个张红珍班的战士。"

　　"就我一个人。"如果让陆海江去，董黎明也许还能接受。

　　"你一个人？那怎么行？"

　　"彭连长，我有充分的思想准备。"

　　第二天彭大明就把董黎明的请求提到支委会上，大家都同意，但都说还要像往年一样再去一个战士，江涛认为董黎明的请求体现了一个革命战士的坚强意志，倒是为全连的战士树立了榜样，最后决定让董黎明一个人留在冬窝子。

　　散了会江涛就找来董黎明："这么大的事情你为什么事先不跟我说？乱弹琴！"

　　此时董黎明不想跟他解释。

　　"小董，你跟我说老实话，是不是彭连长逼你去的？"

　　"不，是我主动向他提出的，他不同意我去，还做了我的工作。"

　　"小董，你太脆弱了，太不成熟了！有我在这儿顶着，你怕什么？"

　　"江指导员，这不是怕不怕的问题。"

　　"那你就是逃避！你去看场子，想求得人们的原谅，改变人们对你的看法，是不是？你不要忘了，马克思曾经说过，真理有时候是在少数人手里的！你呀，太让我失望了。党支部已经批准你去看场子，我同意你一个人去，你好好磨炼磨炼吧！"

"我是要好好想一想了。"董黎明扭头走了。

护送转场出发的头天晚上，董黎明过来与陆海江告别。陆海江听说他一个人留在冬窝子看场子也很吃惊，他知道老同学的压力太大了，他又是个很要强的人。一个人独守冬窝子，陆海江很为老同学担心，说了些"保重身体、注意安全"之类的话，董黎明出门前陆海江紧紧握住他的手。

马力克和巴哈什回到夏牧场了，这个消息是一个战士告诉赵长山的，接到消息赵长山就和阿斯燕骑上她的马去看他们，那马载着他俩步子沉重，阿斯燕不停地打着身下的马，分别了半年，她恨不能马上飞到他们身边！

听到马蹄声，马力克和巴哈什走出毡房，永强一扭一扭地跟在后面，他已经会走路了。

"爸爸！妈妈！"阿斯燕从马上下来，"你们总算回来了，好想你们啊！"

马力克跟女儿和赵长山拥抱，永强远远地站着，用异样的目光看着阿斯燕和赵长山，他已经不知道眼前这两个人是谁了。

"强子，"阿斯燕伸出双手，"过来呀，不认识我了？"

永强站在那儿没动地方，巴哈什说："他现在叫努尔江，他已经听不懂汉话了。"

阿斯燕过去抱起他，在他脸上亲着："好想你啊！努尔江，阳光，这个名字起得好。"

赵长山从她手中接过永强："长大了，结实了。"

进了毡房，阿斯燕从包里拿出一大堆玩具，她用哈萨克语说："努尔江，这是给你买的玩具，喜欢吗？"

"喜欢。"永强摆弄着玩具。

毡房里一下就有了生气，一家人有说不完的话。马力克见赵长山低着头只顾吸莫合烟，说："长山，你快出来了。"

赵长山知道他的意思："出不出来都一样。"

"长山，不要这样说，出来以后你还是条汉子！"马力克说，"长山，连里去冬窝子慰问，你怎么没让阿斯燕去？"

"那个时候阿斯燕去，强子肯定会认出她，要断就利利索索。"

"早晚还是要告诉他的。"

"还是不告诉他的好。"

马力克望着眼前这条汉子，心想他的心真硬。

第十四章

一晃董黎明来冬窝子就两个月了，尽管有充分的思想准备，真来了，日子却一天比一天难熬，他觉得自己真是太天真太冲动了。看场子并非无事可做，他要为畜群到冬窝子越冬做各种准备，修缮房屋、羊圈，种冬菜……白天他拼命干活，一刻也不闲着，以此忘掉孤独忘掉烦恼让思维迟钝。晚上冬窝子一片死寂，他形单影只没有人跟他说话聊天，这是让他感到最痛苦的！来的时候他带了很多书，主要是《马克思选集》《列宁选集》《毛泽东选集》这些大部头，晚上他就读书，开始是在煤油灯下默默地读，后来站着大声朗读，字正腔圆声情并茂……

陆海江一直惦着远在冬窝子的老同学，他在冬窝子都两个月了，应该上去送补给了吧？他想借此去看看老同学。于是找彭连长说了他的想法，彭连长同意他带一名张红珍班的战士代表连队去慰问董黎明。陆海江很开心，除了能见到老同学，他还有一个期待，他能见到深红色的山谷了！现在刚进入六月，正是芍药花开的季节。

因为当天要赶到冬窝子，出发的头天下午陆海江和马超去食堂领了面粉、清油之类的生活必需品，陆海江还去小商店买了几听罐头，第二天天蒙蒙亮他俩就上路了。

他俩在马上很悠闲，虽然也是去冬窝子，但这次却没有一点压力，可以尽情欣赏山花烂漫的景色。五月到六月的巴尔鲁克山是花的世界，各色野花争奇斗艳，大的小的高的矮的，把山野装点得分外妖娆，徜徉其间目不暇接，但陆海江最想看到的，还是漫山遍野的深红色野芍药，这一天他已经等了很久很久了！

中午时分，随山峦起伏一片连着一片的深红色野芍药呈现在眼前，陆海江终于见到心向往之的深红色山谷！他和马超下了马，近距离观赏，那花五六十厘米高，花朵拳头般大小，一株挨着一株，只开深红色的，远远望去，可不就是深红色的山谷嘛！

马超很快审美疲劳："我们走吧。"

陆海江却意犹未尽："难得一见，再待一会儿。"

"走吧，我们回来还可以看嘛！"

陆海江摘了几朵："给董黎明带上，他肯定想不到。"

马超笑了："陆海江，你没搞错吧？回来吧，摘几枝给彭春燕献上。"

陆海江看了他一眼："我跟你没共同语言。"

……

到达冬窝子已经是傍晚了，董黎明激动异常，拥抱之后拉着陆海江和马超不松手，眼里噙着泪，两个月没见到人了，更何况见到战友！看到老同学满头长发胡子拉碴，陆海江的眼睛湿了，他把那束野芍药递给他。

"给我献花，搞得还挺浪漫的。"

"黎明，你猜这是什么花？"

"野芍药？"

"你说对了，我和马超在来的路上见到了，就是姚科长描绘的深红色的山谷，太壮观了，美得令人震撼！"

"我是没这个眼福啊……海江，难得你有这份心，谢谢。"

进了木屋，董黎明把那束野芍药放进水桶里："真养眼啊，我要让它好好活着。"

陆海江望着他，老同学明显瘦了："黎明，大家都很想你。"

"你们总算来了，两个月啊，两个月没见人了。"

马超笑着说："董班长，要是派个女知青来看你就好了。"

"马超，你想让我犯错误啊？"

三个人都笑了。太阳已经下山，他们赶紧做饭，董黎明分了工，陆海江生火，马超洗菜，他自己掌勺。

马超一边洗菜一边说："董黎明，这些菜都是你种的？"

"是啊，冬窝子夏天凉，就是品种少了点。"

"哎，有肉吗？"

"我给你偷肉去？你们带什么好吃的了？"

"有什么好吃的？基本生活品，面粉、清油之类的。"

"黎明，我给你买了几听罐头。"

"谢谢老同学。"

"董黎明，你从来不吃肉啊？"

"有时打到野味，改善一下。"

"你过的是原始部落的生活啊！如果有女人就更好了。"

"你又来了，我看你小子倒应该来这儿好好修炼修炼！"

"这个建议可以考虑。"

"海江，连里有什么变化？"

"没什么变化。"

"哎，我走后班长谁干了？"

"放心吧，没人篡权，"马超拿腔拿调地说，"连里给你留着呢，目前程强代理。"

"马超，你也太小瞧我了吧？"

"我知道你看不上这个班长。"马超说，"你回去以后，我估计你会被连里起用的，比如当个排长什么的，古人云：天将降大任于斯人，必先苦其心志，劳其筋骨，你快熬出头了。"

董黎明笑了："别贫了。"

"黎明，这两个月你是怎么过的？"

"日出而作，日落而息。"

"得了吧，你有什么可做的。"

"马超，你以为我天天睡大觉啊？"董黎明历数他所做的工作后说，"你们回去告诉连里，在秋季转场到来前，我会按照要求把这里的所有事情做好。"

"佩服！"马超竖起大拇指，"我们董班长是一块金子啊，放在哪儿都会闪光的。"

"黎明，真想不到你在这里还要干这么多事情。"陆海江用敬佩的目光望着老同学，忽然想到彭连长的交代，"对了，来之前，彭连长让我代表连里向你表示亲切慰问。"

"难得彭连长还能想起我。"

晚饭很简单，清炒韭菜、小白菜，董黎明打开了一个鱼罐头和一个黄桃罐头，这是他两个月来吃得最香的一顿饭："马超，打扫战场的任务就交给你了，海江，我们出去走走。"

"董黎明，你还没恢复原职，就开始给我下命令了？我也想跟你们出去转转。"

"少啰嗦，收拾完了再出去。"

他和陆海江出了木屋，马超嘴里嘟囔了一句："什么时候都是个命令人的主儿！"

董黎明想跟陆海江单独说说话，能跟他交心的，也只有陆海江了。在连里时他俩常常在夜晚出去散步，说说话交交心。此时董黎明的内心充满了对老同学的感激："海江，谢谢你来看我，我知道，是你主动要求来的。"

"我们是老同学。"

"海江，连里的人对我来看场子怎么看？"

"看场子是项十分艰苦的工作，你能主动要求一个人来，大家都很佩服你。"

"真的？"

"我还能骗你啊？彭连长几次在全连大会上提到这件事情，表扬你这种精神，同志们的反映也非常好。"

"海江，我这两个月所承受的，你恐怕很难体会。我一个人面对这些大山，整天看不见一个人，一切仿佛都是静止的。白天还好过些，我不停地干活，给自己找事情做，最难熬的是夜晚，这里的夜晚太寂静了，寂静得令人害怕，我拼命地看书，分散自己的注意力。海江，你知道吗？我看书基本上是在朗读中进行的，我强迫自己说话，我担心长期不说话，会减弱语言表达能力，甚至有可能失声。"

"我能想象。黎明，你真是太不容易了。"

"这些我还能忍受，最主要是心里苦啊，我一遍又一遍地回忆来连队后自己所走的每一步，就像过电影一样。我读马列、毛选反省自己，我究竟错在什么地方？痛苦常常折磨得我难以入睡。"

"黎明，你这种自责精神真让我感动。"

"海江，你说我还有机会吗？"

"黎明，我们的人生之路才刚刚开始，这点挫折算不了什么，我相信你！"

……

两个月的话都在一个晚上说了，回木屋时已经是满天繁星。躺在炕上他俩还在交流，马超在一边呼呼睡着，收拾完他没去找他俩，他知道董黎明在有意回避他，其实他俩说什么他懒得听，还不如多睡会儿觉呢！

第二天陆海江和马超就早早上路了，董黎明送了很远很远。陆海江也是依依不舍，黎明的这个选择让他钦佩，但老同学付出的太多太多了，他又要一个人面对大山面对孤独，个中滋味岂是一般人能体会能承受的？尽管他与黎明对一些问题的看法有分歧，感情不如初来连队时那么亲密了，但他毕竟是老同学啊，黎明心中的酸甜苦辣他也感同身受。

分手了，陆海江远远地回头望了一眼，马上的董黎明像一尊雕塑。

九月的一天，保卫科来人宣布：赵长山刑满释放。犯人的帽子终于摘掉了，战士们为他感到高兴，遇见的都向他祝贺，赵长山的反应却很平淡，点点头或是淡淡一笑。齐桂花见到他说："长山，新生了也不请客呀？"赵长山又是淡然一笑："晚上吧，我叫了几个人到家里坐坐，也请你参加。"齐桂花自然应承下来了。

马力克宰了一只羊送过来，赵长山说："你要让我大摆啊？"马力克说："你出来了，当然要好好庆贺庆贺！"赵长山不想搞太大动静，只叫了彭大明、春燕妈、陆海江、彭春燕、齐桂花，马力克有些不高兴，彭大明说："也好，也好。"阿斯燕忙了整整一个下午，所叫的这几个人，都是她和长山在这个世界上遇到的贵人，怠慢不得，她把齐桂花教她的几手都使了出来。

大家在饭桌前坐定，赵长山让彭连长开个场，彭大明也没推辞，他知道这种时候让赵长山说话更是难为他了："长山新生了，我们大家都为他感到高兴啊！……"他一时语塞，"多的话不说，全在酒中，大家共同干一杯！"

春燕妈看着一桌菜："阿斯燕，这一桌菜都是你做的？"

"那当然，大家都动筷子，尝尝我的手艺。"

齐桂花夹了青椒洋葱炒羊肉放进嘴里："妹子，大有进步！"

阿斯燕很得意："还不都是跟你学的。"

"长山，我敬你个酒。"彭大明又端起酒杯，"我就给你一句话，过去的事情甩到脑后，一切重新开始！"

赵长山没说话，只是把杯中酒一饮而尽。

"我的女婿错不了，他还会是以前的赵长山！"

陆海江望着赵长山，从他的脸上读出了苦涩。赵长山几次说"出来不出来都一样"，好像心灰意冷一蹶不振了，但陆海江了解他，这个内心强大的男人是不会被击垮的。"赵班长，我也给你敬杯酒。"陆海江站了起来，"你是我永远的班长。"

赵长山跟他碰了杯："永远。"

"可不要永远是班长，长山，我看好你。"齐桂花自然体会不到陆海江和赵长山的心境。

彭大明给努尔江夹了一块肉："来，爷爷给小努尔江夹块肉。"

阿斯燕用哈萨克语对努尔江说了两句，努尔用生硬的汉语说："谢谢，爷爷。"

马力克显出不高兴的样子："彭连长，你的称呼不对，你占我的便宜嘛！"

彭大明反应过来："噢，他现在是你的儿子，马力克，失敬了。"

马力克把彭大明的酒杯端给他："罚酒一杯！"

"我认罚。"彭大明爽快地喝了。

"哈哈……"马力克笑得前仰后合，大家都跟着他笑了。

赵长山算是彻底自由了，他第一个想去的地方是知青宿舍。当他走进男知青宿舍，马超说："赵班长驾到，欢迎！"大家都鼓起掌来。

"赵班长，快坐！"沈东风拉着他坐下，"你可是一年没到知青宿舍来了。"

"过去不好来啊。"

"赵班长，你也太那个了。"杜春生过来递给他一支香烟，然后给他点上，"你早该来了，我们可从来没把你当犯人！在我们心目中，你一直是我们的班长！"

"没错，你进去了，大家都为你鸣不平！"

"我是个粗人，班长当得不称职，没少让你们吃苦头，可大家还这样看我，我谢谢大家了。"

"你怎么不称职？你虽然粗了点，但人实在，不唱高调，而且有本事，身先士卒，我们服你啊！现在，没劲！"说完杜春生摇了摇头。

马超说："杜春生，你这话要是让董大班长听到，他可不高兴啊！"

"董黎明在我也这样说，实事求是嘛。"

"赵班长，你新生了，回来继续给我们当班长！"

"我？不可能了。"

"怎么不可能？我们全体知青向党支部建议，大家说怎么样？"

"对，我们集体向党支部建议！"

"说实在的，我也想回班里。"赵长山吸了一大口烟，"你们也知道，我这个人心气很高，跟谁也不服输，但我现在这种情况，回来是不可能的，所以你们就不要建议了，弄不好江指导员又抓你们个典型，大家的心意我领了。"

一屋子的人都沉默不语了。

山上的白杨林、白桦林一片金黄，秋季转场又在眼前了。赵长山又有了护送转场的冲动，可他这种情况会让他参加吗？他心有不甘，找彭连长说了。刚刑满释放就请求参加护送转场，这让彭大明既感动又很为难，但他要成全他！

351

党支部研究护送转场人选时，彭大明提了赵长山。

江涛马上反对："赵长山刚刑满释放，执行这种特殊任务是不合适的，如果他出了问题，我们跟上面怎么交代？"

曲德明附和道："我同意江指导员的意见，对赵长山的使用还是应该慎重些。"

康振华则站在彭大明一边："我认为可以派他去，再咋说他也是中国人，关键时刻他不会装熊！"

其他几个支委都低着头，他们不想马上表态。

彭大明竭力说服大家："赵长山服刑期间表现很好，大家也都看到了，现在他又主动要求参加转场，说明他悔过自新的愿望是很诚恳的，我们应该信任他。最近边境上不太平，团里要求我们精心挑选人员，赵长山多年参加护送转场，一旦有情况他是能够发挥突出作用的，因此，我认为可以批准他护送转场。"

江涛还在坚持："我主要是从政治上考虑，万一他出了问题，谁能负得起这个责任？"

彭大明提高了嗓门："我是连长，他要是出问题，我承担全部责任！"

两种意见僵持不下，只有进行表决了，多数支委同意赵长山护送转场，彭大明终于松了口气。

接着确定带队的支委，彭大明又抢先说话："这次我带队，趁着还有点干巴劲，我再走一趟。"

他的话让大家愣住了，都吃惊地望着他，江涛说："老彭，你就不要逞英雄了，你不爱惜身体，组织上可不能不负责任啊！"

"就是，你都是五十多岁的人了，不能不服老啊，还是我康振华上吧。"

"我能撑得下来，我心里有数，你们谁也别跟我争，就算你们成全我这个老家伙，就一回，从此收山，行了吧？"

江涛显得有些无奈："那就再成全你一回吧。"

开完会回到家，彭大明跟春燕妈说这次转场他带队，春燕妈惊得半天没说上话来："你疯了？你以为你还年轻啊？"

"我还就是不服老。"

"连里那么多领导，一个个身强力壮的，凭啥让你这个老头子带队？看你好说话是不是？"

"你说什么呢！"彭大明最烦的是她没觉悟，"是我自己主动提出来的，我想再走一趟，以后怕是再也去不了喽……"

"你呀，真是心比天高！"春燕妈指着他说，"我告诉你，你要是累趴下了，没人伺候你！"

"马上摔打过来的人，没那么娇气！我骑马去团部跑个来回，不是一点问题都没有嘛。"

"这回可是转场，来回几天呢，你这把老骨头架得住？"

"我们不是还要歇两个晚上嘛。"

"唉，老都老了，还不让人省心！"春燕妈忽然想到女儿，"老头子，你带队，春燕不用去了吧？"

"她也参加。"

"护送转场就那么十几个人，凭什么我们家去两个？"

"就凭我是连长！父女齐上阵，今后哪个人不给我往上冲？"

春燕妈没再吭气，她还能说什么呢？

陆海江也接到了参加护送转场的通知，他已经两次没参加护送转场了，现在边境局势又紧张起来，他是肯定要上的。接到通知的那一刻，他想护送转场的女战士中有春燕吗？从内心讲他是不希望她去的，现在她已经是他生命的一部分，他为她担心。他又想到了董黎明，老同学终于可以回来了。

出发那天早晨连部前聚了很多人，彭连长亲自出马，战士们都想送一送。阿斯燕拉着赵长山的胳膊，赵长山挺别扭的，推开她的手。

"长山，你可要好好地回来！"

"别瞎操心。"

春燕妈一直站在女儿身边："春燕，你爸年纪大了，路上多照顾着点。"

彭春燕搂住妈妈："妈，你就放心吧。"

"你爸有老寒腿，晚上记着一定让他泡脚，用热热的水。"

"妈，这不用提醒。"

妈妈给女儿把头上的围巾系紧："还有你自己，一定要听话。"

"妈，你烦不烦哪，赶紧回去吧。"

彭春燕望了一眼远处的陆海江，他也正望着她呢，这一刻她真想站在他身边！

远处传来了哒哒的马蹄声，马力克骑着马过来了。本来马力克这两天准备跟他的牧民们去冬窝子的，听赵长山说彭连长亲自带队护送转场，也动了再走一次争议地区的念头，回来再去冬窝子也不迟。几天前他找了彭大明，执意要跟他走争议地区，彭大明向团党委做了汇报，上面同意了。

马力克下了马，有模有样地给彭大明行了个军礼："报告彭连长，马力克向你报到！"

"欢迎加入！"彭大明见人都到齐了，大声说，"现在出发！"

马力克飞身上马："彭连长，你们是父女，我们是老丈人女婿，同走争议地区！哈哈！"

马力克的话让在场的所有人动容，是啊，这真是一次不同寻常的转场！望着远去的队伍，人们的心情久久不能平静。

山路崎岖，几百只羊鱼贯而行，远远望去像一条蜿蜒的小河。出圈的羊恋着脚下的草，边走边吃，穿插其间的战士们不时吆喝几声。太阳刚冒出山顶，彭大明就感觉腰酸背痛，他看了一下手表，才走了两个小时，他想真是应了春燕妈的话，去团部和转场可不是一回事，去团部好歹有路，多半是平坦的，转场却没有路，高高低低、七扭八拐的。他把陆海江叫过来："你们先走，我和马力克队长歇歇脚就跟上去。"陆海江有些不放心："彭连长，再给你们留两个战士吧！"马力克说："有我在你还有什么不放心的？"

下了马彭大明转了转腰，然后躺在草地上："唉，真是老了。"

马力克在他身边坐下，他一点都没觉得累，毕竟年轻彭大明十多岁，而且是在这山路颠簸出来的："彭连长，你不能不服老啊！"

彭大明望着蓝天："老骥伏枥，志在千里，烈士暮年，壮心不已。"

"这是毛主席的诗？"

"曹操，三国时期的军事家。"

马力克眨了眨眼，他的大脑里没有此人的信息："彭连长，争议地区都走了这么多年了，你说能收回来吗？"

"只要坚持走下去，这片土地一定能回到祖国的怀抱！"

马力克在他身边躺下了："这次能让长山参加护送转场，我没有想到。"

"是块好钢啊！"彭大明叹了口气，"长山后面的路很难走啊。"

"长山已经想到了，把永强都给我和巴哈什了，他要让儿子成为真正的哈萨克人。"

"他看得很远啊！"

"不管长山今后的路会是个什么样子，让我感到安慰的是，他和阿斯燕真正走到一起了。"他拍了一下彭大明，"彭连长，你看出来了吗？阿斯燕越来越爱长山了，长山也很疼她。"

"是啊，这也是我最想看到的。当初他们闹得那么厉害，我真担心咱们两个办了一件错事。"

"你彭连长带出来的人嘛，错不了，我马力克带出的人嘛，也错不了。"

"是这个理儿！"彭大明站了起来，"该走了。"

他俩不能耽搁太久，不然就赶不上队伍了。

到达转场站已是黄昏。大家都饿了，围坐在石屋前吃自带的干粮，彭大明坐在石头上喘着粗气，春燕看见了，喊了两个战士架锅烧水，她要让爸爸早点喝上开水，还要给爸爸泡脚。

马力克和赵长山在啃干馕，杜春生说："马力克队长，还有马肠子吗？"他还惦着中午马力克分给战士们的熏马肠呢。

马力克耸了耸肩："卡达克（没有），只有馕了。"

马超凑到彭大明身边："彭连长，您总共参加过多少次转场？"

"唔，这可说不准了。"

一个老战士说："不用问，肯定是全连最多的。"

"那可不一定。"杜春生说，"以前赵班长可是年年参加转场的。"

"你这就不了解历史了。"那老战士说，"我们连当年可是彭连长带进来的，赵班长啥时候来的？他怎么可能比彭连长多呢！"

彭大明看着赵长山："长山，他说的没错吧？"

赵长山被干馕噎了一下，他没想到彭大明会向他证实："我哪敢跟你彭连长比。"

马超又说："彭连长，跟我们讲讲你转场的经历，也算是一次传统教育吧。"

"以后吧，赶了一天的路，大家都很辛苦，吃完了早点休息。"说完进了石屋，他想躺一会儿。

开水很快烧好了，陆海江和彭春燕提着一桶热水进来，陆海江给他盛了一碗开水，彭春燕帮爸爸脱鞋。双脚放进热热的桶里，彭大明就觉得身上的经络通了，马背上的劳顿一下缓解了，女儿小时候给他泡脚的情景又浮现在眼前。春燕给爸爸搓脚，小时候她总是仰着脸笑嘻嘻的，还时不时地挠他的脚心，眼前这张脸没了童年的顽皮，满含着温情和体恤，他一下就觉得女儿长大了成熟了，他要求春燕要像他彭大明的女儿，春燕现在不是做到了吗？还有，女儿越发漂亮可人了……他忽然意识到陆海江的存在，把目光移向他，陆海江很不自在，赶紧说："彭连长，你早点休息。"说完出去了。

赵长山和马力克一直在门外蹲着，赵长山又卷了一支莫合烟。

"你过完烟瘾才睡啊？"马力克站了起来，"进去吧。"

"明天就过争议地区了。"赵长山吸了一大口烟，"如果我回不去，阿斯燕和强子就交给你和巴哈什了。"

"远行的人不要说这种话！"

彭大明没见马力克和赵长山，便穿上鞋出来，看见他俩在不远处蹲着："你们两个怎么还不睡？"

"也不知道长山怎么了，心事重得很。"

赵长山站起身，用脚把烟踩了："彭连长，我求你件事。"

"什么事？"

"明天就要过争议地区了，我如果回不去，你得把我埋在'四排'。"

"赵长山，你想什么呢！"

"你得答应我。"

"你要是光荣了，我一定把你埋在'四排'！回去睡觉！"说完彭大明转身进了石屋。

战士们都早早睡了，在地上和衣而卧，虽然身下铺了厚厚的干草，战士们还是觉得冷，马上奔波了一天，大家很快就睡着了。陆海江也很困乏很瞌睡，可怎么也睡不着，彭连长刚才看他的眼神让他琢磨不透。他和彭春燕已经坠入爱河，春燕妈早就看出来了，很喜欢他，这一点从几次去春燕家吃饭他明显地感觉到了，彭连长的态度却很隐晦，常常流露出冷淡和戒备，尽管对他的工作和为人是认可的。或许彭连长不反对他跟春燕恋爱，但他是连长要与他保持距离？或许他的外表缺乏阳刚性格显得软弱，并非彭连长的意中之人？……

上半夜陆海江辗转反侧，蒙眬之中总算睡着了。早晨起来他感到头很沉，四肢乏力。战士们简单吃了些干粮就赶着羊群上路了。

进入争议地区天气晴好，也没有苏军阻挠的迹象，彭大明紧绷的神经稍有松弛。当战士们赶着羊群行至山上，眼前的路被雪阻断了，彭大明抬头望了望山顶，显然这里刚发生过一场雪崩。每次经过这里时战士们都小心翼翼慢慢前行，尽可能不发出过大声响，稍有不慎雪峰都会排山倒海倾泻而下，人和羊葬身雪海！望着眼前的情景，彭大明只有两个选择，要么绕道，要么清雪，彭大明站在高处观察了一下，雪崩的面积不算太大，他不再犹豫，下令清雪！路面狭窄又很湿滑，一面是陡峭的悬崖，在这种状况下清雪是很危险的，赵长山有经验，他把男战士分成几组，轮番上阵。陆海江跟赵长山一组，虽然他在几个人中身体最单薄，但他不想让别人小瞧他，奋力挥动着铁锹。忽然一阵狂风袭来，陆海江脚下打滑，摇摇晃晃，在他倒向山崖的一刹那，赵长山手疾眼快一把拉住他，自己却失去平衡坠入山崖！

"赵班长！赵班长！……"

战士们的呼唤响彻山谷！

"程强！程强！"彭大明疯了似的喊道，"你带张红珍班的四名战士立即下山，一定要把赵长山给我找回来！"

程强和四名男战士骑马下山，彭大明组织其他人继续清雪，已经起风了，他们一会儿也不能耽搁！前行的路很快抢通了，可还不见寻找赵长山的战士回来，彭大明果断决定："不等了，抓紧通过争议地区！"

程强带着四名战士终于赶上来了，他身前驮着赵长山，彭大明望着，什么也没说，他知道长山已经走了，人群中传来女战士的哭声。马力克见女婿那样架在马上，心如刀割，他怎么能忍心让女婿这样走呢！他走了过去，把女婿从马上接下来，大声说："来几个人！帮我一下！"陆海江和几个战士跑了过去，马力克骑上自己的马："把长山抬上来，绑在我背后！"陆海江看了看彭大明，彭大明点了点头，陆海江和几个战士照着做了。

马力克和女婿连成一体了，就像两人同骑一匹战马！马力克要以这种方式让女婿走完争议地区的最后一程。陆海江跟在马力克身后，看着赵长山僵直的躯体，泪水怎么也止不住，寒风中面部都有些麻木。他恨自己！你明明知道通过争议地区的艰难险阻，为什么还要被情感所困不好好睡觉养精蓄锐？如果不是因为你弱不禁风反应迟钝赵班长怎么会坠入深崖？你与赵班长是有特殊缘分的，你是第二次被赵班长从死亡线上拉回来，这世界上有谁两遇险境被同一人拯救？恐怕只有你陆海江，他是你生命的守护神啊！你无以报答……

远在冬窝子的董黎明是看不到这一幕的，此时他心怀憧憬，转场的人这几天就要到了，苦日子就要结束了，他将脱胎换骨开始新的人生！这半年他独守冬窝子，不修边幅任头发胡须自由生长，陆海江和马超四个月前来看他都吓了一跳。现在他不能让自己像个野人了，他用剪子给自己剪了头发，刮了胡子，把自己收拾得干干净净，以全新的面貌迎接战士们的到来。每到黄昏时分，他就爬上屋顶眺望，期待着，期待着……终于，山口处出现了战士们的身影，他兴奋异常，迅速从屋顶下来，骑上马迎了过去。

迎接他的不是战友们的微笑和问候，连陆海江都没有下马与他热烈相拥，他看到的是一张张悲怆的面庞。当看见马力克身后的赵长山，他似乎明白了。彭连长从他旁边经过，只是朝他点了一下头，他急切想知道发生了什么事情，话到嘴边又觉得唐突，便跟在后面默默前行……

赵长山被安放在了一间木屋，彭大明叫了几个人，商量把赵长山运回连队的事。一个战士说起当年张红珍牺牲时赵长山采取的办法，立即被大家否定，长山已经走了，他们怎忍心看着他绑在马上再颠簸七八十公里？又有人说用红柳编个条筐固定在马上，这样是不是好一些？彭大明还是觉得不妥，马力克问他冬天去冬窝子慰问是怎么走的，彭大明猛地拍了一下大腿，他怎么没想到爬犁呢？于是定了下来，制作一个简易的爬犁，让一匹马拉着走，回去不用走争议地区，他们可以选择好走的路线，这样赵长山就安稳了。彭大明当即安排战士制作爬犁，再三交代一定要把爬犁做结实了！

大家忙碌着，没人理会董黎明，仿佛他不存在似的。他独自一人在这深山里生活了半年，那么期待大家的嘘寒问暖，哪怕跟他说几句话呢。他去找彭连长汇报工作，彭连长说回去再说吧，简单问了几句就去看战士们制作爬犁了。只有老同学理解他，尽管悲伤难掩情绪低落，陆海江还是跟他聊了一阵子。

这天夜里董黎明又失眠了。刚来的时候他睡不好觉，痛苦常常折磨他到深夜，后来思考又常常伴他到天明。渐渐地，前方的路变得明朗清晰了，心情也日渐平复，能够像正常人一样生活了。他怎么也没想到半年之后的重逢会受到如此冷遇！仅仅是因为失去赵长山的悲伤情绪所致吗？不，刚才战士们看他的眼神都怪怪的，冷淡、排斥、怨恨……好像赵长山的死是他的过错，他感到深深的悲哀。他在这里苦撑了半年，想改变人们对他的看法，回去以后轻装上阵重整旗鼓，现在赵长山又走了，大家都不肯原谅他，他还有机会吗？……

马拉爬犁载着赵长山回到连队，噩耗传来，人们纷纷来到了连部。办公室里，彭大明和连领导们在商量赵长山的后事。

"从冬窝子出发的头天晚上，赵长山跟我说，如果他回不去了，把他埋在'四排'。"

"彭连长，'四排'是一块净土，在大家心中是很神圣的，"江涛说，"不管怎么样，赵长山是有污点的人，不能埋在'四排'。"

康振华急了："江指导员，赵长山是为救战友牺牲的，而且牺牲在争议地区，他是为国捐躯啊！"

曲德明说："是不是召开个全连大会，征求一下战士们的意见？"

"还开什么会！"彭大明站起身，"你们听到外面的声音了吗？都跟我出来！"

连领导们跟着彭大明出来，战士们的表情悲怆而凝重。

"同志们，赵长山同志为国捐躯了，大家说，赵长山埋在什么地方？"

"'四排'！'四排'！……"

出殡这天全连的人都去为赵长山送行，牧民来了，关团长也来了。送葬的队伍从连部出发，陆海江和张红珍班的男知青扛着棺木走在最前面，人们跟在后面默默前行。深秋的早晨天阴沉沉的，冷风徐徐，枯叶在空中荡着，鸟儿也懒得出来了，寂静的连队此时只有脚步摩擦地面的沙沙声。忽然传来了歌声："花篮的花儿香，听我来唱一唱，唱一呀唱……"房头闪出一个人，是阿斯燕，她唱着朝队伍走来，手中还舞动着一块红绸子，"如今的南泥湾，与往年不一般，不一呀般，又战斗来嘛又生产，三五九旅是模范，我们走上前，鲜花送模范……"马力克望着女儿，知道她又犯病了，他现在顾不上她，他要为长山送行。彭春燕和齐桂花从队伍里出来，朝她走过去："妹子，咱们回家。"阿斯燕推开齐桂花："我不回家，我要跟你们去找长山！""找长山？那你跟大姐走吧，我知道长山在哪儿。"齐桂花和彭春燕哄着她朝另一个方向去了。

这情景让战士们更加心碎。陆海江泪眼模糊，而赵长山的形象却是那么清晰：

战马上，他挥动步枪把苏军士兵打下马……

山林中，他倒地射杀腾空而起的棕熊……

悬崖边，他有力的大手把他从死亡线拽回来……

赵长山的葬礼与张红珍和罗豪才一样隆重，连队的小学生献花，然后列队朗诵团歌……关团长没有代表团党委讲话，他是以个人身份来为赵长山送行的，他走到赵长山的坟前，深深地鞠了一躬。

彭大明来到坟前："长山，你已经在'四排'了，你可以含笑九泉了，安息吧！"

"长山，你是我的女婿，也是我一生中最好的朋友。草原上的人把真正的男人比作雄鹰，你是真正的雄鹰！我知道，你最放心不下的是阿斯燕和永强，你放心去吧，我们会照顾好他们的，永强一定会成为草原上的雄鹰！"马力克把右手放在左胸，以哈萨克人的方式跟女婿告别。

葬礼结束后关团长要赶回团部，上车前彭大明想起一件事："关团长，赵长山应该上报革命烈士。"

"要是换了其他人，肯定是革命烈士，可赵长山刚刑满释放，给他追认革命烈士，可能性不大。"

"一码归一码，赵长山为国捐躯，为什么不能当革命烈士？"

"老彭，现在这个形势，能一码归一码吗？"

"不管怎么样，团里得上报。"

"我做做工作吧。"

从"四排"回来马力克就直奔女儿家。进了门，他见女儿傻傻地坐在床上，巴哈什在一旁抹眼泪。他喊了女儿一声，阿斯燕没有任何反应，女儿连他也不认识了。这次女儿病犯得厉害，马力克想把女儿带到冬窝子去，他跟巴哈什说了，巴哈什也是这个想法，正说着彭大明进来了，马力克把这个想法也跟他说了，彭大明觉得阿斯燕还是留在连里好，冬窝子远离人烟，不管怎么样连里还有个医生，他请马力克和巴哈什放心，连里一定会照顾好阿斯燕的。马力克觉得他说的有道理，决定和巴哈什晚走几天。巴哈什说这几天把女儿接回去住，毡房的环境能让她恢复得快一些。彭大明当即就安排了马车，马力克和巴哈什领女儿回了毡房。

马力克和巴哈什守了女儿三天，还有努尔江伴着，阿斯燕的病情就稳定下来了。马力克在毡房里窝了三天浑身不自在，见女儿不闹着找长山了，他骑上马出去散心。此时他多想和自己的牧民喝喝酒、倒倒心里的苦水啊！可是牧民们都转场走了，以前他游走在毡房之间，听到的是羊的咩咩细语，那种感觉很惬意，现在伴着他的是孤独和忧伤。

毡房里的阿斯燕又很焦虑烦躁，长山为什么不回来？她要回连队问个清楚！她跑出毡房骑上自己的马，巴哈什怎么也拦不住。

回到连队她直奔彭大明家，一进门就问："彭叔叔，长山不是跟你转场去了吗？"

彭大明一时不知道该如何回答她，春燕妈拉着她坐下。

"你们回来了，他怎么不回来？"

彭大明也只有顺着她的思路说了："噢，长山留在冬窝子了。"

"不是说好转完场就回来嘛，这家伙，不想要我了。"

"傻话，他怎么会不要你。"春燕妈说，"阿斯燕，回毡房吧，长山一下也回不来。"

"那我去路口等他。"说完她出去了。

"唉，这孩子还想着长山为什么不回来呢。"春燕妈很伤感。

马力克回到毡房没见女儿很懊恼，埋怨巴哈什为什么不拦住她，巴哈什说："你跑了我怎么能拦得住？"马力克又骑上马去找女儿。他在连里找了一圈也没见女儿的影子，彭大明领着他去了转场回来的路口。

阿斯燕正在路口张望呢，她站在那儿一动也不动，神情那么专注，目光中满含期盼。

"阿斯燕，跟爸爸回毡房吧。"

阿斯燕很不高兴："你是谁？为什么要管我的事情？"

马力克痛苦地摇了摇头："一会儿认识，一会儿不认识，唉。"

彭春燕和陆海江也朝这里来了，他俩听春燕妈说阿斯燕来这里等赵长山，于是赶了过来。四个人默默地陪着阿斯燕，大家都知道此时劝她是徒劳的。

"彭连长，阿斯燕现在这个样子，我和巴哈什不放心，我们还是想把她带到冬窝子去。"

"她现在满脑子都是长山，留在连里还有个寄托，你如果把她带到冬窝子，她要是跑出去找长山怎么办？深山老林，不安全啊！还是让她留在连里吧。"

"她现在连我和巴哈什也不认识了，只有长山还能拴住她啊……"

"彭连长，马力克队长，我有个想法。"陆海江说，"按规定我可以回乌鲁木齐探亲了，我想把阿斯燕带去，到市里的精神病专科医院给她治一治，让她在那儿住一个冬天，你们看行不行？"

"这个想法好。"彭大明说，"马力克队长，你看呢？"

"佳克斯（好）！"马力克拉住陆海江的手，"小陆，如果能把阿斯燕的病治好，你是我们全家的恩人！"

"马力克队长，赵班长才是我的恩人，"陆海江说，"我无以报答，治好阿斯燕的病是我最大的心愿，能不能治好我不敢说，但我们要尽最大的努力。"

"彭连长，你发现了一匹千里驹啊！"

"组织是伯乐，我只是匹老马。"

马力克望着女儿："孩子，本来想带你一起走的，现在我改变主意了。有你彭叔叔和小陆，我还有什么不放心的呢？"

马力克走后彭大明和陆海江也走了，彭春燕留了下来，妈妈让她晚上领阿斯燕来家里吃饭。

天渐渐黑了下来，彭春燕问阿斯燕肚子饿不饿，阿斯燕这会儿饥肠辘辘，她现在的念头只有填饱肚子了。

彭春燕领她回到家，春燕妈已经把饭做好了，阿斯燕坐下狼吞虎咽地吃了起来。

彭大明又说起陆海江带阿斯燕看病的事，春燕妈说："小陆这孩子有心啊！"

彭春燕心里也一直想着这件事呢，借这个机会，她不是可以去见见海江的父母吗？"爸爸，阿斯燕现在这个样子，海江一个人也哄不住她，连里是不是再派个人？让我跟着一起去吧。"

春燕妈笑着说："我也是这样想的。"

"派谁也不派你去。"

"为什么？"

彭大明不说话了，低着头吃饭。

"不吃了！"彭春燕放下筷子要走。

"坐下！"彭大明说，"阿斯燕吃完饭，你把她送回家。"

眼前这一幕对阿斯燕来说根本就不存在，她现在只想着吃饭这一件事。

彭春燕领着阿斯燕刚出门，春燕妈就质问道："老头子，你为什么要反对春燕跟小陆去乌鲁木齐？"

"你想让小陆给你当女婿？"

"为什么不想？女儿喜欢我也喜欢！"

"他们的事你别跟着瞎掺和！"

"老头子，我就不明白，工作上你喜欢小陆，为什么一说起他和春燕的事你就这个态度？"

彭大明沉默了片刻："小陆是城里人啊……"

"城里人怎么了？"

"他将来回城呢？"

"那不是更好嘛，女儿正好可以跟他进城，我们退休了，也可以到城里享享清福。"

"你就知道进城，妇道人家！"说完他进了里屋。

这几天阿斯燕白天还算安静，常常站在路口等长山，晚上就不安生了，天一黑，她就来到连部门前的灯光下唱歌跳舞，唱的还是那首《南泥湾》，手里还挥着那条红绸子。齐桂花和彭春燕都来劝过她，都拿她没办法。

这天晚上齐桂花和两个妇女又来劝她，阿斯燕用力推开她们："不要管我，我还没跳够呢！"

"这可咋办？她不睡，吵得别人也睡不成。"

"阿斯燕，你看天都黑了，咱们先回家，明天接着跳，好不好？"

"这舞台多亮啊，演出还没结束呢，凭啥让我回家睡觉？让我跳完！"

这时陆海江过来了："阿斯燕，回家吧。"

"又来一个观众，欢迎欢迎！欢迎欢迎！"阿斯燕忽然眼前一亮，"你是小陆？"

陆海江很兴奋："对，我就是小陆！"

"小陆，你总算回来了，你不是跟长山转场去了吗？他也回来了吧？"

"他会回来的，走，我们回家。"

"你肚子饿了吧？我给你擀面条，你最喜欢吃我擀的面条！"

"对，我最喜欢！"

"回家，咱们回家，我给你擀面条。"她拉着陆海江走了。

"她认小陆？真是怪了！"

"还是小陆跟老赵家感情深啊！"

阿斯燕的病越来越重，陆海江不想再耽搁，他找连里请探亲假。陆海江一个人带阿斯燕走彭大明有些不放心，他想到了董黎明，从冬窝子回来后董黎明情绪很低落，他想让他回家散散心，路上也可以帮帮陆海江。彭大明的这个安排让陆海江很开心，他马上就去通知董黎明了，董黎明自然很高兴，这两天正想打报告探亲呢！听陆海江说要带阿斯燕去乌鲁木齐去治病，董黎明有些担心，她会跟他们走吗？陆海江说他已经跟她说好了，他们是去找赵班长。

陆海江临走那个晚上，彭春燕在他的宿舍坐了很久，妈妈把爸爸的顾虑跟她说了，她也曾想到过这一点，但并没有深想，她与他爱得那么深，有什么能把这爱分开？明天海江要去乌鲁木齐探家了，她忽然心里就慌慌的，万一海江不回来了呢？她也觉得这念头很可笑，可还是忍不住去想。

"海江，你没想过让我跟你一起去乌鲁木齐？"

"想过。"陆海江确实这样想过，不过他很快就打消了这个念头，他还没有跟父母提过彭春燕呢，突然领回家，父母能接受吗？他说："但不是现在，会有这一天的。"

"你这一去就是二十天，太久了。"彭春燕紧紧抱住他。

陆海江吻她，久久的，他也觉得二十天太漫长了！

第二天清晨，陆海江和董黎明领着阿斯燕去了县里的长途汽车站，车站里乱糟糟的，汽车的轰鸣声和提着大包小包的人让阿斯燕很茫然："小陆，你不是领我去找长山吗？"

"对呀，长山在很远很远的地方，我们坐汽车去找他。"

"坐大汽车？"阿斯燕一下兴奋起来，"我还没坐过大汽车呢，我要坐大汽车！"

……

三天后到达乌鲁木齐，董黎明与陆海江在汽车站分手，陆海江领着阿斯燕乘公共汽车回自己家。宽阔整齐的街道，鳞次栉比的店铺、拥挤杂乱的小巷……映入眼帘的还是四年前的模样，路边维吾尔人馕房飘散出来的馕香也让他觉得亲切。终于看见市文联那座黄色住宅楼了，他拉着阿斯燕一气爬上四楼，

363

敲门时手都有点抖。妈妈给他开的门，见到儿子她喜出望外："海江！"她抱住儿子，"老陆，儿子回来了！"她看见站在门口的阿斯燕，"海江，这是？"

"妈，这就是我信上给你们提到的阿斯燕。"

"噢，这就是阿斯燕啊，快进来！"

阿斯燕站着没动："她不是长山，我不进去！"

"阿斯燕，这是我家，我们先歇一歇，然后再去找长山。"他把阿斯燕扶进屋里，让她坐在沙发上。

陆海江望着爸爸："爸爸，你身体还好吧？"

"好着哪。"爸爸仔细端详着儿子，"嗯，比走之前长高了也壮了，人显得成熟了，像个兵团战士！"

"怎么是战士？我儿子现在是排级干部了！"

陆海江见阿斯燕斜靠在沙发上，眼睛都眯上了，赶紧扶她进了自己的房间，让她躺在床上，拉开被子给她盖好，然后出来了。

海江妈小声说："你怎么把她带来了？"

"她的情况我在信上告诉过你们，赵班长牺牲后，她的精神病犯得很厉害，趁这次探家，带她到市里的专科医院治治，明天早晨我就把她送到医院去。我把她领到家里来，你们不会责备我吧？"

"怎么会呢，她一家人对你有恩啊！"妈妈表情很复杂，"唉，我和你爸真没想到你在边境上会经历这么多事情，海江，你真是吃苦了。"

"苦虽然苦，但过得很充实，你们不用担心。"

"你在边境上经历了那么多事，当妈的怎么能不担心呢，海江，坐下跟妈好好唠唠。"

"你让海江歇会儿吧，他又不是马上就走，有的是时间。"爸爸说，"赶紧做饭吧，海江肯定饿了。"

"海江，你想吃啥，妈给你做。"

"就吃汤饭吧，几年没吃妈做的汤饭了，挺想的。"

妈妈进了厨房，陆海江望着生于斯长于斯的家，心里有一种说不出的畅快。

第二天吃过早饭，爸爸妈妈去单位上班，陆海江领着阿斯燕去市里的精神病医院，一路上他哄阿斯燕说是去见赵长山，阿斯燕还算听话。办完入院手续陆海江就走了，身后传来阿斯燕的哭闹声，他心里很难受，却不能不离开！

回家的日子很单调很寂寞，在连队时他很想家，父母的面容神态常常跳到眼前，想起小时候厮守在父母身边的情景总是那么温馨。现在回来了，与他们在一起的时间却很短暂，白天父母上班，工作忙单位又远，中午在单位食堂吃饭，家里只有他一个人，好在爸爸有很多藏书。但他已经不是抱着书本不放的陆海江了，边境连队改变了他的人生轨迹，他已经习惯于边境丰富而充实的战斗生活了。他想联系联系同学，可他们都去边境连队了，于是约董黎明去了趟母校，看了看老师。他去了趟精神病院，没敢见阿斯燕，只是跟医生问了她的情况，医生说刚来她闹得厉害，这两天稳定下来了。能想到的他都办了，还能干什么呢？逛街遛马路吧，刚回来时眼前的一切都很熟悉亲切，现在却很陌生疏远，林立的高楼、繁华的街道、行迹匆匆的各色人等跟他有关系吗？他忽然意识到他现在不属于这座城市了，他属于巴尔鲁克山！他懒得出门了，还是看书吧。

晚上是最幸福快乐的时光了，他跟父母有说不完的话，常常聊到深夜。主要是听他讲，转场路上与苏军士兵的周旋、巡逻时遭遇棕熊、山崖上清理积雪他失足的一刹那……一个个故事带出一个个人物，赵长山、罗豪才、齐桂花、彭连长、马力克……虽然这些人和事儿子在来信中都有描述，现在听来，爸爸妈妈的心情还是难以平静，这些经历、险情都与自己的儿子密切相关，有些就发生在儿子身上啊！妈妈一边听一边抹眼泪，当初儿子去边境插队她是有思想准备的，但她怎么也没想到儿子会经受这么多磨难！爸爸心里也很感慨，他眼中的海江是文弱的，很像当年的自己，他一直担心儿子过不了边境这一关，不能自立，现在他可以放心了，边境的大风大浪让儿子变得坚毅，更像男子汉了，他从儿子讲述的语气和眼神中体察到这一点，这是一个男人从容面对世间风雨、昂首度过一生的资本啊！他这个做父亲的怎么能不感到欣慰呢？爸爸还生出另一番感慨，他当文学编辑十几年，编发的小说不计其数，哪一篇都不及儿子亲历的故事曲折生动感人，他让儿子将来把这些故事写成小说，一定会引起不小的反响，儿子说将来说不定他就有一部大作问世呢！

陆海江一走，彭春燕就有些魂不守舍，晚上的时光她真不知道怎么打发。这天吃晚饭时她忽然想到王长根，晚上老去海江那儿，看老师就少了。吃完饭她拔腿就走，妈妈说："有什么急事，碗都不洗？"

"王老师叫我去呢！"

"你说这春燕，小陆在往小陆那儿跑，小陆不在又往王老师那儿跑。"春燕妈显得心事重重的，"老头子，我担心王老师心里有春燕。"

彭大明正在看报纸，扔了一句："我看也没什么不好。"

"瞎说，王老师咋能跟小陆比？"连里的小青年一大堆，春燕妈跟女儿一样只喜欢陆海江，"小陆多有才，心眼又好，人也中看。"

"王老师各方面也不差。"彭大明抖了一下手中的报纸，"我也喜欢陆海江这个小伙子呀，只是，我担心春燕拴不住他。"

"小陆这孩子心地善良，就是将来成了大器，他也不会负咱们女儿的。"春燕妈过来把彭大明手中的报纸抽走，"老头子，我看这事还是早点挑明了吧，省得王老师在那头吊着。"

"你可别胡来！"彭大明猛地站起来，"你想让这事成，只能瓜熟蒂落！"

彭春燕的到来让王老师很兴奋，他又是拿糖又是倒茶，然后问她："是不是想听老师拉琴了？"说完去拿手风琴，彭春燕拉住他："老师你就别忙了，坐下说说话。"老师如此热情搞得彭春燕有些不好意思，她来老师这儿太少了啊！是的，王长根太寂寞了，他是多么期待心目中的小百灵翩翩而至，给他带来快乐带来慰藉啊！

"春燕，吃糖呀，你不是最喜欢吃上海糖吗？"他剥了一块糖递给她。

彭春燕接过来扔进嘴里，朝他做了个鬼脸："甜蜜的回忆。"

"春燕，小陆回乌鲁木齐探亲了？"

"嗯，走了好几天了。"

"你很想他，你的表情告诉了我，是不是？"

"真的很想他，这几天像丢了魂似的。"

"不然你也不会到老师这里来。"说完他看了彭春燕一眼。

彭春燕低下头摆弄手里的糖纸："王老师，你最近还好吧？"

"好着呢，老师是过来人，该经历的都经历了，老师现在只想着你好。"王长根端起茶品了品，然后说，"小陆很优秀，在知青中出类拔萃，这也正是老师担心的啊。"

"王老师，你担心什么？"

"如果有一天小陆离开你呢？春燕，原谅老师的直率，你想过这个问题吗？"

"想过。海江不会离开我，他很爱我。"

"这没问题，你们现在处在爱情的沸点，这个时候是不会考虑那么多的，可沸点之后呢？爱情也是会冷却的，那时就会很现实了，你能保证他永远爱你、让你一生幸福吗？春燕，老师没有别的意思，你是老师最喜欢的学生，在老师的生活中，你是百灵、是天使，老师不想让你受到任何伤害，真心希望你幸福，春燕，你能理解老师的一片心吗？"这番话很动情，仅仅是一个老师对心爱的学生的忠告吗？王长根自己也说不清楚。

彭春燕望着他，老师的话让她不可理解。在她看来，真正的爱情不会掺杂世俗的元素，就应该一直燃烧保持沸点，老师这样说，一定是因为黄佩佩给他的打击太大了，他和黄佩佩的冷却，是因为黄佩佩对他爱得不彻底不纯真，而她与海江的爱是从风风雨雨中走过、经过各种考验的，这种爱怎么会冷却？世间流传着多少忠贞不渝的爱情故事，她和海江为什么不能相依相随走向圆满？这样想，又不好说出来，她怕老师又想起伤心的往事："谢谢老师的一片心。王老师，最近拉新曲子了吗？"

"还不都是教学生的歌曲，"王长根的情绪有些低落，"想听吗？"

"只要是你拉的，都想听。"

王长根勉强笑了一下。他没有拉教学生的新歌，而是拉了彭春燕最喜欢听的《我爱那蓝色的海洋》，优美的旋律从他灵动的手指中迸出……

陆海江和董黎明的假期很快结束了。临走的头一天，陆海江的爸爸妈妈请了一天假，在家陪陪儿子，给儿子做点好吃的。早晨陆海江去客运站买了他和董黎明的返程票，回来时他进了一家大商场，他要给彭春燕买礼物。买什么会让她高兴？他想，她那件深红色毛衣袖口都脱线了，就给她买件毛衣吧，还是她喜欢的大红色。服务员给他拿了几款，他挑了一件高领棒针线的，山里天冷，这一款厚实保暖，他想春燕一定喜欢。他又去了食品柜台，买了山里很少见到的高级糖果和糕点。

回到家放下东西，他又要去医院看阿斯燕，妈妈说她准备了几个菜，让他吃了饭下午再去，陆海江说还有时间，回来他要陪爸爸喝几杯酒呢。

来到医院，陆海江还是没敢直接见阿斯燕，他找了个隐蔽的地方观察，几个病友在扔球，阿斯燕在一旁静静地坐着，表情木然，显然她对这些人的玩耍漠不关心。医生告诉他，从阿斯燕现在的情况看，半年左右她能恢复正常。陆海江问能彻底治好吗，医生说好与不好难下结论，环境、心情等因素对精神病人影响很大。离开医院陆海江的心情不像来时那么沉重了，不管怎样阿斯燕的病情总算稳定下来。

海江妈把炒好的几个菜摆上桌，还不见儿子回来。她想起儿子提进自己房间的东西，就想帮着收拾收拾。她发现了那件女孩子穿的毛衣，拿着来到客厅："老陆，海江怎么给女孩子买毛衣？是不是有对象了？"

"不会吧？可能是连里的女知青托他买的。"

"这你就不懂了，女孩子穿衣服讲究，一般是不会让男孩子买衣服的。老陆，儿子现在不能谈对象，他回来我们得问问清楚！"

"是啊，不过要讲点方式，海江回来先吃饭，吃了饭再说这件事。"

正说着陆海江回来了，妈妈见儿子脸上挺轻松，问道："阿斯燕好点了吧？"

"总算稳定下来了。"

"这就好。"爸爸说，"洗洗手赶紧吃饭吧。"

陆海江从包里拿出一瓶西凤酒，他知道爸爸高兴的时候喜欢小酌几杯。

爸爸笑了："海江，你也懂酒了。"

"你那点工资省着点花，"妈妈沉着脸说，"回去还给别人带那么多东西。"

陆海江愣了一下，爸爸赶紧说："吃饭吃饭。"

这顿饭陆海江吃得很满足，妈妈炒的几个菜都是他小时候最爱吃的，还和爸爸喝了几杯好酒。

陆海江要去洗碗，妈妈说："放着吧，等会儿我收拾。坐下海江，妈妈问你件事，你是不是有对象了？"

陆海江一下反应过来了，妈妈看见了他给春燕买的那件毛衣。这次回来他是打算跟爸爸妈妈说春燕的，但他知道妈妈肯定会反对，思前想后，他觉得还是以写信这种方式沟通比较好。现在妈妈提出这个问题，他就不能回避了："有了。"

妈妈的脸色变了："这么大的事，你回来这么多天，怎么不跟我们说？"

爸爸说："海江，是不是才谈上，还不到跟我们说的时候？"

陆海江摇了摇头："我很爱她。"

妈妈一下就想到了李雯，记得儿子上高中时李雯经常来家里借书，还在一起写作业，关系挺密切的，她当时对这个女孩子挺有好感："海江，是不是那个李雯？"

"不是她，她插队的第三年就上大学走了。"

"噢，上大学了，那是你们下去的哪个女知青？"

"不是我们一起下去的，她是彭连长的女儿。"

如果是李雯还有得商量，连队姑娘妈妈就不能接受了："海江，你现在谈对象早了。"

"妈，我都快二十三了。"

"海江，你现在处在事业的上升期，组织上这么重视你，你应该把注意力集中在工作上。"爸爸是文人，说话的语气就比较平缓，"当然，恋爱与事业并不

368

矛盾，但处理不好就会影响事业，影响你的进步。老话说，人往高处走，水往低处流，基层的锻炼很重要，没有这个经历是很难成大事的，但你要把目标定得高一点。"

"海江，你跟李雯还有联系吗？"

"没有。"

"你们上学的时候，不是挺能谈得来的吗？是不是因为她上大学了？"

"不完全是这个原因。我一下也跟你们说不清楚，总之我们走不到一起。"

妈妈说他谈对象早了，实际上是对他找连队姑娘不满意；爸爸主要是从事业发展的角度考虑问题，这些他都想过，可春燕对他的爱来得那么炽热猛烈，他能抵御得了吗？他的防线本来就很容易击溃，他想起他与黎明的一次争执，黎明说他小说读得多了感情自然就脆弱了，他承认自己在很多事情上不如黎明理智，包括对待个人情感，黎明能自我控制，他却不能。为什么要控制？他不是先从李雯后从彭春燕那儿体验到情感的美妙，面对严酷的环境他不是更有激情更有动力了吗？

他想跟爸爸妈妈说说彭春燕，妈妈不想听，给他讲早恋早婚带来的一系列问题，爸爸不时地附和几句。他静静地听着，妈妈以为儿子听进去了，其实他没有一点动摇，他爱生命中遇到的这个姑娘，义无反顾！

长途客车开进巴尔鲁克山，眼前就是雪的世界。颠簸了三天，董黎明有些昏昏欲睡，陆海江却显得很兴奋，连队已经离他不远了！仅仅因为那里有他心爱的姑娘吗？不完全是，这山、这雪还有连队的一房一瓦都注入了那么多情愫，让他感到亲切和温馨，有时他自己都觉得很奇怪，他不是只在这里生活了四年吗？

整整一个下午彭春燕都没离开陆海江的宿舍，她算好了，正常情况下他应该今天下午回来。时间过得真慢，她也无心做事了，站在窗前等候。终于看到了海江的身影，他提着大包小包过来了，她没有出去迎接，而是藏到火墙后面，她要给他一个惊喜。陆海江进了门，刚放下手里的东西，彭春燕闪了出来，陆海江一把抱住她，两人紧紧相拥，二十天恍若隔世……

陆海江拿出他给彭春燕买的毛衣，亲手穿在她身上。毛衣挺合身，又是高领棒针线的，比彭春燕自己织的那件毛衣洋气多了，彭春燕好喜欢，随手就摆了一个舞姿，好妩媚啊，陆海江亲了她一下。她去给他倒了碗开水："海江，我们的事，跟你爸爸妈妈说了吗？"

陆海江心里咯噔了一下，他没想到她这么快问这个问题："说了。"

"他们是什么态度？"

陆海江喝了两口水："他们说现在恋爱早了点。"

"还说什么了？"彭春燕急切地想听到下文。

"还不是那些大道理，'专心工作，少谈恋爱'等等，父母都这样，你爸爸也是这样教育你吧？"

彭春燕看着他，表情有些茫然。

"父母有父母的道理。"陆海江放下碗，拉她坐在自己的腿上，"有你在身边，我能等吗？"

彭春燕笑了，紧紧搂住他，心里说，是啊，海江爱着她，这就够了。

年前团党委调整了牧业连的领导班子。新班子自然要体现"老中青三结合"原则，经过充分酝酿考察，团组织科来连队宣布新班子成员：彭大明改任指导员，康振华升任连长，陆海江被提拔为副指导员，其他连领导留任原职，江涛回团机关另行安排工作。宣布名单时会场一阵骚动，江涛的走大家都拍手称快，陆海江被结合进班子谁也没想到。最感到意外的是陆海江本人，开始他以为听差了，后面有人拍了拍他的肩膀，他这才意识到自己确实是副指导员了。怎么就选上他了呢？他还从来没有领导过人呢，他想应该选黎明啊，论领导魄力和领导能力，黎明远在他之上。董黎明也不敢相信自己的耳朵，怎么会是陆海江？他承认自己的老同学有才，会写写画画，但仅凭才气就能当领导？自从来到连队，他全身心地扑在工作上，张红珍班在团里叫得那么响，他做出的成绩上面看不见吗？他感到深深的悲哀，四年的努力付之东流了……

散会后董黎明没有回宿舍，他知道知青们肯定会议论陆海江当副指导员这件事，少不了对他的讥讽，他去了陆海江的宿舍。

"陆副指导员，张红珍班班长董黎明前来祝贺。"

"黎明，你打我的脸啊？"陆海江有些不好意思，"以后别这么叫，还叫海江，亲切。"

"岂敢，我怕你给我穿小鞋。"

"说什么呢，你还不了解我啊？我就是给自己穿小鞋，也不会为难你啊。"

"错！"董黎明一脸严肃，"你现在是副指导员了，该拿的架子就得拿，不然你这个领导怎么当？你这个人就是太柔情了。"他的表情一下又变得很无奈，"唉，与你相比，我真是自惭形秽啊！"

陆海江拉着他坐下："黎明，我跟你说，文教我确实想干，也能干好，我有这个自信，可当副指导员，说实在的，你比我更合适。"

老同学的谦虚让董黎明很感动："你千万别这么想，既然组织上把你推到这个位置上，你就不能退缩，干出个样子来！"

"是啊，我起码也不能辜负你这个老同学嘛。"

此时，男知青们在宿舍里正大发感慨。

"谁能想到陆海江升得这么快，现在是我们的副指导员了。"

"这有什么好奇怪的，现在讲老中青三结合，像陆海江这样被结合进去的多了去了。"杜春生说完环顾了一下四周，"哎，董黎明呢？他怎么没有回来？"

"董班长现在心里很难受啊……"马超说，"他肯定是躲到什么地方反思去了。"

"我还以为董黎明会被结合进去呢，却让陆海江抢了彩头。"沈东风说，"也挺好，张红珍班出了个副指导员，我们应该感到骄傲和自豪啊！"

"陆海江被结合我举双手赞成！"马超说，"不光是我们知青脸上有光，而且有这几年的兄弟情谊，他以后也会罩着我们一点是不是？"

"你小子净想美事儿！"杜春生扯了一下马超的衣角，"你小子拖都拖不展，陆海江罩谁也不会罩你。"

马超瞪了他一眼，坐到一边去了。

"我们可不能有这种思想。"程强说，"现在陆海江是连领导了，我们班在各方面都要走在前面，只能争光，不能抹黑。"

马超又不甘寂寞了："哎！程副班长这话在理儿。"

女知青这边也很热闹，不过兴趣点却在彭春燕身上。

"哎，陆海江当副指导员了，你们说，文教会让谁接？"杨红首先想到了接班人问题。

"这个人就在我们当中，"赵丽娜看着彭春燕说，"彭春燕，陆海江的接班人非你莫属呀！"

王璐云煞有介事地举起一只手："同意，彭春燕能歌善舞，当文教合适。"

彭春燕一直为陆海江当上副指导员兴奋着，现在姐妹们说她是接文教的合适人选，她倒有些惶恐了："不行不行，文教主要靠笔杆子，这方面我可差得远呢。"

"那怕什么？"赵丽娜说，"有陆海江在身边，你还有什么可担心的？实在不行他就亲自上了。"

"彭春燕，你和陆海江真是鲲鹏展翅，比翼双飞啊！"李莉萍说完做了个飞翔动作，把大家都逗笑了。

江涛的心情跟董黎明一样，在牧业连干了四年什么也没得到，回去继续当他的宣传干事，那种失落感比董黎明来得还要强烈。当天下午他就卷铺盖走人了，只有彭大明在连部门口礼貌性地送了送他。

晚上王林来看陆海江。连里最在意最关心他的人就是陆海江了，现在陆海江当上了连领导，他既为老同学感到高兴，言语中也透着几分羡慕。陆海江很能理解他的心情，来连队后自己发展得顺风顺水，王林却磕磕绊绊，想进张红珍班一直不能如愿，自己现在是副指导员了，但也帮不上他什么啊……这一晚他们聊了很多，直到熄灯前王林才离开。

正像女知青们预料的那样，彭春燕当上文教了。党支部在研究文教人选时颇费了一番周折，虽然文教这个岗位不太起眼，可对素质的要求挺全面，既要能写会画，还要有文艺才干，挑来选去，没一个全面的。彭大明说矬子里拔将军吧，他提了董黎明，陆海江表示了赞同，康振华认为董黎明当班长还行，当文教他占哪一条？他提了彭春燕，不管咋样春燕还能歌善舞。彭大明说她太单一了，又是自己的女儿，大家都说相比之下春燕要强一些，至于她是他女儿这个因素不必顾忌，选贤不避亲嘛。彭大明拗不过大家，说先让她干着吧，干不好随时拿掉！

陆海江白天去连部上班，彭春燕就在他的宿舍开展文教工作，看到女儿在陆海江宿舍出出进进的，彭大明担心生出闲话，让她搬到连部来办公。彭春燕说连部太嘈杂拥挤了，静不下心；再说在海江宿舍办公也便于自己提高，海江可以教教她、帮帮她。两条理由说服了彭大明，毕竟提高工作效率和工作能力是最重要的，他也希望女儿早点得到大家的认可啊！

一开始陆海江也有顾虑，很快他就觉得这样也挺好。以前彭春燕晚上来，两人都是在窃窃私语、卿卿我我中度过的，现在更多的时候是他教她写广播稿、出板报墙报，陆海江教得认真，彭春燕学得用心，一段时间下来，彭春燕果然有了长进，这不正是他期待的吗？彭春燕从小受王长根和黄佩佩的影响，特别是长期的歌舞熏陶，她就比一般的连队姑娘多了些灵动，这也是最吸引陆海江的地方，让陆海江略感遗憾的，是她少了些内涵，他常常拿她与李雯做比较，她要是像李雯那样多读点书该多好啊……现在她当文教了，他口传心授、手把手地教，她不是可以增加文化涵养、两个人有更多的共同语言了吗？如果彭大明再提出让彭春燕搬出来，他也不同意呢！

快过春节了，团里开会部署宣传文化工作，通知各连副指导员和文教参加。

这是彭春燕当文教后第一次去团部开会，还有陆海江陪伴，内心的激动可想而知。开完会从团部出来，她扬鞭催马一路快跑，路上全是雪，亮晶晶的，陆海江在后面追赶，大声喊着："春燕！你慢点！"

出了团部彭春燕才拉住缰绳。不远处是那条小河，现在它已经没有模样了，完全被大雪覆盖，开春后它挺美的，河水潺潺，水鸟翩翩，陆海江想起他和李雯在河边漫步的情景，现在彭春燕又带他来了。

"春燕，干吗跑那么快？"

"人家想跑嘛。"彭春燕娇娇地说。她和海江来团部开会了，工作上肩并肩，将来生活上手拉手，一想到这儿，那种幸福感就在身上涌动，就不由自主地想跑！"海江，我们在雪地上躺一会儿吧？"

陆海江点了点头，他喜欢这种浪漫。一对恋人在雪地躺下，紧紧依偎在一起。

"海江，你看天多蓝啊，白云轻轻地飘动，它多纯净啊。"

此时陆海江只想静静地躺着。

"海江，你怎么不说话，想什么呢？"

"不要说话，我现在只想享受这份宁静。"

彭春燕侧过脸看着他："海江，你又在想李雯吧。"

陆海江在心里笑了，他静静地躺着，她却知道他在想什么："她就像那遥远的雪峰，朦朦胧胧，不可企及。"

"那我呢？"

"你就像春天里的这条小河，清澈见底，沁人心脾。"

彭春燕亲了他一下。

从团部回来，陆海江就马上安排有关事宜，排一台节目是最要紧的。演员还是原班人马，只有董黎明没有参加，陆海江找他做工作，他推说最近身体不适，陆海江也不好强求了。他知道老同学不想上台并非身体原因，自从他当上副指导员后，黎明的精神状态每况愈下，他很为老同学担心。排练时间很紧，好在彭春燕忙前忙后指挥若定，又有王长根辅佐，这台节目还挺出彩，让连里的人乐乐呵呵过了个年三十。

大年初一，陆海江带着演出队的人去冬窝子慰问。几天前陆海江的爸爸来信说，他去医院看了阿斯燕，医生告诉他，阿斯燕的治疗很有效果，巩固两个月就可以把她接回家了。这个消息让陆海江很兴奋，去见马力克和巴哈什也能有个交代了。

大雪封山，马拉爬犁载着慰问的人一路奔驰，当天就赶到了冬窝子。晚上给如饥似渴的战士们表演节目，第二天又去哈萨克牧民的放牧点慰问。

马力克这几天等得焦躁，在毡房出出进进，他迫切想知道女儿现在的情况。雪原上终于出现了马拉爬犁，马力克骑上马迎了过去。

"马力克队长，您好！"陆海江远远地跟他打招呼。

"你好！大家好！海江，我就知道你会来的！"

马力克把大家领进毡房，巴哈什摆了一排碗，给大家倒奶茶，努尔江跟在后面。

彭春燕过去抱起他，努尔江长胖了，她抱着挺吃力的。马力克现在最关心的是女儿的病情，陆海江把家里来信的内容跟他说了，马力克心里的石头总算落了地，等他们回到夏牧场的时候女儿就可以回家了！他忽然拍了一下脑门："光顾说话了。"说完站起来要走，陆海江问："马力克队长，你干什么去？"

"宰羊，吃饭，喝酒！"

陆海江过去拉住他："别麻烦，有什么吃什么。"

"唔，那怎么行？用汉族同志的话说，'来而不往非礼也'，你们带这么多东西来慰问，我们要是不宰羊，那不是非礼你们嘛，哈哈……"

马力克又幽默了一把，大家都笑了。

春节刚过，新疆八一钢铁厂来边境团场招工，陆海江所在的团分到三个指标。团里很快就把人定了，三个人中有董黎明。团里几百号知青，董黎明能被选中真是幸运，班里的知青都羡慕不已，董黎明却并不怎么兴奋。前一阵他给爸爸写了封信，说他彻底绝望了，要爸爸想办法把他调回去。他爸爸是部队首长，儿子的情况让他很是担心，他找了八一钢铁厂厂长，这个厂长是他部队上的老战友，老战友说厂里正准备去边境招一批工人，黎明的事包在他身上了。有这个背景，董黎明自然就不感到意外。终于解脱了，他一身轻松，晚上去见陆海江。陆海江很为老同学高兴，说了些祝贺的话。

"有什么可祝贺的，你以为我想走吗？"

黎明心气高，抱负远大，辛辛苦苦干了五年就这样走了心有不甘，这一点陆海江很清楚，但他觉得现在离开倒是一种好的选择，这样想却没有说出来："黎明，这次只招三个人，你是其中之一，说明团里对你是认可的。"

"认可？"董黎明也不想瞒着老同学，"我爸爸找了八一钢铁厂的厂长，不然也轮不到我董黎明。海江，你可能想不到我会这么俗吧？经历了这么多事，我已经心灰意冷了。从内心讲，我是不想离开的，当年我们到边境团场插队，就是想轰轰烈烈干一番事业，来连队这几年，我一直很努力，你也看到了，可是，到现在我也没有被认可，你现在都是副指导员了，可我还是个班长，说实在的，我挺羡慕你、也挺嫉妒你的。"

陆海江并不想当副指导员，却被推上这个位置；董黎明往上走的愿望很迫切，却不能如愿以偿，陆海江觉得这很耐人寻味："黎明，我们应该保持一个平常心，很多事情看淡一些。"

"我不这样认为，拿破仑说过，'不想当将军的士兵不是好士兵'。海江，我们对一些问题的看法很难取得一致，但不管怎样，我们还是老同学。"

"我一直是这样看的。黎明，不管你走到哪里，我们永远是同学。"

一路携手从风雨坎坷中走来，此时回荡在两人心中的只有同学之间的真诚和祝福……

春分一过，彭大明就惦着两件事，一件是给赵长山上坟，一件是接阿斯燕回来。他让陆海江早点去接阿斯燕，陆海江说等马力克和巴哈什回来再接她吧。他有自己的考虑，现在把阿斯燕接回来，只能让她回自己家，一个人冷冷清清的，触景生情，说不定会旧病复发；把阿斯燕接回来后直接送到毡房，见到爸爸妈妈和孩子，一家人高高兴兴，不是对她的恢复更有好处吗？彭大明说："还是你陆副指导员想得周到啊！"陆海江还有一个想法，这次把彭春燕带回去见见自己的父母，话到嘴边又收住了，心想还是让春燕跟他说更合适。他把这个想法跟彭春燕说了，彭春燕一直盼着这一天呢，回到家就对爸爸妈妈说了，妈妈自然喜上眉梢，爸爸却没有马上表态。

"老头子，你倒是给个话啊？"

"春燕，你告诉爸爸，小陆也像你爱他一样爱你吗？"

"他很爱我！"

"董黎明已经回城了，以后小陆要是回城呢？"

"海江不会丢下我的。爸爸，海江是个什么样的人你还不了解吗？"

女儿已经深陷爱河不能自拔了，当爸爸的还能说什么呢？"那你就跟他去吧。"

半个月后陆海江和彭春燕去了乌鲁木齐。这之前彭春燕最远只到过县城，首府的五光十色让彭春燕目不暇接，目光中透着艳羡。下了长途客车又上公共汽车，彭春燕提包，陆海江一只手提着两只活鸡，另一只手提着一篮子鸡蛋，这些是春燕妈给女儿备的见面礼。

海江妈听到敲门声就知道是儿子回来了，几天前儿子来信说他和彭春燕要来接阿斯燕，她打开门，陆海江叫了声"妈"，还没等他介绍，彭春燕便说：

"阿姨好！"海江妈说："是小彭吧。"她站在门口盯着彭春燕看，海江爸接过儿子手里的东西，彭春燕也向叔叔问了好，海江爸觉得这姑娘嘴巴挺甜的。

坐下说了会儿话，就到了吃晚饭的时间了，海江爸说："你们先洗一下，咱们去饭馆吃饭。"

"叔叔，就在家里吃吧，我和海江做。"

"不知道你们今天回来，什么也没准备，还是去饭馆吃吧。"

陆海江领着彭春燕去洗漱，海江爸小声问海江妈："哎，第一印象怎么样？"

"人看上去挺机灵，个子矮了点儿。"

他们在楼下找了一家饭馆，海江爸点了几个菜。席间彭春燕不停地给叔叔阿姨夹菜，海江妈说："你是客人呀，你多吃点儿。"她想这孩子倒是挺大方的，一点都不怯场："小彭，你一直在山里？"

"从小就没离开过。"

"不像。"

"妈，你没去过兵团的连队，你绝对想象不到。"陆海江说，"兵团是一个特殊的群体，人员来自全国各地，大多数是内地的复员转业军人、大中专学生、知识青年，特别是六十年代进疆的大批上海支青，给边疆带来了现代文明，包括思想观念、生活方式各个方面，他们中的很多人都当了老师，春燕从小学到初中都是上海支青教出来的。"

儿子眉飞色舞地说了一通，妈妈没接他的茬儿："小彭，听海江说你爸爸是老八路，那岁数一定不小了吧？"

"五十七了。"

"彭指导员老当益壮，是我最佩服的领导。"

"小彭，你妈妈干什么工作？多大年纪了？"

妈妈像是查户口的，陆海江说："妈，让春燕吃饭吧。"

……

第二天陆海江领着彭春燕早早出了门，彭春燕问他："我们是去接阿斯燕吗？"陆海江的表情有些神秘："你就跟我走吧。"他已经计划好了，今天陪她玩一整天，先去西公园，然后逛商场，晚上再看一场电影，她第一次来乌鲁木齐，他要让她开心。

西公园一进门是片不大的湖，石拱桥连着湖心阁，波光激滟中那楼阁如典雅的淑女，别有韵致。上学时这里是陆海江的天堂，寒暑假他和同学们来这里寻找乐趣，夏天捉蚂蚱、蜻蜓；冬天在湖面上滑冰，常常乐不思归。现在进来就觉得这里太小太矫揉造作了，少了巴尔鲁克山的气象。彭春燕却是另一种心情，她太喜欢楼台亭阁、小桥流水的感觉了！

从公园出来，陆海江领她去了人民饭店，这里的"狗不理"包子很有名，陆海江点了两笼。彭春燕以前听说过这个天津名小吃，现在总算吃到了。

吃完饭他俩去了天山百货大楼，这是市里最大的商场。女孩子都爱逛商场，彭春燕又是第一次见到如此琳琅满目的商品，两只眼睛根本就不够用，啥都想买。妈妈给她带了很多钱，她一家三口都拿工资，爸爸工资又高，山里没处花钱，都攒下了，妈妈让她喜欢啥买啥。几乎每个柜台彭春燕都要驻足，陆海江跟着她，显得很有耐心，其实他跟其他男孩子一样怕进商场，但这一次他要满足她。走到男装区，彭春燕给陆海江挑了件呢子上衣，妈妈说小陆现在是连领导了，正式场合穿得还是要讲究些。陆海江试了试挺满意，他要去交钱彭春燕拉住他，妈妈特别交代，一定要她给他买！在女装区彭春燕给自己看了件领口系飘带的灯笼袖衬衣，陆海江要去付款，彭春燕不高兴了："你这是还我吗？"陆海江说："我不送你个礼物吗？"彭春燕笑了。她想给阿斯燕买件裙子，转了一大圈也没看见哈萨克款式的，陆海江说给努尔江买玩具吧，于是买了手枪、汽车之类男孩子喜欢的玩具。

从商场出来时已经是华灯初上了。他俩提着大包小包走了一段路，人民剧场便在眼前了。这座剧场具有浓郁的维吾尔建筑风格，富丽而不失端庄，彭春燕在剧场前欣赏了好一阵。今晚上映的是朝鲜故事片《摘苹果的时候》，看到片名陆海江就知道影片很浪漫，这正对他的心思，此时他不想看战争片。电影开始了，美丽的山村、漫山遍野的苹果树、一群淳朴的朝鲜姑娘……这画面让陆海江和彭春燕很放松很享受，彭春燕把脑袋搭在陆海江肩上，这举动很大胆，她才不管周围的人怎么看呢！此时她心里还有一种感动，海江带给她的这一天真美妙啊！

回到家已经很晚了。海江妈想跟彭春燕说会儿话，陆海江说他们跑了一天挺累的，想早点休息，妈妈有些不高兴，她还没跟彭春燕认真谈谈呢！

早晨起来，陆海江计划上午去看董黎明，下午去医院把阿斯燕接回来，妈妈让他自己去看董黎明，她要和彭春燕说说话，陆海江觉得这样也好。吃过早饭他就去董黎明家，今天是星期天，他想董黎明不会早早出门。

陆海江的到来让董黎明很惊喜，回来这段日子，他经常想起这个老同学，念及他的好。陆海江也很怀念他们在一起的岁月，自从董黎明离开后，他觉得在很多事情上缺了主心骨。两人相互询问了对方的情况，陆海江说当副指导员压力大，一切从头学起；董黎明说当炼钢工人劳动强度大，不动脑子只出蛮力，他很不适应。不知不觉就到中午了，董黎明要留陆海江吃饭，陆海江说他时间安排很紧，现在要去汽车站买回巴尔鲁克山的票，下午还要去接阿斯燕出院，董黎明也没有挽留。

回到家他就领着彭春燕去了医院。走进病房时，阿斯燕看着他俩没什么反应，彭春燕朝她挥了挥手："阿斯燕？"

阿斯燕愣了片刻："春燕来了。"

彭春燕指着陆海江说："他是谁？"

"小陆。"

阿斯燕看上去已经正常了，但她的反应让彭春燕有些失望，阿斯燕跟她分别了半年，见到她应该表现出喜悦啊！陆海江倒挺能理解，他想这是长时间服用镇静药物产生的后遗症，也可能是医院封闭的环境导致的性格变化，他并不担心，出院后她会慢慢走出来的。这样想，他便去给她办出院手续。彭春燕有些心急，跟她回忆过去，往事渐渐在阿斯燕脑海中清晰起来，回家的愿望就变得很迫切。

……

返回巴尔鲁克山的路途是漫长而枯燥的，出了乌鲁木齐就是空旷寂渺的大戈壁，看到的是裸露的黄土和大大小小的卵石，出去几十公里也没有变化，陆海江想到了火星，如果没有车轮下的这条柏油路，真让人感到这里是外星球呢！彭春燕靠在他身上睡得正香，她旁边的阿斯燕却没有倦意，眼睛一直望着车窗外，她在医院关得太久了，尽管眼前是不断重复的蛮荒，但却是她向往的无拘无束的自然状态，她的心已经飞到巴尔鲁克山了。

到达县城那天下午，王林和他的马车已经守候在汽车站了。坐上马车出了县城，阿斯燕的目光就有些异样，山坡上绿草茵茵，羊群如缓缓移动的云朵，山泉淙淙流淌……眼前的一切都是那么熟悉亲切，倘若在半年前，她一定会跳下车，像关了很久的羔羊四处撒欢，此时她却静静地坐着，只是用目光传达着内心的感动。

王林把他们直接送到了马力克的毡房。女儿回来了，而且很正常，马力克和巴哈什都很高兴，努尔江认生，远远地望着他们。阿斯燕朝他走过去，伸出双手："来，努尔江，不认识我了？"阿斯燕拿出给努尔江买的手枪、汽车玩具，努尔江高高兴兴到一边玩去了。

进了毡房，阿斯燕连着喝了两碗奶茶，妈妈说："你少喝点，等一会儿吃不下肉了。"

阿斯燕又倒了一碗奶茶："奶茶要喝，肉也要吃，女儿现在肚子大得很呢！"

刚开春羊身子瘦弱，马力克还是宰了一只羊，陆海江和彭春燕把女儿接回来了，不宰羊不足以表达他的心意。阿斯燕骑上马在毡房前跑了几圈，她见爸爸把羊宰好了，便过来给爸爸打下手，以前这种时候她都是躲得远远的。马力克感觉到了女儿的变化，女儿住了半年医院，比过去懂事了沉稳了，他看了一眼站在一旁的陆海江，心想他该如何感谢他呢？

春暖花开，巴尔鲁克山又郁郁葱葱、姹紫嫣红了。阿斯燕的气色也一天天好起来，人胖了，面颊泛上了红晕。走出毡房是美丽的景色，回到毡房有爸爸妈妈陪伴努尔江绕膝，还有奶茶喝羊肉吃，这不正是她想要的生活吗？她已经想好了，忘记那段痛苦，回到从前的生活，可是很快她就睡不踏实了，那个几公里外的连队常常跳到眼前，那里有长山有生身父母还有那么多可亲可敬的人，她能忘记他们吗？一天，她对爸爸妈妈说她想回连队看看，爸爸妈妈说她身体才好等等吧。女儿的这个愿望一天比一天强烈，总拦着也不是个办法，马力克陪她去了。

阿斯燕先回了自己家，小屋半年多没住人了，满是灰尘，她想打扫一下，马力克不想让女儿待太久，他说到连里走走吧，见见人。他们从屋里出来，遇到的人都热情地跟他们打招呼，阿斯燕感到很亲切。他们去连部见了彭大明和陆海江，说了会儿话，阿斯燕要去"四排"看看长山，彭大明反应快，说汉族人有讲究，除了清明是不能去上坟的，阿斯燕信了，跟着爸爸回了毡房。这一趟阿斯燕虽然有些伤感，但情绪并没有太大波动，马力克和巴哈什一直悬着的心总算踏实了。

第十五章

　　两年后的金秋十月，正当连队的人还在为粉碎"四人帮"而欢欣鼓舞之时，团党委的一纸命令让战士们感到很意外：陆海江任牧业连连长、康振华改任指导员，彭大明离休。事情来得有些突然，陆海江没想到他当副指导员还不满三年就当连长了，彭大明感叹刚赶上好时候他却退下来了。关团长亲自来连里宣布了团党委的命令，他在全连大会上很动感情地评价了老战友几十年来为党和人民所做的贡献，战士们报以长时间的热烈掌声，彭大明的眼泪在眼眶里直打转。

　　中午连里在食堂安排了一桌酒席，是关团长特批的。

　　"老彭，我单独敬你一个。"关团长端起酒杯，"好时候来了，你也该享享福了，好好过过清闲日子！"

　　彭大明还没有从失落的情绪中摆脱出来："如果有事干，可能我还能多活几年，真闲下来了，说不定就早早去'四排'报到了。"

　　"你别闲着啊！"关团长拍了拍他的肩膀，"我给你找个好去处，师部干休所。你到那儿根本闲不下，下棋打牌，唱歌跳舞，那帮老头老太太，活得真叫逍遥自在啊！怎么样，回去我给你和嫂子申请一下？"

　　"你饶了我吧，我哪儿也不去，就守在这儿，时候到了就去'四排'，会我那些兵。"

　　彭大明很认真地看着他："关团长，退下来了，我只有两个心愿，也是给团党委的两个请求，其一，为赵长山正名。当年赵长山因为误杀了牧民的一只羊，判了一年刑，太冤了，现在拨乱反正了，赵长山的案子要翻过来！还有，赵长山在争议地区为救知青牺牲，是为国捐躯，应该追认革命烈士。其二，解决阿斯燕的正式编制。阿斯燕的生父是三五九旅老战士，赵长山又是为国捐躯的，无论从哪个方面讲，解决阿斯燕的正式编制都符合政策。我就这两个请求，办好这两件事，赵长山在'四排'可以瞑目了，我退下来也心安了。"

"彭指导员说出了我们大家的心声，这也是全连同志的心愿和请求！"康振华说，"关团长，你看要不要连里写个正式报告？"

"你们马上写报告！"关团长也被彭大明的话深深感动了，"我在这儿表个态，这两件事团党委一定要办好，给赵长山同志一个交代，给全连同志一个交代！"

"我就要你这句话！关团长，我给你敬个酒！"彭大明一饮而尽。

"关团长，我给在座的各位领导敬个酒。"陆海江站了起来，"团党委让我担任连长，我能力有限，好在彭指导员在身边，还有康指导员和各位连领导的支持帮助，牧业连今后的工作绝不会让团党委失望！"

"新任连长表决心了，好！不过，你话只说了一半啊。"关团长笑着对陆海江说，"小陆，你和春燕的事抓紧点啊，我的老战友抱上孙子，他就有事干了。"

"关团长，你的手是不是伸得太长了？"彭大明脸沉了下来，"人家娶妻生子你也干涉啊？你可别当乔老爷啊！"

"关团长，你这个鸳鸯谱点得正是时候，"康振华说，"其实也就只差个仪式了，陆连长是不是？"

陆海江本来想保持沉默，可此时大家都望着他，便说："快了。"他和春燕的事父母一直没有明确表态，他还要再做做他们的工作。

陆海江的回答挺耐人琢磨的。彭大明一直没有正面跟他谈这个问题，春燕妈却很着急，最近常常提及女儿和陆海江的婚事，彭大明还是坚持他的既定方针：瓜熟蒂落、水到渠成！

陆海江当上了连长，王林的兴奋劲一点也不逊于彭春燕。"四人帮"被粉碎了，现在陆海江又当上了连长，他想他加入张红珍班已经没有障碍了，当天晚上他就找了陆海江。陆海江毕竟当了几年连领导，看问题就要复杂一些，他说现在政策还不明朗，再耐心等一等，现在形势发展很快，时机到了，他会让老同学圆这个梦的。陆海江的态度不能让王林满意，但他总算看到曙光了。

又是一年春草绿，马力克和他的牧民们赶着羊群回来了。半年的冬窝子生活很艰辛，现在出了毡房满眼嫩绿，马力克和巴哈什的心情别提多舒畅了，努尔江更是整天在外面撒欢，阿斯燕却待在毡房里不出来，显得心事重重的。她又想长山了吧？马力克和巴哈什都猜到了。是的，虽然长山已经走了快三年了，她从医院回来后一直跟着爸爸妈妈，但长山却一直在她心里。现在努尔江六岁多了，秋天就可以上学了，她要不要带他回去尽快适应连队的生活？从冬窝子回来她就想着这件事。当年把儿子送给爸爸妈妈是她提出来的，长山也同意，可长山走了，他们赵家就永强一棵独苗啊！她能让儿子默默无闻地放一辈子羊吗？虽然长山想让儿子成为与世无争、逍遥自在的哈萨克牧民，但她不能这么安排，她要让儿子上学读书，把他培养成陆海江一样的人，只有这样她才能对得起长山。可是儿子已经给了爸爸妈妈，现在把他带走，不是等于说把儿子又要回来了吗？爸爸妈妈会怎么想？犹豫再三，她还是跟爸爸妈妈说了带儿子回连队的决定。

"我才不跟你回去呢！"努尔江第一个出来反对。

马力克和巴哈什沉默着，毡房里掉根针都能听到。巴哈什先开口了："阿斯燕，你现在还不到三十，今后的路还长着呢，你打算就这样一个人过下去？你早晚是要再找个人家的，你可以再生，爸爸妈妈只有一个努尔江，我们一天天见老，还是把努尔江留在我们身边吧。马力克，你是怎么想的？"

"让阿斯燕带努尔江回连队吧。"

"马力克，你这是……"

"你听我把话说完。"马力克不紧不慢地说，"这几年，努尔江一直跟着我们，这也是长山的意思，长山不希望他今后影响努尔江，要让努尔江成为哈萨克人。现在不搞阶级斗争了，努尔江不会受长山的影响了，所以努尔江要还给长山。长山是我的女婿，也是我最好的朋友，他就努尔江这一个儿子，巴哈什，我们不能只想着自己，要对得起长山啊。至于阿斯燕今后的路怎么走，看她自己吧。就这么定了，过几天阿斯燕领努尔江回连队，秋天就在连队上学。"

马力克这样说，巴哈什就不再坚持了。

三天后一家人坐着马车来到连队，陆海江已经安排人把阿斯燕的家粉刷一新。屋里的东西都打了包，用报纸盖着，于是动手收拾归置。努尔江坐在一边看着，眼里的这个家好奇怪好陌生，巴哈什说："努尔江，你怎么不动手？以后这就是你的家，眼里有点活。"努尔江歪着脑袋，一副不高兴的样子，阿斯燕把一袋垃圾递给他："努尔江，扔到外面去。"马力克说："哎，我告诉过你们，以后不要再叫努尔江了，叫永强。"巴哈什瞪了他一眼。

收拾得差不多了，马力克去找彭大明，没进门他就喊："老彭！老彭！"

马力克送女儿回来了，彭大明自然高兴，他去泡茶，马力克拉住他："刚在女儿那喝过，奶茶。"

彭大明笑了："什么时候都忘不了你的奶茶！"

"老彭，家里只有你一个人，寂寞得很吧？"

"是啊，我现在是大闲人一个。"

"闲人好嘛，时间有了，多往我那儿跑跑嘛。"

"我也这么想。"彭大明把脸凑近他，"哎，你宰羊的时候可要通知我一声噢！"

"让我来接你？想得美！"马力克推了他一把，"想吃手抓肉，你还是多跑跑腿吧！"

两人都哈哈地笑了。

"老彭，阿斯燕和永强的事，以后你和陆连长要多操点心噢！"

"那还用你说啊？"

"连队阿斯燕已经适应了，问题没有，永强我不放心，他可一天都没在连里生活过，这小子还不愿意回来呢！"

"小孩子，适应起来快得很，不用担心。哎，你没有把他的马带回来吧？"

"没有，我哪能让他像阿斯燕一样，我用马车把他们送回来的。"

天不早了，马力克要接巴哈什回毡房，彭大明说："你跟阿斯燕说一声，晚上就不要做饭了，领永强来我家里吃饭。"

马力克转过身："你啥时候去毡房？羊肉没有，马肠子有呢。"

"马肠子更带劲，最好的下酒菜！我带两瓶好酒明天去！"

晚上阿斯燕和儿子来彭大明家吃饭，春燕妈特意做了一只红烧鸡。彭大明给永强夹了一块鸡大腿，永强尝了一口放下了。

"孩子，你怎么不吃？"春燕妈说，"知道你爱吃肉，奶奶才杀了只鸡。"

"他只吃牛羊肉。"阿斯燕把儿子碗里的那块鸡腿夹过来，"你不吃我吃！"

彭大明笑着在永强的小脑袋上拍了一下："小哈萨克！"

彭春燕又给永强夹了块鸡肉："吃吧永强，鸡肉可比牛羊肉香。"

"你们别管他，饿几顿啥都吃了！"

齐桂花听说阿斯燕带着儿子回连里住了，晚上端了一碗鸡蛋来看她。齐桂花一直惦着这个小老乡，阿斯燕想起齐桂花也心存感激，两人在一起就有说不完的话。临走时齐桂花一再嘱咐，长山走了，她又没收入，带个孩子不容易，有困难就吱声，大家都会伸手帮一把的，阿斯燕就觉得她像亲姐姐，出了门陪她走了一截路。

回来她拉着永强上床睡觉，永强说他睡不着，想回毡房。阿斯燕把他搂进怀里，当年回来的头一个晚上她不是也睡不着吗？现在却舍不得离开了，她想人的情感真是很奇怪呢。她轻轻地拍着儿子，心里勾画着儿子的未来……

接下来的一段日子永强感到很孤独，在毡房时阿斯燕经常有意识地跟他说汉语，他跟连里的孩子们在一起玩基本上能听懂，但却说不好，交流比较困难。另外玩的方式也不一样，以前他和哈萨克小朋友出去玩都是骑马，现在靠两条腿，他觉得好没意思。有一次彭大明看到他一个人在马号门口转悠，知道他心里在想什么，说："走，跟爷爷骑马去！"永强开心地笑了。

彭大明从马号牵出一匹马，他让永强坐在前面，他坐在后面，慢悠悠地朝连队外走去。

"永强，上学，你知道吗？"

永强点了点头："小朋友都上学？"

"对，都上学。永强，上学后好好学习，你学习好，你爸爸就高兴了。"

"爸爸高兴？他不在了呀！"

"他会知道的。"彭大明摸着他的头，"永强，记住你的爸爸。"

"我爸爸是英雄。"

"对，你爸爸是英雄。"

"我长大也当英雄！"

"好孩子，有志气！"

"爷爷，马太慢，跑嘛！"

"慢慢走吧，你摔下来怎么办？"

永强用双腿夹了一下马肚子，马跑了起来，彭大明搂紧他："这小子，第二个赵长山嘛！"

陆海江接到团劳资科的电话，阿斯燕的正式编制解决了。陆海江很兴奋，虽然赵长山的事还没有结果，但解除了阿斯燕的后顾之忧。中午去彭大明家吃饭，他把这事说了，一家人都很高兴。彭大明问他告诉阿斯燕了吗，陆海江说吃完饭就去跟她说，彭大明说下午他去通知马力克和巴哈什。

当陆海江把这个好消息告诉阿斯燕时，她并没有表现出很高兴的样子，先是"哦"了一声，然后追问道："长山的事呢？"

"还没有消息。"陆海江安慰道，"不用担心，早晚会解决的。"

"陆连长，你为我们家做了这么多事情，真是谢谢你了。"

"不要谢我，这是连里应该做的。"

"陆连长，你给我安排工作吧。"

"你想干什么工作？随便挑。"

"组织上这么关心我，我哪能随便挑呢。"

陆海江想了想，说："你身体不好，菜班活轻一些，你去菜班工作怎么样？"

"我还是去放羊吧。"

"不行，放羊太辛苦了，整天在外面跑。"

"我喜欢在外面跑，你还不了解？再说，我现在已经是兵团战士了，'我们种地就是站岗，我们放牧就是巡逻'，我们的团歌不是这样唱的吗？我要不放牧，算什么牧业连的战士？你说是不是？"

陆海江马上想到了永强："你在外面放羊，中午永强吃饭怎么办？"

"现成的，有奶茶和馕嘛。"

"连里商量一下再说吧。"

陆海江一走，阿斯燕就想到了齐桂花，她要把这个好消息早点告诉她。

齐桂花一家人正在吃饭，她给阿斯燕拿了个凳子："妹子，坐下跟我们一块儿吃。"

"大姐我吃过了。"阿斯燕在她身边坐下，"告诉你一个好消息，我是正式编制了，以后拿工资了。"

"真的？太好了！"齐桂花搂了她一下。

"陆连长刚刚通知我的，我就过来告诉你了。"

"妹子，这就对了，好事坏事都要先跟大姐说。哎，陆连长说给你安排什么工作了吗？"

"他想让我去菜班，可我想去放羊。"

"妹子你傻呀？跟我干多好，我还能照顾照顾你。"

"大姐，我本来也想跟你干的，但我没干过农活，还是放羊开心。"

"也好，放羊对你的脾气。其实我也不想种菜了，正琢磨干点别的呢。"

下午彭大明去了马力克的毡房。马力克刚宰完羊，正在收拾羊杂碎，他见彭大明骑着马过来了，笑着说："老彭你真是狗鼻子，我刚宰完羊你就跑上来了！"

"我有口福啊！哈……"

马力克拉着他进了毡房："巴哈什，去把肉煮上。"

"别煮肉，你们两个坐下，我给你们说个好消息，阿斯燕的正式编制解决了，上午陆海江接到的通知。"

"佳克斯（好）！佳克斯（好）！"马力克说，"最近我和巴哈什一直为阿斯燕以后的生活发愁呢，现在好了，她是单位上的人了，拿工资了。巴哈什，快

385

煮肉去！"

"我刚吃过饭，肚子饱饱的，坐一会儿我就走。"

"老彭，你打我马力克的脸吗？老老实实坐着，晚上吃肉！"

"时间还早，你让我的肚子消化消化，咱们先说会儿话。"

"巴哈什，倒奶茶，让他快快地消化！哈……"

彭大明也笑了，他觉得跟马力克在一起真是愉快。

聊了一阵，彭大明坚持要走，马力克拿了两条羊腿，彭大明只摆手，马力克说："不是全给你的，你一条，我女儿一条，这下可以了吧？"

彭大明也不好推辞了，拿了羊腿骑上马走了。

晚上陆海江来通知阿斯燕，连里同意她去放羊。突如其来的变化让她有点不敢相信，两天前她还是个无依无靠的家庭妇女，现在她是牧业连的战士了，可以像牧民一样放羊了！刚嫁到连队时她是那么羡慕彭春燕，她现在不是跟她一样了吗？唯一不同的是连里没有给她发枪，她好好干，说不定哪一天她就会拥有一杆枪呢？还有，长山在"四排"可以安心了，爸爸妈妈也不用为她今后的生活发愁了，永强也可以安安心心上学了……想到这些，她就觉得今后的日子有奔头了。

放羊的第一天她早早起床，对着镜子认真收拾打扮了一番。永强还睡着，她给他烧了壶奶茶，把馕放在桌上，然后出了门。她去马号骑上马，然后去羊圈赶羊。她已经很久没有骑马了，现在悠然坐在马上，看着羊群缓缓前行，她感到好舒心，她又想起了长山，此时长山伴在身边该有多好啊！

阿斯燕的正式编制解决了，陆海江就想着解决王林的问题。他费了不少心，每次去团部开会，他都要到保卫科找姚科长说王林的事，姚科长说王林虽然不是"控制对象"了，但上面也没明确这种人可以拿枪杆子啊？陆海江说既然不控制了就可以跟其他人一样使用嘛，他追着姚科长出具明确意见，姚科长不想承担责任，让连里自己掌握。有了这个答复陆海江就好办了，他把王林的事提到支委会上，支委们都说这事早就该办了。

陆海江亲自到张红珍班宣布了党支部的决定，战士们猛拍巴掌热烈欢迎。

当晚王林就搬进了男知青宿舍，他把行李放在董黎明睡过的床上，只有这张床空着。终于能跟知青们朝夕相处了，他的心情从来没有这么好。

"王林，那儿当年可是董大班长的下榻之处啊！"马超调侃了一句。

"你小子想说什么？"杜春生对他说，"去，你跟王林换换。"

马超不言语了，其实那个位置并不好，紧挨着门。

386

杜春生又说："王林这几年放单，过得挺不容易，现在回来了，大家都要对他好点！"

宿舍里的气氛一下挺尴尬，王林赶紧说："我是新兵，以后大家多帮帮我。"

这几年王林一个人住在马号那间小屋，慢慢也适应了，现在有这么多同学相伴，他的心情就平静不下来，晚上跟大家聊得很开心，别人都呼呼睡了，他还睁着两只眼睛……

七月，陆海江收到父母的来信，父母对他和彭春燕的事情态度上有了松动，让他自己看着办吧。他跟彭春燕商量，下个月他们旅行结婚，去内地玩玩，也省去在连里和乌鲁木齐办婚礼的繁文缛节了。彭春燕回家跟爸爸妈妈说了，妈妈满心欢喜，爸爸说你们自己定吧。

马力克来连里看女儿和永强，听女儿说陆海江和彭春燕下个月结婚，高兴之余闪出一个念头：陆海江有恩于阿斯燕，他一直想好好感谢他，现在机会来了，他要以哈萨克牧民的方式给陆海江和彭春燕办一个盛大隆重的婚礼！他想两个孩子一定会满意的。从女儿家出来他直奔彭大明家。

彭大明听他说要给陆海江和春燕办一个哈萨克人的婚礼，为难了："他们不办婚礼了，要旅行结婚。"

马力克听不懂这个时下流行的词汇："旅行结婚？"

"就是两个人到外面跑一圈，就算结婚了。"

"唔，人生大事，怎么能这么胡里麻趟的（意为草率行事）？你也同意了？"

"赶时髦，现在的年轻人都这样，也好，我们倒省心了。"

"你不怕外人耻笑？我看你这个爸爸也该退休了！"他拉着彭大明要走，"跟我去找陆连长，这个婚礼我来办。"

"你这么大张旗鼓地办，他不会同意的。"

"老彭，当年你给长山和阿斯燕办婚礼，拿我作挡箭牌，这次陆连长还可以拿我作挡箭牌嘛！到时候我把阿肯们找来，办个弹唱会，再搞个赛马、刁羊比赛，还有'姑娘追'，好好热闹热闹！其实也就是个大联欢，民族大团结，好事情嘛！再说，等我办完了婚礼，他们两个还可以旅行结婚嘛！走，我们两个去说服他。"

"坐下喝茶，"彭大明把他按在椅子上，"晚上我跟小陆和春燕做做工作。但有一条咱们先说好，只热闹，不吃肉不喝酒。"

"你也不要太绝对了嘛，小范围吃肉喝酒，就你我两家人，麻烦没有吧？"

彭大明摇着头说:"你这个马力克呀……"

晚上彭春燕和陆海江回家吃饭,彭大明说了马力克的想法。陆海江也担心影响,一时拿不定主意,彭大明说主要是民族团结大联欢,捎带你们的婚礼,不会有问题。彭春燕说哈萨克牧民的婚礼太热烈太浪漫了,她太想亲身体验体验了!陆海江也了动心,他想,他和春燕也不是哈萨克人,不搞婚礼仪式,只参加联欢活动,说得过去,于是同意了。

彭春燕把她和陆海江结婚的事跟王老师说了,王老师嘴上祝贺,心里却不是滋味。他决定找陆海江谈谈,晚上去了他的宿舍。

"陆连长,你现在不忙吧,我想占用你一点时间。"

"王老师,你坐。"陆海江给他倒了一杯白开水,"王老师,我这可没有西湖龙井啊!"

王长根想起给他泡的那杯西湖龙井,他不想跟他斗嘴:"陆连长,春燕告诉我,你们要结婚了?"

"对。"陆海江看了他一眼,"不过没有喜糖,我们旅行结婚。"

"不是说马力克给你们办吗?"

陆海江一下很恼火,心想春燕真是多嘴:"春燕没跟你说清楚吧?是连里组织一部分战士去跟牧民们联欢,当然也包括我和春燕。"

王长根端起水杯,又放下了:"陆连长,春燕是我最好的学生,你如实回答我,你真心爱春燕吗?

陆海江看着他:"王老师,这有什么可怀疑的吗?"

"也许这是你现在的真实心境。陆连长,你们结婚了,有了孩子,有一天你突然接到回城的调令,你会作何感想?你跟我不一样,我们虽然都叫知青,但我是上海支青,支边的支;你是上山下乡知青,知识的知。"

"这有什么不一样吗?"

"当然不一样,我是'永久牌'。"

"你的意思,我就是'飞鸽牌'?王老师,即使有一天我离开了,我走到哪里,也会把春燕带到哪里。"

"现在的任何表白都为时过早。陆连长,你和春燕就要结婚了,我祝福你们,但有些话还是要说在前头的。春燕是我的学生,最好的学生,她全身心地爱着你,你要好好待她,无论如何不能辜负她,请注意,我指的不是现在,而是将来、永远!我决不允许她受到伤害,决不允许!告辞了。"说完他起身走了。

陆海江想,王长根刚才这番表白仅仅是一个老师对学生的呵护吗?

进入八月，巴尔鲁克山草木繁盛，一派欣欣向荣的景象。牧民们往往在这个时候举办具有民族特色的各种趣味活动，各个群落的牧民纷纷赶来，聚集在一起，草原上熙熙攘攘如过节一般。马力克主动把今年的活动揽过来了，他做了精心筹备，阿肯弹唱、赛马、刁羊、"姑娘追"……各种活动一个不落，与往年有所不同的是牧业连的人也加入进来了。

八月十五日是举办活动的日子，上午陆海江带着彭春燕和张红珍班的战士来到马力克的群落，远远地他们就听到阿肯们悠扬的歌声和冬不拉优美的旋律了。人群中，几个哈萨克老者坐在草地上，一边弹着冬不拉一边吟唱着哈萨克民歌，阿肯们唱道：

> 不是蓝天的白云，
> 是牧场的羊群，
> 草原红花为我开放，
> 我是草原的牧民。
> 啊嚎，咦咦咦……
> 我是草原的牧民。
> 鞭子一甩白云飞，
> 口哨一响银滚滚，
> 我驾驶着整个草原，
> 草原上留下我的歌声，
> 啊嚎嚎哟，
> 弹起我心爱的冬不拉，
> 咦咦咦……
> 绿色的草原唱不尽，
> 绿色的草原唱不尽。
> ……

张红珍班的战士参加了赛马和刁羊两项活动。先是赛马，马力克一声令下，二十几个牧民和战士扬鞭催马冲出起跑线，一时间马蹄声在草原回响，拔得头筹的自然是牧民了。

刁羊比赛更是牧民的强项。马力克把一只去了羊头和内脏的山羊扔进比赛场地，大声说："刁羊比赛现在开始！"陆海江和一个牧民骑马进了比赛场地，牧民手快先抓到山羊，提上马背，这时，参加比赛的牧民和战士策马蜂拥而上，你抢我夺，开始了一场激烈的角逐。经过一番抢夺，一个牧民驮着山羊冲出重围，把山羊扔进马力克的毡房，牧民赢了，周围的人大声叫好。

"姑娘追"开始了，一对对哈萨克青年男女骑着马向指定的地点徐徐进发，陆海江和彭春燕也在其中。一路上，男青年们戏谑着身边的姑娘，放肆地说着俏皮话，姑娘们默默地听着，陆海江也跟彭春燕开着玩笑，两人显得很开心。到了指定的地点，男青年们拍马往回跑，姑娘们策马猛追，一边追一边扬鞭抽打前面的男青年，彭春燕的鞭子轻轻抽打在陆海江身上……

活动一直持续到傍晚。陆海江和彭春燕意犹未尽，虽然没有办婚礼，但哈萨克人热烈奔放的活动为他俩的牵手平添了几多色彩，令他们一生难忘！战士们要返回了，马力克拉着陆海江和彭春燕进了自己的毡房，彭大明、春燕妈、阿斯燕和永强已经坐在里面了。马力克要留陆海江和彭春燕一块吃饭，陆海江说："活动可以参加，饭不能吃。"马力克说："别太认真了，只有我们两家人。"陆海江说："让爸爸妈妈陪你们吃吧。"说完拉着彭春燕出了毡房，战士们已经走远了，他俩骑上马追了上去。战士们正在说晚上闹洞房的事，见陆海江和彭春燕过来了，马超说："陆连长，晚上我们去闹洞房，你不会反对吧？"陆海江沉着脸说："我们又没办婚礼，闹什么洞房？"陆海江已经不是当年的文弱书生了，他现在是一连之长了，他不让闹洞房，战士们哪还敢造次？大家都觉得挺没趣的。

回到连队，陆海江和彭春燕跟战士们去了食堂，早晨陆海江就告诉食堂他们是要回来吃晚饭的。从食堂出来天已经黑了，战士们往宿舍走，几个男知青不时望一眼陆海江和彭春燕，他俩朝彭春燕家的方向去了。到了家门口，彭春燕拿钥匙开门，陆海江拉住她，此时他有一种强烈的冲动，这一天他等得太久了！彭春燕转过脸望着他，她心中也有一种渴望！陆海江转身朝自己的宿舍走去，彭春燕跟在他后面。

陆海江的宿舍已经布置一新，从此这就是他和彭春燕的家了。进了门，陆海江把她揽进怀里……

夜很静，他和她沉浸在幸福之中，不想马上入睡。陆海江隐隐听到手风琴的旋律，时断时续，缠绵哀婉。显然王长根是在学校的操场上拉琴，不然陆海江是听不见的："我听到王老师的琴声了。"

这琴声彭春燕也捕捉到了："他大概又想起黄佩佩了。"

"我觉得他是在为你……"

彭春燕捂住他的嘴巴:"不许胡说!我们是师生关系,很纯洁的。"

翌日清晨,他俩坐上了去乌鲁木齐的长途客车……

入秋后阿斯燕心里就想着转场。连里的人都说,不从争议地区走一趟那就枉做牧业连的人了,当年长山那么执着,参加护送转场多少次连他自己也说不清,她想,转场对牧民来说是家常便饭,牧业连的转场有那么大的不同吗?她现在是牧业连的战士了,她要跟着走一趟。她把这个想法跟陆海江说了,陆海江当时就拒绝了,两天后阿斯燕又来找他,态度更加诚恳。陆海江很为难,护送转场的人连里都是精挑细选,她去也就是跟着跑跑罢了,不过这两年边境形势缓和,通过争议地区没有遇到麻烦,让她去倒不是问题,但那段路难走啊,加上三天内跑个来回,她的身体吃得消吗?陆海江还是没有松口,他去毡房征求马力克和巴哈什的意见。

"陆连长,阿斯燕现在是你的人,还用征求我们的意见吗?"

陆海江没想到他会这样说:"她也是你们的女儿嘛。"

"阿斯燕跟我和巴哈什说过,这是她的一个心愿。长山在这条路上走了那么多次,而且献出了生命,陆连长,满足一下她吧,要不然她以后还会提出来,不了这个心愿,她心里不会踏实的。"

"我担心她的身体。"

"担心什么?我们年年转场,她不是什么事情都没有嘛。"

"争议地区的路难走啊。"

"唔,牧民转场的路也不好走!"

"陆连长,这孩子为这件事情心事挺重的,不要犯病了,我和马力克商量过了,还是让她去吧。"巴哈什说,"她走这几天,永强可得安排好。"

"你这话多余,有老彭和嫂子,你孙子能受委屈?"

阿斯燕的事陆海江还没有摆平,王林又找上门来,他也想参加护送转场。陆海江说他加入张红珍班才几个月,以后有的是机会,王林说这一天他已经等了整整八年了!陆海江很理解老同学的心情,答应在会上给他争取一下。

党支部研究转场人选时,陆海江提了王林和阿斯燕的名。王林加入张红珍班后表现突出,让他参加还说得过去,可派阿斯燕去支委们心里有点打鼓,陆海江说了他和马力克的想法,大家最后还是同意了。确定带队人选时,陆海江说他已经两年没有参加转场了,这次由他带队。

出发的那一刻,王林显得很激动,等待了整整八年啊,现在终于走在转场

391

的路上了！

陆海江来到他身边："王林，第一次参加转场，有什么感受？"

"很神圣！走在转场路上，想到是在维护领土完整、国家尊严，自豪感和胆气就油然而生。"

陆海江看着他笑了，他第一次参加转场不是也生出这样的感慨吗？

阿斯燕的心情也不能平静，眼睛东张西望，她有一种幻觉，好像长山就在附近，随时会从哪里出来。陆海江注意到了，等她过来。

"阿斯燕，你累了吗？"

阿斯燕有些不好意思："没有。"她赶了上去。

……

牧民也踏上了转场的路，马力克和巴哈什晚走了几天，他们要等女儿回来。女儿终于平平安安回来了，马力克和巴哈什把做好的熏马肠给女儿送过来，第二天赶着羊群上路了。

一九七七年十月二十一日，这是个让张红珍班全体知青无比兴奋的日子，他们从连队的高音喇叭里听到，全国恢复高考了！这些男女知青无论学习成绩好的还是不好的，对走进高等学府都有一种本能的憧憬和期待！

听到这个消息陆海江先是兴奋之后就茫然了。这几年每当听说团里某某人被保送上了大学，他就心生羡慕，自己表现这么好，团里为什么不给他这个机会呢？他想也许是团里有意要培养他当领导吧。现在恢复高考了，他自信一定能考上，上高中时他的各门成绩在年级一直名列前茅，可他现在是连长了，组织上对他这么重视……他忽然想到，春燕不是可以跟他一起参加高考吗？但他马上就失望了，春燕只是初中毕业，学习成绩又不好……这天夜里他失眠了，彭春燕知道他心里在想什么，身子紧紧地贴着他……

之后几日陆海江和彭春燕一家人都很煎熬。对陆海江来说，考与不考的选择是艰难的，最终他做出了不参加高考的决定，这个决定让彭春燕一家人心里踏实了。

高考在一个月后进行，连里给够条件的战士半个月复习时间，温习所有功课显然是来不及了，大家都知道，想考取只能靠上学时打下的底子了。

高考后的两个月里，录取通知陆续下来了，程强、沈东风、李涛、杨红、王璐云最先接到通知书，他们走的头一天连里开了欢送会，陆海江代表党支部讲了话，晚上安排了一桌饭。饭桌上陆海江频频给老同学敬酒，不知不觉就喝多了，回到家把彭春燕折腾了半夜。

接下来的一段时间又有几个知青高高兴兴走了，陆海江很希望王林考上大学，但王林一直没有收到录取通知书。陆海江去安慰他，老同学脸上却没有一点沮丧，他说自己能加入张红珍班就已经很满足了。班里减员过半，连队将团里分来的毕业生充实进去，王林被任命为班长，这让战士们没有想到。用王林是陆海江的提议，虽然王林进张红珍班才半年，但王林有工作热情，人又踏实，他相信假以时日王林能当好这个班长。陆海江采取了彭大明当年的办法，给班里配了个转业军人，负责日常军事训练。

大雪又拥抱了巴尔鲁克山。张红珍班的战士爬冰卧雪，投入了紧张的冬训……

永强上学后功课一直跟不上，阿斯燕很着急，她想找一下王长根，让他安排老师给永强开小灶。临出门她想还是让春燕带她去比较好，王长根会给春燕面子。于是先去了春燕家，春燕二话没说，当即就带着她去了学校。王长根说："其他老师都忙，我晚上有时间，永强就交给我吧。"他除了教音乐课，还带着四年级的语文，他觉得永强现在的主要问题是汉语差，他在语文上辅导辅导，永强会赶上来的。阿斯燕说："王老师，那就辛苦你了。"王长根说："赵班长为国捐躯，我为永强做点事也是应该的。"彭春燕说："阿斯燕跟我是好姐妹，永强就拜托您了。"王长根看了她一眼："这还用你说啊？放心吧。明天晚上就让永强到我这儿来，每天晚上两个小时，永强能不能坚持下来，就看你阿斯燕的了。"

从此以后，永强每天吃过晚饭就背上书包去王老师那儿补课。时间长了，阿斯燕就有些过意不去。一天晚上她跟永强一起去了，手里拎了一袋熏马肠。熏马肠是用马肉灌的肠子，看上去又粗又黑，王长根以前没见过，他问："阿斯燕，你手里拿的什么东西？""熏马肠，我妈妈去冬窝子前给我做的，给你拿一些尝尝。""噢，你拿来这么多啊。"王长根打开袋子看了看，取了一根出来，说："一根就够了。""留着慢慢吃嘛，这东西坏不了。"接着她给王长根讲了熏马肠的吃法，锅里添水中火煮半个来小时，马肠子不好熟，煮开后最好在上面扎一些眼。王长根听着摇头笑了，阿斯燕说："王老师，你给永强辅导功课吧，我现在就给你做一根，以后你就会了。"她把锅坐在火炉上，添了水，然后放进马肠子。她在旁边守着，问了永强最近的学习情况，王长根说这孩子很懂事，在他这儿学习很刻苦，成绩明显上来了。阿斯燕在心里笑了，王老师教人用心，怪不得春燕小时候喜欢往他这儿跑呢。熏马肠很快就煮好了，阿斯燕切了一块让王长根尝尝，王长根放进嘴里嚼了嚼，感觉像他在上海吃过的金华火腿，不过熏过的马肉更有草原的味道，越嚼越香。王长根对熏马肠满意，阿斯燕便高高兴兴走了。

为赵长山平反昭雪是半年以后的事了，各地都在纠正"文革"中的冤假错案，当年赵长山的案子被推翻，兵团还追认其为革命烈士。关团长亲自来连里宣布了上级的决定，之后将大红色的革命烈士证书发到阿斯燕手中，阿斯燕接过证书时泪流满面，台下响起经久不息的掌声，这一天战士们等得太久了！

关团长上车前对彭大明说，下个月他年满六十，退下来之前解决了阿斯燕和赵长山的问题，对他这个老战友也算有了交代。彭大明问他退下来有何打算，关团长说他想得开，带老伴去师部干休所过逍遥自在的日子。

送走关团长，彭大明直奔"四排"。一路上他的心情都不能平静，心里有很多话想对赵长山说。长山你和战士们终于等来这一天了，组织上给你平反昭雪了，还追认你为革命烈士，在大家心中你一直是个堂堂正正的汉子，但这个名分还是得要！阿斯燕也已经是牧业连的战士了，去年秋天她还参加了转场，这些你肯定没有想到。马力克和巴哈什把永强也送回来了，他现在在连队上学。这些事都安排得挺好，长山你没什么可牵挂的了……

阿斯燕从会场出来就去毡房报喜。马力克十分兴奋，让女儿晚上通知彭大明、春燕妈、陆海江和彭春燕明天下午来毡房做客，好好庆贺庆贺。阿斯燕说她想把王老师也叫来，巴哈什说一起叫来吧，女儿几次跟她说起王老师给永强辅导功课的事，她还没见到王老师这个人呢。

马力克邀约，大家自然不能驳他的面子，陆海江把康指导员也带来了。整整一个下午毡房里热热闹闹如过古尔邦节一般。王老师第一次吃到这么多哈萨克美食，兴致蛮高，阿斯燕不停地给他夹菜，让他各样都尝一尝。她一直想请王老师到家里吃顿饭，叫了几次他都不肯来，昨天晚上阿斯燕去请他，毡房对他挺有吸引力的，又不是专门请他，他就答应了。巴哈什一直在观察王老师，她觉得这个人温文尔雅，挺有修养的。她对王老师了解不多，女儿告诉她王老师是上海支青，手风琴拉得好，原先的女朋友去香港了。她想，王老师也是受过感情打击的人，女儿能不能跟了他？她向身边的彭春燕问了一些王老师的情况，彭春燕自然说了王老师一大堆好话。她看出了巴哈什的心思，但觉得王老师心里还有黄佩佩，阿斯燕又是这种情况，两人怎么会走到一起呢？不过，感情这东西也不好说，此一时彼一时，这一年多王老师跟阿斯燕来来往往，也许擦出了感情的火花？如果两人能走到一起，倒是一件好事情，她一直希望王老师找到感情的归宿。她想找时间探探王老师的底。

送走了客人，巴哈什跟马力克说起女儿和王老师的事，她觉得女儿好像喜欢上王老师了。马力克说她想多了，王老师给永强辅导功课，女儿只是想感谢一下他罢了。巴哈什说女儿这么年轻总得再嫁人吧，王老师人不错，他们要让女儿抓紧点。马力克说别瞎掺和，看他们自己吧。

几天后彭春燕走进了王老师的宿舍。王老师正在给几个女学生拉手风琴，见彭春燕进来了，便让学生们走了。

"王老师，永强不来你这儿学习了？"

"他现在成绩上来了，不需要天天来我这儿。"

"王老师，这么多年了，你这儿还学生不断啊。"彭春燕很感慨。

"这也是一种幸福呀。"王长根看了她一眼，"你是体会不到的。"

彭春燕怎么能体会不到呢？老师孤独寂寞，只能以这种方式排遣苦闷得到慰藉啊！她心里泛上一丝酸楚："王老师，你就打算一直这样过下去吗？"

"这样蛮好。"王长根又说，"这是一种幸福，你体会不到的。"

本来彭春燕想说阿斯燕的，现在她觉得没有必要了，老师还没有从那个封闭的世界里走出来，或者如他所说感受到了另一种幸福，她这个当学生的还能说什么呢？

牧业连当年的知青上大学的上大学，回城的回城，现在只剩下陆海江和王林了。陆海江事业上一帆风顺，前程似锦，以前他对仕途不是太在意，现在踏进来了，他就想好好走一走，况且彭春燕已经怀孕，他很快要当爸爸了，眼前他就没有回乌鲁木齐的想法。王林也想到过回城，但爸爸在监狱服刑，妈妈又没有工作，谁能帮他调回去？

他进张红珍班才一年时间，现在又是班长，他想还是走好当下的路吧。

牧业连牲畜存栏增加，准备扩充圈舍，王林领了上山采片石的任务。他带着张红珍班的战士每天开山放炮，把一车车片石运下山来。

采片石先要打炮眼，然后往炮眼里装炸药，人退到远处，点燃导火索，听到一声巨响后，战士走进炸开的石坑采石。一次炸药点燃后，等了很长时间没有响，负责埋炸药的战士要去排哑炮，王林拉住他，自己朝采石场走去。

采石场传来一声巨响！

"王林！王林！"

战士们的呼唤没有回答，纷纷朝采石场跑去。

战士们从碎石里把王林扒出来，立即运回连队，陆海江马上安排"千里马"送王林去县医院，他带着张红珍班的全体战士一起上了车，王林失血过多，陆海江要备好献血的人。

到了县医院，王林立即被送进手术室。护士出来说医院血浆不够，陆海江带着战士们跟她进了采血室……

之后是焦急的等待！终于看见医生从出手术室出来了，。陆海江和战士们围了上去，陆海江急切地问："医生，王林怎么样？"

"命是保住了，少了一条胳膊。"医生摇了摇头，"他是从石堆里扒出来的，伤得太重了，浑身没有一块好地方。"

战士们流下了眼泪。护士把王林推进病房，王林一直昏迷着，陆海江守在他的床边。眼前的情景让他心里很难受，老同学这些年真是太不容易了，一来连队就被排斥在张红珍班之外，独自与马为伍，在自卑、压抑中度日，好日子才刚开始，他对未来有那么多美好的憧憬，现在却失去了一条胳膊！都说上天是公平的，可为什么受到伤害的总是王林？当初同意他去张红珍班是个错误，他在心里自责。

王林醒了，朝他笑了一下。陆海江抓住他的一只手，久久地。

一个月后王林出院，他来到连部，陆海江知道他是来谈工作的。显然让王林留在张红珍班是不合适的，怎么安排他陆海江一时也没想好。"王林，回来了有什么打算？"

"一切行动听指挥。"王林显得挺轻松，"陆连长你安排吧。"

"王林，让家里想想办法，调回去。"

"我们家的情况你又不是不知道。再说，我现在这个样子，哪个单位会要我？"

陆海江想了想："王林，你办个因工致残手续吃'劳保'吧，工资虽然低一点，你回乌鲁木齐再干点什么，生活不会有问题。"

"海江，你怎么老是劝我回去？"王林的情绪有些激动，"如果现在你是我，你会怎么想？人都是有自尊的，回去我怎么面对我们那些同学？怎么面对街坊邻里？明年我父亲就出狱了，我也害怕面对他。"

陆海江沉默了。

"海江，你也不用为难，我还回大车班，继续赶我的马车。"

"那怎么行？你现在这样怎么赶车？"

王林抬起一只胳膊："这只手还能挥鞭子拉缰绳。我是老把式，放心吧连长同志。"

晚上他搬回马号那间小屋，班里的两个战士送他过来，帮他铺好床就走了。他呆呆地坐了一会儿，然后走进马厩，一一摸着马头："伙计们，你们还好吗？看来我是离不开你们了。"

这年冬天陆海江当爸爸了，彭春燕生了个女儿，陆海江给她起名念念。彭大明对外孙女的这个名字很满意，彭春燕问他念念有什么含意吗？陆海江说没什么确切的含意，心境使然，当时脑海里一下就闪出"念念"这个名字了。

第十六章

　　五年过去了，改革开放大潮在中华大地奔涌，巴尔鲁克山人也在阵痛中艰难前行。一直被牧业连当作首要任务的春秋两季转场，随着中苏关系的改善变得不那么严峻了，连里不再安排全副武装的战士护送，陆海江想得更多的是怎样带领大家致富奔小康。让他感到很难的是，兵团连队不同于地方农村，改革更是摸着石头过河，艰难程度一点都不亚于当年彭大明开进巴尔鲁克山！他整天忙忙碌碌没白没黑，回到家常常是倒头就睡，这让彭春燕想起当年的情景，她也总是烧一盆热水给他泡脚，念念懂事以后，也像妈妈当年那样给爸爸搓脚，老挠爸爸的脚心，彭春燕说起当年的情景，陆海江也很感慨。

　　陆海江无意中在报纸上看到一条新闻，南疆一个连队改变过去集中居住的模式，鼓励自建住房发展自营经济，职工的庭院收入大幅提高，记者对新住房还有一个形象生动的描述："前有园，后有圈，中间夹个小宫殿"。陆海江大受启发，他向团党委建议学习借鉴这个做法，团党委同意牧业连先搞试点。陆海江召开全连大会进行了动员，彭大明听说后心里很不舒服，这样改还是兵团连队吗？

　　晚上全家人在一起吃饭，彭大明说："海江，连里要各家各户自己盖房子？"

　　"对，已经开大会动员了。"

　　"听说还有一个花哨的说法，叫……"

　　彭春燕马上说："'前有园，后有圈，中间加个小宫殿'！"

　　"改变连队传统的住房模式，有利于发展庭院经济，增加收入。"

　　"这么干兵团不成地方老百姓了嘛！"

　　"爸，现在都啥年代了，你怎么还是老观念呀！"

　　"一排房子住着有啥好？你看人家地方老百姓，前院种菜养花，后院喂猪养

398

羊，小日子过得多红火！"春燕妈看了彭大明一眼，"多亏你早早下来了，要是你还在位上，准是个光杆司令！"

"我可没有坚持贫穷的社会主义！"彭大明喊了一句，"咱们军营式的住房便于指挥管理，而且它也有人情味啊，大家一排房子住着，谁家有啥事，招呼一声就来了，串个门、找人说说话什么的，多方便，谁家做好吃的，大家都能凑一口，那种日子多有滋味！"

"爸爸，你的心情我很理解，但房子还得盖，而且我这个连长要带头。"

"姥爷，我就要住像小宫殿一样的房子！"

"你和你爸爸妈妈去住吧，我和你姥姥还住这儿。"

"你自己住这儿吧，我跟孩子们去住！"

"那你们就都走！"

彭春燕搂住爸爸的脖子："爸，你不住，但你得掏腰包，我和海江可没那么多钱呀。"

彭大明拿掉她的手："我不住凭啥出钱？有能耐你们自己盖。"

"我住！把我的那一半给我！"

"你只能拿五分之一，我的工资是你的五倍。"

"哎，老爸，你这是啥逻辑？咱家的财产，你和我妈可是各占一半哦！"

"这就是我的逻辑！你们去打官司吧。"

"别理他！他不住，谁给他做饭？用不了两天他就得投降！"

"姥爷，你快投降吧，嘻嘻！"

"我吃食堂！"他放下筷子走了。

念念站了起来："呀，姥爷真生气了。"

春燕妈拉她坐下："我们吃，别理他！"

晚上，彭大明从箱子里取出存折，交给女儿，她在爸爸脸上亲了一口："您真是我的好老爸！"

两个月后新房竣工，陆海江叫了几个战士帮忙搬家具。彭大明和春燕妈也过来了，先是在前后院子转了转，然后进了房子。

"老头子，这屋子敞亮吧？"春燕妈指着房间说，"这一间是咱俩的，旁边那间是海江和春燕的，里面那间是念念的，还有厨房，卫生间，跟城里人一样，多自在。"

彭大明没好气地说："人一舒服了就懒！"

"哪能闲得着，以后，我在前院种菜养花，你呢，就在后院养猪喂羊，小日

399

子多红火！"

"想干你就干，我可没这个闲工夫！"

彭大明原来住的那排老房子要拆了，他挺留恋的，过来看看。正在拆屋顶的几个战士见老连长在下面冷冷地看着他们，不由自主地停下手中的活。

"看我干什么？干你们的活！"说完彭大明走了。

当牧业连的一栋栋新房拔地而起，马力克和他的牧民们也要在夏牧场定居了。传统的游牧方式导致草场退化，政府鼓励牧民们定居，搞棚圈养殖，马力克的牧群带头搞试点，定居点建设资金政府拿大头。马力克把这个消息告诉了陆海江。

陆海江很为牧民们高兴，以后他们再不用辛苦奔波了："马力克队长，牧民们愿意定居吗？"

"唔，我做了好多工作，改变祖祖辈辈延续下来的生活方式很难，但我们要为子孙后代着想啊！"马力克说，"陆连长，还有一件事情告诉你。我们搞棚圈养殖，就需要多种草，但我们地不够，兵团对我们很支持，听说把你们连的几块草场划给我们了。"

陆海江一愣："我怎么没听说？"

"我也是才听县上的领导说的，可能文件很快就下来了。陆连长，牧民们从来没种过草，这方面你有经验，以后还要麻烦你们。"

"这没问题，我们一定搞好传帮带。"

文件很快下来了，团生产科的人带着陆海江和马力克在牧业连的草场跑了两天，最后划定了给牧民的几块草场。陆海江心情挺沉重的，回家吃饭时没一点胃口。彭大明虽然赋闲在家，但连队的大事小情他却是看在眼里装在心里的："海江，给牧民的草场划了？"

"刚划完。唉，连里本来就挺困难的，草场少了，牲畜自然要减下来。"

"内部挖潜吧，在种草上多下点功夫，这是今后发展畜牧业的方向。"

"也只能这样了。"

吃完饭彭大明让女婿跟他出去走走，陆海江跟着他出了门。

"海江，你这个当连长的思想都不通，怎么做群众的工作啊？"

"现在都在讲经济效益，跟你当领导时不一样了。"

"讲经济效益没有错，但有些时候也要算政治账。牧民们都能顾全大局，改变祖祖辈辈延续下来的生活方式，我们给他们划几块草场算什么？我们团开进来之前，这些草场都是牧民的。我们连的第一群羊也是牧民们给的，我们要给钱，他们就跟我们翻脸，给钱就等于污辱他们。过去连里的人谁也没有放过羊，牧民们又给我们传授牧羊技术，这些什么时候都不能忘记啊！"

"我是有些狭隘了。爸爸你放心，我会做好大家的思想工作的。"

几天以后，马力克和牧民们赶着一群羊来到连部门前，陆海江不知何意："马力克队长，你们怎么赶着一群羊来了？"

"陆连长，兵团划草场给我们，对我们的帮助太大了，为了表达我们的真诚谢意，牧民们送给你们一群羊！"

"这么大一群羊我们可不敢接受。"

"不要这样说话嘛，陆连长，现在虽然是市场经济，情谊不能不讲嘛！"

"马力克队长，你们来得太突然了，事先也不通知一声，我们搞个接收仪式嘛！"

"搞什么仪式，孕孕（小小）的一件事情嘛！"

入秋前，牧民们从毡房搬进了定居点，一幢幢红砖房在草原上显得十分耀眼。牧民的房子也是一个模式，与牧业连新建的住房大同小异，进了门就大不一样了，牧民房间里面都铺了地毯，墙上是挂毯，装饰摆设仍然是毡房的风格。

马力克搬家这天，彭大明一家人前来祝贺乔迁之喜。大家围着小炕桌席地而坐，喝着巴哈什烧的奶茶，陆海江说："马力克队长，牧民们都搬进新家了吧？"

"都搬了，政府出大头，不住傻瓜嘛！"

"你算了吧！"巴哈什说，"猛一下住进房子里，看哪里都不对劲。"

"住一住你就对劲了。"马力克说，"陆连长，今天请你们来，还有一件事跟你们商量。现在牧民们定居了，下一步就是孩子上学的事情了。过去要转场，好多孩子就不上学了，没什么文化。现在定居了，牧民们都想让孩子上学，但县里的学校太远，孩子们要寄宿，牧民们不愿意，长时间看不见自己的孩子不放心。我跟牧民们说，让孩子到连队的小学上学，有几个已经同意了。"

"让牧民的孩子到连队上学？"陆海江没有一点思想准备。

"好事情！"彭大明抓住马力克的手，"你这个想法好！"

"连队离得近，孩子们不用寄宿，骑着马就去了，更重要的，对他们的成长有利啊！这我有切身感受。连里当老师的基本上是上海支青，永强在连队小学才上了几年，变化多大！还有一点，我们的孩子既有母语，又通汉语，将来肯定有大的发展！陆连长，现在就看你们接收不接收了。"

"我爸爸说了，这是好事情，我回去跟连领导们商量一下。"

陆海江回去就跟连领导们议了这件事。虽然校舍有限，但大家都说应该支持一下，最后决定让学校想想办法，秋季招生接收牧民的孩子。

连里的上海支青得到一个喜讯，上海市出台了一项政策，允许上海支青的一个子女在沪落户。这意味着他们的一个孩子可以回上海接受良好的教育，还让他们感到慰藉的是，他们将来退休回上海也能老有所依了。

连里的上海支青都有了孩子，只有王长根孑然一身。当支青们忙着安排子女回上海的时候，王长根想到了阿斯燕和永强。这几年他给永强辅导功课，不知不觉中就对母子二人有了一种特殊的情感，阿斯燕在生活上对他很关心，他坚持不去她家里吃饭，但阿斯燕每逢做好吃的，就让永强端过去，他的衣服都是自己洗，但缝缝补补的事都由阿斯燕代劳。永强也很懂事，经常为他跑跑颠颠，他差不多把他当儿子一样用了。他想，开学永强就要去团部上中学了，阿斯燕希望永强成才，团里的教学质量不高，他应该借这个政策送永强去上海读书。要实现这个愿望，永强就要变成自己的儿子，最简单的方法就是把永强过继给他，做他的养子。这么办连里的人会怎么想？他现在管不了那么多了，只要是为阿斯燕和永强好，别人爱怎么想就怎么想吧！

他跟阿斯燕说了他的这个想法，阿斯燕半天没回过神来："王老师，你这是……"

王老师怕她多想，说："我以后就一个人过下去了，收养永强也挺好，我父母年纪大了，永强去上海上学，还可以帮帮老人。"

阿斯燕想，永强上中学就要离开家了，去上海倒是一个更好的选择，但这事情挺大的，她想跟爸爸妈妈商量商量："王老师，让我考虑考虑好吗？"

"不要勉强，你想好了告诉我。"

阿斯燕把王老师的想法跟爸爸妈妈说了，马力克说："阿斯燕，你先不要问我们是什么态度，你自己是怎么想的？"

"上海是大都市，现在是我们国家发展最快的地方，多少人想去都没有机会，永强要是能去，当然是好事情啊，长山也希望他的儿子有出息，能成才。不好的是上海太远了，以后见他就少了，你们把他一手带大，也指望不上了。"

"这件事要看得远一些。"马力克说，"永强去上海，总也见不上面，是不如意啊，从感情上讲，我不希望他去。但认真想一想，去上海对他今后好，人啊，趁着年轻还是要多出去走走，看看外面的世界，多一些经历，这会终生受用的。永强去上海，现在也很难说他是不是就一辈子在上海了，以后他还有可能出国了呢，说不定还回来了呢，这都说不准。"

从内心讲巴哈什是不想让永强去上海的，转念一想，王老师这样安排是不是对阿斯燕有想法？她一直盼着女儿跟王老师走到一起，如果借这件事能成全他俩，倒是一件好事："想想也是。阿斯燕，你跟王老师都这么些年了，就别让他收养永强了，你们成亲得了，名正言顺的多好！"

"妈，人家王老师没这个意思，再说我……"

"如果你不好开这个口，让春燕帮你说说。"

"巴哈什，"马力克有些不高兴，"我跟你说过多少次了，这事不要乱插手！他们能不能成，看缘分吧。"

"唉，我们家就永强这一个独苗啊……"巴哈什看了他一眼，"永强在草原上长大，我担心他在上海过不惯。"

"你老讲习惯，习惯是可以改变的嘛。"

"让你去上海，你愿意不愿意？"

"我多大年纪了？永强还是个孩子，什么不能适应？就这么定了吧。"

阿斯燕给王老师回了话，同意把永强过继给他，送永强去上海上学。消息传出，连里有的人说王老师真是个大好人；有的人说王老师真是个上海人，精打细算把政策用活了；有的人从中看出了端倪：王老师的这个安排别有深意，他和阿斯燕早晚会真正成为一家人的。

齐桂花越来越为一家人的生活犯愁，老方的病靠药物维持着，两个孩子都在团部上中学，日子一天比一天过得紧巴。最近她听说政策允许承包经营，心里就痒痒的，她想，连里的小商店连年亏损要死不活的，她为什么不承包下来呢？只要脑子活泛点、人勤快点，商店怎么能赚不到钱？想好了，她就去连部找陆海江。

陆海江听她说要承包连里的小商店，笑了："你的脑子倒挺快，现在刚开始搞承包经营，你就打小商店的主意了？"

"我这也是替连队着想嘛。连里小商店一直亏，是连队的一个包袱，你们包给我吧，我一定能扭亏为盈，让连里甩掉这个包袱！"

"齐桂花，你不光是为连队考虑吧？"

"当然也为我自己，改革开放了，谁不想多挣几个钱？我家里的情况你也知道，老方是老病号，两个孩子在团部念书，用钱的地方多，我压力大啊！过去是没办法，现在政策好了，我也想一试身手！"

"齐桂花，你肯定行！我们研究一下，你等消息吧。"

几天以后连里就把小商店包给了齐桂花。开张那天，阿斯燕第一个进来了："大姐，你承包小商店怎么事先不跟我说一声呀？"

"这几天忙着盘货，没顾上跟你说。"齐桂花说，"想买点啥，大姐给你优惠！"

"没想买啥，就是想过来看看。"阿斯燕看着货架，满眼羡慕，"那你给我拿块砖茶吧。"

齐桂花把砖茶递给她："你是第一个顾客，大姐送你了！"

"大姐我不能白要你的东西。"说着她从口袋里掏出钱。

"把钱拿回去，这叫图个吉利，懂不懂？"

"那就谢谢大姐了。"

"妹子，别放羊了，跟大姐干算了，永强去了上海，你又没什么负担。"

阿斯燕笑了，摇了摇头："我干不了这个。"

"你年轻轻的，什么干不了？我这儿缺个人，我去进货什么的，商店就得关门。"

"不是有姐夫嘛。"

"他病病歪歪的，出门都困难。"齐桂花把脸凑近她，"说真的，跟着大姐干，今后挣大钱！"

"我还是喜欢放羊。大姐，我走了，祝你生意兴隆！"

"会的，大姐想干的事就一定能干成！"

陆海江接到团里的通知，乌鲁木齐的一个新闻采访团下午要来连里采访，让连里认真接待一下。吃过午饭他就和彭春燕、康振华在连部守着。听到汽车喇叭声，他和康振华从办公室出来，看见一辆车身上写着"边境万里行新闻采访"字样的白色面包车开过来了。陆海江怎么也没想到第一个从车上下来的人竟是李雯！她穿了件白色风衣，长发披肩，戴了副茶色墨镜，陆海江在她身上已经看不到多少当年的影子了。

李雯这些年一直在事业上打拼，她的目标是当一名新闻记者，大学毕业后她被分配到一家单位做宣传工作，前年市里成立晚报社招人，她终于圆了记者梦，去年又调到了市电视台。追求事业就不想过早考虑个人问题，三十岁才结婚，至今也没要孩子。时光流逝，陆海江却没有从她的记忆中消失，时不时眼前就浮现上学和在连队时的那些画面。她想跟他建立联系，去看过他的父母。陆海江每次探家都要去见董黎明，但却不来看她，她觉得他真是挺奇怪的，现在都什么年代了，为什么不能活得洒脱一些呢？他越是不想见她，她就越是想见他，几天前她去几家新闻单位游说，因此就有了这个"边境万里行"采访。

陆海江和康振华领着大家走进连部，彭春燕正在会议室切西瓜，一抬眼看见李雯，很是惊讶："李雯？"

"彭春燕，你好！"李雯上下打量着她，"变化不大，还是原来的样子。"

"你才没变化呢，还是那么年轻漂亮。"

大家坐下吃西瓜，李雯向大家介绍："各位记者，他就是我的老同学，牧业连连长陆海江。"

"陆连长，这一路上李雯可没少向我们推销你啊！"

"陆连长，等一会儿我们好好聊聊，我要给你搞个人物专访。"

"哎，听你的意思，你想把陆连长据为己有呀？他可是我们大家的共同资源！"

"对，谁也不能吃独食，陆连长要接受我们大家的共同采访！"

"没问题，我非常愿意接受你们的采访，我们连不少人的事迹非常感人，很值得向社会大力宣传，大家先休息一下，等一会儿我给你们一一道来。"

"我看是不是这样，"李雯说，"让陆连长和康指导员带大家先到几个点上看看，先增加点感性认识，然后接受我们的集体采访。"

大家都说这个主意好，一个记者提议先去"四排"看看。

"你们也知道'四排'？"

"李雯在车上我们什么不知道？"

"海江，下午我们还要采访哈萨克牧民，时间有限，让康指导员和彭春燕带他们去吧，我想跟你聊聊。"李雯把脸转向彭春燕，笑着说，"彭春燕，你不会有意见吧？"

"你已经把我和康指导员派发了，主随客便呗。"

大家从连部出来，一个记者说："李雯，你和陆连长怎么不上车？"

"你们去吧，连里我熟悉，我和老同学叙叙旧。"

"哎，刚才不是说好了谁也不许吃独食嘛，你们虽然是老同学，也得守规矩！"

"放心吧，我们只是叙旧，决不越雷池半步。"

会议室只有陆海江和李雯两个人了，陆海江一下就觉得很尴尬："李雯，你们这个'边境万里行'采访组织得好。"

"我的创意。不管怎么说，我也在边境生活了三年，有一些切身感受，边境人的献身精神确实值得宣传啊。再说，也想借此来看看你这个老同学呀！海江，你回乌鲁木齐居然一次也不来看我，我可是去过你们家两次啊。"

"本来回去得就少，在家又总是匆匆忙忙。"

"得了吧，董黎明你怎么有时间见？"

"哎，黎明还在往广州贩新疆土特产？"

"哪儿啊，人家现在发了，开了一家公司。"

"噢，越做越大了。黎明选择了这条路，我真没有想到。"

"社会在变，人也在变啊！"

"李雯，你现在还在晚报社？"

"去年调到市电视台了，哎，你没在电视上见过我？"

"我们这个边境小山沟，哪能收到市里的电视节目。"

"现在都什么年代了，这里还这么闭塞？海江，你真能沉得住气，一九七七年恢复高考，你怎么没考大学？"

"本来想考的，高考前我被任命为连长了。"

"有责任感了？我知道，你不会只因为一个小小的连长就放弃前程，还因为彭春燕，我说的对不对？"

"也是原因之一吧。"

"听你妈说，你们有个女儿，多大了？"

"五岁多了。"

"过得真快啊，你孩子都快上学了。"

"你呢，有孩子了吗？"

"目前还没打算要。海江，你不知道，我现在很火。"

"我想象得出来。"

"海江，我很怀念我们刚插队的日子，虽然很短暂，但却有很多值得回味的东西。"

"我们那时都很年轻，是富于幻想的年龄。"

"我们现在也并不老。人是要有幻想的，一旦幻想泯灭，生活就走向平淡了。"

"我的生活一点都不平淡，李雯，这些年我比你经历的要多得多。"

"这我承认，不过我还是觉得平淡了，你这里空间太小，哪像我们当记者的，什么没见过？"

"是啊，你们这些大城市的记者耳聪目明，我这个小山沟里的人当然没的比。"

"唉，你就是在边境上待得太久了。海江，你打算永远在这里待下去？"

陆海江没有回答她。

"海江，刚才第一眼看见你，我问自己这就是当年那个陆海江吗？老实说，你就像我在连队见到的任何一个老军垦。"

"谢谢夸奖。李雯，你带这些人不是来宣传我们的吗？对了，你们写文章是用来教育别人的。"

"你不用挖苦我，海江，我们是老同学，在你面前我没必要隐瞒什么，你该换个活法了。"

"我们不谈这个话题好吗？哎，最近有什么大作？"

"正在酝酿，干我们这一行的不出几本书，那可就对不起这个职业了。"

"哎，到时候可要给我寄一本啊！"

"你肯定是第一读者。海江，跟彭春燕过得怎么样？"

"我知足了。"

"我过得不好。"

"你那一位不是你大学的同学吗？"

"大学时他还是很勤奋的，现在没什么追求，最主要的是他反对我抛头露面，这是我最不能忍受的。"

"李雯，当年你怎么没找黎明？本来你们两个在一起挺合适的。"

"这你就错了，他这个人缺少定力，先是想当官，仕途不顺又走极端，下海经商，找这样的男人缺少安全感。海江，我觉得应该为你做点什么。"

"做点什么？"

"为你写本书。"

"这就不必了，还是来点实惠的，利用你记者的号召力，给我们找点资金，或者项目什么的，我们这儿太穷了。"

"这事你应该找董黎明啊！这家伙已经是市里小有名气的企业家了，他挺热心公益事业的，最近还给市里的残疾人捐了一笔款，他怎么把你这个老同学忘了？"

"也许这里是他的伤心之地吧。"

……

送走记者天已经不早了，陆海江刚进家门彭春燕就给了他一句："你风光了？"

"我有什么风光的。这帮记者真难缠，一个问题接一个问题，我的嗓子都快冒烟了，我估计他们回去以后会写一批报道。"

"哎，你跟李雯都聊什么了？"

"能聊什么，相互问了一下对方的情况。春燕，饭做好了吗？"

"知道饿了？就等你呢！"

彭春燕把饭菜端上桌："李雯现在干什么？"

"电视台的记者。"

"她还没要孩子吧？"

"还没要，哎，你怎么知道的？"

"因为她没什么变化。"

陆海江笑着摇了摇头："你们女人哪，真有意思。"

李雯走了没几天黄佩佩就来了。去香港她就接手了父亲的公司，两年后结婚，嫁给了香港大学的一个教授，现在是两个孩子的妈妈了。这次回内地考察投资项目，先去广州后去上海，考察完便乘飞机抵达乌鲁木齐，然后坐出租车直奔巴尔鲁克山，在连队的那段日子刻骨铭心，有伤心，也有放不下的。出租车在学校的操场停下，她和一个年轻男子从车上下来，年轻男子取出拉杆箱："董事长，你一个人在这里我不放心，我还是留下来吧。""有什么不放心的，这里比香港安全。"黄佩佩接过拉杆箱，"你三天后来接我，拜拜。"年轻男子坐上出租车走了。黄佩佩站在那儿，眼前的学校还是原先的样子，她心里挺不是滋味的，一路走来，内地的变化真是很大，上海她都不敢认了，可巴尔鲁克山却没什么变化。

听到汽车的响声，一个老师从办公室的窗户往外张望，黄佩佩看上去虽然有些发福，但她还是一眼就认出她来了。老师们都让王长根出去迎一迎，王长根犹豫片刻还是出去了。

"长根。"黄佩佩喊了他一声。

王长根看着她，真想说"我的生活已经平静，你为什么还要跑来"！

"也不请我进去呀？"

王长根转身进了学校，黄佩佩拉着箱子跟在后面。进了办公室老师们都向她问好，聊了几句大家便知趣地走了，他们知道黄佩佩是冲王长根来的。黄佩佩抚摸着她当年坐的那张办公桌，眼睛湿润了："长根，这些年，你过得好吗？"

"很好，你呢？"王长根的心情这会儿平静下来。

"整天忙忙碌碌，都是生意上的事。"

"真没想到你会成为一个商人。"

"我自己也没有想到，人生很多事情是想不到的。"黄佩佩望着他，"长根，有家了吗？"

王长根的眼睛看着窗外："我还是一个人。"

"彭春燕呢？她结婚了吗？"

"孩子都上学了。"

"找的陆海江？"

"你找的一定是大老板。"

"不，他是做学问的，大学教授。长根，你应该有个家。"

"一个人更好。"

"长根，我想为你做点事情。"

"不需要，我想平静地生活。"

"为学校做点事情，总可以吧？连队小学太破旧了，我想为连队建一所学校。"

王长根的情绪一下变得很坏："黄佩佩，你想永远罩着我吗？"

"长根，你怎么能这样想？"黄佩佩低头看着办公桌，"如果这样做让你不舒服，那就算了。"

王长根沉默了一会儿，说："为了孩子们，你建吧。"

这时彭春燕进来了，她跟黄佩佩抱在一起。刚才她在路上碰到一个老师，知道黄佩佩回来了，于是迫不及待地跑了过来。

"黄老师，真没想到你还能回来！"

"在这里生活了那么多年，能不回来看看吗？春燕，你爸爸妈妈身体都好吧？"

"好着呢！黄老师，坐长途汽车累了吧？走，跟我回家，晚上给你接风！王老师，晚上你也过去。"

"我就不去了，晚上我要去家访，约好的。"

黄佩佩跟着彭春燕走了，路上她问江涛现在做什么工作，彭春燕告诉她，她走的第二年江涛就调回团机关了，去年因贪污公款进了监狱，黄佩佩说他去了他应该去的地方。

晚上彭大明一家给黄佩佩接风，做了一桌好吃的。

"黄董事长，我给你敬杯酒。"陆海江端起酒杯。

"陆连长，你可别这样叫我，回到连队了，你还是叫我黄老师吧，听着亲切。"

"好吧，黄老师，连队小学年久失修，我们正在发愁呢，你捐资建一所新学校，真是雪中送炭啊，你为全连的人做了一件大善事、大好事，我代表连队向你表示感谢！"

"这是我应该做的，我在这儿生活了十年，这段感情是很难割舍的，为连队做点事情，也算是感情上的一种补偿吧。"

"黄老师，我也给你敬一个。"彭大明说，"你离开连队十年心里还想着连队，可你在连队那些年，连里对不起你啊！"

"彭连长，那是那个年代，你对我还是很关心的，为我的事费了不少心。"

"惭愧啊……"

"陆连长，我走之前想请连里的上海支青吃顿饭，你看可以吗？费用我来出。"

"黄老师，这你就见外了，你都捐了一所学校，我们连顿饭都不管啊？我来安排。"

"钱还是我来出，连里很困难，我不能给你们增加负担。"

"再困难一顿饭还是管得起的，黄老师，你就给我们一个表达心意的机会吧。"

"那就谢谢你了。"

"黄老师，你难得回来，让春燕陪你到山里好好转转。"春燕妈说，"这几天你就在我家吃住。"

"那太麻烦你们了，我还是住集体宿舍吧。"

"哪能让你住集体宿舍！"彭春燕说，"你是大老板，在外面都是住大酒店的，我们这个家虽然不能跟大酒店比，但也是独门独院，你就当乡村别墅住吧，咯咯咯……"

黄佩佩坐了几天的汽车很疲惫，第二天起得很晚。简单吃了点东西，她就和彭春燕骑上马朝山野走去。远山、草地、小溪……眼前的一切她再熟悉不过了，那时她觉得单调枯燥，竭力想摆脱，后来摆脱了，走进了繁华的大都市，牧羊的情景又常常进入她的梦境，让她感到奇怪的是，那时走在山野是痛苦的，可梦境里心情却是浪漫温馨的，现在终于走在了熟悉的山野，她心里好舒朗好轻松。但她的情绪很快就低落下来，她原以为时间会抚平王长根内心的伤痛，也像她一样开始一种新的生活，没想到他一点都不肯原谅她。她想晚上请上海支青们吃饭，长根肯定不会来的："春燕，晚上我请上海支青们吃饭，你做做长根的工作，让他一定来。"

"好吧。"

"唉，长根到现在也不肯原谅我。"

"黄老师，你当年对王老师感情上的冷却，我也无法理解，想让他原谅你，你得跟他好好谈谈。"

"本来我是想把痛苦永远埋藏在心底的。"黄佩佩望着远山，"春燕，在我回学校当老师前，我失身了。"

彭春燕吃惊地望着她："你失身了？"

"江涛一直纠缠我，当时我没有别的选择。"

"这个畜生！黄老师，你当时为什么不告他？"

"当时那种形势，我也很无奈。"

"唉，你当时真是太难了。"

"我没有勇气告诉长根，春燕，我走以后你跟他说吧。"

"好吧。"

……

晚上连里在食堂摆了两桌酒席，上海支青们陆陆续续到了，黄佩佩始终没见王长根，她以为他不会来了，正准备说话，王长根进来了，一个男支青说："长根就缺你了，你一到我们的酒席才圆满了啊！"大家都笑了。黄佩佩说了一段动情的话，大家都举起酒杯，王长根象征性地喝了口茶，旁边的支青说："长根，佩佩回来了，今天你喝点酒。"王长根说："天王老子来了我也只喝水。"

酒席持续到很晚，上海支青们聚在一起都说上海话，咿咿呀呀的好热闹，除了黄佩佩谁也没注意王长根什么时候走了。

黄佩佩走的那天王长根没来送她，上车前她哭了，彭春燕也跟着她流眼泪，她俩心里都清楚，这一别就再不会见面了。这场景挺让人心酸的，陆海江赶紧让司机开车走了。

入冬前新学校落成，学生们欢欢喜喜搬进了宽敞明亮的教室。这么多年王长根都是住在学校的，彭春燕见他迟迟没动静，有一天对他说："王老师，学校专门给你留了一间房子呢。"王长根说："学校就是学校，我以后就住集体宿舍了。"

团里加快了改革步伐，在连队公开竞选连长，这一举措在全团上下引起不小的震动。陆海江感到了前所未有的压力，牧业连竞选时间确定后，他把自己关在了家里三天，认真准备竞选演说稿。彭大明很为女婿担心，他知道参加竞选的几个人中，三连的副连长龚建设有些新道道，此人是陆海江最强的竞争对手，陆海江对自己很有信心，他觉得自己精心准备的演说稿一定能打动人的，彭大明说关键是要有新思路，拿出硬邦邦的施政纲领来啊！

连里的人在热切期待中迎来了竞选大会。陆海江第一个走上台，之前他理了发，穿上了彭春燕给他买的那件呢子制服，出门前彭春燕还给他打扮了一番，整个人看上去很精神。他没有拿演说稿，要说的话早已烂熟于心了。他的文采口才绝对没说的，演说听上去很能打动人，结束时台下响起热烈的掌声。参加竞选的另外三人分别上台演说后开始投票，人们一个接一个地把选票放进投票箱，陆海江开始紧张了，心怦怦直跳。票数很快统计出来了，陆海江比龚建设少两票！当主持人宣布龚建设当选牧业连连长时，陆海江的脑子里一片空白。

他快步走出会场，人们都向他投去同情的目光，他却如芒刺在背。彭大明也旁听了竞选大会，他跟在女婿后面一路回到家。陆海江待在自己的房间不出来，彭大明在客厅里默默地坐了一会儿，然后进去安慰女婿。

"海江，落选的事，你也别太往心里去。"

他能不往心里去吗？这十几年他可是全身心扑在这儿了啊！"其实我倒不在乎当不当这个连长，我在乎的是我陆海江在大家心中的位置！"

"海江，不能认为落选大家就是全盘否定你，这些年大家穷怕了，穷则思变啊，大家想找一个能带领他们致富的领头人，这一点你要理解。"

"这里就这个条件，搞不上去能全怪我吗？"

"这不是怪谁不怪谁的问题，我不是说了嘛，大家致富心切，想通过换人改变一下现状。海江，如果这届领导干不好，你还可以东山再起嘛。"

东山再起？陆海江心想，一个小小的连长他都干了十几年，他还期待有更大的发展呢，现在却被选掉了！他已经三十五岁了，他还要在连长这个位置上熬到什么时候？

这天夜里他失眠了。彭春燕紧紧搂着他，海江落选她心里也很难受。下午她听说龚建设让海江给他当副连长，海江会干吗？如果不干，团里会怎么安排他？突如其来的打击海江能承受得了吗？他会怎样面对今后的生活？想到这些她心乱如麻……

陆海江早晨起来，一家人已经吃过饭了，彭大明像往常一样出门遛弯儿，春燕妈在院子里浇花，念念上学走了，客厅里只有彭春燕。

陆海江也懒得洗漱了，坐下吃饭："春燕，我想离开一段时间，散散心。"

"回乌鲁木齐吗？"

陆海江点了点头。

"我听说，龚建设想让你当副连长。"

"谢谢他的怜悯，他另请高明吧！"

"海江，你把念念也带回去吧，城里教学质量高，你说呢？"

"再说吧，转学最好在新学年。"

早上起来，陆海江骑马去了团部，直接找了李团长。关团长离休后原先的李副团长接了班。陆海江的落选在李团长的意料之中，他一直觉得陆海江到宣传科工作更合适。他说了这个想法，陆海江对坐机关不感兴趣，他拿出请假报告，说想回乌鲁木齐调整一段时间。李团长忽然想到他正在抓的一件事，前不久团里成立了经济开发办公室，正在物色人，陆海江是乌鲁木齐的知青，同学多关系多，拉项目找资金是最合适的人选。他问陆海江对这件事有没有兴趣，陆海江没有马上表态，李团长说不着急，考虑好了再给他答复，陆海江走了。

他骑上马出了团部，满脑子都是李团长说的这件事。巴尔鲁克山地处边境，跑出来拉项目找资金绝非易事，如果不见成效，他如何向团里交代？他马上又意识到，这也许是个转机！如果能拉来项目找到资金，给团里的经济注入活力，他不是可以改变人们对他的看法，今后有更大的发展空间吗？他现在已经没有退路了，不在这上面做出成绩难以翻身，必须一搏！这件事难归难，但身后有董黎明、李雯和那么多同学，他是可以有所作为的！他在边境上待得太久了，必须开阔眼界，跳出巴尔鲁克山谋巴尔鲁克山！即使他一事无成，出来换换脑子、长长见识也是一笔财富！想到这儿他不再犹豫，调转马头……

第二天陆海江接到团里的通知，他是经济开发办的一员了。他可以走了，最让他舍不得的是女儿，他也想到过带女儿回去，女儿已经上二年级了，是应该尽早让她去乌鲁木齐上学，这也是春燕主动提出来的，但时间长了她会怎么想？他的离开已经让她不平静了，他怎么能给她今后的生活再添烦恼呢？还有，她爸爸妈妈会同意吗？还是从长计议吧。晚上他让女儿跟他和春燕一起睡，女儿躺在爸爸妈妈中间说了很多话，大人的事情她搞不太懂，她只知道爸爸明天要走了，什么时候回来还说不准，她真不想合上眼睛。

早晨王林赶着马车送陆海江去县城汽车站，一路上两个人的心情都挺沉重。陆海江觉得他最大的失误是同意王林去了张红珍班，每当想到这件事他就很内疚。王林对陆海江的落选心里愤愤不平，海江当连长这些年连里有了很大变化，大家对他怎么还不认可呢？

"海江，回去活动活动，调回去得了。"

"我怎么都好说，主要是你啊……王林，回乌鲁木齐吧。"

"我现在这个样子，回去能干什么？我已经离不开这些马了，驾！"王林用力挥了一下鞭子。

陆海江一走，全家人心里就空落落的，春燕妈问女儿："春燕，海江走之前，没跟你说什么吗？"

"这两天他情绪不好，话很少。"

"以前他太顺了啊……"彭大明说，"这次落选对他打击很大，一下难以接受。"

"唉。"春燕妈叹了口气，"海江这一走，也不知啥时候回来，扔下春燕和孩子。"

"现在你知道担心了？"

彭春燕听着话不对，不想让爸爸妈妈再往下说："你们这是怎么了？海江是去工作！"

第十七章

陆海江回到乌鲁木齐的家就放松了，补了三天觉。第三天下午妈妈把晚饭都做好了，儿子房间的门还关着。

妈妈很为儿子担心："老陆，海江回来都三天了，除了吃饭就是睡觉，身体是不是出毛病了？"

"海江哪有那么脆弱。"爸爸很理解儿子，"他只是对落选一时难以接受，总得有个过程嘛，过几天就好了。"

"我叫他起来吃饭。"

"让他多睡会儿吧，我们先吃。"

"老陆，这次我们要跟海江好好谈谈。"

"是要跟他好好谈谈，等他情绪稳定下来吧。"

"老陆，儿子这次回来，他是怎么想的？"

"我怎么知道他是怎么想的。"

"我们好好做做工作，让他彻底回来。"

"这次落选对他打击挺大的，也许是个契机。"

"海江这孩子，就是死心眼儿，当初我们不同意他在下面找对象，他就是不听，现在可好，他回来了，老婆孩子怎么办？眼下最要紧的，是把念念接回来上学，我想春燕她们家是不会反对的。唉，海江真该把念念带回来。"

"这事还得听海江的意见。"

海江妈白了他一眼："啥都是听他的意见！我说你这个当爸爸的能不能有点主见？这次再不能由着他了，大事情还得我们拿主意。唉，都啥年代了，海江还是死脑筋，你看他那些同学多活泛，那个董黎明，不顺心就换地方，实在不行人家下海了，现在都是大老板了。还有李雯，现在是电视台的记者了，多风光，钱也不少挣，真是应了树挪死、人挪活那句话。哎，李雯离婚了，你知道不知道？"

"她离不离婚跟我们有什么关系？"

"我是说，人家就是想得开，不像海江，认死理儿，一条道走到黑。"

"我不怎么欣赏他那两个同学，活得太现实，你儿子身上有可贵的地方。"

"现实一点有什么不好？这种人什么时候也不会吃亏！"

这时陆海江从自己的房间出来了，妈妈说："儿子，你怎么睡不够啊？"

"没有，早醒了，我在看书。"

陆海江坐下吃饭，看到儿子的精神状态有些好转，妈妈心里好受多了。

"海江，你这几天心情不好，爸爸很理解。人这一辈子，会经历各种各样的事情，你在边境这些年，虽然也经历了不少事，但总的来说还是很顺利的，这次落选，对你来说也许是一件好事。"

"经历了这么多事，我是得好好想一想了。"

这几天陆海江并非总是在睡觉，蒙眬之中他回忆过去，一幕接一幕像过电影一样，他不断地问自己，他是不是在边境上待得太久了？外面的世界如此精彩，人们的思想观念深刻变化，而他蜗居在大山里，封闭愚钝，他怎么能不落伍呢？他是应该开始一种新的生活了。此刻他有一种如释重负的感觉，他想该联系联系同学了。

吃完饭他给董黎明家里拨了个电话，董黎明的妻子说他去广州了，给了他"大哥大"的号码，陆海江拨通了，两个人在电话上聊了一会儿，董黎明为陆海江的落选愤愤不平，让陆海江彻底回来跟着他干，陆海江没有表态，心想他还没有沦落到下海经商的地步。

他放下电话，妈妈问："董黎明不在家？"

"他去内地了，过几天回来。"

"我这儿有李雯的电话号码。"妈妈拿出记电话号码的小本子，"上次她来家里给我留的，还一再嘱咐你回来给她去电话呢。"

陆海江"哦"了一声，把电话号码本放在一边。

"海江，给李雯打一个，她应该在家。"

"明天吧。"说完他进了自己的房间，他不想这么快就联系李雯。

没一会儿工夫李雯把电话打过来了，上来就是一通埋怨："海江，你可真行啊，回来三天都不联系我，要不是董黎明刚才给我通风报信，我还蒙在鼓里呢！"

"先休息几天，反正又不走。"

"得了吧！晚上一起吃饭，我请你。"

"我已经吃过了。"

"那就出来坐一坐，我领你去个好去处，迪美特酒吧，你坐1路车，三站下来，就在路边上，招牌很大的。"

陆海江不好再拒绝了："好吧。"

"一个小时后见，拜拜。"

妈妈一直在旁边听着："海江，李雯约你出去？"

"嗯，出去坐坐。"

陆海江进了洗漱间，看着镜子里的自己，胡子几天没刮了，头发乱糟糟的，看上去真像李雯说的老军垦。老军垦怎么了？为国守边，绝对称得上新时代最可爱的人！想起李雯说他像老军垦的表情和语气他心里就不舒服，我就这样去了，让你再看看老军垦的形象！他马上又气馁了，你不是要开始一种新的生活吗？他拧开水龙头，开始收拾自己。

从洗漱间出来，妈妈给他拿来一套西服和一双新皮鞋："海江，这套西装和皮鞋是我和你爸爸前一阵给你买的，都忘记告诉你了，你穿上。"

"算了吧，搞那么正式干什么。"

"出去见朋友，哪能这么不讲究？快穿上吧。"

陆海江不情愿地穿上西服和皮鞋，妈妈看着说："嗯，挺合身。把领带打上。"

"打什么领带，又不是会见外宾。"

"你一身正装，不打领带怎么行？快打上。"

"妈，你再这样我就不去了。"陆海江坐下了。

"好吧好吧，不打就不打吧。海江，跟李雯好好聊聊。"

陆海江下了楼，西装笔挺，新皮鞋硬撅撅的，他都有点不会走路了，想到他这副样子去见李雯，浑身好不自在，他这是干什么去啊？

李雯给陆海江打完电话就从电视台出来，她去美发店搞了头发，就着镜子补了补妆，然后打的士去迪美特酒吧。李雯调到电视台工作后，整天抛头露面作节目，家对她来说只是个符号，可有可无，丈夫实在忍不下去了，提出离婚，她早厌烦这个男人了，很快跟他办了离婚手续。她自由了，更加热衷于她的事业，但她毕竟是三十几岁的女人，回到家就觉得寂寞冷清，陆海江的到来一下拂去了她心头的阴霾，拨动了她内心深处的情感……

当她走进迪美特酒吧，服务生都向她点头致意，她是这里的常客。陆海江还没到，她先要了杯咖啡。酒吧里光线很暗，透着浓浓的欧陆风情，一个长发男子在台上吹着萨克斯，他完全陶醉在音乐之中。陆海江进来了，李雯朝他招了招手。陆海江第一次走进酒吧，昏暗的光线让他很不适应，他蹑手蹑脚地走过来，生怕碰到什么。

"西装革履，回来是不一样了啊。"说话时李雯两眼放光。

陆海江自嘲道："我是刘姥姥走进大观园。"

这时服务生过来了，李雯说："海江，想喝点什么？"

此时陆海江很想喝白酒："有白酒吗？"

"对不起，我们这儿不提供白酒。"

"来一瓶轩尼诗 XO。"

"李雯，你都喝上洋酒了？"

"多一种选择不是更好吗？"李雯很认真地看着他，"海江，你应该是我们那批去边境插队最后回来的人，我想建议市长给你发个什么奖。"

"新闻记者都这么刻薄吗？"

"我说的可是真心话，没有一点挖苦的意思。你一个城里去的知青，戍边十几年，在部队也算超期服役，绝对够得上最可爱的人。"

李雯一脸真诚，陆海江觉得这话从她嘴里说出来就不那么感动。

李雯端起酒杯："来，为你的归来，为我们的重逢，干杯！"

那个长发男子吹着萨克斯从台上缓缓下来，经过李雯时身体向她倾了一下，很抒情，李雯向他点了一下头，陆海江不屑一顾，一个大男人干吗整得像个女人？

"海江，这么多年过去了，你还是我记忆之中的你。"

"老军垦了，哪像你养尊处优。"

"我的工作状态比你有过之而无不及，关键是心态，把什么都看得很淡，始终让自己保持一个好心情，哪像你，脸上刻着四个字：饱经沧桑。"

陆海江眼睛一直盯着吹萨克斯的长发男子："那女人吹得很投入。"

"你什么眼神？他是男的，市歌舞团的萨克斯手。"

"跟我一样，也落到这步田地。"说着他把一杯酒干了。

"什么呀，人家是赚外快，挣的零头都比歌舞团多！海江，你慢点喝，这酒后劲很大的。"

"没事，它劲再大，能有连队的烧酒劲大？"陆海江看着长发男子说，"那家伙喝醉了。"

"一点也不幽默，那叫如醉如痴。海江，你的文人气质哪儿去了？"

"都还给老巴尔扎克了。"

"海江，你在连队成家是一个错误，当然我也不能脱俗，不过我可不像你硬熬。"

"你怎么知道我在硬熬？"

"我还不了解你吗？"

"你总是那么自信。"

陆海江出来是想放松放松换换心情的，可一进来就感到很压抑，这阵儿酒劲也上来了，他想这洋酒不仅难喝劲还挺大！

"海江，回来有什么打算？其实你根本不用把落选当回事儿，这只是你人生道路上的一个小小的插曲。"

"小小的插曲？十六年啊，人的一生有几个十六年？而且，我一生中最美好、最宝贵的十六年献给那儿了。"他端起酒杯一饮而尽。

"说出来吧海江，我知道你在心里憋了很久，发泄出来会痛快一些的。"

陆海江感到浑身燥热，他解开西装："李雯，你不介意我喝多吧？"

"只要你心里痛快就行。唉，看得出来，你压抑得太久了。"

"李雯，我是个什么样的人，你是了解的，这十六年，我的全部身心都扑在那儿了，我什么时候也没敢懈怠，可是，我却落选了。"

"你这个人太纯真、太善良了。对于纯真和善良，我一直是很向往、很欣赏的，人身上不能没有这种东西，但在现在这个社会里，过于纯真和善良就是一种愚钝，你不觉得吗？"

"这些天来，我一直在心里问自己，我错在什么地方？我究竟哪些方面做得不够好？我知道，人们都想生活得好一些，可是，能完全怨我吗？那样一个恶劣的环境，搞上去是那么容易的吗？"

"你没有必要自责，你对得起那片土地。"

陆海江感到一阵晕眩，仿佛全身的血都在往头上涌，这时长发男子又吹着萨克斯下来了，经过他身边时，他起身拉住他："喂，我说你能不能来点刺激的？"

"对不起，我们的曲子是固定的。"

"你不就是想要小费吗？喏。"陆海江掏出钱在他眼前晃了晃。

"你想听什么曲子？"

"国歌，中华人民共和国国歌。"

"国歌？先生，你应该去广场，那儿每天早晨举行升旗仪式。"

陆海江一把抓住他胸前的衣服："我就想在这儿听，懂吗？艺术家，要不要我教你？"

"海江！"李雯上前拉开他。

长发男子一脸怒气："你找事还是怎么着？"

陆海江猛地推了他一把："小子，你连国歌都不会吹！算什么艺术家！"

这时保安和服务生过来了，李雯赶紧说："对不起，对不起，他喝多了！"

"我就要听国歌！"

李雯拉着他出了酒吧，叫了个出租车走了。坐上车陆海江就睡着了，李雯望着他，她没想到陆海江会有如此举动，不惧酒，敢跟另一个男人叫板！他再不是当年那个文弱的男生了，边境连队十几年的磨炼让他更有男人气概男人味了……

第二天是星期天，陆海江一觉睡到十二点。正吃早饭，李雯的电话打过来了。

"海江，昨晚睡得怎么样？你喝了那么多酒，真把我吓坏了。"

"刚起来，昨天晚上让你见笑了。"

"见什么笑？很男人嘛。海江，今天是星期天，去西公园转转好吗？"

陆海江也想出去散散心，答应她了，他又坐下吃饭。

爸爸在他对面坐下："海江，昨天晚上怎么喝那么多酒？"

"想发泄一下。"

"海江，这几天你心情不好，我和你妈都很理解。你在连队干了这么多年，把人生最宝贵的年华贡献给那儿了，遇到这样的事情，一时难以接受，这很正常，换了谁心里都不好受，但生活还要继续，你的人生道路还很长啊。应该说，你在连队的那段生活是很宝贵、很有价值的人生经历和体验，你打了一个做人的很好的底子。爸爸当年对理想也有一种特别的憧憬，大学毕业后，你爷爷奶奶不同意我来新疆，我是背着他们爬上火车跑来的，我对当初的这个选择至今也不后悔。现在回想起刚进疆的那段生活，心里还是热乎乎的，那段生活不能忘记，人还是要保留一份真诚的。现在不同过去了，社会很复杂，你长期在下面，也许体会不深。我们不能随波逐流，但我们毕竟是社会的一分子，也还要适应环境，所谓适者生存嘛。你可能会觉得爸爸有些世故，是啊，爸爸比你经历得多，我刚进疆的时候，跟你下去时差不多大，比你还气盛，结果一九五八年就被打成右派了。经过这几十年的风风雨雨，爸爸总算把人生世事看明白了，做人首先要正直，分得清是非，有正义感，在这个大的原则下，为人处世完全可以灵活一些。你妈羡慕董黎明和李雯，我不怎么欣赏这两个人，他们的有些做法我也是看不惯的，你呢，正好与他们相反。我有时在想，你身上如果有他们的一点灵活、洒脱就好了。"

说完这番话，爸爸看着儿子，他很希望儿子有个回应，可儿子一句话也没说。

星期天公园里人很多，李雯和陆海江先去了湖心阁，上学时同学们最喜欢来这里，楼阁雅致又四面环水，放眼望去，陆海江顿觉心旷神怡，李雯望着他说："海江，你今天心情不错。"

"我要开始一种新的生活。"

"我很高兴你这样说，虽然来得迟了一些。"

"记得小时候经常和同学来这里玩，那时真是够淘的，大家捉蚂蚱、钓鱼、掏鸟窝，然后点一堆火，把战利品烤着吃，现在回想起来还是有滋有味的。"

"是啊。记得有年冬天，就在这湖上，咱们班在这儿上体育课，我让你教我滑冰，你一个劲地给我讲要领，比画动作，就是不肯拉着我滑。"

陆海江笑了："那个时代，拉拉手也是偷吃禁果，现在想起来真是可笑。"

"得了吧，现在我把手伸给你，你敢吗？"

"如果我再年轻十岁。"

"你总是活得那么理性。"

湖心阁很拥挤，他俩停留了一会儿就出来了。越往里走越嘈杂，各处娱乐设施发出的声响不绝于耳，陆海江觉得与十年前他和彭春燕来这里时大不一样了。"我还是怀念儿时的那个公园，那时是一种原生状态，一种自然的美，现在到处是娱乐设施，闹哄哄的，整个一游乐场嘛，我搞不懂这副模样怎么还叫公园？"

"你这个人呀，一点现代意识都没有，都像你在边境连队，日出而作，日落而息，老婆孩子热炕头，社会能快速发展吗？现在这个社会，谁不是铆足了劲挣钱？"

陆海江把脸转向她："谁说我不是来挣钱的？这次回来我是给团里找项目找资金的，你这个大记者可要帮帮我噢！"

"愿意效劳。"

不远处，孩子们骑在旋转的木马上开心地笑着，有的家长在给自己的孩子拍照，陆海江想到连队的孩子："城里的孩子真幸福啊，连队这么大的孩子只能在野地里跑。"

"你总是摆脱不了连队情结。海江，你不是说要开始一种新的生活吗？"

没走出多远，他们看到一个正在旋转的圆盘，坐在上面的人很兴奋。

"海江，咱们也上去体验一下，挺刺激的。"

"那是孩子们玩的，我们怎么好意思上去。"

"谁说这是专门给孩子们玩的，你没见上面有几个年轻人？"

陆海江看到两个胖胖的青年男女在转盘上手舞足蹈："你看那两个胖子，简直就像两个婴儿。巴尔扎克在他的一部小说中说过这样一句话：女人的肥胖是一种不幸，而男人的肥胖简直就是一种罪恶。这两个人真该到连队减减肥。"

李雯有些不高兴了："海江，你的这种情绪很不健康。你为共和国守过边，吃过苦，难道要全国人民都跟你一样吗？"

"我可没这样说。"

"你的情绪传达出这种信息。海江，你是不是有一种孤独感？"

"孤独感？"

"我看你像一匹北方的狼，就像齐秦唱的，"她轻轻地唱了起来，"我是一匹来自北方的狼，走在无垠的旷野中……"

旁边的空地上有几个人在打太极拳，李雯说："我看你跟那几个人学学太极吧。"

"学太极？什么逻辑？"

"调节情绪，调理身心。海江，你得赶紧进我们的圈子，同学们回来以后都联系上了，经常聚会，谈政治经济，谈社会人生，谈文学艺术，什么都谈，一阵一个热门话题。你赶紧进来吧，有你这个大才子，话题就更多了。"

陆海江拖着长腔说："我可是个落伍之人啊……"

"嘴上自卑，其实骨子里比谁都清高！"李雯是很了解他的，"海江，你现在这样回来算是怎么回事？调回来吧，我跟市里的头头很熟，你想去哪里，我给你活动。"

"调回来？我能干什么？"

"凭你的才华，去个文化单位有什么问题？"

"你高看我了，整天在山沟里摸爬滚打，我差不多是个半文盲了。"

"别贫嘴了，你同意我就给你办。"

"李雯，我可不是一个人，我后面有一大群人啊！"

"一大群？不是只有彭春燕和你女儿嘛。"

"你错了，我是为一大群人回来的。"

李雯无奈地摇了摇头，他人虽然回来了，可心还在巴尔鲁克山。

董黎明回到乌鲁木齐就给陆海江打来电话。陆海江这几天窝在家里很难受，现在老同学回来了，他一下来了精神，要去他家里看他。董黎明说家里太没劲了，晚上他在假日大酒店请他和李雯吃饭，三个老同学聚一聚，他让他在家里等着，他开车去接他。放下电话陆海江心里热乎乎的。

晚上董黎明开着奔驰车来接陆海江，他用"大哥大"给陆海江拨了电话。陆海江下了楼，看见董黎明站在奔驰车旁边，上身穿了件很显档次的蓝色方格休闲西装，手里拿着"大哥大"，一副老板派头。

"黎明，士别三日当刮目相看啊！"

"托改革开放的福啊，陆连长，上车吧？"

"你就别取笑我了。"

陆海江坐上车没见李雯，说："黎明，你应该去接李雯嘛。"

"她让我来接你，你让我去接她，你一回来就相互惦记上了，哈……"

"说什么呢，不是女士优先嘛。"

"她还在做节目，忙完就过来。"

假日大酒店是市里最高档的酒店，陆海江第一次来，他跟着董黎明走进包厢。

"海江，你死心塌地回来吧！"

"什么叫死心塌地？"

"人家都把你抛弃了，你还有什么好留恋的？"

"黎明，你彻底把巴尔鲁克山忘了？"

"怎么会，我在那儿生活战斗了五年。不过，那儿也是我的伤心之地啊……"

"听李雯说，你给市里的残疾人和教育事业捐了不少款，哎，怎么没想我们团？"

"我是市里的公民啊！再说你没来找我啊！"董黎明看着他说，"海江，刚见面你就跟我谈工作啊？"

陆海江有些不好意思，他也觉得自己太心急了。

菜刚上来李雯就到了，她望着一桌菜说："这么一大桌菜，就我们三个人哪？黎明，把你的'大哥大'用一下，我再叫几个同学过来。"

"下次吧，今天就我们三个老同学，好好叙叙旧。"董黎明端起酒杯，"来，为海江的归来，为我们三个老同学的重逢，干！"

三个人都显得很兴奋，李雯把一大杯葡萄酒也喝下去了。

董黎明很感慨："海江，我们又几年没见了。"

"是啊，几年不见，你事业都做这么大了。"

"人家现在是市里的知名企业家。"

"知名谈不上，手下也就几个企业，有把子人吧。海江，见到你真高兴啊！今天你可要喝好，我知道你是有量的，这几年酒量又长了吧？"

"还行。"

"得了吧，黎明，你还是让他少喝点吧，前几天在酒吧他失态了。"

"海江会失态？我不信。"

"黎明，你可不知道，那天他失态失大发了，硬是让萨克斯手吹国歌。"

"哈……海江，你真是太可爱了！"

"那天主要是头一次喝洋酒。"

"李雯，你给海江喝什么酒了？"

"XO。"

"那还能不醉？李雯，你也上得太猛了。"董黎明又端起酒杯，"海江，再走一个！"

"你们这些男人，表达感情就非得用酒吗？"

"李雯，海江才回来，你就护着他啦？你不知道，他可比我能喝。"

"你别看他在下面当了那么多年连长，其实他骨子里还是个文人。"

"海江，说说连队，都离开这么多年了，有时想起来还是挺留恋的。"董黎明忽然想到王林，"哎，王林怎么还不回来？"

"他挺自卑的。"

"唉，"李雯叹了口气，"王林也真够可怜的。"

说到王林，董黎明觉得当年挺对不起他的："海江，你给王林捎个话，让他回来到我的公司，我养活他！"

"他不想回来，我劝过他。"

"这个王林啊，自尊心也太强了。"董黎明又想到彭大明，"哎，你老丈人身体还好吗？那老爷子是个人物！"

"还行，整天闲不住。"

"海江，江涛还在监狱吗？"

"快出来了。"

"江涛这种人，嘴上比谁都马列主义，可内心比谁都阴暗肮脏！当年我真是太天真幼稚了，被这家伙当枪使，差点上了他的贼船！"

"历史跟我们开了一个大大的玩笑。"李雯说，"黎明，我们今天不说'文革'。"

"对对，今天只谈未来。"董黎明把一只手搭在陆海江肩上，"海江，我看公家的饭你也吃到头了，到我公司来吧，我正缺个办公室主任，你当了那么多年连长，搞搞公司的协调运转对你来说小菜一碟！海江，我可是正儿八经给你说这个事情，怎么样？能不能考虑？"

"海江是我党培养多年的干部，怎么会下海与你为伍？"

"他跑出来找项目是个出力不讨好的差事，你们想想，谁会去边境上投资？"

陆海江看着董黎明，表情显得挺严肃："别人可以不去，黎明你应该去。"

"为什么我应该去？"

"因为你在那儿生活战斗了五年。"

"海江，能不能把投资的事放一放？喝酒！"

"团里要我半年之内见成效，我心里挺着急的。"

"这些人把市场经济想得也太简单了。"

"海江，别太心急，我和黎明都会帮你的。少喝点酒，这么多好菜不吃可惜了。"

"我回来两眼一抹黑，以后全靠你们这些老同学了。"

"你两眼一抹黑，还是先在我的公司干着吧，接触接触市场，培养培养人脉，说不定就找到机会，钓到大鱼，我开始就是这么上道的，你听我的没错。"

"如果你不想上黎明那条道，我给你找个文化部门。"

陆海江觉得去黎明的公司和去文化部门跨度都太大，他当惯了连长，一下难以适应，不过，跟黎明干有利于给团里拉项目找资金。他想了想，说："我还是先去黎明那儿干干吧。"

董黎明拍了一下桌子："好，你明天就去我公司上班。来，为海江下海干一杯！"

从酒店出来已经很晚了，陆海江和董黎明都喝了不少酒，董黎明打电话把他的司机叫来了。他们先送李雯，车开到她家楼下时，她说："上去坐坐吧，喝点茶。"

董黎明拍了拍陆海江："海江上去吧，认认门。"

"改天吧，酒喝多了，现在只想睡觉。"

李雯下了车，向他俩招了招手："拜拜。"

董黎明也向他挥了挥手，也许是酒喝多了，他的眼睛一直望着李雯，陆海江自然是看在眼里的："黎明，你从连队回来怎么没追李雯？"

"追了，最后她跟大学同学结婚了。"

"我看你们处得还不错嘛。"

"夫妻做不成，同学情谊还在嘛，这些年我们一直走得很勤。老同学还真管用，她是市里的'名记'，跟上面的头头很熟啊。"

"我明白了。"

"你明白什么？"

"你的交往原则主要是有用。"

"海江，你不会是刚插队时的那个毛头小伙吧？一点没错，人与人交往的第一原则是有用，你会与路边的乞丐交往吗？海江，你跟彭春燕过得怎么样？"

"好着呢。"

"看你这个落魄的样子，也好不到哪儿去。给你个建议，跟彭春燕说再见吧。"

"你怎么把这事说得跟扔一只旧鞋一样容易。"

"你和李雯过去有那么一段，她现在心里还有你。海江，李雯可不是那种被闲置很长时间的女人哪，多少男人都在虎视眈眈呢，唉，我是没这个福分啊！今天多喝了点酒，我就把话往明白里说。"

"我洗耳恭听。"

"海江，你绝对要重视李雯，她可不是一般的记者，如果你与她结合，她对你的事业绝对是有很大帮助的。我知道，你回来跑项目只是个过渡，你是个吃官饭的人，李雯可以帮助你成就一番事业。"

"我的事业我自己成就。"

"你成就了什么？一个小连长当了那么多年，临了还被选掉了，现在的领导有几个像你一样闷着头做事的？李雯那头你可得抓紧点。"

"黎明，你怎么什么事情都反应到实用主义上，能不能让它歇一会儿，我挺累的。"

"你呀，真是在边境待得太久了。"

回到家陆海江没有马上睡觉，他有点兴奋，尽管去董黎明的公司不是最好的选择，但毕竟有事情做了，万事开头难，他总算迈出第一步了。第二天他早早起床，洗了个澡，吃完饭穿上爸爸妈妈给他买的那套西服和新皮鞋，妈妈问他打领带吗，他说去公司上班当然要打上了。

董黎明的公司在一幢高档写字楼内，正是上班的时候，人们进进出出，一个个都挺光鲜亮丽的，陆海江想他是穿对了。他走进董黎明的办公室，董黎明点了点头，"嗯，像我的办公室主任。"

"黎明，你的办公室好气派啊。"

"只要你跟着我干，将来也坐这样的办公室。"董黎明从抽屉里取出一个册子，"这是公司对外宣传资料，你先看看。"

陆海江翻了翻："不错，有点儒商风范，你写的？"

"李雯的大作，这两年李雯一直在帮我设计。"

"黎明，你行啊。"

"在我的公司，人人都有危机感，优胜劣汰，竞争上岗，干得好的，提职加薪，干不好的，立马走人。海江，你要是不称职，我可要炒你的鱿鱼噢！"

"黎明，我不是也可以炒你的鱿鱼吗？"

董黎明笑了："毕竟是当过连长的，说话的口气都不一样。海江，我这儿不是国企，工作可没个点儿，特别是你这个办公室主任，白天忙完了，晚上经常还要陪客人，挺辛苦，好在你老婆孩子都不在身边。"

这时电话响了，是李雯打来的。

"黎明，海江去你公司上班了吗？"

"来了来了，准时到公司上班了。李雯，你对海江的关怀真是无微不至啊！我说老同学，对我你怎么那么吝啬呀，你把对他的关怀哪怕分给我一丁点呢，市里的政协委员我也早当上了，哈……"

"你以为那么容易啊？耐心等着吧。"

"我还真挺着急的，这个头衔对我这个生意人真的很重要，你抓紧吧。哎，你那本集子出版社那边没问题吧？"

"本来说好了，现在又让我自费。"

"自费？你跟我说呀！需要多少钱？"

"五万。"

"小意思，你把出版社的账号告诉我，我安排人把款打过去。书出来以后，以我们公司的名义搞个发行仪式，咱们在大酒店摆几桌，方方面面的人都请到，哎，有一条，市里的头头你一定要给我请到。"

"又在打你的小算盘。"

"打小算盘？当然得有个连带效应啊，你放心，你是主角，我们公司只是陪衬，绝不会变味儿，绝不会喧宾夺主。"

"那就谢谢你了。"

"谢什么，你是我公司的顾问啊！就这么定了，再见。"董黎明放下电话望着陆海江，"海江，听见了吧，人家李雯对你可是真上心哪！"

陆海江走后彭春燕一直在惴惴不安中度日。海江的离开是一种无奈和逃避，他现在从失落和苦闷中摆脱出来了吗？她知道海江出去找项目也是不情愿的，有谁愿意到边境上来投资？海江自尊心那么强，如果长时间拉不来项目，他怎么面对团领导？今后的路怎么走？他会不会从此一蹶不振虚度光阴，再也不回巴尔鲁克山了呢？最让彭春燕不安的是，他又和李雯走到一起了。本来海江是打算回去散散心的，时间短她并不担心，可没想到团里把他放在乌鲁木齐了！海江感情专一，这一点她是了解的，可李雯不是一般的女人啊，漂亮有气质，又那么多情！当年他俩还有一段恋情，海江已经淡忘了，李雯却蠢蠢欲动，那次她来连队采访就是想跟海江重叙旧情的，居然当着那么多人的面把她支走！面对这样一个女人，海江能无动于衷吗？海江走了快一个月了，为什么不给她来信？她的日子一天比一天难过，除了盼海江的信，她现在什么心思都没有了。妈妈的日子也不比女儿好过，隔两三天就问她有没有海江的消息。爸爸虽然不说什么，还像过去一样整天在外面转圈，一副闲散的样子，其实心里也是不平静的。王长根到彭春燕家来过一次，他有一种强烈的预感，他一直担心的事情将要发生了。

终于收到海江的来信！彭春燕迫不及待地打开。

春燕：

家里一切都好吧？

一晃一个月过去了，现在总算稳定下来，给你写这封信，你不会生我的气吧？本来想出来散散心就回去，没想到团里给我安排找项目的工作，压力很大，这是个出力不讨好的差事，但既然干上了就要尽心尽力，给组织上一个交代。我现在在董黎明的公司上班，万事开头难，先摸摸路子吧。回来这些天很想你和念念，但公司里很忙，加上我报了一个经济管理培训班，每周三个晚上上课，所以短期内回不去。家里你就多操心吧，照顾好爸爸妈妈和念念，我这里一旦有了眉目就回去看你们。

顺祝

安好！

海江

信很简短，彭春燕看得出他的心情还没有完全平复，让她稍感安慰的是他现在总算有事情可做了。

陆海江进董黎明的公司后就紧张起来了，白天处理行政事务，晚上经常陪客户吃饭，他还报了一个经济管理培训班，每周三个晚上去听课，忙得不可开交，跟他一起插队的老同学都顾不上见。他听董黎明说，回来的同学有坐机关的当老师的当医生的当工人的，干什么的都有，陆海江很想见见他们，董黎明很给他面子，在假日大酒店办了一桌，把老同学都叫来了。

同学们见到陆海江都很激动，围着他问连队的情况，马超挤过来说："你总算回来了，连长同志。"

"马超，我现在已经不是连长了。"

"那我们也为有你这个曾经的连长同学感到骄傲和自豪！"

沈东风推了他一下："得了吧，你这个落后分子，在连队可没少说风凉话。"

李涛说："陆海江，你现在才回来，真让我们这些同学佩服！"

王璐云说："人家现在也没有彻底回来呀！"

"没彻底回来？啥意思？"

"海江是回来给团里找项目的。"

"闹了半天属于办事处人员！"李涛转向李雯，"大记者，赶紧给陆海江活动活动，把他调回来！"

李雯看了陆海江一眼："那也要人家愿意呀！"

李莉萍问："陆海江，我们团现在还是那么苦吗？"

"团里的条件你们都知道，路到头、电到头、水到头的地方，发展经济很不容易啊。"

杨红说："是啊，那个地方真是太边远落后了。"

"回到乌鲁木齐后，我们单位的人听说我是从兵团回来的，跟我说兵团有一大怪：粗粮吃细粮卖，大姑娘不对外。"杜春生说，"粗粮吃细粮卖好理解，体现了兵团人先国家、后自己的精神，大姑娘不对外，兵团的姑娘没有不对外啊，嫁出去的不少，为什么要这样说？"

"那你就不了解历史了。"程强说，"兵团创业初期，因为团里都是转业军人，娶老婆是个大问题，所以姑娘很少有嫁出去的。"

"我也听到一个关于兵团的顺口溜，"马超说，"说远看像个逃荒的，近看像个要饭的，上前一问是个兵团的。"

董黎明挥了一下手："哎，打住，你们拿兵团人当笑料啊？不要忘了，我们这一桌人曾经都是兵团战士！"

沈东风说："就是，没有兵团人的艰苦奋斗，无私奉献，我们能太太平平坐在这儿喝酒吗？真应该让那些诋毁兵团的人去边境上吃吃苦！"

"没想到大家还没有忘记自己曾经是兵团战士。"陆海江端起酒杯，"我先给各位老同学敬杯酒！"

大家都把酒喝了，陆海江又给自己倒了一杯酒："今天黎明把大家召集到一起，我见到了这么多老同学，非常高兴，我提议，我们大家给黎明敬个酒。"

"陆连长，你这个顺序不对吧？"马超说，"应该董黎明先敬我们大家，他在连队才干了五年，我们可都是八年抗战啊！"

杜春生说："可不是咋地，董黎明，你比我们谁都跑得快啊！"

董黎明一脸尴尬，李雯赶紧说："那你们可冤枉黎明了，我时间最短，只待了三年。"

"你不一样，你是被组织举荐为工农兵大学生，他是溜号，"杜春生把脸转向董黎明，"董总，我没说错吧？"

"八年也好，五年三年也罢，我们都曾经是兵团战士！"程强说，"我到现在还没有忘记我们的团歌：'面对蜿蜒的界河，背靠亲爱的祖国。我们种地就是站岗，我们放牧就是巡逻。啊，我是哨兵，家是哨所，祖国是家，家是祖国。要知兵团战士想的什么？祖国安宁富强就是我们的欢乐！'这是多么崇高的境界啊！"

李雯端起酒杯："我提议，我们大家为兵团，为我们曾经是兵团人共同干一杯！"

董黎明看了一眼身边的李雯："哎，你那本集子进展如何？"

"已经送印刷厂了。"

"出来可要给我一本啊。"

"你一个经商的，还有闲心读我那些文章啊？"

"咱是儒商啊！李雯，你的杂谈随笔蕴含丰富，很有现代意识，经商之人也不能不读呀！这是我的真实感受，没有一点恭维的意思。"

"想不到，我还有你这样的忠实读者，看来我那些不眠之夜没白熬。"

董黎明的"大哥大"响了。接完电话他对李雯说："来了一个客户，我得先走一步，你们慢用，吃完饭上二十四楼唱歌，包厢已经订好了。"

"才开始你就走啊？"

"我能过来扎一头就不错了。李雯，我那个政协委员的事你抓紧点。"

"这可不是你做生意，一手钱一手货。"

"下次市里开政协会议我想听到好消息，我走了。"董黎明站了起来，"各位老同学，实在抱歉，我有事先走一步，你们慢慢用。"

杜春生望着他的背影说："看到了吧，又跑了。"

马超说："人家要挣大钱啊，哪有工夫跟我们闲聊。"

李涛说："你们两个怎么还是当年的德行，多事！"

吃完饭大家去歌厅唱歌，喝了酒都很放得开，抢着唱歌。陆海江坐在一边很矜持，李雯说："海江，我们去跳舞吧。"

"我不会跳交谊舞。"

"你不会谁信？"李涛在旁边说，"当年文艺演出你红死了，我和沈东风没被选上，我们在台下看你和彭春燕演《白毛女》，眼馋得口水都快下来了！"

"大概彭春燕也不会跳交谊舞吧。"李雯把陆海江拉起来，"来，我给你补这一课。"

她拉着他进了舞池。陆海江第一次这么近距离跟她接触，脸对着脸，搂着她的腰，他有些紧张，身体僵硬，但脚下还能跟上她。

"你不是跳得挺好吗？"

"从来没学过，就凭在连队演节目那点基础。"

"这就够了。来，跟我走花步。"

"不行不行。"

"放松，不要看脚，对，就这样。"

李雯很投入，眼睛一直望着他，感受着这个曾经让她动心的男人。陆海江不敢看她，始终侧着脸，但她身上散发的气息却是不可抗拒的，这是一个成熟女人的气息，妩媚典雅，含而不露……陆海江心跳加快，他竭力地控制着自己情绪。

"海江，在董黎明那儿顺心吗？"

"先摸摸路子吧。"

"黎明这家伙狠着呢，商道上的人，只认钱，不认人，别看过去是很要好的同学，你要是干不好，他照样炒你的鱿鱼。"

"双向选择，我不是也可以炒他的鱿鱼吗？"

"我喜欢你这样说。"

一曲结束，又响起了迪斯科乐曲，李雯扭了起来，去拉陆海江。

"不行，这个我真跳不了。"

"来吧，没什么讲究，跟着音乐扭动就行。"

陆海江不再扭捏，他已经被激发了。

马力克最近往彭大明家跑得很勤，他很想见到陆海江，但每一次都让他失望。一天，他让彭大明领他见见新来的连长龚建设，说："都说外来的和尚会念经，我看不一定，三连我知道，农业连队嘛，牧业连这本经我看他不一定念好！"彭大明说："这人在经营管理上有一套。我们这些干部，包括海江这些知青，都是从政治运动中过来的，现在以经济建设为中心了，欠缺这方面的能力啊。"

彭大明领着马力克去了连部，他向龚连长介绍了马力克。龚连长赶紧让坐："我一来就听说你了，刚上任事情太多，还没顾上拜访你，失敬了马力克队长。"

"客气的话不要说。"马力克说，"我跟连里的头头都是好朋友，最早是彭连长，后来是陆连长，我们之间可是无话不说啊！"

"马力克队长，我也想跟你成为无话不说的朋友。"

"那好啊！龚连长，马上又要转场了，连里准备得怎么样了？"

"没什么准备的，现在转场用不着护送了。"

"护送转场，我参加过两次，彭连长，你参加过多少次？"

"记不清了。"

"现在转场虽然不用护送了，还有高山嘛，还有风雪嘛，路还难走得很嘛，最主要的是，那是我们祖祖辈辈一直走的路，心情不一样嘛！"

龚连长笑了："马力克队长，你真会说话，我懂你的意思，这次转场，我这个新任连长带队走一趟！"

"佳克斯（好）！你这个朋友我交了！"

"马力克队长，谢谢你的提醒，第一次见面你就让我佩服啊！"

董黎明整天在外面跑生意，来公司总是匆匆忙忙，安排完事情就走了，陆海江跟他单独说话的机会都很少。一天下班，他见董黎明还没离开办公室，说："黎明，晚上一起坐坐吧，想跟你聊聊。"

"好不容易忙里偷闲，行，跟老同学在一起不累，属于自己。"董黎明拿起电话，"我给李雯打个电话，还是我们三个。"

"不叫她，就我们两个。"

"就我们两个？行，依你，走。"

"黎明，你别开车啊。"

"怎么？"董黎明看着他，觉得他今天怪怪的，"跟我拼酒啊？行，也依你！"

他们就近找了一个饭馆，点了几个下酒菜。

"海江，今天为什么想跟我拼酒？"

"不拼酒，想跟你聊聊巴尔鲁克山。你一直忙，总是找不到机会。"

"你不是已经跟我讲了巴尔鲁克山的情况吗？"董黎明脸沉了下来，"这个话题太沉重了，我今天想轻松一下。"

"黎明，作为老同学，当年最要好的同学，我还是想跟你说说心里话。"陆海江很执着，他已经准备很长时间了，今天一定要跟老同学交交心。

"你呀！"董黎明无奈地摇了摇头，"其实我也压抑很长时间了，来，海江，喝一个！"

他俩碰杯后一饮而尽。

"海江，现在我喝不过你，但我一定陪好你！"

陆海江笑了："我好像又看到当年的黎明了。"

"当年？往事不堪回首啊！"

"怎么是不堪回首，你可是我们张红珍班的首任班长啊！"

"副班长，海江，你怎么把赵长山抹去了？"

"他干的时间很短。"

"你也学会虚伪了，这可不是你陆海江。"

"真的真的，黎明，我敬你一个！"陆海江跟他碰杯，声音很响，"黎明，后面我们就慢慢喝，说说话。"

"怕我喝醉？"董黎明又斟酒，"说到巴尔鲁克山，我倒真想醉一回！"

"黎明，我们刚到连队的时候，你是多么意气风发啊……"

"得，你别给我戴高帽子。"董黎明端起酒杯喝了一大口，"海江，你知道这十几年我为什么一次也没有回巴尔鲁克山吗？我不敢面对那片土地啊！"

"黎明，我们当时处在那样一个纷繁复杂、良莠难辨的年代。"

"赵长山、罗豪才，还有齐桂花、王林，我怎么面对他们？这些年我给社会捐了不少款，我也想到了巴尔鲁克山。海江，我跟你一样，也是个自尊心很强的人。"说完他把杯中酒干了。

"我还不了解你吗？"

董黎明又要倒酒，陆海江抓住酒瓶："黎明，你慢点喝。"

董黎明拨开他的手："你别拦我！巴尔鲁克山也有我董黎明的足迹啊！虽然我只待了五年，可护送转场我参加过十次！每一次都是生与死的考验，想起来都历历在目！我奋斗过，付出过，想得到的，没有得到，海江，你都得到了，包括爱情。"

"我现在不是很落魄嘛。"

"海江，别看我开了一个公司，挣了不少钱，从内心讲，我比你落魄啊！在连队的时候，我想当领导，没当上，你呢，不想当领导却当上了。还有，你喜欢李雯，我也喜欢，对吧？"

陆海江笑着点了点头。

"可是她爱的是你。你心里一直装着李雯，一开始对彭春燕并没有感觉，我也没说错吧？"

陆海江又笑着点了点头。

"后来我想追彭春燕，你却又爱上了她！"

"黎明，你没有真喜欢她吧？"

"你小子！他爸爸也是个因素，哈……来，再走一个！"

"干！"

"痛快！埋藏在心底里的话，一吐为快！"

"黎明，一直没有告诉你，前几年黄佩佩从香港回来，为牧业连捐款建了一所小学。"

"真的？"董黎明伸着脖子说，"我没听错吧？"

"我还能诓你啊？"

"当年她受到不公正对待，被江涛整得够呛，吃了那么多苦，相比之下，汗颜哪！海江，黄佩佩捐了多少钱？"

"二十万。"

"我加倍，捐四十万！但有一点，不是给牧业连，给团里的；还有一点，不要说是我董黎明捐的，就说你从一个企业拉来的。你回来跑项目几个月了，也算跟团里有个交代吧。"

"你这个老同学呀！"陆海江站了起来，"黎明，我代表团里的父老乡亲给你敬个酒！"

"别给我拉这么多人，就代表你自己！"

"我干了，你少喝点。"

董黎明也站了起来："你小子把一团的人都抬出来了，我必须干了！"

"黎明，你看这笔款用在哪方面？"

"这个我不管，你回去跟团里商量。"

"用在什么地方呢，大事又干不成。"

"你小子还不满足！"董黎明瞪着眼睛说，"海江，别看我喝了不少，我还没喝高！我告诉你，让我给团里捐点款，可以，但让我在那儿投资，没戏！"

"为什么就不能在那儿投资？"

"我不是跟你说过嘛，谁会在边境上投资？再有钱的生意人，投资也是要考虑回报的。"

"你到底是个生意人。"

"海江，上面这些话，一直压在我心里，对谁也没讲过，今天给你这个老同学和盘托出了，心里好受多了。"

"我为老同学的真诚感动啊！来，再干一个！"

这天晚上他俩都喝多了，陆海江还算清醒，扶着董黎明从饭馆出来，叫了个出租车把他送回家。陆海江回到家还很亢奋，回来三个月终于给团里找了一笔资金，数额虽然不大，但也说得过去。还有一点，他很想彭春燕和女儿，他还从来没有离开她们这么长时间，现在他可以心安理得地回去看她们了！

第二天董黎明没来公司，他给陆海江打了个电话："海江，晚上你陪钢铁厂的杨厂长吃饭，钢铁厂欠我们五十万，昨天他们贷下来一笔款子，答应给我们三十万，你把他给我陪好，争取把五十万都拿回来。"

"这事还是你亲自出马吧。"

"我已经筋疲力尽了，以后你就多替我出出面。海江，公司最近资金紧张，这笔款要回来就给团里，如果只拿回来三十万，那只能给团里三十万了，全看你的了。"

"这钱不白给啊！"

"哈……你以为钱是那么好要的？"

晚上陆海江带着公司的几个人陪杨厂长吃饭，杨厂长很能喝，陆海江不停地给他敬酒，心里不仅想着那五十万，还想拉他去巴尔鲁克山投资。

"杨厂长，我跟董总是老同学，刚从边境上回来。"

"这我知道，董总跟我说了，当年你们一起在边境上插过队。陆主任，边境上很苦吧？"

"是啊，不过这几年也在大搞建设，钢材需求量大得很啊！杨厂长，你们不想去那儿开拓市场吗？"

"当然想，你给我拉几个单子，我给你提成！"

"杨厂长，巴尔鲁克山不缺铁矿石，也不缺劳动力，你不如到我们那儿开个分厂，那儿可是一个潜在的大市场啊！"

"潜在我相信，现在去开分厂早了。陆主任，酒桌上不谈业务，喝酒！"

"杨厂长，我再敬你一杯，你随意，我干了！"

"陆主任，我喜欢你这个爽快劲！"杨厂长也把杯中酒全喝了。

"杨厂长，我们公司最近资金紧张，已经周转不开了，五十万对你们厂是个小数字，都给我们得了。"

"陆主任，你是三句话不离老本行啊！我只能给你们解决三十万，再多我就拿不出来了。"

"杨厂长，是不是我们没把你招呼好？"喝了酒陆海江就很能放得开，他搂住杨厂长的肩膀，"杨厂长，如果你不给我五十万，我回去没办法向董总交差啊！说不定我这个办公室主任的饭碗就砸在你手里了，杨厂长……"

"你这个陆主任啊！"杨厂长摇了摇头，"这样吧，你喝一杯酒，我给你增加一万，怎么样？"

"当真？"

"一言既出，驷马难追！"

"拿个茶杯来！"

陆海江把酒一杯一杯倒进茶杯："杨厂长，你看好了，这是十杯。"他一饮而尽，然后又要往茶杯里倒酒。杨厂长抓住他的手："你想都喝回去呀？我算服你了！不用喝了，五十万我都给你，明天到厂里拿支票！"

"谢谢你杨厂长，我代表公司感谢你！"

陆海江一阵恶心，赶紧去洗手间，进去就吐了，把吃进去的东西吐了个干净。他觉得好受多了，洗了把脸又回到酒桌……

陆海江是怎么回到家的，他自己也不知道，睁开眼睛时天已经大亮了。吃了几口饭他就去钢铁厂，拿到支票返回公司。董黎明在办公室坐着，陆海江把支票放在他的桌上："这是钢铁厂的支票，五十万。"

"海江，喝了不少酒吧？那个杨厂长可不好对付！"董黎明说，"哎，你可得给我悠着点劲，日子长着呢，别一来就给我喝倒了。"

这时李雯进来了，董黎明笑着说："来看海江的吧？"

"说什么呢，"李雯有些不好意思，"我不是先到你这儿来了？"

"你来得正好，在你的关心和海江的感动下，我给团里捐了四十万。"他挥了挥手里的支票。

"你总算想到巴尔鲁克山了。哎，海江，你想好这笔款干什么用吗？"

"看团里的吧。"

"我倒有个想法。海江说团里电视接收信号不好，苏联那边的电视信号比我们这边的都清楚，这怎么行？前几天我问了一下台里，建个小的插转台至少得四五十万，黎明捐的这笔钱就让团里建电视插转台吧。"

"这个主意好，海江，你跟团里说一下，这笔钱就用在这上面。"

"好。黎明，你跟我回去一趟吧，搞个捐赠仪式，还可以在巴尔鲁克山走走，考察考察。"

"我最近离不开，在谈一个大单子，你代表了。找时间吧，回巴尔鲁克山看看。"

"我来召集，到时候老同学们一起去。"李雯说，"黎明，你这笔捐款正是时候，我给你搞个电视人物专访，给你的政协委员助一把力。"

"海江，团里收不到市里的节目吧？"

"要是能收到就好了。"

"哈……"

当长途客车开进巴尔鲁克山，陆海江浑身有一种说不出的畅快，他已经很久没有这种感觉了。牧业连离县城三十多公里，不通班车，陆海江下车后正发愁怎么回去，一个哈萨克男人牵着马车过来了，问他去什么地方，他说去牧业连，哈萨克男人向他要三十块钱，陆海江回家心切，没还价就上了马车。

陆海江回来让全家人很惊喜，念念搂着爸爸不松手，彭大明从后院拉出一只羊，陆海江说："别宰羊了，一下又吃不了。"彭大明说："回到家你还客气啊？顿顿吃，你肯定馋巴尔鲁克山的羊肉了。"

陆海江帮他把羊杀了，然后剥羊皮，把羊杂碎收拾干净，彭大明说："你进屋休息吧，后面的事情交给我了。"陆海江看着他："爸爸，你也会炖羊肉了？""跟马力克学的，给你做一顿正宗的哈萨克手抓肉！"他一边往锅里放肉一边说，"刚宰的羊不能用水洗，直接入锅，不放任何调料，就撒一把盐，这才能保持羊肉的原汁原味，以前我们都胡吃了。"陆海江站在旁边看着，心里很感动，老爷子在感情上对他从来都是很吝啬的，今天怎么如此用心？

这顿手抓肉陆海江吃撑了，他觉得味道特别鲜美。他一边大口吃肉一边讲他在乌鲁木齐如何如何，完全是那种很自然很放松的状态，彭春燕很开心，他

436

已经从落选的阴影中走出来了。陆海江说到给团里找来四十万资金，彭大明问是哪家企业给的，陆海江闪烁其词，彭春燕一下就想到了李雯，说："这笔钱是不是李雯帮你搞来的？"陆海江不想让她敏感，说："她一个记者哪有那么大的本事，董黎明给的。"尽管他这样说，彭春燕心里还是很不舒服。

分别三个月了，陆海江和彭春燕都不想早早入睡，依偎在床上说了很多话。彭春燕还是为他今后的发展担着心："海江，你打算一直在董黎明的公司干下去吗？"

"只是个过渡。"

"我知道，你是不会回来了。"

"春燕，这次回去，有很多感触，边境上太封闭落后了。"

"所以你想解脱。"

"不是解脱，是融入。"

"融入？"

"现在各地发展太快了，我们要搭上发展的快车。"

"怎么搭？你不是说我们这里太封闭落后吗？"

"我一直在想这个问题，我要找到一条路径。"

"我关心的是你回不回来。"

"回与不回，我都要为巴尔鲁克山做事。这几个月常常想起连队，想起连队的人，我怎么也不能一走了之，怎么也得为他们做些事情。"

"你就是没想起我！"

"那还用说嘛，你和念念是排在最前面的。春燕，以后我可能回来很少，你要理解。"

"海江，你和李雯经常见面吗？"

"也谈不上经常，老同学们偶尔聚一下。"

"这是我最担心的。"

"有什么可担心的，无论我走到什么地方，你都是不落的太阳，还有念念这个小太阳。"

彭春燕把他搂得更紧了……

陆海江在家里只住了三天，见了想见的人。马力克在家里摆了一桌，阿斯燕叫来了王长根，陆海江把王林也带了，大家吃肉喝酒，吹拉弹唱，天黑了马力克也不让走，最后都住下了，马力克家没有床，几个房间全铺了地毯，拉开被褥就能睡。陆海江临走时去了连部，他给团里要来了四十万，见龚连长也就

437

有了底气，落选时龚连长想让他当副连长，现在他还会小瞧他吗？龚连长见到他时很谦虚："你做的事情我做不了，我可找不来四十万啊！"

李雯的《众生集》出版了，董黎明没有食言，为她在假日大酒店搞了一个隆重的发行仪式，市委市政府的两个领导亲自出面，其他人都是新闻界人士。那天陆海江也去了，场面之大让他咋舌，不就是出了一本书嘛，居然来了这么多人，还有市里的领导！以前他总以为李雯是虚张声势，现在算是领教了。发行仪式很简单，领导致辞祝贺，李雯讲了一番感谢的话，之后是赠书，嘉宾们入酒席，陆海江数了数，总共八桌，他想黎明真是舍得花钱啊！

几天后的星期天，李雯约了没参加新书发行仪式的老同学来家里。其实她想请的是陆海江和董黎明，陆海江回来后还一直没进过她的家门呢，而董黎明给她办了一个很有面子的新书发行仪式，她也要感谢一下。陆海江一进门就感受到浓浓的艺术氛围，家具既典雅又有现代感，各种装饰摆件点缀其间，也不知从哪儿淘来的，让他有点眼花缭乱，房间光线又不太好，陆海江觉得挺压抑，有些透不过气来，他想起刚回来时李雯领他去的迪美特酒吧。

茶几上放着李雯的新书，大家翻阅着。

"这是李雯的第三本集子，可喜可贺呀。"

"李雯，还是你登在报纸上的那些文章嘛。"

"这一本不一样，我已经拜读了，文笔更犀利了。"

"我也很喜欢李雯的杂文随笔，特别是那些针砭时弊的文章。"

"哎，咱们今天就研讨研讨《众生集》吧，怎么样？"

"不成不成，你们拿我开涮哪！"

"我们哪敢呀，我们涮你，董黎明也不答应啊，更何况现在又多了一个陆海江呢！"

"哎，我可没招谁惹谁啊？"

看着陆海江说话时一本正经的样子，大家都笑了。李雯和两个女同学下厨，其他人聊着天，陆海江觉得挺耽误工夫的，躲进李雯的书房。书架上满满的，古今中外应有尽有，李雯爱看书这一点陆海江还是很佩服的。

不一会儿李雯进来了："海江，你怎么躲到这儿看书来了？跟同学们去聊聊。"

"你这儿有些好书，我翻翻。"

董黎明也进来了："李雯，我操持的那个发行仪式，你还满意吧？"

"还行，那天石部长挺高兴的。"

"等我的人物专访一播出，我估计政协委员就水到渠成了。"

"应该吧。"

这时客厅里有人喊："哎，都出来一下！"

大家都来到客厅，沈东风说："美国一所大学的社会学教授做了这样一个实验，挺有意思的，跟大家说说。他要求学生们在下面三种情况下，选择其中一种对其进行捐助。一是非洲中部遭遇严重干旱，许多人正面临死亡的威胁；二是大学中一名成绩优异的学生因无力负担学费，已处于无法继续学习的困境；三是购置一台复印机，放在系办公室里供学生们使用。教授要求学生们以不记名方式选择。我先不说实验结果，如果让各位捐助的话，面对这三种情况，大家会作出何种选择？"

陆海江说："我捐助非洲难民。"

李莉萍说："如果让我捐助，我选择购置复印机。"

董黎明想了想："按说应该捐助非洲难民，但那地方腐败盛行，谁知道捐的钱会装到谁的口袋里去，我还是捐助那个成绩优异的大学生吧。"

腾力有些不耐烦："沈东风，我们可不是在校大学生，你快说实验结果吧。"

"美国教授的实验结果是：百分之八十五的学生选择捐钱买复印机；百分之十二的学生选择捐助成绩优异的学生完成学业，只有百分之三的学生选择捐助非洲难民。这说明一个什么问题呢？说明每个人都程度不同地关心他人的困难，愿意给予帮助；另一方面也说明大多数人更关心与自己切身利益相关的事情。捐助非洲难民无疑是高尚的，但是，关心自己切身利益的其他选择也不能简单地给予否定，其中也有积极因素。明白人生的这个特点，并妥善地加以引导，可以成全许多有益的事情。"

"我同意这个观点，我也曾经听到与这个实验类似的例子。"王璐云说，"一趟客运列车，曾为冬天乘客不肯随手关门而大伤脑筋，于是在每节车厢里贴了一张告示：'为了大家的舒适，请随手关门。'告示贴出后，情况虽有所改变，但收效不是很大，后来列车长想出一个新的方法，将告示改写成：'为了您的舒适，请随手关门'，从此车门基本上都关好了。"

大家都说这两个例子很有启发，陆海江静静地听着，他想，三种情况肯定是要捐助非洲难民啊！这些人都怎么了？

……

陆海江在李雯家度过的这一天并不愉快。回到家爸爸妈妈正在看电视，他打了个招呼就进自己的房间了。

妈妈最能体察儿子的心情："老陆，你注意到没有，儿子话越来越少了，回到家就往自己屋里钻。"

"海江白天忙公司的事，晚上还要复习功课，哪有时间听你唠叨。"

"他有没有心事，我这个当妈的还看不出来？"

"儿子做事有他自己的原则，你就别瞎操心了。"

"他现在这个状况，家不像个家，工作又不称心，我这个当妈的能不操心吗？"

这时电视屏幕上出现了李雯和董黎明。

"海江，快出来！"妈妈大声说，"电视上有李雯和董黎明！"

陆海江从自己房间出来，看见李雯正在采访董黎明。

"董总，这些年你多次为市里的残疾人和教育事业慷慨解囊，这次又给远在巴尔鲁克山的边境团场捐款，你是怎么想的？"

"当年，我和同学们响应祖国的召唤，奔赴巴尔鲁克山的边境连队，成为一名光荣的兵团战士。那里的山山水水、一草一木都留下了我们奋斗的足迹，很多战士为保卫祖国领土完整献出了自己的生命，长眠于此。我常常想起他们，想起那些还在边境线上默默奉献的人们。改革开放这些年，那里的条件有了一些改善，相比之下还是很艰苦的，我作为一名曾经的兵团战士，不能忘记那片共和国的热土，要为边境的发展尽一份力量……"

"还是老同学管用啊！"妈妈很感慨，"海江，你可要在黎明那儿好好干啊，不然就对不起人家了。"

陆海江表情木然，爸爸看了儿子一眼："黎明做得那么大，捐四十万不多。"

陆海江起身要走，妈妈说："海江，你怎么不看完？"

"我的课已经落下了。"

李雯采访董黎明的画面总是跳到陆海江眼前，几天都挥之不去。他给李雯打了个电话，约她一起吃晚饭。李雯很是惊喜，他可是第一次主动请她吃饭！陆海江问她想吃什么，李雯说前几天她发现了一个新的去处，菜的味道不错，环境也挺有情调的，陆海江说："随你吧。"下班前李雯去了美发厅，把自己收拾得漂漂亮亮的。

他们去了一家高档酒店的美食坊，来这儿吃饭的都是些年轻人，成双成对的，陆海江觉得挺别扭。

"海江，为什么今天想起请我吃饭？是不是有事？"

"非要有事才请你吃饭呀？我还没那么俗。"

"海江，你觉得菜的味道怎么样？这儿虽然是风味小吃，但都做得很讲究，属于粤菜系列，你多吃点。"

"我是杂食动物，味觉很差，吃饱了就成。"

"那你应该与猪为伍，咯咯……"

"李雯，你采访黎明的节目我看了。"

"是吗？哎，这儿的环境还可以吧？典型的南国风情，小家碧玉式的，来这儿的人，想粗声大嗓、吆五喝六都不好意思。"

"你和董黎明配合得挺好。"

"配合？那天黎明是动了感情的，我也没想到他说得那么真挚。海江，你别看我和黎明在连队待的时间不长，但我们都是有连队情结的。"

"这我同意。李雯，你不是在帮黎明当市政协委员吗？"

"是啊，我也就是敲敲边鼓，这些年他回报社会，进政协是很自然的事情。海江，你只要拿到钱就行了，操别的心干吗。"

"虽然拿到了钱，但心里挺不是滋味。"

"海江，你是不是觉得我和黎明很俗？黎明出手就是四十万元，那可是真金白银啊，搞点连带效应可以理解。就说你跑项目吧，如果对方无利可图，哪个老板往你那儿投？"

"听上去很有道理，但是……"

"海江，你请我吃饭就是为了谈这件事情吗？真没想到，你的智商和情商低到这个份上了。海江，沈东风讲的美国社会学家的实验不是很能说明问题吗？对关系自己切身利益的捐助也不能简单否定，其中也有积极因素，这是人性的特点。"

"人性的特点？"

"海江，现在都什么年代了，你怎么还活得那么单纯。很多事情是很难用好与坏、对与错来判断的，我真心希望你能活得洒脱一些。"

几天后陆海江跟董黎明也差点闹崩。董黎明让他带几个人陪一个局长吃饭，局长吃饱喝足后要去歌舞厅唱歌，刚坐下几个浓妆艳抹的小姐就进来了，其中一个搂着陆海江的脖子"大哥大哥"地叫着，陆海江身上像触了电，站起来跟局长打了个招呼就走了。第二天早晨他刚到公司，董黎明就对他发了一通火："海江，你昨天晚上怎么跑掉了？有你这样陪客人的吗？刚才我给李局长打电话，人家好不高兴，你扫人家的面子啊！现在可是关键阶段，你这不是给公司撤火嘛！"

"我讨厌那种场合。"

"讨厌你也要给我在那儿坐着！海江，让我怎么说你，逢场作戏你不会吗？"

"黎明，你不用发这么大的火，我正不想干了。整天招呼客人，没命地给自己灌酒，还要赔笑脸，说违心话，完全是歌舞厅的乌烟瘴气，我实在撑不下去了。"

"你不是跑回来找项目的吗？这些都应付不了你找什么项目！"董黎明的情绪平和下来，"唉，也实在难为你了，这样吧，你去公司下面的食品厂，搞搞管理。"

"去可以，你得答应我一件事。"

"什么事？"

"去巴尔鲁克山投资。"

"我不是给你四十万了吗？"

"你说这笔钱是扶贫的，我希望你上个大项目，管长远的项目。"

"海江，上项目是那么简单的事情吗？我总得调研论证一下吧？"

"黎明，跟我回去走走吧，巴尔鲁克山有那么多资源，你会发现商机的。"

董黎明低着头沉思了一会儿："明年五六月份吧，一直没看到野芍药漫山遍野的景象，挺遗憾的。海江，食品厂一直在走下坡路，厂长我早就想换了，你去干吧。"

"黎明，我可从来没干过工厂。"

"你当了那么多年连长，管理上还有什么问题？你这个人干事又极其认真，我相信你！海江，你可不要有临时观念，别给我过渡，不光是为我，也是为你，如果我在巴尔鲁克山开厂子，你也积累了经验。你明天就去上任，抓紧摸清情况，找到厂子下滑的症结，尽快给我拿出一个改造方案。"

"好吧。"

陆海江很快就把工作交了，走马上任。他先去车间走了走，然后召集管理人员开会，给厂子会诊。大家说管理松懈存在漏洞，但主要问题是糕点品种不适销对路。陆海江没有急于下结论，他想先摸摸市场。接下来的几天他穿行于各大商场，在糕点柜台驻足，与营业员攀谈，对糕点市场有了一些感性认识。下一步他想去市里的几个食品大厂考察考察，他想到了李雯，这件事她可以帮到他。那天两人不欢而散后，李雯一直没跟他联系，他想还是自己主动一些吧，于是拿起电话，想了想又放下了，觉得还是应该跟她见个面。

他来到市电视台，让门卫给李雯打了个电话，李雯出来了。

"海江，上班的时候来见我，你的时间就那么宝贵？"

"我在附近办事，过来看看你。"

"海江，我这个人是不是很招你烦？"

"你怎么会这么想？我不是去了黎明的食品厂嘛，刚接手，工作头绪太多，时间不够用啊。"

"你不是过渡吗？现在打算真干下去了？"

"真干，黎明已经打算回团里看看了，我不真干怎么对得起老同学？我现在这个情况想要拉到项目，也只有绑你们两个老同学了。"

"厂里情况怎么样？挺难的吧？"

"是一个新挑战，我倒想尝试一下。李雯，我想让你帮个忙。"

"噢，见我就有事，说吧。"

"我想去市里几个食品大厂做一些调研，取取经，你有关系，能帮我安排一下吗？"

"这个不难。不过你是竞争对手，恐怕讨不到真经。"

"那我也想走一走。"

李雯想了想："这样吧，我找两家有实力的食品厂去采访，你跟着我，问起来就说你是见习记者。"

"好点子，你这两天就安排。"

"怎么谢我？"

"请你吃饭。"

"除了吃饭就没有别的方式吗？"

陆海江一时很窘："你去忙吧，我走了。"

陆海江交代的事情李雯自然很上心，带着他跑了市里两个名气最大的食品厂，参观生产线，与厂领导和技术人员交谈，之后又联系业内专家与陆海江见面。陆海江胸有成竹了，组织人搞了一个食品厂的技术改造方案，交给了董黎明。

"这么快就把方案拿出来了？兵团作风，事情就得这么干！"

"这个技术改造方案专家审过了，你先看看。"

"我没时间看，你拣主要的说说。"

"目前我们生产的糕点都是大路货，要想占领市场，必须推出适销对路的新品种，因此要上一些机器设备，初步估算了一下，设备投资五十万元。"

"嗯，不多。"

"厂房是生产的基本条件，目前厂房太简陋，我们是搞食品的，生产条件马虎不得，维修费用初步估算……"

董黎明打断他："维修厂房就算了，厂房是租的，我不想为他人做嫁衣，先维持一下吧，如果厂子技术改造后有起色，我们自己建厂房。"

"食品厂脏乱差的问题也比较突出，目前生产很不规范，需要添置一些检测仪器，有个十来万就够了。"

"食品卫生一定要严格，该花的钱要花！"

"黎明，厂房维修花不了几个钱……"

"先放一放吧。海江，你通知有关人员，明天上午研究这个方案，如果可行我就拍板，我还有事，先走了。"

周末，陆海江正准备下班，李雯给他打来电话："海江，今天晚上同学们在迪美特酒吧聚会，沈东风出了个题目，关于弗洛伊德，过来吧。"

"你们真是太闲了，怎么对一个研究梦的外国医生感兴趣？如果研讨经济管理我会去的。"

"探讨一下梦的奥妙有什么不好？我看你对生活也缺乏激情了，来吧海江，出来换换脑子。"

"我可一点也不缺乏生活激情。这样吧，明天我带你去个好去处，南山白杨沟，食品厂你帮了那么大的忙，我还没感谢你呢。"

"白杨沟？我怎么没听说？"

"刚开发的，你这个大记者还说我没激情呢！与坐而论道相比，我更喜欢大自然。"

"你总算找回了点浪漫。"

星期天一早他们就出发了，上车后李雯说董黎明不去吗，陆海江说他中午要见一个客户，脱不开身。

出市区六十多公里，便到白杨沟了。这里是天山的支脉，白杨沿沟里生长，山上是挺拔的云杉，一片连着一片，山坡上点缀着哈萨克牧人的白色毡房，一群群羊儿悠闲地吃着草，放眼远眺，雪峰冰清玉洁！陆海江仿佛又回到巴尔鲁克山了，下了车就兴奋地朗诵起来：

> 高加索在我的脚下，我傲立于顶峰，
> 站立在千年积雪的悬崖的边缘，
> 一只苍鹰从远处的峰顶腾空而起，

展开矫健的双翅在我的眼前盘旋。

我从这里看到了一条急流的发源地，

看到了雪崩崩塌时壮美的奇观。

李雯也被感染了："这首诗就像是写给这里的，谁写的？"

"普希金的《高加索》，普希金非常喜欢高加索气势恢宏的景色。"

他们先去了一家毡房，陆海江想在毡房吃午饭，他要先接洽一下。男主人很热情，给他们倒了奶茶。来这里游玩的人越来越多，牧民们也有商品意识了，饭不能白吃，但收费很低，每人只收二十元，陆海江还想骑马，问他怎么收费，主人看了一眼他们开来的车，说你们骑回来就行了，司机笑着说他留下来给主人打下手。

陆海江和李雯骑上马，一上马陆海江就跑了起来，李雯快二十年没骑马了，不敢跑，陆海江说："我在前面等你！"跑了一阵他停了下来，李雯过来了，他们沿着山沟慢慢走着，牧民刚才说沟的尽头有一个瀑布，很是壮观。沟里那条小河就是瀑布泻下来的，小河清澈见底，咕嘟嘟地吟唱着，此时两个人都想到当年在小河边漫步的情景，两颗心同时颤动。

"海江，你不觉得我们又回到当年了吗？"

"那是一段很美好的时光。"

"真想回到当年。"她侧过脸看着他，"怎么不说话？"

"时光不能倒流。"他加快了行进的速度。

瀑布呈现在眼前了，那是冰山雪水，从二三十米高的山崖倾泻而下，站在下面顿觉神清气爽……

这一路他俩聊了很多，都是连队的往事，陆海江像换了一个人，兴致勃勃侃侃而谈，李雯想，他真是不缺乏激情呢。

沟里很凉，一出来就阳光灿烂，暖洋洋的。李雯牵着马朝山坡走去，陆海江跟在后面，脚下是厚厚的草甸子，踩在上面很松软，李雯躺下了，合上眼睛，享受着那份惬意。陆海江心里也有一种温情，没怎么犹豫就在她旁边躺下了。李雯把一只手放在他手上，他又像被电打了一下，但却没有把手抽出来："去毡房吃饭吧，我都闻到烤肉的香味了。"

"再躺一会儿。"

陆海江站起来走了。

午饭是手抓肉、烤肉串、抓饭三样，虽然简单陆海江却吃得很开心，感觉就像在马力克的毡房里。李雯也眉飞色舞，陆海江单独领她出来了，刚才还在他旁边躺下，她把手放在他手上，他也让它停留了片刻，这已经让她很满足了。

上了车他俩都不说话，李雯确实累了，迷迷糊糊的，陆海江的脑子里却乱糟糟的，两种意识冲突着。你今天是怎么了，竟然躺在了李雯的身边，还让她摸了你的手？李雯要你活得洒脱董黎明要你逢场作戏，你为什么要把自己装在套子里呢？你不是说要开始一种新的生活吗？

齐桂花来乌鲁木齐进货，她给陆海江打了个电话，说想见见他。陆海江一下就想到是彭春燕让她来见他的，他让齐桂花来厂里见面，她说白天忙着进货没时间，晚上她请他吃饭。

晚上陆海江赶到饭馆，齐桂花已经坐在里面了，她向陆海江招了招手，满面春风的样子，快五十岁的人了看上去还是那么精神。

"齐桂花，你开了个小商店，还用跑到乌鲁木齐进货啊？"

"小商店不开了，在县城开了个服装店。"

"噢，做大了。"

"这也只是个过渡，我这个人心大着呢，巴尔鲁克山没在我眼里。"

"连里现在情况怎么样？"

"没多大变化，那个龚连长也就那么回事，现在大家都挺怀念你当连长的日子。其实你落选也是件好事，团里天地太小，你出来闯一闯，开开眼界，历练历练，将来当团长、师长！陆连长，你不仅人好，而且有抱负，你一定能成大事！"

"你真会说话。春燕她们都好吧。"

"好着呢，就是挺想你。陆连长，你又好长时间没回去了，最近不打算回去看看？"

"是春燕让你来看我的吧？"

"她不说我也要见你，你对我有恩哪！当年如果不是你说真话，我可能就进去了，也不一定有今天，我什么时候也不能忘了你。"

"春燕没说什么吧？"

"她没说什么，就是想你啊！陆连长，我给你说个掏心窝子的话，春燕是个好媳妇，天下难寻啊，你在外面跑，可不能扔下她。"

"齐桂花，这话从何说起？最近厂里很忙，脱不开身。"

"这我知道，你是个想干事的人。春燕那边你不用发愁，我已经想好了，三年、顶多五年，我要来乌鲁木齐开店！如果你不回去了，春燕跟我到乌鲁木齐来发展！"

陆海江很感动，眼前这个女人真让他佩服。

又到周末了，李雯心里想着陆海江，她不能让陆海江燃起的激情冷却了。离她家不远有一家影剧院，上班时她去看了影片预告，晚上上映张艺谋执导的《红高粱》，她想陆海江一定喜欢，于是买了两张票。到了单位她给陆海江去了电话，陆海江今晚有课，本想推脱，话到嘴边却鬼使神差地答应了。放下电话他心里有点慌，他读过莫言的小说《红高粱》，小说里有男女主人公在高粱地野合的描写，他想张艺谋会搬上银幕吗？

坐在影剧院里陆海江还在想野合的场景，好在很快就进入剧情了。浓烈的色彩，豪放的风格，一群敢爱敢恨的男女，九儿和余占鳌在高粱地里的野合人景合一、痛快淋漓……陆海江和李雯被深深打动了。

走出影剧院，李雯问他："海江，电影比小说怎么样？"

"很有冲击力，不过我觉得小说更耐读。"陆海江想赶快与她分手，"再见，李雯。"

李雯望着他："这么晚了，你不送送我吗？"

"好吧。"

陆海江跟着她走了，这段路不远，陆海江却觉得很漫长，终于到李雯家楼下了，李雯又说："海江，上去坐坐吧。"

陆海江犹豫了一下，跟着她上了楼。进了门李雯打开灯，拉上窗帘。

"海江，想喝什么？葡萄酒还是咖啡？"

"咖啡吧。"

陆海江打开电视，李雯把咖啡端过来，然后把电视关了："没啥好节目，还是听音乐吧。"

她打开录音机，《蓝色多瑙河》的旋律很优美。

"海江，我们跳舞，你不是要跟我学交谊舞吗？"

她把他拉起来，他机械地跟着她挪步。她把头搭到他的肩上，头发摩沙着他的脸，这时他听到敲门声，像触电似的松开她的手："有人敲门！"

李雯笑了："是邻居家在敲门。"

"李雯，你早点休息吧。"陆海江转身要走。

"海江！我们彼此深深吸引过，不能为这深深的吸引珍藏点什么吗？"

447

"珍藏在心里吧。"

陆海江几乎是跑下楼，站在下面长出了一口气，他刚才差点就控制不住自己了！

李雯蜷缩在沙发上，泪水在眼眶里打转。电话响了，是董黎明打来的。

"李雯，还没睡吧？"

李雯一下很来气："什么事？说！"

"明天中央交响乐团在人民剧场演出，我给你和海江搞了两张票。"

"留着跟你老婆看吧！"说完她挂了电话。

董黎明丈二和尚摸不着头脑，谁惹她生气了？第二天晚上他拎着一袋水果来看李雯。听到敲门声，她打开门，董黎明乐呵呵进来了，她又窝在沙发上吃零食，眼睛看着电视。

董黎明凑近她："昨天谁惹你生气了？是海江吧？"

"谁说他惹我了？"

"你这个乐天派，也只有他会让你动气，我没猜错吧？"

"就你会用心思！"李雯看了他一眼，"想喝什么你自己拿。"

董黎明从冰箱里取了罐啤酒，一边喝一边说："李雯，昨天晚上的交响音乐会很有品位，你真该去听听。"

"没情绪。"

李雯的眼睛一直没离开电视，董黎明觉得挺没趣的，他把啤酒罐捏得咔咔响："李雯，你对海江真的很在意？"

"他跟你们不一样。"

"你们？"

"他身上有一种东西，很多人身上是没有的。"

董黎明仰起脖子把剩下的啤酒喝完："李雯，你和海江的事，我真想做点什么。"

"谢谢了。"李雯下意识地望了一眼窗外，"我们是该回巴尔鲁克山看看了。"

"他拉你去巴尔鲁克山？因为这件事他跟你生气？这个陆海江，我不是答应他明年五六月份去嘛！"

"你想到哪儿去了。黎明，为什么非要明年五六月份去？"

"我想去看野芍药，只有那个季节能看到。再说，他现在在我的食品厂搞技改和整顿，我不想让他分心，他必须把食品厂给我抓上去，不然我还不去巴尔鲁克山投资呢！"

"势利！还老同学呢！"

"等价交换，对谁都一样，也包括你。"

陆海江是很了解董黎明的，再没有跟他提投资的事，他知道，要想在这个老同学身上揩油，他自己先要掉层皮！他把全部心思都放在食品厂上了，抓技术改造和内部管理，晚上经常十一二点才回到家，几个月下来人瘦了一圈。半年后厂子有了起色，推出的产品受到市场青睐，利润表月月刷新。李雯一直在给陆海江助力，连续在市电视台推出食品厂的报道，知名度的提升也是打开市场的重要因素，这一点陆海江看得很清楚，心存感激。时间过得很快，眼看就到五月份了，陆海江自然想到他与董黎明的约定，但没有急于提出，他不能把老同学逼得太急。李雯却耐不住了，要董黎明兑现去巴尔鲁克山的承诺。其实这件事一直在董黎明心里酝酿着，初步有了一个计划，他想去巴尔鲁克山走一圈后再抛出。他在酒店摆了一桌酒，把当年去牧业连的同学都叫来了，一是感谢一下陆海江，二是商量故地重游。

酒桌上同学们听说要去巴尔鲁克山，一个个都很兴奋，那段经历刻骨铭心。大家又说起了转场，杜春生自然要炫耀一下："在座的除了陆海江，就算我参加转场次数最多了，年年不落！"

马超参加转场是最少的，但他还想找点心理平衡："不能以次数多少论英雄，凡是参加过的就是好战士。"

"你小子参加最少，还好意思说，罚酒一杯！"

"有人比我少。"

李雯知道马超的话是说给她听的："是啊，我只参加过一次。"

董黎明不乐意了："我说马超，李雯虽然只参加了一次，可人家是主动争取的，你作为牧业连的一员，好意思跟她比吗？"

李涛把话接过来了："哎，董黎明，你参加了几次？"

"我待了五年，也是年年参加，十次。"

"不对吧？"马超说，"有一年春天你请求看场子，到冬窝子就留下了，准确地说，你参加了九次半。"

大家都笑了。

"我说你们较什么劲啊，只要从那片土地走过，就是最荣光最自豪的人！"沈东风端起酒杯，"来，为我们的荣光我们的自豪干一个！"

嘴仗被沈东风化解了。

李莉萍说："哎，我们之中谁回去过？不算陆海江。"

"几年前我回去过一次。"李雯总算可以表现一下自己了，"在我的倡议下，市里几家新闻单位组织了'边境万里行'采访团，其中一站是巴尔鲁克山，在牧业连采访时间最长，回来写了好几篇报道，你们都没看？"

杨红说："看了看了，印象很深刻，好多都是我们亲身经历的。"

王璐云说："哎，你们谁见到漫山遍野的野芍药了？"

"在所有同学中，只有我和陆海江亲眼所见。"马超说，"那年董黎明在冬窝子看场子，五月底我和陆海江给他送补给，正是野芍药绽放的季节，我们两个大饱眼福啊！"

"我们也很快可以一睹深红色的山谷了！"

李雯对身边的陆海江小声说："海江，你说过你要把芍药盛开的景象画下来的，你还欠我一幅画哦？"

陆海江看着她："亲眼所见不是更美吗？"

终于踏上回巴尔鲁克山的路！就像当年意气风发地奔赴边境一样，同学们一路欢声笑语……

陆海江事先给李团长打了电话，李团长安排人敲锣打鼓夹道欢迎，之后备酒席热情款待。吃完饭太阳就快落山了，李团长要领他们去团部招待所，董黎明说他们去牧业连住，李团长说这么多人连里不好安排，董黎明说今晚他们一定要住张红珍班宿舍，他让李团长给连里安排一下，李团长也不好挽留了。

客车开进牧业连，彭大明、彭春燕和连领导们已经等在连部门口了。见到一张张熟悉的面孔，同学们都格外激动，进了会议室，董黎明拉着彭大明的手说了半天话，把其他人都甩到一边了。他忽然想到了彭春燕，抬眼望了望，见她正在跟陆海江说话。

"彭春燕，你怎么跟海江说上悄悄话了？你们有的是时间，你现在归大家所有。"

大家都笑了。李雯却笑不起来，彭春燕跟陆海江团聚了，而她跟连里的人又不熟，搭不上话，心里很不是滋味。

从会议室出来，陆海江说先去看看王林，同学们便去了马号。这些年王林一直住在马号，陆海江劝过几次他都不肯搬出来，前几年连里修缮马号，陆海江让人把他住的那间小屋拆了，给他盖了个里外套间的房子，居住条件有了很大改善。同学们的到来让王林很感动，他的眼睛湿了，董黎明拥抱了他："你这个王林呀……今天总算见到面了。"王林跟同学们年纪相仿，可看上去却像大他们十岁，同学们心里都挺难受的。

"王林，去我的食品厂吧，让海江给你找点事做。"

"谢谢你黎明，我现在挺自在的。"

董黎明想了一下："如果我在团里开厂子，你来吗？"

"如果海江挑头，我可以考虑。"

"你是离不开海江啊！"

聊了一会儿同学们去了马厩，虽然当年骑的战马早已不在，但同样让他们激情澎湃，杜春生说："明天看芍药我们骑马去！"

"也只能骑马去，"陆海江说，"现在还没有路，除了越野车，其他车进不去。"

大家都说骑马才有意义，等于又走了一次转场路啊！

晚上住进张红珍班宿舍，同学们各自找到当年睡的位置，说来也巧，女生宿舍少一张床，李雯被晾在一边，彭春燕很大方，说："去我家吧，我家房子大。"李雯挺难为情的："不用麻烦了，我跟谁凑合一个晚上。"可没一个人愿意跟她凑合，彭春燕说："不愿去算了，我再给你找个人家。"李雯想去不认识的人家睡觉更别扭，只好硬着头皮跟她走了。陆海江没想到彭春燕会把李雯领到家里来住，他几个月没回家了，晚上想跟彭春燕好好亲热亲热，李雯睡在家里，多尴尬啊！彭春燕让李雯睡念念的房间，念念跟姥姥姥爷睡了。这一夜李雯好痛苦啊！

第二天一早同学们先去了"四排"，向战士们默哀，大家在赵长山坟前久久不肯离去……

中午时分，芍药谷出现在同学们眼前，阳光下，成片成片的野芍药随山坡绵延起伏，花朵似拳，花瓣如血，冷艳绝伦，摄人心魄！所有人都惊呆了，凝固在马上。之后同学们纷纷下马，走进花丛，陆海江却迟迟没有下马，他的心情久久不能平静，极目远眺，那一座座雪峰都是血色的了……

夕阳西下，同学们终于赶到了牧民们的住处，马力克和他的牧民要跟同学们联欢。不远处的草地上支了一口大锅，羊肉早已经炖在锅里了，同学们远远地就嗅到了清炖羊肉的鲜香。下了马，大家在草地上围坐了两圈，大块吃肉大口喝酒，畅快淋漓！

天黑了，牧民们点起一堆篝火，人们载歌载舞……阿斯燕和王长根也在其中，阿斯燕跳舞，王长根拉琴，陆海江注意到他俩不时有目光交流，彭春燕说他俩一直走得很近可就是不提结婚的事。他觉得挺遗憾的，真希望这两个人能走到一起。喝了酒董黎明情绪高涨，跳舞动作夸张，李雯不会跳哈萨克舞，在旁边看着，董黎明过去把她拉了进来，李雯跟他跳了几下要走，董黎明搂住她的腰跳起了交谊舞，大家都开心地笑了。跳了一阵董黎明拉着李雯出来，又叫上了陆海江，三个人朝草场深处走去。

"回来这两天真开心啊！"董黎明说，"好像又回到刚来连队的时候。"

李雯说："找到感觉了？"

"找到了，把你们两个叫出来，就是想说说我的一个想法。"董黎明一边走一边说，"巴尔鲁克山这个地方，牛羊肉多鲜美啊！不在这上面赚钱，可惜了。买卖牛羊太原始了，要想赢得市场必须在畜产品深加工上做文章，找到新的卖点。三个月前我接待一个外商，吃饭时他说新疆的牛羊肉这么好吃，你们为什么不搞排酸牛羊肉？现在欧洲人讲究吃排酸牛羊肉，排过酸食用更健康。我想用不了多长时间，这个健康新理念也会被北京、上海、广州这样的大城市接受的，因此，我打算在团里建一个肉联加工厂，主打排酸牛羊肉，二位意下如何？"

陆海江很激动："好想法，我觉得完全可行！"

"黎明，你在心里做事啊？"

"海江的事情我能不上心吗？"

李雯看了他一眼："我听着怎么像你自己的事情。"

"当然得有个连带效应啦，哈……"

董黎明的笑声传得很远，彭春燕朝他们望去，她真想知道三个人在说什么。

"黎明，回去我们就筹划这件事吧！"陆海江有些迫不及待。

"难下决心啊……从国外引进设备工艺，肯定是一笔不小的资金，另外，能不能打开市场也未可知啊！"

李雯叹了口气："说了半天还是画饼充饥啊？"

"你以为经商是那么简单的？不会控制风险我董黎明早就找不见了。"董黎明站住了，"海江，你不是说黄佩佩是香港的大老板吗？把她拉进来，这个任务交给彭春燕，让她通过王长根说服黄佩佩，如果她不进来，这个项目就可能泡汤了。"

董黎明又给他附加条件，这让陆海江心里很不舒服："黎明，你有时像同学，有时又像商人！"

董黎明毫不讳言："没错，我既是你的老同学，也是个地道的商人。"

"那我也附加一个条件，这个项目团里也要入股。"

"没问题，利益均沾，风险共担。"

"我让彭春燕试试吧。"

"必须说成！"

"为什么必须说成？"李雯有些不理解，"黄佩佩不干，你还可以找别人合作嘛！"

"这是个大项目，瞄准的是全国乃至国际市场，先在巴尔鲁克山起步，将来我可能开更多的厂，还可能到内地的大城市开专卖店，不拉进来一个有国际背景的大老板难以做成。海江，就看你的了，我想这样的项目能吸引黄佩佩来投资。"

董黎明的这番话还是让陆海江很受鼓舞，这不正是他走出巴尔鲁克山所希冀的吗？

篝火很晚才熄灭，同学们意犹未尽地返回连队，陆海江带李雯回家。彭春燕陪爸爸先回来了，陆海江和李雯刚进门，彭春燕就说："刚才你们三个跑得远远的，说什么去了？"陆海江把董黎明想上排酸肉项目的事说了，彭春燕的表情瞬间由疑惑变惊喜，她想如果在团里办厂，海江不是可以回来了吗？李雯说："春燕，你能让王老师做通黄佩佩的工作吗？""没问题。"彭春燕说完又有些犯愁了，王老师一直不肯原谅黄佩佩，他会求她吗？上次黄佩佩回来，王老师很伤她的心，她说这是她最后一次回来了，她会来投资吗？陆海江觉得，黄佩佩能回来看看，说明王老师还在她心里，再加上对连队的这份感情，做做工作还是很有可能的。彭春燕想到这件事关系到海江的未来，便来了勇气："再难我也要做通他俩的工作！""但愿吧。"李雯心里也很矛盾，她希望这个项目能成，这样陆海江就可以施展他的抱负了，可一旦成了，她也就再没机会了……这一夜她又很晚才入眠。

第二天同学们要返回了，大家都有些依依不舍。董黎明把彭春燕叫到一边："春燕，如果王长根同意做黄佩佩的工作，不要让他写信，到时候你、我、海江陪王老师去深圳，把黄佩佩约过来见面，我们这么诚恳，她会感动的，我也想当面跟她聊聊这个项目，谈成的把握就更大一些。"彭春燕笑了："黎明，怪不得你做得那么大，真会用脑子！"

当晚彭春燕就走进了王长根的宿舍。正如她所担心的那样，她的话还没说完王长根就拉下脸来，一口回绝，甚至说出"不要拿这件事利用我！"这样的话。彭春燕却不急，耐心开导，循循善诱："王老师，这个项目意义太大了。你也知道，巴尔鲁克山的羊这么好，却卖不出好价钱，大家日子过得挺艰难，如果有了深加工，连里的人，还有马力克和牧民们就有盼头了，一定能很快致富！另外在团里开了厂，一方面团里可以增加收入，另一方面还可以解决年轻人的工作，到时候全团人都会知道你王老师，都会感激你的！"说到这儿她停顿了一下，热切地望着他，"王老师，你不是一直担心海江回城后跟我分手吗？学生也一直担着心呢，如果在团里建了厂，董黎明说让海江回来当厂长，我也就放心了，王老师，这个关键时候你不帮帮学生吗？"

王长根心头一颤！是啊，当年他不是对陆海江说不允许春燕受到任何伤害，希望她永远幸福吗？他低下头想了想，说："我给黄佩佩写封信吧。"

彭春燕站了起来："别写信王老师，董黎明说到时候他和海江还有我陪你一起去深圳，把黄佩佩约过来，当面跟她谈。"

王长根睁大眼睛："让我去见她？"

"董黎明说这样才诚恳，才能感动她，他也要跟她好好聊聊这个项目，谈成的把握就更大！"

"春燕，让我想想吧。"

等待让彭春燕很焦心。王长根终于回话了，他同意跟他们去深圳见黄佩佩，告诉彭春燕时他的表情很复杂，彭春燕的眼圈也红了，她想真是难为老师了，当年黄佩佩在感情上给了他那么大的打击，他至今不肯原谅她，那年她回来看他，他冷冰冰的，她走的时候他都没有出来送她，可是为了这个项目，更确切地说是为了她这个学生，他愿意去见她，天底下有几个老师愿意为自己的学生如此付出？她扭头走的时候潸然泪下……

黄佩佩接到彭春燕的电话时简直不敢相信自己的耳朵，王长根要来深圳跟她见面，尽管是几个人一起来的，但她还是抑制不住内心的激动！她提前一天来到深圳，给他们在一家高档酒店预订了房间。她还租了两辆轿车，第二天亲自去机场迎接。

王长根见到黄佩佩时很从容，从巴尔鲁克山出来彭春燕给他做了一路工作，他也想开了。黄佩佩在酒店里宴请了他们，点的菜全是他们很少吃到的海鲜，席间王长根主动给黄佩佩敬了酒，黄佩佩很是欣慰。她知道他们结伴而来一定有求于她，而且与投资有关，王长根肯定是他们动员来的，但不管怎样，他愿意来见她，还给她敬酒，这跟她回连队时的表现已经是大有进步了，她没有别的奢求，只希望她曾经爱过的人过上常人一样的生活，开开心心，快快乐乐，现在她好像看到端倪了。

彭春燕给黄佩佩敬过酒后，有些沉不住气："黄老师，我们这次来深圳，还想跟你这个大老板谈谈合作的事。"

"这我想到了，不然董黎明也不会来。"黄佩佩说，"春燕，我们现在只品美酒佳肴，合作的事下来再说，好吗？"

董黎明赶紧端起酒杯："好！黄董事长如此盛情，我们一定要吃好喝好，来，我们共同给黄董事长敬个酒！"

……

接下来的几天里，黄佩佩陪他们去世界之窗、锦绣中华民俗村、大梅沙游玩，去中英街购物，董黎明跟黄佩佩聊了一路排酸肉项目，黄佩佩很感兴趣，她也觉得巴尔鲁克山的畜产品是优质资源，做不起来实在可惜，搞排酸肉是个很好的切入点，但投资项目她也是很谨慎的，表示去欧洲考察一下再进一步商谈。一路上王长根都没有参与意见，上飞机前，他握着黄佩佩的手说："佩佩，去巴尔鲁克山投资吧，那里不只有金钱。"

"长根，如果我去投资，你愿意做黄氏集团的常驻代表吗？"

王长根想了一下："挂个名可以，我还当我的老师。"

"一言为定。"

"再见。"

陆海江动情地说："黄老师，我们在巴尔鲁克山等你！"

飞机起飞了，陆海江闭上眼睛，体会着飞机爬升的感觉，他仿佛变成一只大鸟了，穿过云层，在万里碧空翱翔……

图书在版编目（CIP）数据

疆山 / 吴静林著 . -- 北京：作家出版社，2018.7
ISBN 978-7-5212-0154-3

Ⅰ.①疆… Ⅱ.①吴… Ⅲ.①长篇小说 – 中国 – 当代
Ⅳ.①I247.5

中国版本图书馆CIP数据核字（2018）第182895号

疆　山

作　　　者：吴静林
责任编辑：陈晓帆　王　烨
装帧设计：视觉共振设计工作室
封面题字：吴连增
出版发行：作家出版社
社　　　址：北京农展馆南里10号　　　邮　　编：100125
电话传真：86–10–65930756（出版发行部）
　　　　　86–10–65004079（总编室）
　　　　　86–10–65015116（邮购部）
E–mail:zuojia@zuojia.net.cn
http://www.haozuojia.com（作家在线）
印　　　刷：河北画中画印刷科技有限公司
成品尺寸：170×240
字　　　数：490千
印　　　张：28.75
版　　　次：2018年11月第1版
印　　　次：2018年11月第1次印刷
ISBN 978-7-5212-0154-3
定　　　价：52.00元